明末清初
才子佳人小說敘事研究

李志宏 ──────── 著

五南圖書出版公司 印行

誌　謝

　　本書獲得九十六年度行政院國家科學委員會（現爲科技部）專題研究計畫（學術性專書寫作）審查通過，並核定給予補助（計畫編號：NSC96-2420-H-003-042），謹此致謝。

推薦序

一

　　李志宏有關明末清初才子佳人小說研究的博士論文，經過三年的沉澱與修訂，即將由出版社正式出版，這是一個好消息。博士論文而能夠以學術專書的方式出版，公諸大眾，對任何人來說，都是一件非常有意義的事。筆者忝為志宏的指導教授，當然更為他高興，因此，當他要求筆者為書作序時，也就欣然答應。

　　才子佳人小說是一種流行於明末清初的情愛小說。「情愛小說」是稍微寬泛的一種說法，因為情愛故事自古以來就不限於「才子」與「佳人」。

　　由於古代傳統社會嚴防男女之別，正常家庭婚姻只能經由父母之命、媒妁之言，因此像現代的男女由戀愛而後結婚的事，在古代很長一段時期，幾乎是不可想像的事。畢竟，男女戀愛這種事的發生有一個簡單的先決條件，就是要男女雙方能夠相見。能相見而後能相戀，這是天經地義的事。在古代的傳統社會裡，禮教之大防，講究的是男女有別、授受不親；大家閨秀自小的教養強調的是「大門不出，二門

不邁」。身家良好的閨女，真的是「養在深閨人未識」，除了家中親人，一般不能隨便接觸外人。即不能被外人識見，也不可能去見識外人。在這種情形下，好男好女當然難以相見。既不能相見，又何能相戀？

事實上現代常用的「戀愛」一詞，古代是沒有的，古代有的只是「愛戀」。而古代的愛戀當然不等於現代的戀愛。這也等於從另一方面說明了古代並沒有等同於現代人所認識的「戀愛」這種觀念。

然而，卻也是自古以來就流傳著許多的情愛故事，只不過，大多數有關情愛的故事，因為受限於相見為難這一條件，自然形成和如今戀愛故事頗為不同的樣貌。因為既要描寫愛情男女，便得安排男女相見，但正常的相見實際上難見，所以大多的故事便得有所轉折，設為非常的情境，讓他們相見。雖然相見之後導致的結果也不一定就如當今所謂的相戀，但不論如何，男女之情與欲，總因為有了相見而後激起。

如果談男女情愛不侷限在現實世間，便可見到古來男女情事之故事，自志怪以來，即已常見，只不過多的是超自然的遭際而已。或者神仙奇遇，或者情鬼纏綿，或者妖幻見情，以至於身魂乖離等等，後來總不外乎神鬼妖異才見男女。其實，這些牽涉超自然的男女怪談，正是人心不免有情，又不能真正談情的情況下的一種反映。藉一種超常、反常的構設，以超越現實藩籬，為被傳統拘壓捆綁的內心，揭開一線可以滿足男女情事想像的空間。神仙鬼怪的接觸，超越現實，當然不受現實禮俗的限制。古來多少男女情事託身於神鬼妖幻，就在於惟有如此，男女可以自在相見。

當然古來也還有不離人間的故事，但是要把那男女相見寫得自

然，最自然的卻只能是男士與妓女的遭逢，就如〈李娃傳〉、〈霍小玉傳〉一類。否則如果要強調雙方都是正常好出身的男女，譬如〈鶯鶯傳〉，爲了使男女相見，就得想方設法，設爲一場非常的變故，如兵亂陷危與解圍等情節，使男女相見的安排，變得情有可原而不過分唐突。不過，即使相見了，出身良好家庭的男女，卻總還是再見爲難，因爲禮法規範的嚴刻依然。於是可以自由出入小姐閨房，爲小姐耳目的貼身丫鬟，便成了居間傳情的必要的第三者。紅娘在這類故事中之不可或缺，原因就在於此。否則初見之後的戀，便無以爲繼。

二

才子佳人小說是流行於明末清初的中篇章回通俗小說，那時候通俗小說的出版已經成了出版業一個重要的環節，也就是說當時已有相當程度的市場，可以支撐通俗小說的寫作、刊行。才子佳人小說大部分是當時的新作、新刊。

才子佳人小說的作者絕大部分強調男女主角出身良好或高貴，因爲他們認爲惟有這樣出身的男女才能配得上所謂「才子、佳人」的稱呼。但是如此一來，傳統男女大防的嚴限，自然就如影隨形，不可或逃。於是這一類小說的最重要的一個情節，往往就是落在如何讓「才子」、「佳人」相見的設想。

傳統社會好男好女的結合，主要的是父母之命、媒妁之言，而不是出自戀愛。因爲現實的條件，也不可能讓他們相見相戀。可是，大概由於這種所謂的「不可能」的禮俗關防，壓抑人性太久了，人心已漸「思變」。雖體制上好男好女仍然不可能因相見相戀而結合，但小

說作者們敏銳的嗅覺，似乎早已察覺從小說來突破這一侷限，是一個可以有賣點的構設。

才子佳人小說的作者們大多是有學養的好男，就像清初一些以「才子佳人」為內容的彈詞，作者大多數是好女一樣。這些好男好女內心裡大概早就對父母之命、媒妁之言的婚姻有所不滿，早就渴望著從中脫逃，去自己見、自己選心目中的好對象。即使現實上這幾乎是不可能的事，但小說（以及彈詞）的作者們還是就這樣的寫出了他們心目中的那種浪漫，只不過反映的是想望中的現實，而不是真正的人生現實。

才子佳人小說為了讓出身良好的男女主角由相見而相戀，當然就得在「相見」的因由上特別用心設計，一如〈鶯鶯傳〉一樣。

此類小說常常設定主角不滿意於那種被安排的婚姻，因此想方設法自求佳人，（彈詞或者就變成了佳人尋求才子），而佳人何處？如果一直安居家中自然一無所見，因此為遂所求，只得藉由外遊，既可增廣見聞，更可能有奇緣。才子佳人小說的主要情節之所以常在遊、求中開展，道理就在於此。

當然，外遊冀有所遇合，機會可能比呆守家中為多，但這也只是想像中的可能，既是好男好女，禮教大防四處皆然，於是各種讓才子佳人可以恰巧遭際遇合的情節構思，包括變裝（特別是彈詞寫女性出遊，就得變裝為男子）、錯認、指認等等，便都是小說中常常必須面對處理的問題。總之，要把不可能（相見）化為可能（相見），才子佳人小說就這樣，婉轉曲折的鋪寫出流行一時的「戀愛」小說。當然其中還有歹人、丑角的穿插，才子佳人詩文長才的鋪陳，不在話下。

三

　　才子佳人小說因為較為程式化的結構、書寫，而為《紅樓夢》所譏，更因此為後世論小說者長期疏忽，但它能風行一時，形成一種特殊的文化現象，卻絕不是可以隨便就輕忽以待的事實。而且就以小說的藝術而論，其中亦不乏佳作，不論在小說史或文化史上都是不可輕忽的存在。也就因此，而筆者在大約三十多年前，開始研究傳統小說時，就注意到這一類作品在小說史上受到忽略的事實。由於當時小說研究風氣未開，各地少見此類作品，筆者因此特別商請美國學界朋友遊學到日本時，代購藏於日本內閣文庫的諸多傳統小說微卷，包括代表性的諸多才子佳人小說。鑑於當時海峽兩岸對峙，不通聲息，而傳統通俗小說研究尚屬冷門，才子佳人小說更乏人觸及，筆者因此先寫出相關的導論式之介紹，接著並對其中較重要作家開始做了初步考證研究，而且也和書商約了重排校印其中數部代表作品。而後因為出國講學，計畫因而中斷，而個人對才子佳人小說的研究，也不再繼續。

　　然因為介紹之後，觀念已開，而大陸方面的研究風氣也漸開放，關於才子佳人小說的資料也陸續重新刊印發行，學子們研究已不再為資料難見所苦，筆者因此轉而引導博、碩士分別以才子佳人小說為研究主題。而由於當時的傳統小說研究風氣仍是乍開之時，所以學子們的重點大多仍是以傳統中文系的考證分析方式為主。

　　八十年代後期，特別是九十年代以後，大量西洋文學新理論的譯介，在海峽兩岸如排山倒海般出現，這使得文學研究者，即使不是外文系的畢業生，也能大量而有體系的吸收新的理論，並加以恰當的

運用。李志宏就是在這個時代浪潮底下的文學研究生，他自碩士時期從筆者研習傳統小說，筆者當時已知道他對小說理論相當有興趣，甚至可以說是沉溺於其中。筆者當時即認爲這是一個非常好的現象，因爲小說的研究畢竟還是要回到小說之文學性。因此各種相關理論的理解，便是一件非常重要的事。資料的考證誠然重要，但那只是研究的一個部分，而且是在較早期階段，才顯其重要性。由碩士到博士，志宏小說研究的理論切入，從敘述學開始，然後進入文化詩學的深度思考；研究對象從《儒林外史》而至系列的才子佳人小說。經過多年的沉潛，終於能對才子佳人小說的文學、文化意涵，提出相當全面而深入的見解，他的才子佳人小說研究，代表了才子佳人小說研究的新的局面。而今謹以隨喜之心情，爲此序文，既以爲賀，更以推介。

胡萬川

2008年10月於臺中寓所

序　言

　　近年來，我的研究主題主要在於釐清中國古代小說文體的概念、關係和創作現象。關於此一研究課題，早在二十世紀二十年代起，即受到學界的關注，諸如魯迅、胡懷琛、鄭振鐸和日本學者青木正兒等，皆對於小說文體的分類概念提出見解，其中尤以魯迅《中國小說史略》的影響最為深遠。時至今日，重新檢視學者所提出的文體概念，大抵可以發現其中存在兩個主要問題：一是受到以西律中的小說觀念影響，對於小說創作表現的理解強調其敘事性和虛構性；二是對於文體分類標準的設定，往往呈現出題材與形式並置的情況。因此，長久以來，學界對於中國古代小說文體演變問題的考察，雖然仍持續的梳理和釐清，但在許多問題的詮解方面，不免尚留有諸多無法符應中國古代小說創作實際現象的空白，猶待進一步的解決。

　　為能踵繼前賢研究成果，並嘗試提出一套研究觀點，我不揣學植尚淺，先以「明末清初才子佳人小說」和「明代四大奇書」為研究對象，試圖立足於文化詩學觀點之上，重新探論中國古代通俗小說創作現象及其文體表現，期能與學界既有研究成果進行對話。

　　首先，在「明末清初才子佳人小說」研究方面，撰有《明末清初才子佳人小說敘事研究》一書，此為師事胡萬川先生時所撰作完成的博士論文。基本上，本書視明末清初才子佳人小說興起，乃一特殊文

化現象。不論從流派觀點或類型觀點看待，才子佳人小說在程式化書寫中有其相對一致性的文體表現。為能深稽才子佳人小說創作的精神本體、美學規律、思想寓意和類型特徵，特借助於西方文藝美學理論進行總體性考察，以求明其創作的美學意義和文化價值。

其次，在「明代四大奇書」研究方面，撰有《「演義」——明代四大奇書敘事研究》一書。四大奇書作為「經典」之作，自問世以來即受到讀者關注，且影響極為深遠。有關四大奇書的文化身分、文體定位和藝術表現問題，亦成為論者所關注的學術研究熱點。尤其在文體的界定方面，所謂「奇書體」、「奇傳體」的提出，皆有其不可忽視的學術見解。本書基於對話和重探的立場，特從「演義」的文體視角針對四大奇書的書寫性質和著述意識進行探論，以求明其敘事話語的實際表現。

當今學術出版與經營的環境日益艱難，上述兩本學術專著原係由其他出版社出版，如今卻已無以為繼，令人深以為憾。惟承蒙五南圖書出版公司第六編輯室副總編輯黃文瓊小姐厚愛，力邀合作重新出版，因而讓既有的學術研究成果得以通過嶄新面貌再度問世。在此，本人特別以此新序向五南圖書出版公司衷心表達感謝之意，亦期望兩本學術專著能再持續為學界提供可資參考的研究見解和觀點，誠感萬幸。

是為序。

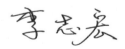

謹誌於臺灣師範大學國文學系勤838研究室

摘　要

　　明末清初是中國歷史發展分期中的一個特殊時期,無論從歷史政治、社會經濟、思想文化、文學藝術等方面來看,都產生了極大且深刻的轉型和變化。在這樣一個引人關注的時代裡,才子佳人小說形成一種集體敘事現象,使得諸多作品在敘事上建立了相對一致而特殊的意向性表現,深刻地反映了明末清初時期文人的文化心理與創作觀念處於轉化階段的歷史現實。從中國古代小說發展源流來看,才子佳人小說出現在《金瓶梅》和《紅樓夢》之間,具有承前啓後的創作表現和歷史意義。不過,以往人們可能對於《金瓶梅》和《紅樓夢》等經典小說進行鉅細靡遺的研究,但是對於才子佳人小說的相關研究,在深度和廣度上則相對忽略或較少涉及。

　　本文研究論題為「明末清初才子佳人小說敘事研究」,主要研究對象是以清代乾隆以前時期的代表性作品為主。依孫楷第《中國通俗小說書目》記載,在清代康熙以前出現的作品有二十七部,除去《宮花報》存目不見、《夢月樓情史》、《錦疑團》殘缺不全以及《風流配》、《快心編》文體不合者,今可見完整作品計有《吳江雪》、《平山冷燕》、《玉嬌梨小傳》、《飛花詠》、《兩交婚小傳》、《金雲翹傳》、《麟兒報》、《玉支璣小傳》、《畫圖緣小傳》、《定情人》、《賽紅絲小說》、《幻中眞》、《人間樂》、

《情夢柝》、《玉樓春》、《春柳鶯》、《夢中緣》、《合浦珠》、《賽花鈴》、《鴛鴦媒》、《飛花艷想》、《好逑傳》等二十二部作品。另依江蘇省社會科學院明清小說研究所、文學研究所編《中國通俗小說總目提要》收錄清代乾隆以前出現的作品書目，另有《醒名花》、《生花夢》、《宛如約》、《孤山再夢》、《醒風流》、《蝴蝶媒》、《鳳凰池》、《終須夢》、《巧聯珠》等九部。據此，本文總計討論所及之作品數量爲三十一部。

　　本文研究主旨將著重聚焦於作品本體特色與作家精神生產性質方面進行探究，研究取徑主要針對特殊時期的文學現象做一整體性、系統性的考察，深入分析小說文本的審美本質和藝術特徵，期能在有關小說敘事建構的本體考察、美學規律、思想寓意和類型特徵等層面的探討上，對於明末清初才子佳人小說敘事與作家集體創作心理表現有更進一步的了解，同時希冀能拓展新的研究視角，藉以深入詮釋才子佳人小說作家的創作心態、作品的類型價值和作品的主題意涵，從中說明明末清初才子佳人小說集體敘事現象的構成，在小說流派、文學歷史和文化語境中所具有的實際地位和文化意義。由於近、現代西方在文學研究方法論的建構與運用有其突出表現，現代的文學研究者亦逐漸意識到採用新的研究方法重新分析中國古代小說藝術形式表現的重要性，並已有顯著的成效。因此，本文研究方法是以「敘事」的分析爲基礎，藉由不同文藝美學理論的參照運用，期能在相對客觀的角度上從才子佳人小說自身的創作特點出發，重新論述才子佳人小說的美學表現，進一步闡明才子佳人小說的美學意義和文化價值，並給予適當的詮釋和評價。

　　本論文凡分六章：

　　第一章　緒論。本章旨在說明明末清初才子佳人小說生成背

景、作品定位、研究概況、研究動機、研究方法與原則。

　　第二章　原型：才子佳人小說敘事建構的本體精神。本章從神話─原型批評和原型理論觀點探究明末清初才子佳人小說創作的原始意象、原型母題和原型模式，藉以說明其類型化表現的精神意義，主要從原型移用觀點闡論小說創作發生的文學意義、美學價值和文化底蘊，並說明小說創作本身所體現的原型精神。

　　第三章　話語：才子佳人小說敘事建構的意指實踐。本章將明末清初才子佳人小說的創造及其流行，視為作家群體利用敘事成規以參與現實的一種集體欲望的文化表徵，可能蘊含了特殊的意指實踐，主要探討小說話語構成作為文化釋義之表意形式的本質及其審美規範。

　　第四章　寓言：才子佳人小說敘事建構的主題寓意。本章將明末清初才子佳人小說敘事創造視為社會的象徵性行為的表現，在歷史語境和社會文化的互動影響下，小說話語構成、敘事形態和文體形式的類型化表現，無形中使得小說文本在集體敘事現象構成中具有寓言的內涵，主要從詩言語的話語特性和求女行動的解讀上探究小說的主題寓意。

　　第五章　類型：才子佳人小說敘事建構的美學機制。本章將明末清初才子佳人小說界定為通俗文學話語系統下的一種類型，整體敘事創造在共相性的審美慣例制約下具有定型化的美學特質，進而形成特有的基本幻象，主要探究小說文本作為大眾文本的形態特徵及其敘事建構的美學機制。

　　第六章　結論。本章綜括明末清初才子佳人小說敘事創造的美學意義和文化價值，認為作家在才子追尋佳人的浪漫故事建構中，以「遊與求女」的意識形態素進行敘事創造，其中「追尋歷程」作為才

子佳人小說敘事話語的審美生命形式表現，普遍體現出作家群體期盼科舉入仕與夫婦齊家雙重理想實現的內在集體欲望，並反映了特定時代作家對於現實的一種理解和解釋。末則說明在研究過程中所獲得的啓示，一則明言研究價值之所在，二則作爲後續研究之參考。

　　本文主要通過上述論題之深入探究，從不同的理論視野說明明末清初才子佳人小說敘事的美學意義和文化價值，從中建構文化詩學研究的基本徑路和思維體系，並提供個人詮解文學現象或文化現象時的基本理念和看法。

目　次

第一章

緒　論

才子佳人

　　明末清初是中國歷史發展分期中的一個特殊時期①。處於世變階
段，無論從歷史政治、社會經濟、思想文化、文學藝術等方面來看，
整個時代都產生了極大且深刻的轉型和變化。在這樣一個引人關注的
時代裡，「才子佳人小說」②以其別具特色的藝術姿態興起，廣爲流

---

① 關於「明末清初」的歷史意義和內涵，歷史研究者大致認為是中國古代歷史分期中的一個特
　殊階段，在文化上具有世變、轉化和傳承的諸種共同特徵，以致無法在時間上做一截然分
　割。根據學者以「明末清初」為斷代的文史論文來看，學者們一般將其界定起自明代隆慶、
　萬曆，下至清初康熙。就中國小說史的歷史分期來說，明末清初之時間斷限，大體與此類
　同。李忠明則認為以17世紀來規範明末清初之時間斷限，較為符合通俗小說創作及發展之實
　際情形。見氏著：《17世紀中國通俗小說編年史》（合肥：安徽大學出版社，2003年），頁
　5。
② 對於「才子佳人小說」一語的使用，基本上承繼的是傳統小說研究的命名觀點，關於才子佳
　人小說是否具有構成一種類型或流派的美學特徵表現，將在後文的專題論述中逐章探討之。
　今可見最早出現之才子佳人小說為《玉嬌梨》，據林辰考證《玉嬌梨》當為當時重要之小說
　家天花藏主人的第一部長篇才子佳人小說作品，成書時間應於明末。見林辰：《明末清初小
　說述錄》（瀋陽：春風文藝出版社，1988年），頁91及頁141-142。

行於世③，當具有特殊的文化指標意義。目前學者們大體認為才子佳人小說興起於明朝末年至清朝順治年間，盛行於康熙、雍正、乾隆三代。以文學發展的眼光來看，才子佳人小說的創作發生及其流行，在中國古代小說發展史上是一個不可忽略的重要文學現象，對於其後狹邪小說、清末民初的鴛鴦蝴蝶派小說乃至現代通俗言情小說創作的接續發展和形態轉化有著深刻的影響。今觀明末清初才子佳人小說創作在歷時發展中所形成的「集體敘事現象」④，使得諸多作品在共時語境下構成了相對一致而特殊的符號表現，基本上反映了明末清初時期的特定文化心理及小說敘事觀念轉化的文化事實，實值得深入探討。為期有效展開本研究相關論題及其論述內容，以下將針對整體研究思考導向及其徑路做一說明。

第一節　明清通俗文化思潮下的才子佳人小說創作

　　明末清初才子佳人小說問世，基本上是在明清時期通俗文化思潮盛行影響下而產生的一種小說文體或小說類型。以今觀之，才子佳

---

③ 從現有目錄輯錄情形來看，孫楷第所著《中國通俗小說書目》卷四〈明清小說部乙〉列有七十五種（北京：人民出版社，1991年）。日本學者大塚秀高《中國通俗小說書目改定稿》則進一步列出一些才子佳人小說作品，如《平山冷燕》、《玉嬌梨》的不同版本，可見此類小說在不同時期被刊刻再版的情況（東京：汲古書院，1984年）。江蘇省社會科學院明清小說研究中心、文學研究所合編之《中國通俗小說總目提要》亦列有才子佳人小說五、六十種（北京：中國文聯出版公司，1991年）。小說數量可謂不少，顯見其流行和受讀者歡迎程度。關於才子佳人小說出版和流行的情況，詳細論述可參新加坡學者周建渝所著《才子佳人小說研究》（臺北：文史哲出版社，1998年），頁73-94。

④ 關於「集體敘事現象」的說法，在本文研究中係指才子佳人小說作為敘事，在特定時期大量集中出現下構成了一種現象存在，眾多作品在話語構成和意義傳達方面具有其內在一致的意向性。

人小說出現於特殊的歷史文化轉型時期，其敘事建構背後有其複雜的社會經濟背景、思想文化背景和文學類型演變的內在規律等等影響因素⑤，以下即從通俗文化思潮的影響及其作品定位做一說明。

壹、通俗文化思潮影響下的才子佳人小說創作

自明代中晚期以來，新的文化思潮興起，對於傳統知識分子的心態產生重大影響⑥，其中通俗文化思潮對於小說創作的影響爲多。由於才子佳人小說話語系統受到儒學核心價值體系的轉換、商品經濟文化市場的影響及言情主題論述的選擇等三個方面的影響，整體敘事創造可以說呈現出獨具時代特色的藝術形式及美學表現。基本上，明末清初才子佳人小說作爲文化釋義系統中的一種表意形式，其話語實踐（discursive practice）必然承載著歷史文化轉型中各種可能的文化釋義結果。因此，爲有效理解才子佳人小說創作發生及其敘事意向建構的實質表現，實有必要針對明清通俗文化思潮的影響做一背景性的說明。

---

⑤ 方溢華：〈論才子佳人小說的成因〉，《廣州師院學報》（社科版），1991年第4期，頁21-28。張俊：《清代小說史》（杭州：浙江古籍出版社，1997年），頁55-57。李修生、趙義山主編：《中國分體文學史‧小說卷》（上海：上海古籍出版社，2001年），頁343-344。周建渝：《才子佳人小說研究》，頁19-20。

⑥ 張少康指出：「從明代中葉起文藝上出現了一股前所未有的新思潮，它的基本特徵是：強調文藝是未受封建『聞見道理』污染的純潔心靈之體現，是具有個性解放色彩的自由情性之抒發，提倡真情而反對假理，主張師心而反對復古，它與傳統的言志載道、美刺諷諫文藝思想形成鮮明的對立，而具有很明顯的叛逆性。」見氏著：《中國文學理論批評發展史》（下）（北京：北京大學出版社，1995年），頁161。

一、就儒學核心價值體系的轉換而言

　　明末清初才子佳人小說創作的發生，實與明清通俗文化思潮深有關聯，而明清通俗文化思潮的興起與盛行，又與明代中期以來的儒家思想文化所經歷的重要轉換歷程密切相關，深深地影響了當時人們的社會生活方式和思想行動。

　　明代中期開始，陸王心學對於程朱理學的核心價值體系所進行的批判性思考，在文化思潮轉型方面產生極大的衝擊，可說是一次重要的哲學突破。基本上，這一時期思想文化產生轉換和變化的原因，主要在於儒學核心價值的思考、辯證和批判之上，這使得程朱理學原本在一定歷史時期內在主流文化中占主導地位，並指導、支配人們的思維方式及行為準則的價值觀念和道德理想因而有所轉變，其中「天理與人欲」、「天命之性與氣質之性」、「道心與人心」、「公與私」、「義與利」等核心價值範疇的提出，即成為文人行文著述的立論焦點[7]。由於王陽明心學提出「心即理」、「致良知」和「知行合一」等諸多哲學命題，加以王門後學中的王艮、羅洪先、王畿、顏元、何心隱、李贄等人進一步對王學思想內涵進行解構和重建，文人們在人性重建和自由意識的開展下，對於「天理」和「人欲」的核心價值的思考有了更為深入的討論，並影響及於明清文藝思潮的發展和演變[8]。

　　自明代嘉靖、萬曆以來，由於陸王心學的日益興盛，使得原先程

---

[7] 相關討論可參王國良：《明清時期儒學核心價值的轉換》（合肥：安徽大學出版社，2002年）。

[8] 相關討論可參潘運告：《衝決名教的羈絡──陽明心學與明清文藝思潮》（湖南：湖南教育出版社，1999年）。

朱理學中倡導的儒學道德綱常和倫理秩序受到極大的挑戰和顛覆。當時的文藝審美思潮亦在思想文化轉型中經歷了重要的嬗變歷程，分別在「情」、「理」、「眞」、「趣」的論題上引發了不同派別作家在審美意識上的角力和衝突，諸如復古主義、革新意識、開通意識、尙雅意識、求實意識和通俗意識等等論述紛紛出現，因而造就了中國審美意識史上極爲重要的一個歷史時期，別具創作氣象⑨。此外，在儒學核心價值的轉換上，明清文藝思潮亦在各種文藝創作形式表現下，積極地證成和確認儒學核心價值轉換後的思想內涵，對於整個時代思想文化的發展趨向亦產生不可忽略的影響作用。尤其，文藝領域和審美思潮中的「通俗意識」，在上述轉換歷程中獲得了許多文人的重視和實踐——諸如徐渭、湯顯祖、袁宏道、馮夢龍、凌濛初、李漁、洪昇、孔尙任、蒲松齡、吳敬梓、曹雪芹等文人皆參與其中，因而有了得以積極發展的空間。明清文藝思潮在不同的通俗文藝創作形式參與革新與建構的情形下，甚至回過頭來又在儒學核心價值及其秩序的解構與重建上扮演了推波助瀾的重要角色。

　　在明清文藝思潮的影響下，許多文人積極調整個人思想的價值座標，在某種程度上推動了文學觀念的革新和改變，不僅促成了「通俗小說價值觀」的確立，並由此建立起「寓教於樂」的創作原則，使得通俗意識審美思潮爲之抬頭並逐漸擴大其影響範圍⑩。從中國古代小說源流及其發展來看，明清時期以反映世俗現實生活和描寫普通市民人物爲主要特徵的「人情—寫實」小說風行一時，並與「歷史—傳

---

⑨　張靈聰：《從衝突走向融通——晚明至清中葉審美意識嬗變論》上編（上海：復旦大學出版社，2000年），頁3-127。

⑩　吳建國：《雅俗之間的徘徊——16世紀至18世紀文化思潮與通俗文學創作》（長沙：岳麓書社，1999年），頁91-126。

奇」、「神魔—幻怪」等話語系統在文體表現上形成對話關係，因而開拓了新的創作局面，而其重要原因正在於通俗文化思潮的影響。更進一步來說，在「人情—寫實」的審美理想表現的要求上，眾多作品又以「情」之書寫及其話語實踐為前提，因而多藉由「人性」和「情欲」的思想辯證，從中寄寓和表達文人所重視的生命課題和審美理想。其中以《金瓶梅》為代表的章回小說及《三言》、《二拍》為代表的話本小說應時而生，在中國古代「言情」文學傳統中可謂別具寫作氣象，深深地影響其後小說創作流派的形成及其精神風貌的轉變和表現。因此，在「人情—寫實」通俗文學精神影響下進行創作，作家除繼承言情文學傳統的慣例，亦紛紛透過不同藝術形式的創造，從不同側面關注人性和情欲的矛盾和衝突。就歷史與創作的關係而言，不同類型作品創作之所以能形成一種文學流派或精神風貌，其藝術表現自有其重要的歷史意義和文化價值。

　　大體而言，明末清初才子佳人小說作為「人情—寫實」小說的分流，對於明清通俗文藝思潮中的言情傳統自然有所繼承，也有所創新。才子佳人小說在「情」的主題思想架構下，以才子／佳人愛情遇合的生命歷程作為小說敘事創造的主軸，基本延續了明清儒學價值體系中對於「天理」與「人欲」的生命課題的深層關懷。不過，明末清初才子佳人小說在「言情」和「寫情」的創作過程中，已不像在此之前的作品以轉換儒學核心價值體系為其創作前提，而是藉由才子和佳人「貞情不渝」的情感理想表現，隱隱傳達出「以情制淫」和「情理合一」的終極價值觀念[11]。在某種意義上，小說敘事創造可以說是對當時有關重視人欲的極端主張的一種反撥，由此為世變階段的時代社

---

[11] 唐富齡：〈明清之際愛情小說的裂變與斷層趨向〉，《武漢大學學報》（社科版），1988年第4期，頁100-106。

會文化提供另一種價值辯證。在傳情達意的書寫中，明末清初才子佳人小說之創作，當具有特定的主題寓意。

二、就商品經濟文化市場的運作規律而言

明代中期以來，通俗文化思潮的興起也與商品經濟的萌芽與發展有關，並深刻地影響了通俗文藝創作的流行。由於明代中期開始商業逐漸繁榮並帶來商業人口，江南地區以及東南沿海地帶的商業中心因地利之便而迅速崛起。基於文化市場消費的拓展和需要，商人依據大眾文化階層的閱讀接受心理與商業發展的經濟效益之了解，積極推動通俗文化商品的生產和消費，使得通俗藝術創作的商品性及其藝術生產機制應運而起[12]。

首先，在明清時期通俗文化思潮的影響下，通俗文學創作的盛行與印刷出版事業的興起密切相關[13]。以通俗小說創作及其刊刻爲例，從明朝嘉靖到萬曆的歷史發展過程中，通俗小說創作在文人的推動和書坊主的擴大推銷下，從重新起步到迅速發展，其創作中心亦由福建建陽地區向外擴展至江浙地區，其主要原因即在於文人的讚賞和支持，並進而投入編輯、創作和評點的行列。由於文人階層的輿論變化

---

[12] 有關通俗小說被視爲「不經之書」，但卻廣爲刊刻的情形之相關論述，可參張秀民：《中國印刷史》（上海：上海人民出版社，1989年）。由於受到商業經濟發展之影響，市民階層文化在價值觀與消費觀方面已產生了極大的變化。相關討論可參建中：〈論明清之際通俗文學中社會價值取向的嬗變〉，《明清小說研究》，1990年第3、4期，頁64-74。毛德富：〈明中後期市民文學中的價值變異與消費觀念〉，《文藝研究》，1998年第2期，頁55-64。

[13] 有關明代中期以來商業經濟繁榮帶動了印刷出版業的興起，並且影響了通俗文化思潮的發展和通俗小說的創作及其出版。相關探討可參胡衍南：《食、色交歡的文本——《金瓶梅》飲食文化和性愛文化研究》（新竹：清華大學中國文學系博士論文，2001年），頁1-26。另有關明清通俗小說發展的具體情況，可詳參陳大康：《通俗小說的歷史軌跡》（長沙：湖南出版社，1993年）。

和觀念革新，帶動了通俗小說創作的流行⑭。因此，明朝中期以來，以「書坊」爲主體的印刷出版事業大量興起出現。在此一商業基礎上，好儒求名的商人與文士名流交往合作的情形所在多有，這不僅使得文人著述得以通過刊刻而廣爲流傳，同時也提升了商人的文化品味和社會地位⑮。此外，明清時期馮夢龍、凌濛初、金聖歎、張竹坡、葉晝等通俗小說家和評點家積極參與編輯、撰作、評點和出版等工作，基本上都可說是在普遍的文化消費需求影響下而涉足文化市場。以今之所見明末清初才子佳人小說的出版來說，其刊刻、出版乃至流行，無疑與當時書坊營刻書業的文化市場需求和經濟利益密切相關。經學者研究考證得知，這些小說出版與流行的地區，便包括了北京、南京、蘇州和廣州，以及江南等地⑯。明清時期商品經濟模式不斷通過文化市場機制的運作而逐漸定型，通俗小說創作本身在書坊主和文人的相互配合下，實際上有其明確的商業目的⑰。依此現象來說，在商業經濟利益追求的主導下，明末清初才子佳人小說創作得以廣爲流通，進而流行而成爲特定流派或文學類型，自不能不與作品本身的商品性表現和文化市場的需求有所關聯。

其次，由於商品經濟運作規律和通俗文化思潮的影響，在一定程

---

⑭ 陳大康：《明代小說史》（上海：上海文藝出版社，2000年），頁537-590。

⑮ 鍾惺在〈題潘景升募刻吳越雜志冊子〉一文中指出：「富者有資財，文人饒篇籍，取有餘之資財，揀篇籍之妙者刻傳之，其事甚快，非唯文人有利，而富者亦分名爲。」見氏著：《隱秀軒集》（上海：上海古籍出版社，1992年），頁564。另可參王瓊玲所撰〈清初江、浙地區文人「風流劇作」之審美造境與其文化意涵〉一文，收於李豐楙、劉苑如主編：《空間、地域與文化──中國文化空間的書寫與闡釋》（下）（臺北：中央研究院中國文哲研究所，2002年），頁91-210。

⑯ 周建渝：《才子佳人小說研究》，頁78-88。

⑰ 任明華：〈明清才子佳人小說的地域特徵和興盛原因〉，《曲靖師專學報》，1997年第2期，頁1-4，8。

度上孕育了文人重視「本心」的自由意志，促成了文人雅士重視「人性」的平民心態，因而使得通俗文學創作得以在「與經史並傳」的認知下而有所發展和興盛，並影響及於題材的選擇。李贄在《焚書》卷三即借助王學「以心為本」的心學學說而提出「童心說」：

> ……夫童心者，絕假純真，最初一念之本心也。……天下之至文，未有不出於童心焉者也。苟童心常存，則道理不行，聞見不立，無時不文，無人不文，無一樣創制體格文字而非文者。詩何必古《選》，文何必先秦。降而為六朝，變而為近體，又變而為傳奇，變而為院本，為雜劇，為《西廂曲》，為《水滸傳》，為今之舉子業，大賢言聖人之道皆古今之文，不可得而時勢先後論也。故吾因是而有感於童心者之自文也，更說什麼六經，更說什麼《語》、《孟》乎[18]？

　　從童心說出發，正視通俗文學創作在文學演變過程中的意義及其價值，無疑是明代中期以來文人階層的文學觀念產生轉換的重要表現。在重視本心的文學思想影響下，文人階層開始真正接近現實社會生活，從而更為深刻地關注人性和生命的課題，使其創作本身帶有一種接近「人倫日用」的平民色彩，顯現了陸王心學中的「百姓日用即道」的基本精神[19]。因此，從嚴肅的雅正文學殿堂進入以消費娛樂為創作前提的通俗文化市場，文人在通俗意識的審美思維影響下，逐漸

---

[18] 不著撰者：《中國歷代文論選》（中）（臺北：木鐸出版社，1987年），頁332-333。

[19] 張靈聰：《從衝突走向融通——晚明至清中葉審美意識嬗變論》，頁124-126。

以「寓教於樂」的原則進行創作。如此一來,在商品的出版生產與消費流行之間,文人無疑必須進一步審視現實生活,以便從中擇取「適俗」的題材進行創作,一方面在求「眞」的審美意識要求下積極傳達世態人情,另一方面也在尙「趣」的審美意識要求下以其遊戲筆墨寄寓人生思考,由此而滿足大眾文化讀者群體的閱讀期待和消費樂趣。無可諱言,明清時期通俗文學創作的整體表現,乃是以符應大眾文化階層的普遍意識需要和內在情感願望爲主要考量。這樣的創作考量,實已與中國傳統文人向來視文章著述爲「經國之大業,不朽之盛事」的道統觀念有所不同。綠天館主人在《古今小說・序》中論及通俗文學觀念時即指出:

> 大抵唐人選言,入於文心;宋人通俗,諧於里耳。天下之文心少而里耳多,則小說之資於選言者少,而資於通俗者多。試令說話人當場描寫,可喜可愕,可悲可涕,可歌可舞,再欲捉刀,再欲下拜,再欲決脰,再欲捐金。怯者勇,淫者貞,薄者敦,頑鈍者汗下。雖小誦《孝經》、《論語》,其感人未必如是之捷且深也。噫,不通俗而能之乎[20]?

正因爲如此,在有關通俗文學創作的論述和實踐的表現中,文人階層的文學觀念和文學價值判準明顯隨之產生轉化和變革,因而造就了一股新的創作氣象。

---

[20] 黃霖、韓同文選注:《中國歷代小說論著選》(上)(南昌:江西人民出版社,2000年),頁225-226。

對於明末清初才子佳人小說而言，在明清通俗文化思潮影響下，作家們選擇以通俗白話章回小說形式進行創作，其中既包含了商品經濟因素的思考，更重要的是呈現出當時文學觀念已產生轉換的結果。在精神生產和商業消費之間，作品本身所具有的複雜文化因素，已不單純只是文學創作的藝術生成和美學表現的問題而已。小說敘事創造可視為一種時代文化精神和社會現象的具體反映，在文化釋義系統的表意方面，實有其不可忽略的重要性。

三、就「情」之論述及其內涵而言

歷來研究明代思想史和文學史的學者們，都注意到中晚明以來士風新變與文風發展的關係極為密切，其中文人心態在政治社會變化下的轉折與走向，深刻地反映在浪漫主義和人文主義的思想表現之上。由於文人對個人才性的強調，對人的真實情感的肯定，所謂「真心」、「真色」、「真情」、「真聲」的論述和追求，無不以「求真」和「重情」的抒發，作為文藝創作表現的重要前提。其中所謂「情之所鍾，正在我輩」（《世說新語・傷逝十七》），原是魏晉風度中文人說明個人尊情適性的一種思想情感表現，然而時至明清時期，卻已然成為文人引以為言情論述的重要思想內涵。在某種意義上，明代中晚期以來所形成的言情思潮，普遍地展現了文人視「情」為生命情調之所在的人格表現和基本心態[21]。因此，「言情」思想的提出，「尊情」論述的強調，乃至「寫情」創作的流行，在明清時期蔚為一股文化思潮。當時諸多文藝創作以「言情」和「寫情」為藝術

---

[21] 有關陽明心學與晚明言情思潮之關係的討論，可參左東嶺：《王學與中晚明士人心態》（北京：人民文學出版社，2000年），頁602-674。

呈現的核心，不僅使得情論成爲學者關注之所在[22]，而且在此基礎上所建立起「尊情」的美學觀和文藝觀，都與「情」之演義和認知有著密不可分的關聯性[23]。

　　自明代中期王陽明心學提出以來，不論是著重個人與群體的關係方面或主體與客體的關係方面的論述，在在都展示出當時文人追求個性解放的啓蒙哲學觀念和改革思想內涵。尤其，在「情」的價值體系的辯證中，更具有突出的言論表現。在中國古代傳統文化中，男女關係在宗法制度和禮教綱常的限制下，所謂「男女之別」和「夫婦之義」是倫理綱常制度得以維持和建立的基礎。在重視倫理道德秩序的傳統文化中，男女自然情性中的眞情、純情和貞情表現，往往被禮教禁錮而不得自由發展[24]。因此，明清文藝思潮中的心學思想及其言情主張，在很大程度上是對於程朱理學所主導之有關「天理」制衡「人欲」的儒家核心價值體系的一種具反撥性的思考和挑戰。以今觀之，諸多文人透過大量的通俗文學形式的編輯和創作，其目的乃在於「借男女之眞情發名教之僞藥」[25]，亟欲借此喚醒人們普遍重視人性情感之本質。因此，在重視人性和自由的前提下所展開的「情」與「理」的辯證，無形中提供了文人在言情論述上可資發展的論題和具體思想表現。從李贄「童心說」首做理論上的發軔，對「摒情遵理」的思想進行批判，其後再經過湯顯祖、袁宏道、馮夢龍等文人分別在戲劇、散文、小說和民歌等方面的創作實踐上，提出「主情反理」和「情

---

[22] 陳萬益：〈馮夢龍「情教說」試論〉，見氏著：《晚明小品與明季文人生活》（臺北：大安出版社，1988年），頁165。

[23] 夏咸淳：《晚明士風與文學》（北京：中國社會科學出版社，1994年），頁179-208。

[24] 何滿子：《中國愛情小說中的兩性關係》（上海：上海書店出版社，1999年），頁13-17。

[25] 馮夢龍：《明清民歌時調集·敘山歌》（上海：上海古籍出版社，1986年），頁270。

理合一」重要主張，因而得以在「崇俗」與「尊情」交融並置的文化心態及其話語實踐上創造出一種新的審美時尚㉖。從「尚理」到「重情」，明清文人在「情」之本體的建構過程中，其心理也經歷了重要的思想文化轉換歷程。今可見者，湯顯祖在肯定情的力量和價值時，便提出了「情不知所起，一往而深，生者可以死，死可以生。生而不可與死，死而不可復生者，皆非情之至也」㉗的「至情」觀。馮夢龍自言「情癡」，因而彙編《情史》，在序言中主張「天地若無情，不生一切物。一切物無情，不能環相生。生生而不滅，繇情不滅故。四大皆幻設，惟情不虛假」㉘的「情教」觀。這樣的言情論述一直延續到明末清初才子佳人小說，作家以「萬物有情」為本，由此演繹「情既鍾於是人，則情應定於是人矣」的「定情」觀，正如《定情人》序言所云：「情定則如磁之吸鐵，拆之不開；情定則如水之走下，阻之不隔。……而情定則由此而收心正性，以合於聖賢之大道不難矣。」大體上，從明清文藝思潮中的言情內涵來看，在人的諸多自然情性之所發的情欲當中，有關「男女之情」之抒發，無疑受到晚明以來文人的極大關注和重視，並且通過諸多詩文創作以發為題詠㉙。無庸諱言，明清文人在言情、寫情思想表現上，可謂一脈相承又有所變化，當人們不斷以「情」作為文藝創作的內在動力，試圖一反禮教限制而

㉖ 朱義祿：《逝去的啟蒙——明清之際啟蒙學者的文化心態》（鄭州：河南人民出版社，1995年），頁244。

㉗ 湯顯祖：〈題詞〉，見王思任、王文治評點：《牡丹亭》（石家莊：花山文藝出版社，1996年），頁1。

㉘ 詹詹外史（馮夢龍）：《情史》（上）（臺北：廣文書局，1982年），未標頁碼。

㉙ 明末清初小說戲曲中的詠「情」之句空前增多，體現了對愛情問題的重視。吳秀華認為造成詠情文學現象的原因，「除了明末清初崇情抑理思潮的催發作用外，也與這一時期士人追求世俗享樂的心態密切相關。」見氏著：《明末清初小說戲曲中的女性形象研究》（南京：江蘇古籍出版社，2002年），頁181。

從中表現人的眞實情欲，相關論述大量而深刻地反映在各種不同形式的通俗文藝創作之中，足以顯見明清文藝思潮的強大影響作用[30]。

當我們論及明末清初才子佳人小說與明清文藝思潮的關聯時，自不能不與當時的戲曲創作和演出情形做一聯繫說明。自明代中晚期以來，由於受到言情、寫情文藝思潮的影響，明清時期的傳奇戲曲作品出現了許多以才子佳人遇合、婚戀爲題材的佳作[31]，形成「十部傳奇九相思」的文學現象[32]。與此同時，明末清初才子佳人小說的創作也應運而出，從而蔚爲一種小說類型或流派，普遍風行於世。由於當時人們肯定「才子佳人配合是千古風流美事」，因此在言情和寫情之間，才子佳人戲曲、小說以其通俗文學藝術形式出現，可以說在適俗創作上「塡補了當時人們在生活夢幻和現實之間的缺憾，滿足了人們實現不了的感情遊歷」[33]。今從文學歷史演變情形觀之，在明代萬曆至清代康熙年間，才子佳人戲曲、小說的確風靡一時，戲曲、小說紛紛以仕宦家族的理想青年男女的戀情爲主要的寫作題材和描寫對象，明顯創造出不同以往以愛情婚姻爲題材的文學作品，展現出獨特的

---

[30] 盧興基：〈清初的才子佳人小說──清代人情小說試論之一〉，《陰山學刊》（社科版），1988年第2期，頁1-10。馬曉光：〈天花藏主人的「才情婚姻觀」及其文化特徵〉，《中國人民大學學報》，1989年第2期，頁98-105。雷勇：〈明末清初文藝思潮的演變與才子佳人小說的「情」〉，《甘肅社會科學》，1994年第2期，頁87-91。

[31] 有關才子佳人戲曲之文藝思潮背景及其藝術表現的分析，可參王瓈玲：〈明末清初才子佳人劇之言情內涵及其所引生的審美構思〉，《中國文哲研究集刊》第十八期，2001年3月，頁139-146。

[32] 姚旭峰：〈試論明清傳奇中的「才子佳人」模式〉，《上海大學學報》（社會科學版），1996年第2期，頁39-44。

[33] 王晶：《西方通俗小說：類型與價值》（昆明：雲南人民出版社，2002年），頁143。

審美趣味[34]。經歷來學者研究得知，吳炳的《綠牡丹》、《情郵記》等作品對於江浙一代才子佳人小說的創作問世有其重要的影響[35]。此外，明清戲曲、小說對於才子佳人主題進行演繹，兩者同時在「敘事」的基礎上，各自以不同文體樣式展演相同故事題材的情形經常可見，諸如明代傳奇《意中人》和明末清初小說《定情人》[36]，明代傳奇《燕子箋》和清代小說《燕子箋》，以及明末清初小說《玉嬌梨》和清代傳奇《珊瑚鞭》等作品，皆有類同的敘事表現[37]。由此可見，明清之際的言情、寫情思想與才子佳人主題的結合，無疑促使戲曲和小說在彼此融通和互爲參照的敘事建構下，共同成爲明清之際通俗文學創作的重要藝術形式表現。

貳、作品定位：才子佳人小說的文學品格

明末清初才子佳人小說在明清通俗文藝思潮影響下大量出現並廣爲流行，具有其特殊而重要的美學意義和歷史文化價值。然而，長久以來，人們囿於文學閱讀接受的慣例化和模式化，或許早已習慣中國傳統才子佳人文學的故事題材和情節模式，從而忽略了明末清初才子佳人小說作爲「通俗文學」（popular literature）的作品定位及其審

---

[34] 郭英德：〈論晚明清初才子佳人戲曲小說的審美趣味〉，《文學遺產》，1987年第5期，頁71-80。李中耀：〈論明傳奇中的才子佳人婚姻觀〉，《新疆師範大學學報》（哲社版），1990年第4期，頁91-98。

[35] 李勁松：〈論吳炳與才子佳人小說〉，《明清小說研究》，1992年第3、4期，頁393。

[36] 李進益：《天花藏及其才子佳人小說研究》（臺北：中國文化大學中國文學系碩士論文，1988年），頁40。

[37] 周建渝：〈才子佳人主題：明清傳奇與小說敘述的同與異〉，見黎活仁等主編：《方法論與中國小說研究》（香港：香港大學亞洲研究中心，2000年），頁71-102。

美實踐表現。因此，在相關的探討和批評上，以往人們多將才子佳人小說置於「嚴肅文學」或「純文學」的創作場域裡進行研究，對於才子佳人小說的藝術形式及其美學表現多所批判，而較少從通俗文學的創作機制和流行文化的接受態度等方面說明其作為一種小說類型或流派的美學意義和歷史文化價值。因此，在以往研究成果上，普遍認為才子佳人小說創作缺乏深刻的主題思想和精神意蘊。今有鑑於此，在本文展開具體研究以前，實有必要以前賢研究成果為基礎，對才子佳人小說的文學品格做一說明，以為後文研究論述之依據。

一、流行：才子佳人小說的問世和出版

　　無論明末清初才子佳人小說作為一種文學現象或一種文化現象，小說創作之興起與流行，既有文學形態發展演變的內部規律因素，亦有歷史文化語境制約影響的外部發展因素，在上述兩方面的相互結合影響下造就小說創作風貌的實質表現。如前所言，才子佳人小說創作的生成、流行和定型，大體上與明末清初時期的政治環境、社會文化、文藝思潮及作家群體處境有關。以往人們雖然明白明末清初才子佳人小說是通俗文學中的一種小說類型表現，然而由於通俗文學一向處於主流文化的邊緣位置，在傳統上並不為正統文人所重視，往往因普遍的閱讀認知和審美慣例而相對忽略，甚至是持否定和貶斥的態度。因此，真正從通俗文學的角度論述才子佳人小說創作表現及其文學價值者並不多見，殊為可惜。

　　從傳統嚴肅文學或純文學研究觀點來探討才子佳人小說，人們對於作品的主題內容和藝術形式的傳統評價並不高，自然是與作品的通俗文學品格有關。一般而言，才子佳人小說以通俗小說之姿出現，作品講求淺顯易通，在整體敘事創造上，以適應大眾閱讀興趣和審美

慣例爲基礎。在主題內容的表達上，則以滿足讀者普遍的情感、欲望和夢想爲前提。因此，作品的藝術形式及其含義，通常是固定不變的，以減少讀者閱讀欣賞的障礙。正因爲如此，才子佳人小說作爲通俗小說類型之一，其作品地位自然無法與處於主流文化和文學結構中心位置的其他類型文學作品相提並論。此外，受到小說自身創作格局以才子和佳人的愛情遇合爲主要敘事內容的影響，亦無法與以創作見其「才學」的「文人小說家」（scholar-novelist）的通俗小說形態等同而語[38]。因此，以往人們採取嚴肅文學或純文學角度對待才子佳人小說的藝術表現，自然對才子佳人小說的創作格局和敘事表現不以爲然，認爲作品缺乏獨創性、深度性和超越性。不過，值得進一步反思的是，當我們將才子佳人小說置於大眾文化場域之中進行檢視時，將可發現通俗小說的文學品格及其流播表現所牽涉的歷史文化語境因素，實際上是相當複雜的，其中不單單與文學的認知有關而已，還應

---

[38] 有關以創作見其「才學」的「文人小說」的說法，首先由魯迅在《中國小說史略》第二十五篇〈清之小說見才學者〉中所提出，他認爲夏敬渠的《野叟曝言》、屠紳的《蟫史》、陳球之的《燕山外史》及李汝珍的《鏡花緣》屬之，見氏著：《中國小說史論文集──〈中國小說史略〉及其他》（臺北：里仁書局，1992年），頁221-234。夏志清則在〈文人小說與中國文化〉一文中認爲，還應包括吳承恩的《西遊記》、董說的《西遊補》、吳敬梓的《儒林外史》和曹雪芹的《紅樓夢》，在談論文人小說家所具有的共通處時指出：「他們雖然可能在其他詩文或學術方面著述甚豐，每人卻都只寫了一本小說，而其小說又往往來不及在世時出版。他們各具風格，但是一與職業小說家諸如羅貫中、熊大木、馮夢龍和天花藏主人比較起來，其共通處就顯而易見了。文人小說家確實對其技巧更刻意鑽研。他們不以平鋪直敘爲足，每每加插些自創的寓言和神話。……他們的主要目的既在自娛，乃常於描述中加入可觀的幽默成分。他們綴筆行文，確實有點玩世不恭，卻因如此，而使他們更富創新性和實驗性（experimental），因爲他們不必迎合廣大讀者。他們率多較爲散漫，以包羅各種愼思明辨、文采風流的事物。」引文見氏著：《人的文學》（臺北：純文學出版社有限公司，1984年），頁26-29。基本上以上所提及的小說，在本質上仍屬通俗小說形式，其不同於一般通俗小說者，乃在於創作主體意識、敘事寓意及表現技巧有所差異。

當包括文化的理解[39]。因此，在小說敘事話語的解構與重構之間，我們究竟應當如何理解明末清初時期才子佳人小說作為一種文學現象或文化現象的存在事實？這是本文展開研究時有必要先行了解的問題。提出這樣的問題，或許是微不足道的，但對於了解才子佳人小說作為通俗小說的理解和評價的問題而言，卻是極有助益的。

陳大康在〈論通俗小說的雙重品格〉一文中論析明清通俗小說行進的軌跡時，從宏觀角度指出通俗小說作為一種特殊的文學體裁，事實上同時具有「商品」和「精神生產」的雙重品格，並認為：「只要擁有最廣大的讀者以及出版、傳播依賴於商品生產、流通的狀況不變，通俗小說就必將繼續保持它的雙重品格。」[40]今可見者，明末清初才子佳人小說創作置身於通俗小說發展的歷史脈絡裡，在某種程度上正顯示出作品本身具有相同的雙重品格。如同歷史演義小說、英雄傳奇小說、神魔幻怪小說等等類型的流行和衰落情形一般，明末清初才子佳人小說的問世、出版、流行乃至形成流派，其決定因素往往無法以作品本身的「優秀」與否，以及傳統文學發展的「規律」來進行規範和理解。究其原因，乃在於才子佳人小說作為通俗小說的一種類型，基本上是在作者、書坊主、評論者、讀者以及統治階級的文化政策這五項因素的共同制約和作用下的產物，其流行與否則取決於文化消費市場機制的形態表現和運作情形，往往與通俗小說本身的「文學性」或「思想性」並無十分緊密的關係。關於這樣的文化現象，或

---

[39] 李忠明指出：「我們在討論17世紀小說的時候，考慮的不僅小說的創作問題而是圍繞白話小說的一切活動，包括創作、刊刻、評點、發賣、租賃等系列活動。這一時期，這些活動的所有方面都很繁榮，因此從這一角度看，本時期非常值得注意。」見氏著：《17世紀中國通俗小說編年史》，頁5-6。

[40] 陳大康：〈論通俗小說的雙重品格〉，《上海文論》，1991年第4期，頁2-7。

許可從中國小說史上每每出現大量「續書」之作的創作現象獲得證明[41]。

　　那麼，我們應當如何對明末清初才子佳人小說的文學品格做進一步的認識和了解？今即從「商品」和「精神生產」兩個角度說明之：

　　首先，就「商品」的角度來說，通俗小說是否得以刊刻問世並廣爲流行，「書坊主」的決定和參與，實際上比起其他因素更有影響力[42]。當然，這個決定作用的形成與讀者所代表的文化消費市場是頗有關聯的。關於此點，或可從才子佳人小說創作和流行之際，特定小說家名號大量地出現在不同作品之上獲得初步的說明。

　　從實際情形來看，由於許多才子佳人小說作家可能同時兼有作者和編輯者、出版家（或書坊主）的雙重身分，因此對於才子佳人小說出版與否的決定作用可謂極爲重要。就現存通俗小說作品來看，清初小說中有爲數不少的作品是與「天花藏主人」、「煙水散人」二者有關聯的。據孫楷第《中國通俗小說書目》卷四，依序列舉《玉嬌梨小傳》至《錦疑團》等十五部作品，其後有注云：「右書十三種均有天花藏主人序。天花藏主人不知何人，觀《玉嬌梨》序，似即《玉嬌梨》作者。其序《平山冷燕》在順治十五年，則明末清初人也。」[43]

---

[41] 高玉海指出：明末清初是小說續書發展史的第一高峰，「明朝是我國通俗小說的大豐收時期，此時各種題材的通俗小說都得到了空前的發展，特別是『四大奇書』的出現，大大推動了通俗小說的創作進程：《三國演義》帶來系列歷史演義小說的興盛，《水滸傳》帶來英雄傳奇小說的繁榮，《西遊記》引發各種神魔小說的創作高潮，《金瓶梅》引來艷情小說及才子佳人小說的氾濫。通俗小說創作繁榮的表現之一就是名著續書的大量生產。」見氏著：《明清小說續書研究》（北京：中國社會科學出版社，2004年），頁14。

[42] 陳大康論述古代通俗小說的傳播模式時，提出書坊主基於「侔利」動機而影響通俗小說之流行。其中建陽書坊建立起刊刻之風，形成所謂「熊大木現象」尤爲顯著。參氏著：〈熊大木現象：古代通俗小說傳播模式及其意義〉，《文學遺產》，2000年第2期，頁99-113。

[43] 孫楷第：《中國通俗小說書目》，頁157。

目前可知與天花藏主人有關的清初小說共有十六部，其中《玉嬌梨》、《平山冷燕》和《玉支璣小傳》三部今已確定爲天花藏主人所創作，其餘則係由天花藏主人以出版家（或書坊主）題、述、編、訂、著者[44]。此外，與天花藏主人約略同時的煙水散人，亦具有同樣的身分表現。清初小說中署名「煙水散人」者爲數也不少，如《後七國志樂田演義》題古吳煙水散人，《女才子書》、《珍珠舶》題鴛湖煙水散人，《桃花影》、《春燈鬧奇遇豔史》、《合浦珠傳》、《夢月樓情史》、《鴛鴦媒》題橋李煙水散人，《賽花鈴》題南湖煙水散人等等，雖然名號不一，但實爲一人[45]。又據孫楷第《中國通俗小說書目》卷二所載，煙水散人曾經編次《李卓吾批三國志傳二十卷二百四十則》、編刊通俗類書《萬寶全書》、重訂「蔣一葵箋釋、鍾惺批點、唐汝詢參註」的《唐詩選彙解》一書，當是以出版家身分題署[46]。以目前的文獻資料來說，雖然並不能確定兩人是否都具有「書坊主」的身分，但由天花藏主人和煙水散人同時擁有作家和編輯者雙重身分可知，兩人不僅都是清初通俗小說的創作與推動的重要人物，才子佳人小說之能以通俗小說的商品形式問世、出版並進而流行，這兩人的決定作用可說極具影響力。其他如蘇庵主人、古吳娥川主人、

---

[44] 經學者考證，與天花藏主人有關之十六部作品爲《玉嬌梨》、《平山冷燕》、《兩交婚小傳》、《畫圖緣小傳》、《金雲翹傳》、《飛花詠》、《賽紅絲》、《定情人》、《玉支璣小傳》、《幻中真》、《麟兒報》、《人間樂》、《錦疑團》、《梁武帝演義》、《濟顛大師醉菩提》、《後水滸傳》。參林辰、段句章：《天花藏主人及其小說》一書。在這些作品中，或以天花藏主人題名、或以素政堂主人題名、或以素政堂主人題於天花藏署名。參胡萬川：〈天花藏主人到底是誰〉，見氏著：《話本與才子佳人小說之研究》（臺北：大安出版社，1994年），頁227-247。

[45] 郭浩帆：〈「煙水散人」析議〉，《明清小說研究》，1997年第2期，頁136-144。

[46] 胡萬川：〈再談天花藏主人與煙水散人〉，見氏著：《話本與才子佳人小說之研究》，頁249-283。

煙霞散人和步月主人等人，在撰寫、編訂、校閱和評點上亦具有相同的貢獻。整體來說，上述小說家參與才子佳人小說出版的相關工作，在某種意義上，也反映出他們對於通俗小說文化消費的市場機制，以及對於大眾讀者的接受態度、閱讀興趣、審美趣味頗為了解，以致能夠在充分掌握大眾文化讀者群體的閱讀期待後，積極投入創作和編輯，進而在集體敘事現象的形成過程中造就出才子佳人小說流派[47]。

其次，就精神生產而言，文學創造作為一種特殊的精神生產，源自於創作主體的價值選擇。這樣的價值選擇又源自於創作主體對自然或社會生活的認識和理解。當才子佳人小說作家藉由通俗小說話語形式以傳達個人精神意涵時，其精神生產所體現的價值選擇，自然與明末清初時期的歷史文化語境息息相關。

時至今日，我們對於才子佳人小說作者身分的了解其實並不多，目前依學者考證資料可知作者真實姓名的作品，除煙水散人徐震、煙霞散人劉璋之外，大致只有九部：《孤山再夢》、《水石緣》、《夢中緣》、《三分夢全傳》、《西湖小史》、《白圭志》、《梅蘭佳話》、《嶺南逸史》、《白魚亭》[48]。從僅存文獻資料推斷[49]，這些作家是生活在當時社會中下階層的文人，大多數人自幼天賦異稟，穎異聰明，但終以懷才不遇，或無緣於科舉和仕宦，或處身

---

[47] 顏采容：《明清時期出版與文化——以「才子佳人」小說為中心》（南投：暨南國際大學歷史學研究所，2002年），頁9-45。

[48] 周建渝：《才子佳人小說研究》，頁30-45。

[49] 依現存資料考察明末清初才子佳人小說作家之身分屬性，實際上受限於論證資料不足，有其困難之處：一是作家是否皆屬傳統研究定義上的「文人」，抑或只是具有文識的小說編輯家或編寫者？二是作家是否皆為男性，是否有可能某些作品如同彈詞小說一般為女性所撰作？由於目前無法藉由更多文獻資料進行論證。因此，本文之論述仍依現有關於明末清初才子佳人小說作家多為男性文人之見解行之。

仕途而不遂，以致生活困頓，窮途潦倒。天花藏主人在《平山冷燕》序言之表述，或可作為這些邊緣文人的生命寫照：「顧時命不倫，即間擲金聲，時裁五色，而過者若罔聞罔見。……凡紙上之可驚可喜，皆胸中之欲歌欲哭。」由此序文內容中明顯可見，明末清初才子佳人小說作家處於世變時期，以致無法進入主流文化和社會階層中心，因而失去以文人視以為正統的中心話語發聲的意義和權利，無由實現中國傳統文人晉身政治仕途的最高人生理想，最終只能投身於通俗小說創作。其中所反映的文化事實是，文人們從主流文化自我放逐進入亞文化，成為文化的邊緣人（marginal man）[50]。倘從創作發生的心理動機論之，則才子佳人小說作為文人寄寓心志的形式載體，作家通過才子佳人的愛情婚姻故事之書寫以折射現實，其精神生產可以說已轉化為對於現實生活理解後的一種「愛的寓言」（the allegory of love）的創造。

不過，值得注意的是，當我們論及才子佳人小說的敘事建構及其主題思想時，一旦觸及以「書坊主」為主導的多元制約力量影響的問題，則作家在精神生產過程中所擁有的自主性程度，就成了影響作品藝術形式和思想文化內涵表現的關鍵。無可否認的，才子佳人小說固然作為通俗小說，但其身分仍然是文學作品。有關小說創作之任何發展，理應遵從文學生成和演變的既定規律。然而，在文化消費市場運作機制的限制下，其出版、流行過程又使才子佳人小說從文學作品變成為一種商品，因而受到了生產、傳播和流通法則的種種制約。就此而言，才子佳人小說的創作本身，在精神生產方面固然是充滿「個體性」的情志思想，但在書寫的行為和結果方面，則由於受到商品法則

---

[50] 關於文化邊緣人的看法，參趙毅衡：《苦惱的敘述者——中國小說的敘述形式與中國文化》（北京：北京十月文藝出版社，1994年），頁212。

需求的影響，卻可能充滿了「群體性」的文化印記。因此，當商品生產、傳播和流通的法則滲透進入小說創作領域，才子佳人小說表面上雖得以其不同於其他小說類型的藝術姿態流行於世，但其實際創作狀況卻也可能必須服從於個人的生存需求、商業性的意圖取向和世俗文化的閱讀需求等制約因素，從而影響了作品的藝術形式表現。值得一提的是，雖然才子佳人小說創作的歷史文化語境充斥著各種語義表述形式上的限制，以致影響了小說敘事話語建構的文體表現；然而，也正因爲這些自我放逐於主流文化邊緣的文人投入通俗小說創作，才眞正帶動了中國古代小說進入了「獨創」階段。

在傳統研究上，人們批評才子佳人小說時向來多將論述焦點置於作家的文人身分及其社會地位方面，整體批評取向或重於精神生產角度而略於商品層面的討論，或重於文學精神意涵的闡釋而略於文化消費意圖的分析，以致忽略了通俗小說本身兼具精神生產和商品性質的二重性。因此，對於才子佳人小說流行因素及其美學意義的相關評價，往往與大眾文化讀者群體的世俗文化需求及其認知相距甚遠。尤其，在才子佳人小說的程式化書寫方面的批評，也往往因立足於嚴肅文學觀念進行批判，而非從文學和文化的角度、社會調適和心理安慰的角度以及消費性認識的角度等方面進行評價，因而存在諸多解釋上的問題[51]。明於上述通俗小說研究的問題之所在，當我們要眞正深入了解明末清初才子佳人小說的文學價值和美學意義時，實不能不考慮才子佳人小說本身所具有的商品文化消費與文學精神生產的雙重品格，除了繼續探究文人作者的主體意識及其思想反映之外，也應當對於在文化消費的市場機制的影響和世俗文化心理的決定作用下的文學

---

[51]　王晶：《西方通俗小說：類型與價值》（昆明：雲南人民出版社，2002年），頁5-11。

書寫行為有所探討[52]。

二、獨創：文人參與小說創作的意義

　　承上所言，當我們論及明末清初時期文人參與才子佳人小說創作的意義時，除了分析作家基於歷史的、社會的和心理的因素所可能產生的「士不遇」情結之外，更重要的是，整體論述應當回歸通俗小說發展歷史的脈絡觀點，客觀說明才子佳人小說作家對於中國古代小說發展的影響和貢獻。今從中國古代通俗小說創作發展的歷程來看，才子佳人小說作家以文人身分進行「獨創」，實具有其重要的歷史意義和文學價值，值得給予關注。

　　自宋代市民階層文化興起以來，「話本」以白話小說的通俗化形式融入世俗化的文化需求，一改傳統文言小說的藝術形態和思想內涵表現，與市民階層文化結合共同發展，使得中國小說的發展也隨之起了一個極大的變遷。基本上，話本作為特定的文化形式，在藝術傳達過程中深切地體現了不同於正統文人文學話語的道德觀念、美學意識和審美趣味。從元入明以後，中下層文人又進一步有意識地參與通俗小說的編纂、創作和評點工作，在世俗化的文化需求和文學史的發展規律之間形成了一種創作上的價值選擇。尤其明代中葉以來，明代「四大奇書」和「擬話本」的創作、刊刻和出版，意謂著某些文人的文學觀念已逐漸處於轉變的階段，同時也主導和影響了通俗文學藝術形式的演變趨向。此時，受到通俗文化思潮興起的影響，通俗小說的批評和理論因而有了長足的發展，一方面顯示出通俗小說藝術形式已

---

[52] 相關論述可參Wang, Qingping（王青平），*The commercial production of the early Qing scholar-beauty romances*（《清初才子佳人傳奇小說的商業生產》），Ch7,8,and 9, Ph. D. dissertation, Stanford university, 1998。

由即興講唱的展演形式轉爲案頭閱讀的書寫文本，一方面顯示出通俗小說已從「小道」地位提升到具審美意義的藝術層次，進入了文學化的批評分析階段——前有明代李贄、馮夢龍的倡導，後有清代金聖歎、葉畫、張竹坡的批點，可以說深深地影響了通俗小說的創作和流行。尤其在作品的創作和評點之間，通俗小說品位的轉變深刻地反映了文人「以俗爲雅」、「以雅賞俗」的認知和態度，亦反映了當時諸多文人對於話語的選擇已從傳統「文人敘事」轉向「通俗敘事」的事實，這無疑是明清以來通俗小說得以成爲一種文學體裁並有所提升發展的重要因素。

在上述通俗小說發展背景下，通俗小說文體的生成和演變不僅僅是文學自身發展的結果，而且與時代文化形態緊密相關。從「編創」到「獨創」的創作行爲演進過程中可見，文人在通俗小說觀念方面的認知和實踐的具體表現，可謂深深地影響了通俗小說藝術形式的構成和創造性轉化。當歷史演義小說、英雄傳奇小說、神魔幻怪小說和人情—寫實小說等通俗小說流派能以獨特的藝術姿態出現並廣爲流行，其原因除了在於小說文體本身是否足以揭示時代文化的本質、契合特殊時代大眾文化的集體心理，以及能否反映讀者群體的觀念、願望和情感需求之外，最重要的影響因素還在於作家的思想觀念、文學意識和審美趣味的主體選擇。簡而言之，才子佳人小說的興起和流行，便是明末清初這一特定歷史時期的作家自我意識和大眾文化心理的相互影響和制約的結果。因此，無論從文學史或文體創造的角度來說，才子佳人小說在通俗小說歷史上都具有其重要的地位。

今從通俗文學發展的角度來說，才子佳人小說以其「獨創」的寫作形式和精神意涵出現並蔚爲小說類型或流派，不論在商品性質或精神生產方面，都顯示出重要的歷史文化價值和美學意義。陳大康論及清初前期創作的小說流派時即已指出，在通俗小說的編創演進過程

中，清初前期人情小說具有不可忽視的作用。首先，它宣告通俗小說獨創時代的到來；其次，標誌著通俗小說的創作題材在總體上實現了向現實人生的轉移；第三，有意識並全面地進行了創作技巧方面的嘗試和探索。其中以作爲人情小說流派之支流的「才子佳人小說」，在此一時期小說創作中的數量最多，影響也最大[53]。縱使如同許多研究批評所指出的，才子佳人小說在創作上的缺陷是顯而易見的——如公式化傾向和片面追求情節的曲折離奇。不過，究其實質表現，才子佳人小說之能形成一種集體敘事現象，其程式化書寫的成因，一方面或可說是由於才子佳人小說盛行之後，在商品性意圖影響下進行模仿創作所導致的結果，同時也是讀者閱讀需求的集體心理意識的反映；另一方面卻也可能與作家在傳統思想文化影響下的文化思維和創作意識密切相關，即藉由共同一致的藝術形式對特定主題寓意進行敘事建構。總的來說，才子佳人小說的大量出現或許只是通俗小說發展進程中的一種文學現象而已，如同其他小說類型的流行與演變一般，有其特定的文學史上的價值。然而，必須有所說明的是，我們對於才子佳人小說的歷史定位和文學價值的理解，主要認爲才子佳人小說作爲邁入獨創階段的文人創作結果。因此，作品本身所具有承上啓下的作用便顯得格外重要，值得給予重視。

　　此外，從文體創造的文化機制來說，才子佳人小說的言語體裁表現，總是與作者對於社會文化背景的感受和體驗呈現出大致的對應性，充分反映出社會大眾文化需求和審美慣性。從文化學的角度進行分析，才子佳人小說在社會消費文化中起主導作用的關鍵因素，其原因即在於以「情」爲敘事建構主體的社會文化價值表現。從文學的角度進行分析，才子佳人小說有別於一般通俗小說藝術形式的表現，則

---

[53] 陳大康：《通俗小說的歷史軌跡》，頁184-196。

與作品中出現大量的抒情詩詞文字有關。由於上述兩方面因素的交融，雖然才子佳人小說只是通俗小說的一種類型表現，但是在敘事和抒情方面終以「才子佳人表達士人中心的幻想」，諸多作品所反映出來的中國傳統文人意趣的人文色彩和價值意味，明顯「形成了一種有別於一般市民敘事藝術風格的傳統」[54]。如清代吳航野客在《駐春園小史》卷首〈開宗明義〉中曾經提到說：

> 歷覽諸傳奇，除《醒世》、《覺世》，總不外才子佳
> 人，獨讓《平山冷燕》、《玉嬌梨》出一頭地。由其
> 用筆不俗，尚見大雅典型。《好逑傳》別具機杼，擺
> 脫俗韻，如秦系偏師，亦能自樹赤幟[55]。

時至民國初年，魯迅在《中國小說史略》一書中論述才子佳人小說的敘事表現時也認爲：

> 《金瓶梅》、《玉嬌李》等既爲世所豔稱，學步者紛
> 起，而一面又生異流，人物事狀皆不同，惟書名尚多
> 蹈襲，如《玉嬌梨》、《平山冷燕》等皆是也。至所
> 敘述，則大率才子佳人之事，而以文雅風流綴其間，
> 功名遇合爲之主，始或乖違，終多如意，故當時或亦

---

[54] 高小康：《市民、士人與故事：中國近古社會文化中的敘事》（北京：人民出版社，2001年），頁76-84。

[55] 吳航野客編次：《駐春園小史》，收於古本小說集成編委會編：《古本小說集成》（上海：上海古籍出版社，1990年），頁1。

稱爲「佳話」⑯。

　　大體而言，上引前後不同時代的批評觀點皆頗爲客觀貼切。今據此分析才子佳人小說的話語體式，將可發現小說敘事創造本身所呈顯的文雅風流，並不僅僅只是作品的一種美學風格表現，而是一場置身於文學史脈絡下與不同作品類型進行「對話」的結果，又是一場與位處於當時歷史文化語境下的社會現實進行「對話」的結果，其最終雖借助通俗小說話語爲形式載體，但小說文體本身在「詩」言語的映襯下所傳達的卻是雅正的文學精神。今可見者，才子佳人小說作爲通俗小說發展歷史中進入「雅俗合流」階段的一個重要指標⑰，其集體敘事現象基本上呈現出一種形式融通與精神矛盾並存的現象。如前所言，作家群體從主流文化自我放逐進入世俗文化之中，並以邊緣文人身分進行創作，即可充分看見他們在作品中試圖調和通俗小說與雅正文學的關係的精神表現。因此，在融通商品與精神生產的藝術形式表現之間，在滿足市民世俗文化需求與文人文化精神表達的情感思想表現之間，才子佳人小說的敘事形態表現，無形中體現出作家作爲傳統思想文化的維護者和時代精神的倡導者的積極文化意義，由此傳達了作家群體對文化理想的一種想像和堅持。

　　經由以上分析可知，有關才子佳人小說創作的小說史意義及其定位大體有二：一是獨創，二是雅化。以今觀之，即使在流行過程中，明末清初才子佳人小說的話語體式總是不離商品性意圖的影響，並出現了刻意追新求奇及程式化書寫現象，以及滿足讀者閱讀興趣的創作

---

⑯　魯迅：《中國小說史略》第二十篇〈明之人情小說〉（下），見《中國小說史論文集——〈中國小說史略〉及其他》，頁169。

⑰　王恆展：《中國小說發展史概論》（濟南：山東教育出版社，1999年），頁362-376。

問題；但在藝術形式的經營表現上，作品在融通雅俗審美意識時所創造出來的敘事形態，仍不失其作爲一種小說類型所應具有美學意義和文化價值。

第二節　才子佳人小說的研究概況：歷史分期及其特徵

從中國古代小說發展源流來看，才子佳人小說出現在《金瓶梅》和《紅樓夢》之間，其所具有的承先啓後的創作表現和歷史意義，實不容忽視[58]。自魯迅《中國小說史略》將才子佳人小說置於「明之人情小說」章節中進行集中論述[59]，後來學者們多將才子佳人小說置於「人情」小說、「世情」小說或「言情」小說等範疇或脈絡中進行探究和評論。不過，迄今爲止，人們可能對於《金瓶梅》和《紅樓夢》等經典小說進行鉅細靡遺的研究，但是對於才子佳人小說的相關研究，在深度和廣度上則相對忽略或較少涉及。這樣的情形與才子佳人小說在中國古代小說發展歷史上曾經具有的繁榮景況，實不相稱。在早期的研究歷史上，人們常常囿於成見，在此一小說類型或流派的思想藝術成就及其在小說史的地位的評價方面，持論不免有所偏頗或缺乏深度詮釋。近年來則受到文學研究觀念的轉變提升與文學理論的應用參照的影響，在才子佳人小說的認識和評價方面，有了不

---

[58] 在才子佳人小說研究的歷史進程中，自二十世紀八十年代以來，中國學者開始注意到明末清初小說的重要性及其價值，尤其集中針對才子佳人小說的文學史和小說史定位提出小說具有承前啓後意義的肯定性評價。時至今日，才子佳人小說在新近出版之文學史和小說史著作中大都有其相關章節進行論述。相關研究文獻，後文將有所說明。

[59] 魯迅：《中國小說史略》第二十篇〈明之人情小說〉（下），見氏著：《中國小說史論文集——〈中國小說史略〉及其他》，頁169-175。

同於以往的論述和見解。從歷時角度來看，關於才子佳人小說研究概況大體可區分為四個階段⑥：

壹、第一階段：以清代文人評論為主

　　早在才子佳人小說盛行於世之際，相關的研究和批評即已跟隨出現。此一時期的小說批評文獻所見不多，但基本上涉及兩個方面的評價問題：首先，從清初以來文人已經注意到才子佳人小說作為一種集體敘事現象的表現，除了將作品與不同類型小說進行比較敘述，同時也發出所謂「才子佳人，慕才慕色」⑥及「千部共出一套」、「千部一腔」、「千人一面」、「自相矛盾，大不近情」、「編得連影兒也沒有」⑥等批評，反映出當時文人對於才子佳人小說創作現象的基本認知。其次，由於正統文人受到傳統文化觀念及時代文化政策的影響，此一時期的相關批評主要是以道德教化為依據，對於以才子佳人為題材或主題的戲曲、小說作品進行倫理道德式的評論，視之與「淫詞小說」一類近同，於名教綱常有所違礙，因此主張加以禁毀⑥。

---

⑥　苗壯在《才子佳人小說史話》一書論及才子佳人小說研究概況時，基本上將之分為三個階段，一是清代時期；二是二十世紀二、三十年代；三是中國第十一屆三中全會以後，即二十世紀八十年代（瀋陽：遼寧教育出版社，1992年），頁3-10。今再依現有研究文獻的內容加以劃分，以二十世紀九十年代以後至今為第四時期。

⑥　〔清〕劉廷璣：《在園雜志》卷二（臺北：文海出版社，1969年），頁25。

⑥　《紅樓夢》第一回借敘述者「石頭」及第五十四回借人物「賈母」的言語對於盛行於世的才子佳人小說所做的評價。見馮其庸纂校訂定：《八家評批〈紅樓夢〉》（北京：文化藝術出版社，1991年），頁5，頁1311。

⑥　相關情形的紀錄，可參〔清〕李仲麟《增訂願體集》卷二〈防微〉條、史澄《趨庭瑣語》卷七、黃正元《慾海慈航‧禁絕淫類》，以及同治年間重鑴《匯纂功過格》卷七等。以上文獻見王利器編：《元明清三代禁毀小說戲曲史料》（上海：上海古籍出版社，1981年），頁234-242。

　　整體而言，這一個時期人們對於才子佳人小說的相關批評受到歷史文化語境的制約和影響，持論多屬負面和否定。由於現存批評文獻資料不多，無法具體顯示其批評的客觀性。不過，這從上述評價意見中卻也反映了一個事實：即才子佳人小說的盛行與正統文人的負面評價，基本構成了一種矛盾的對話現象。其中所涉及的問題，除了與小說作爲「小道」，處於傳統文學中心結構的邊緣位置，向來不爲正統文人所重視和肯定，因之談論文字少見；更爲重要的是，小說的流行映現了不同讀者群體（包括核心讀者和泛流讀者）在閱讀反應與文化消費之間對於才子佳人小說的接受和認知的問題。倘對於上述問題做進一步的探究，或有助於對才子佳人小說作家的創作動機有更深入的了解，對於才子佳人小說的文學品格及其身分的掌握也將更形準確。

貳、第二階段：二十世紀二、三十年代至六、七十年代

　　這一階段是以二十世紀二、三十年代中的魯迅、胡適、郭昌鶴等人爲代表，其後延續至六、七十年代。這一個時期受到晚清以來文學觀念的轉變、小說地位的提升，以及二十世紀初期五四以來新文化思潮興起和文學革命主張提出的影響，才子佳人小說的批評和研究面貌，基本上呈現出與前代文人不同的視角和態度。相關論點亦可以歸納爲兩個方面：

　　首先，才子佳人小說被視爲一種獨特類型的小說敘事創作，首見於魯迅在《中國小說史略》的評論。雖然魯迅所論及作品只有《玉嬌梨》、《平山冷燕》、《好逑傳》和《鐵花仙史》，但是從小說流派觀點出發，其認識可謂深刻。之後，孫楷第在《中國通俗小說書目》一書中進而將才子佳人小說進行歸類，並劃置於「煙粉」大類之

下⁶⁴，由此亦可見其類型分析觀點。此外，此一時期對於才子佳人小說進行系統性專題研究者，當以郭昌鶴《佳人才子小說研究》最爲重要⁶⁵，但實際上對於才子佳人小說的藝術評價並不高。因此，郭昌鶴在文章中雖已針對小說類型表現及其特徵做出探討和說明，然而整體研究成果並不十分深入。

其次，此一時期的研究和批評順應了二十世紀初期以來的新文化思潮的思想表現，針對才子佳人小說的題材內容和思想表現進行意識形態的批評。魯迅在《中國小說史略》裡指稱才子佳人小說「皆顯揚才女，頌其異能，又頗薄制藝而尚辭華。」⁶⁶，對於小說人物悖於「父母之命，媒妁之言」，進而追求自主的愛情和婚姻，給予了肯定的看法⁶⁷。相對來說，中國古代小說中有關大團圓的結局安排卻受到魯迅、胡適、劉半農等人的極力批判，視之爲「說謊的文學」⁶⁸。郭昌鶴甚至認爲小說整體表現的敘述和技巧是十分拙劣的，尤其對於小說中男性的「平庸的榮華富貴和卑污的浪漫思想」及女性「三從四德和辱沒『人格』的意識」的思想內容和價值觀念的批判更形嚴厲，應

---

⁶⁴ 孫楷第對於才子佳人小說的歸類，見氏著：《中國通俗小說書目》卷四。不過，將才子佳人小說劃置於「煙粉」大類之下，新加坡學者周建渝認爲其觀念承襲宋人羅燁《醉翁談錄》、耐得翁《都城紀勝》等之說，並不恰當：「因爲才子佳人小說並不同於宋代那些人與鬼的豔情遇合故事，更有別於煙花粉黛的青樓情事。」見氏著：《才子佳人小說研究》，頁15。

⁶⁵ 郭昌鶴的《佳人才子研究》（上）、（下）於1934年分別發表於《文學季刊》創刊號和第2期（北京：立達書局，1934年），頁199-215，頁303-320。

⁶⁶ 魯迅：《中國小說史略》第二十篇〈明之人情小說〉（下），見《中國小說史論文集──〈中國小說史略〉及其他》，頁173。

⁶⁷ 參魯迅：《中國小說的歷史變遷》，見《魯迅作品集·漢文學史綱》（臺北：風雲時代出版有限股份公司，1990年），頁42。

⁶⁸ 胡適：〈文學進化觀念與戲劇改良〉，見《胡適作品集3·文學改良芻議》（臺北：遠流出版公司，1986年），頁164。

當「與封建制度一同走到了末路」[69]。由以上概述中可知，學者們受到世紀轉折之際的文化思潮影響，對於小說內容有其積極和消極的兩面評價。

在這個階段初期裡，才子佳人小說研究大體超越了清代文人道德教化的認知觀點，並能進一步從文學觀點或社會歷史觀點進行批評。就文學觀點來說，才子佳人小說與其他經典或著名小說相比，其藝術成就顯然並不高。但是魯迅對於小說類型現象的關注，無疑是才子佳人小說得以躋身於文學史和小說史的關鍵因素，不過其影響發酵時機則遲至第三個時期才開始。至於從社會歷史觀點來看，由於受到時代意識形態的影響，相關批評在否定才子佳人小說的思想和價值表現之際，連帶影響了後人對小說提出進一步的評價，因此批評文字實不多見。由於受限於文獻資料的缺乏與學術界研究興趣不高，再加上相關批評著重於社會文化和道德倫理層面的討論，對於小說藝術表現及其美學價值的關注仍少，整體研究成果相當薄弱，並未能真正對才子佳人小說及其發展規律做深入的研究。總的來看，學者們持論仍以偏於負面態度者爲多[70]。然而值得稱許的是，孫楷第在1933年出版的《中國通俗小說書目》一書中，已對才子佳人小說成書年代和版本刊刻情形進行了相關的考證工作，取得了具體的學術成果，奠定了後來學者繼續研究的基礎和起點[71]。

---

[69] 郭昌鶴：〈佳人才子小說研究〉（下），見《文學季刊》第2期，頁323。

[70] 李騫在〈試論才子佳人派小說〉一文中，即在「問題的提出」一節針對三十年代至六十年代間文學史和小說史著作對於才子佳人小說的否定批評提出檢討。見《明清小說論叢》第一輯（瀋陽：春風文藝出版社，1984年），頁49-52。

[71] 孫楷第《中國通俗小說書目》於1933年即已出版，本文所參爲北京人民文學出版社於1991年重訂修正出版的版本。

參、第三階段：二十世紀七、八十年代

　　這一階段主要集中在於二十世紀七、八十年代之間，西方漢學研究中出現了以才子佳人小說為研究課題的學位論文[72]，中國方面則以學術界提倡重視「明末清初小說」為研究重點，集中並大量針對才子佳人小說進行批評論述[73]，臺灣方面則以胡萬川先生開其先聲從事相關研究[74]。此一時期，東、西方研究成果兩相輝映，進一步推動了才子佳人小說的研究深度和批評視野。

　　這一個時期論述重點在於將才子佳人小說視為明末清初文藝思潮影響下的文學創作現象，主要從文學史和小說史進行定位，並積極探索小說作者身分、創作背景、思想內涵及藝術手法等議題。此外，對於小說作者身分和版本流傳情形的考證研究方面陸續有初步具體的成果出現。

　　首先，就文學史和小說史定位而言。自民國初年以來，有關明清

---

[72] 西方漢學研究以才子佳人小說為研究課題之論文有〔美〕William Bruce Crawford（威廉‧克勞夫），*Beyond the Garden Wall*（《院牆那邊》），PH. D. dissertation, Indiana University, 1972.〔美〕Richard C. Hessney（理查‧赫斯尼），*Beautiful, Talented, and Brave: Seventeenth-century Chinese Scholar-beauty Romance*（《美、才、勇：十七世紀中國才子佳人浪漫史》）. Ph. D. dissertation, Columbia University, 1979.上引論文中譯名稱，參周建渝：《才子佳人小說研究》，頁1-2。

[73] 中國學者分別於1983年和1984年在山東大連召開研討會，會議主題即以「明末清初小說」為對象，《明清小說論叢》隨之在1984年創刊。明清小說作為一個研究專題的提出背景及其成因，可參彭定安：〈關於開展明清小說研究的設想〉一文，見《明清小說論叢》第一輯，頁1-9。

[74] 在臺灣方面以胡萬川先生為其先聲，著重天花藏主人和煙水散人身分的考證研究，相關論述及考證文章，見氏著：《話本與才子佳人小說之研究》（臺北：大安出版社，1994年），頁207-284。

小說研究的成果大體是可觀的[75]，但由於多著重於少數經典作品，卻因而忽略了在明末清初時期具有傳承意義和價值的小說作品，尤其對於曾經盛行於時的才子佳人小說來說，其整體研究的質量極不相稱。因此，學術界對於如何建立才子佳人小說的歷史地位及其價值，便成為必須先行釐清的問題，如盧興基〈在《金瓶梅》與《紅樓夢》之間填補歷史的空白〉、李騫〈試論才子佳人派小說〉[76]、司馬師〈新領域在開拓中——才子佳人小說研究情況概述〉、盧興基〈小說發展分支的一個重要環節——再評才子佳人小說〉[77]等文章，便從小說史發展的角度對於才子佳人小說的地位和作用給予肯定的評價。

第二，就才子佳人小說的思想內涵及藝術手法的探索而言。此一方面的論述以美國學者William Bruce Crawford（威廉・克勞夫）的 *Beyond the Garden Wall*（《院牆那邊》）和Richard C. Hessney（理查・赫斯尼）的 *Beautiful, Talented, and Brave: Seventeenth-century Chinese Scholar-beauty Romance*（《美、才、勇：十七世紀中國才子佳人小說浪漫史》）兩篇論文為重要，儘管二文所涉及的作品不多[78]，但對於才子佳人小說語言特色、藝術風格和文化意蘊等議題的探索，在論題的展開與詮釋上明顯不同於中國學者的看法，值

---

[75] 相關研究文獻書目，可參于曼玲編：《中國古典戲曲小說研究索引》（上）（廣州：廣東高等教育出版社，1992年）。

[76] 以上兩篇文章，見《明清小說論叢》第一輯，頁10-16，頁49-83。

[77] 以上兩篇文章，見《才子佳人小說述林》（即《明清小說論叢》第二輯）（瀋陽：春風文藝出版社，1985年），頁1-8，頁40-56。

[78] 〔美〕William Bruce Crawford, *Beyond the Garden Wall* 專門討論《玉嬌梨》、《平山冷燕》和《好逑傳》三部作品。〔美〕Richard C. Hessney, *Beautiful, Talented, and Brave: Seventeenth-century Chinese Scholar-beauty Romance* 則以《玉嬌梨》、《平山冷燕》、《兩交婚》、《畫圖緣》和《好逑傳》五部作品為考察範圍。參周建渝：《才子佳人小說研究》，頁1-2。

得參考。在中國方面，則由於「明末清初小說研討會」的舉辦，以及《明清小說論叢》和《明清小說研究》等論文刊物的發刊，論述質量較前期頗有增進。相關研究文獻舉其要者，如程毅中〈略談才子佳人小說的歷史發展〉、曹碧松〈才子佳人小說的進步意義和消極意義〉、林辰〈煙粉新詁〉[79]、唐富齡〈在新舊之間徬徨——才子佳人小說孔見〉、李騫〈再論明末清初才子佳人小說〉、苗壯〈談才子佳人小說的團圓結局〉、陳鐵鑌〈才子佳人小說理論初探〉[80]、趙興勤〈才與美——明末清初小說初探〉[81]、董國炎〈論才子佳人小說的創作特點〉[82]、潘知常〈明末清初才子佳人小說的美學風貌〉[83]、王永健〈論才子佳人小說〉、趙興勤〈經與權——明末清初言情小說探討之一〉[84]、郭英德〈論晚明清初才子佳人戲曲小說的審美趣味〉[85]、周建忠〈試論才子佳人小說婚姻觀念的演變〉[86]、盧興基〈清初的才子佳人小說——清代人情小說試論之一〉[87]、馬曉光〈天花藏主人的「才情婚姻觀」及其文化特徵〉[88]等文章。而臺灣方面，則僅見胡萬川〈談才子佳人小說〉的綜介性文章[89]。由以上綜合性藝術研究中可

---

[79] 以上三篇文章，見《明清小說論叢》第一輯，頁34-42，頁43-48，頁84-116。

[80] 以上四篇文章，見《才子佳人小說述林》，頁27-39，頁57-69，頁70-83，頁84-107。

[81] 見《明清小說論叢》第四輯（瀋陽：春風文藝出版社，1986年），頁14-23。

[82] 見《明清小說論叢》第五輯（瀋陽：春風文藝出版社，1987年），頁172-182。

[83] 見《社會科學輯刊》，1986年第6期，頁98-102。

[84] 以上兩篇文章，見江蘇省社會科學院文學研究所編：《明清小說研究》第四輯，1986年，頁262-278，頁279-288。

[85] 見《文學遺產》，1987年第5期，頁71-80。

[86] 見《南通師專學報》（社科版），1988年第4期，頁52-57。

[87] 見《陰山學刊》（社科版），1988年第2期，頁1-10。

[88] 見《中國人民大學學報》，1989年第2期，頁98-105。

[89] 此文原發表於《臺灣日報》，1981年12月3日至6日副刊，見氏著：《話本與才子佳人小說之研究》，頁207-226。另有胡萬川指導、李進益所撰《天花藏主人及其才子佳人小說之研究》（臺北：中國文化大學中國文學研究所碩士論文，1988年）。

歸納出三個論述重點：一是釐清才子佳人小說發展源流及作品的基本特徵，二是進一步探究才子佳人小說主題意向的理想性及其表現，三是初步詮釋分析才子佳人小說的美學特色。大體而言，這一個時期的批評取向大體承繼了第二個階段魯迅等人以來的看法，側重於才子佳人愛情婚姻方面的論述，對於自主追求的反封建禮教精神、程式化書寫和大團圓式結局表現等議題持續深入關注，正反評價意見皆存。大多數文章雖亦兼及藝術結構安排、人物形象塑造和主題思想內涵部分的探討，但多與社會政治和倫理道德結合論述，除個別文章外，多缺乏美學意義上的積極探索。其研究取向和方法多以社會歷史研究法為主，以意識形態為批評導向的情形仍然影響著批評格局。

第三，就小說作者和版本的考證而言。學者們延續前一階段孫楷第的研究成果，繼續發掘有關作者和版本的新材料並做進一步的考證，對於小說作者身分、作品成書年代及其流傳狀況的釐清方面，有其具體研究成果。在作者方面，其中與才子佳人小說密切相關的「天花藏主人」、「煙水散人」徐震和「煙霞散人」劉璋等人是考述重點，如楊力生〈關於煙水散人、天花藏主人及其他〉、王青平〈劉璋及其才子佳人小說〉[90]、蘇興〈天花藏主人及其才子佳人小說〉（一）、王青平〈墨浪主人即天花藏主人〉[91]、林辰〈明末清初小說述錄〉[92]、胡萬川〈天花藏主人到底是誰〉、〈再談天花藏主人與煙水散人〉[93]、李進益《天花藏主人及其才子佳人小說之研究》[94]等論

---

[90] 以上兩篇文章，見《明清小說論叢》第一輯，頁321-342，頁356-372。

[91] 以上兩篇文章，見《才子佳人小說述林》，頁182-195，頁196-218。

[92] 林辰：《明末清初小說述錄》，頁85-98。

[93] 以上兩篇文章，見胡萬川：《話本與才子佳人小說之研究》，頁227-248，頁249-284。

[94] 李進益：《天花藏主人及其才子佳人小說之研究》（臺北：中國文化大學中國文學研究所碩士論文，1988年）。

文皆觸及此一議題。其中有關天花藏主人之身分，由於資料缺乏，目前學界尚無定論，仍待新材料的發掘以資論證。另外，在版本介紹和考證方面，孫楷第《中國通俗小說書目》可謂集結重要成果，其他如蔣瑞藻《小說考證》⑨⑤、戴不凡《小說見聞錄》⑨⑥、阿英《小說閑談四種》⑨⑦等書，間或介紹和提及許多才子佳人小說版本情況。又對於海外流傳的才子佳人小說版本有所論及者，當以孫楷第《日本東京所見中國小說書目》⑨⑧、澳洲學者柳存仁《倫敦所見中國通俗小說》⑨⑨和日本學者大塚秀高《中國通俗小說書目改訂稿》⑩⑩爲重要。

　　從才子佳人小說研究的歷史概況來看，眞正進入整體性和系統性的研究當起於第三階段。由於這時期的學者們積極參與明末清初小說研究，才使得才子佳人小說得以在不同視野的批評觀點下獲得進一步的闡論，林辰《明末清初小說述錄》一書的出版，或可代表此一時期的具體且重要的研究成果。此外，整理和出版「明末清初小說選刊」，其中包含爲數不少的才子佳人小說，亦成爲這一階段研究成果的另一標誌⑩⑪。

---

⑨⑤　蔣瑞藻：《彙印〈小說考證〉》（臺北：臺灣商務印書館，1979年）。

⑨⑥　戴不凡：《小說見聞錄》（杭州：浙江人民出版社，1980年）。

⑨⑦　阿英：《小說閑談四種》（上海：上海古籍出版社，1985年）。

⑨⑧　孫楷第：《日本東京所見中國小說書目》（臺北：鳳凰出版社，1974年）。

⑨⑨　〔澳〕柳存仁：《倫敦所見中國通俗小說提要》（臺北：鳳凰出版社，1974年）。

⑩⑩　〔日〕大塚秀高：《中國通俗小說書目改訂稿》（東京：汲古書院，1984年）。

⑩⑪　自八十年代初期開始，中國方面由瀋陽春風文藝出版社先後出版了「明末清初小說選刊」，影響所及，臺灣方面的臺北天一出版社於1985年亦影印出版《明清善本小說叢刊》。九十年開始，中國方面又有劉世德主編《古小說叢刊》，於1990年由北京中華書局出版，另有上海古籍出版社於此同時亦出版了《古本小說集成》，收有才子佳人小說。九十年代以後則有殷國光、葉君遠主編《明清言情小說》於1993年由北京華夏出版社出版。林辰主編《才子佳人小說集成》於1997年由瀋陽遼寧古籍出版社出版。

肆、第四階段：以二十世紀九十年代以後迄今

　　第四個階段，是以二十世紀九十年代以後至今所出現的才子佳人小說研究和批評為主。此一時期學者基本上承繼第三個階段的研究成果，繼續對才子佳人小說相關課題進行探討[12]。值得注意的是，受到研究者關注焦點和學術旨趣轉變的影響，才子佳人小說研究的批評取向呈現多元面貌，綜合漸進地深入對才子佳人小說所衍生的諸多課題進行探討，整體研究成果頗有進展。此外，研究取向的轉變和深化，

---

[12] 茲舉其要者如下，有關才子佳人小說創作背景及其成因的探討方面，如方溢華：〈才子佳人小說的成因〉，《廣州師院學報》（社科版），1991年4月，頁21-28；雷勇：〈明末清初的才女崇拜與才子佳人小說的創作〉，《明清小說研究》，1994年第2期，頁145-154；雷勇：〈明末清初社會思潮的演變與才子佳人小說的「情」〉，《甘肅社會學刊》，1994年2月，頁87-91；常雪鷹：〈才子佳人小說興起的文化心理闡釋〉，《內蒙古師大學報》（哲學社會科學版），1998年8月，頁272-275。陳瑜：〈從才子佳人小說興盛社會文化原因看其文化品位〉，《殷都學刊》，2002年第1期，頁94-98。有關作品思想內涵和藝術手法的探討方面，如劉坎龍：〈「才子」的理想人格──才子佳人小說文化透視之一〉，《新疆師範大學學報》（哲社版），1993年第1期，頁23-29；王恆柱：〈才子佳人小說是構築心靈理想的文學〉，《山東師大學報》（社會科學版），1994年第1期，頁96-101；李勁松：〈才子佳人小說的產生及其結構特點〉，《廣西大學學報》，1994年第5期，頁56-60；章文泓、紀德君：〈才子形象模式的文化心理闡釋〉，《中山大學學報》（社科版），1996年5月，頁110-118；任明華：〈明清才子佳人小說的地域特徵和興盛原因〉，《曲靖師專學報》，1997年第2期，頁1-4，頁8；張菁強：〈人性和禮教的烏托邦──才子佳人小說述論〉，《明清小說研究》，1998年第3期，頁14；晶春艷：〈一次不成功的顛覆──評《玉嬌梨》、《平山冷燕》的「佳人模式」〉，《明清小說研究》，1998年第4期，頁62-73；劉坎龍：〈借鑑與創新──才子佳人小說對《紅樓夢》的影響舉隅〉，《新疆師範大學學報》（哲學社會科學版），2000年4月，頁72-75。胡正偉、楊敏：〈略論明清才子佳人小說的創作模式〉，《宿州師專學報》，2002年3月，頁30-33；李鴻淵：〈情禮調合皆大歡喜──從社會文化思潮看清初才子佳人小說的團圓結局〉，《船山學刊》，2003年第3期，頁119-123。

主要表現爲西方文學批評理論的引介與應用，使得研究領域爲之拓
展，亦成爲這一個時期研究的重要憑藉。整體而言，這個階段研究的
特色表現可以區分爲三個層面予以說明：

　　第一，文學史和小說史的相關研究著作中，大多已具有正面評
價的歷史地位。以小說史研究爲例，齊裕焜主編《中國古代小說演變
史》論及「人情小說」時設立「才子佳人小說」一節，敘述才子佳人
小說概況和歷史地位⑬。陳大康在《通俗小說的歷史軌跡》一書中論
及「邁入獨創階段的清初前期創作」時，指出人情小說中敘述「才子
佳人悲歡離合故事」蔚爲大宗，作爲一種文學現象實具有其不可忽視
的時代意義⑭。石昌渝在《中國小說源流論》一書從小說文體諸要素
的論述出發，敘及章回小說時將才子佳人小說視爲「傳奇小說與白話
小說的合流」下的創作⑮。程毅中主編的《神怪情俠的藝術世界——
中國古代小說流派漫話》一書中，收有張俊所撰〈走向生活的世情小
說〉一文，著重將《金瓶梅》與才子佳人小說進行比較，指出才子
佳人小說具有獨特的創作特點和美學風貌，應自成一個系列⑯。石麟
《章回小說通論》從類型論角度出發，將才子佳人小說獨立章節，別
爲敘述，視其爲「五彩紛呈的風流夢幻」⑰。寧宗一主編的《中國小
說學通論》敘及小說觀念學時，從典型觀念中的才情、情與理的矛盾

---

⑬　齊裕焜：《中國古代小說演變史》（蘭州：敦煌文藝出版社，1990年），頁411-425。

⑭　陳大康：《通俗小說的歷史軌跡》，頁184-196。

⑮　石昌渝：《中國小說源流論》（北京：生活・讀書・新知三聯書店，1994年），頁371-
　　379。

⑯　程毅中編：《神怪情俠的藝術世界——中國古代小說流派漫話》（北京：中共中央黨校出版
　　社，1994年），頁152-175。

⑰　石麟：《章回小說論》（鄭州：中州古籍出版社，1994年9月），頁71-83。

衝突和淨化原理等三方面對「才子佳人小說觀」進行集中論述[18]。吳禮泉《中國言情小說史》將才子佳人小說置於言情小說發展的歷史脈絡進行考察，視其爲言情小說鼎盛期的一種派別作品[19]。張俊在《清代小說史》一書中，從才子佳人小說崛起、盛行、餘波和末流的發展脈絡中於不同章節進行歷史敘述，認爲小說是明末清初出現的一種特殊的文化現象[110]。向楷《世情小說史》指出明中期至清初是世情小說發展的第一個高潮期，就流派而言，才子佳人小說乃是其世情小說異流之一。才子佳人小說流的出現，一方面是爲明中後期以來人欲橫流的反思和撥正，另一方面又是對唐、宋、元乃至明代描寫才子佳人風流韻事的小說、戲曲的繼承[111]。王恆展《中國小說發展史概論》論及「中國小說的雅化時期——明清」將有關才子佳人小說的創作表現置於「通俗小說雅化的第三階段——雅俗合流」，從小說史角度肯定其具有不可替代的文學史價值[112]。李修生、趙義山主編的《中國分體文學史》（小說卷）在「下編：章回小說」部分針對明清才子佳人小說進行專章論述，從小說源流、作者和創作表現等不同層面進行說明，並與豔情小說做一區隔[113]。李忠明《17世紀中國通俗小說編年史》則從1641年起以十年爲一階段開始分析才子佳人小說自《玉嬌梨》出現以來之創作情況及其具體藝術表現。他認爲以《玉嬌梨》、《平山

---

[18] 寧宗一：《中國小說學通論》（合肥：安徽教育出版社，1995年），頁216-240。

[19] 吳禮權：《中國言情小說史》（臺北：臺灣商務印書館，1995年），頁313-329。

[110] 張俊：《清代小說史》（杭州：浙江古籍出版社，1997年），頁55-67，頁157-166，頁296-301，頁418-420。

[111] 向楷：《世情小說史》（杭州：浙江古籍出版社，1998年），頁197-214。

[112] 王恆展：《中國小說發展史概論》，頁362-376。

[113] 李修生、趙義山：《中國分體文學史・小說卷》（上海：上海古籍出版社，2001年），頁343-365。

冷燕》為基本定型的才子佳人小說流派的思想品位不高，藝術模式化傾向嚴重，但是它開創了中國通俗小說史上的獨特流派，孕育了一批專業小說作家從事通俗小說創作，使之不斷雅化，具有很高的小說史價值[14]。綜整以上意見可知，在這一個時期裡，不論從才子佳人小說作為一個類型或流派的角度來說，其所具有的歷史地位和文學價值已為學者們在不同形態的小說史研究中所肯定。

第二，具有整體性和系統性的研究專著和論文出現。如苗壯在《才子佳人小說史話》一書中視才子佳人小說——即愛情與婚姻小說的一個流派——在明初文言小說中就已成形，並在清初的通俗小說中得到了發展。該書對於才子佳人小說的源流及其歷史地位做了系統的論述[15]。林辰和段句章合著的《天花藏主人及其小說》一書則試圖對清初小說作家天花藏主人的貢獻及與其相關小說作品做一詳細而綜整的介紹[16]。美國學者馬克夢（Keith McMahon）在《吝嗇鬼・潑婦・一夫多妻者：十八世紀中國小說中的性與男女關係》一書，將才子佳人小說分為兩大類型，一是純情的佳人才子小說，一是色情化的才子佳人小說，其中對於才子佳人小說的定義和認知，基本上與傳統上學者所公認的意見不相符合，屬於對小說人物形象表現的一種寬泛的理解。此外，從性別研究觀點出發，馬克夢著重討論了才子與佳人之間愛情婚姻的「對稱性」及其可能衍生的寫作內涵問題，並檢討作品的樂觀主義和女人理想化的問題，又與傳統研究注重「佳人」的討論視野有所不同。不過，馬克夢已將整體研究焦點轉向作品本體，進一步探討兩性關係在才子佳人小說中的表現和意義，在此且不論「色情化

---

[14] 李忠明：《17世紀中國通俗小說編年史》，頁141。

[15] 苗壯：《才子佳人史話》（瀋陽：遼寧教育出版社，1992年）。

[16] 林辰、段句章：《天花藏主人及其小說》（瀋陽：遼寧教育出版社，1992年）。

才子佳人小說」的觀點是否能夠成立，至少在研究論題的深化方面，此書當具有一定的導向作用[⑰]。周建渝所撰《才子佳人小說研究》一書認為清代才子佳人小說的興起標誌了一種新的小說文體的產生，並受到大批讀者的閱讀和欣賞。才子佳人小說並不僅僅是簡單膚淺的「流行」小說，在反映文人對自身形象及其價值的關注方面，小說之創作發生無疑具有其深層寓意。此外，小說敘事創造在發展演變的歷史中體現出時代環境因素的影響，尤其表現在人物形象特質的改變之上，更甚者是將故事人物與現實小說作者做一重合思考，反映出文人群體時代命運。該書所涉及的相關論題，包括文人形象的雙重特徵、小說出版者與讀者的探討、從文化和敘事層面評析作品本體、前後期小說之比較、才子佳人小說論者的小說觀和才子佳人小說的源流和影響等層面，可謂頗具完整性和系統性[⑱]。王青平（Wang, Qingping）在 *The commercial production of the early Qing scholar-beauty romances*（《清初才子佳人傳奇小說的商業生產》）的論文中，對於才子佳人小說在清初時期為何／如何流行並廣受歡迎的問題進行探討，該文強調才子佳人小說在商業主義和滿清征服的背景因素下，是以一種文化商品形態出現，其創作同時兼有商業的和文學的雙重動機。中低階層文人不僅從事職業創作，並且成為主要出版者，作品的生產在通

[⑰] 〔美〕馬克夢（Keith McMahon）著，王維東、楊彩霞譯：《吝嗇鬼・潑婦・一夫多妻者：十八世紀中國小說中的性與男女關係》（*Misers, Shrews, and Polygamist—Female Relations in Eighteenth Century Chinese Fiction*）（北京：人民文學出版社，2001年），頁100-158。

[⑱] 周建渝在《才子佳人小說》序文提及此書係由其在美國和中國完成的兩篇博士論文所組成，一是《才子佳人小說研究》（北京：中國社會科學院研究生院博士論文，1990年），一是 The Caizi-jiaren Novel: A Historical Study of A genre of Chinese Narrative From the Seventeenth-century to the Nineteenth Century, Ph. D. dissertation, Princeton University, 1995。見氏著：《才子佳人小說》。

俗文學和印刷業的發達之間取得成功的表現。在商業策略的主導下，不僅影響了小說本身的生產，也影響了書屋、出版地域和商業關係的形成，同時也反映了中國小說創作生產在商業因素影響下的發展趨向。該文從商業生產角度立論，對於才子佳人小說盛行因素所進行的分析，頗有助於深化理解小說創作特性⑲。此外，陳益源的《王翠翹故事研究》則與學界普遍認為的才子佳人小說《金雲翹傳》密切相關⑳，其他亦有諸多針對個別作品或主題進行探究的學位論文㉑，研究成果頗為豐碩。整體而言，學術專著和眾多論文的出現，正表明才子佳人小說的美學價值更進一步為人們所關注和重視，顯示其重要性。

　　第三，文藝學美學方法論的引介和應用，逐漸成為新的批評取向，學者普遍以貼近文本的觀察方式來探索才子佳人小說的美學意義。如劉坎龍〈才子佳人小說類型研究〉一文應用形式主義和結構主義方法，從敘事模式、文化意蘊和演變趨勢諸方面對才子佳人小說進行考察，以釐清這類小說的特徵㉒。陳惠琴〈理想・詩筆・啟示──論才子佳人小說的創作方法〉一文認為才子佳人小說的創作方法是傳

---

⑲　王青平（Wang, Qingping），*The commercial production of the early Qing scholar-beauty romances*（《清初才子佳人傳奇小說的商業生產》），Ph. D. dissertation, Stanford university, 1998。

⑳　陳益源：《王翠翹故事研究》（臺北：里仁書局，2001年）。

㉑　諸如姜鳳求：《明清才子佳人小說「好逑傳」研究》（臺北：政治大學中國文學系碩士論文，1990年）。黃蘊綠：《明末清初才子佳人小說中的佳人形象》（臺北：淡江大學中國文學系碩士論文，1996年）。林玉玲：《天花藏主人才子佳人小說的愛情婚姻觀》（高雄：中山大學中國文學系，1997年）。尹泳植：《玉嬌梨研究》（臺北：政治大學中國文學研究所，1999年）。顏采容：《明清時期出版與文化──以「才子佳人」小說為中心》（南投：暨南國際大學歷史學研究所，2002年）。

㉒　見《新疆師範大學學報》（哲學社會科學版），1994年第3期，頁31-37。

奇，具有唐人傳奇小說的某些特徵、更接近於明清傳奇戲曲和西方傳奇的藝術精神[13]。蕭馳〈從「才子佳人」到《紅樓夢》：文人小說與抒情詩傳統的一段情結〉從文類間相互關係的角度探討從清初才子佳人小說到《紅樓夢》的文人小說之發展，兩者之間皆透過賦詩行動和話語表現了中國傳統抒情的情結[14]。張淑麗〈逆讀明末清初才子佳人小說——從玉嬌梨談起〉從女性主義角度立論，認爲佳人形象塑造寄寓文人自我的理想，是一種「替代式的肯定」[15]。周建渝《才子佳人小說研究》一書中應用敘事學理論，從敘述者及其視角、敘述基本方式和敘事結構等層面進行文本分析[16]。陳翠英〈閱讀才子佳人小說：性別觀點〉亦著重從性別研究觀點考察發掘「才子」和「佳人」的多重意涵，進一步說明邊緣文人的理想和投射如何反映在創作之中[17]。彭建隆〈才子佳人小說的敘事學意義——論才子佳人小說對傳統敘事觀的改變和想像性敘事缺陷的彌補〉一文指出中國傳統重史的敘事觀向來缺乏「想像性」，清初才子佳人小說敘事觀的改變，使得小說敘事本身充滿了想像性，顯示其非凡的敘事學意義[18]。

　　總的來說，在第三個階段形成研究熱潮以後，論者推動才子佳人小說研究的持續深入，當具有深化研究內容和拓展研究視野的作用。然而，由於過去的研究多從單面向角度考述文獻、分析文本、解讀文化，三者彼此間常常缺乏聯繫，較少結合考察論述，以致無法具體而完整地呈現才子佳人小說的生成及其發展規律。到了第四個時期，隨

---

[13] 見《明清小說研究》，1996年第3期，頁74-86。

[14] 見《漢學研究》第14卷第1期，1996年6月，頁249-277。

[15] 見鍾慧玲主編：《女性主義與中國文學》（臺北：里仁書局，1997年），頁395-421。

[16] 見周建渝：《才子佳人小說研究》，頁139-163。

[17] 見《清華學報》，第三十卷第三期，2000年9月，頁329-373。

[18] 見《婁底師專學報》，2003年1月，頁100-103。

著文藝學美學方法論的引介和應用，現今的研究取向和論述話語可說
處於重要的轉型階段，逐漸強調在研究過程中將文獻、文本和文化加
以融通和創新。儘管目前的才子佳人小說研究已在中國古代小說研究
領域占得一席之地，但是對於作品的藝術形式及其美學意義的探索仍
顯匱乏。因此，在後續的研究進程中，如何超越傳統以社會歷史研究
法為批評主軸的研究格局，另闢新徑以探究才子佳人小說的敘事建構
和主題意向，這無疑是本文在後續研究進程中所要著重思考的課題。

第三節　釋題：問題意識與研究方法

本文研究論題為「明末清初才子佳人小說敘事研究」，基本上研
究對象是以明末清初時期的才子佳人小說為範圍，名為「明末清初」
乃基於歷史分期的普遍性觀點[⑫]，實際考察對象則以清代乾隆以前時
期之代表性作品為主。依孫楷第《中國通俗小說書目》記載，在清代
康熙以前出現的作品有二十七部，除去《宮花報》存目不見、《夢月
樓情史》、《錦疑團》殘缺不全以及《風流配》、《快心編》文體不
合者，今可見完整作品計有《吳江雪》、《平山冷燕》、《玉嬌梨小
傳》、《飛花詠》、《兩交婚小傳》、《金雲翹傳》、《麟兒報》、
《玉支璣小傳》、《畫圖緣小傳》、《定情人》、《賽紅絲小說》、

[⑫] 目前研究才子佳人小說學者，一般多將小說歷史的發展和演變以清代乾隆為界分為前後二
期。其原因除了小說本身在藝術形式上的變化表現前後有所不同之外，就清代歷史而言，乾
隆時期是國家力量由盛轉衰的關鍵期，政治情勢的複雜狀況亦反映在許多才子佳人小說作品
之中。前後兩時期作品的內容表現出現許多差異。參周建渝：《才子佳人小說研究》，頁
165-200。苗壯則將之細分為四個階段：第一階段崇禎和順治年間，第二階段是康熙年間，
包括《紅樓夢》產生前的雍正和乾隆前期，第三階段是清乾隆、嘉慶和道光年間，第四階段
是在鴉片戰爭之後。參氏著：《才子佳人小說史話》，頁11-38。

《幻中眞》、《人間樂》、《情夢柝》、《玉樓春》、《春柳鶯》、《夢中緣》、《合浦珠》、《賽花鈴》、《鴛鴦媒》、《飛花艷想》、《好逑傳》等二十二部作品。另依江蘇省社會科學院明清小說研究所、文學研究所編《中國通俗小說總目提要》[30]收錄清代乾隆以前出現的作品，另有《醒名花》、《生花夢》、《宛如約》、《孤山再夢》、《醒風流》、《蝴蝶媒》、《鳳凰池》、《終須夢》、《巧聯珠》等九部。據此，本文總計討論作品數量爲三十一部。

　　關於明末清初才子佳人小說之作品定位，如前文說明，兼具商品與精神生產兩方面的性質。其中關於商品性質之研究方面已有陳大康的《通俗小說的歷史軌跡》、周建渝的《才子佳人小說研究》、Wang, Qingping（王青平），*The commercial production of the early Qing scholar-beauty romances*（《清初才子佳人傳奇小說的商業生產》）、顏采容的《明清時期出版與文化──以「才子佳人」小說爲中心》及李忠明的《17世紀中國通俗小說編年史》等相關專著和論文深入探討，本文在論述過程中將適當參探論者的研究意見以爲輔證，但不擬再重複論述作品作爲通俗小說話語的商品特性及當時的文化消費市場運作機制等問題。基本上，本文研究主旨將著重聚焦於作品本體特色與作家精神生產性質方面進行探究，研究取徑主要針對特殊時期的文學現象做一整體性、系統性的考察，深入分析小說文本的審美本質和藝術特徵，期能在有關小說敘事建構的本體考察、美學規律、思想寓意和類型特徵等層面的探討上，對於明末清初才子佳人小說敘事與作家集體創作心理表現有更進一步的了解，同時希冀能拓展新的研究視角，藉以深入詮釋才子佳人小說作家的創作心態、作品的

---

[30] 江蘇省社會科學院明清小說研究中心、文學研究所編：《中國通俗小說總目提要》（南京：江蘇社會科學院，1996年）。

類型價值和作品的主題意涵，從中說明明末清初才子佳人小說集體敘事現象的構成，在小說流派、文學歷史和文化語境中所具有的實際地位和文化意義。

壹、問題意識：尋找才子佳人小說的身分

目前依歷來學者研究歸納分析，確認明末清初才子佳人小說身分的主要標誌有四：一、「人情—寫實」小說流派的異流；二、通俗白話章回小說形式；三、描寫理想男女的愛情遇合；四、以「情」為作品的主題內容。一般來說，在中國傳統才子佳人文學中，所謂「私定終身後花園，落難才子中狀元，金榜題名大團圓」的敘述模式，早已成為判斷小說敘事建構安排的基本形式表現的依據。基於文學接受慣例化的影響，上述閱讀認知的形成，似乎是普遍性的文學事實。然而，就小說史、文體、文類和歷史文化語境等因素的影響而言，明末清初才子佳人小說創作面臨各種價值選擇，其敘事藉由通俗小說藝術形式以傳達特定的情感體驗、審美觀念和主題思想，我個人認為其實並不完全等同於中國傳統才子佳人文學的書寫程式和美學規範。因此，應當如何看待明末清初才子佳人小說的發生和存在？便成為本文研究論述展開的起點。基於尋找才子佳人小說的「身分」的認知和需要，本文乃試圖從小說史、文體、文類和歷史文化等層面的觀照和分析中，重新建構才子佳人小說的美學風貌，以下即針對前述問題意識做一說明。

一、小說史意識

在中國文學傳統中，有關「才子佳人」的主題及其創作，自唐代

傳奇形諸小說藝術創作之後，此一主題便在不同藝術形式上——話本
小說、戲曲、傳奇小說、章回小說等——大量出現，具有其特殊的歷
史連續性。在才子佳人主題的言情創作中，諸多作品的不斷湧現，無
疑顯示出一種深層文化心理結構的集體性和超穩定性表現。進一步來
說，才子佳人主題在不同時代和不同作家的作品中，一方面除了展現
了個別作品的個體性和獨特性；另一方面，眾多作品又具有其超越時
空的普遍性、延展性和集體性。因此，在個性與共性，歷時與共時的
創作交流中，明末清初才子佳人小說創作位於繼承與創新的歷史軸線
上，可謂集注了不同時代、不同地域、不同作家對人的存在價值和人
生意義的普遍關懷與深入思考。因此，明末清初才子佳人小說創作以
「通俗白話章回小說」的藝術形式出現，其創作、發生和流行的創作
歷程，自不能不與文學傳統中的才子佳人文學歷史發生聯繫。

　　明末清初才子佳人小說創作流派或文學類型的形成，既是特定歷
史時期的一種文學現象和文化現象，也是一種集體文化心理的反映。
不過，從清代初期以來的傳統文學批評歷史中，人們對於明末清初才
子佳人小說的文學價值和美學表現存有極大的質疑和偏見，無論是以
「主流話語」的文學經驗排斥「邊緣話語」的創作表現，或以「純文
學」或「嚴肅文學」的審美觀點批判「通俗文學」的流行性和適俗
性，諸多批評在在顯示了明末清初才子佳人小說被輕忽的根本事實。
就明末清初才子佳人小說創作表現而言，基本上作家面對主流文學話
語和才子佳人主題的文學傳統時，不論是在文體形式或思想文化觀念
的選擇方面，小說創作本身在繼承與創新之間無疑都顯現出特殊的歷
史觀和價值觀。從客觀的角度來說，其發生、流行乃至衰落的文學歷
程，在中國文學史上實具有其不可忽視的意義和價值。以文學歷史演
變的角度來說，「文學是由作品構成的整個體系，它藉不斷添新的成

員而不斷地改變它的關係，發展為一個不斷變化的整體。」[31]那麼，我們應當如何看待明末清初才子佳人小說在中國傳統文學演變過程中的歷史意義和價值？韋勒克、華倫（René Wellek、Austin Warren）論及「文學史」的看法頗值參考，他們認為：

> 它的解決方法在於把歷史的進展過程和價值或標準連接在一起，只有如此，那些顯然無意義的事件系列始可分割為主要的和非主要的部份。亦唯如此，我們說到歷史的進化時，始不至損及單獨事件的個性。把一個個別的事實和一般價值連結在一起時，我們並不是把個體貶降到僅僅是一般觀念的一個樣品，相反的，我們要賦與這個體以意義，歷史並不是把一般價值個別化（當然歷史也不是一種不連續的無意義的流行），然而歷史的過程會產生前所未知且亦未曾預料到的新價值的形式。因此個別的藝術作品對於價值尺度的對應性，只不過是那個性所具有之必然的相關性。其演進的層次將參照價值或標準的系統來設計，而價值本身則僅能從這演進過程的研討得來[32]。

因此，即使明末清初才子佳人小說的藝術性和美學評價並不高，但是我們仍應當對於小說創作的意義和價值有所說明，並以呈現

---

[31]　〔美〕韋勒克、華倫（René Wellek、Austin Warren）著，王夢鷗譯：《文學論──文學研究方法論》（*Theory of Literature*）（臺北：志文出版社，1983年），頁431。

[32]　〔美〕韋勒克、華倫著，王夢鷗譯：《文學論──文學研究方法論》，頁433。

歷史眞實爲前提，藉此了解「作品序列的意義和價值的發展和演變過程」，以及「研究者產生於對這一發展演變過程的觀照之中，並且反過來又據之對作品做出判斷與選擇的歷史觀、價值觀」[13]。

「明末清初」是一個特殊的歷史時期，才子佳人小說出現在這個時期裡，當有其文化意義。而如何爲作品進行歷史定位和評價，基本上與研究者的歷史發展觀點和歷史方法原則有關。在中國小說史的研究上，以魯迅《中國小說史略》爲代表的小說研究體系，以時代爲經，以題材、風格和類型爲緯，其所提供的研究思路和敘述框架，建立了一個小說史研究的典範，隨後出現的小說史論著，得以在魯迅奠定的基礎上繼續深入探究。對於才子佳人小說來說，其能在文學史上或小說史上占有一席之地，無疑必須歸功於魯迅的獨到的文學眼光和理論視野。但如前文研究的歷史概況所述，在二十世紀八十年代以前，小說史研究者對於才子佳人小說的評價多持負面批評態度。近年來，隨著研究觀念的轉變，人們則大多已同意才子佳人小說是中國小說發展源流中的一個獨特文學現象，有著自身發展演變的過程。不過，從實際情形來看，人們對於才子佳人小說歷史定位的討論，多將小說置於「文學進化論」的批評語境當中進行論述，藉此說明其文學價值。因此，即使人們已能從客觀角度正面肯定此類小說作品在小說史上的地位和意義，實際上卻很少能眞正說明才子佳人小說創作的實際表現及其美學意義。

一般來說，文學創作大都體現出某種程度的歷史意識和歷史感，從中展示特定的時代文化精神。相對地，文學研究也要體現應有

---

[13] 李晶：《歷史與文本的超越——小說價值學導論》（上海：社會科學院出版社，1992年），頁51。

的歷史意識與歷史感，除了從作品的詮釋中揭示特殊時期的文化現象
和文化精神，也應當在解讀作品的過程裡積極融入當代精神文化，建
構一種不同時空下的歷史性對話和詮釋，藉以思考文學作品的位置和
作用。因此，探索特定歷史時期文學現象的內部聯繫和發展規律，則
除了有賴於對文學傳統因素和文學材料進行描述之外，還有賴於對文
學現象生成背景進行宏觀的歷史考察。當然，對於任何文學現象的批
評，必然牽涉到研究者究竟是以歷史絕對論或歷史相對論的態度面對
作品，才子佳人小說研究也不例外。尤其重要的是，如何在「規律」
和「現象」的探索上有效呈現作品的思想藝術和美學價值，無疑是為
才子佳人小說進行歷史定位的一個基本前提。有鑑於此，我們應當如
何在前賢今能的研究基礎上，以現今的文學研究觀點重新闡論小說作
品在中國古代小說史上的地位和意義？其首要之處，是在研究過程中
必須從宏觀歷史的角度出發，將作品置於時代背景、文化思潮和文
學現象中進行考察，藉以說明其文體創造的文學價值和美學意義。因
此，歷史意識的建立是重要的。

　　在目前通行的小說史概念下，研究小說發展歷史的論述框架具有
兩種面向：一是「史論模式」，即按照歷史朝代來劃分文學之發展，
總結文學發展的歷史經驗，體現了古代重史的傳統，有利於在歷史發
展各階段的政治、經濟、文化背景下透視文學的發展規律。二是「本
體論模式」，以文學自身的表現形式來敘述它的發展進程和演變規
律，這種從文學本體出發來表述其發生、發展變化的概念，較接近於
真正反映文學的自身發展歷史。但不論應用哪一種小說研究的模式，
科學化是其必然的要求[34]。就現有小說史著作來看，大多傾向於史論

---

[34] 李晶：《歷史與文本的超越——小說價值學導論》，頁9-31。

模式，較少採取本體論模式。其結果是「我們可以從一部文學通史看到某一歷史時期文學的主要面貌，但卻難以看到某一文體盛衰興亡的全過程；可以看到某一時期社會文化對文學的影響以及文學對社會文化的反映，但卻較少看到文學自身的藝術構成」[15]。這的確是現在小說史研究上的一個不可忽視的問題。

那麼，如何能夠解決「史論模式」或「本體論模式」的侷限，由此建構新的小說史研究理論框架，並展開更爲具體而完整的論述體系？關於此一課題的探討，陳平原在《小說史：理論與實踐》一書中從理論提升的角度提到小說史研究應有超越性思考，即在於建立「小說史意識」。何謂「小說史意識」？陳平原說：

> 所謂小說史意識，亦即對小說發展模式的整體觀照，目的是建立起一套確定作家作品位置和作用以及闡釋小說藝術現象的理論框架和操作程序。……可以這樣說，沒有相對獨立的小說史意識，就不可能從事眞正創造性的小說史研究[16]。

從理論操作的層面進行分析，基本上小說史研究有兩條重要的途徑，一是「從具體到抽象」，逐步理論化：即「史實考證→作家作品評價→小說史意識」；一是「從抽象到具體」，逐步應用化：即「文學觀念→研究方法→小說史意識」。其關係圖示如下：

---

[15] 李修生、趙義山主編：《中國分體文學史：小說卷‧前言》，頁1。
[16] 陳平原：《小說史：理論與實踐》（北京：北京大學出版社，1993年），頁90-91。

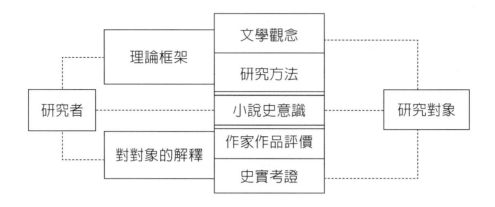

　　上述兩條研究途徑在「小說史意識」這一點上重合，而這重合點正是小說史方法論所要著力探討的，也是實際操作中最為關鍵的一環[130]。以目前才子佳人小說研究的情形來說，有關作家作品的史實考證和評價方面，由於文獻資料的不足，在論述上實難有突破之處，仍待資料的繼續發掘以資論證。因此，欲在小說史意識的基礎上進行探索理解作品價值，則從文學觀念和研究方法的角度切入，將成為本文探究明末清初才子佳人小說敘事表現的一條重要途徑。

　　無庸諱言，現今小說觀念的改變及小說史研究理論和方法的突破，可謂促成了中國古代小說整體研究認知和實踐的轉換，對於才子佳人小說的文體、類型及文學現象的研究也將愈趨深入。因此，當我們試圖在前人研究的基礎上提出新的闡釋觀點時，則通過「小說史意識」觀念的掌握對才子佳人小說進行整體性考察和分析，無疑將有助於我們在研究過程中更為客觀地從不同層面說明才子佳人小說的小說史定位及其價值，此為本文研究的動機之一。

---

[130] 陳平原：《小說史：理論與實踐》，頁88。

二、文體意識

在傳統的研究思路裡，明末清初時期興起的才子佳人小說常常被視爲特定「思想觀念」的載體，而非當做「文學作品」來看待。因此，人們在才子佳人小說創作的外部規律的探討中，雖然使得作品本身能夠獲得某種意義上的言說和揭示，然而大多數人所關注的往往是時代精神和思想意蘊。如前所言，由於作品的本體性在研究過程中被淡化處理，以往對於才子佳人小說文體方面的探索和分析，顯得著墨不多。基於文學研究的主要對象是文學作品的認知，要眞正理解才子佳人小說文體創造的價值選擇及其審美意義，惟有從文體形式及其藝術特徵的探索出發，才能眞正說明才子佳人小說的創作特性和美學意義，因此對於才子佳人小說文體的創造及其變異因素應當有所探討。

所謂文體（style），一般「是指一定的話語秩序所形成的文本體式，它折射出作家、批評家獨特的精神結構、體驗方式、思維方式和其他社會歷史、文化精神」，其概念主要體現爲「體裁」的規範、「語體」的創造和「風格」的追求三個層次⑱。今援用俄國文學理論家米哈伊爾・巴赫金（Mikhail Mikhailovich Bakhtin）論及言語體裁問題時的觀點來說：

> 人類活動的所有領域，都與語言的使用相關聯。……
> 語言的使用是在人類某一活動領域中參與者單個而具
> 體的表述形式（包括口頭的和書面的話語）中實現
> 的。這些表述不僅以自身的內容（話題內容），不僅

---

⑱ 童慶炳：《文體與文體的創造》（昆明：雲南人民出版社，1994年），頁1。

以語言風格，即對詞彙、句子和語法等語言手段的選
擇而且首先以自身的布局結構來反映每一活動領域的
特殊條件和目的。所有這三個因素——話題內容、風
格和布局結構——不可分割地結合在表述的整體中，
並且都同樣地爲該交際領域的特點所決定。每一單個
的表述，無疑既是個人的，但使用語言每一領域都錘
煉出相對穩定的表述類型，我們稱之爲言語體裁[19]。

具體來說，才子佳人小說以一種類型或流派被提出，其言語體
裁表現在中國古代小說史中的作用就如同解決問題的模型一般，分別
從體裁、語體和風格方面提供了有關形式和內容的劃分標準和審視方
法，有助於我們更準確地掌握才子佳人小說的「身分」。毫無疑問
的，才子佳人小說在通俗小說文體發展下的文學語境中產生，反映著
一種穩定與持久的小說創作發展傾向，既有其文化的運作機制，又有
其自然的創作邏輯。因此，有關此一文學語境的深入了解和掌握，對
於理解才子佳人小說的藝術形式表現特色，便顯得非常重要。其原因
即在於，每一部作品的出現必須首先被看做是對特定範圍中的前一部
作品的「對話」，對於文學語境的掌握愈深，也就愈能從對話關係中
說明其文體創造的意義和價值。

就明末清初才子佳人小說的文體表現而言，人們將之置於「人情
—寫實」小說流派的文學語境之中，其創作在中國古代小說歷史發展
脈絡中所具有的承先起後的地位是顯而易見的，今圖示如下：

---

[19]　〔俄〕米哈伊爾·巴赫金（Mikhail M. Bakhtin）：〈言語體裁問題〉，見錢中文主編：
《巴赫金全集》第四卷（石家庄：河北教育出版社，1998年），頁140。

豔情小說（淫）

《金瓶梅》（淫與色空）─才子佳人小說（情）─《紅樓夢》（情與色空）

家庭小說（婚姻）

　　整體而言，「人情─寫實」小說流派在反映現實生活的題材取向上有其相對的一致性，即以家庭婚姻生活或男女情愛交往爲其寫作題材，從中傳達世情諸種生活面向。不過，基於主題思想設計的不同，其創作的基本格局和思想內涵的差異性，便充分反映在文體的選擇與創造之上。因此，明末清初才子佳人小說雖置身「人情─寫實」小說流派脈絡之中，然而其敘事形態表現既不同於《金瓶梅》和《紅樓夢》，也不同於豔情小說和家庭小說。由文體選擇的對話關係來看，才子佳人小說的創造及其文體表現，可以被看做是在特定歷史文化背景中被人們分享的知識或慣例，其中既包含作家的，也包含讀者的。進一步來說，當才子佳人小說在人情小說流派的具體文學語境中被創造出來時，作品以「情」爲主題內容所反映的時代文化心理和人物形象塑造，基本上是其主題思想表現之所在，然而文體特徵所具有的隱藏程度深淺不同的形式技巧、言語表達和情感觀點，才眞正是有別於其他小說文體或類型的美學標誌。有鑑於此，當我們在人情─寫實小說歷史發展的軌跡中重新考察才子佳人小說的敘事形態時，便應當針對才子佳人小說文體的實質表現進行探討，藉以在客觀立場上重新解釋其歷史定位。

　　基於上述研究認知，本文擬從作品本體的考察中分析才子佳人小說的話語構成，進一步深入了解才子佳人小說文體的創作特性和美學意義，其主要討論重點即在於重新探討才子佳人小說文體創造的主導性審美規範，藉以說明類型或流派形成的意義和價值。在此引用俄

國形式主義學者所提出的「主導性」（the dominant）概念來加以說明，鮑里斯・托馬舍夫斯基（B.Tomachevski）在〈主題〉一文中論述文學體裁特徵的作用時指出：

> 體裁的特徵，即用以組織作品結構的程序，是主導程序，它們支配著爲創造藝術整體所必須的所有其餘程序。這種主導的、首要的程序有時叫做主導部分。主導部分的總合便是形成體裁的決定因素[140]。

基本上，主導性的概念是指文學作品中的核心要素或構成成分，它控制、決定甚至改變了其他要素，是文學歷史演變的內在根源。因此，主導性規範對於特定小說類型的典型性和獨特性的藝術表現實具有特定的審美規範作用[141]。明末清初才子佳人小說之能形成一種集體敘事現象，其程式化書寫行爲的建立與表現，當與其內在主導性審美規範所支配的敘事成規密切相關。那麼，什麼是才子佳人小說類型的主導性要素呢？苗壯在《才子佳人小說史話》曾經指出：

---

[140]　〔俄〕鮑里斯・托馬舍夫斯基（B.Tomachevski）：〈主題〉，見維克多・什克洛夫斯基（Victor Shklovsky）等著，方珊等譯：《俄國形式主義文論選》（北京：三聯書店，1992年），頁144。

[141]　有關「主導性」的概念，〔俄〕羅曼・雅克布森（Roman Jakobson）在〈主導〉一文中指出：「詩歌作品應被定義爲一種其美學功能是它的主導的語言信息。當然，顯示美學功能之實施的標誌並非一成不變或者始終如一。不過，每種具體的詩的法則，每套暫時的詩的標準，都包含必不可少的獨特的諸因素，沒有這些因素，一部作品就不能被定義爲詩。」見趙毅衡編選：《符號學文學論文集》（天津：百花文藝出版社，2004年），頁11。另可參羅伯特・休斯（Robert Scholes）著，劉豫譯：《文學結構主義》（*Structuralism in Literature—An Introduction*）（臺北：桂冠圖書股份有限公司，1992年），頁100-103。

才子佳人小說的主導方面，或者說才子佳人小說的價
值，首先便是讚美青年男女的純眞愛情，歌頌其衝決
封建禮教的束縛，反對封建婚姻制度，爭取自主婚姻
的大膽行動和叛逆精神⑩。

大體而言，這樣的看法立足於中國傳統文學對於才子佳人愛情和
婚姻的理解，顯然是一種具普遍性的認知觀點，但這樣的認知觀點多
以題材內容分析爲主，實際討論內容在本質上是屬於社會學性質的，
而非屬於文學性質的。因此，如何立足於人情小說流派的文學語境和
類型批評觀點之中，從文學性質的角度對明末清初才子佳人小說文體
創造過程的主導性規範及其美學功能等支配性因素進行說明，從中進
一步了解作品是在特定藝術程序的安排中所傳達的審美理想和時代精
神，並闡述主導性規範因素在文學類型生成、建構和演變過程中所具
有的影響作用，便顯得相形重要，此乃本文研究動機之二。

三、類型意識

目前人們對於才子佳人小說作爲一種類型或流派的看法，大體
都採取正面同意的態度。不過，對於如何掌握作品的文體規範及其特
徵，並由此界定才子佳人小說的「身分」，其實並沒有眞正適切而深
入的看法。推其原因，乃在於人們對中國傳統才子佳人文學的故事題
材的認知已形成一種創作和閱讀上的慣例，並不十分在意才子佳人小
說與其他才子佳人文學的審美表現的差異性。在才子佳人小說的定義
方面，大體上並沒有脫離故事本身展演或敘述「理想青年男女的愛

---

⑩　苗壯：《才子佳人小說史話》，頁39。

情與婚姻」的理解。因此,對於才子佳人小說之不同於其他作品體裁
(如傳奇小說、戲曲、話本等)的創作選擇及其審美表現,相關論述
並不深入。

從特定意義上說,文類的形成來自文體的創造,而文體的創造
與審美意識的意向性表現密切相關,其目的是爲了獲得審美效應。因
此,在文體的創造過程中,內容與形式之間所呈現的辨證矛盾關係,
往往深刻地反映在作品的審美形態表現之上。茲舉目前才子佳人小說
研究中具代表性的看法進行分析。從類型角度來說,林辰在〈才子佳
人小說初探〉一文中曾經概括才子佳人小說的文體特徵:

> 一般說來,所謂才子佳人小說是指才子和佳人的遇
> 合與婚姻故事,它以情節結構上的:(1)男女一見鍾
> 情;(2)小人撥亂離散;(3)才子及第團圓這樣三個主
> 要組成部分爲特徵的。也有人把作品中的人物身分
> 和情節結構混合在一起,分爲五條:(1)男女雙方的
> 家庭,都是官僚或富家;(2)男女雙方都是年輕美且
> 才;(3)男女個人以某種機緣相接觸,往往以詩詞唱
> 和爲媒介;(4)小人撥亂其間,男女離散;(5)男女及
> 第,圓滿成功,富貴壽考。無論三條或五條,都說明
> 了才子佳人小說的一般特徵[18]。

這樣的見解至今大體爲研究者所同意。此外,從流派的角度來

---

[18] 林辰:《明末清初小說述錄》,頁60。

說，周建渝在《才子佳人小說研究》一書中，則從主題、人物設計、敘事長度、故事內容和情節結構的文體表現著意與明清小說進行比較，並指出：

> 才子佳人小說是在時間相對集中、故事特徵較爲相似，由一定數量的作家群體所創作、並有一定數量的作品這樣一個事實，就可以把它作爲一個小說創作流派來看待[14]。

這個觀點的總結性陳述，亦符合於才子佳人小說創作的實際情形。不過，值得進一步討論的是，文體的創造既是構成文學類型或文學流派的基礎，最終更關涉到文本意義的表現和闡釋，理當做一完整的分析和闡論。但是，在以往的才子佳人小說研究歷史裡，人們或重於主題內容，或重於情節結構，或重於人物形象。雖然相關論述大體能夠將才子佳人小說與其他小說進行比較分析，可是論述立場卻沒有真正超越傳統才子佳人文學認知的牢籠，以致缺乏進一步論述小說文體創造本身所可能隱含的審美情感和思想意涵，也就無法更深入地分析小說文體在話語秩序建構上的獨特性，以及作家主體選擇的審美觀念表現。如此一來，在文本意義和主題寓意的闡釋上，便難於超越既有的才子佳人文學研究，更遑論從中提出不同的見解和看法。因此，想要突破此一研究困境，無疑必須從類型現象出發說明其敘事建構的獨特性，藉以深入說明文人創作才子佳人小說的美學意義和文化價值。

---

[14] 周建渝：《才子佳人小說研究》，頁17。

　　眾所周知，「才子佳人」一語是中國言情文學的套話，明末清初才子佳人小說作爲新興的小說文體，諸多作品在類型構成上的特殊表現及其意義應該獲得應有的重視，其原因即在於「類型構想在所有企圖理解以獨特形態出現的個體性的著作中都是必不可少的」⑯。因此，對於才子佳人小說類型進行研究時，類型概念之建立與否，無疑將影響我們對於小說美學意義和文學價值的解讀。竹內敏雄在主編的《美學百科辭典》中提及「藝術類型」辭條時即認爲：

　　　　總的來說，類型的概念特別對美學和藝術學具有極爲
　　　　重要的意義。實際上，美和藝術是在具體個別的形態
　　　　中顯現本質的東西，所以，在某種意義上可以說，其
　　　　存在方式本身就是類型的⑯。

　　如前文所言，在文學歷史的傳遞過程中，任何一種文學現象的出現和存在，都必須與既有文學傳統和不同文學形態進行「對話」，進而確立起一種事實現象的本質特徵。今以此觀點考察才子佳人小說創作現象，則小說本身在類型建構的過程中，基本上即存在著兩組「對話關係」：

　　第一，從題材內容方面來說，才子佳人小說之有別於其他類型小說，乃在於「情」的概念及其主題表現之上，並且在描寫對象的不同和審美情感的差異之上構成了一種對話關係。如圖所示：

---

⑯　〔德〕E.D.赫施（E.D.Hirsch）著，王才勇譯：《解釋的有效性》（*Validity in interpretation*）（北京：三聯書店，1991年），頁313。

⑯　〔日〕竹內敏雄：《美學百科辭典》（哈爾濱：黑龍江人民出版社，1987年），頁185。

```
歷史演義小說──才子佳人小說──豔情小說
英雄傳奇小說                    家庭小說等
                              神魔幻怪小說等
```

第二，從體裁形式方面來說，才子佳人小說與利用其他文體敘述才子佳人愛情婚姻故事的不同在於形式特徵和話語結構的表現，在文體的選擇、語體的運用和風格的形塑之間又構成了另一種對話關係。如圖所示：

```
文言小說──才子佳人小說──長篇小說
戲曲                    中篇小說
話本等                  短篇小說
```

從上述兩組對話關係看才子佳人小說的類型表現，其獨特性是一目了然的。不管在題材內容方面或體裁形式方面，皆可見其有別於其他小說類型的藝術表現。當我們將才子佳人小說視為一種類型時，小說敘事形態表現當體現出構成這一文體特性的根本因素。因此，如何進一步歸納勾勒出才子佳人小說創作的慣例化結構形式及其審美規範因素，顯然是我們探討才子佳人小說創作成其類型或流派時的一個重要研究前提。

總的來說，對於如何界定一種小說類型，顯然牽涉到一連串關於作品的客觀因素，以及小說類型、形式和意義之間的聯繫關係的問題[40]。當我們試圖掌握才子佳人小說類型在敘述對象和敘述方式的結合表現，並從中建構出來的一種內容形式化的表現體系和審美特性，

---

[40] 〔美〕韋勒克和華倫認為在文學類型劃分過程中應當兼具形式和內容兩方面的根據：「類型，我們認為它是文學作品的一種組合，在理論上基於外在形式（特別的韻律和結構），以及內在形式（態度、語調、目的──更明白的說：題材和讀者）。」見氏著，王夢鷗譯：《文學論──文學研究方法論》，頁387-388。

其最終必須既觀照內容，又注重形式，從中凸顯作品的哲學精神。掌握內容與形式並存交融的觀點，或將更有助於釐清我們對於才子佳人小說認識上的問題。毫無疑問的，從才子佳人小說在明末清初出現以來的流行情況、作品數量及敘事表現來看，才子佳人小說作為一種小說類型或流派的表現是極為突出的，在集體敘事現象的構成中，可以說十足顯現出一種藝術的基本幻象[48]。無論在體裁、語體或風格方面，諸多作品顯示出才子佳人小說類型有別於其他小說類型的美學特徵，具有其獨特的美學意義和文化價值。因此，當我們有意對才子佳人小說作為一種小說類型的表現進行重新認識，其中所反映出來的重要意義，除了是基於文學觀念的發展與文學理論視野的開拓，期能促成相關研究深入探究一種文學現象的產生及其類型化的演變趨勢，並且從對作品的整體性分析和解釋中，期能從中深入了解一個特殊時期的文化現象乃至文化精神。有鑑於此，如何在「歸納」研究的基礎上[49]，從類型批評角度闡析才子佳人小說文體從範式建構、建立類型

---

[48] 〔美〕蘇珊・郎格（Susanne K. Langer）指出：「每一門藝術都有自己的幻象，這種幻象不是藝術家從現實世界中找到的，也不是人們在日常生活中使用的，而是被藝術家創造出來的。藝術家在現實世界中所能找到的只是藝術創造所使用的種種材料——色彩、聲音、字眼、樂音等等，而藝術家用這些材料創造出來卻是一種以虛幻的維度構成的『形式』。」轉引自陸梅林、李心峰主編：《藝術類型學資料選編》（武漢：華中師範大學出版社，1998年），頁458。

[49] 文體與文類之間的關係是極為密切的，一方面文體是文類形成的基礎，另一方面文體的變異又促成了文類的新變化。在文學類型的研究上必須注意兩個層面的問題，一是類型現象的理解，屬於歷史性的；一是類型現象的推論，屬於邏輯性的。法國學者茲維坦・托多洛夫（Tzvetan Todorov）在〈文學史〉一文中即指出文學類型研究的兩種思路，一是歸納性的，以處理歷史性文類（historical genres）為取向，即觀察描述某一時代既有的文學作品，並指出體裁的存在。這樣的研究思路，比較貼近文學類型現象，有助於從小說史研究角度建立類型規範。一是演繹性，處理的是理論性文類（theoretical types），即根據某種文學話語的理論推演某種體裁的存在，重視文學類型構成的邏輯性。這樣的研究思路，其目的在於建立理論性文類。見氏著：〈文學史〉，見《美學文藝學方法論續集》（北京：文化藝術出版社，1987年），頁206-212。

到構成流派所建立的美學特徵，此乃本文研究動機之三。

四、文化研究

　　文學是一個包含多種因素的文化複合體，文學創作本身即是一種文化現象。今日對於文學和文化的關係所進行的探索，以及說明文學所具有的文化價值，無疑使得文化研究成為文學批評理論中的一個重要發展面向。關於文化的定義，歷來眾說紛紜。本文採取美國人類學家克里福德・格爾茲（Clifford Geertz）的概念：

> 　　（文化）是指從歷史沿襲下來的體現於象徵符號中的意義模式，是由象徵符號體系表達的傳承概念體系，人們以此達到溝通、延存和發展他們對生活的知識和態度[50]。

　　據此而言，文學作品是人類文化實踐的藝術產物之一，其以「象徵符號」為形態的書寫體系所傳達的意義概念，可說是對文化的一種審美表達，從中傳達了特定的知識、觀念和價值。基本上，從文化研究的角度來探討文學作為文化釋義系統的基本表意形式，就此說明文學和文化兩者之間的相互聯繫、相互作用和相互影響，不僅可以跨越文學本體研究的侷限，同時可以從一個宏觀歷史文化角度探求文學作為一種文化現象的意義和價值。因此，為求深入了解一種文學類型現象的發生、發展和演變，由此理解文學與文化之間的密切聯繫關係，便成為本文探究明末清初才子佳人小說集體敘事現象時的一個不

---

[50] 〔美〕克里福德・格爾茲（Clifford Geertz）：《文化的解釋》（*The Interpretation of Culture*）（上海：上海人民出版社，1999年），頁103。

得不深入思考的問題[51]。

　　以今觀之，明末清初才子佳人小說以一種文學類型或文學流派出現，它的生成、發展乃至衰亡是在特殊的歷史環境中產生的，自然有其相應的文化背景。從前文有關才子佳人小說文學品格的說明中可知，作家處於文化邊緣的生活位置，最終選擇通俗小說形式來進行發聲，藉以傳達個人對文化現實的基本理解，並在敘事建構過程中以雅俗交融的話語體式來表達個人的願望和理想。究其實質表現，大可解讀爲作家試圖通過邊緣話語的美學創造，以求進入文化結構中心。因此，明末清初才子佳人小說以不同於文化中心話語的言語體裁展現了文化邊緣狀態中的文人生命意識和情感思想，因而賦予小說敘事以一種「有意味的形式」（significant form）[52]，這使得才子佳人小說作品內在相對一致的意義傳達模式，具有十足的象徵作用。事實上，在明末清初才子佳人小說集體敘事現象形成的過程中，諸多作品的出現成了反映當時歷史文化事實的一種美學中介，其審美情感因而體現出雙重的意義指向，一是指向言語體裁創造本身，一是指向認可言語體裁的文化規範和慣例。因此，當才子佳人小說以文化釋義形式的一種表意形式出現時，其文體的表現與類型的形成，無不與其歷史文化語

---

[51] 周憲等人論及作爲文化的藝術（他律）與作爲藝術的文化（自律）的張力關係時認爲：「一方面，社會的其他文化因素以各種方式，通過多種文化機制深刻地影響藝術，這種影響體現在藝術觀、藝術功能、主題、體裁、風格和技巧等各個方面。另一方面，藝術作爲人類精神活動的一個獨特領域，有它自身不同於其他人類活動的特性，正是通過這一特性的折射，映出赤橙黃綠的豐富文化色彩。」見周憲、羅務桓、戴耘編：《當代西方藝術文化學》（北京：北京大學出版社，1988年），頁8。

[52] 關於「有意味的形式」（significant form）的概念，參〔英〕克萊夫‧貝爾（Clive Bell）：〈藝術〉，見朱立元總主編、張德興編：《二十世紀西方美學經典文本》第一卷〈世紀初的新聲〉（上海，復旦大學出版社，2000年），頁460-478。

境的影響密切相關。

從文學發展觀點來說，明末清初才子佳人小說以某種新的形式或技巧占據主導地位，並成爲通俗小說的一種類型表現，這的確爲中國古代小說創作注入了一股新質力量。但相對來說，當才子佳人小說創作本身逐漸地被規範化和程式化，進而成爲社會文化慣例的一部分時，作品卻也在缺乏創新變化的情形之下，喪失了它原先可能具有的藝術魅力。不過，必須予以說明的是，文學類型的慣性化及其形式演變都無法獨立於特定時期的歷史文化背景而發展，這可以是我們得以從集體敘事現象的角度深入認識才子佳人小說作品本體及其美學特性的重要參照。對於此一問題的思考，大體可以從三個方面進行說明：

第一，就才子佳人小說作者的主體選擇而言，通俗小說在中國文學傳統的文類秩序中是屬於邊緣話語，與經、史等文類組成的正統話語相比較，兩者所具有的話語權威和意義權利，層級高低有別[63]。因此，當才子佳人小說作者失去以中心話語發聲的權利轉而尋求邊緣話語以言志抒情時，作者的主體選擇及其話語表現除了傳達出對於現實的一種理解，其中書寫所反映的文化經驗和慣例，無疑是作者精神生產的重要參照。圖示如下：

中心話語（經、史、詩、文等）——作者——邊緣話語（小說）

---

[63] 趙毅衡在〈中國小說的文化地位〉一文中說：「中國傳統社會中的白話小說，在文類上就被規定了它只具有從屬的地位，不可能獨立的表意，只是作為有特權地位的文類（歷史、古文、詩等）組成的主流文化之下的附屬文類：作為其例證，普及主流文化已確立的現成意義；或作為其補充，洩露被壓抑的社會下意識。」見氏著：《苦惱的敘述者——中國小說的敘述形式與中國文化》，頁198-199。

　　第二，就才子佳人小說作品的文學品格而論，由於小說具有商品和精神生產雙重品格，因此小說文體在「雅正」與「通俗」之間形成一種內在的對話關係。「詩」與「文」在敘事進程中的交替和重複，顯示了作家內在追尋的永恆價值信念。通俗小說的商品性質可能顛覆了文學書寫的神聖意涵，使得作家的精神生產必須以偽裝的形態來表現。在某種意義上，才子佳人小說的書寫格調或精神境界，在商品的流行與消費之間被消解；但是「詩」的抒情性展演，卻又成了解決作家的壓抑與矛盾的重要憑藉。就此而言，才子佳人小說以「雅俗合流」的姿態出現[54]，別具文化意義。圖示如下：

精神生產（雅正）──作品（雅俗合流）──商品消費（通俗）

　　第三，就才子佳人小說的主題寓意而言，從文人意識出發書寫才子佳人的愛情和婚姻，在敘事之間寄寓「才、情、色、德」合一的審美理想，明顯不同於世俗文化的生存需求。然而，才子佳人遇合及各種考驗所反映的人生際遇和社會現實的困境，有關「功名」與「婚姻」最終卻必須透過「科舉及第」的考驗儀式來給予圓滿的解決，並實現「齊家」理想。在「情」的演義過程中，作家對於文人自身存在的意義和價值的揭示，無疑成為作品主題寓意表現之所寄。圖示如下：

---

[54] 王恆展在《中國小說發展史概論》中論及中國通俗小說發展的雅化現象時指出：「明末清初小說，尤其是才子佳人小說，雖然作品本身的文學價值難與通俗小說雅化第一階段的《三國演義》、《水滸傳》、《西遊記》等相比，也難與第二階段的《金瓶梅》等相比，更難與最後階段的《儒林外史》、《紅樓夢》等相比，但從小說史的角度講，卻具有不可替代的文學史價值。這一階段的才子佳人小說，是雅俗合流的產物，這種合流又促進了通俗小說的雅化進程。從這一角度講，的確是《金瓶梅》與《紅樓夢》之間的過渡和橋樑。」見氏著：《中國小說發展史概論》，頁376。

　　齊家（理想）──主題寓意（情）──科舉（現實）

　　依上述三個方面來看，才子佳人小說從體裁選擇、話語創造到主題設計的具體表現，無不與作品本身建構的一套象徵符號體系有所關聯。才子佳人小說作爲一種獨特的文學類型，可以被視爲由文化形式或文化實踐建構的一種主體性表現，其生產模式及活動的最後操縱者，無疑是小說創作活動所處的總體文化背景。因此，對於才子佳人小說類型表現和美學意義的探討，基本上可以說是對於才子佳人小說獨特的文化身分的確認，也是對於才子佳人小說的一種文化身分的建構。因此，在文化的象徵體系中說明才子佳人小說類型表現的文化意義，實有其必要性。

　　基本上，本文試圖從文化研究觀點分析才子佳人小說的文化意義，其主要原因在於「把文學研究作爲一項重要的研究實踐，堅持考察文化的不同作用是如何影響並覆蓋文學作品的，所以它能夠把文學研究作爲一種複雜的、相互關聯的現象加以強化。」[16]在某種意義上，文化是一個由各種文本構成的大文本，這些文本之間相互聯繫構成了一種互爲指涉、關聯及滲透的現象，也就是說不同的文本之間相互作用而非完全獨立，文學文本的情形當然也是如此。任何一部文學藝術作品都不可能完全孤立於傳統之外，文學研究自然不得不考察它所可能因襲的傳統因素，其中包括文學的傳統和文化的傳統。無可否認的，不論是在文化生活的認知方面，或者文學傳統的建構方面，通俗小說在既有文學結構及其秩序當中所占有的地位始終處於邊緣地帶，同處於中心的詩詞和古文等有著大爲不同的發展前景，這不只是

---

[16]　〔美〕喬納森・卡勒（Jonathan D. Culler）著，李平譯：《文學理論》（*Literary Theory: A Very Short Introduction*）（瀋陽：遼寧教育出版社，1998年），頁50。

「作品接受層面的大小，創作者前程的明暗，更牽涉到一系列形式技巧及思想意義的選擇與表現」⑤。對於才子佳人小說敘事的本質及其表現而言，作家如何在歷史事實與文化系統之間的不斷調整中，透過創造性的轉化以及經由各種移位與變形的努力，展現其所潛伏的各種可能性與現實意義，無疑提供了我們深入研究才子佳人小說的重要途徑。

　　基於上述想法，當我們將明末清初才子佳人小說視爲一種文化產物與社會實踐時，一方面希望透過文化研究觀點分析作品意義如何透過文化生產活動而呈現出來——也就是如何透過小說藝術形式的創造與實踐來體現；另一方面，亦藉此觀察小說敘事系統建構與文化背景影響因素之間的對應關係。如此一來，不僅可以充實小說研究本身，也可以幫助我們從敘事、文化和意識形態的結合探討中，更加了解文學創作所具有的文化意義與文化系統本身運作的過程，是爲本文研究動機之四。

貳、研究的邏輯起點、具體方法和基本取向

　　由上述問題意識和研究動機的說明中可知，本文研究的主要焦點在於重新釐清才子佳人小說的「身分」，希望能藉由文體分析、文類建構和文化研究等角度進行討論，最終在小說史意識基礎上對才子佳人小說「作品本體」進行闡釋，並說明其歷史定位。以下即就本文研究的邏輯起點、具體方法和基本取向做一說明。

---

⑤　陳平原：《小說史：理論與實踐》，頁75-79。

一、邏輯起點

　　中國古代小說源遠流長，小說藝術形態豐富而多變。大體而言，中國古代小說的研究，是伴隨著小說的產生而產生，伴隨著小說的發展而發展的。黃霖等人在所著《中國小說研究史》一書中將中國小說研究的發展過程約略分為三個時期：一是從漢代到明代中期，是中國小說研究的幼年期，主要以文獻學與經史觀為主導的研究期。第二時期是從晚明到清末，是中國小說研究的成熟期，呈現出評點學與小說論成熟的研究期。第三個時期是二十世紀，中國的小說研究進入了一個新變期，講求方法論與小說觀突出變化的研究期[60]。綜觀中國古代小說研究的基本歷史面貌，諸如小說理論、小說研究方法、小說史、小說藝術、小說比較等各方面的研究成果，逐漸隨著文學觀念和研究理論取向的演進而有所變化，可謂不斷精進。

　　從才子佳人小說研究的歷史來看，長久以來受限於時代環境、傳統文學觀念及文學理論批評視野的影響，相關研究的深入程度並不可觀。細加考察則不難發現，傳統上除了基本的「文獻學」研究論述之外，人們在論析小說作品的藝術價值時，大體上仍是被「美學分析」的觀點所掌握，大多專注於小說作品如何透過故事情節的安排和藝術技巧的呈現以展現其美學特質，從而可能忽略了「小說」本身作為一種文學體裁，其與文學傳統的本質之間所造成的特殊研究的問題，諸如小說藝術形式的發展、演變與其所依存的歷史文化語境之間的關係為何？以及小說生產的模式及其類型表現有何特殊的文化釋義意涵等等。直到二十世紀九十年代開始，整體研究才進入一個新的發展階段。隨著古代小說研究架構逐漸擴展，研究者試圖在橫向跨學科的

---

[60] 黃霖等著：《中國小說研究史》（杭州：浙江古籍出版社，2002年），頁1-4。

研究方式（如心理學、人類學、語言學、敘事學、闡釋學和符號學等等）上進行深度化、客觀化的積極探索，科際整合趨勢下帶來的宏觀視野以及系統化的分析意圖，無疑使得中國古代小說研究展現出不同於以往的論述風貌。從問題意識和研究動機說明中可知，本文之所以選擇「明末清初才子佳人小說敘事研究」作為學術研究課題，最終目的亦希望借助現今文學理論的支援，期能跳脫傳統小說理論的二元研究傾向——或偏於「形式—技巧」、或偏於「內容—現實」的美學取向，從整體性觀點考察才子佳人小說在明末清初的歷史文化語境、文學傳統與價值系統交互影響下的類型表現和文學價值。

總的來說，本文展開研究的邏輯起點在於「方法論的應用與思考」，研究原則有二：一是以才子佳人小說作品本體研究為基礎，二是以跨學科理論方法研究為參照。整體研究思維立足於寬廣的歷史文化視野下，以中國古代小說發展的歷史進程為宏觀背景和思維中心，將明末清初才子佳人小說置放於整個小說歷史進程和文化背景的邏輯線索中進行考察，並對於才子佳人小說作為一種文學類型的歷史位置、藝術表現、美學價值和現實意義做一深入探討，期能藉此釐清個人在小說研究的基礎概念，並從中建立基本而宏觀的研究思維架構。

二、具體方法

由於近、現代西方在文學研究方法論的建構與運用有其突出表現，現代的文學研究者亦逐漸意識到採用新的研究方法重新分析中國古代小說藝術形式表現的重要性，並已有顯著的成效。因此，本文研究方法是以「敘事」的分析為基礎，藉由不同文藝美學理論的參照運用，期能在相對客觀的角度上從才子佳人小說自身的創作特點出發，重新論述才子佳人小說的美學表現，進一步闡明才子佳人小說的美學

意義和文化價值，並給予適當的詮釋和評價。

　　以今觀之，明末清初才子佳人小說作為一種集體敘事現象，既有形式美學的創造，亦有文化詩學之反映。就文學活動所牽涉到的基本要素來說，有關明末清初才子佳人小說作品本體的研究，至少涉及四個層面的問題：一是作者的文體意識和心理動機；二是作品的話語結構及其表達形式；三是讀者閱讀視野下的接受與闡釋；四是作品賴以存在的社會—文化系統。從整體性敘事研究觀點來說，其中所衍生的研究角度問題亦相形多元。在此引用美國學者華萊士・馬丁（Wallace Martin）在《當代敘事學》的觀察，馬丁將當代敘事理論作了一番簡化性的歷史勾勒後列出一張圖表，提供了基本的研究模式與研究角度：

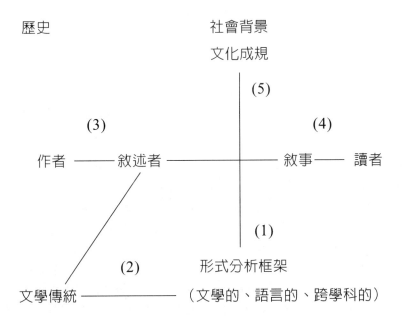

　　馬丁指出各種敘事理論的差異和批評家看到的東西如何，主要乃取決於所運用的理論，因而形成了五種敘事理論和研究角度：(1)結構主義；(2)俄國形式主義；(3)視點批評；(4)讀者反應批評（即交流與接受模式）；(5)社會學者與馬克思主義批評家⑱。基本上，如果我們能根據上述理論模式對明末清初才子佳人小說進行分析時，毫無疑問地將可以呈現出多樣性的研究成果⑲。從上列圖式中，我們可以了解到現代敘事理論的研究角度，實際上涵蓋了語言學、心理學、闡釋學、接受美學以及文化學視野等諸項層面，這無疑也提供了本文對明末清初才子佳人小說作品本體進行多層面審視時的重要參照原則⑳。基於問題意識和研究動機的認知，本文對於研究方法的參照和應用，將視論題的需要而有所超越和取捨，期能適當地借鑑現代文藝學和美學批評理論的觀點，對明末清初才子佳人小說的藝術表現做一深入的探討。

三、基本取向

　　本文研究的基本取向有三，分述如下：

　　第一、分析明末清初才子佳人小說的敘事系統及其美學表現。本

---

⑱　〔美〕華萊士‧馬丁（Wallace Martin），伍曉明譯：《當代敘事學》（*Recent Theories of Narrative*）（北京：北京大學出版社，1990年），頁19-20。

⑲　〔美〕浦安迪（Andrew H. Plaks）亦指出敘事研究的視角可以相當多元，不妨從歷史學、心理學、社會學、文化人類學、美學等各種不同的角度去分析討論。見氏著：《中國敘事學》（*Chinese Narrative*）（北京：北京大學出版社，1998年），頁5。

⑳　〔加〕高辛勇指出：「文學批評一詞的涵義相當籠統，一般而言，它包含三種類型的心智活動：一是對文學作品的詮釋、一是對它的評價、另一是對其結構與文學特質的分析與描述。……這三種活動在實際批評過程中並非一定涇渭分流，而常常混合交互進行，但就其活動性質言，仍可做理論上的劃分。」見氏著：《形名學與敘事理論》（臺北：聯經出版事業公司，1987年），頁1。

文研究主要從類型批評的觀點出發，揭示小說敘事文本的內在規律及其美學表現，整體論述將落實在才子佳人小說本體的藝術創造及其美學問題的探究之上。

　　儘管文學創作發展的背後有著非常複雜的原因，可以從心理、語言、讀者反應、文化等角度談論文學作品，但文學作品構成的基本層面和實存狀態無疑是一種話語體式。韋勒克和華倫論及文學的本質之研究途徑時開宗明義地說：

　　　　切實而聰明的文學研究工作，該由解說並分析文學作
　　　　品的本身著手。關於作者的生活、社會環境，以及整
　　　　個文學的程序，亦唯有作品本身才能保證我們的興
　　　　趣[61]。

　　從實際情形來看，對於小說敘事系統進行分析，可以使我們充分了解到小說敘事藝術的本質特徵及其美學意義。此外，從文本意義實現的過程來看，小說敘事話語所蘊含的文化經驗內容，總必須在一種相應的形式創造中呈現出來。對於小說敘事創造而言，文本意義蘊含與敘事形式建構的關係，主要是建立在話語體式的各種變化的應用及其潛能的發揮之上，即藉由基本的敘事邏輯（情節、事件及人物發展運動的過程）的設計來達成文本意義的自我實現[62]。如前所言，當我

---

[61]〔美〕韋勒克、華倫著，王夢鷗譯：《文學論——文學研究方法論》，頁229。

[62]〔法〕茨維坦・托多羅夫（Tzvetan Todorov）指出：「每一部作品，每一部小說，都是通過對它編造的事件來敘述自己的創作過程，自己的歷史……作品的意義在於講述自身，在於它談論自身的存在。」轉引自〔美〕T. 霍克斯（Terence Hawkcs）著，陳永寬譯：《結構主義與符號學》（*Structuralism and Semiotics*）（臺北：南方叢書出版社，1988年），頁92。

們將才子佳人小說視爲一種文學類型，理所當然地，應以小說文體的藝術形式創造與美學表現爲考察重心，在既有文體創造模式中尋找作品的創作秩序和思想意義。因此，對明末清初才子佳人小說敘事系統進行研究，無疑必須將整個研究程序落實在敘事話語的結構形式和美學風格的解讀之上，一方面理解敘事性話語的活動方式及其意義，另一方面則探討小說文體創造及其類型價值等美學問題。

第二，探討文學傳統下的才子佳人小說創作風貌。本文研究試圖釐清明末清初才子佳人小說集體敘事現象與文學傳統的聯繫，以及在雅俗合流影響下，小說文體創造所具有的美學表現和文化意義。

對於任何文學作品而言，它最重要的外在制約物是文學傳統本身。所謂文學傳統，很大程度上依賴於一套由不同等級的文類及其規則維持的文學秩序。在這一井然有序的文學結構中，處於邊緣的文類和處於中心的文類，有大爲不同的發展前景[18]。明末清初才子佳人小說以通俗文學之姿流行於世，除承繼通俗小說的審美規範外，又於文體創造過程中透過詩詞等中心話語積極融入文人的抒情機趣，顯示了作家在文學傳統中有意識地調和「雅」、「俗」文學形式的藝術思維，因而展現出獨特的美學風貌。對於才子佳人小說創作而言，詩詞話語的出現，不僅僅是對社會現實、自我人生以及讀者閱讀的不同需要而做出的反應，而且是對文學傳統中的中心話語所做出的反應，具有不可忽視的表意作用。援引維克多‧什克洛夫斯基（Victor Shklovsky）極具啟發性的見解來說：

　　藝術作品是在與其他作品聯想的背景上，並通過這種

---

[18] 陳平原：《小說史：理論與實踐》，頁75。

聯想而被感受的。藝術作品的形式決定於它與該作品
之前已存在過的形式之間的關係，藝術作品的材料必
定特別被強調、被突出。不單是戲擬作品，而是任何
一部藝術作品都是爲某一樣品類比和對立而創作的。
新形式的出現並非爲了表現新的內容，而是爲了替代
已失去藝術性的舊形式⑯。

基本上，具體的文學作品只能在文學傳統提供的模式內得以產
生，但優秀的文學藝術作品也反過來通過創作修改和豐富這種文學傳
統。因此，才子佳人小說敘事系統的形成及其美學表現，與文學傳統
中的慣例作用和依賴關係所存在的影響作用，無疑具有基本而重要的
聯繫關係，值得予以探究說明。

第三，解讀才子佳人小說作爲文化釋義系統的表達形式。本文研
究意圖探討明末清初才子佳人小說文體創造如何參與文化釋義系統的
運作情形，從中進一步解讀小說敘事創造作爲一種象徵體系的符號意
義。

從某種意義來說，文化被定義爲建構一個社會生活方式的各種過
程，這個社會製造出意義、觀念和意識的各種系統。因此，文化基本
上乃是由一組相互連結的意義系統所形成的，且具有表意行爲，諸如
文學藝術、風俗習慣、權力運作和物質生產等都具有表意能力。在文
學研究過程中，文學作品的生成與傳播在歷史、文化的背景中呈現了
各種文化體系的交互作用。就實際情形而言，文學活動的產生並不僅

---

⑯　〔俄〕維克多・什克洛夫斯基（Victor Shklovsky）：《散文理論》（*Theory of Prose*）（南
　　昌：百花洲文藝出版社，1994年），頁31。

僅是其歷史文化語境的一種單純反映，而是對於它所處的社會環境和時間因素做出相對性自主的各種反應。在某種意義上，小說敘事系統創造的目的在於傳達一種生活的事實感及文化假定的價值標準，為現實世界已失去的秩序留下一個見證。馬丁便認為：

> 敘事形式是某些普遍的文化假定和價值標準——我們對於重要，平凡，幸運，悲慘，善，惡的看法，以及我們認為是什麼推動一種狀態到另一種狀態——的實例[165]。

在某種意義上，才子佳人小說創作本身便是作家通過賦予形式以揭露和構築被隱藏的生活總體，進而形成一種集體敘事現象。當我們將小說敘事系統作為文化釋義系統的一種表意方式時，無疑將有助於進一步了解中國古代小說敘事系統演變過程中，才子佳人小說在文化背景變遷中所體現的意識形態因素[166]。

基本上，本文對於才子佳人小說敘事話語進行本體性的探究，最終目的並不僅僅在於判斷作品本身是否具有作為通俗小說的文體概念或文類概念，而是試圖了解作家如何透過小說敘事創造，進而在特定

---

[165]　〔美〕華萊士・馬丁著，伍曉明譯：《當代敘事學》，頁91。

[166]　陳平原在研究晚清至五四這一段時間的中國小說敘事模式轉變情形時，力圖引進歷史的因素，把小說形式研究和文化背景研究結合起來。這項研究觀點頗值參考，他指出：「小說敘事模式是一種『有意味的形式』，一種『形式化了的內容』，那麼，小說敘事模式的轉變就不單是文學傳統嬗變的明證，而且是社會變遷（包括生活形態與意識形態）在文學領域的曲折表現。不能說某一社會背景必然產生某種相應的小說敘事模式；可是某種小說敘事模式在此時此地的誕生，必有其相適應的心理背景和文化背景。」見氏著：《中國小說敘事模式的轉變》（臺北：久大文化股份有限公司，1990年），頁2-3。

時間之中認識文化、社會和個人的根本形式。因此，本文研究對於才子佳人小說敘事形式的認識，不再簡單地將它視爲文學技巧的運用、創作方法的選擇及一種文學現象而已，而是將它的出現視爲利用特定意識形態的融入對歷史文化中的既定價值體系進行解構與重構的結果。因此，解讀才子佳人小說如何作爲文化釋義系統中的特定表意形式，無疑是一個相當重要的研究取向。

第二章

原型：才子佳人小說敘事建構的本體精神

才子佳人

關於明末清初才子佳人小說興起的原因及小說形態表現的推源研究，已有不少學者做過探索的工作。從過去的研究情況來看，以往學者對於才子佳人小說的論述大都立足於舊有文學史的研究模式，從認識論觀點將作品視爲社會現實的模仿和歷史事實的反映，傾向從社會歷史研究角度分析其創作生成背景。相較之下，對於才子佳人小說作品本體進行考察與詮釋的研究成果較少，殊爲可惜。基本上，從文學創作發生的角度來說，文學作品的形態建構與作家本體生命效應的精神表現是密切相關的。因此，從本體論觀點出發，「通過詮析人與文學、作家與作品的本體聯繫，推導出文學創造的生命中介——構成作家本體的審美心理結構，進而描述這個結構的內在機制和功能形式，並從自然生命、社會歷史、文化積澱和藝術實踐的外在規範上追索其生成與建構的客觀基礎」[1]，無疑將有助於讀者更深入了解文學創作的精神內涵及其美學意義。有鑑於此，本文乃試圖運用現代西方「神

---

[1] 歐陽友權：《文學創造本體論》（北京：中國文學出版社，1993年），頁2。

話─原型批評」的理論觀點②，尋繹明末清初才子佳人小說創作發生及其形態表現，並從作品本體的分析中說明創作主體的情感意識及其審美構思。

基本上，「神話─原型批評」作為一種文學研究的途徑或文學批評的方法，主要從整合性文化研究觀點出發，自覺地借鑑和運用人類學、心理學和哲學的理論觀點，試圖從內容和形式相互統一的宏觀性文學研究視角探尋文學作品中的永恆性價值，一方面探索文學作品中的原型及其表現形式，一方面從原型的探尋中闡述各種藝術形式表現的內在精神。從創作發生和起源研究的角度來說，神話─原型批評最終所涉及的課題是作品的美學價值和意義分析的問題，並從整體性的

---

② 關於「神話─原型批評」，其理論主要源於二十世紀初英國古典學界的「劍橋學派」（又稱「神話─儀式學派」），大成於加拿大文學批評家諾斯洛普・弗萊（Northrop Frye）的《批評的剖析》一書。葉舒憲在《探索非理性的世界》中為「原型批評」釋名時提到：「對於這種批評方法，國外文論界並沒有一個統一的標準名稱。最初，流行的稱謂是『神話批評』（myth criticism），泛指那種從早期的宗教現象（包括神話、儀式、禁忌、圖騰崇拜等）入手，探索和闡釋文學現象，特別是文學起源和文學體裁模式構成的批評方法，因而也有人稱之為『圖騰式批評』、『儀式批評』或『神話儀式學派』。在瑞士心理學家榮格於本世紀二、三十年代提出集體無意識和原型理論之後，特別是在加拿大文學批評家弗萊（N. Frye）於1957年發表的《批評的解剖》中系統闡發了以原型概念為核心的批評理論之後，『原型批評』（archetypal criticism）這一術語才正式確立下來，為理論界所公認。此後，神話批評和原型批評成了兩個並行不悖的同義語，……為了便於統一，我們可以綜合這兩種異名同指的概念，統稱為『神話─原型批評』，簡稱則可用原型批評，以免同神話學研究本身的概念相混淆。」以目前文學批評和理論派別的區分來說，「神話─原型批評」的理論淵源主要受益於以英國文化人類學家 J. G.弗雷澤（James George Frazer）為代表的文化人類學、以瑞士心理學家 C. G. 榮格（Carl Gustav Jung）為代表的分析心理學和以德國哲學家 E.卡西爾（Ernst Cassire）為代表的象徵形式哲學等等的學說主張。葉舒憲在其選編之《神話─原型批評》一書中先行對「神話─原型批評」一語提出釋名（西安：陝西師範大學出版社，1987年），頁2。本文所引係葉舒憲在《探索非理性的世界──原型批評的理論與方法》一書中的說明（成都：四川人民出版社，1988年），頁12-13。

認識和分析中揭示各種藝術形式所具有的巨大意義和感染力的一些基本文化形態。因此，從神話—原型批評出發探討藝術形式創作的精神和形式，不僅有助於更深入了解作家本體和作品本體的內在精神範式及其建構，而且有助於對作品中的永恆性價值的發現③。基於上述認知，本文研究論述之展開，除了借助於既有文學史研究模式所奠定的學術成果之外，亦期待能通過文本中的「原始意象」、「原型母題」和「原型模式」等層面的剖析，深入闡論明末清初才子佳人小說創作發生的文學意義、美學價值和文化底蘊。

第一節　引論：才子佳人小說創作發生的原型思維

在明代中晚期以來興起的通俗文化思潮影響下，明末清初才子佳人小說創作以通俗小說之姿流行於世，不論是作家有意為之的個人精神生產，抑或是讀者消費文化下的閱讀選擇，作品本身之創作發生、流行到構成一種流派或類型，其整體敘事表現實具有不可簡單言喻的內在結構力量。從創作發生的觀點來說，明末清初才子佳人小說作為體現特殊時期文人精神活動的文化釋義形式，作家通過才子／佳人愛情遇合的書寫，展示才子對於自我理想的追尋歷程和內在探索的個體化過程，不僅使得小說文本具有強烈的幻想特質，同時也體現了文人

---

③ 「神話—原型批評」在二十世紀後期傳入中國，與二十世紀初以來的西方神話學、民俗學和人類學知識東漸廣泛流傳的現實條件密切相關，並已取得不少具體的研究成果。參陳厚誠、王寧主編：《西方當代文學批評在中國》（天津：百花文藝出版社，2000年），頁144-183。另可參周發祥：《西方文論與中國文學》（南京：江蘇教育出版社，1997年），頁229-254。整體而言，目前以神話—原型批評觀點探討中國古代小說的研究論文並不多，本文以此批評方法探討明末清初才子佳人小說，期能藉此解析隱藏於小說敘事深層的原型及其審美價值。

們的深層心理願望。在集體敘事現象中，明末清初才子佳人小說敘事所具有其共相性的精神意向表現，頗與作品深層結構中的「原型」（archetype）有關。

　　一般而言，作品中的原型作為作家創作活動展開和讀者閱讀接受過程的共同心理中介，可以說是文藝作品傳達內在象徵的重要形式載體，進而得以與其他作品進行意義交流。依據諾思羅普・弗萊（Northrop Frye）的觀點來說：「最容易研究的在高度程式化的文學中的原型：即，絕大部分素樸的、原始的和通俗的文學中的原型。」④因此，當我們試圖探索明末清初才子佳人小說的原型表現時，主要目的乃在於了解原型作為作家集體意識表現的精神文化載體，究竟是如何普遍地、反覆地和永恆地存在於作品藝術形式之中，從而更為深刻地闡釋原型所包含的普遍人性與個體特性，意識與無意識，承傳與創新等等辯證關係⑤。具體來說，由於明末清初才子佳人小說作為特殊時期文人精神活動體系表現，諸多作品在相當程度上可以說體現了作家對於特定精神價值的基本追求，尤其在作家創作與讀者閱讀的互動之間，這種精神價值追求便包括了人們對於原型心理體驗的具象化負載、儲存、表達、交流等⑥，進而形成一股強大的心理張力，吸引了不同層面的人們共同參與小說文本的敘事建構，因而值得給予更多的關注。

---

④　〔加〕諾思羅普・弗萊（Northrop Frye）著，陳慧、袁憲軍、吳偉仁譯：《批評的剖析》（*Anatomy of Criticism Four Essays*）（天津：百花文藝出版社，1998年），頁106。本文有關 Northrop Frye 之全稱譯名，一律採用「諾思羅普・弗萊」。

⑤　程金城：《原型批判與重釋》，頁285。

⑥　程金城：《原型批判與重釋》（北京：東方出版社，1998年），頁287。

壹、集體無意識中的原型與才子佳人小說的創作發生

「原型」一詞，最早源出於希臘文「archetypos」，意爲「原始的或最初的形式」[7]。自柏拉圖（Plato）從哲學角度運用原型概念開始，到二十世紀榮格分析心理學的建立將其重新激活，原型的意涵不論在歷時形態或共時形態之中，都已有很大的變化[8]。儘管在現代學者的批判與重釋中認爲，原型的先驗性存在及其被意識經驗發現的過程的神祕性質，仍存在諸多有待解答的問題[9]。但是原型作爲探求藝術作品範式建構與作家創作心理發生的深層「文化—心理結構」的根本因素，仍不失爲一條重要的觀察途徑。

基本上，原型作爲人類精神現象的本體表現，其深層結構主要是人類社會普遍存在的集體無意識（collective unconsciousness）。所謂「集體無意識」，是瑞士心理學家卡爾・古斯塔夫・榮格（Carl Gustav Jung）的原型理論中最主要的概念和基本假設[10]。就原型的本原性質及其發生學的意義來說，榮格從各種藝術形式中尋覓原型，

---

[7] 葉舒憲：《探索非理性的世界——原型批評的理論與方法》，頁98-99。

[8] 程金城：《原型的批判與重釋》，頁3-5。

[9] 相關討論可參程金城：《原型的批判與重釋》第5章和第6章。施春華：《心靈本體的探索——神祕的原型》（哈爾濱：黑龍江人民出版社，2002年）。

[10] 在榮格心理學中，人格作爲一個整體被稱爲精神（psyche），主要由「意識」、「個人無意識」和「集體無意識」三個層次所組成。其中意識是人心中唯一能被個人直接知道的部分。個人無意識的內容是由帶感情色彩的情結所組成，構成心理生活中個人和私人的一面。集體無意識的內容則是由原型和原型意象所組成，是人先天具有的思維、情感和知覺的傾向，給個人的行爲提供了一套預先形成的模式。參〔美〕C.S.霍爾（C. S. Hall）、V.J.諾德貝（V. J. Nordby）著，史德海、蔡春輝譯：《榮格心理學入門》（*A Primer of Jungian Psychology*）（北京：生活・讀書・新知三聯書店，1987年），頁27-68。

藉以探求作家本體和作品本體中的人類原始文化精神和集體無意識的表現，其中集體無意識正反映了人類在以往的歷史進程中的集體心理經驗，並具有超個性的心理基礎和集體性意識表現，是社會、民族或普遍的人類的共同心靈的遺留物。榮格認為：

> 它是集體的、普遍的、非個人的。它不是從個人那裡發展而來，而是通過繼承和遺傳而來，是原型這種先存的形式所構成的。原型只有通過後天途徑才有可能為意識所知，它賦予一定的精神內容以明確的形式[11]。

因此，集體無意識作為揭示人類心靈結構的深層經驗及人類精神本體的先驗存在，與原型象徵的意義和功能可謂密切相關。

在榮格看來，集體無意識的先驗存在必須從原型的各種形式載體中才能發現，根本上可以說是一種經驗性質。因此，原型作為集體無意識的一種表達形式，是通過人類後天的意識經驗活動中的精神形式和文化現象來承載集體無意識，而原型的實質內容，主要是通過原始意象（primordial images）來顯現的[12]。具體言之，在文學藝術創

---

[11] 〔瑞士〕卡爾・古斯塔夫・榮格（Carl Gustav Jung）：〈集體無意識的概念〉，見卡爾・古斯塔夫・榮格原著，馮川、蘇克譯：《心理學與文學》（臺北：久大文化股份有限公司，1990年），頁66。

[12] 〔瑞士〕榮格（Carl Gustav Jung）在〈論分析心理學與詩歌的關係〉一文中就原型與原始意象的關係指出：「原始意象或者原型是一種形象（無論這種形象是魔鬼，是一個人，還是一個過程），它在歷史進程中不斷發生，並且顯現於創造性幻想得到自由表現時的任何地方。因此，它本質上是一種神話形象。當我們進一步考察這些意象時，我們發現，它們為我們祖先的無數類型經驗提供形式。可以這樣說，它們是同一類型的無數經驗的心理殘跡。……每一個原始意象中都有著人類精神和人類命運的一塊碎片，都有著我們祖先的歷史中重複了無數次的歡樂和悲哀的一點殘餘，並且總的來說始終遵循同樣的路線。」見卡爾・古斯塔夫・榮格原著，馮川、蘇克譯：《心理學與文學》，頁91。

作的幻想中，原始意象作爲原型在先驗精神結構到後天意識經驗之間的載體和中介，可以說承載著遠古祖先的各種典型經驗和精神遺存，進而在原型移用（displacement）過程中化身爲藝術形象。因此，原型對於人類生命而言具有相當重要的影響力量。當我們對各種藝術形式中的原型表現進行探索時，惟有通過原始意象的發現，才有機會了解普遍共同存在於人類文化中的共同精神表現[13]。不過，必須注意的是，在意識經驗發現的過程中，原型概念的內涵和外延實際上往往超越了集體無意識的基本意蘊。其原因在於：原型作爲人類一種普遍的心理情感的表現形態和特殊的精神現象，有其生理本能的、心理現象的和文化承傳的不同維度，因而使得原型的載體和表現形態在神話、儀式、象徵、意象、夢幻、母題、習俗、形象等等都有其表達的方式，並不僅僅限於介於無意識和意識之間的原始意象表現[14]。簡而言之，原型是「一種與生俱來的心理模式，所有的原型的集合構成了集體無意識，而原始意象介於原型與意象等感性材料之間，可以規範和限定意象，因此二者構成一種潛在與外顯的關係」[15]。

那麼，當我們借助於原型理論觀點來考察明末清初才子佳人小說時，對於了解小說創作發生的原型思維和作家精神本體的集體無意識

---

[13] 〔瑞士〕榮格在〈論分析心理學與詩歌的關係〉一文更進一步指出：「原型的影響激動著我們，因爲它喚起一種比我們自己更強的聲音。一個用原始意象說話的人是在用千萬個人的聲音說話。……創作過程，在我們所能追蹤的範圍內，就在於從無意識中激活原型意象，並對它們加工造型，精心製作，使之成爲一部完整作品。通過這種原型，藝術家把它翻譯成了我們今天的語言，並因而使我們有可能找到一條道路，以返回生命的最深的泉源。」見卡爾・古斯塔夫・榮格原著，馮川、蘇克譯：《心理學與文學》，頁93。

[14] 程金城：《原型的批判與重釋》，頁63-66。

[15] 胡經之、王岳川主編：《文藝學美學方法論》（北京：北京大學出版社，1994年），頁119。

表現有何關係和作用？首先，就心理的補償與調節而言，榮格指出：

> 一個時代就如同一個個人；它有它自己意識觀念的局
> 限，因此需要一種補償和調節。這種補償和調節通過
> 集體無意識獲得實現。在集體無意識中，詩人、先知
> 和領袖聽憑自己受他們時代未得到表達的欲望的指
> 引，通過言論或行動，給每一個盲目渴求和期待的
> 人，指出一條獲得滿足的道路，而不管這一滿足所帶
> 來的究竟是禍是福，是拯救一個時代還是毀滅一個時
> 代[16]。

此外，就藝術創作的社會意義而言，榮格則認為：

> 它不停地致力於陶冶時代的靈魂，憑藉魔力召喚出這
> 個時代缺乏的形式。藝術家得不到滿足的渴望，一直
> 追溯到無意識深處的原始意象，這些原始意象最好地
> 補償了我們今天的片面和匱乏[17]。

據上述觀點來說，通過集體無意識獲得表現的補償和調節，基本
上是人們在欲望的指引中以言論或行動——諸如原始部落的傳說、神

---

[16] 〔瑞士〕榮格：〈心理學與文學〉，見卡爾‧古斯塔夫‧榮格原著，馮川、蘇克譯：《心理學與文學》，頁109。

[17] 〔瑞士〕榮格：〈心理學與文學〉，見卡爾‧古斯塔夫‧榮格原著，馮川、蘇克譯：《心理學與文學》，頁109。

話和童話、夢境和幻想、精神病迷失、宗教冥想等等——形諸表現，
是表達原型的重要形式。除此之外，榮格論述心理學與文學的關係
時，則認爲藝術創作是一種自發活動，創作衝動和創作激情來源於無
意識中的自主情結，超越了藝術家個人的力量，也是表達原型的方式
之一。

今觀明末清初才子佳人小說創作發生的性質，小說的敘事建構
在現實敘述之中寄寓了無限抒情幻想，從中傳達出作家群體的集體願
望。許多明末清初才子佳人小說作家在序、敘或跋之中表明創作動機
時，多言明其敘事建構乃是藉夢幻書寫來實現個人理想，如《平山冷
燕》序道：

> 顧時命不倫，即間擲金聲，時裁五色，而過者若罔聞
> 罔見。淹忽老矣！欲人致其身，而既不能，欲自短其
> 氣，而又不忍，計無所之，不得已而借烏有先生以發
> 洩其黃粱事業。有時色香援引，兒女相憐；有時針芥
> 關投，友朋愛敬；有時影動龍蛇，而大臣變色；有時
> 氣衝牛斗，而天子改容。凡紙上之可喜可驚，皆胸中
> 之欲歌欲哭[18]。

《兩交婚小傳》序言提及其創作動機緣於《平山冷燕》的影響時
亦說道：

---

[18] 荻岸散人撰：《平山冷燕・序》，收於古本小說集成編委會編：《古本小說集成》（上海：
　　上海古籍出版社，1990年），頁12-15。

況自古才難，何容祕美。故於《平山冷燕》四才子之
外，復拈甘、辛《兩交婚》為四才子之續。雖地異人
殊，事非一致，時分代別，情屬兩端，然東西岱華，
霞靄遙聯，南北女牛，杼犁相望。雖非有意扳援，而
實未嘗不無心映藉也[19]。

從上述引文可見，所謂「借烏有先生以發洩其黃粱事業」、
「雖非有意扳援，而實未嘗不無心映藉」這樣一種充滿虛構性和假定
性的敘事創造，基本上可說源於作家個人無意識中所潛藏的懷才不遇
的「自主情結」。才子佳人小說作家書寫浪漫的愛情和婚姻故事並且
致力顯揚才子，眾多作品固然傳達了作家心中的深層願望，然而也是
作家在現實生活中未曾真正實現過的理想[20]。這種理想的實際內容，
當如同《飛花艷想》第十八回敘述者引詩所言：

富貴還鄉今古榮，錦衣花馬坐春風。
玉樓此日逢雙美，金榜當年冠眾雄。
傾國佳人來月殿，千秋才子下蟾宮。
男兒到此方為美，留得風流佳話中[21]。

「功名」與「愛情」兩相配合所造就的風流佳話，無疑是作家的

---

[19] 天花藏主人撰：《兩交婚小傳·序》，收於古本小說集成編委會編：《古本小說集成》（上海：上海古籍出版社，1990年），頁12-15。

[20] 周建渝：《才子佳人小說研究》（臺北：文史哲出版社，1998年），頁67-68。

[21] 樵雲山人編次：《飛花艷想》，收於古本小說集成編委會編：《古本小說集成》（上海：上海古籍出版社，1990年），頁329。

人生大夢。因此，明末清初才子佳人小說的敘事建構便有如西格蒙・弗洛伊德（Sigmund Freud）分析「詩人是一個做白日夢的人」時所提論點，乃是作家通過藝術創作時的幻想來實現個人願望的一種形式載體。弗洛伊德認為：

> 創作家……以非常認真的態度——也就是說，懷著很
> 大的熱情——來創造一個幻想的世界，同時又明顯地
> 把它與現實世界分割開來[22]。

因此，明末清初才子佳人小說集體敘事現象的形成，乃眾多作家在補償與調節的欲望指引下[23]，「去發現那將要迎合他那個時代的無意識需要的東西」，從而使得作品在集體幻想的敘事創造中，體現出一種共相性的精神價值。

貳、從才子佳人小說創作特點論其原型的夢幻內容

從文藝形式創造及其審美理想追求的觀點來說，明末清初才子佳人小說作家在面對現實內容因素與美學形式因素的矛盾關係時勢必要做一番價值選擇。就其實質表現來看，諸多作品出現於世變交替的

---

[22] 〔奧〕西格蒙・弗洛伊德（Sigmund Freud）：〈創作家與白日夢〉，收於陸揚主編：《二十世紀西方美學經典文本》第二卷〈回歸存在之源〉（上海：復旦大學出版社，2000年），頁13。

[23] 〔奧〕弗洛伊德在解釋幻想的基本特徵時指出：「幻想的動力是未得到滿足的願望，每一次幻想就是一個願望的履行，它與使人不能感到滿足的現實有關聯。」見氏著：〈創作家與白日夢〉，收於陸揚主編：《二十世紀西方美學經典文本》第二卷〈回歸存在之源〉，頁15。

歷史關鍵時期，作家在文本中不僅極力張揚「情」之主題內容，並且著意塑造「才子」與「佳人」的理想形象，這除了與作家所處歷史文化語境息息相關之外，同時也反映出作品承繼中國古代言情傳統的基本文學事實。今觀明末清初才子佳人小說，我們可以清楚地看到，作品皆以「情」作爲主題內容的基本創作理念，一方面表現「情始於男女」的「眞情」觀，一方面展現「情深不移」的「定情觀」，一方面又強調「情禮合一」的「名教」觀。整體而言，明末清初才子佳人小說的美學表現，頗與前此言情傳統中的文學創作有所不同，早已爲研究者所關注。尤其值得注意的是，明末清初才子佳人小說作家在敘事觀念或審美觀念上的轉變，引發了「文人小說」藝術形式的進一步發展，實際上帶動了明末清初時期極爲可觀的通俗小說創作風潮。因此，從促進通俗小說創作發展的角度來說，一種新的藝術形式的發生，標誌著新的發展階段的開始，這不僅反映了作家個人的情感自發性與藝術創造的本質是密不可分的，同時也顯示了每一種新的藝術創作傾向對傳統藝術風格的突破[24]。

　　基本上，原型批評的理論觀點強調原型之能反覆出現於文藝作品中，在於不同時代讀者在總體上對於某種文化價值的永恆性追求。原型在不同時代、不同地域和不同族群的接受意識中，始終與人類心靈經驗的普遍性密切相關，並且在共同的社會生活和歷史文化中傳承、選擇和塑造了特定的原型，並爲之提供了特殊的支點，因而成爲作品

---

[24]　〔美〕阿諾德・豪澤爾（Arnold Hauser）論及藝術發展的影響力量時認爲：「促使藝術發展的一種最有效的力量，一方面來自自發情感與傳統形式的矛盾，另一方面來自創新形式與習俗情感的矛盾。……從結構上看，藝術發展的過程是自發和習俗的重心不斷轉移的過程。」見氏著，居延安譯：《藝術社會學》（*The sociology of Art*）（臺北：雅典出版社，1988年），頁17。

精神之所在⑤。倘據此觀點考察明末清初才子佳人小說普遍共同存在的原型表現，則不能不承認原型的近乎永恆的魅力及其持續性的深層影響。那麼，我們應當如何理解明末清初才子佳人小說創作特點及其原型表現呢？以今觀之，明清之際是一個鼎革劇變的特殊歷史時期，歷史政治、社會經濟和思想文化皆處於裂變轉型的階段，文人知識分子面對天崩地解的混亂世界和無以安生立命的生存困境，在出處問題的選擇上可謂充滿了各種矛盾情感和政治焦慮。綜觀明末清初才子佳人小說之敘事建構，我們可以清楚地看到作家在「情」之書寫上賦予寫作材料以意義時，亦同樣是充滿著矛盾情感和政治焦慮的。而這樣的情感意識表現，促使從作家將關注焦點集中於「愛情婚姻」與「功名富貴」的價值辯證之上，便能夠一目了然。

　　首先，在愛情婚姻方面。如《合浦珠》第一回敘述者提出該書衍述成編的原因時即說道：

> 話說人生七尺軀，雖不可兒女情長、英雄志短，然晉人有云：「情之所鍾，正在我輩。」故才子必須佳人為匹。假使有了雕龍繡虎之才，乃琴瑟乖和，不能覓一如花似玉，知音詠絮之婦，則才子之情不見，而才子之名亦虛。是以相如三弄求凰之曲，元稹待月西廂之下，千古以來，但聞其風流蘊藉，嘖嘖人口，未嘗

---

⑤ 有關原型與藝術接受的觀點，可參丁寧：《接收之維》（天津：百花文藝出版社，1990年），頁200-241。另可參程金城：《原型批判與重釋》，頁298-303。

以其情深兒女，置而不談㉖。

又如素政堂主人在《定情人》序言中說：

> 眉不春山，則春山必饒黛色而消人魂；目不秋水，則
> 秋水必餘俏波而蕩人魄。體態不花妍柳媚，則花柳必
> 別弄芳菲而逗人心；言語不燕嬌鶯滑，則鶯燕必更出
> 新聲而撩人意。將又使一片柔情，如落花飛絮，是誰
> 之過歟？因知情不難於定，而難得定情之人耳㉗。

其中「才子必須佳人為匹」、「情深兒女」的「定情」觀點，顯示了作家對於浪漫愛情的幻想和期待，最終如何完成才子佳人相配的理想婚姻，成為理解自我生命意義的重要課題。

其次，在功名富貴方面，古吳青門逸史石倉氏在《生花夢》序言敘及娥川主人創作之心理動因時指出：

> 主人名家子，富詞翰，青年磊落，既乏江皋之遇，空
> 懷贈佩之緣，未逢伯樂之知，徒抱鹽車之感，而以其
> 幽懷，播之新聲，紅牙碧管，固已傳為勝事矣。迨浪
> 跡四方，風塵顛蹶，益無所遇。惟無遇也，顧不得不

㉖ 檇李煙水散人編：《合浦珠》，收於古本小說集成編委會編：《古本小說集成》（上海：上
　　海古籍出版社，1990年），頁2-3。
㉗ 天花藏主人編：《定情人·序》，收於古本小說集成編委會編：《古本小說集成》（上海：
　　上海古籍出版社，1990年），頁15-18。

有所託以自諷矣⑱。

又如天花藏主人在《麟兒報》序言中說：

> 人之涉世，欲取功名富貴，莫不貴乎能文，然而劉蕡
> 不第；莫不貴乎善武，然而李廣難封。此中得失，似
> 別有主之者。惟其有主，故營求百出，攘奪萬端。無
> 論搏沙捕影，徒勞智計，即僥倖於始，亦必淪喪於
> 終，安能獲悠久自然之享？若然，則富貴功名，究將
> 誰屬⑲？

所謂「遇」與「不遇」之說，無疑反映了作家在個人出處上慕其
所遇的衷心願望，正因現實之不遇，故而借創作以澆心中塊壘。

事實上，上述敘事動機表現可謂普遍存在於明末清初才子佳人小
說之中。是以董國炎概括才子佳人小說的創作特點時便指出：

> 才子佳人小說正面表現文人，表現文人的理想情志。
> 某種程度上可以說，這是自己寫自己的文學……中國
> 文學素有表現文學之稱，這是從言志抒情這個傳統來
> 的。一般說來，文人們只在詩文中抒情言志，而不借

---

⑱ 娥川主人編次：《生花夢・序》，收於古本小說集成編委會編：《古本小說集成》（上海：
上海古籍出版社，1990年），頁2-3。

⑲ 佚名：《麟兒報・序》，收於古本小說集成編委會編：《古本小說集成》（上海：上海古籍
出版社，1990年），頁1-3。

小說來完成這個任務。才子佳人小說的作者則不然，
他們在小說中正面表現自己最關心的兩個問題：個人
出路和愛情婚姻問題[30]。

　　這樣概括說明大體是符合創作實際表現的。以今觀之，明末清
初才子佳人小說之能形成流派或類型，其最爲重要的原因便在於不同
小說文本反覆書寫大眾文化的集體心理欲望，其中通過「科舉及第」
來達成「個人出路」與「愛情婚姻」的圓滿實現，可以說深切地傳達
了作家自身及大眾文化讀者群體內在共同存在而普遍認同的情感和願
望。

　　從原型理論觀點來說，「個人出路」與「愛情婚姻」作爲明末
清初才子佳人小說的創作特點，實際上可能與作家集體無意識中的
「食」、「色」原型有關。一般而言，在人類生活歷史演變的歷程
中，有關集體無意識中的食、色原型精神表現，可以說是面對以「生
存」和「種族繁衍」爲其基本內容的典型生活情境時的一種深層心理
意識的反映。食、色作爲人類生活情境中最重要的生命本能表現，對
於人類的生存有著重大影響。季羨林即認爲：

　　我們可以用兩條線來表示其間的關係。一條橫線表示
　　食，表示生存；一條豎線表示色，表示子孫繁衍。沒
　　有食，則個體不能生存，更談不到生殖；沒有色，則
　　個體只能生存一代，就要斷子絕孫。兩者相輔相成，

---

[30] 董國炎：〈論才子佳人小說的創作特點〉，《明清小說論叢》第五輯（瀋陽：春風文藝出版
　　社，1987年），頁173。

構成人和動物、植物的共同生存的花花世界。

孟子說：「食、色，性也。」什麼叫性呢？性就是今天我們所說的本能。人的本能很多，但是最重要的就是這兩個。古人也稱「飲食、男女」，是一個意思。恩格斯所說的兩種生產，正與食、色相當，實際上是人類的兩個最基本的本能[31]。

　　在某種意義上，食、色作為一種典型生活情境發生或構成的起點，除了可以說是所有原型之源之外，更是人類文明得以不斷發展進化的基礎。今觀人類歷史文化之發展，食、色原型一直反覆出現在人類生活之中，並衍化為情、欲、生、死等具體問題，透過其不同原型現象而反覆出現於文藝創作之中。因此，不論是從生理之維、心理之維或文化之維的角度來看，食、色作為原型之始，已然成為一個永恆性的課題，實已普遍存在於人們的集體無意識裡[32]。在此一認知前提下，當我們試圖追尋明末清初才子佳人小說的原型，便必須考量明清之際的歷史文化語境與小說創作發生的基本聯繫。不可否認，由於明清之際鼎革劇變，文人群體面臨時世崩解混亂的社會文化環境，無法安身立命。在此典型生活情境之下，明末清初才子佳人小說作家如何理解自我生命存續的困境並尋求解決之道，無疑是其個人乃至群體必須面對的一項重要的生命課題。因此，就明末清初才子佳人小說的創作特點而言，當小說文本積極反映出作家個人對於「個人出處」和「愛情婚姻」問題的深層探索時，在其充滿幻想性的敘事建構過程

---

[31]　趙國華：《生殖文化崇拜論・序》（北京：中國社會科學出版社，1990年），頁2。

[32]　程金城：《原型批判與重釋》，頁263-274。

中，小說文本內蘊的食、色原型思維，除了與《禮記・禮運》所言之「飲食男女，人之大欲存焉」的思想內涵有關之外，更重要的是與作家集體無意識中反覆出現的心靈圖式和情感模式密不可分。

總的來說，原型在不同時代、不同地域和不同族群的接受意識中，始終與人類心靈經驗的普遍性密切相關，並且在共同的社會生活和歷史文化中傳承、選擇和塑造了特定的原型意象，並為之提供了特殊的形式以為支點，因而成為作品精神之所在[33]。有關「愛情婚姻」與「功名富貴」敘事所蘊含的「食」、「色」原型之能反覆出現於文藝作品中，主要原因在於不同時代作家和讀者共同對於某種文化價值和精神本體的永恆性追求。因此，明末清初才子佳人小說中呈現出以個人出處和愛情婚姻為創作特點的心理意識表現，可以說是在人類集體無意識中以食、色原型為根本性存在的基礎上逐步生成和發展開來的。因此，在集體敘事現象的構成中，當不同作品都塑造出才子通過科舉考試、獲取功名富貴和美滿婚姻以致子孫綿衍的大團圓式結局時，這樣的敘事安排，除了與作家面向現實的典型生活情境時從個人意識領域裡尋找創作素材有關之外，更為重要的是，寫作材料所體現的原型象徵，當與作家集體無意識中的原型思維息息相關。是以，當我們考察明末清初才子佳人小說的流行因素時，似不宜再單純地將大團圓式結局視為作家有意通過小說敘事創造所建構的一種虛構性的幻想／幻象，並以之滿足讀者的閱讀想像而已，而是必須從典型生活情境中所蘊含的原型象徵表現進行另一番闡釋，如此方有助於我們更進一步了解小說創作發生及其普遍流行的可能因素。

---

[33] 有關原型與藝術接受的觀點，可參丁寧：《接收之維》，頁200-241。另可參程金城：《原型批判與重釋》，頁298-303。

參、從才子佳人小說形態表現論其原型的儀式內容

從中國古代小說源流來看，明末清初才子佳人小說形態的發生和發展，一般認爲與唐代以來的傳奇小說、宋元明話本小說、元明清才子佳人戲曲，以及以明代《金瓶梅》爲代表的「人情—寫實」通俗小說創作有關。今且不論才子佳人小說創作的實際淵源爲何[34]？單純就明末清初才子佳人小說形態表現而言，不論在內容形式或表達形式的選擇方面，其整體敘事表現與在此之前古代言情小說的藝術形式表現確有不同，但卻也密切相關。關於此點，從不同小說文本中共同出現的愛情典故即可清楚看到其間的聯繫。今援引弗萊的原型批評觀點來說：

> 文學可具有生命、現實、經驗、自然、想像的眞理，
> 各種社會條件，或你願意加進內容中的任何東西；但
> 是文學本身不是由這些事情所構成的。詩歌只能產生
> 於其他詩篇；小說產生於其他小說。文學形成自身，
> 不是從外部形成：文學的形式不能存在於文學之外，
> 就像奏鳴曲、賦格曲、回旋曲的形式不能存在於音樂
> 之外一樣[35]。

---

[34] 歷來對於才子佳人小說之淵源的探討，往往將重點置於「情」、「男女」和「詩」三個向度上進行說明，因此對於小說藝術形式之前承的理解便出現極大差異的見解，未成定論。

[35] 〔加〕諾思羅普·弗萊著，陳慧、袁憲軍、吳偉仁譯：《批評的剖析》，頁97。

　　因此，明末清初才子佳人小說創作之得以盛行一時，自不能免於中國言情文學傳統中的審美慣例的影響，而以其新的藝術形式傳達特定的思想內容。以今觀之，明末清初才子佳人小說基本上是人情—寫實小說流派的異流，但其實際敘事表現雖與前此中國古代言情文學傳統有所聯繫，但實際上又有所區別，更與以《金瓶梅》爲代表之人情—寫實小說大相逕庭。魯迅論及才子佳人小說創作發生之前承時即指出：

　　　　《金瓶梅》、《玉嬌李》等既爲世所豔稱，學步者紛
　　　　起，而一面又生異流，人物事狀皆不同，惟書名尚多
　　　　蹈襲，如《玉嬌梨》、《平山冷燕》等皆是也。……
　　　　察其意旨，每有與唐人傳奇近似者，而又不相關，蓋
　　　　緣所述人物，多爲才人，故時代雖殊，事跡輒類，因
　　　　而偶合，非必出于仿效矣[36]。

　　而今人齊裕焜在分析比較《金瓶梅》與才子佳人小說創作之不同時，更進一步明確指出：

　　　　《金瓶梅》主要描寫光怪陸離的市井生活，表現市井
　　　　社會粗俗潑辣的審美情趣；才子佳人小說主要描寫書
　　　　房閨閣的文人生活，表現了知識分子優雅閒適的生活
　　　　趣味。……《金瓶梅》描寫西門慶的暴亡和家庭的敗

落，滲透著一股濃重的悲傷和幻滅的情緒，可以說是
地道的悲劇，而才子佳人小說，總是大團圓結局[37]。

　　大體而言，明末清初才子佳人小說之能超越傳統人情—寫實小說
之言情表現，進而形成一種創作的流派或類型，事實上正與其獨特的
敘事形態表現有關。

　　那麼，我們又應當如何解讀明末清初才子佳人小說藝術形式的美
學表現呢？基本上，當我們探索才子佳人小說的審美表現時，不難發
現一個創作事實：即作家在題材經營方面雖然內容各有不同，但在小
說藝術形式所具有的共同審美規範影響下，不同作品所體現的原型思
維及其敘述結構表現卻具有極大的相似性，進而構成才子佳人小說內
在精神之所在。吳門拼飲潛夫在《春柳鶯》序言提及才子佳人小說創
作的美學特色時指出：

　　　　情生於色，色因其才，才色兼之，人不世出。所以男
　　　　慕女色，非才不韻；女慕男才，非色不名，二者具
　　　　焉，方稱佳話。自非然者，即糞堆連理，污泥比目。
　　　　桑間濮上之輩，何得妄以衣冠為尊，蓬蒿見鄙，浪向
　　　　天地間說風流者哉[38]？

---

[37] 齊裕焜：《中國古代小說演變史》（蘭州：敦煌文藝出版社，1990年），頁403。

[38] 鸝冠史者編：《春柳鶯·序》，收於古本小說集成編委會編：《古本小說集成》（上海：上
　　海古籍出版社，1990年），頁8-10。

魯迅論及才子佳人小說的基本敘述結構時則指出：

> 至所敘述，則大率才子佳人之事，而以文雅風流綴其
> 間，功名遇合爲之主，始或乖違，終多如意，故當時
> 或亦稱爲「佳話」[39]。

林辰在概括才子佳人小說的文體特徵時進一步指出：

> 一般說來，所謂才子佳人小說是指才子和佳人的遇
> 合與婚姻故事，它以情節結構上的：(1)男女一見鍾
> 情；(2)小人撥亂離散；(3)才子及第團圓這樣三個主
> 要組成部分爲特徵的[40]。

概括上述三者意見可見，在明末清初才子佳人小說的生成及其形態表現方面，作家群體以「才子追尋佳人」之愛情書寫來表達個人對於「遇合」問題之理解和看法，整體敘事表現不僅超越了唐代傳奇小說創作以來有關「鄙夫重色」的愛情悲劇的書寫傳統，而且通過才子／佳人以「才」、「色」相慕的愛情想像反撥了明代中晚期以來流於淫靡成風的言情論述。

以今觀之，在明末清初才子佳人小說敘事的具體表現上，才子／佳人作爲理想人物往往是在歷經小人撥亂爲害的種種威脅後才得以順利完婚。在某種意義上，明末清初才子佳人小說的敘事建構與弗萊論

---

[39] 魯迅：《中國小說史論文集——〈中國小說史略〉及其他》，頁169。
[40] 林辰：《明末清初小說述錄》（瀋陽：春風文藝出版社，1988年），頁60。

及的「浪漫故事」（romance）頗為相近——即「浪漫故事在所有文
學形式中最接近於如願以償的夢幻」[41]。由於作家通過浪漫愛情故事
的創造與建構，積極表達了對自我的主體性的重視，並在虛構的歷史
經驗書寫中實現了個人的人生理想，由此傳達作家對於實現的自我
生命理想的心理意識需求。顯而易見的，明末清初才子佳人小說以才
子追尋佳人的生命歷程為敘事建構之基礎，有關才子／佳人才、色相
慕的重複書寫，除了具有其強烈的「夢幻」性質之外，更具有普遍的
「儀式」性質。借弗萊的觀點來說：

> 追尋式浪漫故事既與儀式相同又與夢幻相似，而弗雷
> 澤所審察的儀式和榮格所研探的夢幻顯示了其形式上
> 的明顯類似，這是我們所希望的兩種富有象徵的結構
> 類似於同一種事物。當追尋式浪漫故事被趨譯為夢幻
> 的術語時，它就成為對力比多或者滿懷願望的自我之
> 滿足的追求，因為願望的滿足將會把力比多從對現實

---

[41] 〔加〕諾思羅普・弗萊論及浪漫故事的表現特質時指出：「從社會的角度來看，它具有奇特
的悖謬的作用。每個時期的社會或知識界統治階級都喜歡用某種浪漫故事的形式表現其理
想，因為浪漫故事德才兼備的男主人公和美麗漂亮的女主人公代表他們的理想人物，而反面
人物代表對他們的支配地位的威脅因素。」見氏著，陳慧、袁憲軍、吳偉仁譯：《批評的剖
析》，頁225。王瓊玲在〈明末清初才子佳人劇之言情內涵及其所引生之審美構思〉一文中比
較才子佳人戲曲小說與西方浪漫傳奇的差異時指出：「中國才子佳人戲曲小說由才子與佳人／
才女所代表的理想或菁英價值，卻與西方浪漫傳奇有表現形態與文化內涵上的差異：當西方
的中世紀 romance 的騎士們在馬上奔馳，揮戈動矛，較武鬥勇之際，中國的才子、佳人／
才女們卻在書案上揮毫使墨，作詩寫賦，較量才情文思之高下，並以所謂的『才美』作為才
子佳人所代表的菁英價值。」《中國文哲研究集刊》第十八期，2001年3月，頁178。

的憂慮中解放出來，但它仍然會包含現實本身⑫。

　　基本上，從「浪漫故事」的敘事結構安排來考察才子佳人小說敘事形式表現，我們的確可以從中清楚地看見兩者在故事類型表現上的類同性⑬。而實際上，這樣一種類同性顯現在才子追尋佳人的生命歷程當中，則可見才子／佳人所經歷的各種考驗形式，主要被設置在一種連續性的和演進性的「冒險」（adventure）旅程之內，可以說是才子佳人小說故事及情節布置安排的重點。具體來說，明末清初才子佳人小說是以主人公歷險的浪漫故事為敘事建構的主體成分，其敘事進程所具有的「出發—歷險—歡慶」三階段的發展形式，正如弗萊歸納浪漫故事的結構形式特徵時所指出的：

> 浪漫故事的完整形式，無疑是成功的追尋，而這樣的
> 完整形式具有三個主要的階段：危險的旅行和開端性
> 冒險階段；生死搏鬥階段，通常是主人公或者他的敵
> 人或者兩者必須死去的一場戰鬥；最後是主人公的歡
> 慶階段⑭。

　　今觀明末清初才子佳人小說可見，作家的深層願望最終正是通過上述一種敘述的儀式作為和夢幻的思想內容而展現在小說文本之中，

---

⑫ 〔加〕諾思羅普・弗萊著，陳慧、袁憲軍、吳偉仁譯：《批評的剖析》，頁235。

⑬ 陳惠琴在〈理性・詩筆・啟示——論才子佳人小說的創作方法〉一文亦從西方「傳奇」小說藝術特性分析才子佳人小說，指出兩者之間的類同性表現。該文見《明清小說研究》，1996年第3期，頁74-86。

⑭ 〔加〕諾思羅普・弗萊著，陳慧、袁憲軍、吳偉仁譯：《批評的剖析》，頁226。

其中除了滿足作家個人理想的陳述之外，也反映了現實對於加諸理想
人物的冒險考驗的具體內容。因此，才子／佳人作爲理想人物形象的
塑造，便可能隱含了特定原型精神，而諸多考驗形式的書寫，則體現
爲一種儀式內容。

　　事實上，明末清初才子佳人小說藉由中心人物冒險旅程的書寫所
體現出來的一種「追尋」（quest）力量，不僅是作品寓意和象徵的
原型表現，同時也是才子佳人小說創作之能構成文學類型（genre）
的儀式因素⑤。明末清初才子佳人小說的創作發生，乃是以傳達明清
之際文人普遍期待愛情遇合和功名遇合的深層心理願望爲其敘事基
調。因此，當明末清初才子佳人小說在流行過程中形成一種集體敘事
現象時，小說文本之實際表現已超越文學的審美層次進入到文化的釋
義層次。無可諱言，明末清初時期是一個產生巨大變革的時代，處在
世變階段的才子佳人小說作家們試圖在歷史文化現象中尋找自我生命
得以實現的時空和因果關係。在曲折而漫長的因果關係的追尋過程

---

⑤ 從儀式內容的角度論明末清初才子佳人小說的敘事建構，其所以能在普遍流行後的集體敘事
現象構成中建立起一種文學類型的主導性審美規範，最重要的因素可能在於大眾文化普遍存
在的集體無意識及其原型思維具有其共同的精神認知。因此，在典型生活情境出現時，作家
以類同的敘述結構來傳達集體欲望，整體敘事表現無疑已成爲一種「儀式」，深深影響明末
清初才子佳人小說形態的實際表現。今借〔英〕詹姆斯・弗雷澤（James G. Frazer）論及
「狄俄尼索斯」時的分析來說：「……一年中季節的更迭、特別是植物的生長與衰謝，描繪
成神的生命中的事件，並且比哀悼與歡慶的戲劇性的儀式交替地紀念神的悲痛的死亡和歡樂
的復活。如果說這種紀念在形式上是戲劇性的，那末，他們實質上卻是巫術性的。也就是
說，根據巫術的交感原則，其意圖是爲了確保植物春天再生、動物繁殖，而這些都受到冬天
損害的威脅。這種思想認識和儀式，在古代決不限於巴比倫、敘利亞、弗里吉亞和埃及等東
方民族，決不只是酷愛夢想的東方宗教的神祕主義的特殊產物，而是與愛琴海沿岸和海上諸
島更富於想像更具活潑氣質的民族所共有。」見氏著，劉魁立主編：《金枝精要──巫術與
宗教之研究》（The Golden Bough）（上海：上海古籍出版社，2001年），頁353。

中，作家們對於現實的反反覆覆的認識，在客觀規律的發現和主觀情感的認知方面，共同構成了特殊時期中人們的世界觀的基本內容。尤其當作家通過夢幻書寫，深切地傳達了人們對於歷史現實、文化特徵和文人精神的把握時，無疑已在浪漫故事的敘事建構中傳達出作家們對於歷史現實的一種理解，帶有某種程度的儀式內涵。

總的來說，有關明末清初才子佳人小說作為「幻想式」創作表現的理解，在個別作家身上體現的是一種獨立性話語，可以說是原型接受的結果；但是在集體敘事現象的形成方面，整體敘事結構和意識形態的共同性美學表現，實已構成一種體系性話語，則可說是典型經驗的創造。基本上，在明末清初才子佳人小說的發展過程中，作家群體對於同一主題的重複表達，無疑使得不同小說文本在反映歷史現象和文化事實的過程中，構成了認知的和情感的普遍象徵體系的一種表現。借喬瑟夫‧坎伯（Joseph Campbell）的觀點來說：「神話是公開的夢，夢是私人的神話。」[46]對於明末清初才子佳人小說而言，無論它們是作家個人的「夢」——私我的神話，或者是不同作家集體創造的「神話」——眾人的夢，明末清初才子佳人小說敘事表現的邏輯化和合理化，在某種程度上已超越了中國文學傳統中有關才子佳人愛情故事的題材及其思想表現，而其集體敘事現象的構成，隱然構築了一種別具意義的體系神話。倘由此進一步考察明末清初才子佳人小說之創作精神，我們將不難發現一個特殊的敘事現象：即從「神話」的原型接受到「夢」的典型經驗創造的過程中，在看似由各種人物形象所構成的多彩多姿的敘事表象世界中，小說文本在深層結構上的系統性表現和集體性發展，在在顯示了敘事的起源有著相類似的心理基礎

---

[46] 〔美〕喬瑟夫‧坎伯（Joseph Campbell）、莫比爾（Bill Moyers）著，朱侃如譯：《神話》（*The Power of Myth*）（臺北：立緒文化事業有限公司，2000年），頁72。

和社會基礎[47]。同時，在繼承與獨創之間，才子佳人小說的產生、發展、流傳與演變，也隱隱地揭示了時代文化處於轉型演變階段的歷史軌跡。從某種意義來說，浪漫故事作為才子佳人小說的基本表意形式的載體，無疑使得小說在充滿傳奇和幻想的敘事建構中，體現了大眾文化共同的情感欲望和普遍的人性精神。無論從無意識的集體信仰或有意識的文學創作的角度來說，明末清初才子佳人小說作為一種體系神話的隱喻式表現，無疑將使得作品主題寓意本身具有其內在一致性的思想內容。

第二節　佳人意象：理想女性形象範式的建構

　　基本上，明末清初才子佳人小說之敘事建構是以「才子」行動及其生命歷程為敘事中心而完成的。不過，值得注意的是，「佳人」以理想女性形象範式出現於小說文本之中，卻也成為讀者普遍關注的焦點。因此，在傳統研究中，佳人作為一種人物意象，向來是研究者

---

[47] 〔英〕安東尼‧史蒂芬斯（Anthony Stevens）論及夢與故事之間的關係時，認為兩者有共同的普世意象原型根源在其中。在夢與故事的基本布局中找出深層結構，可以看見人類在「本我」（self）創作之中所展現的人類生命的大主題。他指出：「它包含生命進展全部程式，這程式在回應環境中的人事物的過程中展現，並且表現在我們的行為、思想、感情、故事、夢境之中。」見氏著：《夢：私我的神話》（*Private Myths: Dreams and Dreaming*）（臺北：立緒文化事業有限公司，2000年），頁197。關於此一看法，後文將有進一步的論述。

關注和分析的焦點[48]。由於佳人形象是由明末清初才子佳人小說作家的集體想像中創造出來的，其形象本身既是一個美學概念，也是一種典型象徵[49]。有關佳人整體形象之塑造，可以說與作家／敘述者／才子三位一體的話語實踐背後的審美意識密不可分。今觀明清小說中有關兩性角色的形塑情形，隨著時間的遞進與創作觀念的不斷改變，有關男女兩性形象及其互動關係的雙向逆反，已然成為明清小說中一個相當重要的書寫現象[50]。尤其明清時期兩性關係處於微妙變化的情形下，明末清初才子佳人小說中的「佳人」作為才子畢生追尋的理想女性形象，實具有其重要的隱喻／象徵作用。基本上，本文討論佳人形象，目的並不對於人物形象本身所具有的美學意義和書寫方式進行質疑，而是在作家精神本體和文本意義解讀的問題之上，佳人形象本身所牽涉的解讀問題遠比書寫本身要複雜得多。因此，為進一步了解明末清初才子佳人小說敘事建構的精神本體表現，本文將從原型理論觀

---

[48] 關於明末清初小說佳人形象的研究，可參黃蘊綠：《明末清初才子佳人小說的佳人形象》（臺北：淡江大學中國文學系碩士論文，1996年）。紀德君：〈明末清初戲曲小說中的佳人〉，收於氏著：《視角與方法》（哈爾濱：黑龍江人民出版社，2002年），頁338-356。吳秀華：《明末清初小說戲曲中的女性形象》（南京：江蘇古籍出版社，2002年），頁201-208。關於女性形象研究，前人已有具體成果。不過具體來說，以往大體上多以單部作品或特定女性形象為研究重心，較缺乏整體性的把握和觀照。此外，在研究論述上著重表現女性形象在愛情、婚姻、貞節的表現特質，較少與男性作家創作意識做一聯繫。有鑑於此，本文立足於前人研究成果，期能在佳人形象創造、原型象徵及其意涵的論述基礎上，進一步與作家創作的文化心理聯繫說明，以明才子佳人小說創作的深層心理意識表現。

[49] 周建渝論及「佳人」術語源流時指出：在中國傳統文學中「佳人」形象的變化，可看到中國傳統文人心目中關於理想的佳人的詮釋。從簡單的對「貌」的注重，到對「情」的強調，再到對「才」的凸顯，這就是佳人形象在不同歷史時期發生的演變。這種演變恰好反映出古代文人士大夫對女性的價值標準的變化。見氏著：《才子佳人小說研究》，頁9-14。

[50] 魏崇新：〈一陰一陽之謂道：明清小說中兩性角色的演變〉，收於張宏生編：《明清文學與性別研究》（南京：江蘇古籍出版社，2002年），頁1-18。

點重新審視佳人形象所隱含的原型象徵意涵[51]，以求深入了解明末清初才子佳人小說創作之發生及其流行的深層文化心理表現。

壹、新女性（？）：佳人形象的塑造及其表現

從中國古代小說史發展角度來看，從《金瓶梅》出現以來，在《三言》、《二拍》、《醒世姻緣傳》等「人情—寫實」小說發展歷史中，「女性」逐漸成為作家創作時的主要書寫對象，這樣的情形一直延續到清朝《紅樓夢》而達於高峰。大體而言，女性在明清小說中地位的變化，基本上反映了小說作家群體對歷史的整體看法及美學觀念的已處於變化階段[52]。明末清初時期，才子佳人小說創作在通俗小說話語系統中自成類型或流派，其中女性人物以「佳人」的姿態進入歷史和敘事的中心，並成為作家話語實踐下的「理想—典型」的形象範式，可謂集注了作家群體的文化心理及集體心理意識。一般而言，女性在中國古代歷史的發展脈絡上常常是缺席的，佳人形象的塑造及其意義表現，往往必須經由男性所主導的語言／象徵體系的言談敘述，才得以獲得形象上的諸種展示。因此，在明末清初才子佳人小說中，作家群體對於佳人形象的形塑，基本已傳達出個人乃至集體對於當時客觀歷史現實中的女性形象的真實性問題有所關注，同時也是對

---

[51] 本節討論佳人形象書寫之觀點，主要受益於比較文學中的文學形象學研究，其理論觀點可參樂黛雲、張輝主編：《文化傳遞與文學形象》（北京：北京大學出版社，1999年）。孟華主編：《比較文學形象學》（北京：北京大學出版社，2001年）。曹順慶等：《比較文學論》（臺北：揚智文化事業股份有限公司，2003年）。

[52] 田同旭：〈女性在明清小說中地位的變化〉，《山西大學學報》（哲社版），1992年第1期，頁83-87。

於歷史整體性生活面貌的一種實質理解。值得進一步注意的是，在作家的話語實踐中，佳人形象作為一種創作意念表達的形式載體，究竟是現實人物模型的單純複製？還是一種想像的具體可感物？抑或是一種符號表意系統的創造？不論是哪一方面的表現，無疑都將影響讀者對於明末清初才子佳人小說作家的精神表現和文本意義的闡釋。

一、女性：在他者或主體之間

在明末清初才子佳人小說中，佳人之成為敘事重心，並以「新女性」形象出現，其中所牽涉到的重要課題是：「性別政治」如何影響小說文本的敘事建構及其主題寓意表現？大體而言，在明末清初才子佳人小說中，作家對於女性形象的言談和形塑，實際上已傳達出個人或集體對於女性在「自我／他者」、「主體／客體」的對應關係及其各種變化形式方面的基本理解。

在中國傳統的性別政治裡，男性中心價值體系的象徵秩序無疑主宰了整個文化和社會的意識形態建構。其中，在男／女相對應的關係表現上，基本存在著一系列的二元對立詞語和概念。依法國女性主義學者埃萊娜·西佐斯（Helene Cixous）的觀點來說，父權制二元性思想具有下列之二元性對立：活動性／被動性、太陽／月亮、文化／自然、白日／黑夜、父親／母親、理智／情感、理解的／感覺的、理念／感傷力。在這一系列二元對立關係上，實際都隱含了主體／客體、自我／他者的階序概念，而男／女二元對立是所有這些階序式二元對立的原型。在父權制的象徵秩序中，其表現體系被女性主義者稱為「菲勒斯中心」（phallocentric）或「男性中心」（andro-centric）的文化體系。在此一體系中，男性是主體、是中心，在自我認知方面具有正面價值，而女性是客體、是男性的「他者」（the other），缺乏對於自我定位和意義的理解，甚至是緘默和被忽略的[53]。因此，傳統女性置身文化邊緣位置，往往與缺乏、否定性、意義的不在場、非理性、混沌無序等概念聯繫在一起。男性與女性之間在文化結構中所具有的主體性和權力表現是不可同等而語的。而上述文化認知反映在中國傳統文學創作的具體表現之上，便明顯可見男性中心思想對文本生產、接受與文學機制所銘刻的普遍性影響，而女性及其思想話語大多只能潛隱於中國文化底層而湮沒無聞，以致於女性作家及其文學作品能夠納入文學正典並流傳於世者，寥寥可數。此外，由於男性在文化現實場域中擁有話語權力及其主角身分，女性人物在文學作品中往往是在男性的主導性闡釋中被凝視（gazed）的情況下出場，即使作為主角人物，其行動表現也常常是在父權制的象徵秩序下作為被檢視的客體對象，用以證成父權制的單一價值標準。

　　然而，這樣的情形到了明末清初才子佳人小說創作問世，卻出現了令人玩味的變化。當明末清初才子佳人小說作家極力形塑理想女性形象之時，佳人形象已然成為藝術描寫的焦點，作家在作品中除了刻意標舉其女性的「色」、「德」特質，同時在言談敘述之間無不凸顯女性不讓鬚眉的「才」、「情」表現。從實際情形來看，有關佳人形象的具體表現特徵主要是以「色」、「才」、「情」為普遍標準，《醒風流奇傳》第五回敘述者介入指出：

　　　佳人乃天地山川秀氣所種，有十分姿色，十分聰明，
　　　更有十分風流。十分姿色者謂之美人，十分聰明者謂

---

[53] 〔法〕托里‧莫以（Toril Moi）著，陳潔詩譯：《性別／文本政治：女性主義文學理論》（*Sexual/Textual Politics——Feminist Literary Theory*）（臺北：駱駝出版社，1995年），頁95-96。

之才女，十分風流者謂之情種。人都說三者之中有一不具，便不謂之佳人(54)。

而其具體形象表現，當如《鳳凰池》第二回敘述者講述佳人文若霞形象時所說：

若霞小姐才驅道韞，姿勝毛嬙，喜好的是裁詩染翰，吟月哦風，把一個避賢樓四壁粘滿詞翰詩箋，卻將總戎的圖書記龜鈕印上面。若計他詠絮才情、辨訟智慧，是一個佳人中才子；又天生貞靜幽閑，閱見古來文人才士，無不羡慕，所以憐才一念，平生至切，竟是一個佳人中君子；且寸許柔腸，偏多理智，隨你意想不到，一經巧算，竟有鬼神不測之機，又是個佳人中智士；至于舍經從權，而權不離經，以正爲奇，而奇不失正，更是佳人中一個英雄(55)。

此外，從情定才子、堅貞不渝的角度來說，佳人之「德」的擬塑表現，亦受到普遍的重視與強調。從歷來研究者的論述中可知，明末清初才子佳人小說創作在佳人形象的基本特徵的表現上，已經構成了一種創作模式。林辰總結佳人形象的典型表現時的說法足堪代表：

---

(54) 鶴市道人編：《醒風流奇傳》，收於古本小說集成編委會編：《古本小說集成》（上海：上海古籍出版社，1990年），頁92。

(55) 煙霞散人編：《鳳凰池》，收於古本小說集成編委會編：《古本小說集成》（上海：上海古籍出版社，1990年），頁54-55。

佳人是一代美的典型——這美，是才、美、德、智、
膽的完整統一，而不僅僅是以姿色爲標誌的女人的外
貌。在作品中所刻劃的：才，是以長於詩詞爲特徵；
美，多是概念式的虛寫；德，是對愛情的忠貞；智，
超越閨秀小天地而洞悉人情世故，頗具慧眼的預見；
膽，爲實現理想婚姻而敢作敢爲。這「美人」的五個
標準，也是才子佳人小說的佳人形象的普遍的特徵[56]。

以今觀之，這樣的歸納觀點是符合才子佳人小說表現的實際情形
的。佳人典型置於明末清初通俗小說創作語境中，可謂集「才、情、
色、德」於一身，並呈現出高度的統一。在特定的意義上，佳人形象
的創造本身在集體敘事現象構成中已建立起定型化的典型形象範式。
今從「弘揚女性」的角度來說，佳人形象內涵突破了古代言情傳統中
以「郎才女貌」、「女子無才便是德」爲主導性的文化認知[57]。尤其
當女性／佳人敢於突破父母之命、媒妁之言的傳統婚姻體制而自主擇
親，甚至與男性／才子私訂終身，定情不渝，顯示了女性／佳人在追
尋理想愛情時的自由作爲和想法，並擁有自我詮釋的權力。從性別政
治觀點來說，這種自我詮釋的權力表現，在某種意義上已挑戰了傳統
父權體制運作的基本規律，更具有解構和顛覆父權體制的文化意味，
因而可能被視爲一種隱含「抗拒性對話」的思想表現。無可諱言，在
傳統男性中心的價值體系中，女性／佳人形象之能進入歷史和敘事的

---

[56] 林辰：〈從《兩交婚小傳》看天花藏主人〉，此文附錄於天花藏主人著，王多聞校點：《兩
交婚》（瀋陽：春風文藝出版社，1985年），頁215。

[57] 劉詠聰：《德·才·色·權——論中國古代女性》（臺北：麥田出版股份有限公司，1998
年），頁210-214。

中心而受到重視，其主要原因乃在於女性／佳人在話語權的掌握和表現上擁有與男性／才子相互抗衡的言語力量。因此，在性別政治的變化和轉換上，佳人以理想女性形象出現和存在於小說文本之中，不僅擁有其特殊的隱喻意涵，同時也具有一定的歷史參照意義。今觀明末清初才子佳人小說中的佳人形象的意義與價值，其具體突破之處，便在於人物形象本身具有了超越傳統文化中的「他者」身分的行動和思想表現，而擁有某種程度的「主體性」（subjectivity）。

　　基本上，佳人以新女性形象的姿態出現，可說是明末清初才子佳人小說作家通過自身特殊感受所創造的，其具體行動表現的確與唐代以降的傳奇小說、宋元明話本和元明清戲曲小說中的女性形象多所不同。在某種意義上，作家／敘述者／才子三位一體在話語實踐過程中關注女性／佳人的存在，並在形塑和言談敘述過程中積極融入理想化內容，在在都使得女性／佳人在他者／客體位置上體現出超越傳統性別意識和社會地位的「性別化的流動」（gendered flow）現象⑱。以今觀之，女性／佳人形象在小說文本中所具有的特定的審美價值和文化意義，已是無庸置疑。不過，更值得注意的是，因佳人形象書寫所引發的女性問題，在明清之際思想文化轉型和變化過程中實已構成一

---

⑱ 王志弘在《性別化流動的政治與詩學》一書開篇敘及該書問題意識時指出：「本書企圖將性別（gender）與流動（flow）這兩個範疇關聯起來，從性別的觀點來看待流動的現象與問題，藉以探知流動現象所顯現的性別關係與性別主體之建構，以及性別界線的組構與鬆動，並據以描繪當代流動社會的形貌和邏輯。亦即從『性別化的流動』（gendered flow）和『流動不定的性別界線』（flowing gender boundary）兩個向度，來理解當前資本主義之流動邏輯與父權體制之性別支配相互交錯下，流動相關現象的性別權力關係與過程。」（臺北：田園城市文化事業有限公司，2000年），頁12。本文從性別政治觀點論述明末清初才子佳人小說中性別化流動現象，其中所牽涉到的社會變遷、轉變、演變與進步等概念的說明，其啓發乃承自上述觀點之說明。

種特殊的文化現象，頗具有一種顛覆與重構歷史經驗的作用⑲。具體來說，明末清初才子佳人作家以其「邊緣身分」選擇「邊緣話語」進行表述，從中積極傳達出對女性／佳人的認識／認同，並賦予女性／佳人以自主話語權力和婚姻選擇權力，其整體敘事表現可以說蘊含了作家個人的性別政治觀點及其對歷史文化轉型的看法。

在某種意義上，明末清初才子佳人小說作家對於理想女性形象的形塑，除了反映出明清之際男／女性別化流動和性別認同產生變化的文化現實之外，同時也隱含了作家通過理想女性形象的塑造以為比興寄託的深層寓意。因此，從中國傳統性別政治觀點進一步考察明末清初才子佳人小說創作表現時，有關佳人形象之深度闡釋將可能牽涉到的幾個主要研究課題：諸如了解作家在話語實踐過程中，究竟是如何通過事件的選擇、講述的角度、想像力的發揮來展示個人的意識形態？作家對於女性／佳人的總體認識，究竟是以何種方式／形式來加以表現的？小說文本創造是否真正反映了女性／佳人存在的內在邏輯和真實情況？以上問題的深入討論，或將有助於我們更進一步了解明末清初才子佳人小說在言情書寫背後所可能隱含的生命思考及其主題寓意。

今觀明末清初才子佳人小說可見，作家通過投射心理作用認同故事男性主角，無不積極塑造理想的文人／才子形象；此外，作家在小說敘事格局之設計上，亦多以男性／才子的行動及其時空轉移為主

---

⑲ 今援引孟悅、戴錦華有關女性問題的思考做一說明，她們認為：「女性問題不是單純的性別問題或男女權力平等問題，它關係到我們對歷史的整體看法和有所解釋。女性的群體經驗也不單純是對人類經驗的補充是否完善，相反，它倒是一種顛覆和重構，它將重新說明整個人類曾以什麼方式生存並如何生存。」見氏著：《浮出歷史地表》（臺北：時報文化出版事業股份有限公司，1993年），頁26。

軸，在情節事件安排中賦予才子追尋佳人的生命歷程以積極思想意
義。然而，耐人尋味的是，在小說文本中有關男性／才子的行動及其
時空間轉移的敘述，卻是從男性／才子先行預設／假定女性／佳人的
理想形象的存在而開始的，然後再通過男性／才子「遠遊」以「追
尋」女性／佳人的諸種實際行動進行敘事建構，從而使得整體敘事創
造得以發展和完成。如《玉嬌梨》第五回中才子蘇友白自嘆：

> 人生有五倫，我不幸父母早亡，又無兄弟，五倫中先
> 失了兩倫。君臣朋友間遇合有時，若不娶一箇絕色佳
> 人爲婦，則是我蘇友白爲人在世一場，空讀了許多詩
> 書，就做一箇才子也是枉然，叫我一腔情思向何處去
> 發泄？便死也不甘心[60]。

同樣的想法也在《飛花艷想》第一回才子柳友梅的話語中重複出
現過。又如《鳳凰池》第一回才子雲鍔穎道：

> 譬如小弟素性愛梅，其餘摠是艷若天桃，穠如紅杏，
> 富貴若牡丹，久已不入眼中。至於夫婦，人之大倫，
> 必是那絕世的姿容，超出桃杏牡丹之外，與這梅花相
> 似的，方肯入目，不然，仍甘獨眠，決不敢輕賦好逑
> 也[61]。

---

[60] 荑秋散人編次：《玉嬌梨》，收於古本小說集成編委會編：《古本小說集成》（上海：上海
　　古籍出版社，1990年），頁63。
[61] 煙霞散人：《鳳凰池》，頁17。

　　究其實質表現，才子在追尋佳人的過程中，始終抱以「若不得一個敏慧閨秀，才色雙全的，誓願終身不娶」（《合浦珠》第一回）的願望，這樣的想法已然成為男性／才子普遍的心理欲望表現。在集體敘事現象中，才子追尋絕色佳人的行動本身既可以說是一種心理意向，也可以說是一種文化象徵，顯現出不同作家在言談敘述之間所隱含的審美理想。此外，在明末清初才子佳人小說中，作家亦多從「男性／才子」／「女性／佳人」的對立、互補、互為參照的主體關係變化中，賦予了女性／佳人以思想行動的主體性作為、肯定其思想行動所具有的自主願望，並從男女愛情遇合過程的書寫中傳達出個人對於女性／佳人存在的整體看法。如《宛如約》第一回中敘及佳人趙如子遍讀詩書，成為飽學儒生，父母早逝，不願議親而埋沒於村夫俗子之手，心下躊躇道：

> 幽蘭生於空谷，誰則知之？寶劍必懸之通衢，方有識者。我趙如子生在這列眉村中，若在只這列眉村中求配，便將這列眉村翻轉了，料也無一人可為我趙如子作得配過。若守株待兔，自應甘老；若苟且就婚，定明珠暗投，安能比貌無慚畫京兆之眉；較才不愧坦東床之腹。除非移居郡城，或者人可知我，我亦可知人。若塵埋於此，便是虛生此身了[62]。

　　明末清初才子佳人小說中的女性／佳人以這樣一種新女性形象

---

[62] 惜花主人批評：《宛如約》，收於古本小說集成編委會編：《古本小說集成》（上海：上海古籍出版社，1990年），頁5。

出現，在與傳統女性形象相較之下的確有了長足的進步和突破。具體來說，佳人從出場到成婚，其生命歷程在「擇親」、「扮裝」、「行游」、「歷難」等不同位置上，已然呈現出自我生命的多重屬性[63]。無可諱言，明末清初才子佳人小說作家對於女性／佳人主體性的想像和敘述，實際上已隱隱地傳達出明清之際男／女的性別化流動處於潛在變化和轉換階段的基本事實。其中作家借言情書寫對男女關係進行重探，事實上就具備了一種性別政治的象徵力量。整體敘事建構，既隱含了作家對於傳統的重估，以及對作家群體在傳統中、在社會上的地位和作用的一種重新定位或自我期許[64]。

　　從以上的討論分析看來，有關明末清初才子佳人小說中的佳人形象表現，似乎已經完全超越了中國傳統文化的集體描述和認知，以一種嶄新的理想性姿態出現於小說文本之中，因而使得明末清初才子佳人小說展現出有別於其他類型小說的特殊書寫風格和審美理想。然而，當我們進一步考察佳人在性別身分展示下的主體性內涵時，卻也發現作家在話語實踐中實際上仍隱含了某種以父權體制的象徵秩序為基礎的「政治無意識」（political unconscious）表現。今不論在明末清初才子佳人小說中，女性／佳人形象所具有的明喻或隱喻內涵為何？事實上，女性／佳人形象的存在，大體上仍是在男性的凝視（gaze）之下被敘述而加以展示的。在某種意義上，女性／佳人既是男性的欲望對象，同時也是審美對象。如《平山冷燕》第二回佳人山黛入朝面聖之際，敘述者講述天子定睛所見山黛情形說：

---

[63]　陳翠英：〈閱讀才子佳人小說：性別觀點〉，《清華學報》，第三十卷第三期，2000年9月，頁337-354。

[64]　張淑麗：〈逆讀明末清初才子佳人小說──從《玉嬌梨》談起〉，收入鍾慧玲編：《女性主義與中國文學》（臺北：里仁書局，1997年），頁402。

眉如初月，臉似含花。眉如初月，淡安髻角正思描；臉似含花，艷斂蓝中猶未吐。髮綰烏雲，梳影垂肩覆額；肌飛白雪，粉光映頰凝腮。盈盈一九，問年隨道蘊之肩；了了十行，品才有婉兒之目。肢體輕盈，三尺將垂弱柳；身材嬌小，一枝半放名花。入殿來，玉體鞠躬踧踖，極撫媚，卻無兒女子之態；升堦時，金蓮趨進，翼如，絕，娉婷，而有士大夫之風。百拜瞻天，青降九重之盼；十齡頌聖，香呼萬歲之嵩。十二當權，羨甘羅爲老成男子；三旬失寵，笑張妃爲過時婦人。眞個是，神童希有還曾見，至於童女稱神實未聞(65)。

《定情人》第二回才子雙星初見佳人江蕊珠，驚爲天仙：

花不肥，柳不瘦，別樣身材。珠生輝，玉生潤，異人顏色。眉稍橫淡墨，厭春山之太媚；眼角湛文星，笑秋水之無神。體輕盈，而金蓮蹙蹙展花箋，指纖長，而玉笋尖尖籠綵筆。髮綰莊老漆園之烏雲，膚凝學士玉堂之白雪。脂粉全消，獨存閨閣之儒風，詩書久見，時吐才人之文氣。錦心藏美，分明是綠髻佳人，彤管生花，孰敢認紅顏女子(66)。

---

(65) 荻岸散人：《平山冷燕》，頁39-40。

(66) 天花藏主人編：《定情人》，頁57-58。

　　依上引文字來看，在「弘揚才女」的言談裡，表面上似乎已充分展示了佳人形象的理想性及其主體性內涵。不過耐人尋味的是，作家在理想男女兩性關係的建構和互動上，是否眞的有意／願意解構或顛覆傳統父權體制下的二元對立關係，從而眞正賦予女性／佳人以超越傳統文化結構中的他者身分的知識和權力，則不無疑問[67]。以今觀之，明末清初才子佳人小說是以「情」爲主題進行創作的，主要以傳達理想青年男女的浪漫愛情爲其內容，藉以滿足大眾文化讀者群體的閱讀想像。但實際上，作家最終所關注者仍在於「遇合之間」、「功名之數」、「婚姻之際」的結局是否能夠圓滿。因此，明末清初才子佳人小說作家極力刻畫佳人形象，並賦予其理想性意涵，其中既包含了「情欲之思」和「詩禮之求」的複雜心理因素。因此，雖然才子佳人小說是以「才子追尋佳人」的浪漫故事爲敘事基礎，女性／佳人作爲理想女性，得以在某種程度上保有自我和主體性，然而從才子志求「才貌雙全」女子爲配的文化思維和自我想像中明顯可見，作家藉姻緣遇合以抒情言志的基本邏輯——即透過女性／佳人賞識、定情和擇親的種種書寫，從中證成自我價值及其優越性，仍然是充滿父權制思想的。因此，女性／佳人以一種見證男性／才子詩文才華的理想女性形象出現於小說文本之中，從根本上來說並未完全眞正超越了他者身分而擁有眞正的主體性。

　　不過無論如何，女性之成爲明末清初才子佳人小說作家的關注焦點，實不能不與明清時期的歷史文化語境有所關聯。作家在話語實踐上，一方面試圖創造理想女性／佳人形象，從敘述中寄寓才情遇合的現實觀點，可以說在解構男性中心價值體系的隱喻思維中提供了敘事

---

[67] 聶春艷：〈一次不成功的「顛覆」——評《玉嬌梨》、《平山冷燕》的「佳人模式」〉，《明清小說研究》，1998年第4期，頁62-73。

形式發展的各種可能性；另一方面在功名及第和婚姻圓滿的相輔相成
關係的書寫中，又在無意識中確立了父權體制的象徵秩序，回歸以男
性爲中心的價值體系中看待女性／佳人。由此看來，明末清初才子佳
人小說作家在現實秩序的解構與小說文本的重構之間形成了一種內在
情感意向的矛盾關係，由此也顯示了小說文本在主題寓意的解讀上可
能具有的複雜性面向。

二、才女：在再現或表現之間

　　如前所言，明末清初才子佳人小說敘事發展及其建構的基本動力
在於才子對於佳人的追尋。當作家十分強調佳人之「才」、「情」、
「色」、「德」的表現時，佳人形象無疑被賦以其特殊的審美意象
和文化意義，其中又以「才」爲其主要表現。魯迅在概括《玉嬌梨》
和《平山冷燕》的創作特點時，即認爲小說敘事創造的具體內涵是以
「顯揚女子，頌其異能」爲主[68]，顯示了「女性／才女」成爲佳人形象
範式的新內涵的事實。從歷史主義的觀點來說，當作家有意在女性／
才女形象的形塑過程中寄寓情志，人物形象的形塑涉及文化背景、知
識態度和意識形態等面向，便隱含了「再現—表現」的對應關係及其
各種變化形式的理解。

　　明清才女文化現象的形成及其文化象徵，目前已有諸多具體研

---

[68] 魯迅：《中國小說史論文集——〈中國小說史略〉及其他》，頁173。

究成果出現[69]。從謝無量《中國婦女文學史》[70]、梁乙眞《清代婦女文學史》[71]、譚正璧《中國女性的文學生活》[72]、胡文楷《歷代婦女著作考》[73]等等著作中皆可見明清女性作家及其創作大量存在的實際情形。在西方漢學研究中，曼素恩（Susan Mann）教授的 *Precious Records: Women in China's Long Eighteenth Century* 一書是近代中國婦女史研究中的重要著作，該書點出婦女史研究成果對整體歷史觀的重要影響與啓示。胡曉眞評介該書時援引曼素恩觀點指出：

> 盛清時期女性作品經常得以出版，使女性有機會藉由文字游走於家庭與公領域之間；而婦女從事寫作雖然並無實際功能，但是創作與流傳也使婦女有機會建立自我的主體性。同時，婦女文藝活動如此興盛，已隱然挑戰文化的基本規律，知識分子的議論對此或指摘

---

[69] 諸如魏愛蓮（Ellen Widmer）著，劉裘第譯：〈十七世紀中國才女的書信世界〉，《中外文學》，第22卷第6期，1993年11月。康正果：〈重新認識明清才女〉，《中外文學》，第22卷第6期，1993年11月。康正果：〈邊緣文人的才女情結及其所傳達的情意——《西青散記》初探〉，《九州學刊》，第6卷第2期，1994年7月。劉詠聰：《德・才・色・權——論中國古代女性》（臺北：麥田出版股份有限公司，1998年）。孫康宜：〈明清文人的經典論和女性觀〉、〈婦女詩歌的經典化〉、〈女子無才便是德？〉、〈何謂「男女雙性」？——試論明清文人與女性詩人的關係〉、〈寡婦詩人的文學「聲音」〉、〈末代才女的亂離詩〉，以上篇章皆收於氏著：《文學經典的挑戰》（天津：百花洲文藝出版社，2002年）。郭淑芬：《馮夢龍〈情史類略〉之「才女形象」研究》（新竹：清華大學中國文學系碩士論文，1998年）。許玉薇：《明清文人的才女觀——以《西青散記》與賀雙卿為例的研究》（南投：暨南國際大學，2000年）。

[70] 謝無量：《中國婦女文學史》（臺北：臺灣中華書局，1979年）。

[71] 梁乙真：《清代婦女文學史》（臺北：臺灣中華書局，1979年）。

[72] 譚正璧：《中國女性的文學生活》（揚州：江蘇廣陵古籍出版社，1998年）。

[73] 胡文楷：《歷代婦女著作考》（上海：上海古籍出版社，1985年）。

或支持，因而形成了盛清時期重要的論戰[74]。

在中國傳統文化社會中，作爲語言／象徵體系表現之一的文學話語權大多掌握在男性的手上，女性即使進入文本中心，也多成爲男性凝視的對象，在文學書寫上並不具備眞正的主體性。然而值得注意的是，明清時期女性以其詩文之「才」，處於性別政治論述及文藝美學表達的核心，在性別權力和文化象徵的相關表現上，早已成爲文人論戰的重要議題。在此一論戰之中，尤其以袁枚爲主的開明派與以章學誠爲主的保守派對於女子「才」、「德」有著意見相左的種種爭辯，顯得極爲突出而深具時代文化意義[75]。追根究柢，其論戰重點實際上便在於女性的「主體性」問題的理解之上。今且不論明清時期文人對於女子應否有才的論戰意見爲何？才女在明清時期作爲一種生活理想，已然成爲文化思想表現的指標。對於明末清初才子佳人小說創作而言，作家著意塑造眾多才女形象，可說是明清通俗文學發展下的一個重要特色[76]。此外，才女文化現象的形成，對於傳統「女子無才便是德」的婦德規範具有突破之處[77]，整體敘事表現顯現出一種進步的

---

[74] 胡曉眞：〈「皇清盛世」與名媛闈道——評介 Susan Mann：*Precious Records: Women in China's Long Eighteenth Century*〉，《近代婦女史研究論文集》第6期，1998年6月，頁4-5。

[75] 劉詠聰：〈清代前期關於女性應否有「才」之討論〉，收於氏著：《德・才・色・權——論中國古代女性》，頁253-309。孫康宜：〈女子無才便是德？〉，收於氏著：《文學經典的挑戰》，頁268-291。

[76] 潘知常：〈明末清初才子佳人小說的美學風貌〉，《社會科學輯刊》，1986年第6期，頁98-102。郭英德：〈論晚明清初才子佳人戲曲小說的審美趣味〉，《文學遺產》，1987年第5期，頁71-80。盧興基：〈清代的才子佳人小說〉，《陰山學刊》（社會科學版），1988年第2期，頁1-10。田同旭：〈女性在明清小說中地位的變化〉，《山西大學學報》（哲學社會科學版），1992年第1期，頁83-87。

[77] 劉詠聰：〈中國傳統才德觀及清代前期女性才德論〉，收於氏著：《德・才・色・權——論中國古代女性》，頁165-251。

指標意義。

以今觀之，明清時期女性／佳人以才女形象出現，無疑具有其社會、文化和心理層面的指涉意義和象徵意義。關於才女的文化象徵，基本上可以從現實意義和心理意義兩個角度進行說明。從現實意義來說，才女文化現象的形成，來自於明清時期大量才女及其著作的出現。明清文人對於女性所撰文本整理以及對於才女或佳人的重視，形成了文人文化中的女性研究。黃傳驥在《國朝閨秀詩柳絮集》序言道：

> 山川靈淑之氣，無所不鍾。厚者爲孝子忠臣，秀者爲文人才女，……惟閨閣之才，傳者雖不少，而埋沒如珍異，朽腐同草木者，正不知其幾許焉也[78]。

事實上，明清時期文人對於女性進行研究，其實是文人文化對理想女性嚮往的一種產物，這樣的理想性嚮往充分反映在許多文人不惜熱衷編選和整理女詩人的作品並爲之撰寫序跋的具體行動表現之上。在某種意義上，明清時期文人提升才女或佳人的形象意義和價值時，其實正反映了文人試圖跳脫政治權力的邊緣位置，以其詩才躋身主流社會的主觀願望。明清文人文化將個人政治上的失意轉移到女性研究之上，可以說已經形成了一種時代的風氣[79]。此外，從心理意義來說，明清才女作品的大量出版和女性創作的繁榮，女性文本之成爲熱門讀物大多來自於男性的整理、出版和傳播。在學者眼中，明清文

---

[78] 見胡文楷：《歷代婦女著作考》，頁921。

[79] 孫康宜：〈明清文人的經典論和女性觀〉，收於氏著：《文學經典的挑戰》，頁83-98。

人對於才女之重視，基本上源於一種邊緣處境的認同感與對才女隱世的同情[80]，其精神意義更來自於文人文化對於理想女性形象的一種審美化創造，可以說是一種文人形象的自我投射，具有其崇高的美學屬性。大體來說，明清時期文人基於自身的邊緣處境，特別對薄命才女產生一種懷才不遇的認同感。如《金雲翹傳》第一回敘述者即借揚州馮小青之事發表了一段議論：

> 大抵有了一分顏色，便受一分折磨，賦了一段才情，
> 便增一分孽障。往事休題，即如揚州的小青，才情色
> 性無不第一。……文人墨士，替他刻文集，編傳奇，
> 留貽不朽，成了個一代佳人。……凡天下美女，負才
> 色而生不遇時，皆小青之類也，則皆可與小青並傳不
> 朽[81]。

就此而論，才德兼具的佳人形象本身所具有的象徵作用，無疑顯得耐人尋味，其中一方面既已反映了作家對於佳人的情欲投射與文化想像；另一方面，在幻想與現實交錯的敘事中，女性／才女的理想化敘述寄寓了潛在的政治論述。在某種意義上，女性／才女形象以再現（representation）姿態出現於明末清初才子佳人小說之中，可以說是明清之際文化現實的基本反映。通過這種再現，作家在個人乃至集

---

[80] 孫康宜：〈何謂「男女雙性？」──試論明清文人與女性詩人的關係〉，收於氏著：《文學經典的挑戰》，頁304-306。

[81] 青心才人編次，丁夏校點：《金雲翹傳》，收於古本小說集成編委會編：《古本小說集成》，然有缺頁情形。引文參殷國光、葉君遠主編：《明清言情小說大觀》（中）（北京：華夏出版社，1999年），頁7。

體的話語實踐中言說了整個時代的文化背景、歷史面貌和意識形態。

　　不可否認，明清時期女性／才女文學作品的大量湧現，已然成為特殊的文學現象和文化象徵。明末清初才子佳人小說著意形塑女性／才女形象，正與明末清初的社會思潮盛行的才女文化現象密切相關[82]。在明末清初才子佳人小說中，作家通過性別認同與移情投射的作用，將自我情感表達投入女性／佳人形象的塑造之上，自覺或不自覺地超越了集體描述的框架，而進入充滿想像的敘事語境之中，對於才女形象進行理想化的「表現」（expression）。因此，在明末清初才子佳人小說中，「女學士」、「女儒生」、「女書生」等才女形象既普遍存在而又特立突出，這已不僅僅是個別人物形象的表現，而是一種文化的象徵性表現，別具時代意義。以《玉支璣小傳》第一回敘述者講述佳人管彤秀的形象為例：

　　　　……不期生得這個女兒，美如春花，皎同秋月，慧如
　　　　嬌鳥，爛比明珠。這還是女子之常，不足為異，即其
　　　　詩工詠雪，錦織迴文，猶其才之一班。至於俏心俠
　　　　膽，奇志明眼，真有古今所不能及者。生到一十六
　　　　歲，嫋嫋翩翩，竟是一個女中的儒士[83]。

　　其他如《玉嬌梨》中佳人白紅玉的女學士形象、《平山冷燕》

---

[82] 雷勇：〈明末清初的才女崇拜與才子佳人小說的創作〉，《明清小說研究》，1994年第2期，頁145-154。

[83] 天花藏主人編次：《玉支璣小傳》，收於古本小說集成編委會編：《古本小說集成》（上海：上海古籍出版社，1990年），頁3。

中佳人山黛的寒素書生、道學先生形象等等顯現了女性／佳人的文人
化、儒雅化現象，女子甚至女扮男裝，以「才」著稱於世，受到了男
性／才子的認同和肯定，男性文人也以女性氣質中的「清」與「真」
爲理想詩境的美學特質。這樣的特殊書寫現象，正與明清文人致力提
高女性文學地位及女性積極表現文人化之認同趨向的文化現實有關，
形成了文化上的「男女雙性」（Culture androgyny）現象[84]，具有其
特殊的文化意味。

　　從傳統男性中心價值體系的象徵秩序來看，女性／佳人在小說文
本中獲得其主體性與男性／才子的認同，基本上必須要能夠取得發話
權才得以進入傳統性別政治中的語言／象徵體系。因此，在明末清初
才子佳人小說中，女性／佳人之成爲才女，便是以詩文靈秀、經史滿
腹等學問知識表現的形象特質而受到普遍地重視。今觀才子佳人小說
時可見，作家對於女子之「才」的弘揚，實際上已超越了文學傳統中
以「色」爲重的言情內涵，轉而擬塑才色兼具的形象模式，如《平山
冷燕》第十四回平如衡論「才美相兼」時說：

　　　女子眉目秀媚固云美矣，若無才情發其精神，便不過
　　是花耳、柳耳、鶯耳、燕耳、珠耳、玉耳，縱爲人寵
　　愛，不過一時；至於花謝柳枯、鶯衰燕老、珠黃玉
　　碎，當斯時也，則其美安在哉？必也美而又有文人之
　　才，則雖猶花柳，而花則名花，柳則異柳；而眉目顧
　　盼之間，別有一種幽悄思致，默默動人。雖至鶯燕過

---

[84] 孫康宜：〈明清文人的經典論和女性觀〉、〈何謂「男女雙性？」——試論明清文人與女性
　　詩人的關係〉二文，收於氏著：《文學經典的挑戰》，頁91-92，頁306。

時，珠玉毀敗，而詩書之氣、風雅之姿固自在也[85]。

不過，耐人尋味的是，作家對於女性／才女的注視和敘述，實際上卻又充滿了複雜而矛盾之情，無形中使得女性／才女的主體性在再現／表現的話語實踐之間游移，顯得曖昧不明。《兩交婚小傳》序言說：

> 至於竊天地之私，釀詩書成性命，乞鬼神之巧，鏤錦
> 繡作心腸，感時吐彤管之雋詞，觸景飛香奩之警句，
> 此又益肌骨之榮光，而逗在中之佳美者也。故遠山之
> 眉，有時罷筆，而白頭之句，無今古而傷心。以此知
> 色之為色必借才之為才，而後佳美刺入人心，不可磨
> 滅也。不然，則蛾眉螓首，世不乏人，而一朝黃土，
> 寂寂寥寥，所謂佳美者安在哉[86]！

但無論如何，從「重色」到「揚才」的創作觀念轉變，無疑使得明末清初才子佳人小說敘事形式表現因才女形象之創造而充滿了各種解讀的可能性。只不過，女性／佳人形象塑造本身在某種程度上仍然隱含著男性中心的價值觀念和審美趣味，體現了父權體制意識形態的深刻影響。因此，小說文本的表層敘事雖以才女書寫為重要陳述對象，但深層敘事卻是借才女書寫以託物言志，整體敘事建構終以滿足

---

[85] 荻岸散人撰：《平山冷燕》，收於古本小說集成編委會編：《古本小說集成》（上海：上海古籍出版社，1990年），頁434-435。

[86] 天花藏主人撰：《兩交婚小傳·序》，收於古本小說集成編委會編：《古本小說集成》（上海：上海古籍出版社，1990年），頁3-5。

作家的深層心理願望爲訴求。具體來說，這樣的敘事格局設計，顯然
又與明末清初才子佳人小說作家所在父權體制中的價值信仰有關。誠
如張淑麗所觀察指出的：

> 女主角的性別角色似乎卻更爲僵化，除了須具備傳統
> 女書所說的婦德、婦功、婦容之外更須兼備才、情二
> 項額外條件。這種「新」女性的建構與其說是推崇女
> 性，倒不如說是另一種形式的父權論述的暴力，造成
> 女性的主體建構上的多重負擔[87]。

　　基本上，在明末清初才子佳人小說中，作家對於女性／才女形
象的強調和認同，並沒有能眞正完全超越傳統文人注視女性的玩物心
態。在某種意義上，佳人形象「並非實有的存在，而是心造的幻影，
是載寓作家們的佳人幻夢和人生理想的藝術符號。」[88]究其實質表
現，女性／佳人的才情品性的展演，其實離「自我呈現」仍有一段不
小的距離，甚至與彈詞小說中的女主人公形象在心理上和行動上的自
覺性表現極爲不同[89]。尤其，當作家在充滿幻想性質的敘事建構之中

---

[87] 張淑麗：〈逆讀明末清初才子佳人小說——從《玉嬌梨》談起〉，收於鍾慧玲主編：《女性主義與中國文學》，頁6。

[88] 紀德君：〈落魄文人的佳人夢——明末清初戲曲小說中的佳人形象〉，收於氏編：《視角與方法：中國古代文學新論》（哈爾濱：黑龍江人民出版社，2002年），頁349。

[89] 彈詞小說係清代婦女文學的重要創作表現，在婦女文學史上具有其重要意義和價值。婦女創作彈詞小說，同樣是在明清文人重視才女的情形下進行的，除了文類本身對婦女有吸引力外，從消費市場觀點來說，寫作彈詞比寫作詩詞易於成名，從中可見女性試圖建立主體性的深層欲求。因此，彈詞小說中的女主人在生命觀照和自我呈現上得以獲得更多的表現空間。參胡曉眞：〈才女徹夜未眠——清代婦女彈詞小說中的自我呈現〉，《近代中國婦女史研究》第3期，1995年8月，頁51-76。

借女性／才女形象的書寫幻化了自身及兩性關係，進而被自我意象所包圍和封閉，我們只能說明末清初才子佳人小說所建構的兩性世界，最終只是沉浸在一個以文人才子爲中心的社會之中[90]。

總的來說，男女兩性關係往往被視爲一種權力關係，是一切政治論述的原型模式[91]。在此權力關係中，女性實際上是有別於以男性爲文化結構中心的一種他者形象，在父權體制運作下始終處於被注視和被支配的邊緣位置。對於明末清初才子佳人小說創作而言，作家要想超越既定的文化體系及其價值規範的認知，並眞正賦予女性形象以客觀歷史內涵和敘事意義，其實並不容易。然而，必須肯定的是，明末清初才子佳人小說創作在性別政治的敘事操演上，可以說體現了作家對於歷史、文化、社會處於轉變階段的基本感受和詮釋見解。其中女性／才女之被視爲理想佳人形象，其形象本身所涉及的已不單純只是人物形象塑造優劣與否的美學問題而已，而是男性／才子在追尋女性／才女／佳人的行動過程中，對於自我存在的價值和意義進行確認的一種思想精神反映。不論就再現觀點或表現觀點而言，明清才女文化現象的出現或存在實際上是一個不可忽視的文化現實。從理性再現到想像表現的敘事建構過程中，才女文化現象通過明末清初才子佳人小說創作而有所表現，並且在某種程度上衝擊了傳統性別政治的基本規律，其整體敘事格局雖然並不具備宏觀視野，但仍具有其特定的美學意義和文化價值。

---

[90] 高小康：《市民、士人與故事：中國近古社會文化中的敘事》（北京：人民出版社，2001年），頁84。

[91] 〔美〕凱特・米利特（Kate Millett）指出：「性是人的一種具有政治內涵的狀況。」參氏著，鍾良明譯：《性的政治》（*Sexual Political*）（北京：社會科學文獻出版社，1999年），頁37。

三、佳人：在眞實或符號之間

在明末清初才子佳人小說中，才女形象是爲才子追尋行動及其理想投射的基本對象，可說是作家對現實生活觀照的自覺意識表現，同時也是作家進行創作時的現實性創作動因和文本主旨之所在，其重要性自不待言。雖然佳人形象本身的書寫源自於明清時期的歷史文化語境之中，但並非單純是對於現實的一種複製和再現，而是作家在集體想像中所創造的理想女性形象。因此，在作家的想像和話語實踐之中，佳人形象在詮釋活動中便隱含了「眞實—符號」的對應關係及其各種變化形式的表現。

明末清初才子佳人小說作爲一個文學流派或文學類型，作家在高度理想化的敘事之中所形塑的佳人形象，隱然與傳統社會文化中的女性形象構成了一種參照關係，在彼此女性性別身分上的「相似」與「相異」的書寫中，小說文本呈現出一種「虛擬」與「現實」交錯的美學效果。具體來說，通過作家的話語實踐，女性／佳人是以才女形象在「他者」與「主體」的界線游移，在某種程度上超越了傳統女性文化的性別規範。大體而言，明末清初才子佳人小說作家置身於言情文學傳統之中，既是集體敘事現象的接受者，同時又直接參與了佳人形象的創造和生產。特別是在證成和普及佳人形象的存在價值的過程中，不僅在審美表現上傳達了女性人物本質及其存在的眞實（authenticity），同時也賦予了形象本身以帶有寓意或象徵作用的特質，因而成爲一種符號（symbol）。倘進一步加以考察則可發現，佳人形象創造本身在父權制的語言／象徵體系的運作機制當中，如何通過作家話語實踐建構其特定理想女性形象意涵，無疑是詮釋明末清初才子佳人小說的文學意義和美學價值時的重要參照。

　　在明末清初才子佳人小說中，佳人作爲一種理想女性形象的典型範式，基本上是作家在超越傳統文化模式的認知和理解下建構的文學性產物。女性／才女／佳人以新女性形象姿態進入敘事中心，對於傳統社會以男性爲中心的文化結構而言，的確具有某種意義上的顛覆與重構作用。尤其，當「佳人才子」／「才子佳人」彼此之間產生性別化流動現象時，絕對的、單一的權威和權力中心在敘事過程中隱隱受到了挑戰和衝擊。因此，在某種意義上，作家對於佳人形象的理想性創造，其實也可視爲個人或群體重新評估自我存在的歷史經驗和價值觀念，以及重新認識性別政治運作的文化課題的一種敘事行爲表現。如《飛花艷想》第一回才子柳友梅與友人論辯功名與佳人孰輕孰重時說：

> 兄等不要把功名看重，佳人反看輕了！古今博金紫者，無不是富貴，而絕色佳人能有幾個？有才無貌，不可謂之佳人，有貌無才，不可謂之佳人，即或有貌有才，而于吾柳友梅無脈脈相契之情，亦算不得吾柳友梅之佳人[92]。

　　當作家有意將佳人置於敘事中心並以其言談敘述挑戰性別政治的基本規律時，整體話語表現不僅隱含了某種文化行爲，同時也言說了作家群體的普遍文化心態。

　　對於明末清初才子佳人小說作家而言，關於小說創作發生及流行始終是置身於無法抽離的現實境遇之中的。當作家以邊緣文人身分

---

[92] 煙霞散人編：《鳳凰池》，收於古本小說集成編委會編：《古本小說集成》（上海：上海古籍出版社，1990年），頁17。

選擇通俗小說話語形式進行創作，其作品在商品生產和精神實現之間
所展示的，可以說是以一種集體身分對現實社會進行某種意義上的反
抗。因此，佳人形象的理想性意蘊作為作家集體想像的一種能量展
示，也可以說是作家確認自我主體位置的一種內在思想表現。進一步
來說，明末清初才子佳人小說作家有意在敘事之中操作性別政治論
述，則其生產、接受和評價已然並非客觀而中立的，而必然會在各種
價值辯證與權力網絡中賦予佳人形象以「符號」的意義和作用。如煙
水散人在《女才子書》卷一借敘述者所發出的感嘆之言：

> 噫！斯三閭之為三閭，亦小青之為小青歟。三閭求知
> 己於世人，不得，而索之雲中之湘君，湘君，女子
> 也，因想輪結還現女子身而為小青，小青求知己於世
> 人，不得，而問之水中之影[93]。

　　毫無疑問的，女性／佳人在文化現實中原有文化符碼的所指內
涵在此已有所突破。在相當程度上，女性／佳人作為一種審美對象
的「表現」，其形象創造已超越了「表象」（semblance）的真實描
寫，以離開現實的「他性」（otherness）的行動特質成為一種充滿
寓意的意象或符號[94]。因此，女性／佳人形象的符號性質，作為明末

---

[93] 鴛湖煙水散人：《女才子書》，收於古本小說集成編委會編：《古本小說集成》（上海：上
海古籍出版社，1990年），頁2-3。

[94] 今借〔美〕蘇珊·郎格（Susanne K. Langer）的符號創造理論觀點說明之：「邏輯意義上的
『表現』──概念通過富於表達力的符號的呈現──是藝術的主要功能與目的。符號始終是
創造出來的某種東西。組成藝術作品的幻象並非特定材料在產生審美趣味的型式裡的純粹排
列，而是這一排列所產生的東西，並且確係藝術家所創造的、並非發現的某種東西。它與藝
術家的作品俱來，亦與藝術家的作品俱往。」見氏著，劉大基等譯：《情感與形式》（*Feel-
ing and Form*）（臺北：商鼎文化出版社，1991年），頁80。

清初才子佳人小說文本幻象（illusion）生成的重要藝術表現，實蘊含著當時作家群體的普遍的情感經驗和生命形式，值得關注和探討。

今觀明末清初才子佳人小說的敘事建構表現，女性／才女／佳人作為一種符號的理想性特質，基本上具有「顛覆」和「整合」的雙重敘事功能和象徵意涵，並深刻地影響了小說敘事主題意向的發展。以下即就佳人形象的敘事功能進行說明：

首先，就女性／才女／佳人形象所具有的顛覆功能而言。在明末清初才子佳人小說中，佳人作為才子畢生追尋的重要對象，形象本身的理想性內涵正凸顯了現實世界中的不圓滿，作家對於女性／才女／佳人形象的理想性創造，意謂著作家對於文化現實有其質疑或挑戰，具有其顛覆群體價值觀的敘事功能。當女性／才女／佳人幻化為永恆性的理想形象時，不僅成為作家追尋的永恆性象徵，是作家審美構思下的藝術幻象的表現，同時也促使敘事的意向性具有其傳奇式幻想的美學表現傾向。明末清初才子佳人小說作家著意形塑一個超越文化現實的他者形象，在某種意義上可以視為是對男性中心價值體系所做的離心描寫。《平山冷燕》對於「弘文才女」的書寫便是一種典型範式，第一回敘述者引詩曰：

> 富貴千穐接踵來，古今能有幾多才。靈通天地方遺種，秀奪山川始結胎。
> 兩兩雕龍誠貴也，雙雙詠雪更奇哉。人生不識其中味，錦繡衣冠土與灰。

又曰：

道德雖然立大名，風流行樂要才情。花看潘岳花方
艷，酒醉青蓮酒始靈。
綵筆不妨爲世忌，香奩最喜使人驚。不肤春月秋花
夜，草木禽魚負此生⑨⑤。

通過對「雙雙詠雪更奇哉」、「香奩最喜使人驚」的佳人形象
進行書寫，作家在敘事進程中也不斷發現自身的未知的領域。《定情
人》第一回才子雙星與龐嬰談論定情觀念的說法：

君臣父子之倫，出乎性者也，性中只一忠孝盡之矣。
若夫妻和合，則性而兼情者也。性一兼情，則情生情
滅，情淺情深，無所不至，而人皆不能自主。必遇魂
消心醉之人，滿其所望，方一定而不移。若稍有絲忽
不甘，未免終留一隙。小弟若委曲此心，苟且婚姻，
而強從臺教，即終身無所遇，而琴瑟靜好之情，尚未
免歉然。倘僥倖而再逢道蘊、左嬪之人于江皋，卻如
何發付？欲不愛，則情動於中，豈能自制；若貪後棄
前，薄幸何辭？不識此時，仁兄將何教我⑨⑥？

由此可見，才子雙星超越「絕色女子」之思，從「情定不移」觀
點出發談論理想婚配對象，賦予理想女性形象以新的內涵。因此，在
話語與行動中的想像中，佳人形象的創造從現實進入夢幻，可謂突出

---

⑨⑤ 荻岸散人撰：《平山冷燕》，頁1-2。
⑨⑥ 天花藏主人編：《定情人》，頁14-15。

了女性／才女／佳人所具有的新思想、新價值及其新文學形象特質。女性／才女／佳人形象所具有的隱喻內涵，無疑反映了明清之際文人文化對於面對懷才不遇的現實處境時，最終必須透過佳人形象的創造來獲得替代式滿足的事實。

其次，就佳人形象的整合功能來說，佳人形象的形塑，是作家按照群體對女性的存在、特性及其在歷史中所占地位的主導性闡釋，因而將佳人置於小說文本的敘事中心。因此，當佳人形象作為一種特殊的意識形態的化身，其特點是對作家群體乃至社會或文化起一整合作用。今觀明末清初才子佳人小說，作家在話語實踐中將「才」的價值觀投射在女性／才女／佳人此一他者的身上，賦予其崇高的理想性形象意義；但在實際的敘事操演中，作家又通過調節現實以適應群體中通行的象徵性模式的方法，取消或改造他者，從而消解了他者。《定情人》第四回佳人江蕊珠自見才子雙星和詩，未免三分愛慕，七分憐才，因暗暗想道：

> 少年讀書貴介子弟，無不翩翩。然翩翩是風流韻度，
> 不墮入裘馬豪華，方微有可取。我故于雙公子，不敢
> 以白眼相看。今又和詩若此，實係可兒。才貌雖美，
> 但不知性情何如？性不定，則易更于一旦；情不深，
> 則難託以終身，須細細的歷試之。使花柳如風雨之不
> 迷，然後裸從于琴瑟未晚也。若溪頭一面，即贈浣
> 紗，不獨才非韞玉，美失藏嬌，而宰相門楣，不幾掃
> 地乎[97]？

---

[97] 天花藏主人編：《定情人》，頁102。

　　具體而言，明末清初才子佳人小說作家極力從「才色模式」強
化佳人形象的突出性表現，然而卻又從多重角度在「情德模式」中強
調佳人情定才子時應有的「貞禮」行為。因此，作家按照傳統男性中
心的價值體系和文化模式，使用男性意識形態話語形塑女性／才女／
佳人形象，使得敘事本身在重建父權體制的表現上，藉著女性／才女／
佳人之情歸男性／才子的思想諸種表現而產生整合功能。《飛花艷
想》第十八回敘述者形容才子柳友梅與四位夫人婚姻美滿之情時，引
用〈滿庭芳〉詞說：

> 瀟灑佳人，風流才子，天然分付成雙。蘭堂綺席，燭
> 影耀輝煌。看紅羅繡帳，寶妝篆、金鴨焚香。分明
> 是，芙蓉浪裡，對對浴鴛鴦。　歡娛當此際，山盟海
> 誓，地久天長。願五男二女、七子成行。男作公卿宰
> 相，女須嫁，君宰庶王。從茲去，榮華富貴，福祿壽
> 無疆[98]。

　　由此明顯可見，在科舉及第和一夫多妻的婚姻結局中，男性／才
子在中國傳統社會的優越地位仍然凌駕於女性／才女／佳人形象創造
的時代意義，作家在敘事過程中維護自我尊嚴的話語表現，可說是一
種文化情結和集體心理意識的反映。

　　在某種意義上，明末清初才子佳人小說對於女性／佳人形象的
展示，可能隱蔽了小說文本背後充滿男性中心價值模式的事實。但不
可諱言的，中國文學傳統是以男性為中心的，男性經驗被視作普遍經

---

[98] 樵雲山人編次：《飛花艷想》，頁347-348。

驗，伴隨著作家塑造自我形象、自我表演和主動參與敘事需求的情況下，女性／才女／佳人形象之創造，最終成爲作家價值觀念的投射物，基本上是可以理解的。在佳人形象表述的雙重建構的歷程中，女性／才女／佳人一方面是文人試圖以自我觀點建構的想像物，另一方面又是文人自我價值體現的意識形態的化身，佳人形象本身的理想化詮釋，在眞實表述過程之中化身爲特定的象徵性符號，使得作家得以在話語實踐過程中，藉此確認自我身分，並在集體敘事現象中通過社會的總體想像，藉此傳達其特定的寓意及象徵。

綜整以上三個方面的討論可知，明清時期才女文化現象的出現，對於傳統男性主宰語言／象徵體系的文化思維而言，可以說是一大挑戰。在明末清初才子佳人小說中，雖然女性／佳人的眞實經驗和本質，在父權體制的象徵秩序中仍然被視爲觀照的對象、展示的客體和欲望的化身[99]。但是，女性／佳人以才女形象出現於小說文本中，卻也在相對程度上轉換了被命名的角色地位，並以其創造力爲取得在社會和文化中的話語權，在話語實踐過程中表達自己和確認自己的存在價值。尤其，在傳統社會以男性爲文化結構中心的階序中，女性／才女／佳人因擁有話語權力而得以獲得不同於以往傳統女性形象的理解。在明末清初才子佳人小說中，女性／才女／佳人的行動表現超越了男性／才子所具有的優越性地位，甚至得以突破既有性別規範而參與社會運作模式，這是一個不容忽視的文化現象。因此，就明末清初才子佳人小說創作而言，作家發現、創造和想像女性／才女／佳人並賦以一種「新女性」形象，除了具體展示了歷史文化語境下的一種眞實經驗，同時也促使小說敘事建構中的主題、意象和結構展現出不同

---

[99] 黃清泉、蔣松源、譚邦和著：《明清小說的藝術世界》（武昌：華中師範大學出版社，1992年），頁166-171。

於此前言情文學傳統的美學表現。

貳、永恆女性：理想女性原型的激活與佳人意象的建構

　　在中國傳統文學中，佳人的形象及其塑造本身在文學史上始終占有一個攸關美學和書寫的重要表現的位置，並且具有豐富的寓意和象徵的作用。如前所言，在通俗流行的集體敘事現象之中，明末清初才子佳人小說中的佳人形象塑造，已超越人物形象具體描寫層次，成為傳達文本意義一個重要符號，具有其特定的象徵性[100]。女性／才女／佳人的理想形象特質，受到作家／敘述者／才子三位一體的關注和強化，在話語實踐上深深地反映出作家的精神投影、審美意識和價值判斷。不論歷來研究者對於佳人形象的相關討論及其所展現的社會、文化和思想脈絡為何？從原型批評觀點來說，佳人形象在中國文學傳統中具有普遍性的象徵作用，顯現出一種「永恆女性」（the Eternal Feminine）的原型表現特徵。以下即從原型批評觀點論述明末清初才子佳人小說中佳人意象的原型表現，進一步解讀作家本體的精神意識和小說藝術形式創造的美學意蘊。

　　明末清初才子佳人小說以夢的幻想形式出現，其創作衝動來自於現實的情感體驗對於集體無意識中的原型經驗的激活。在創作與流行

---

[100] 依榮格在〈潛意識探微〉一文認為：「我們所謂象徵（symbol），乃是一個名詞、一個名字，甚至是一幅圖畫，它可能為人們日常生活所習見，卻在傳統和表面的意義之外，擁有特殊意涵，蘊涵著某種對我們來說模糊、未知、隱而不顯的東西。……因此，當一個字或一個形象所隱含的東西，超過其顯而易見的直接意義時，就具有象徵性。」見〔瑞士〕卡爾・古斯塔夫・榮格主編，龔卓軍譯：《人及其象徵》（*Man and his Symbol*）（臺北：立緒文化事業有限公司，1999年），頁2-3。

之間，原型意象制約了作家內在的創作意識和作品的深層意蘊，並在廣大讀者身上體現出某種文化價值的永恆性追求，共譜集體敘事現象下的內在旋律。佳人作爲明末清初才子佳人小說中的理想女性形象，便具有其重要的隱喻／象徵作用。依榮格的原型理論來說，不論是男人或女人，其無意識中都有異性的化身。如果做夢者是個男人，他會發現他的無意識有個女性的化身，如果做夢者是女人，潛意識就會化身爲一個男性形象(101)。安尼瑪作爲男性無意識的人格化，其人格精神的內部形象（inward face），表現爲男性無意識心靈中的女性傾向。依榮格的「集體無意識」的理論進行分析，在明末清初才子佳人小說創作中有關於女性／才女／佳人作爲理想女性形象的表現，其原型正是象徵理想的「安尼瑪」（anima）。榮格指出：

> 每個男人心中都攜帶著永恆的女性心象，這不是某個特定的女性形象，而是一個確切的女性心象。這一心象根本是無意識的，是鏤刻在男性有機體組織內的原始起源的遺傳要素，是我們祖先有關女性的全部經驗的印痕（imprint）或原型，它彷彿是女人所曾給予過的一切印象的積澱（deposit）。由於這種心象本身是無意識的，所以往往被不自覺地投射給一個親愛的人，它是造成情慾的吸引和拒斥的主要原因之一(102)。

---

(101) 〔瑞士〕卡爾．古斯塔夫．榮格主編，龔卓軍譯：《人及其象徵》，頁212。

(102) 轉引自〔美〕C.S.霍爾（C.S. Hall）、V.J.諾德貝（V.J. Nordby）著，史德海、蔡春輝譯：《榮格心理學入門》，頁54。

從明末清初才子佳人小說作家對於理想女性追尋的角度來說，安尼瑪形象在扮演調和文人內在心靈的思想和價值、本我和自我的角色上，具有舉足輕重的功能。引用《女開科傳》第二回中才子張又張自白提到佳人形象乃心象所造的說法：

> 天下世間那裡有甚麼絕色的女子？明明都是我等胸中一段妄想，幻出天仙勝概，把這个想頭只管想去，連自己也不知不覺，只說是眞了。蜃樓海市，皆以氣成，白馬猿猴，總緣心造(103)。

因此，安尼瑪形象的投射反映在佳人形象的創造之上，在某種意義上直可說是才子佳人小說中才子「一見鍾情」的主要對象。從「情色幻想」到「才德理想」的想像中，作爲內在世界嚮導的安尼瑪原型，促使作家在話語實踐中積極塑造佳人形象，並由此譜寫出浪漫傳奇的愛情故事。

今觀明末清初才子佳人小說的敘事表現，基本上佳人形象的塑造顯現出雙重形象特質：一方面是美女理想，以「關雎淑女」爲原型，顯示作家的詩禮之求；另一方面是「美女幻夢」，以高唐神女爲原型，顯示作家的情欲之思。具體來說，在小說集體敘事現象的形成及其交流上，理想女性形象以關雎淑女和高唐神女的原始意象爲基礎進行創造，實際上與中國文學傳統中的基礎文化表現密切相關，體現了

(103) 岐山左臣編次：《女開科傳》，收於古本小說集成編委會編：《古本小說集成》（上海：上海古籍出版社，1990年），頁53-54。

明清時期文人深層內在心理所積澱的「文化—心理結構」[104]。從中國文化的根文學觀點來說，明末清初才子佳人小說中的理想女性原型的現實來源及其審美意義，可以說與中國「詩」、「騷」文學傳統中的佳人意象息息相關，從中體現出理想女性原型的永恆性價值[105]。而佳人意象所具有的永恆性價值，便在於不同時代作家通過繼承和因襲文學傳統，在不同時代藝術形式的作品中反覆出現，因而具有了原型性的象徵表現，並成爲不同時代作品得以進行交際的重要因素。正如弗萊的原型批評觀點所言：

> ……它是一種典型的或重複出現的意象。我用原型指一種象徵，它把一首詩和別的詩聯繫起來從而有助於統一和整合我們的文學經驗[106]。

因此，佳人原型的永恆性不僅是明末清初才子佳人小說作家創作

---

(104) 李澤厚認為積澱有廣義和狹義之分，廣義的積澱指所有由理性化為感性、由社會化為個體、由歷史化為心理的建構行程。它可以包括理性的內化（智力結構）、凝聚（意志結構）等等，狹義的積澱則是指審美的心理情感的構造，包括形式層、形象層和意味層三個方面。參氏著：《美學四講》（天津：社會科學出版社，2001年），頁216-318。此外，他提出關於「文化—心理結構」的積澱的說法，主要將之作為闡述人性的歷史生成的藝術——文化學的實質表現，將積澱視是一種過程，一種文化性的心理過程，文化總是通過心理來積澱的。參程金城：《原型批判與重釋》，頁335-337。

(105) 有關「根文學」觀點，可參考王立的論點，即「文學中亦存在著一種『根文學』。……根文學有力地規定、誘發著文學與人審美指向的形成、更移與發展。與榮格等人闡述的種族集體無意識、民族群體意識等由原始遺風、神話巫術給予西方文化及心理以深刻影響相比，中國則由於儒家文化較早的歷史化、倫理化加工整合，壓抑了神話原型的正常流播。……更多的原型幅射來自《詩》、《騷》的『根文學』。」見氏著：《中國古代文學十大主題——原型與流變》（臺北：文史哲出版社，1994年），頁11。

(106) 〔加〕諾思羅普・弗萊著，陳慧、袁憲軍、吳偉仁譯：《批評的剖析》，頁99。

活動和讀者接受反映的共同心理中介，並且是構成藝術創作的象徵性價値及其得以與其他作品交際的基礎。

如前所言，在明末清初才子佳人小說中，佳人意象的理想性意涵顯示了一體兩面的原型象徵題旨。爲求深入了解佳人意象所具有的敘事功能，實有必要再就其形象特質做一說明。

首先，就「關雎淑女」的原型意象而言。在中國文學傳統中，《詩經》是中國傳統詩教的重要經典，〈關雎〉作爲開篇詩作具有重要指標意義，不過歷來學者對於〈關雎〉篇旨的闡釋有諸多異說，莫衷一是(107)。以〈關雎〉之內容觀之，主要在於傳達「河洲淑女，君子好逑」之思，講求詩禮之求的婚姻理想的表現。其中，關雎淑女是具有情禮合一特質的美人形象。《毛詩・關雎序》說：

> 關雎，后妃之德也。風之始也，所以風天下而正夫婦也，故用之鄉人焉，用之邦國焉。……先王以是經夫婦、成孝敬、厚人倫、美教化、移風俗。

以「德」歌美后妃之幽閑貞專之善，以夫婦之「正」明人倫風教之始，可見〈關雎〉對於女性貞德形象及男女夫婦婚姻的表述，呈現出一種移風化俗的理想。「淑女以配君子」及男女之際作爲人倫之始的思想，一直是影響中國傳統文人生命形式建構和生命理想實現的重要參照。

在明末清初才子佳人小說中，整體敘事建構的現實層面即藉由才

---

(107) 林葉連：〈《詩經》的愛情教育——以〈關雎〉篇為中心〉，《文理通識學術論壇》，第四期，2000年8月，頁11-36。

子追尋佳人而展開的，期盼在才子／佳人的理想婚配中。因此，小說
文本的理想精神最終得以實現，主要原因即在於情禮合一的圓滿婚姻
結局中完成。《好逑傳》第一回才子鐵中玉提出個人的婚姻觀時，特
別提出以「淑女」爲婚姻對象之重要：

> 孩兒素性不喜偶俗，若是朋友，合則留，不合則去可
> 也。夫婦乃五倫之一，一諧伉儷，便是白頭相守；倘
> 造次成婚，苟非淑女，勉強周旋則傷性，去之擲之又
> 傷倫，安可輕議[108]？

　　所謂「河州之好逑，宜君子之展轉反側以求之者也」，充分反映
在鐵中玉對於水小姐的遐想之中。《定情人》第一回才子雙星更在論
及佳偶良姻時，借〈關雎〉詩篇之闡述指出「佳偶」之意義：

> 所謂良姻者，其女出周南之遺，住河洲之上，關雎賦
> 性，窈窕爲容，百兩而來，三星會合，無論宜室宜
> 家，有鼓鐘琴瑟之樂，即不幸貧賤，糟糠亦畫春山之
> 眉而樂饑，賦同心之句而偕老，必不以夫子偃蹇，而
> 失舉案之禮，必不以時事坎坷，而乖隨唱之情，此方
> 無愧於倫常，而謂之佳偶也[109]。

---

[108] 名教中人編次：《好逑傳》，收於古本小說集成編委會編：《古本小說集成》（上海：上海
　　古籍出版社，1990年），頁3。
[109] 天花藏主人編：《定情人》，頁8。

　　《夢中緣》第八回佳人金翠娟與王老嫗辯述才子佳人婚配問題時，特別強調女子持守貞德之必要性：

> ……但為女子的，生於深閨，訓於保姆，使生天憐念，而令才子佳人通之於媒妁，成之於六禮，琴瑟靜好，室家攸宜，則上不貽羞於父母，下不取賤於國人。豈非千古美事？無奈造物不平，人事多姓，才子偏遇不著佳人，佳人偏配不著才子。往往因愛慕之私，動鑽穴逾墻之想，以致好逑之願，流為桑間，化為濮上。上既貽羞於父母，下又取賤於國人，即徼倖成為夫婦，而清夜自思，反覺從前之事竟是一場大醜。此等姻緣何足貴哉[⑩]！

　　由上引文字可知，〈關雎〉詩篇中的深具德性的幽閑靜淑的「河洲淑女」意象，是作家心目中衷心願求的理想佳人形象，「淑女必配君子」已然成為明末清初才子佳人小說創作發生重要心理動因。事實上，在有關訪求佳人與愛情遇合的敘事建構中，作家通過話語實踐以強調佳人的情禮合一、貞德自守的道德形象，便明顯與晚明以來在情色淫靡之風影響下流行於世的豔情小說中的女性形象構成一種強烈對比，由此更凸顯了佳人形象意涵的理想性價值。

　　其次，就高唐神女的原型意象而言。在中國文學傳統中，有關高唐神女論述之書寫，一般認為源於宋玉所撰〈高唐賦〉和〈神女賦〉

[⑩] 李子乾：《夢中緣》，收於古本小說集成編委會編：《古本小說集成》（上海：上海古籍出版社，1990年），頁188-189。

二文。自宋玉之後，漢魏六朝文人以「神女賦」、「美人賦」、「閑情賦」爲題者的文學作品大量出現，在中國辭賦史上形成了一種所謂「神女論述」的文學現象⑪。此外，在屈原〈離騷〉展開「求女」行動和漢賦融注「求仙」思維之間，「詩人之賦」也逐漸轉爲「辭人之賦」，宋玉賦作爲中介，在求女、神女和神仙的敘事轉變中體現了其情賦承先起後的另一個面向⑫。今且不論宋玉賦作中的高唐神女意象意涵爲何⑬？以今日文學史研究觀點來說，高唐神女意象作爲中國文學傳統中具有代表性的女神形象，基本上是毋庸置疑的。進一步來說，高唐神女在性愛追求上的主動性和自主精神，其形象創造已兼具「愛」與「美」的表現，可視爲「中國的維納斯」⑭。高唐神女作爲

---

⑪ 有關「神女論述」的看法和主張，首見於張淑香在〈邂逅神女——解《老殘遊記二編》逸雲說法〉一文中提出：「邂逅神女的原型主題，在早期的辭賦中即已形成一種顯著的論述模式。」收於臺灣大學中國文學系主編：《語文、情性、義理——中國文學的多層面探討國際學術會議論文集》，1996年4月，頁445。鄭毓瑜在〈神女論述與性別演義——以屈原、宋玉賦爲主的討論〉一文中採取張淑香的看法，並有所補充說明：「自屈原、宋玉以來，一系列以神女追尋爲題的辭賦，連同賦寫情、色的相關作品，形成中國辭賦史上極爲重要的『神女論述』傳統。」收於《婦女與兩性學刊》，第八期，1997年4月，頁55。此文另以〈美麗的周旋——神女論述與性別演義〉一文爲名，收於氏著：《性別與家國——漢晉辭賦的楚騷論述》（臺北：里仁書局，2000年），頁11-73。

⑫ 許東海：〈求女‧神女‧神仙——論宋玉情賦承先啓後的另一面向〉，《中華學苑》第54期，2000年2月，頁1-37。

⑬ 有關宋玉賦作及高唐神女意象之意涵的討論，從聞一多〈高唐神女傳說之分析〉一文提出後，研究者對於神女的原型和作家創作底蘊的分析，可謂聚訟紛紜。相關文獻研究，可參魏崇新：〈近年來高唐神女研究述評〉，《文史知識》，1993年第2期，頁80-84。魯瑞菁：《高唐賦民俗底蘊研究》（臺北：臺灣大學中國文學系博士論文，1996年）。周芳仰：《「神女論述」與「欲望文本」——從宋玉賦到江淹賦》（新竹：清華大學中國文學系碩士論文，2001年）。

⑭ 葉舒憲：《高唐神女與維納斯——中西文化中的愛與美主題》（北京：中國社會科學出版社，1997年），頁314-323。

作家的「美人幻夢」的文學原型，更成爲中國文學中愛情主題的夢幻式表現的一種傳統。在中國文學發展演變的歷史上，美人夢幻文學中的女性意象經過愛與美女神的置換變形，隨著敘事文學的成熟而發展起新的神話體系，顯示了〈高唐賦〉和〈神女賦〉主題的形成和它在文學史上的地位及深遠影響都是必然的，進而影響及於後代文學對於美人夢幻形象的創造⑮。

在明末清初才子佳人小說中，女性／才女／佳人的形象便與高唐神女意象的書寫密切相關。作家對於佳人形象的描述，充滿了夢幻之思，極盡想像之能進行書寫。《吳江雪》第十二回敘述者引〈玉樓春〉詞曰：

> 情苗自古鍾才子，況是風流美如此。多情今反似無
> 情，卻使多情腸斷耳。　春心難繫相思字，蜀帝春魂
> 今未死。巫山神女總銷魂，楚襄心繫深宮裡⑯。

《飛花艷想》第二回敘述者講述才子柳友梅在西湖隔船看見佳人雪瑞雲和梅如玉的情形：

> 眉舒柳葉，眼湛秋波。身穿著淡淡春衫，宛似嫦娥明
> 月下裙拖；著輕輕環珮，猶如仙子洛川行。遠望時，

---

⑮ 所謂「美人幻夢」，指用幻境或夢境表達情思與性愛主題的創作類型。詳細論證可參葉舒憲：《高唐神女與維納斯——中西文化中的愛與美主題》，頁403-445。

⑯ 佩蘅子：《吳江雪》，收於古本小說集成編委會編：《古本小說集成》（上海：上海古籍出版社，1990年），頁187。

已消宋玉之一；近觀來，應解相如之渴。

貌疑秋月，容賽春花。隔簾送影，嫣然如芍藥籠烟；
臨水含情，宛矣似芙蕖醉露。雖肤未入襄王夢，疑是
巫山雲雨仙[17]。

《生花夢》第五回才子康夢庚見佳人貢小姐時以爲天仙下降：

修眉吐月，寶髻堆雲。唇敷半點朱霞，眼碧一泓秋
水。拂袖則紅塵不染，臨妝而白雪無姿。　儀容雅
雅，何須脂粉留香；態度娟娟，不待綺羅增色。　誰
云花比貌，花且讓春；不信玉爲人，玉偏遜潔。問仙
姬何處，卻來姑射峰頭；貯玉女誰家，只在錦屏深
處。正是當年爲有凡間恨，謫降香奩第一傳[18]。

　　從以上所引文字可見作家藉高唐神女意象以形塑佳人，其話語
實踐將佳人比做月裡嫦娥、姑射女神、瓊臺仙子等「神女」、「仙
女」，並大量引用韋皋遇仙贈佩、劉晨阮肇誤入仙山等「人神之戀」、
「人仙之戀」的傳說典故，已是敘事中的一個普遍的書寫現象，在言語
敘述之間所引發的情欲之思更是極爲明顯可感的。在某種意義上，
佳人作爲作家情欲之思表現之客體，其實也顯示了作家主體欲望的基
本意涵必須通過美人原始意象的置換變形，最終投射在女性／才女／
佳人的形象創造之上，才得以表現／實現。

---

[17] 樵雲山人編次：《飛花艷想》，頁46。
[18] 娥川主人編次：《生花夢》，頁203。

　　由以上分析可知，在明末清初才子佳人小說中，女性／才女／佳人所具有的「情與禮」、「愛與美」的形象特質是基本上受到文化現實和作家內在心理的原型思維而產生的。康正果分析中國古代詩歌類型時指出，傳統男性對於「好德」和「好色」的願望主要是通過女性形象的塑造來呈現並影響詩歌類型形成之美學表現：

　　　　於是在古代詩歌中形成了兩種對峙的詩歌類型，而被
　　　　投射了兩種願望的婦女形象也分裂爲二：一個傳達了
　　　　社會對良家婦女的要求，表現爲理想的女性；另一個
　　　　以那些用自己的色藝供人娛樂的女子爲模特兒，爲詩
　　　　人描寫美色的愛好提供了最佳的對象[19]。

　　這樣的觀點頗合於明末清初才子佳人小說中有關佳人形象塑造的表現情形，顯見美人書寫本身與中國文學傳統形塑女性時的審美慣例息息相關，基本上具有其程式化書寫的美學表現傾向。有關佳人形象創造的內涵，今圖示如下：

　　　　　　美人理想：關雎淑女（詩禮之求／現實／貞德）
　　佳人──
　　　　　　美人夢幻：高唐神女（情色之思／幻想／情欲）

　　整體而言，佳人形象的創造具有現實／幻想、貞德／情欲集於一體的多元特質。在明末清初才子佳人小說作家的話語實踐中，佳人作爲一種理想女性形象，無論從情欲的原始本能表現或禮法的精神規範

---

[19] 康正果：《風騷與豔情》（臺北：雲龍出版社，1991年），頁5。

角度來說，直可說是明末清初才子佳人小說創作的一種特殊典型人物形象範式。有關「佳人配才子」的鴛鴦夢，無疑深切反映了男性／作家的願望在一定類型上的最高水平表現。其創作思維當如《巧聯珠》第六回敘述者引詩所言：

> 淑女從來願好逑，風流人盡說河洲。
>
> 黃金暗贈堪稱俠，白雪行吟不解愁。
>
> 祇有佳人配才子，從無白木做公侯。
>
> 一枝早向蟾宮折，免使深閨嘆白頭[20]。

毫無疑問的，在明末清初才子佳人小說中，佳人形象具有「關雎淑女」和「高唐神女」雙重意象表現，其理想性內涵大體上既有現實的再現作用，亦有幻想的想像作用。從形象範式建構的心理意義來說，佳人形象雖然可能不具體存在於歷史文化現實之中，但佳人作為理想女性形象，卻可以說是潛藏於作家心靈深處的一種具超越世俗性質的原型意象。

此外，進一步來說，佳人形象塑造所呈現的美人原始意象，除了與明末清初才子佳人小說作家審美心理表現的安尼瑪原型的女性傾向有關，其實又可能與中國傳統文化在總的趨勢上的陰性特徵和母系意識（matriarchal consciousness）有所關聯[21]，其具體形象創造反映

---

[20] 煙霞逸士編次：《巧聯珠》，收於古本小說集成編委會編：《古本小說集成》（上海：上海古籍出版社，1990年），頁137。

[21] 梁一儒、盧曉輝、宮承波：《中國人審美心理研究》（濟南：山東人民出版社，2002年），頁407-418。

出一種集體形象範式發生的原型心理表現⑫。基本上，中國古代社會隨著文明的進展，由母系社會進入父權社會。但是，人們對於原始女性之美的懷念、記憶和嚮往，其實並未就此消逝，母性意識每每以不同的原型形象潛隱在人們的集體無意識中，並反映在不同的藝術形式創造之上⑬。從文學發生／發展的角度來看，這種母性意識的心理表現在古代神話中即有不少殘存的痕跡，如女媧摶土造人，夏祖女修吞月精而生禹的神話，商祖簡狄吞鳳凰卵而生契的神話，周祖姜嫄與神龍交合生后稷的神話等等。從有關的神話記載中可見這些女神們或許並不具備創造宇宙的開創者身分，但作爲氏族祖先的原始女神，她們化生萬物，繁衍氏族，或者重新調整宇宙秩序和再生人類，其重要象徵意涵乃植基於原始文化社會對於女神的原始信仰和生殖崇拜，尤其是大母神（Magna Mater）崇拜。從原型理論觀點來說，大母神作爲原型女性的原始形態，其原型形象是「偉大」和「母親」的象徵性結合。埃利希‧諾依曼（Erich Neumann）在《大母神——原型分析》一書開宗明義地指出：

> 當分析心理學談到大母神原始意象或原型（the pri-
> mordial image or archetype of the Great Mother）時，
> 它所說的並非存在於空間和時間之中的任何具體形

---

⑫ 黃卓越：《藝術心理範式》（天津：百花文藝出版社，1992年），頁258-269。

⑬ 衛聚賢在《古史研究‧虞夏》一書中將夏代確認爲中國的母系時代，並引用了七種古籍中不約而同的追憶之詞。如《呂氏春秋‧恃君》：「昔太古嘗無君矣，其民聚生群處，知母不知父，無親戚兄弟夫婦男女之別。」《白虎通‧德論》：「民人但知其母，不知其父。」《亢倉子》：「人惟知其母，不知其父。」《通鑑外記》：「民人但知其母，不知其父。」《路史》：「惟知其母，不知其父。」《通典‧邊防》：「尾濮……唯識母而不識父。」轉引自葉舒憲：《高唐神女與維納斯——中西文化中的愛與美主題》，頁47。

象，而是在人類心理中起作用的一種內在意象。在人類的神話和藝術作品中的各種大女神（the Great Goddess）形象裡，可以發現這種心理現象的象徵性表達[24]。

大母神原型的顯現和普遍存在，是人類集體無意識的一種象徵性表達，通過各種藝術形式的原始意象的擬塑，經由互相交流進而形成一種象徵系統，成為人類認識和崇拜的重要對象[25]。原始文化對於大母神的崇拜，主要與人類的生殖崇拜有關[26]。這些女神的形象特徵具

---

[24] 〔德〕埃利希‧諾依曼（Erich Neumann）著，李以洪譯：《大母神——原型分析》（*The Great Mother——An Analysis of the Archetype*）（北京：東方出版社，1998年），頁3。

[25] 蕭兵、葉舒憲指出：大母神（the Great Mother）又稱大女神（the Great Goddess），或譯「原母神」，是比較宗教學中的專門術語，指父系社會出現以前人類所崇奉的最大神靈，她的產生比我們文明社會中所熟悉的天父神要早兩萬年左右。人類學家和宗教史學家認為，大母神是後代一切女神的終極原型，甚至可能是一切神的終極原型。換句話說，大母神是女神崇拜的最初形態，從這單一的母神原型中逐漸分化和派生出職能各異的眾女神和男神。見氏著：《老子的文化解讀——性與神話學研究》（武漢：湖北人民出版社，1993年），頁172。

[26] 〔德〕埃利希‧諾依曼從世界各地大量的考古文物出土的情形進行考察，發現石器時代的洞穴壁畫和雕塑品存在為數眾多的以大女神為核心的畫像和塑像。雖然原始女神的造型缺乏一致性，但是作為女性的基本特徵的原始典型，其主要象徵意義卻具有某種程度的一致性。諾依曼指出：「這些無定形的大母神塑像是孕育的生育女神的造型，在全世界，它都被當做懷孕和生育的女神，而且作為不僅是女人的、也是男人的崇拜對象，它也被視為生育力的原型象徵，遮蔽、保護和滋養的基本特徵的原型象徵。」見氏著，李以洪譯：《大母神——原型分析》，頁94。

有生命力的原始隱喻，基本上與原始信仰中的生殖崇拜有關[17]。如果說，女神是人類文化史上反覆出現的具有原型意義的形象，則大母神作為一切女神之原始模型，是原始信仰中最早出現的神，其神聖意義可想而知[18]。因此，當中國古代社會進入父權社會形態，雖然對於原始女神的神聖崇拜信仰不以女神宗教形式表現，然而在對於母系時代中的女性原始意象的言說中，仍隱含了大母神崇拜的意識心理表現。歷代各類藝術形式創作通過一系列關於女神形象的隱喻和象徵的原型移用（displacement），使得大母神的原型在演化過程中仍然普遍存在於人類社會之中，積澱在人們的深層文化—心理結構之中。

　　從榮格原型理論觀點來看，佳人形象的創造實際上是男性／作家的集體無意識心理的投射，佳人以「美人」原始意象出現，共同反映了男性／作家深層文化—心理結構下的一種內在精神意識，與作家無意識中的各種願望、衝動的直接顯現有關，無疑體現了一種具原型性的象徵。如前所言，佳人形象之象徵及其寓意，源於作家無意識中的

---

[17] 從本世紀以來，在現今世界各地持續發現的女性軀體的原始雕塑中可見，那些被稱為「史前維納斯」（prehistoric Venus）的女體雕像，她們的共同特徵女性肥碩豐滿的體型，乳房飽滿、肚腹前統、身子寬厚。詳細討論參〔德〕埃利希・諾依曼著，李以洪譯：《大母神——原型分析》，頁92-118。〔美〕理安・艾斯勒（Riane Eisler）著，程志民譯：《聖杯與劍——「男女之間的戰爭」》（The Chalice and The Blade——Our History, Our Future）（北京：社會科學文獻出版社，1997年），頁1-21。易中天：《藝術人類學》（上海：上海文藝出版社，1992年），頁117-119。

[18] 方克強在〈原型題旨：《紅樓夢》的女神崇拜〉一文中，從神話所隱含的普遍性象徵和原型題旨的探討出發，認為女神崇拜是女性崇拜的極致和昇華，原型題旨一方面反映了人類文化心理的延續性，另一方面，在階段上，又以原始心態的某種激活而補償現實社會的缺憾和不足。見氏著：《文學人類學批評》（上海：上海社會科學院出版社，1992年），頁143-157。關於女神崇拜原型題旨的表現特質，在明末清初才子佳人小說創作上普遍表現為對理想佳人的追尋，在某種意義上亦顯示了女性優勢意識。

安尼瑪女性形象。在榮格原型理論分析中，安尼瑪的發展分為四個階段：

> 第一階段是以夏娃（Eve）爲象徵，她呈現了純粹本能與生物上的關係。第二階段可以從《浮士德》的海倫（Helen）身上看到：她使浪漫美感的層次得以人格化，然而，其根本特徵仍是性方面的。第三階段可以聖母瑪莉亞爲例──她是一個把愛欲（eros）提高到精神奉獻高度的形象。第四階段以莎皮恩夏（Sapientia）爲象徵，她的智慧無與倫比，其聖潔超過了神的境界。另有一個象徵是「所羅門之歌」中的蘇拉米特（Shulamite）。（在現代人的心理發展中，很少能達到這一階段的人。蒙娜‧麗莎是最接近這種智慧型的安尼瑪。）

基本上，安尼瑪扮演本我（ego）和自我（self）之間的調節者，當一個人對其安尼瑪提供的情感、情緒、願望和幻想持嚴肅態度時，並把這些心態與藝術形式融合在一起，便會對創作產生積極作用[124]。從原始宗教意義上的大母神崇拜進入到文明社會中的愛與美女神形象的創造，再到智慧型女性的追尋，人類的精神發展具有普遍的共同模式。這種原型的發展模式，在中國文學傳統中亦可見其相同的演變規律，中國古代神話中有關女神的原始信仰和生殖崇拜，屬於第

---

[124]　〔瑞士〕卡爾‧古斯塔夫‧榮格主編，龔卓軍譯：《人及其象徵》，頁220-221。

一階段；高唐神女的情欲幻想具有性方面的特徵，屬於第二階段；關雎淑女的詩禮之求則超越愛欲，屬於第三階段。對於明末清初才子佳人小說創作而言，從「大母神」崇拜到「愛與美」女神崇拜再到「才女」崇拜的原型移用過程中，佳人形象在趨近現實的過程中，雖然不具有女神崇拜的具體神聖信仰表現，但由於其形象本身在充滿想像性和符號性的創造表現上，已成爲一種超現實的存在。因此，足以補償作家無意識對於才、情、色、德合一的「永恆女性」的追尋。在明末清初才子佳人小說中，女性／才女／佳人形象的塑造大體可以視爲上述第四階段安尼瑪女性形象的表現。有關文學傳統中美人原始意象的移用變化的情形，茲圖示如下：

$$大母神——女神——\begin{matrix} 關雎淑女 \\ \\ 高唐神女 \end{matrix}——佳人——才女——女性$$

從上述大母神到佳人的置換變形中清楚可見，其原型在不同時代的藝術形式創造中所呈現的原始意象和普遍象徵（universal symbol），是不同時代的不同作品得以通過聯想而進行交流的重要因素[30]。因此，從安尼瑪原型的階段性變化中，可見佳人在原型移用情形下的普遍性形式及其現實意涵。由於原型變化的整體表現規律是通過從自身的深層出發來不斷地重塑自身，並通過其變異來運作和維持

---

[30] 援引〔加〕諾思羅普‧弗萊有關原型的聯想和交流的觀點來加以說明：「原型是聯合的群體（clusters），它與符號之不同在於複雜的可變性。在這種複合體中常常有大量特殊的、靠學習而得的聯想，它們是可交流的，因為在特定的文化中的好些人都很熟悉它們。……某些原型如此深深地植根於程式化的聯想，以至於它們幾乎無法避免暗示那個聯想。」見氏著，陳慧、袁憲軍、吳偉仁譯：《批評的剖析》，頁104。

創新的。因此，在歷時性演變過程中，原型雖然具有其可變性，但人們只要能通過原型象徵的把握，無疑可以進一步理解和感受原型的意義內容及其影響。

　　總的來說，在榮格的原型理論中，安尼瑪被視為心靈的原型人物，基本上並不受諸如家庭、社會、文化與傳統等各種形塑個人意識的力量所影響。但安尼瑪作為基本的生命形態，不僅形塑了個人和社會，並引導自我通向深層內在的本我經驗。榮格認為安尼瑪是命運，我們是被原型力量的意象所引導，安尼瑪遠非我們的日常意志或知識所能控制[31]。因此，在原型接受、原型移用到原始意象運用的演變過程中，佳人形象的典型性，並不單純地只是反映當時歷史文化語境中的女性地位及其話語表現上的變化。在某種意義上，追尋佳人的歷程如同追尋自我、深入靈魂和回歸本我的心理過程一般，是才子人生歷程中必經的一場生命儀式。當作家試圖通過話語實踐以投射個人主體欲望時，佳人形象的永恆性意象除了用以建構作家群體的自我形象，同時也是作家在無意識心理的本能模式表現中賴以抒發個人政治理想和文學想像的象徵性符號。

第三節　追尋佳人：才子／英雄的冒險旅程及其原型模式

　　在明末清初才子佳人小說的集體敘事現象中，作家對於作為故事主角的才子形象的形塑，乃通過敘述者對文人本體存在的真實性的

---

[31]　〔美〕莫瑞・史坦（Murray Stein）著，朱侃如譯：《榮格心靈地圖》（*Jung's map of the soul: an introduction*）（臺北：立緒文化事業有限公司，1999年），頁163-194。

表述，在文本化（textualize）的語言建構中塑造出心中的理想男性形象及其內涵，其話語實踐所顯示的權力關係和主體性，實與父權社會中以男性爲中心的價值體系和文化認知息息相關。不過，如前文所言，在塑造和證成男性／才子的理想性形象的過程中，明末清初才子佳人小說的敘事建構主要是通過男性／才子對於女性／佳人的「追尋」（quest）行動來完成的，並且近似英雄神話一般，在「與女神相會」（The Meeting with the Goddess）的冒險旅程中，男性／才子歷經考驗，最終得以戰勝競爭對手或邪惡力量並成爲一位「英雄」（hero），從中確立自我的定位和價值[132]。倘借英雄神話創造的觀點來說，女性／佳人以其安尼瑪原型的永恆性象徵，作爲理想女性形象的範式出現於小說文本之中，除了可視爲作家在幻夢式敘事創造中對於實現個人理想的一種現實性追尋之外，更重要的是通過才子追尋佳人的冒險旅程的書寫，爲讀者展示才子／英雄積極探索自我生命的力量和奧祕，並從中體現出一種內在探索的個體化過程（the process of individuation）[133]。今不論從神話的角度或現實的角度而言，才子／英雄在不同故事形態或不同環境中，以某種意義上的相近的身分出現，其神話主題和形象質素所體現的是個體命運與宇宙生命互爲聯繫的詩意表現，基本上可說是一種帶有理想而永恆的心象追求。如果

---

[132] 〔美〕喬瑟夫・坎伯（Joseph Campbell）認爲英雄歷險充滿各種奇異考驗和痛苦試煉，其中「與女神相會」是英雄歷險的終極表現，「通常以勝利英雄之靈與世界皇后女人的神祕婚姻來代表。」見氏著：《千面英雄》（The Hero with a Thousand Faces）（臺北：立緒文化事業有限公司，2000年），頁113。

[133] 約瑟夫・韓德生（Joseph L. Henderson）指出典型英雄神話的一個重要面向，是護花的英雄或英雄救美。神話或夢的這個向度涉及了「安尼瑪」（anima）——即男性心靈中的陰性成分，歌德稱之爲「永恆的女性」（the Eternal Feminine）。見〔瑞士〕卡爾・古斯塔夫・榮格主編，龔卓軍譯：《人及其象徵》，頁133。

說，追尋佳人行動本身所賴以支持的原型力量，是由安尼瑪原型的召
喚而產生的；那麼，才子／英雄神話的深層意義結構，則是在人格原
型意象的引導所建立的一種內在探索模式。基於上述認知，本節將
適當參探英雄神話理論觀點[⑭]，以才子追尋佳人的敘事建構爲立論基
礎，進一步審視明末清初才佳人小說創作的原型模式，並藉此說明小
說集體敘事現象形成的深層文化—心理結構及其意涵。

壹、才子／英雄：文人的基本生命形式及其神話建構

對於明末清初才子佳人小說的敘事建構而言，諸多才子形象的塑
造具有其生命形式上的相似性。才子以其超越歷史文化語境的形象特
質爲人們所認同，其形象和生命歷程構成了一種特殊的原始意象，在
中心性和理想性的表現上，頗與英雄歷險神話中的英雄形象有著相近
似的表現。依榮格的原型理論觀點來說，英雄形象的塑造顯示了一個
重要的心理事實，那就是「一個用原始意象說話的人，是在用千萬人
的聲音說話。他吸引、壓倒並且與此同時提升了他正在尋找表現的觀

---

⑭ 穆爾曼（Moorman）論及神話文學研究之主張時指出：「我深信，將神話研究的成果運用
在文學上，使批評家擁有一套詮釋的依準，得以迅速、正確地窺得文學作品的核心所在。我
也相信，不能把問題……停留在『認同』的階段，因為神話不是詩歌。……要研究詩人如何
運用神話，重點不是在探討神話的類似性質，而在研究其功用；不是尋求它與已知類型的相
似性，而是了解詩人在已知類型作了何種改革；不是追溯神話之起源，而是明察其運用。」
見〔美〕李達三（John J. Deeney）著：《比較文學研究之新方向》（New Orientation for
Comparative Literature）（臺北：聯經出版事業公司，1978年），頁252-253。本文參探英
雄神話探討明末清初才子佳人小說敘事建構的原型表現，其研究立場基本上同於上引論述意
見。

念，使這些觀念超出了偶然的意義，進入永恆的王國。」[⑮]不論是神話或藝術創作，原始意象作為藝術意象的本體象徵，在人類心靈世界的表現上無疑扮演了重要的角色作用。對於明末清初才子佳人小說的敘事建構而言，由於才子形象的塑造，大都體現出天賦異秉的生命質素，形象本身所具有的精神內涵和行動表現，在某種意義上，與古代英雄歷險神話中的英雄形象有其相近的表現。基於此一看法，今即就文人的基本生命形式及其神話建構作一分析和說明。

一、才子作爲英雄的基本生命形式

「英雄」一詞是含義頗爲豐富的一個概念。坎伯從不同神話英雄接受並克服命運挑戰的角度，提出所謂「千面英雄」（the hero with a thousand faces）的觀點，並通過「普世共有的歷險經典過程」的揭示，藉以說明「人的心靈在目標、力量、困境和智慧各方面的同一性」[⑯]。此外，湯姆斯・卡萊爾（Thomas Carlyle）也從各時代各地方英雄崇拜的現象中，特別標舉「神明」、「詩人」、「教士」、「文人」、「帝王」等六種身分的英雄，並指出：

> 「英雄」是生活在萬物的內在範圍（Inward Sphere）
> 中的人，是生活在「真實」、「神聖」、「永恆」中
> 的人，這些大多數看不見的東西存在於「暫時的」和
> 「平庸的」東西的下面：他的「真實」（being）是
> 在那裡，他以行動或語言向外披露自己時，也就把它

[⑮] 〔瑞士〕榮格：〈論分析心理學與詩歌的關係〉，見卡爾・古斯塔夫・榮格原著，馮川、蘇克譯：《心理學與文學》，頁92。

[⑯] 〔美〕喬瑟夫・坎伯著，朱侃如譯：《千面英雄》，頁34。

公諸於外了[137]。

卡萊爾認為，「各種英雄的素質基本上是相同的」，而「生命之神聖意義」是英雄所具有的共同屬性和特質，而「英雄的外貌是由它自己發現所處的時代和環境決定的」[138]。此外，弗萊指出：

神話中的神祇或英雄是按人類自身的模樣塑造，但卻具有更強大的征服自然的力量；這類人物在神話中之所以重要，是因為他們在冷漠的自然之外，逐漸確立起一個十分形象的無所不能的人的群體。英雄一旦經神化後，就必定會進入這個群體。這一羽化登仙的世界於是便開始擺脫英雄探險那種一切勝利都屬暫時的反覆循環。因此，我們把英雄探險的神話看作人物塑造的模式的話，那是因為我們首先從探險獲得成功的角度看待英雄的。這樣，我們就得到了原型形象的重要模式，達到了用人類全部智慧去觀察世界的天真無邪的境界[139]。

歸納上引觀點得知，英雄基本上是人類群體在自我認知、文化認

---

[137]　〔英〕湯姆斯・卡萊爾（Thomas Carlyle）著，何欣譯：《英雄與英雄崇拜》（臺北：國立編譯館，1977年），頁210。

[138]　〔英〕湯姆斯・卡萊爾著，何欣譯：《英雄與英雄崇拜》，頁159。

[139]　〔加〕弗萊：〈文學的原型〉，見吳持哲編：《諾思洛普・弗萊文論選集》（北京：中國社會科學出版社，1997年），頁93。

同或精神需求下所建構的一種理想人物形象。

在明末清初才子佳人小說中，才子形象的塑造始終是作家在話語實踐過程中通過敘述者言談極力表述的一種理想人格形象，具有其特定的審美價值和豐富的思想意蘊。《玉嬌梨》第四回敘述者講述才子蘇友白出身：

> 原來這蘇友白表字蓮仙，原係眉山蘇子瞻之族。只因宋高宗南渡，祖上避難江左，遂在金陵地方成了家業。蘇友白十三歲上，父親蘇浩就亡過了。多虧母親陳氏賢能有志，苦心教友白讀書，日夜不怠。友白生得人物秀美，俊雅風流，又且穎悟過人，以此十七歲就進了學。不幸一進學後，母親陳氏就亡過了。友白煢煢一身，別無所倚。……蘇友白生來豪爽，只以讀書做文為事，「貧」之一字全不在他心上。友白元名良才，只因慕李太白風流才品，遂改了友白，又取青蓮、謫仙之意，表字蓮仙。閒時也就學他做些詞賦，同輩朋友都嘖嘖稱羨。這一年服滿，恰值宗師歲考，不想就考了個案首[140]。

《定情人》第一回敘述者講述才子雙星出身：

> 話說先年，四川成都府雙流縣，有一個宦家子弟，姓

---

[140] 荑秋散人編次：《玉嬌梨》，頁144-146。

雙，因母親文夫人夢太白投懷而生，遂取名叫做雙
星，表字不夜。父親雙佳又，曾做過禮部侍郎。這雙
星三歲上，就沒了父親，肩下還有個兄弟，叫做雙
辰，比雙星又小兩歲。兄弟二人，因父親亡過，俱是
雙夫人撫養教訓成人。此時雖門庭冷落，不比當年，
卻喜得雙星天生穎異，自幼就聰明過人，更兼姿容秀
美，矯矯出群。年方弱冠，早學富五車，里中士大夫
見了的，無不刮目相待。到了十五歲上，偶然出來考
考耍子，不期竟進了學[14]。

《飛花艷想》第一回敘述者講述才子柳友梅出身：

話說嘉靖年間，浙江紹興府山陰縣，有一秀才姓柳，
名素心，表字友梅，原是唐朝柳宗元之後，父親柳繼
毅，官至京兆尹，不幸在十三歲上邊，就亡過了；
母親楊氏，賢能有志，就苦心守節，立志教柳友梅
讀書，日夜不輟，……自幼的時節，日間母親做些
女工，友梅便隨母侍讀，夜間燃燈，楊氏就課子讀
書，那咿我之聲，往往與牙尺剪刀聲相間。楊氏訓子
之嚴，無異孟母斷機；友梅讀書之勤，亦不啻歐陽畫
荻。友梅生得一表人材，美如冠玉，又且穎悟過人，

做的文章，便篇篇錦繡，字字珠璣，十五歲上，就領
了錢塘縣學批首。雖然他父親已故，門庭冷落，那友
梅生性豪爽，貧乏二字，全不在他心上，平日只以讀
書做文爲事，或遇看花賞月，臨水登仙，卻也做些詩
詞自娛。同輩朋友，卻又嘖嘖稱羨他的才華。生平因
慕李太白的風流才品，又取個別字月仙，取謫仙愛月
之意[12]。

在明末清初才子佳人小說中，作家通過敘述者言談大都標舉才子
乃名門宦族之後，早慧聰穎，勤文能事，並且才、情、色、德兼備。
無論從才子的容貌形態、才性風度、品性氣節等方面來看，才子的思
想性格特徵，映現著作家們對於自我形象的美化；才子的文雅風流、
功名遇合，寄寓了作家們對於科舉功名和美滿姻緣的熱衷和渴望；才
子的憤世嫉俗、落拓不羈，反映了作家們對於社會現實的精神抗爭。
從上述所引文字可見才子形象的理想化書寫，普遍存在於文本之中，
已然成爲明末清初才子佳人小說的一種創作模式[13]。

那麼，我們應當如何看待才子形象塑造的理想性意涵？無可諱
言，才子／英雄形象的塑造顯示了在特定歷史文化語境中人們對待文
人的基本看法和方式，具有其特殊文化意義的象徵。坎伯認爲：

---

[12] 樵雲山人編次：《飛花艷想》，頁1-3。

[13] 章文泓、紀德君：〈才子形象模式的文化心理闡釋〉，《中山大學學報》（社科版），1996
年第5期，頁110-118。另可參劉坎龍：〈「才子」的理想人格——才子佳人小說文化透視之
一〉，《新疆師範大學學報》（哲社版），1993年第1期，頁23-29。

英雄是能夠奮戰超越個人及地域的歷史局限，達到普
遍有效之常人形態的男人或女人。這樣一個人心中的
影像、觀念和靈感，都清新的來自人類生命和思想的
主要泉源⑭。

此外，蕭兵論析英雄神話時，則指出英雄形象的共同特徵有其相
似性表現，他認為：

各民族英雄故事（包括英雄神話、傳說和史詩）裡的
英雄不但誕生時出現一系列的靈異或奇蹟，往往要通
過複雜的考驗，而且在嬰幼期多數超常，例如早慧、
速長，力氣和食量過人、迅速掌握語言文字和生活技
術、勞動技巧等等⑮。

從前引文字中可見，有關才子形象的共同性特徵的塑造，頗與英
雄故事中的英雄形象創造一般具有其典型形象範式的表現。作家刻意
書寫「才子」的誕生、特異成長和特殊事蹟，基本上可以說是一種近
似於對「英雄」和「英雄崇拜」現象的具體表述⑯。相對於現實生活
中小說作家的邊緣處境而言，才子以其「作為文人的英雄」的姿態出
現於小說文本之中，無疑構成了一個特別的書寫現象。

在明末清初才子佳人小說內在象徵秩序的建置過程中，作家通過

---

⑭ 〔美〕喬瑟夫・坎伯著，朱侃如譯：《千面英雄》，頁18。

⑮ 蕭兵：《太陽英雄神話的奇蹟》三〈除害英雄篇〉（臺北：桂冠圖書股份有限公司，1991
年），頁1。

⑯ 〔英〕湯姆斯・卡萊爾著，何欣譯：《英雄與英雄崇拜》，頁1。

敘述者言談無不強調才子／英雄志求「才貌雙全」的女性／才女／佳人的心理願望，其追尋過程中所體現的冒險精神顯然已超越了現實群體的價值體系，展示其獨特而崇高的精神表現，而這種崇高精神往往在敘事進程中伴隨人物行動而有所表現。如《鳳凰池》第一回敘述者講述才子雲鍔穎性格及其交友情形時說道：

> 只是生性耿介，不肯與俗士為伍。隨你宦家子弟，若不通文墨的，他便見之嘔穢，去之唯恐不速，所以落落寡合。他嘗說道：「與其對那凡夫俗子，不若對那好鳥名花。」所往來者，單有一個年伯的兒子，姓萬，名人唯，字頎公，最為相知莫逆。頎公為人志氣軒昂，言談慷慨，頗有國士之風。不事毛錐，單喜長鎗大劍，生平慕封侯的定遠，喜破浪的參軍。見那詩云子曰、者也之乎的人，他就搖首閉目，只與雲鍔穎臭味相投。為什麼他兩個這等相好？只因那雲生傲骨如鐵，自是詩書中的英雄；那萬生俠氣如雲，亦是劍戟中的豪傑，所以意氣相孚，情如膠漆[40]。

又《春柳鶯》第六回講述才子石延川為尋訪佳人凌春而不惜假扮乞兒為例，敘述者引詩曰：

> 休題李白傲天子，謾道高陽是酒徒。
> 才大何妨為乞食，情癡且任咲狂夫。

---

[40] 煙霞散人編：《鳳凰池》，頁5-6。

假男抱蘊今罕有，倩女離魂古不無。

誰教世情偏反覆，從來人事有榮枯[48]。

　　其他如《玉嬌梨》中蘇友白視才高氣傲為文人之品，《平山冷燕》中平如衡愛才如命又性情高傲，《好逑傳》中鐵中玉不畏權勢、行俠仗義解救水冰心等等皆是如此。在明末清初才子佳人小說中，才子／英雄一般都具有率性而行、恃才傲物的性格，他們往往在開場時即表現出蔑視功名富貴、不畏權勢的思想，並且在具體行動表現上體現了時代文人形塑自我形象時所賦予的反抗精神。在作家眼中，才子形象實具有其社會理想和崇高精神的表現意涵[49]。正因為才子行動體現了特定的社會理想，才子的理想性特質在集體無意識的原型經驗影響下，足以成為人們普遍接受並從中寄寓心志的代表性人物。在明末清初才子佳人小說中，當才子被塑造為始終堅持自我本性的英雄形象時，並以其冒險行動所煥發而出的理性精神特質，無疑成為文人生命形式的終極追求，傳達出作家建構自我形象的深層願望[50]。

---

[48] 鵑冠史者編：《春柳鶯》，頁217。

[49] 這種崇高精神表現當如〔俄〕伊萬諾娃所認為的：「當傑出的社會現象和傑出的社會人物成為崇高的對象時，我們說這屬於英雄精神範疇，把英雄精神看作是崇高範疇的一個變體。藝術上的崇高是通過英雄性格表現出來的，崇高是它的必然標誌。崇高最接近於社會的審美理想，英雄性格則直接體現一定的社會理想的特點。」轉引自〔蘇〕舍斯塔科夫，理然譯：《美學範疇論──系統研究與歷史研究的嘗試》（長沙：湖南文藝出版社，1990年），頁86。

[50] 周建渝根據諸多研究材料推斷才子佳人小說作者很多是生活在當時社會下層的文人，但多是命運坎廩，懷才不遇。因此，在小說中一方面自稱自己是曠世奇才，一方面卻強調親身經歷的窮愁潦倒，兩種鮮明對立的狀況並置於同一個指稱對象，從而造成一種反諷的效果，因為對比性的敘評暗諷了政府與社會的過錯：扼殺人才。參氏著：《才子佳人小說研究》，頁30-45。

二、才子 / 英雄神話原型建構的心理基礎

從明末清初才子佳人小說集體敘事現象的形成來說，才子 / 英雄形象及其神話的創造，反映出當時人們對於英雄人物的需要。藉著英雄歷險旅程的神話原型建構，人們從中滿足自己失落的情感和理想。坎伯指出：

> 一般的英雄歷險是從失去某些事物的人，或覺得較社
> 會正常人缺少某些東西的人開始的。接著這個人便開
> 始一連串的冒險，不是去找回他失去的事物，就是去
> 找尋某些對政治生活的萬靈丹。它通常是個循環，有
> 去有回[51]。

今觀明末清初才子佳人小說，作家在言談敘述之間無不強調「才」之重要性，在在顯示才子 / 英雄形象作為文人生命理想的載體，有其才情遇合的深切期許。《平山冷燕》序言說：

> 獨是天地既生是人矣，而是人又篤志詩書，精心翰
> 墨，不負天地所生矣，則吐辭宜為世惜，下筆當使人
> 憐。縱福薄時屯，不能羽儀廊廟，為鳳為麟，亦可詩
> 酒江湖，為花為柳。奈何青雲未附，彩筆並白頭低
> 垂；狗監不逢，《上林》與《長楊》高閣。即萬言倚
> 馬，止可覆瓿；《道德》五千，惟堪糊壁。求乘時顯

---

[51] 〔美〕喬瑟夫・坎伯、莫比爾著，朱侃如譯：《神話》，頁213。

達刮一目之青,邀先進名流垂片言之譽,此必不可得
之數也⑫。

從上述文字清楚可見,明末清初才子佳人小說作家以其懷才不
遇,仕途偃蹇,抑鬱滿懷,因而藉小說以抒憤解愁。《玉嬌梨》第四
回敘述者引詩曰:

高才果得似黃金,買賣何愁沒處尋。
雷煥精誠因寶劍,子期氣味在瑤琴。
夫妻不少關雎韻,朋友應多伐木音。
難說相逢盡相遇,遇而不遇最傷心⑬。

顯然,「功名」和「婚姻」之遇合,基本上是作家在話語實踐
中所極為關切之事。因此,才子/英雄形象往往以其超人的識見和遠
大的理想出現於文本中。因此,如何突破自我生存空間的侷限及其困
境,便成為作家首要思考的人生課題。以《兩交婚小傳》為例,第一
回才子甘頤拈一「空谷幽蘭」的詩題,又拈一「太史公流覽名山大
川」的文題,因對妹子甘夢嘆息道:

幽蘭擅千古芳香,豈不過于桃李,乃以生身空谷,每
每為人遺棄。太史公為漢代偉人,即閉戶著書,亦堪
千古,尚欲遨遊四海以成名。我甘頤香非幽蘭,而隱
僻過於空谷,才非太史,而足跡不涉市廛,豈能成一

---

⑫ 荻岸散人撰:《平山冷燕·序》,頁4-8。
⑬ 荑秋散人編次:《玉嬌梨》,頁127。

世之名哉。況椿庭失訓，功名姻婭，皆欲自成。株守
於此，成於何日。我不成名，妹妹愈無望矣。莫若辭
了母親，往通都大邑一遊，或者別有所遇，亦未可
知⑭。

　　其他諸如《玉嬌梨》中的蘇友白、《平山冷燕》中的平如衡、
《醒名花》中的湛國瑛、《情夢柝》中的胡楚卿、《春柳鶯》中的石
延川、《錦疑團》中的金柱、《生花夢》中的康夢庚、《兩交婚》中
的甘頤、《定情人》中的雙星、《好逑傳》中的鐵中玉等等，即皆有
出外行遊的行動。由於明末清初才子佳人小說的敘事建構，隱含著作
家對於個人才情遇合的深層寄託和願望。因此，才子／英雄冒險旅程
的展開，已然他們成為改變既定生活現狀，突破個人或集體命運限
制，以及尋求個人或集體理想實現的重要途徑。在此一敘事思維邏輯
的影響下，明末清初才子佳人小說之能形成一個集體敘事現象，並以
其通俗小說形式創造而廣為流傳於世，顯然與敘事符應於時勢環境的
變化並引起讀者群體的接受共鳴所致，由此建立了一種體系神話，因
而具有其特定而典型的藝術表現規律⑮。事實上，這種神話原型的典

---

⑭　天花藏主人撰：《兩交婚小傳》，頁6。

⑮　〔美〕喬瑟夫・坎伯談論英雄神話創造的原型模式的看法，他說：「從全世界及許多歷史階
　　段的故事中，可以找出一種特定、典型的英雄行動規律。基本上，它甚至可以說成是只有一
　　個原型的神話英雄，他的生命被許多地方的民族複製了。傳說中的英雄通常是某種事物的創
　　建者，例如新時代的創建者，新宗教的創建者，新城市的創建者，新生活方式的創建者等。
　　為了發現新的事物，人們必須離開舊有環境，而去尋找像種子般的觀念，一種能醞釀帶來
　　新事物的觀念。」〔美〕喬瑟夫・坎伯、莫比爾著，朱侃如譯：《神話》，頁230。此外，
　　中國學者蕭兵論述太陽神世系英雄神話的趨同性表現時，亦指出英雄事蹟的類似性原因在
　　於：「人類發展到一定階段……往往會發生相似的思維模式與心理建構，會從自己的族體裡
　　『選擇』出文化的『菁英』，塑造為各種各樣的英雄，他們的事蹟當然也會具有相當的類似
　　性。」見氏著：《太陽英雄神話的奇蹟》三〈小引〉，頁3。

型結構表現，反映了人類世世代代普遍性的心理經驗的長期積累，沉澱於人們的集體無意識之中，成為一種永恆的形式[156]。

對於明末清初才子佳人小說的創造而言，整體敘事建構真實地反映出明末清初時期的時勢變化對於文人在個人出處上的困境造成極大影響的歷史文化現實。因此，作家通過才子／英雄形象及其神話的創造，以超越時代文化語境侷限的新形象和價值觀念來解決個人心理上所承受的壓力，無疑是作家釋放個人或集體情感的重要書寫儀式[157]。從原型的移用觀點來說，對於才子／英雄形象及其神話建構的類型性及其行動的相似性的闡釋，或許已不能單純從藝術技巧層面進行價值判斷，而是應當置之於明末清初才子佳人小說創作發生的歷史文化脈絡之中，重新審視才子／英雄形象及其神話建構在英雄神話的置換變形上所具有的審美意蘊和文化意義。

---

[156] 約瑟夫・韓德生（Joseph L. Henderson）在〈古代神話與現代人〉一文中論及英雄與英雄創造者時，指出世界上流傳最廣的神話就是英雄神話，英雄神話在結構上非常相近，具有共通的模式。他認為：「這個模式同時對個體和整個社會具有心理意義，當然，這兒的個體指的是敢於冒險犯難、發掘並伸張其人格的人，整體社會指的是對建立集體認同相當需要的社會。」見〔瑞士〕榮格主編，龔卓軍譯：《人及其象徵》，頁119-120。

[157] 從某種事物的創建者觀點來說，明末清初才子佳人小說強調才子／英雄的「才學」表現，直可視之為以「詩」取代「八股文」作為衡才標準的理想。不過，由於故事的結局往往是以才子通過科舉考試取得功名為導向，雖然最終仍得以顯示才子傲視群雄的個人詩文才華，然而才子回歸正統政治取士體制的選擇，卻也頗值疑議。在此說明提出才子具有英雄特質並創建新事物的說法，主要原因在於，「以詩品人」仍然是貫串在才子佳人小說敘事進程中的重要文化思維表現，直可視為作家／敘述者／才子三位一體對八股取士制度進行質疑的基本思想表現，並可視為重建中國傳統詩學理想的一種潛在心理需求。只不過這樣的理想往往在才子參與科舉考試的行動中被消解了，形同一場虛幻。從某種角度來說，這實際上說明了明末清初才子佳人小說作家無從超越體制的出處困境。

貳、邂逅神女：才子／英雄歷險的原型母題及其意涵

對於明末清初才子佳人小說而言，「才子追尋佳人」作為敘事建構的基本表達模式，頗與原始英雄神話中有關「邂逅神女」（Encountering the Goddess）[18]的冒險旅程的結構形式非常相近。一般而言，明末清初才子佳人小說的表層敘事結構，再現了才子歷經「情定佳人」的歷險召喚、「難題求婚」的啓蒙考驗和「及第成婚」的成長回歸的人生歷程，並強調才子最終得以成為一位英雄的文化現實。倘進一步考察其深層敘事結構，則可發現整體敘事乃是通過對才子追尋佳人的探索和歷險的書寫，表現了才子在不同階段的原型指引下進行自我內心探索的心理歷程。基本上，才子追尋佳人行動作為作家集體無意識的象徵表達模式，其原型模式不僅是明末清初才子佳人小說敘事建構的主導性敘事意向，而且在集體敘事現象的體系神話形成過程中，也產生了其可能的象徵意義和作用。關於此點，將在下文中進一步論述追尋佳人所隱含的儀式意義及其原型意涵。

一、與女神相會：才子／英雄歷險的原型母題及其終極表現

「與女神相會」（the meeting with the Goddess）是英雄歷險神話建構的原型母題。在明末清初才子佳人小說中，才子追尋佳人作

---

[18] 張淑香在〈邂逅神女──解《老殘遊記二編》逸雲說法〉一文中提出參採喬瑟夫・坎伯的英雄神話理論，說明「邂逅神女」是英雄生命歷程最後的試驗，邂逅神女故事作為英雄冒險的啓示，意謂著英雄通往神聖的關卡，成為自由的主體，乃是對生命的完全宰控。收於臺灣大學中國文學系主編：《語文、情性、義理──中國文學的多層面探討國際學術會議論文集》，1996年4月，頁437-440。

爲小說敘事建構的主軸，其所形成的冒險旅程是才子／英雄必經的重
要人生經驗和關卡。當才子／英雄立意追尋佳人並出外遊學時，已
然進入神話之旅的第一階段──「歷險的召喚」。才子／英雄一旦進
入冒險旅程的典型情境之中，則佳人形象所具有的原型題旨和象徵意
涵，即成爲引領才子／英雄進入冒險旅程進行認識和追求的主要關
鍵。坎伯認爲：

> 在神話的圖象語言中，女人代表的是能被認識的全
> 體。英雄則是去認識的人。隨著人生緩慢啓蒙過程中
> 的逐漸進展，女神的形象也爲他而經歷一連串的變
> 形：她絕不會比他偉大，但她總是能不斷給予超過他
> 所能了解的事物。她引誘、嚮導並命令他掙脫自己的
> 腳鐐[60]。

據此觀點審視明末清初才子佳人小說敘事的內容實質，其實不難
發現一個特定的敘事現象：即當作家試圖從不同話語層面表述佳人形
象的理想特質時，其精神追求、思想行動和敘事建構本身，在某種程
度上也隱含了個人探索自我生命歷程的一種探索，具有其重要的啓蒙
意義。

首先，就追尋佳人隱喻追求自我理想而言。《玉嬌梨》第五回才
子蘇友白論及其心目中的「佳人」時說：

> 有才無色，算不得佳人；有色無才，算不得佳人；即

---

[60]　〔美〕喬瑟夫・坎伯著，朱侃如譯：《千面英雄》，頁121。

有才有色，而與我蘇友白無一段脈脈相關之情，亦算
不得我蘇友白的佳人[160]。

《畫圖緣》第一回才子花天荷論「佳偶」之義時指出：

偶者，對也。既曰對，必各有類。鳳必以凰爲偶，鴛
必以鴦爲偶，若以蜂配蝶，以鶯配燕，則非偶也。物
既如此，人自如此也。……大都賢與賢爲偶，色與色
爲偶，才與才爲偶，各有所取耳。若我花棟者，才色
人也，若無才色佳人可與我花棟爲偶，則終身無偶可
也[161]。

　對於才子／英雄而言，佳人始終是「所有美人佳麗中的佼佼
者，是所有人夢寐以求的眞實，是所有英雄世俗與超俗世追求的恩
賜目標。」[162]因此，在明末清初才子佳人小說中，才子不得「色如西
子，才似文姬、德比孟光」的佳人，即使「玉堂金馬」，也「終不快
心」。其原因或如坎伯所指出的：

與女神（化身爲每一位女性）相會，是英雄贏得愛
〔即慈悲，命運之愛（amor fati）〕之恩賜的終極能

---

[160] 荑秋散人編次：《玉嬌梨》，頁169。

[161] 天花藏主人撰：《畫圖緣》，收於古本小說集成編委會編：《古本小說集成》（上海：上海
古籍出版社，1990年），頁16-17。

[162] 〔美〕喬瑟夫・坎伯著，朱侃如譯：《千面英雄》，頁116。

力測試，而這愛就是令人愉悅、包藏永恆的生命本
身[63]。

此一敘事程式在於證明才子／英雄具有獲得「佳人之愛」／
「女神之愛」的終極能力，並且是才子佳人小說書寫儀式中不可取代
的典型結構。從原型的象徵意義來說，才子／英雄為贏得佳人之愛，
佳人意象的理想性與永恆性，與才子／英雄的自我理想是在欲望／願
望的心理層次上是合而為一的。因此，以追尋佳人行動書寫隱喻文人
追求自我理想的深層心理願望，乃是明末清初才子佳人小說創作中的
集體無意識表現。關於此點，或可從才子佳人小說創作發生及其普遍
流行的角度獲得說明，從中亦足以驗證其體現特定時代讀者的共同心
理願望的事實。

其次，就愛情婚姻本質的理解而言。從才情婚姻觀來說，明末
清初才子佳人小說作家頗為重視才德、性情和情禮兼合交融的愛情
理想，對於淫奔私授之情多所貶抑。如《巧聯珠》第一回敘述者引詩
曰：

何人不願鳳鸞儔，君子吟詩賦好逑。
四海求凰須有賦，十年不字獨含愁。
太眞玉鏡非終詐，賈午奇香自古羞。
堪笑淫奔無賴者，于今亦浪說風流[64]。

---

[63] 〔美〕喬瑟夫・坎伯著，朱侃如譯：《千面英雄》，頁125。
[64] 煙霞逸士編次：《巧聯珠》，頁1。

　　煙水散人在《合浦珠》序言提及「情」、「淫」之辨時，更顯示了作家對於「情」之理想性的看法：

　　　　予謂天下有情士女，必如綺琴引卓、蕭寺窺鶯，投綵
　　　　牋之秀句，步氏傾心；寄組織之迴文，連波悔過。以
　　　　至漱園之詩，曲江之酒，方足爲風流情種，垂艷人
　　　　齒。然而，蒼梧之泣，竹上成斑；寤寐之求，河洲致
　　　　詠。必其一往情深，隔千里而神合；百憂難挫，阻異
　　　　域而相思。牡丹亭畔，有重起之魂；玉鏡臺前，無改
　　　　絃之操。如是而後謂之有情，始不盧耳。若夫靜女其
　　　　變，貽彤管而躑躅；采蘭於洧，贈芍藥以夷猶。而或
　　　　愆期于茹蘆之阪，邀歡于風雨之晨，斯則鄭衛之風，
　　　　淫蕩之匹，烏睹所謂金門雋彥、蘭閨婉秀者哉⑯？

　　從「性別」和「政治」的相互關係來說，才子追尋佳人行動本身在表層的性別支配形式上已突破了傳統價值體系的規範和秩序，賦予了女性以新的意義和形象。其中，最爲明顯的轉變即在文本中將傳統女性所承載的以肉體欲望爲基礎的「性」因素予以淨化，強化女性／佳人才、色、情一體的理想特質。所謂「才子從來不易生，河洲淑女豈多聞」，才子／英雄的「好逑之思」無疑使得小說敘事建構在性別政治的權力和意識形態的表現上呈現出一種美好的、理想的愛情風貌。在某種意義上，作家在追尋佳人的過程中對於男女兩性關係進

---

⑯ 檇李煙水散人編：《合浦珠・序》，頁1-5。

行重新評估，其深層精神結構或許並沒有完全超越傳統兩性權力關係的認知，但是當女性／佳人進入敘事中心時，其理想性別政治的象徵性建置，已可視為一種對文化現實的曲折反映，也可說是一種政治寓言，隱喻著作家對於時代、社會和政治的基本看法。因此，在作家的話語實踐中，追尋佳人如同追尋自我，可以說是一種完全個體性的生命體驗；而情德、情禮兼求的婚姻理想，則體現了才子／英雄借助於浪漫愛情的書寫，從中表達對於自我人生理想的一種堅持。

以明末清初才子佳人小說的言情書寫表現而言，小說敘事格局之設計及其形式之建構，大體上是以才子／英雄在冒險旅程中「邂逅神女／追尋佳人」為終極書寫對象，已無庸置疑。不過，值得注意的是，作家對於女性／才女／佳人的理想化敘述，表明了理想女性形象在作家所處現實生活情境中「缺席」（absence）的根本事實，因而引發了才子／英雄試圖改變現狀並出發行遊以追尋佳人的心理動因。當才女／佳人以理想女性形象出現時，其書寫實際上與作家所處生活現實中的女性形成了某種意義的參照關係。因此，明末清初才子佳人小說作家如何在話語實踐過程中彰顯佳人形象的理想性／神聖性的事實，並通過特殊的修辭策略將佳人形象予以文本化，乃成為明末清初才子佳人小說創作的重要原則。關於此點將於後文章節進一步說明之。

二、難題求婚：才子／英雄的競賽和婚姻考試及其原型移用

基本上，為強化佳人的理想女性形象的永恆性價值，並傳達才子追尋佳人之終極追求寓意，才子／英雄一旦進入冒險的召喚歷程，可以說充滿了各種挑戰性和不可預測性的，直到科舉及第、完成婚姻為止。《飛花詠》序言指出：

金不煉，不知其堅，檀不焚，不知其香；才子佳人，

不經一番磨折，何以知其才之愈出愈奇，而情之至死

不變耶[166]。

今觀明末清初才子佳人小說之創作所傳達的基本主題內容，其表層敘事建構或僅僅在於證成「才」、「情」之永恆性價值；然而，究其實質表現可見，其深層敘事建構則是通過諸多考驗與試煉的設置，在才子／英雄追尋過程中賦以諸多難題，最終通過科舉考試、功名及第，因而得以順利「與女神相會」並完成婚姻。以今觀之，這樣的一種故事模式表現，頗與「難題求婚」模式的神話原型表現相近，顯現出異曲同工之處，值得予以進一步探究其間的聯繫關係。

關於難題求婚故事的存在及其內容，歷來學者多有研究。日本學者君島久子研究指出，其難題求婚故事內容多與其發生地域的生活活動息息相關[167]。日本學者伊藤清司研究則指出，難題求婚型故事依出難題者身分之不同可分為兩類：一是由姑娘或姑娘的父親向求婚的小伙子出難題。二是由有權勢者為了霸占別人的妻子或女兒而向該人或其父出難題[168]。蕭兵分析諸多英雄故事後，從婚姻考試的故事母題模式進行歸納時指出：

---

[166] 佚名：《飛花詠・序》，收於古本小說集成編委會編：《古本小說集成》（上海：上海古籍出版社，1990年）。

[167] 〔日〕君島久子指出：「難題型故事幾乎遍布全中國。達斡爾族、內蒙古的漢族、山東、江蘇、浙江以及海南島的黎族、江西的壯族、彝族、納西族、苗、傣族都有不少。如果再調查一下西雙版納的佤族、納西、藏族，還會發現有更多的人在傳講。」見氏著，劉曄原譯：《羽衣故事的背景》，《民間文藝集刊》，第8集，1986年，頁288。

[168] 〔日〕伊藤清司著、史有為譯：〈難題求婚型故事、成人儀式與堯舜禪讓傳說〉，本文原見氏著：《中國古代典籍與民間故事》，收於葉舒憲選編：《神話—原型批評》，頁409。

英雄神話裡常見的一項為強形式競賽或考驗——「婚
姻考試」，或稱之為難題求婚。其主要模式是：英雄
為了娶得某一身分高貴特殊的姑娘不得不去經歷一系
列常人難以想像的艱險，完成一系列人力所不能及的
勳業。考驗的倡導者和主持人往往是「聖處女」的長
輩或保護人（常為父親，即英雄未來的岳父）。他們
和英雄之間通常要發生激烈的戲劇性衝突，通常以英
雄的勝利告終[169]。

從普遍流傳的難題求婚模式的故事結構表現中，可以發現此類
故事在各種表象下具有其相近的母題和原型性象徵。依榮格原型理論
觀點來說，原型是一種傾向所形構出一個母題下的各種表象，這些表
象在細節上可以千變萬化，但基本的組合模式不變[170]。此外，原型能
夠產生某種精神形式，往往通過「類比」或「象徵」的表達方式反映
在神話和藝術形式的創作之中。在神話或藝術形式的創作中，一旦原
型的情境發生，原型的影響便激動著我們。不論在文化層面或心理層
面上，原型將以其「永恆性」特質在不同情境中表達出一種超個人的
深層心理能量[171]。因此，從原型移用觀點審視明末清初才子佳人小說

---

[169] 蕭兵：《太陽英雄神話的奇蹟》三〈除害英雄篇〉，頁81。

[170] 〔瑞士〕卡爾‧古斯塔夫‧榮格主編，龔卓軍譯：《人及其象徵》，頁65。

[171] 〔瑞士〕榮格在〈集體無意識的概念〉一文中指出：「生活中有多少種典型情境，就有多少
個原型。無窮無盡的重複已經把這些經驗刻進了我們的精神構造中，它們在我們的精神中並
不是以充滿著意義的形式出現的，而首先是……『沒有意義的形式』，僅僅代表著某種類型
的知覺和行動的可能性。當符合某種特定原型的情景出現時，那個原型就復活過來，產生出
一種強制性，……。」見卡爾‧古斯塔夫‧榮格原著，馮川、蘇克譯《心理學與文學》，頁
72。

敘事建構的形式表現，當有助於我們更進一步了解小說創作的本體精神。

　　明末清初才子佳人小說敘事建構通過科舉考試和功名及第的結局來實現婚姻理想，可以說反映了明清時期歷史文化語境中文人的基本生活形式及其願望。其中，難題求婚模式的故事在流傳過程中化爲一種敘述程式，總是不斷地通過置換變形而出現在不同作品之中。因此，從難題求婚故事的神話原型考察明末清初才子佳人小說創作的典型結構，則不難發現其敘事本身強調才子佳人的愛情磨難過程，在難題求婚模式的神話原型影響下，具有一種類型性的程式化表現：即「與女神相會」作爲才子／英雄所必須經歷的冒險旅程，其深層敘事結構無不著重強調才子在諸多考驗和試煉中，得以其詩文之「才」戰勝現實情勢和競爭對手，通過許多驚險而又華麗的衝突，最終娶得理想佳人完成理想婚姻。尤其，值得注意的是，難題求婚考驗的主導者從神話原型中的「聖處女」的長輩或保護人轉化爲權奸小人、現實社會制度或不可預期的情勢乃至天命姻緣，頗反映出明清時期歷史文化語境下文人宿命心態。今觀明末清初才子佳人小說，才子追尋佳人的終極目的無不在於實現愛情婚姻理想。因此，爲強調才子和佳人之詩文奇才及男女情堅不易的行動表現和現實世情之險惡情勢[⑫]，其整體敘事建構在難題求婚模式的原型母題移用下，無不通過佳人考較詩文、小人撥亂、權勢階層搶婚等情節進一步強化才子追尋佳人過程之曲折起伏，藉以強調「情」之理想性意涵[⑬]。整體而言，明末清初才

---

⑫ 苗壯：《才子佳人小說史話》（瀋陽：遼寧教育出版社，2000年），頁108-109。

⑬ 苗壯針對小說中磨難情節進行歸納，主要呈現爲六種形式：1.紈褲謀娶，小人撥亂；2.權臣逼婚，以勢壓人；3.父兄冥頑，阻撓折磨；4.點選宮女，拆鸞離鳳；5.社會動亂，顚沛流離；6.改扮逃婚，以婢代嫁。見氏著：《才子佳人小說史話》，頁96-99。另可參劉坎龍：〈論「撥亂小人」——才子佳人小說研究之二〉，《明清小說研究》，1996年第3期，頁87-99。

子佳人小說敘事建構反映出特定的歷史文化現實，其目的終究在於表述才子／英雄如何在追尋佳人過程中渡過危難、邂逅佳人並獲得圓滿的婚姻。而在明清時期歷史文化語境中，才子／英雄的理想願望是否能夠實現，便取決於個人詩文之「才」的實際表現是否足以通過各種考驗並戰勝競爭對手。

此外，難題求婚作為一種考驗儀式的結構意象而流傳，在某種意義上與中國傳統社會中注重以「郎才女貌」為擇偶標準的世俗意念息息相關[⑭]。基本上，難題求婚作為人類婚姻史上的一個重要的文化現象，反映的是群體思維中的集體無意識表現。在故事流傳過程中，其角色功能和角色意義具有其類同性的表現特色，也反映在不同時代、文化地域的價值評判和文化思考。根據上述假說驗證的看法，當我們深入分析明末清初才子佳人深層敘事結構的集體無意識表現時，則可以了解難題求婚到才子佳人小說的發展歷程中，隨著歷史文化語境的不同，原型母題仍具有其相對一致性，難題內容則依考驗對象的不同而產生變化。在傳統歷史文化中，才子佳人結合的理想形態，以「郎才女貌」作為價值標準的要求，有其文化限定因素存在，顯示出男性中心的性別政治及其運作的基本文化思維。然而，在明末清初才子佳人小說中，當作家將此一標準提升為「才、情、色、德」合一時，在

---

⑭ 譚學純針對「難題求婚」故事和「郎才女貌」俗語深層結構進行了同源假說的驗證，並在結論中指出：「『難題求婚』作為一種原型意象，在漫長的歷史文化進程中沉積為一種集體無意識，並內化為男女不同的文化心理：男子以『才』實現自身價值，女子以『貌』作為進入男性世界的資本。於是，『才』和『貌』成為傳統社會對不同性別者的價值評判和文化限定，以相當穩定的群體思維方式，借助民間俗語『郎才女貌』凝固下來。當我們追索『才』和『貌』為什麼會被視為男女結合的理想前提，進而成為中國傳統社會的擇偶標準時，我們都可以從『難題求婚』母題中見到胎記。」見氏著：〈一個同源假說及其驗證——「難題求婚」故事和「郎才女貌」俗語的深層結構〉，《民間文學論壇》，1994年第2期，頁14。

性別化流動的政治詩學中，才、情、色、德作為才子和佳人形象擬塑的共同標準，除了凸顯出明清時期文人對於理想形象的完美特質的認知／認同，同時也反映出男女雙性文化現象存在的基本事實。其理想—典型範式的表述本身已超越了世俗價值體系中的性別政治觀念，從新的形象認知和建構中進入了一種象徵層次，賦予才子／佳人形象以理想寓意，實有其特定的時代文化意義。

從實際情形來看，明末清初才子佳人小說的敘事建構包含兩個層面的主題內容：一是有關「情—婚姻」，一是有關「才—難題考驗」。那麼，從難題求婚模式的神話原型中，如何進一步說明在明末清初才子佳人小說中才子／英雄追尋佳人時所必須面對的冒險和試驗[15]？

首先，從「婚姻」在故事中的表現看，婚姻作為故事圓滿結局的終極理想境界表現，顯示出性別政治運作背後的中心理念之影響。借引俄國學者梅萊廷斯基（Eleazer Meletinsky）對神仙故事的結構模式進行分析時的觀點說明之，他指出：在神仙故事中，英雄必須經過第一個試驗、基本試驗或額外試驗來獲得各種能力，其歷程充滿了二元對立的衝突。不過，在神仙故事中，婚姻往往有著特殊的重要性，足以解決或避過由社會衝突所引起的基本對立，而此社會衝突則往往被包含在男女追求過程中。在此一敘事的後設性命題結構中，整體敘事創造通常具有其基本的禮儀邏輯，而英雄的行為法則由抽象的社會

---

[15] 〔美〕史蒂斯‧湯普森（Stith Thompson）論及北太平洋、北美及歐洲的民間故事，指出英雄通過試驗是英雄故事中普遍的母題和結構模式。見氏著：Test and Hero Tales（〈試驗與英雄故事〉），*The Folk Tale*（《民間故事》），the University of Californin Press, 1977, p336。

道德的理想來決定⑯。對於明末清初才子佳人小說創作而言，婚姻之完成亦是解決社會衝突的基本要件。就中國言情小說之發展歷史而論，有關才子佳人小說的圓滿結局之設置，除了在創作和閱讀之間滿足了作家和讀者的實際心理需求，更重要的是藉由集體敘事現象之創造，超越了歷史文化現實之侷限，並獲得集體精神意識的昇華，具有其不可忽視的現實性意義。

其次，從「難題考驗」在故事中的設置來說，日本學者伊藤清司則將婚姻難題認爲是一種「成人儀式」，是人類社會中的「生命儀式」（rite de Passage）的一種表現⑰。鹿憶鹿論析難題求婚模式時亦指出：「這種以完成種種艱難考驗的方式而娶得美麗的公主或仙女婚姻之母題，與古老的神話和原始的禮俗有著某些淵源關係。」⑱她在結論時認同伊藤清司的論點，將難題求婚模式的神話原型視爲成人儀式的一種具體表現。在明末清初才子佳人小說中，才子／英雄欲實現與佳人的約定並完成婚姻，惟有通過以科舉考試及第爲終極測試的難題之後才有機會。在此之前，其追尋佳人的冒險旅程所經歷的諸種考驗，除了用以說明才子／英雄的勇、智之外，對於其理想人格之孕育和社會責任之理解的書寫，實具有其積極象徵作用的意義。

今考察明末清初才子佳人小說，其敘事建構以「才子追尋佳人」爲發展主軸，基本上呈現出三階段形式：即「遊學—離家」、

---

⑯ 卡登（Patricia Carden）著，陳炳良譯：〈神仙故事、神話與文學——俄國結構主義的方法〉，收於陳炳良等合譯：《神話即文學》（臺北：東大圖書公司，1990年），頁60-63。

⑰ 〔日〕伊藤清司著，史有爲譯：〈難題求婚型故事、成人儀式與堯舜禪讓傳說〉，收於葉舒憲選編：《神話—原型批評》，頁408-435。

⑱ 鹿憶鹿：〈難題求婚模式的神話原型〉，收於馬昌儀編：《中國神話學文論選粹》（北京：中國廣播電視出版社，1995年），頁839-850。

「追尋—歷險」、「功成—回歸」。此一三階段形式頗與坎伯認為英雄神話是成長儀式準則的一種表現的觀點相近似，他認為：

> 英雄神話歷險的標準途徑，乃是成長儀式準則的放大，亦即從「隔離」到「啟蒙」再到「回歸」，它或許可以被稱作單一神話的原子核心[⑰]。

　　基本上，成年禮儀「是人類社會的常量之一，它並不僅僅是一種社會儀式，同時還是一種象徵體系，用來表達任何一種極端狀態向其對立面的轉化。」[⑱]從原型移用觀點來說，當我們將才子／英雄面對婚姻及其難題考驗的冒險旅程視為神話原型中普遍存在的難題求婚故事模式的移用表現，其具體結構形式之安排的確與人類學的「通過儀式」或稱之為「啟蒙儀式」的成年禮儀（initiation）相近[⑲]。因

---

⑰　〔美〕喬瑟夫‧坎伯著，朱侃如譯：《千面英雄》，頁29。

⑱　〔加〕查爾斯‧W‧埃克特：〈忒勒瑪科斯故事中的入會儀式母題〉，收於〔美〕約翰‧維克雷編，潘國慶等譯：《神話與文學》（上海：上海文藝出版社，1995年），頁192。

⑲　「成年禮儀」一詞係由法國人類學家范瑾尼（Arnold Van Gennep）首先提出。基本上，這些禮儀舉行的目的在於「幫助人順利通過人生的『關口』，每經過一個關口，即進入一個新的社會階段，獲得一新的社會地位，而儀式的舉行，就是要幫助人們適應新的地位，最少在心理上有一個準備或過渡的階段，使之能脫離舊的範疇，完滿扮演新的角色。」參李亦園：〈傳統民間信仰與現代生活〉，《民俗曲藝》，第十九期，1982年，頁19。約瑟夫‧韓德生（Joseph L. Henderson）從心理學研究指出英雄神話中具有「成年禮原型」表現，成年禮儀式強調死亡與重生的儀式，它提供了受啟蒙者一種從一個階段到下一個階段的「過渡儀式」（rite of passage）。見〔瑞士〕卡爾‧古斯塔夫‧榮格主編，龔卓軍譯：《人及其象徵》，頁140-143。有關上述「啟蒙儀式」的範疇，基本上可分為：（一）成年禮、氏族啟蒙或進入成年儀式；（二）進入祕密會社的儀式；（三）進入神祕職業（如巫醫或神巫）。參伊利亞地著，陳炳良節譯：〈啟蒙儀式與現代社會〉，收於陳炳良等合譯：《神話即文學》，頁93。

此，當才子／英雄以其沒落家族的孤兒身分選擇離家冒險，意謂著童年的死亡以及依賴父母保護階段的終結，在飽經天命與人事的雙重考驗和試煉下，才子／英雄得以戰勝競爭對手，並通過科舉考試、功名及第，以全新的身分迎娶佳人以及回歸鄉里，此一儀式歷程的最終價值，實已與一般言情文學中的「愛情與婚姻」的主題有所不同，並傳達出作家群體有關生活理想實現的基本願求——或許啟蒙從未在小說文本中真正實現，但就才子生命歷程而言，能了解現實生活和自我定位的關係，也是對才子個人智慧成長的一種試煉結果。對於明末清初才子佳人小說的創作而言，其敘事本質與明代中期以來之「人情—寫實」小說，乃至唐代傳奇以來的愛情婚姻故事之有所不同，或許正在於才子和佳人的形象具有特殊的理想／夢幻的隱喻特質，已然在某種程度上超越了現實生活的世俗價值體系，隱含著特定原型的象徵意涵。更進一步來說，明末清初才子佳人小說故事結局的圓滿性，則顯示了才子／英雄對於才女／佳人的永恆性追求具有其超越現實的象徵作用⑫。有鑑於此，當我們重新思考明末清初才子佳人小說的大團圓式結局，或許可以據此觀點與魯迅以來的批評話語展開另一場對話⑬，並從新的思維向度進行詮釋。

---

⑫　〔美〕喬瑟夫・坎伯認為：「神仙故事、神話和靈魂神聖喜劇中快樂的結局，不應被解讀成是人類普遍悲劇的矛盾，而應被解讀成是它的超越。客觀的世界仍然維持其原貌，但因為主體內在的重點轉移，客觀的世界看起來就好像已經轉化過一樣。原先生死是衝突的，如今永恆的存有為之顯現。」見氏著，朱侃如譯：《千面英雄》，頁26。

⑬　魯迅在《中國小說的歷史變遷》中評論大團圓結局時指出：「中國人的心理，是很喜歡團圓的，所以必至如此，大概人生現實底缺陷，中國人也很知道，但不願意說出來，因為一說出來，就要發生怎樣補救缺點的問題，或者免不了要煩悶，現在小說敘了人生底缺陷，便要使讀者感著不快。所以凡是歷史上不團圓的，在小說裡往往給他團圓，沒有報應的，給他報應，互相欺騙。」收於《魯迅作品集・漢文學史綱》（臺北：風雲時代出版股份有限公司，1990年），頁42。

依弗萊的原型批評觀點來說，原型可分為兩類：一類是具有儀式內容的，屬於結構或敘事的原型；另一類是具有夢幻內容的，屬於典型或象徵的原型[84]。當我們從難題求婚角度研究明末清初才子佳人小說的敘事建構時，一般將它視為儀式時，其敘事是對文人生命歷程的模仿，而不是簡單地將之視為對某一人物行動的模仿而已。同樣地，將之視為具有含義的內容，主要表現在以夢的作用為基礎的欲望與現實之間的衝突之上。基本上，從流行文化觀點說明小說集體敘事現象形成所隱含的集體性意識和心理，則不難發現特定時代文化背後所存在的普遍願求。明末清初才子佳人小說通過特定敘事形式的創造，不僅反映出一種證同與分析兼具的美學價值，並且在創作與閱讀的交織之間融注了特定時代人們的集體無意識。因此，不論是就作家的書寫過程或才子的冒險旅程而言，其歷程本身所構成的儀式作用和象徵意義，強而有力地刺激著集體潛意識中與不同生命階段相當的原型成分。在某種意義上，原型的潛在力量也就被吸收到個人的心靈之中，並與個體生命形成一種同構形式[85]。就此而言，明末清初才子佳人小說作家如何在話語實踐中建構一段才子與佳人之間的理想愛情佳話？如何從追尋過程中證成自我形象和人格力量的存在？如何在愛情圓滿的結局之際確立生命價值和重建生活秩序？有關「與女神相會」原型

---

[84]　〔加〕弗萊：〈四重象徵的由來〉，見吳持哲編：《諾思洛普・弗萊文論選集》，頁105。

[85]　〔美〕蘇珊・朗格（Susanne K. Langer）指出：「你愈是深入地研究藝術品的結構，你就會愈加清楚地發現藝術結構與生命結構的相似之處，這裡所說的生命結構包括從低級生物的生命結構到人類情感和人類本性這樣一些高級複雜的生命結構（情感和人性正是那些高級的藝術所傳達的意義）。正是由於這兩種結構之間的相似性，才使得一幅畫、一支歌或一首詩與一件普通的事物區別開來——使它們看上去像是一種生命的形式。」見氏著，滕守堯、朱疆源譯：《藝術問題》（*Problems of Art: Ten Philosophical Lectures*）（北京：中國社會科學出版社，1983年），頁55。

母題的移用及其象徵秩序的建置，已然成爲明末清初才子佳人小說敘事建構中一連串隱藏於文本之後的重要生命課題。

參、內在探索：才子／英雄神話作為個體化過程的原型模式

對於英雄神話創造的意義結構來說，神話中的英雄通常以其超人的力量，勇於冒險犯難、發掘並伸張其人格，並光榮地與邪惡的力量抗爭。在出生到死亡的生命循環歷程中，英雄形象可說是人類集體心靈的象徵呈現，呈現了社會的集體認同，並從中供給個人自我所欠缺的力量。英雄神話的基本功能，可說是個體自我意識的開展[86]，因而或許可以稱它作心象追求，追求一種恩賜，一種心象[87]。在英雄神話中，其原型模式的形成可說是英雄對於自我生命進行內在探索的一種終極追尋，形同一場夢幻。根據榮格在夢的研究方面之發現，所有的夢不僅與夢者的各個生命階段有關，是心理網絡的組成要件，而且似乎都遵循著某種順序或模式。在夢的生活中，夢者創造了一個婉轉曲折模式，這個模式中有一種隱而不顯的規制或主導意向在作用。從心靈運作過程的表現來說，這個模式體現出了夢者個人心靈成長的「個體化過程」[88]。榮格分析英雄神話後指出：

> 普遍存在的英雄神話裡，總是有一個能力超凡的人或

---

[86] 〔瑞士〕卡爾‧古斯塔夫‧榮格主編，龔卓軍譯：《人及其象徵》，頁119-120。

[87] 〔美〕喬瑟夫‧坎伯、莫比爾著，朱侃如譯：《神話》，頁219。

[88] 〔瑞士〕卡爾‧古斯塔夫‧榮格主編，龔卓軍譯：《人及其象徵》，頁186-187。

神人，戰勝了邪惡，邪惡可能化身爲龍、蛇、怪獸、惡魔等等，於是英雄拯救其族人於死滅的危難之中。神聖經文的不斷重述，祭儀的一再重誦，以舞蹈、音樂、吟唱、祈禱和犧牲向這樣的英雄形象崇拜，緊緊抓住觀眾的超自然情緒（好似中了魔咒），把個體提升至與英雄認同的境界[⑱]。

在原型批評的觀點上，弗萊在分析中也認同榮格的看法，並認爲：

> 正像「個體化過程」構成榮格心理學的具有啓迪性的原理一樣，與此相對應的神話創作，即英雄探險，也構成了神話、民間傳説及文學中發人深思的原理。……英雄歷險的普遍形式都是描寫如何陷入黑暗和危險之中，然後才獲得新生[⑲]。

一般而言，英雄神話在行善或作惡的對立力量中所反映的內在探索歷程，已然構成了一種精神的內在寓言，也構成了一種敘述的普遍形式。倘據此觀點考察明末清初才子佳人小説之敘事建構，正可見其作家藉由才子追尋佳人的生命歷程以建構私我神話，並在集體敘事現象中體現出一種充滿象徵性的深層意義結構，其話語實踐所具有的內在探索精神，基本上傳達了特定歷史文化語境中眾人的夢和心象。當

---

⑱　〔瑞士〕卡爾‧古斯塔夫‧榮格主編，龔卓軍譯：《人及其象徵》，頁78。

⑲　〔加〕弗萊：〈四重象徵的由來〉，見吳持哲編：《諾思洛普‧弗萊文論選集》，頁93。

才子／英雄神話通過原型的置換變形的創造，成爲明末清初才子佳人小說作家進行自我實現探索的一種外化形式表現，可以說是以認同英雄的話語實踐和行動來完成未曾於現實生活中實現的個人夢想，直可說是作家深層願望的具體表現。或許因爲如此，明末清初才子佳人小說的敘事建構基本上充滿了想像和夢幻的性質。

那麼，我們應當如何看待明末清初才子佳人小說中的才子／英雄的冒險旅程？如何探究才子／英雄神話作爲明末清初才子佳人小說作家探索自我的個體化過程？又應當如何理解才子／英雄面對自我內在探索時的心靈力量的展現？關於這些問題的深度闡釋，無疑將成爲我們進一步論述才子／英雄神話的深層意義結構的重要參照。以下本文即擬參採現代原型心理學理論觀點進行論述。美國學者卡蘿·皮爾森（Carol S. Pearson）受到榮格的原型理論影響，曾經以原型心理學理論爲基礎，從原型模式觀點將英雄神話視爲一個自我內在探索歷程的外化，將它視爲每個人尋找內在英雄的生命形式表現。皮爾森認爲：「英雄精神不僅在找尋眞理，更重要的是追尋的精神」[191]。因此，皮爾森將此一內在探索歷程分爲三個階段：一是「準備期」，二是「探索期」，三是「返回期」，並將代表自我、精神和本我三階段中的十二個原型，依曼德拉圖（內圓外方之圖形，象徵宇宙）來表示，每一幅圖都是由四個原型所組成。（榮格認爲數字「四」加上「曼德拉」，代表「圓滿」和「自覺」。）[192]今圖示如下：

---

[191]〔美〕卡蘿·皮爾森（Carol S. Pearson）著，張蘭馨譯：《影響你生命的十二原型──認識自己與重建生活的新法則》（*Awakening the Heroes Within*: *Twelve Archetypes to Help Us Find Ourselves and Transform Our World*）〈引言〉（高雄：生命潛能文化事業有限公司，1994年），頁3。

[192]〔美〕卡蘿·皮爾森著，張蘭馨譯：《影響你生命的十二原型──認識自己與重建生活的新法則》，頁4-6。

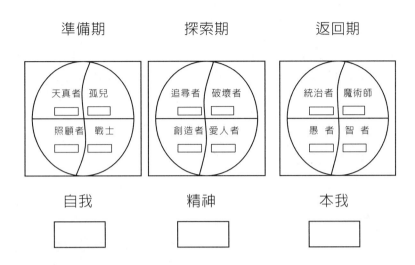

基本上，上述各個階段的原型既可能化為夢境或幻想，也可能化為藝術、文學、神話、宗教、大地星辰和飛禽走獸，並在人類集體無意識中不斷再現，而人類也在不同的時空中發現它們。在螺旋遞升式的自我探索之旅中，每個人要在追尋過程中發展「真我」，從建立自我（ego）、進入靈魂（soul）到整合本我（self），最終在人格化原型的指引中發揮心靈力量，透過自我探索而對生命更具智慧。

如前所言，明末清初才子佳人小說具有「出發—歷險—回歸」三階段式的敘事建構，正與皮爾森原型心理學所論英雄神話中的「準備期」、「探索期」和「返回期」的原型模式相呼應。因此，本文將進一步借助原型心理學的理論觀點，對才子／英雄在冒險旅程中所展示的個體化過程進行分析，藉以說明明末清初才子佳人小說創作的深層意義結構。

一、出發—準備期

以皮爾森的觀點來看，明末清初才子佳人小說中才子行動主要是受到「孤兒」原型和「戰士」原型的內在指引以發現自我。

　　如前文所提及有關才子出身背景的敘述中可見，才子多因時勢環境所致，以至家道現況產生變化，往往以「孤兒」或「獨子」的身分出現於小說文本之中。《合浦珠》第一回敘述者講述才子錢蘭的身世背景：

> ……明朝天啟中，有一錢生者，諱蘭，字九畹，排行十一，原籍金陵人氏。其父中丞公，歷宦浙西，因見姑蘇風物清妍，山水秀麗，遂買宅於胥門內大街。蘭生五歲，中丞公即已棄世，其母魏夫人，有治家材，且嚴於規訓。蘭亦天性穎敏，至十歲便能屬文，通《離騷》，兼秦漢諸史。及年十七，即以案首入泮，雖先達名流，見其詩文，莫不嘖嘖贊賞，翕然推伏。蘭亦自負，謂一第易於指掌[13]。

又《情夢柝》第一回敘述者講述才子胡瑋的身世背景為例：

> 崇禎年間，河南歸德府鹿邑縣地方，有一秀士，姓胡名瑋，字楚卿，生得瓊姿玉骨，飽學多才，十三歲入庠。父親胡文彬，曾做嘉興通判，官至禮部郎中，母黃氏，封誥命夫人，時已告老在家。……不意十五歲上，父母相繼而亡，擗踴痛哭，喪葬盡禮。過了週年，挨到十七歲上，思量上無父母，又未娶妻，家人

---

[13] 樵李煙水散人編：《合浦珠》，頁3-4。

　　　婦女無事進來，冷冷落落，不像個家。……當時三月

　　　天氣和暖，想平日埋頭讀書，並未曾結識半個朋友，

　　　上年又有服，不曾去得鄉試，如今在家，坐吃山空，

　　　也不濟事，心上就要往外行動[⑭]。

　　由上述引文可知，大多數才子的先祖多係仕宦書香之家，然而時至才子一代已失去往日地位和榮耀，尤其才子在童年或少年時期即因爲父母親的辭世，而必須獨自面對現實世情生活的諸種考驗。因此，其孤兒心境不僅表現在身分之上，也表現在心靈之上。從現實的角度來說，孤兒身世在以父權爲中心的象徵秩序裡，無疑是「家道衰落」的象徵[⑮]。從心理的角度來說，才子受到內在的孤兒原型的指引，多表現出對現實社會中不公義現象的鄙棄和輕視。

　　基本上，對於明末清初才子佳人小說的敘事建構而言，作家在話語實踐中並不十分強調孤兒身分面對現實所可能潛隱的疏離經驗。不過，在集體敘事現象中強調男性／才子之早慧及其詩文才華勝於當時庸夫俗子的實際表現，無疑使得作家在傳奇式的夢幻敘事中遺忘了在現實生活中所經歷的被遺棄或被放逐於文化邊緣的創傷，在敘事創造中爲才子追尋佳人的行動提供了實現理想的可能性和機會。因此，在明末清初才子佳人小說中，作家對於才子的孤兒心境的書寫，往往通過才子／英雄「離家」行動和自我理想形象的轉化表述，賦予才子／英雄以超越現實的或心靈的孤兒經驗的優越姿態，並在追尋佳人的過

---

⑭　安陽酒民著：《情夢柝》，收於古本小說集成編委會編：《古本小說集成》（上海：上海古籍出版社，1990年），頁3-6。

⑮　周建渝：《才子佳人小說研究》，頁46。

程中朝向內在自我探索，並以反抗者形象和精神面對現實生活的各種
挑戰，試圖從中探尋生活真理。《平山冷燕》第七回敘述者講述才子
平如衡與宗師論辯進學名次問題，最後選擇離鄉時的情景：

> 你道這小秀才是誰？元來姓平名如衡，表字子持，是
> 河南洛陽人，自幼父母雙亡。他生得面如美玉，體若
> 兼金；年纔一十六歲而聰明天縱，讀書過目不忘，作
> 文不假思索。十三歲上就以案首進學，屢考不是第
> 一，定是第二，決不出三名。這年到了一箇宗師，專
> 好賄賂，案首就是一箇大鄉官的子弟，第二至第十，
> 皆是大富之家，一竅不通之人，將平如衡直列到第
> 十一名上。平如衡胸中不忿，當堂將宗師挺撞了幾
> 句。宗師大怒，要責罰他，他就將衣巾脫下，交還宗
> 師道：「我平如衡要做洛陽秀才，便聽宗師責罰；這
> 講不明、論不公的窮秀才，我平如衡不願做他，宗師
> 須管我不著！」……他恐怕住在洛陽被宗師纏擾，因
> 有一個親叔，是箇貢生，在京選官，遂收拾行李，帶
> 一老僕，進京去尋他。不想到得京中，叔子已選松江
> 教官，上任去了。因京中別無熟識，只得一路起早出
> 京，要往松江去尋叔子[86]。

　　以某種角度而言，才子／英雄的離家行動，意謂著放棄了心中無

---

[86] 荻岸散人撰：《平山冷燕》，頁218-221。

用的權威形象，代之以自己主導自己的生命，因而變成反抗舊有不合
宜形象的反抗者⑰。《好逑傳》第一回敘述者講述才子鐵中玉形象時
說：

> 話說前朝北直隸大名府，有一個秀才，姓鐵雙名中
> 玉，表字挺生，生得豐姿俊秀，就像一個美人。……
> 倘或交接富貴朋友，滿面上霜也刮得下來，一味冷
> 淡。卻又作怪——若是遇著貧交知己，煮酒論文，便
> 終日歡然，不知厭倦。更有一段好處：人若緩急求
> 他，便不論賢愚貴賤，慨然周濟；若是諛言諂媚，指
> 望邀惠，他卻只當不曾聽見。所以人多感激他，又都
> 不敢無故親近他⑱。

其實，綜觀明末清初才子佳人小說後可見，大多數才子／英雄
在發現自我的過程中，往往受到戰士原型的內在呼喚，以其過人的勇
氣、崇高的理想和冒險犯難的精神，為自己的價值標準而奮鬥。這樣
的行動表現，正如皮爾森所指出的：

> 戰士原型的神話故事，更強調了這個世界上的邪惡不
> 公、不忠不義的確存在。然而，如果有足夠的機智、
> 技巧、勇氣和訓練，以及足夠的支持來奮勇抵抗，我

---

⑰ 〔美〕卡蘿・皮爾森著，張蘭馨譯：《影響你生命的十二原型——認識自己與重建生活的新
　法則》，頁88。
⑱ 名教中人編次：《好逑傳》，頁1-2。

們便可以戰勝邪惡⑲。

　　大體而言，才子／英雄形象大多以孤兒形象出現於文本之中，雖然作家在話語實踐中並不強調才子／英雄被現實社會遺棄或忽視的生活經歷，然而在面對父權中心的象徵秩序的隱喻性解體時，才子／英雄的身分一方面因而獲得獨立自主的象徵意義，另一方面則在孤兒心境的指引下，質疑文化現實中的不合理和不公義的生活現象。孤兒身分與孤兒心境的兩相結合，無疑促使才子／英雄得以深入體認個人的自我價值和文化現實的侷限的重要表現。

二、歷險—探索期

　　以皮爾森的觀點來看，明末清初才子佳人小說中的才子行動受到「追尋者」和「愛人者」的原型指引以進入靈魂深處探索內在精神。

　　基本上，才子／英雄對於面對自我的孤兒身分和心境時，以戰士原型挑戰世俗生活的基本規律，其選擇「離家」以進行內心的探索，可以說是進入靈魂領域的一個儀式。透過此一儀式，才子追尋佳人的行動隱喻著實現自我理想的心理過程，使得個人精神靈魂的體驗意識化，並透過才子／英雄的神話創造來表達。皮爾森指出自我追尋的共通處為：

　　　　它召喚我們朝更高的層次行去，它使得生活更有意
　　　　義、發現自己真正的面目、並超越環境和自己所賦予

---

⑲　〔美〕卡蘿・皮爾森著，張蘭馨譯：《影響你生命的十二原型——認識自己與重建生活的新法則》，頁105。

的拘束限制。自我的探究，常在生命面臨重大抉擇時出現。當人感覺到生命有所疏離、局限和空虛時，就感受到內在想有所改變的召喚[20]。

在明末清初才子佳人小說中，才子／英雄通過理解或體驗生死愛戀，得以深入靈魂的奧祕，將個人從「自我」層次擴充到「精神」層次，並藉此而產生「本我」，從而體會生命的真實意義。《玉嬌梨》第五回才子蘇友白說：

家中已是貧乏，一個秀才又黜退了，親事又都回絕了，只管住在此處亦覺無味。莫若隨了叔父上京一遊，雖不貪他的富貴，倘或因此訪得一個佳人，也可完我心願[21]。

《生花夢》第二回敘述者講述才子康夢庚志求絕世佳人時說：

康夢庚轉得埋頭攻書，到次年七歲上，文藝已是精通。不料是年母親已歿，不上半年，康燮也變成了痰疾，相繼而亡。康夢庚擗踊哭泣，哀毀盡禮，喪服甫畢，到九歲就進了學。合城士大夫之家俱欲與他聯姻，他卻目空今古，定要娶個絕世佳人，那尋常脂

---

[20] 〔美〕卡蘿・皮爾森著，張蘭馨譯：《影響你生命的十二原型——認識自己與重建生活的新法則》，頁149。

[21] 荑秋散人編次：《玉嬌梨》，頁187-188。

粉，漠不關心，但與他作伐議親的俱一例辭謝。……
康夢庚卻一心在監用功。坐到年月滿了，便想出外遊
學，是年已十三歲，便有個訪求淑女之意。金陵名勝
領略殆遍，因他眼界太高，視為無物，或貌不稱才，
才不稱貌，都不寓目。聞蘇州佳麗，便擬一遊[202]。

　　女性／佳人作為一種理想形象化身，不斷召喚才子／英雄前來追
尋。在內在心靈的探索過程中，佳人所具有的「美人」意象內涵，已
然成為才子／英雄檢視自我理想和夢想的重要參照，其重要性不言可
喻。不論女性／佳人是以才子／英雄的情禮之求或以情色之思的美人
形象出現於文本之中，其以安尼瑪原型出現，正意謂著才子／英雄內
在追尋的最高意義和價值。因此，才子／英雄選擇離家遠遊，象徵著
心靈試圖擺脫現實生命的侷限和束縛，追尋佳人代表著尋求精神上的
開悟境界，追求自我理想中的人生境界。

　　坎伯指出，人生有兩條道路，一條是「自我之路」（right-
hand path），另一條是「靈性之路」（left-hand path）。前者出於
追尋者渴望超越自我（ego），達成自我實現的目標，因此是謹慎
而實際的，但卻可能發生錯誤的選擇；後者出於愛人者的本能衝動
（eros），其情愛是由靈魂和肉體共同產生的強烈情感，是個人精神
之所在，也是內心喜樂的泉源[203]。在明末清初才子佳人小說中，才子／
英雄的追尋是否正確而有意義，便是依靠愛人者原型的內在指引而得

---

[202] 娥川主人編次：《生花夢》，頁72-74。

[203] 〔美〕卡蘿‧皮爾森著，張蘭馨譯：《影響你生命的十二原型——認識自己與重建生活的新
　　法則》，頁188-189。

以完成。《定情人》第一回才子雙星與龐襄論辯「情」之意涵時說道：

> 吾之情，自有吾情之生滅淺深，吾情若見桃花之紅而動，得桃花之紅而即定，則吾以桃紅爲海，而終身願與偕老矣。吾情若見梨花之白而不動，即得梨花之白而亦不定，則吾以梨花爲水，雖一時亦不願與之同心矣。今蒙眾媒引見，諸女子雖盡是二八佳人，翠眉蟬鬢，然覰相親，奈吾情不動何？吾情既不爲人而動，則其人必非吾定情之人，實與兄說罷，小弟若不遇定情之人，情願一世孤單，決不肯自棄，我雙不夜之少年才美，擁脂粉而在衾裯中做聾聵人，虛度此生也[20]。

又如《好逑傳》第九回才子鐵中玉對於水小姐的好逑之思充滿了情禮辯證的內涵：

> 我想古來稱美婦人，至於西施、卓文君止矣，然西施、卓文君皆無貞節之行；至於孟光、無鹽，流芳名教，卻又不過一醜婦人。若水小姐，眞河洲之好逑，宜君子之展轉反側以求之者也。若求而得之，眞可謂享人間之福矣。但可惜我鐵中玉生來無福，偏遇在患難之中，公堂之上，不媒妁而交言，無禮儀而自接，

---

[20] 天花藏主人編：《定情人》，頁16-18。

竟成了義俠豪舉，去鐘鼓之樂，琴瑟之友，大相懸絕
矣？我若啓口，不獨他人指誚，即水小姐亦且薄視我
矣。烏乎可也[25]！

　　在追尋佳人的過程中，才子／英雄藉著本能之愛的恩賜，藉著道
德意識的堅持而擁有至高理想的愛情，正在於女性／佳人形象的理想
性象徵所帶來的精神昇華作用，促使才子／英雄在遵禮重情的追求行
動中進行自我檢視，並由此深入精神靈魂深處尋找本我（self）的原
型。最終，在與佳人的神聖婚禮中，完成自我的實現。以榮格的原型
觀點來說，才子／英雄欲進入靈魂層次要靠精神上的相反性別特質：
即男性內在女性的特質——安尼瑪原型。這種內在的特質，潛藏於集
體無意識之中。如同皮爾森指出的：

　　此種原型可以在性慾和生之本能中找到，它以男神和
　　女神的結合爲象徵。這種連繫通常藉著婚姻、精神上
　　的統一、宇宙的自然運作來表達。……它透過精神上
　　對立特質的融合，來代表精神上的合一，如陰與陽、
　　肉體與精神、靈魂和自我、意識和潛意識。我們內在
　　這種兩極對立的融合，來自於我們對自己和對他人憐
　　憫救贖之情，它能讓我們更深刻地體會到一個更完
　　整、圓融、更有影響力的本我[26]。

[25] 名教中人編次：《好逑傳》，頁143。
[26] 〔美〕卡蘿‧皮爾森著，張蘭馨譯：《影響你生命的十二原型——認識自己與重建生活的新法則》，頁30-31。

因此，在內在探索的歷程之中，才子／英雄受到追尋者原型和愛人者原型的引導，通過對愛情的追求得以探求生命的意義和價值。才子追尋佳人隱喻著追尋宇宙真理和生命意義，愛情婚姻的實現則變成一種神聖而有意義的象徵。最終，才子／英雄在「歷險—探索」的旅程中所獲得的「內在的領悟」（gift of the grail within），將成為個人生命啟蒙的重要智慧表現。

三、回歸—返回期

以皮爾森的觀點來看，明末清初才子佳人小說中才子行動是受到「魔術師」和「智者」原型的指引得以回歸本我，由此獲得自由自在並充滿圓融覺性的生命。

在明末清初才子佳人小說中，追尋佳人和回歸本我是一體兩面的行動表現，才子通過科舉考試並金榜及第與實現愛情婚姻理想亦是一體兩面的心理願望。那麼，才子／英雄在歷險過程中如何化解現實生活的二元對立，如何化解回歸本我的內在生命衝突，便成為我們理解才子／英雄生命理想是否得以實現的重要關鍵，而此一關鍵便在於才子／英雄的「才」、「情」表現之上。《平山冷燕》序言道：

> 天賦人以性，雖賢愚不一，而忠孝節義莫不皆備，獨
> 才情則有得有不得焉。故一品一行，隨人可立，而繡
> 虎雕龍，千秋無幾[20]。

顯而易見，明末清初才子佳小說屢述才子／英雄慕才重情之

---

[20] 荻岸散人撰：《平山冷燕‧序》，頁1-2。

事，無不強調「才」、「情」在個人理想實現過程中的重要作用，其原因乃在於「才」、「情」是才子／英雄賴以自我命名（name）的依據。而這種自我命名的形式表現，則與內在的魔術師原型息息相關。皮爾森指出：

> 內在的魔術師能夠讓我們有能力去為事物下定義、給標籤（命名）。如果我們沒有正確而客觀地認識自己，我們就會受到別人對我們的看法所擺布，而失去了自己[208]。

如前文所提及的，才子／英雄是以孤兒和戰士的原型出發面對文化現實的考驗，在追尋和愛人的冒險旅程中，能夠幫助才子／英雄超越生命侷限並開創生命的新境界，便是以其才情表現來轉變處於邊緣文化位置的自我生命形式，並由此獲得內在心理能量，積極建立理想自我形象。《巧聯珠》第三回引詩曰：

> 千古無人解愛才，傷心國士幾寒灰。
> 蘇秦憔悴人多醜，張儉飄零實可哀。
> 有筆空題鸚鵡賦，無家獨上鳳凰臺。
> 悠悠行路何須問，好向花前復酒盃[209]。

---

[208] 〔美〕卡蘿·皮爾森著，張蘭馨譯：《影響你生命的十二原型——認識自己與重建生活的新法則》，頁266。

[209] 煙霞逸士編次：《巧聯珠》，頁57。

　　由於明清時期時局易勢，諸多文人在文化現實中始終才情不遇，不得重視；因此，形諸筆端，作家在話語實踐中無不強調才子／英雄之才情表現，賦以超越世俗的理想文人形象。由此說來，才情表現作為才子／英雄淨化靈魂、強化心靈、轉換生命形式及實現生命理想的內在力量，無不是受到才子／英雄的內在魔術師原型的指引而得以建立起理想自我形象。

　　因此，在明末清初才子佳人小說中，「才」、「情」是才子／英雄用以自我形象命名的內在力量表現，具有其不可輕忽的意義和作用。不過，耐人尋味的是，才子／英雄以其才情超越世俗，因而蔑視功名富貴、鄙夷科舉考試，無疑是值得稱許的。然而，隨著冒險旅程的展開，讀者不難看出一個事實，即最終通過科舉考試才是才子／英雄得以新的命名來獲得新的認同的關鍵。在小說敘事建構中，科舉考試已然成為足以去改變才子／英雄既有的邊緣情勢的人生儀式或關卡。此時，科舉考試轉化為一種象徵性的考驗儀式，才是才子／英雄真正能夠改變現實情勢及實現生命理想的惟一管道。皮爾森指出：

> 魔術師原型藉著儀式方式來改變我們的意識狀態或現實情境。在傳統上，它創造祭典儀式以維繫族群，並加強他們與精神力量的聯繫。儀式也可以用在治療或改變上；它是藉著將注意力集中在希望改變的事物上，有意識地放棄舊有的事物，以迎接期待中的新情勢[20]。

---

[20] 〔美〕卡蘿‧皮爾森著，張蘭馨譯：《影響你生命的十二原型──認識自己與重建生活的新法則》，頁275。

　　據此觀點審視明末清初才子佳人小說的敘事建構，我們不難發現才子／英雄在其內在魔術師原型的指引之下，最終得以通過科舉考試，從中建立自我力量，放棄舊日精神上的依賴模式，並對自己和他人產生不可思議的作用。

　　無庸諱言，在明末清初才子佳人小說中，才子／英雄最終都能通過科舉考試而金榜題名，並得實現與佳人之間的理想愛情和婚姻。《玉嬌梨》第二十回敘及才子蘇友白與佳人白紅玉、盧夢梨得結連理、終成佳話時引詩曰：

> 鐘鼓喧闐琴瑟調，關雎賦罷賦桃天。
> 館甥在昔聞雙嫁，銅雀而今鎖二喬。
> 樓上紅絲留月繫，門前金犢倩花邀。
> 仙郎得意翻新樂，不擬周南擬舜韶[21]。

　　這種團圓式的結局是明末清初才子佳人小說敘事建構的程式化表現，但在歷來研究者的討論中評價褒貶不一，或視其為不切實際、缺乏現實基礎，或肯定其追求理想愛情和婚姻的心理願望[22]。今不論作家在話語實踐過程中如何看待此一團圓式結局？然而，從功成名就、回鄉省親祭祖的返回行動中，可見才子／英雄經由出發─歷險─回歸的循環生命歷程的親身體驗，不論是在身分的改變、心智的成長和本我的確立等方面，都已超越了既有生命形式的侷限，以一種新的生命格局開創新的生命境界。不過，在這場生命儀式的冒險旅程中，雖然

---

[21] 荑秋散人編次：《玉嬌梨》，頁724。

[22] 周建渝：《才子佳人小說研究》，頁67-72，頁119-122。

才子／英雄最終都能通過現實和心理的考驗，從中證成自我生命的
力量；但是，卻也有許多作品在敘述才子完成生命理想之際，選擇歸
隱山林、致仕還鄉，其結局形成一種特殊敘事現象。如《合浦珠》第
十六回敘述者講述才子錢九畹有感明朝末年王室如燬，中原瓦解，不
知作何結果，因而隱身鄉中情形：

> 自此隱在鄉中，捐粟募兵，保障一方，雖經鼎革，天
> 下盜賊蜂起，而錢生保全身家不失，向後多少朱門大
> 廈化為灰燼，那些屠沽兒、賣菜傭反得滿身羅綺。一
> 朝富貴時，來者高入青雲，遇退者黃金變色。當此之
> 際，不能無感耳[213]。

又如《宛如約》第十六回敘述者講述才子司空約與佳人如子、宛
子婚姻美滿，最終選擇陶情山水情形：

> 司空約到假滿入朝，又做了官，數年，直做到文華殿
> 學士。因想恩榮已極，遂急流勇退，告致來家。不
> 久，父母前後謝世，司空約曲盡子禮，功名已灰，只
> 與如子、宛子終日陶情，怡然山水[214]。

其他如《醒名花》中的才子湛國瑛、《賽花鈴》的才子紅文畹
和沈西苓、《情夢柝》中的才子胡瑋、《鴛鴦媒》中的翁婿崔信和荀

---

[213] 檇李煙水散人編：《合浦珠》，頁524-525。
[214] 惜花主人批評：《宛如約》，頁253-254。

文正、《醒風流奇傳》中的才子梅傲雪、《麟兒報》中的才子廉清、《人間樂》中的才子許繡虎、《孤山再夢》中的才子錢雨林等等，皆於功成名就之後選擇避居山林，隱逸享樂。其情形正如《春柳鶯》第十回敘述者講述石液同岳翁暨李穆如、懷伊人各攜妻子，遁跡山林著書的情形。敘述者引詩曰：

> 漫道違流俗，才人性本高。
> 山中稱宰相，不拜赭黃袍。

　　整體而言，在明末清初才佳人小說中，生活現實中的權力爭鬥和人事紛爭是才子／英雄冒險旅程中必須面對主要之基本人生歷程，從中通過考驗並完成夢想，可說是才子／英雄生命價值的終極表現。不過，才子／英雄最終選擇「功成身退」，無論是從歷史與現實的教訓中所獲得的啓示／啓蒙，或者是有其深刻的思想文化方面的原因，在某種意義上，無疑顯示出一種「感傷的個人理想與社會責任的分離」的意向性表現[25]。當然，從成長／成熟的觀點來說，其最終選擇更可以視為內在智者原型指引下所展現出來的一種追求自由自主的人生智慧。皮爾森指出：

> 智者原型的使命，就是找到與自己、與世界、宇宙有關的真理。完全發展的智者原型，不僅追尋知識，更要求得到智慧；就如同這句格言所說的：「追求真理

---

[25] 周建渝：《才子佳人小說研究》，頁114-119。

的人，眞理會讓他得到自由。」[26]

　　在某種意義上，智者追尋的是眞理，而不是操縱世界或改變現實。因此，在科舉功名及第和完成婚姻理想的表現上，才子／英雄於現實層面方面回歸了以父權爲中心的象徵秩序。不過，一旦才子／英雄了解世界的眞相，體驗某種客觀的眞理事實，其最終選擇隱逸致仕，無疑在心理層面促使個人回歸本我，從而化解了與世界可能存在的二元對立，以此達成了自我成長。

　　對於明末清初才子佳人小說而言，從二元對立到完整合一的生命發展歷程中，才子／英雄神話的書寫如同一場神聖儀式的進行一般，在認同英雄的敘事過程中，才子歷經與邪惡勢力的爭鬥考驗，一步步趨近超凡的自我，最終得以成爲英雄並獲得自我生命和人格精神的新生。皮爾森論及英雄原型的表現特性時認爲：

　　　英雄主義最終涉及的是人格完整的問題，是在每個發
　　　展階段中，與眞實的自己更加貼近的旅程。弔詭的
　　　是，我們每個人在過程中都受到原型模式的規範，才
　　　能發現我們的獨特性，因此我們在發展的階段中，既
　　　是非常獨特的，也和別人非常相似[27]。

---

[26] 〔美〕卡蘿・皮爾森著，張蘭馨譯：《影響你生命的十二原型——認識自己與重建生活的新法則》，頁287。

[27] 〔美〕卡蘿・皮爾森（Carol S. Pearson）著，張慎恕、朱侃如、龔卓軍譯：《內在英雄：六種生活的原型》（*The Hero Within: Six Archetypes We Live by*）（臺北：立緒文化事業有限公司，2000年），頁6。

　　因此，在英雄神話中，英雄形象顯現的自我是一種象徵手法，其改變需要經過一種轉化的歷程，這種歷程主要表現在成年禮（initiation）原型的種種面貌中。在超越與順從之間，明末清初才子佳人小說中的才子／英雄的歷險與成長，正展示出一場生命的過渡儀式。這些儀式使才子／英雄或整個時代作家群體有可能從自己的內心結合起對立的力量，落實爲他們生活中的均衡狀態。

第三章

話語：才子佳人小說敘事建構的意指實踐

才子佳人

在過去的研究歷史中，人們對於明末清初才子佳人小說的研究多集中在「言情」內容所傳達的信息（message）之上進行歷史研究和美學分析，大體上已有很好的研究成果。不過，從實際研究情形來看，人們對於才子佳人小說敘事建構的話語運作形式及其意義生產方面的分析，卻顯得不夠深入。一般而言，明末清初才子佳人小說作家選擇以「通俗白話章回小說」藝術形式進行創作，其話語（discourse）①與社會中的其他話語系統共同成為參與現實的一種表

---

① 「話語」（discourse）是當代文學批評的一個重要的術語，由於研究認知和取向的不同，有關話語的定義和使用情形顯得極為不同。可參〔美〕Frank Lentricchia & Thomas Mclaughlin 編，張京媛等譯：《文學批評術語》（*Critical Terms for Literary Study*）（香港：牛津大學出版社，1994年），頁66-86。本文採用的是英國文化研究理論家斯圖爾特・霍爾（Stuart Hall）的觀點，即語言提供了文化與表徵的運作方法的一個一般範型。各種話語是指稱或構造有關一個特定話題的實踐——一組觀念、形象和實踐活動（或其構成體），它們提供談論一個特定話題，即社會活動或社會中的制度化情境的方法，提供與此有關的知識和行為的各種形式——的知識的方式。此外，話語不僅考察語言和表徵如何產生出意義，而且考察一種特有的話語所生產的知識如何與權力連結，如何規範行為，產生或構造各種認同和主體性，並確定表徵、思考、實踐和研究各種特定事物的方法。在話語途徑中，強調的重點始終是表象的一種特定形式或其『秩序』的歷史具體性，不是作為一般的關心來強調語言，而是強調特殊的語言或意義，它們在各個特定時期、在特殊的地方被配置的方式」。參〔英〕斯圖爾特・霍爾（Stuart Hall）編，周憲、許鈞譯：《表徵——文化表象與意指實踐》（*Representation: Cultural Representations and Signifying Practices*）（北京：商務印書館，2003年），頁1-9。

達形式，並與其他話語系統形成不同的「對話」關係，從中顯示敘事話語作為歷史文化語境中的文化釋義系統之一的作用和意義。對於明末清初才子佳人小說而言，其話語終能形成有別於其他話語的藝術形式表現，除了受到作家精神本體的影響之外，同時也受到歷史文化語境的影響。在某種意義上，明末清初才子佳人小說話語的創造及其流行，可說是體現作家群體集體欲望的文化表徵（cultural representation），因而可能隱含了特殊的意指實踐。但是在傳統研究思維中，人們或者偏於將之視為時代文化現象下的思想情感載體，認為是文人幻想之作；或者偏於將之視為閱讀消費文化市場機制下的流行產品，認為是文化商品之作。因此，在評價才子佳人小說的過程中，從而可能忽略了這樣一個有待進一步釐清的問題：即作家如何利用通俗小說話語系統的敘事成規（convention）參與現實，並藉此向廣大讀者群體傳達個人對於現實的一種理解和闡釋。基本上，明末清初才子佳人小說之構成集體敘事現象，其話語構成不僅具有集體意向性的思想表現，同時也具有其主導性審美規範的美學表現。明末清初才子佳人小說之創作、接受和流行，與小說敘事建構過程中所具有的書寫程式和美學效果密切相關，實值得再予深入探究。

　　基本上，文學作品的創作發生乃是通過某種特殊的言談方式以傳情釋意，大體上可視為一種具有特定意指作用的話語表現。因此，言談方式的選擇和運作形式，無疑將影響於話語本身的主題寓意的傳達。為深入探究明末清初才子佳人小說集體敘事現象的形成及其話語表現，本文將小說敘事視為文化釋義系統下的一種特定話語，擬結合文藝美學、文化學和小說修辭學的思考，進一步論析話語的敘事機制和審美理想，並由此說明明末清初才子佳人小說敘事建構的風格特色。

第一節　現象：作爲話語的才子佳人小說

　　在中國古代小說發展史上，明末清初才子佳人小說出現在《金瓶梅》到《紅樓夢》之間的「人情—寫實」小說流派的發展歷史中，在藝術形式的美學表現上的確具有承上啓下的過渡作用。不過，由於受到商品經濟消費市場需求的影響，小說創作的美學成就並不高。此外，在才子佳人式的言情文學傳統中，小說創作的浪漫情感特質也顯得深度不足。但饒富意味的是，自明代中晚期以來，不同書籍對相同主題作品的複製，或不同文體對相同寫作素材的運用，顯示一種文學類型的產生是在商業出版事業的推動下而形成的。這樣一種現象的產生，無疑是當時重要的文化特徵②。明末清初才子佳人小說敘事建構建立在言情與寫實交融的傳奇式書寫之上，其話語構成所展現的文學魅力，更實實在在地影響了當時作家的創作和讀者的閱讀。無論從文學研究或文化研究的觀點來說，明末清初才子佳人小說作爲一種話語類型或文化現象，集體敘事現象的形成顯示出作家和讀者共同參與對現實進行理解和解釋的結果，而其意指作用除了受到小說文本內部的主導性因素影響之外，背後也隱然存在著一套政治運作的話語權力關係。基本上，此一話語權力關係的存在，不僅規定了才子佳人小說話語構成的方式及其美學表現，同時也深刻地影響了特定讀者群體的接

---

② 王岡：《浪漫情感與宗教精神：晚明文化與文學思潮》（香港：天地圖書有限公司，1999年），頁114-182。

受和閱讀詮釋③。基於上述認知觀點，本節將先針對才子佳人小說的話語系統的選擇、話語實踐的操作和話語體式的建構等方面進行說明，以為後文論述之基礎。

壹、才子佳人小說話語系統的價值選擇及其創作思維

　　明清時期由於通俗文化思潮的興起，諸多文藝形式及其審美話語的出現，已然形成了「眾聲喧嘩」（heteroglossia）的語言現象④。不同話語系統或話語類型的出現，共同體現了當時處於歷史文化轉型時期的具體面貌，而各種文化層次的社會力量彼此間相互爭鳴，則打破了傳統思想文化中的統一權威意識，因而形成歷史文化轉型時期的多元話語形態。這樣一種處於歷史文化轉型期的多元話語表現情形，正如俄國學者米哈依爾・巴赫金（Mikhail Mikhailovich Bakhtin）通過考察語言和話語的變遷情形來審視歷史文化轉型的問題時所指出的：

---

③ 本文研究認為一種文化現象就是一種話語，而影響和控制話語的根本因素就是權力。真正的權力是通過話語構成來實施的，而話語是掌握權力的有效途徑。文學的話語同樣源於權力，在某種意義上，是社會歷史和政治關係的產物。明末清初才子佳人小說的出現，正源於明清之際時世變化中作家群體對於自我生活處境的一種思考，話語實踐既有歷史文化語境的制約因素存在，亦充滿了政治性的意識形態表現。

④ 從明萬曆朝到清乾嘉朝近兩百年間，文人的審美意識經歷著從衝突交鋒、多元並存到融會貫通、趨於統一的嬗變歷程。明末清初時，通俗意識漸漸抬頭，民間文藝從邊緣逐漸走向中心，從事通俗文藝創作的藝術家也在當時的審美意識爭中占據了相當重要的位置，對於中國古典審美意識的全面革新與整體建構具有重要的意義。參張靈聰：《從衝突走向融通──晚明至清葉審美意識嬗變論》（上海：復旦大學出版社，2000年），頁109-127。

　　話語在文化上、涵義上和情態上的意向，擺脫了唯
一一種統一語言的桎梏，這是至為重要的；由此也就
不再把語言理解為至高無上的神話，不再把一種語言
看做是思維的絕對形態⑤。

　　從文學意識和語言意識的眾聲喧嘩觀點來說，通俗小說話語作
為參與現實的一種言談（utterance）或藝術形式，在某種意義上，
除了體現出時代和文化狀況的基本變化情形，同時也反映出作家群體
創作的價值選擇。對於明末清初才子佳人小說創作而言，當作家選擇
以通俗小說藝術形式進行創作，便顯示出作家群體認同通俗文化思潮
及其話語，並在創作過程中做出相應的價值選擇。因此，通俗小說話
語本身所具有的影響力量已不單單存在於作家個人身上，而是對於歷
史現實和文化形態的一種具體反映，普遍存在於大眾文化讀者群體之
中⑥。進一步來說，這樣的一種價值選擇背後，便可能隱含著權力和
知識的相互運作關係。尤其通過話語系統的選擇，小說敘事創造不僅
反映出作家群體的文化位置，同時也顯示出作家群體試圖以非主流話
語系統傳達對歷史整體性看法的願望。如此一來，使得明末清初才子

---

⑤　〔俄〕米哈依爾‧巴赫金（Mikhail Mikhailovich Bakhtin）：〈長篇小說話語〉，見錢中
　　文主編：《巴赫金全集》第三卷（石家莊：河北教育出版社，1998年），頁155。

⑥　〔法〕呂西安‧戈德曼（Lucien Goldmann）指出：「當一個群體的成員都為同一處境所
　　激發，並且都具有相同的傾向性，他們就在其歷史環境之內，作為一個群體，為他們自己
　　精心締造其功能性的精神結構。這些精神結構不僅在其歷史演進過程之中扮演著積極的角
　　色，並且還不斷地表述在其主要的哲學、藝術和文學的創作之中。」見氏著，段毅、牛宏寶
　　譯：《文學社會學方法論》（*Method in Sociology of Literature*）（北京：工人出版社，1989
　　年），頁46。

佳人小說的敘事建構別具文化意味⑦。

　　一般而言，文學文本和歷史文化語境之間的複雜關係是值得關注的。尤其在文學文本中，作為文化形式的性別化現象本身所體現的「雅正文化」與「通俗文化」的對立和排序關係，更是我們得以理解和闡釋特定文化形式的重要參照因素⑧。在某種意義上，明清時期作家群體選擇通俗話語系統進行創作，無疑必須在正統文學觀念的影響下進行一場思想文化的價值轉換，進而期許通過邊緣話語的政治性操演和書寫，從不同側面進入文化結構和文學秩序的中心，以求與主流話語進行實質性的對話或交流。從中國傳統文學結構及其秩序來說，明末清初作家群體選擇通俗話語系統創作才子佳人小說，在某種意義上，意謂著與雅正話語系統的對立和分離。在中國文化傳統的認知中，雅正文化與通俗文化的二元對立表現，如同父權體制社會中的男與女的二元對立關係一般，而通俗文化通常是置身於文化結構的邊緣位置的。不可否認，通俗文化置身於傳統性別政治的視野中，其所具有的女性身分符碼及其邊緣性格是顯而易見的，而通俗小說話語所具有的女性身分的隱喻表現，無疑備受正統文人的冷落和忽視。因此，作家群體從事通俗文藝創作，在某種程度上也深刻暗示了作家本身的邊緣處境。因此，如何解決話語實踐過程中的心理困境，便成為作家

---

⑦　〔英〕理查德・霍加特指出：「當我們考察通俗文學時，我們是通過變換方法來保持自己的自信心。我們主張，如果每部作品都是作為獨特的對象自在和自為地被閱讀的話。那麼，『好』的文學將只好放棄它必須講述的有關社會的東西。但是與此相反，我們假定，通俗文學能很快地在許多普通人中流傳開來，但這畢竟只是我們所說的『症兆』。所以，我們極易利用和濫用這種『症兆』，並把它與社會的關係看得過於簡單化，從而無法認識到通俗文學向我們講述的有關一種文化的特性是什麼，以及它事實上揭示了什麼症兆。」見氏著：〈當代文化研究：文學與社會研究的一種途徑〉，見周憲、羅務桓、戴耘編：《當代西方藝術文化學》（北京：北京大學出版社，1988年），頁32-33。

⑧　〔英〕斯圖爾特・霍爾編，周憲、許鈞譯：《表徵──文化表象與意指實踐》，頁353-359。

從事創作時的首要思考課題。因此，明末清初作家群體創作才子佳人小說，其話語系統所顯示的價值選擇及其文化思維，無疑受到歷史文化語境的精神結構之影響，同時也將影響於小說敘事建構的修辭美學表現。

　　基本上，傳統作家群體投身通俗文藝創作，試圖藉著有別於經、史、子、集等「主流話語」的「邊緣話語」來傳情達意。在言志與抒情之間，其話語系統的選擇事實上有其複雜的現實因素或心理因素存在，不能單以商業消費經濟因素的制約為主要論述依據。今從明清通俗文學作品序跋中進行考察，我們可以清楚地發現一個創作現象，即作家所使用的書寫策略多是採取將通俗文藝創作與「經」、「史」等主流話語並置的方式來處理，藉此調和文人創作心態及其認知上的矛盾和衝突。以欣欣子在《金瓶梅詞話》序言為例：

　　　　竊謂蘭陵笑笑生作《金瓶梅傳》，寄意於時俗，蓋有謂也。人有七情，憂鬱為甚。……吾友笑笑生為此，爰罄平日所蘊者，著斯傳，凡一百回。其中語句新奇，膾炙人口，無非明人倫，戒淫奔，分淑慝，化善惡，知盛衰消長之機，取報應輪回之事，如在目前始終；如脈絡貫通，如萬系迎風而不亂也。使觀者庶幾可以一哂而忘憂也。……〈關雎〉之作，樂而不淫，哀而不傷。富與貴，人之所慕也，鮮有不至於淫者。哀與怨，人之所惡也，鮮有不至於傷者[9]。

---

[9] 黃霖、韓同文選注：《中國歷代小說論著選》（上）（南昌：江西人民出版社，2000年），頁200。

　　關於這樣的書寫認知，實際上與中國傳統文人重視經史典籍及其思想表現的文化慣例息息相關[10]。對於大多數通俗文學創作而言，文人除了在「適俗」的話語實踐過程中「點染世態人情」，以傳達個人對於現實生活的一種理解之外，更期待在雅俗文學交融的藝術形式建構中超越其既有的邊緣地位，並試圖創造另一種新的文體形式，以此傳知著述深意。而這樣的敘事動機表現，在明末清初才子佳人小說創作中亦屬常見，《玉嬌梨》第一回開篇詩即言：

　　　　六經原本在人心，笑罵皆文好細尋。

　　　　天地戲場觀莫矮，古今聚訟眼須深。

　　　　詩存鄭衛非無意，亂著春秋豈是淫。

　　　　更有子雲千載後，生生死死謝知音[11]。

　　作家將才子佳人小說創作與「六經」、「春秋」並存的思想，顯示其選擇通俗文學形式進行創作，其根本思考如同經史之文一般，無不在於「傳道證史」。此外，《巧聯珠》序言也認為：

---

[10] 〔美〕韋勒克、華倫（René Wellek & Austin Warren）論及文學價值之品評時指出：「自有歷史以來，人類即已把文學『價值化』了，無論是口傳的或印刷的，人類對它都有興趣賦予文學以積極的價值。但是，批評家和哲學家之『品評』文學或某一文學作品，他們可以作反面的判決。不過在任何情形之下，我們總是經由趣味的經驗而進至判斷的動作。我們依據「規範」所指示的，依據標準之應用，依據它與別的對象和興趣之比較，而評定一個對象或一種興趣的品位。」就明末清初才子佳人小說而言，作家群體對於小說的文學價值的判準，是依據主流話語進行判斷的，因此如何提升小說位階並與主流話語產生交流的想法，便普遍存在於小說序跋的論述之中。上引文字見氏著，王夢鷗譯：《文學論──文學研究方法論》（Theory of Literature）（臺北：志文出版社，1983年），頁399。

[11] 荑秋散人編次：《玉嬌梨》，收於古本小說集成編委會編：《古本小說集成》（上海：上海古籍出版社，1990年），頁1。

> 文章原本「六經」，「三百篇」爲風雅之祖。迺二
> 「雅」三「頌」，登之郊廟明堂，而「國風」不削
> 「鄭」、「衛」，二「南」以降，貞淫相參，其間巷
> 詠途謳，妖姬佻士，未嘗不與忠孝節烈並傳不朽。木
> 鐸聖人豈不願盡取而刪之，蓋有刪之而不可得者[12]。

由此顯見明末清初才子佳人小說之創作，並不只是一種商品性的物質產品。在作家秉持「與經史並傳」的創作思維之影響下，作品本身藉男女之事的書寫所傳達者，仍然與傳統忠孝節烈等道德規範和倫理思想息息相關，更與《詩經》國風中保存鄭、衛之音的諷刺傳統和思想有所關聯。而這樣的創作思維在《飛花艷想》序言亦有所申明：

> 自有文字以來，著書不一。四書五經，文之正絡也。
> 稗官野史，文之支流也。四書五經，如人間家常茶
> 飯，可用，不可缺；稗官野史，如世上山海珍羞，爽
> 口，亦不可少。如必謂四書五經方可讀，而稗官野史
> 不足閱，是猶可用家常茶飯，而爽口無珍羞矣。不知
> 四書五經不外飲食男女之事，而稗官野史不無忠孝節
> 義之談[13]。

---

[12] 煙霞逸士編次：《巧聯珠‧序》，收於古本小說集成編委會編：《古本小說集成》（上海：上海古籍出版社，1990年），頁1-2。

[13] 樵雲山人編次：《飛花艷想‧序》，收於古本小說集成編委會編：《古本小說集成》（上海：上海古籍出版社，1990年），頁8。此段文字見載書後〈輯補〉。

　　而此一創作思想的表現，實與明清通俗文化思潮中的「百姓日用即道」的學說相互符應。對於明末清初才子佳人小說創作而言，當作家以飲食男女爲主要書寫對象時，其話語實踐所傳達的思想內容與四書五經之意旨並無不同。因此，話語系統作爲一種價值選擇，其美學意義和文化意義並不完全決定於文體定位，而是在於主題演化和思想文化傳達的表現之上。以今觀之，明末清初才子佳人小說文體特性的形成和發展變化，一方面取決於社會文化環境的影響和價值選擇，另一方面也取決於文學品種傳統因素的積累和發展的審美價值之選擇[14]。因此，在集體敘事現象的形成中，才子佳人小說話語系統本身所隱含的權力關係及其與文本的象徵行爲之間所體現的一種依存關係，便顯得耐人尋味。

　　基本上，通俗文學創作作爲一種價值選擇的話語表現，除了是一種藝術形式的美學選擇之外，同時也是一種文學觀念的思想選擇。而這樣的價值選擇，意謂著通俗小說話語系統所展示的語言意識不再歸屬於一個中心，這大體與明清之際歷史文化現象的斷裂、重組和調整有關。明末清初時期的歷史和社會轉型現象，提供了多元語言發聲的歷史文化語境，使得通俗小說話語系統隨之盛行[15]。在某種意義上，通俗文學創作體現了歷史文化轉型中的作家群體對於傳統價值思想，進行了一場顛覆和轉換的思考及其結果。以今觀之，明清時期作家群體階層的參與書坊事業，以及積極投入才子佳人小說創作的行列，並

---

[14] 李晶：《歷史與文本的超越──小說價值學導論》（上海：上海社會科學出版社，1992年），頁66-105。

[15] 〔俄〕米哈依爾・巴赫金指出：「一個封閉的階層、等級、階級，就其內在統一而穩定的核心來說，如果不發生分化也不失去自己內在的平衡和自足狀態，就不可能成為小說發展的有利的社會土壤。」見氏著：〈長篇小說話語〉，見錢中文主編：《巴赫金全集》第三卷，頁156。

非一時之偶然所致。當作家群體有意推動或從事通俗小說創作，除了以滿足讀者閱讀興趣和文化市場需求為前提，同時在某種程度上也普遍顯示出在歷史文化轉型時期，作家群體在精神生產和意義傳達方面的強烈需求。不可否認，明末清初才子佳人小說作家群體藉由通俗小說話語系統，從不同側面展示了與文化中心話語進行對話的理想，通過理想主人公形象的塑造，其最終目的仍在於以實現個人精神生產的願望和滿足自我實現的需求為重要前提。

　　總的來說，正因為受到明清時期文化轉型的影響，使得明末清初才子佳人小說作家能夠在言情傳統的繼承與創新之間，藉由通俗小說話語系統的選擇和創造新的藝術形式，從中傳達出一種新的審美觀念。通過才子和佳人的理想主人公形象體系的強化敘述，作家以之確立話語實踐中的主體性精神，進而影響讀者的接受與自我重塑，並由此完成小說文本價值的實現。雖然在才子佳人主題模式的選擇和建構方面，才子佳人小說敘事建構仍然受到傳統思想文化價值觀念的影響；但是才子佳人小說的整體敘事表現，實際上已充分展示出作家在主體精神和歷史文化認知影響下的獨特審美意向。作為一種話語類型，明末清初才子佳人小說在語言和形式層面的美學表現，無疑是顯而易見且值得重視的。

貳、才子佳人小說話語實踐中的性別政治及其敘事操作

　　對於明末清初才子佳人小說而言，作家選擇通俗小說話語系統建構敘事文本，其話語實踐（discursive practice）最引人注目者，無疑在於男女性別二元對立的解構與重建之上。當作家群體選擇通俗

白話章回小說形式以敷演理想青年男女愛情遇合的故事時，其中通過「性別政治」（sexual politic）的解構、顛覆與重建等操演程式，敘事本身無不傳達出作家對於「理想愛情的本質及其圓滿結局」的看法。不過，伴隨著才子與佳人遇合有關的生命歷程之展開，敘事本身所隱含的政治無意識（political unconscious）論述，卻也充滿了各種可能的情感矛盾與思想衝突。尤其在性別政治的敘事操作下，文本在創作和閱讀之間形成了一種無以言喻的張力結構，實具有其特定的藝術魅力。因此，當我們從性別政治的解構、顛覆與重建的視野下考察才子佳人小說時，便可發現小說敘事建構及其話語實踐所蘊含的主題寓意，既有其因襲因素，也有其創新因素。在解讀過程中，大眾文化讀者群體對於才子佳人小說話語系統之理解，在某種程度上便可能受到中國傳統性別政治的敘事操演結果的影響而更形多元而豐富。今觀明末清初才子佳人小說的話語運作表現，作家在傳統性別政治之上進行別開新面的敘事操演，無疑在新的藝術形式創造中賦予了讀者以充滿愛情想像和歷史想像的閱讀樂趣。

　　在中國古代文學發展史上，通過「言情」書寫以建構文化現實中的性別政治的論述，頗與傳統文人的「悲士不遇」情結息息相關。一般而言，當此一文化思維延伸至通俗文學與雅正文學的傳統對話結構中時，通俗文學創作作為邊緣話語，實際上具有其傳統女性身分特質的「隱喻」表現，話語實踐本身可能在主題思想的傳達上隱含了特定的價值、意識形態和權力作用。今觀明末清初才子佳人小說的敘事建構，作家在話語實踐過程中力圖突破邊緣話語處境，其所採取的敘事策略是將大量「詩」言語置入文本之中，以雅正言語修飾通俗小說敘述的適俗性質，從而使得小說文本的言語表現隱含著一種二元對立的內在對話性：即一方面是代表自由、自主精神的「詩」；一方面

是呈現危險卻充滿誘惑的「敘述語言」。從性別政治觀點來看，「詩」
與「敘述語言」並存於敘事進程中，其權力關係如同傳統社會對於男／
女、陽／陰、主／客等位置的認知一般，有其社會地位和主體價值等
方面的基本區別。在中國傳統文學結構中，「詩」是主流話語之一，
是男性中心的語言／象徵體系得以建立的重要表現。在「言志」和
「抒情」的詩學傳統中，這樣的言語表現，既具有確立男性權力和社
會地位的積極作用，並且是文本內在的理想主體精神之所在。究其
實質表現，明末清初才子佳人小說作家選擇通俗小說話語系統進行創
作，最終目的在於通過小說敘事創造以反映歷史現實之貌和寄寓「懷
才不遇」之感。天花藏主人於《平山冷燕》序言即云：

> 揆之天地生才之意，古今愛才之心，豈不悖哉！此其
> 悲則將誰咎？故人而無才，日於衣冠醉飽中曚生瞎死
> 則已耳。若夫兩眼浮六合之間，一心在千秋之上；落
> 筆時驚風雨，開口秀奪山川，每當春花秋月之時，不
> 禁淋漓感慨，此其才為何如？徒以貧而在下，無一人
> 知己之憐。不幸憔悴以死，抱九原埋沒之痛，豈不悲
> 哉[16]！

今可見者，作家群體置身文化邊緣處境，時時企盼「知己之
憐」，其感慨乃藉由通俗小說話語來傳達或補償。因此，「詩」之
大量出現於小說文本之中，以茲表現其「落筆時驚風雨、開口秀奪山

---

[16] 荻岸散人撰：《平山冷燕・序》，收於古本小說集成編委會編：《古本小說集成》（上海：
上海古籍出版社，1990年），頁8-11。

川」之才能，十足已成爲作家群體從中證成自我理想形象的基本言語形式。其具體精神表現，當如《玉支磯小傳》第一回敘述者引〈踏莎行〉詞曰：

> 白面書生，紅顏女子，的的翩翩非不美。若無彩筆附高名，一朝草木隨流水。　江夢生花，謝庭絮起，千秋始得垂青史。閑得人品細評論，果然獨有才難耳[17]。

顯而易見，明末清初才子佳人小說在強調主人公之「才」的重要性時，便是以「詩」之創造和表現來決定的。因此，在小說文本中，詩的出現和存在便成爲作家／敘述者／主人公三位一體在話語實踐過程中展示自我才能的一種策略或想像。但相對來說，大量詩詞語言出現於作品之中，在某種意義上卻也反映了作家群體在商品消費和精神生產之間依違的一種矛盾情感表現。

此外，一般讀者也不難在明末清初才子佳人小說中發現另一個重要的敘事現象：即「詩」的創造和表現，除了是「男性／才子」積極用以證成自我理想形象的言語表現之外，同時也是「女性／佳人」得以跨越性別意識和性別規範，用以與才子交往、互別才能高下的言語表現。尤其值得注意的是，「女性／佳人」無不以「才女形象」進入敘事中心，並且成爲男性追求的理想形象範式，如《兩交婚》第五回敘述者通過甘頤偷眼細看辛荊燕時之描述：

---

[17] 天花藏主人編次：《玉支磯小傳》，收於古本小說集成編委會編：《古本小說集成》（上海：上海古籍出版社，1990年），頁1。

舒舒嬋嬋自成粧，淺淡溫柔別有香。

眉不學山橫黛色，眼非澄水逗秋光。

冶容時吐詩書氣，幽秀全消桃李芳。

莫羨綺羅脂粉貴，天生佳麗不尋常[18]。

《宛如約》第一回敘述者引〈踏莎行〉詞曰：

璧美荊山，蘭香空谷，教人何處垂青目？蛾眉扮做俏
書生，誰人不道風流足。　　鴛侶難求，鶯期莫卜，
玉堂怎得金蓮屋。借他柳隱與花迎，方終有箇人如
玉[19]。

　　在作家／敘述者／才子三位一體的話語實踐中，才女形象的塑造
促使小說文本中的男／女、主／客關係爲之有所轉化，無形中使得才
子和佳人在性別認同上產生了差異、轉換和流動。進一步來說，男女
性別二元對立關係的解構及其流動，基本上可能反映了明末清初時代
文化語境處於一種急遽變化的事實。因此，對於「詩」的創作與表現
所引發的性別政治的價值轉換或流動的理解，無疑是解讀明末清初才

[18]　天花藏主人撰：《兩交婚小傳》，收於古本小說集成編委會編：《古本小說集成》（上海：
　　上海古籍出版社，1990年），頁152。
[19]　惜花主人批評：《宛如約》，收於古本小說集成編委會編：《古本小說集成》（上海：上海
　　古籍出版社，1990年），頁1。

子佳人小說創作精神的重要關鍵之一[20]。

　　進一步來說，在中國古代才子佳人文學的言情傳統中，性別政治大體是以男性父權的價值體系為主導的，其性別意識的深層結構表現顯得固定而缺乏流動和變化。不過，在明末清初才子佳人小說中，其話語實踐雖然是建築在言情傳統的文學想像的語彙與表達方式之上，但是在性別政治的敘事操演下，卻又呈現出一種新的敘事風貌。如《平山冷燕》第八回敘述者講述平如衡於廟中偶遇冷絳雪，心中暗想道：

> 再不想天下有這等風流標致的小才女。要我平如衡這樣嗤嗤男子何用！若是傳聞尚恐不真，今日人物是親眼見的。壁上詩年紀與其人相對，自然是他親題，千真萬實，怎教我平如衡不想殺愧殺！又不知方纔這首和詩，美人可曾看見？若是看見我後面題名，方纔出廟門，覿面相覷，定然知道是我。我的詩雖不及美人，或者憐我一段殷勤欣慕之情，稍加青盼，尚不枉了一番奇遇；若是美人眼高，未免咲我書生唐突，則為之奈何[21]？

---

[20]　〔美〕阿諾德・豪澤爾（Arnold Hauser）指出：「當藝術抓住了生活的最明顯的特徵，它就能最生動、最深刻地反映現象，不然它就會失去召喚的力量。藝術是通過集中反映生活整體性的方法來深入對象的內層結構的。藝術的整體性不等於各個部分的相加；它存在於每個部分之中。每件藝術作品都滲透著生活結構的整體性。」見氏著，居延安譯：《藝術社會學》（The Sociology of Art）（臺北：雅典出版社，1988年），頁2。

[21]　荻岸散人撰：《平山冷燕》，頁228-229。

從實際情形看來，明末清初才子佳人小說敘述者有意識顛覆傳統文化中的「男／女」的主客關係與性別對立，反而以「追求者／被追求者」的位置來取代「才子／佳人」的性別本質。因此，所謂「才子佳人／佳人才子」的性別本質，在「才、情、色、德」形象的共同表現下出現性別流動現象[22]。尤其具有才子風範的佳人形象的出現，在某種程度上使得傳統性別政治中「主動／被動」的二元對立關係的界線為之產生變化。其中，在話語實踐的意識形態背後所隱含的社會、性別、階層的關係，可能在無意識中被傳奇式幻想的書寫所掩蓋。傳統上男／女、陽／陰特質的性別差異所構成的二元對立結構，往往在才子和佳人彼此性別形象互滲的情況下，變為一種不可確切掌握的心理幻象，可謂別具文化意味。

當然，明末清初才子佳人小說並不全然是一種超越歷史文化語境制約而存在的藝術形式，所謂「才子佳人／佳人才子」的理想人物形象塑造，基本上仍然是一種權力投射和情欲幻想的替身。表現上看來，理想人物形象的書寫本身似乎解構了傳統父權體制中以男性為中心的性別規範，滿足了女性人物自由自主發展的機會。然而饒富興味的是，敘述者卻又在種種敘事行為中，將男女愛情的圓滿與否建築在最終通過「科舉」考試的行動表現之上，並將男女婚姻情感的實現，最終導向「皇帝賜婚」和「一夫多妻」的婚姻結局，又從另一層面重新確立父權體制意識形態。正因為如此，有研究者將這樣的婚姻結局視為貫徹主流性別政治與權力結構的一種文化機制，是父權體制意識

---

[22] 有關「才子佳人／佳人才子」之語，見胡萬川：《話本與才子佳人小說之研究》（臺北：大安出版社，1994年），頁208-209。

形態的另一張本㉓。不過，無論如何，對於明末清初才子佳人小說創作而言，作家／敘述者／才子在面對性別認同或性別表演時，其話語實踐本身隱含了各種主客陰陽位置流轉的可能性，而這是否與中國傳統文學中的性別演義中的政治寓意有所關聯，實際上便充滿了各種文化意義解讀的可能性。《生花夢》序言即提到：

> 古人何以立言也？曰：屈原夫婦喻君臣，宋玉神女諷
> 襄王，皆以寓托也。《生花夢》何爲而作？曰：予友
> 娥川主人所以慨遇也；所以寄諷也；所以涵詠性情，
> 發抒志氣，牢騷激昂，淋漓痛快，言其所不能言，發
> 其所不易發也㉔。

在某種意義上，明末清初才子佳人小說在話語實踐上所引發的性別政治聯想，與其針對才子／佳人遇合進行敘事操演的形態表現息息相關。今且不論明末清初才子佳人小說創作的意識形態表現爲何，最終又是否在於確立傳統父權體制的價值體系或傳達特定的政治寓意，惟不可否認的是，在明末清初才子佳人小說中，「女性／佳人」以「才女形象」從傳統社會邊緣的私密閨閣進入小說敘事世界的歷史中心，因而展示出特殊時期的新女性形象特質，在創作與閱讀之間供以不同社會階層進行文化消費。因此，在言情傳統的變與不變、常與非

㉓ 張淑麗：〈逆讀明末清初才子佳人小說──從《玉嬌梨》談起〉，見鍾慧玲主編：《女性主義與中國文學》（臺北：里仁書局，1997年），頁395-421。另可參黃蘊綠：《明末清初才子佳人小說中的佳人形象》（臺北：淡江大學中國文學系碩士論文，1996年）。

㉔ 娥川主人編次：《生花夢·序》，收於古本小說集成編委會編：《古本小說集成》（上海：上海古籍出版社，1990年），頁1-2。

常之間，才子佳人小說之創作與流行，最終能成為一個獨特的文學現象和文化現象，無形中也證成了歷史文化轉變及傳統思想文化價值轉換的根本事實㉕。在明清時期的歷史文化語境中，才子佳人小說中的語言使用和創作趣味的深化，實際上便是通過傳統性別政治寓言的敘事操演而有所表現的，一方面除了凸顯作家群體在現實生活中所必須面對的出處困境，另一方面則是話語實踐本身在性別關係的解構、顛覆與重建中，隱隱地進行了一場思想文化價值轉換的角力，這無疑是值得再予探討的。

　　總的來說，在中國傳統文化中，男性中心（male centered）的語言／象徵體系在話語實踐上始終占有文化結構中的主體位置，充滿了高度的文化優越性。在各種話語實踐的意識形態表現中，男性對於自我身分的確認及其權力的表述，無疑是清楚而明確的。對於明末清初才子佳人小說的創作發生而言，作家群體對於「才、色、情、德」集於一身的文人形象及其理想人格的展示，其審美理想、價值觀念和話語表現受到傳統文化認知的影響，基本上是顯明一致的㉖。不過，當作家群體以「言情」主題和「才子／佳人遇合」的敘事模式為表現軸心，藉由男女兩性遇合過程的書寫進行敘事操作，從中寄寓個人對於世俗現實的基本理解和看法，其話語實踐顯示了作家群體在特定社會階層、文化層次和文化氛圍下對於「自我形象」的一種再思考，顯

㉕　〔美〕阿諾德・豪澤爾認為：「藝術的社會性質表現在兩個方面：一方面，藝術家必須使用能與別人分享的「語言」；另一方面，他的語言既要遵守語法規則，又要受制於風格的原則和普遍被接受的趣味標準。在所有社會力量中對藝術家影響最大的就是公眾趣味，他可以無視公眾趣味，但他無法躲避它的影響。」見氏著，居延安譯：《藝術社會學》，頁123。

㉖　劉坎龍：〈「才子」的理想人格──才子佳人小說的文化透視之一〉，《新疆師範大學學報》（哲社版），1993年第3期，頁23-29。

然別有寓意㉗。

參、才子佳人小說話語體式的主體精神建構及其審美意向

　　無論從文學史或文化研究的觀點來說，明末清初才子佳人小說之能成為流派或類型，實具有其特定的美學意義和文化價值。明清之際時世變遷劇烈，當時的歷史、文化正處於重要的轉型時期，因而在「眾聲喧嘩」的話語現象中，才子佳人小說確與其他話語共同分解了文化現實中的文學意識和語言意識的統一性。然而作為一種話語類型，才子佳人小說又以其獨特的藝術形式和精神結構，強烈地顯示出作家群體共同追尋自我形象和生活理想的內在心理需求，又與其他話語類型有所區別。就其實質表現來說，作家群體在具有強大破壞力的歷史文化分裂現象下，對於如何維持「自我本性」（selfhood）並面對出處困境難題思考，便成為極為重要的人生課題。亞伯納・柯恩（Abner Cohen）指出：

　　　……在任何時候，支持自我本性的象徵行為模式是得
　　　自於社會，當社會發生變化的時候，人們總是喜歡維
　　　持——實際上是努力的依照傳統的辦法去保存他們的
　　　身分和自我本性。社會變遷通常會威脅到我們的自我
　　　本性，特別是地位角色發生改變的時候，那時，我們

㉗ 章文泓、紀德君：〈才子形象的文化心理闡釋〉，《中山大學學報》（社科版），1996 年
　　第5期，頁110-118。周建渝：《才子佳人小說研究》，頁57-72。

會藉著重新詮釋我們的象徵行為模式而強力的設法維持我們的自我本性[28]。

今據此考察明末清初才佳人小說敘事建構時可見，作家群體為維持自我本性，無不在敘事進程中積極將「詩」言語鑲嵌於敘述過程，因而成為話語體式創造的基本成規和主導性審美規範之重要表現。因此，在中國詩學傳統及其文學慣例的影響下，才子佳人小說敘事話語受到詩言語的積極融入，整體藝術形式表現便顯得饒富意味。

如前所言，在明末清初才子佳人小說中，「詩」言語作為小說話語體式的基本構成條件時，其語體創造的形式、意義與風格的表現，「所傳達的不只是認知對象，也包含審美評價和情感態度，是『指示義』和『內涵義』的統一」[29]。這樣的話語表現，基本已成為作家確認自我本性的重要參照標準。天花藏主人在《平山冷燕》序言中說：

天賦人以性，雖賢愚不一，而忠孝節義莫不皆備，獨才情則有得有不得焉，故一品一行，隨人可立，而繡虎雕龍，千秋無幾[30]。

由於明末清初才子佳人小說作家多稱個人「篤志詩書，精於翰墨」，故於敘事進程中刻意融入「詩」的言語體裁和精神，無不強調「繡虎雕龍，千秋無幾」的才情表現。因此，當作家群體有意在才

---

[28] 〔美〕亞伯納・柯恩（Abner Cohen）著，宋光宇譯：《權力結構與符號象徵》（臺北：金楓出版有限公司，1987年），頁86。

[29] 胡平：《敘事文學感染力研究》（天津：百花文藝出版社，1995年），頁146。

[30] 荻岸散人撰：《平山冷燕・序》，頁1-2。

子佳人小說創作中建構其主體精神及審美意向時，「詩」顯然已成爲文
體創造、審美闡釋和意義解讀的重要參考標誌。尤其是作家／敘述者／
才子三位一體有意藉話語實踐進行自我本性的政治象徵之探索時，
「詩」在小說文本中的思想表達和藝術表現無疑具有其深刻的文化意
義。以今觀之，在明清之際的權力秩序崩解與重建過程中，當才子
佳人小說作家群體有感於自我本性維持的重要性時，小說話語藉由
「詩」言語體裁及其語言的鑲嵌來建立起一套確立自我的認知、感覺
和感情的象徵行爲，而這樣的言語表現顯然是與中國古代《詩》、
〈騷〉抒情傳統一脈相承，深刻地受到傳統詩學中有關「詩」的創作
原則及其審美意識表現的影響而形成的[31]。

　　一般而言，詩詞作爲小說創作的一種表現方法，是中國古代小說
特有的基本特徵和藝術形式[32]。事實上，詩文鑲嵌手法在明代中篇文
言傳奇就已出現，學者多稱其爲「詩文小說」[33]。明末清初才子佳人
小說作爲別具一格的通俗文學話語，其敘事形態及其風格的表現，可

---

[31]　參蔡英俊〈抒情精神與抒情傳統〉一文，見劉岱總主編、蔡英俊主編：《中國文化新論──
文學篇：抒情的境界》（臺北：聯經出版事業公司，1987年），頁69-109。另高友工在〈中
國敘事文學傳統中的抒情意境：《紅樓夢》和《儒林外史》讀解〉一文中試圖考察中國詩歌
傳統中「抒情意境」的發展，以及它對文言和白話兩類敘事文學體裁的影響，並集中考察這
種意境被移植到一種截然不同的文學體裁時所表現出來的連續性，以及受不同的社會習俗和
變化著的文化條件影響而產生的內容和技巧的必然變化。見李達三、羅鋼主編：《中外比較
文學的里程碑》（北京：人民出版社，1996年），頁301-315。

[32]　林辰論及小說詩詞時指出：「……小說詩詞畢竟不同於文人詩詞。小說詩詞是作為小說創作
的一種工具被引進小說中來的──所以，小說詩詞雖然還保存著詩詞曲賦的外形，卻已經是
小說的一個組成部分了：成為小說的一種表現手段，成為小說的一種藝術技法。」參氏著：
《古代小說與詩詞》（瀋陽：遼寧教育出版社，1992年），頁2-3。

[33]　孫楷第：《日本東京所見小說書目》（北京：人民文學出版社，1981年）。進一步討論，參
陳大康：《明代小說史》（上海：上海文藝出版社，2000年），頁316-328。

謂繼承了中國文學傳統中的詩學精神。其中，「以俗融雅」、「以雅化俗」的審美意向及其藝術形式創造，已獲得歷來研究者閱讀接受時的普遍共識[34]。不過，從過去研究歷史的實際情況來看，傳統研究者們亦多認為「詩」在明末清初才子佳人小說中的鑲嵌表現，只不過是一種敘述套語或書寫程式，因此並沒有給予多少實質上的關注。而真正對於小說中的「詩」有所關注並給予相當肯定評價者，基本上是到了晚近研究才開始的。如石麟從明清章回小說的敘述語言的流變情形來看，認為明末清初才子佳人的語言體式表現具有承繼和轉換的美學意義。他指出：

> 明代的許多作品，文的太文，如《三國志通俗演義》
> 等歷史演義小說，由於史書的影響，文言成分過於濃
> 厚；俗的太俗，即如《水滸傳》、《西遊記》、《金
> 瓶梅》等名著，有的帶有太多說話人口吻、有的帶有
> 太濃厚的鄉土語言。何以到了清代的《紅樓夢》、
> 《儒林外史》等傑作，一下子便出現了那麼高雅明淨

---

[34] 如石昌渝從文體演變角度論析才子佳人小說時指出：「在明末放蕩的世風和社會思潮的推動下，傳奇小說僅保留才子佳人的題材傳統，乾脆拋棄了文言的外衣，使用書面的白話，這就是清初的形形色色的才子佳人小說。因此我們也可以把清初的才子佳人小說看作是白話的傳奇小說。」見氏著：《中國小說源流論》（北京：生活・讀書・新知三聯書店，1994年），頁372。魯德才論及才子佳人小說的雅化情形時亦指出：「……但此類小說是白話通俗小說與文言小說的結合體，排除了歷史的、神怪的、色情的成分，建立了新的章回體。且具有職業作家的創作風格和形式，揚棄了漢唐小說描寫粗糙、簡略及篇幅短小的文言形式，又吸收了宋元話本和明白話短篇小說細膩的描寫和通俗的語言，因而敘述有條理而通暢，對形成標準白話文體起到了不可忽視的作用。」見氏著：《古代白話小說形態發展史論》（天津：南開大學出版社，2003年），頁13-14。

的書面化語言而又通俗易懂？這中間有一座橋樑，一
座章回小說的語言發展過程中的橋樑，這橋樑，正是
那些出現於明末清初的才子佳人小說中的優秀作品㉟。

從敘述語言流變的角度來看，的確可見才子佳人小說在「淨
化」的語言美學表現上，相較於一般通俗文學話語所呈現的語言意
識而言具有較為濃厚的文人氣息。王恆展在論及通俗小說雅化的歷程
時，亦指出明末清初才子佳人小說的雅化傾向具有其過渡性的美學意
義：

縱觀這一時期的才子佳人小說，可以發現其創作動
機、形象體系、思想內容、藝術形式、藝術手法等方
面，的確都有較為明顯的雅化傾向，的確堪稱《金瓶
梅》與《紅樓夢》之間的過渡和橋樑㊱。

其中「散韻結合」、「詩詞穿插」的藝術形式和「以詩詞刻畫
人物」的藝術方法即是其雅化的主要特徵之一㊲。此外，蕭馳更是將
「詩」視為與才子佳人小說敘事創造本身構成了一種「互文關係」的
言語表現，體現出一種抒情情結，他認為：

才子佳人小說其實是關於詩人們在世俗世界的遭逢、

㉟　石麟：《章回小說通論》（鄭州：中州古籍出版社，2000年），頁83。
㊱　王恆展：《中國小說發展史概論》（濟南：山東教育出版社，1999年），頁366。
㊲　王恆展：《中國小說發展史概論》，頁374-375。

和達成願望的故事，而遭逢和達成願望一般都與寫詩
相關。正是在這裡，我們看到小說與中國文化的主要
標誌之一抒情詩的情結[38]。

毋庸諱言，詩的抒情性表現的確爲才子／佳人遇合的愛情願望增
添幾分浪漫色彩，也由此寄寓了作家群體藉詩以抒情的內在情結。從
上引文字來看，晚近學者們大體上都認爲中國古代小說的雅化情形，
經明末清初才子佳人小說而有進一步的發展，並且在《紅樓夢》出現
時達於顛峰。事實上，就明末清初才子佳人小說中有關詩詞韻語的作
用及其美學特徵的表現而言，這無疑是一個值得再討論的文學／文化
現象。

那麼，我們應當如何看待明末清初才子佳人小說在歷史文化語
境和自我敘事風格雙重影響下的話語體式表現呢？如果說，文學創作
本身是作家在以歷史文化的精神結構爲參照的情形中，對於書寫的語
言、思想和風格的建立所進行一場具修辭性質的話語實踐；那麼，在
才子佳人小說文本中，「詩」在各種雜語現象中所展現特立獨出的話
語精神表現，則具有其重要的修辭美學作用。巴赫金在論述長篇小說
的體裁特性時，提出了長篇小說是用藝術方法組織起來的社會性的
「雜語現象」之看法，可謂頗具卓思。今援引說明之：

小說正是通過社會性雜語現象以及以此爲基礎的個人
獨特的多聲現象，來駕馭自己所有的題材、自己所描

---

[38] 蕭馳：〈從「才子佳人」到《石頭記》〉，見氏著：《中國抒情傳統》（臺北：允晨文化實
業股份有限公司，1999年），頁280。

繪和表現的整個實物和文意世界。作者語言、敘述人
語言、穿插的文體、人物語言——這都只不過是雜語
藉以進入小說的一些基本的布局結構統一體。其中每
一個統一體都允許有多種社會的聲音，而不同社會聲
音之間會有多種聯繫和關係（總是在某種程度上構成
對話的聯繫和關係）。不同話語和不同語言之間存在
這類特殊的聯繫和關係，主題通過不同語言和話語得
以展開，主題可分解爲社會雜語的涓涓細流，主題的
對話化——這些便是小說修辭的基本特點[39]。

　　依巴赫金觀點而言，在長篇小說內在的雜語現象中，文本引進
和組織雜語的一個最基本最重要的形式是「鑲嵌體裁」。實際上，長
篇小說允許各種不同體裁的鑲嵌，而這些鑲嵌的體裁在某種程度上仍
能保持自己結構的穩定和獨立性，並保持體裁語言和修辭的特色[40]。
因此，作爲一種言語體裁，「詩」在明末清初才子佳人小說文本中的
鑲嵌及其表現，不僅是作家／敘述者／主人公用以把握現實、造語傳
意和維持自我本性的重要藝術形式，同時對於小說話語體式的構成和
「雅化」作用，顯然有著重要的修辭力量。尤其當作家／敘述者／主
人公在話語實踐中，有意識地在「詩」的引用和表述上混合小說中其
他話語形式進行藝術創造時，「詩」在文本中無疑將具有其強烈的修

---

[39] 〔俄〕米哈依爾・巴赫金：〈長篇小說話語〉，見錢中文主編：《巴赫金全集》第三卷，頁
39。

[40] 〔俄〕米哈依爾・巴赫金：〈長篇小說話語〉，見錢中文主編：《巴赫金全集》第三卷，頁
39。

辭性質，進而成爲支配小說類型生成的主導性審美規範[41]。在某種意義上，當我們針對「詩」言語在明末清初才子佳人小說雜語現象中的藝術表現進行美學考察時，則「詩」的存在及其在話語體式構成的影響作用，不僅提供了我們觀察才子佳人小說言情書寫的抒情性之獨特視角，而且通過「詩」去理解小說世界的基本形式，已然成爲我們探求小說主題意涵和價值體系的重要途徑。

以今觀之，明末清初才子佳人小說作爲「文人小說」，其整體敘事建構是以文人夢想達成的故事爲「提喻」（synecdoche）來表現文人自身的情懷[42]。在明末清初才子佳人小說中，「詩」的語體形式作爲作家／敘述者／主人公的精神符號載體，大量被鑲嵌於小說敘事進程之中，其話語實踐並不只是作家／敘述者／主人公藉以「逞才」的行動結果而已，「詩」言語的鑲嵌在某種意義上深切地體現了作家／敘述者／才子對於「主體精神」進行建構的具體願望。如天花藏主人在《兩交婚小傳》序言中所指出的：

> 蛾眉蟬首，世不乏人，而一朝黃土，寂寂寥寥，所謂
> 佳美者安在哉？……至若才在詩文，或膾炙而流涎，
> 或嘔心而欲嘔，其情立見，誰能掩之[43]。

所謂「才在詩文」，「其情立見」。佳人得以詩文之才受人重

---

[41] 〔俄〕米哈依爾・巴赫金即指出：「還有一些特殊的體裁，它們在長篇小說中起著極其重要的架構作用，有時直接左右著整個小說的結構，從而形成一些特殊的小說類型。」見氏著：〈長篇小說話語〉，見錢中文主編：《巴赫金全集》第三卷，頁106。

[42] 蕭馳：〈從「才子佳人」到《石頭記》〉，見氏著：《中國抒情傳統》，頁291。

[43] 天花藏主人撰：《兩交婚小傳・序》，頁5-9。

視，正可視爲作家群體寄寓自我本性和建構主體精神的一種深切期
待，並投射於才子行動書寫之上。如《兩交婚小傳》第一回敘述者講
述才子甘頤因府考不取，行經一座大廟，一時感慨不平，乃題〈踏莎
行〉詞於廟旁粉壁之上曰：

> 白日求才，青天取士，無非要顯文明治。如何燦燦斗
> 魁光，化爲赫赫金銀氣。　禿鐵無靈，毛錐失利，
> 殘書嚼碎無滋味。尚餘斗酒百篇詩，不如且向長安
> 醉[44]。

　　由於才子滿腹詩文之學，亟待抒發。因此，在才子佳人小說的
敘事建構中，有關以「詩」傳「情」的行動，便成爲作家群體在敘事
進程中極力經營書寫的情節，藉以消解個人在現實的不遇情結。大體
而言，明末清初才子佳人小說在中國詩、騷抒情傳統的影響下，其話
語體式內蘊的詩學精神對於作家／敘述者／主人公展示自我本性是有
所裨益的[45]。因此，在才子佳人小說文本中，有關主人公的「才」、
「情」的再現／表現，絕非僅僅是傳達故事中有別於凡夫俗子的文學
才華而已，而是作家／敘述者／主人公三位一體的生活理想和審美理

---

[44] 天花藏主人撰：《兩交婚小傳》，頁13。

[45] 根據〔俄〕米哈依爾・巴赫金論及長篇小說話語中的語言表現時的觀點，他指出小說體中構
　　成其修辭特色的「能說明問題」的基本對象，就是說話人和他的話語。他認爲：「說話人及
　　其話語，……是形成小說體裁特色的最能說明問題的小說對象。……人在小說中的行動，可
　　以並不少於戲劇和史詩；不過他的這些行動總伴隨著思想的說明，總伴隨著話語（至少是可
　　能有話語），伴隨著思想上的解說，體現著一定的思想立場。主人公的行爲、行動，無論是
　　爲了揭示還是爲了考驗他的思想立場、他的話語，在小說中都是必不可少的。」見氏著：
　　〈長篇小說話語〉，見錢中文主編：《巴赫金全集》第三卷，頁120。

想的具體化表現。《玉嬌梨》第六回敘述者引詩曰：

> 塗名餙行盡黃金，獨有文章不許侵。
>
> 一字源流千古遠，幾行辛苦十年深；
>
> 百篇價重應仙骨，八斗才高自錦心。
>
> 寄語膏粱村口腹，莫將佳句等閒吟[46]。

　　基本上，明末清初才子佳人小說之能與「人情—寫實」小說流派中其他類型的小說乃至其他流派的小說類型形成區別，「詩」的言語體裁的鑲嵌無疑是一個必須重視的話語標誌。從美學概念來說，詩言語、敘述語言和故事題材是融合在一起的，在介於雅正與通俗之間的話語實踐中折射和合奏出作家群體的「自我本性」。從文化概念來看，詩言語與敘述語言所潛藏的一種內在對話關係，可以說在敘事建構過程中化作藝術形式而形諸於外，因而能夠創造出一種有別於其他小說流派或類型作品的話語精神和語言風格[47]。

　　從上述話語系統的選擇到話語實踐的操作說明中可見，明末清初才子佳人小說的敘事建構實具有其特定的政治性和文化意味，話語體式具有反映作家／敘述者／主人公的主體精神及其審美意向的作用。不可否認，在眾聲喧嘩的明清通俗文化思潮中，明末清初才子佳人小

---

[46] 荑秋散人編次：《玉嬌梨》，頁205。

[47] 〔俄〕米哈依爾‧巴赫金認為：風格必須要求話語對自己所講的對象、自己的說話人、以及對他人話語採取一種重要的創造性的態度。風格力求使材料有機地融合於語言，而語言有機地融合於材料。風格絕不是在這個敘述之外再講述些什麼業已成熟並形諸語言的東西、已為人知的東西。見氏著：〈長篇小說的話語〉，見錢中文主編：《巴赫金全集》第三卷，頁166。

說創作發生於明清之際歷史文化轉型時期，其話語選擇與創造本身在
在說明了語言、文化、歷史三者之間緊密相連。在小說敘事建構過程
中，有關作家／敘述者／主人公話語實踐意識形態的開展，無疑是通
過詩及其內在對話性來積極實現的，進而由此完成自我本性的主體精
神建構。其中，「詩」言語的鑲嵌表現，不只是作爲組織話語的藝術
形式，用以調整敘事節奏；或者只是作爲一種敘事策略，用以傳達敘
事信息。事實上，伴隨著小說敘事進程的開展，「詩」言語體裁的出
現，始終是作爲文本中生活現實／主體精神、敘述過程／情感邏輯進
行內在對話的重要語言形式。因此，詩的言語體裁之鑲嵌，實具有滲
透整個話語體式及其語義和情感意味的對話性，因而成爲才子佳人小
說得以構築自身風格的力量之所在[48]。總之，作爲作家／敘述者／主
人公的主體精神的一種展示，「詩」的鑲嵌及其審美意向表現，除了
印證作家群體在文化斷裂和轉型時期中對於確立自我主體性的深切要
求，更使得整體藝術形式表現別具文化意味。

第二節　書寫：才子佳人小說的形式與本質

　　從上述話語現象分析中可知，明末清初才子佳人小說作家雖然
選擇「通俗小說」話語系統進行創作，但是通過「性別政治」的敘事
操演和「詩」的言語體裁的鑲嵌，整體話語運作試圖在「言情」氛圍

---

[48]　〔美〕蘇珊‧郎格（Susanne k. Langer）指出：「所有的藝術常規都是創造表達某種生命力
　　　或情感概念的形式之手段。一部藝術作品的任何一種因素，都可能有助於這種形式在其中得
　　　以呈現的幻覺範圍，有助於它們的出現，它們的和諧，它們的有機統一和清晰。」見氏著，
　　　劉大基等譯：《情感與形式》（*Feeling and Form*）（臺北：商鼎文化出版社，1991年），
　　　頁324。

中維持自我本性和建構主體精神，並藉以傳達出作家群體的自我形象和心理願望。在過去的研究歷史中，研究者對於才子佳人小說作爲一種文體或類型，大體上已有相當程度的探討。不過，研究者多以「言情」的題材表現爲思考徑路和研究起點，相關論述並沒有完全超越傳統言情文學中有關「理想青年男女的愛情與婚姻」的理解，以致沒能深入說明才子佳人小說的話語特性及其審美規範。因此，本文在前賢今能的研究基礎上，將不再以才子和佳人的愛情與婚姻的題材內容爲論述重點，而是試圖從「傳奇」書寫的視角再行探究才子佳人小說的形式與本質，以期了解其文體特色及其廣爲流行的可能因素。

壹、理想化的虛構世界

如果說，「詩」是才子佳人小說的主體精神建構的言語基礎；那麼，「浪漫故事」則是才子佳人小說主體精神實現的故事本體。其中，與浪漫故事書寫有關的「冒險旅程」，既有再現現實時空的行動作用，又具有超越現實時空的心理表現。在歷史與文本之間，明末清初作家群體以冒險旅程作爲才子佳人小說的故事主體，其書寫的過程既是一場儀式，其書寫的內容又是一場夢幻，因而得以創造出有別於其他言情文學話語類型的藝術形式。基本上，明末清初才子佳人小說具有強烈的「夢」與「幻想」的特質，已是大多數研究者所同意的觀點。因此，當我們試圖尋繹明末清初才子佳人小說敘事建構的基本成規及其主導性審美規範時，無疑必須關注一個基本文學事實：即在才子佳人小說話語的創造過程中，作家群體如何在夢幻敘事的藝術化過程中把握現實的歷史時間和空間相互聯繫的關係，並藉以創造出一個理想化的虛構世界。

一、夢：私人的神話

在傳統小說研究歷史中，研究者們大體都將明末清初才子佳人小說視爲人情—寫實小說流派之支流。但如前所言，研究者們實際從事編輯或評論時，則多從「婚戀」的角度將之置於「言情小說」脈絡中進行分析[49]，並認爲其創作發生多與中國的科舉制度和婚姻習俗有特殊的關係，以今日通俗文學觀點論之，其「言情小說」創作本身具有強烈的「補償」特徵[50]。無可諱言的，從表面上看來，明末清初才子佳人小說的確在表層結構顯示出具補償意識的思想情感表現。不過，如果我們單從上述「婚戀」的角度談論才子佳人小說的意指實踐時，其實並不足以說明小說集體敘事現象作爲一種文學現象或文化現象的獨特之處，更遑論深入了解其話語作爲文化釋義系統表現的形式與本質。因此，爲深入探求明末清初才子佳人小說的美學意義和文化價值，無疑必須掌握其書寫的形式和本質。

基本上，明末清初才子佳人小說敘事建構的獨特之處，即在於作家群體意圖創造一個充滿理想性和夢幻性的虛構世界，藉以實現自我本性的主體精神。其中，小說敘事深層結構的話語實踐，已在某種程度上超越了情或婚戀的表層結構的情感表現，具有其特定的意指實踐和隱喻作用。借引煙水散人在《女才子書·敘》中所言說明之：

---

[49] 如殷國光、葉君遠主編：《明清言情小說》（北京：華夏出版社，1993年）。吳禮權：《中國言情小說史》（臺北：臺灣商務印書館，1995年），313-329。

[50] 王晶指出：「……是愛在生活夢想與實際之間存在缺憾的一種補充，是一次主體自身實現不了的感情的遊歷。是在情感的深度、力度及多樣性方面對生活本身構成一種光彩或具有召喚力的東西。」見氏著：《西方通俗小說：類型與價值》（昆明：雲南人民出版社，2002年），頁143。

當夫繪寫幽芳，如遊姑射而觀神女；敷揚姝麗，似登
金屋而覯阿嬌。或假綺情而結想，或因怨態以傳神。
燕子樓頭，不失驚鴻之致；苧蘿村畔，何存傾國之
容。而使淒其蓬巷之間，爛成金谷；蕭然楮墨之上，
掩映娥眉。予乃得爲風月主人；煙花總管，檢點金
釵，品題羅袖。雖無異乎遊僊之虛夢，躋顯之浮思而
已。潑墨成濤，揮毫落錦，飄飄然若置身於凌雲臺
榭，亦可以變啼爲笑，破恨成歡矣[51]。

顯而易見，當作家／敘述者／主人公進入追尋式的浪漫故事情
境中，以風月主人、煙花總管之姿遊於仙鄉之虛夢，其書寫／講述／
行動猶如經歷一場人生夢幻一般，整體話語實踐既試圖展示出一種寄
託未來生活的理想傾向，卻也相對地暗示了作家群體的現實處境，充
滿了另類的「眞實感」。究其實質表現，明清之際作家群體的集體欲
望表現，或如《合浦珠》第一回開場時，敘述者引〈疏帘淡月〉詞所
言：

韶光遲速，休名利關心。塵途碌碌，門外鶯啼，正值
春江拖綠，襟懷瀟灑須袪俗。締心交，芝蘭同馥，草
堂清晝，彈琴話古，諷梅哦竹。　憑世上雨雲翻覆，
唯男兒倜儻，別開看目。莫咲寒酸，自有文章盈腹。

---

[51] 鴛湖煙水散人：《女才子書‧敘》，收於古本小說集成編委會編：《古本小說集成》（上海：上海古籍出版社，1990年），頁4-9。

翠幃遙想人如玉，待他年貯伊。金屋畫哦，摠下賡
詩，花底風流方足[52]。

所謂「金屋畫哦，摠下賡詩，花底風流方足」，無疑是作家群體
心目中構想的理想化虛構世界樣貌。在言情敘事傳統的框架之下，明
末清初才子佳人小說集體敘事現象的形成，可以說隱隱地傳遞著明清
之際文人群體內在深蘊的、無法實現的人生理想和生命情感之基本幻
象。

一般而言，明末清初才子佳人小說作家選擇通俗文學話語系統進
行創作，小說創作本身如同一場場白日夢體驗，是作家群體實現願望
的一種滿足形式。在某種意義上，才子佳人小說在理想性的虛構世界
的創造過程中藉夢幻以敘事，實際上具有某種程度上的心理療效。如
同弗萊所言：

文學藝術作品構成一種逆反的環境，並創作一些對其
所處文明抱抵觸情緒的作品。⋯⋯在文學中，「眞實
感」這一術語所包含的內容要大大超過「眞實性」。
在我看來，達到一定的強度時，文學所傳播的是一種
受節制的幻覺的感受。也就是說，在文學中，只有當
事物變成眞僞莫辨的幻覺時，我們才能見到它們，因
爲惟有這樣方可用主觀經驗去取代客觀經驗，不過它
是一種受節制的幻覺，這時人們對事物感受之強烈不

[52] 橋李煙水散人編：《合浦珠》，收於古本小說集成編委會編：《古本小說集成》（上海：上
海古籍出版社，1990年），頁1-2。

是日常生活中所能體驗的[53]。

　　而在「夢」的敘事框架中，小說文本呈現為作家／敘述者／主人公三位一體的依存關係，形成一種夢與現實交錯的「真實感」。從實際情形來說，明末清初才子佳人小說作為「夢」的美學形式創造，可以說蘊含著作家的書寫過程、敘述者的講述進程或主人公的遠遊旅程三個層面的敘事循環歷程，今圖示如下：

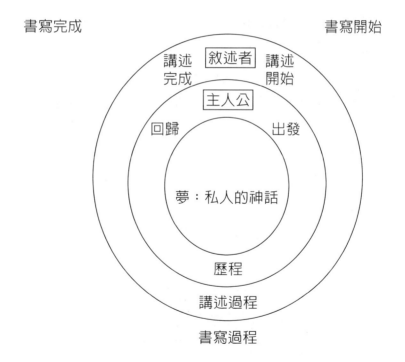

[53] 如同〔加〕弗萊（Northrop Frye）：〈文學的療效〉，見吳持哲編：《諾思洛普‧弗萊文論選集》（北京：中國社會科學出版社，1997年），頁77。

　　明末清初才子佳人小說書寫本身作為一種語言活動的烏托邦，乃是作家在言情敘事的浪漫氛圍中以其想像之筆建構終極夢想的具體敘事表現。在上述敘事框架中，明末清初才子佳人小說作家群體在無意識中通過虛構和幻想的替代性補償作用，共同完成一場場夢幻的遊戲，藉私人的神話建構以傳遞作家群體的公開的夢，實具有其特殊的意指實踐。

　　本文在第二章分析明末清初才子佳人小說創作的原型思維時，曾經提及作家們在序、敘、跋和題辭中多提及，才子佳人小說書寫本身乃是藉夢幻之思以實現生活理想。事實上，在清代才子佳人小說的集體敘事現象中，便有為數不少的作品就是以「夢」為題名或以與「夢」相關者進行命名，如《金雲翹傳》（又名《雙奇夢》、《雙和歡》）、《情夢柝》、《醒名花》、《夢月樓情史》、《生花夢》、《孤山再夢》、《蝴蝶媒》（又名《鴛鴦夢》、《鴛鴦蝴蝶夢》、《蝴蝶緣》）、《終須夢》、《幻中真》、《飛花艷想》、《夢中緣》、《英雲夢傳》、《三分夢全傳》（又名《醒夢錄》）等等。對於明末清初才子佳人小說的敘事建構而言，其集體敘事現象作為一種文學現象或文化表象，作家群體究竟如何是通過「夢」這樣一種「私人的神話」[54]的創造以傳達集體欲望的，無疑是進一步探論才子佳人小說話語的意指實踐時必須關注的重要關鍵。

　　明末清初才子佳人小說以夢幻作為敘事建構基礎，其話語運作的具體表現，實際上與中國傳統「夢」文化的歷史形成及其發展情形息息相關。在中國古代文化中，夢文化在歷代典籍文獻中留下了豐厚的材料和理論依據。而夢作為一種文化現象，深刻地體現中國文化特

---

[54]　〔美〕喬瑟夫・坎伯（Joseph Campbell）、莫比爾（Bill Moyers）著，朱侃如譯：《神話》（The Power of Myth）（臺北：立緒文化事業有限公司，2000年），頁72。

有的社會制度與意識形態的一種表現形式，其中包括了民族精神、思想、情感、心態、風俗習慣和文化傳統的反映⑤。此外，夢作爲文學創作重要的推動力之一，更造就了古代夢文學的多姿多樣的題材內容和表現形式⑥。在夢文化的歷史氛圍影響下，明末清初才子佳人小說的話語實踐，正可視爲一種「夢喻之作」⑤。據此而論，在明末清初才子佳人小說中，才子／英雄的「冒險旅程」作爲敘事建構的原型模式，其話語實踐無論是在作家書寫、敘述者講述或主人公行動等方面，都是充滿想像和幻想的敘事因子的，因而使得書寫得以展示出特定情感和審美生命形式⑤。今依明末清初才子佳人小說的敘事建構而

---

⑤　有關中國夢文化的討論，可參傅正谷：《中國夢文化》（北京：中國社會科學出版社，1993年）。劉文英：《夢的迷信與夢的探索》（北京：中國社會科學出版社，2000年）。吳康：《中國古代夢幻》（北京：海南出版社，2002年）。劉文英、曹田玉：《夢與中國文化》（北京：人民出版社，2003年）。

⑥　經劉文英、曹田玉歸納研究指出：「夢的題材貫穿於整個中國文學史，連綿不斷，毋庸置疑。其中有些作品，夢的題材的分量很大或居於主導的地位，由此形成了夢幻文學這種奇特的文學形式。在楚辭、漢賦、唐詩、宋詞、散曲、雜劇和小說中不僅都可以找到典型的文本，而且這種文本越來越多，其例不勝枚舉，這是夢文化在中國文學中的重要載體。」有關夢與中國古代文學藝術的討論，可參見氏著：《夢與中國文化》，頁646-746。

⑤　傅正谷指出中國古代夢文學的主要表現形式有三：一是記夢之作，二是夢中之作，三是夢喻之作。所謂「夢喻之作」，依傅正谷的解釋觀點來說指的是：「這類作品的特點是以夢為喻，去狀物寫景，抒情議論，以表現被夢幻了的某種現實生活，表達作者的思想、情志、願望、理想等，說明某種道理。就作者自己來說，雖然他們不一定是真的有夢，但也都是直接或間接從自己或別人有過的夢中受到啓示，取得經驗，才把寫夢當作文學的一種特殊表現手段的。因此，在這樣的作品中，夢並不一定具有夢本身的景象、意義，而常常只是作為一種比喻或象徵的存在。也就是說，這類作品寫夢的本身並不是作者的主要目的，主要目的乃在於寫夢之外（意在寫夢之外）。」見氏著：《中國夢文化》，頁454-455。

⑤　在此一理解中，本文研究大抵同意王恒柱的觀點，即將才子佳人小說視為「構築心靈理想的文學」。但該文認為不應劃入世情小說的看法，本文則持保留意見。參王恒柱：〈才子佳人小說是構築心靈理想的文學〉，《山東師大學報》，1994年第1期。

論，作家／敘述者／才子三位一體的話語實踐在夢幻之思的影響下，其具體表達形式基本上隱含著三個層次的敘事內容：

首先，就作家的「蝴蝶夢」而言。

明清之際時世變化劇烈，作家群體面對出處遇合的困境，實難消解。因此，萬千心緒形諸筆端，「設幻造夢」已然成為重要的表達形式，甚而構成一種書寫程式。明末清初才子佳人小說在歷史文化轉型時期中出現，究竟為何而作？歷來研究者多所探討，已成定論，毋庸贅言。今從小說話語構成作為文化釋義系統的特定表徵來看，作家群體藉話語實踐以隱喻自我形象或集體形象，頗耐人尋味。天花藏主人在《飛花詠》序言中說：

> ……故蛾眉皓齒，莫非美人也。雖未嘗不怡耳悅目，亦必至才高白雪，情重陽春，而後飛聲閨閣，頌美香奩，傾慕遍天下也。雖然才高情重固難，而頌美飛聲，亦正不易。設幽蘭祕之空谷，良璧蘊之深山，誰則知之。此桃源又賴漁父之引。而漁父之引，又賴沿溪之流水桃花也。因知可悲者顛沛也，而孰知顛沛者，正天心之作合其團圓也。最苦者流離也，而孰知流離者，正造物之愈出愈奇，而情之至死不變耶[59]！

所謂「美人」，除秀骨妍肌之外，當如天花藏主人於《兩交婚小

---

[59] 佚名：《飛花詠‧序》，收於古本小說集成編委會編：《古本小說集成》（上海：上海古籍出版社，1990年），頁2-8。其中頁6-7之序言文字當移置頁9之後。

傳》序言中說：

> 至於竊天地之私，釀詩書成性命，乞鬼神之巧，鏤錦
> 繡作心腸，感時吐彤管之雋詞，觸景飛香奩之警句，
> 此又益肌骨之榮光，而逗在中之佳美者也。故遠山之
> 眉，有時罷筆，而白頭之句，無今古而傷心。以此知
> 色之為色必借才之為才，而後佳美刺入人心，不可磨
> 滅也[60]。

　　在中國《詩》、〈騷〉抒情傳統影響下，「美人」形象的寓意有其深刻的主題意義。從上引序言文字來看，明末清初才子佳人小說作家藉性別政治操演而化身美人，在「自古才難，何容祕美」的心理動因驅使下建構了理想形象和理想化的虛構世界。其中，作家藉書寫以引領讀者探訪「桃源」的意圖，顯得極為突出而深刻。

　　實際上，以冒險旅程作為故事本體的才子佳人小說，整體敘事建構隱含著明清時期作家群體對於探索自我形象和了解人生模式的深層需求。然而，正如「桃源」之於陶淵明進行書寫時的主觀幻設，明末清初才子佳人小說作家視其書寫本身也如同夢幻一般，驚夢主人在《孤山再夢》序言中便認為：

> 乾坤一夢境也，古今一夢場也。榮枯得失，夢中反覆
> 之事也。離合悲歡，夢內變換之景也。世人不語，夢

---

[60] 天花藏主人撰：《兩交婚小傳・序》，頁3-5。

過一生，一生是夢。攘攘蕉鹿場中，忙忙邯鄲道上，
不幾夢中夢夢乎？余旅荊邸，有客自姑蘇來，語及錢
生事。夢耶眞耶？眞耶夢耶？編次成帖，名曰《孤山
再夢》。使閱者知夢固夢也，即眞亦是夢。如認夢作
眞，則認空是色。知眞爲夢，則即色是空。此書大
旨，作如是觀。如必欲求其人、實其事，則又是癡人
說夢矣[61]。

對於明清之際作家群體入夢創作才子佳人小說而言，這樣的創作
思維反映出作家視現實人生如同夢幻一般的個人自主情結表現。這樣
話語表現，正如同莊子〈齊物論〉敘述莊周夢蝶之事：

昔者莊周夢爲胡蝶，栩栩然胡蝶也，自喻適志與！不
知周也。俄然覺，則蘧蘧然周也。不知周之夢爲胡蝶
與，胡蝶之夢爲周與？周與胡蝶，則必有分矣。此之
謂物化[62]。

由此來看，在明末清初才子佳人小說的敘事建構中，作家在夢幻
敘事之中或爲才子、或爲美人，其與主人公物化爲一的主觀想像正與
〈齊物論〉中莊周與胡蝶物化爲一的敘事相同。所不同的是，莊子旨
在「消解物我之間的偏執分割，爲精神超越基礎上的齊物境界提供示

[61] 渭濱笠夫編次：《孤山再夢》，該序收於丁錫根編著：《中國歷代小說序跋集》（下）（北京：人民文學出版社，1996年），頁1279-1280。
[62] 郭慶藩輯：《莊子集釋》（臺北：華正書局，1994年），頁112。

範表演」，藉以消解人類中心觀[63]。而明清才子佳人小說作家則在寄身人物形象的書寫中，視人生虛幻為一大夢境，所有的榮枯得失和離合悲歡在此一夢境之中化作喃喃囈語，反反覆覆地在不同作家的作品中出現，形成了籠罩在歷史循環中而無從逃脫的文化現實。

其次，就敘述者的「黃粱夢」而言。

明清之際的時代交替、政治變革和文化轉型，是中國歷史上一個特殊的時期。隨著清朝統治的歷史新紀元的轉型和開展，作家群體面對處於巨大轉變中的政治環境和社會體制，在傳統儒家兼濟天下、外王經世的終極精神影響下，其對於政治理想秩序的關注及個人出處遇合的期待，充分反映在有關「經世致用」的言論思想之中[64]。然而，對於明清之際的作家群體而言，當文人面臨個人生存困境，轉而投身通俗話語系統進行創作，藉以抒寫情志，發洩幽憤，無疑體現了作家群體在中國傳統政治的「士不遇」情結影響下所體現的生存性焦慮。而這樣的觀念也具體反映在明末清初才子佳人小說敘述者的話語實踐之中，如《玉嬌梨》第十五回敘述者引詩曰：

　　人生何境是神僊，服藥求師總不然。

　　寒士得官如得道，貧儒登第似登天。

　　玉堂金馬眞蓬島，御酒宮花實妙丹。

---

[63] 葉舒憲：《莊子的文化解析——前古典與後現代的視界融合》（武漢：湖北人民出版社，1997年），頁632-640。

[64] 有關明清之際經世致用思想的相關討論，參林聰舜：《明清之際儒家思想的變遷與發展》（臺北：臺灣學生書局，1990年）。林保淳：《經世思想與文學經世：明末清初經世文論研究》（臺北：文津出版社，1991年）。

謾道山中多甲子，貴來一日勝千年[65]。

《宛如約》第三回敘述者也引〈菩薩蠻〉詞曰：

行遊欲覓嬌娃聘，睢鳩空叫聲無應。驀地暗驚呀，桃
源路未賒。　幽蘭空谷裡，彩鳳深藏已。尋識苦無
門，教人欲斷魂[66]。

顯而易見，在才子佳人小說的敘事建構中，作家為消解敘事話
語所隱含的內在焦慮的情感傾向，無不通過敘述者言語敘述極力塑造
主人公的理想人格和形象，從中寄託了作家群體深重的不遇之感。因
此，當我們將才子佳人小說之置身於中國政治歷史的性別演義的話語
脈絡中進行解讀，則不難看出作家群體在面對個體生命價值的實現與
政治理想秩序的建構之雙重願望時，話語實踐所潛藏的一系列有關
「遇合」主題充滿了思想衝突和情感矛盾。

從整體書寫形式來看，明末清初才子佳人小說的典型結構創
造，基本上是藉理想青年男女的圓滿愛情婚姻結局來實現自我理想。
然而，這樣的敘事表現同時也在通俗文化思潮的影響和商業消費文化
的帶動下，化為一種書寫儀式的套式或慣例。不過，在某種程度上，
由於受到商品經濟規律的操作影響，才子佳人小說在流行之際，可能
因文化消費選擇掩蓋了作家群體精神生產的原始本質及其風格，從而
使得讀者忽略作品的終極意指。因此，如何正確理解和看待明末清

---

[65] 荑秋散人編次：《玉嬌梨》，頁513。
[66] 惜花主人批評：《宛如約》，頁32。

初才子佳人小說作爲作家群體的夢或幻想的話語表現，便顯得相當重要。如前所言，由於受到作家群體內在情感焦慮的驅使下，明末清初才子佳人小說的創作本身如同從現實生活進入夢幻歷程一般，作家通過敘事形式安排以建構主人公的人生歷程，可以說最集中、最具體地展示了作家群體的人生理想。在小說文本中，作家通過話語實踐將婚姻、功名、仕宦、子孫等等視爲人生理想實現的組成要素，並在文本化（textualize）過程中逐一獲得實現。事實上，這種類同烏托邦情境建構的創作思維，在某種意義上反映出作家群體潛在的悲劇意識。天花藏主人在《平山冷燕》序言即說：

> 若夫兩眼浮六合之間，一心在千秋之上，落筆時驚風雨，開口秀奪山川。每當春花秋月之時，不禁淋漓感慨，此其才爲何如！……欲人致其身而既不能，欲自短其氣而又不忍，計無所之，不得已而借烏有先生以發洩其黃粱事業[67]。

對於明末清初才子佳人小說而言，「仕進」與「美政」作爲文人理想精神的代表，無不充分反映在夢幻式敘事的話語實踐之上，大體爲研究者所同意。如果說，敘事是人們將各種經驗組織成有現實意義的事件的基本方式；那麼，在才子佳人小說中，敘述者通過「黃粱一夢」的講述及其形式安排，其深層結構則顯示了作家群體在既定文化現實中的失落與無奈。

從實際情形來看，明末清初才子佳人小說通過「黃粱一夢」的敘

---

[67] 荻岸散人撰：《平山冷燕‧序》，頁9-13。

事形式創造，作家藉敘述者的言談來消解現實的悲劇性處境，使得不同作品共同成爲歷史循環中另一種文化事件的驗證。其中，以才子／主人公的冒險旅程作爲敘事建構的原型模式，有關「黃粱一夢」的深層結構表現頗與神話儀式中的追求（quest）和啓蒙（initiation）的原型有關。這種原型表現隨著時代環境和思想文化的變化，其敘事本身呈現出不同的外在意義，而原型的深層結構表現在不同歷史文化情境中的置換變形，便產生出一系列類同的故事。從「黃粱一夢」典故論之，與才子佳人小說密切相關者，當以楊林故事系列爲重要。茲引劉義慶《幽明錄・焦湖廟祝》原文如下：

> 焦湖廟祝有柏枕，三十餘年，枕後一小坼孔。縣民楊林行賈，經廟祈福，祝曰：「君婚姻未？可就枕坼邊。」令林入坼內。見朱門瓊宮瑤臺，勝於世。見趙太尉，爲林婚，育子六人，四男二女。選林祕書郎，俄遷黃門郎。林在枕中，永無思歸之懷，遂遭違忤之事。祝令林出外間，遂見向枕。謂枕內歷年載，而實俄忽之間矣[68]。

---

[68] 李劍國輯釋：《唐前志怪小說輯釋》（臺北：文史哲出版社，1987年），頁491-492。此引文係據孔廣陶校註：《北堂書鈔》卷一三四引《幽明錄》。另李昉編：《太平廣記》卷二八三所引文字有異，今引文備參：「宋世，焦湖廟有一柏枕，或云玉枕，枕有小坼。時單父縣人楊林爲賈客，至廟祈求。廟巫謂曰：「君欲好婚否？」林曰：「幸甚。」巫即遣林近枕邊，因入坼中。遂見朱樓瓊室，有趙太衛在其中。即嫁女與林，生六子，皆爲祕書郎。歷數十年，並無思歸之志。忽如夢覺，猶在枕傍。林愴然久之。」（臺北：文史哲出版社，1981年），頁2254。

援用張漢良論析「楊林」故事系列（包含《楊林》、《枕中記》、《南柯太守傳》、《櫻桃青衣》四部作品）的原型「結構」——由「出發」、「歷程」、「回歸」的循環形式所構成——時的觀點來加以說明，他指出：

> 楊林故事系列不斷地重複，主人翁不斷地以不同的方式重複其經驗，使得構成這深層結構的許多必要成分，隨著創作螺旋的轉動，逐漸清晰地浮現上來，為吾人認知。……這條旋轉曲線會繼續下去，保持著同樣的原型結構，直到「產生這〔原型〕的心理枯竭」[69]。

由此申說，明末清初才子佳人小說出現在明清之際的歷史文化語境中，敘述者話語實踐不僅在表層結構上凸顯了「科舉」與「婚姻」的欲望和主題，而且在深層結構上反映出作家群體的共同意識，體現為作家群體的「集體認同感」（collective identity）。才子佳人小說集體敘事現象的形成，實際上呈現的不只是個人的幻想，而是集體的神話[70]。而在這樣一種屬於特殊時期的集體敘事現象創造中，正顯示出原型在衍變過程通過新母題的設置，因而使得才子佳人小說的夢幻敘事顯得豐滿複雜，情節顯得新奇曲折，展示出其有別於楊林故事系列的特定美學意義[71]。

---

[69] 張漢良：《比較文學理論與實踐》（臺北：東大圖書股份有限公司，1986年），頁214。

[70] 張漢良：《比較文學理論與實踐》，頁204。

[71] 有關楊林故事系列中母題變化和發展，可參周發祥依據張漢良所撰〈楊林故事系列的結構分析〉一文所做的整理。見氏著：《西方文論與中國文學》（南京：江蘇教育出版社，2000年），頁260-265。

　　第三，就才子的「高唐夢」而言。

　　在中國文學傳統中，「美人幻夢」作為文化底層的一種潛流，隨著時代的發展由個別到普遍，由個人到集體，在明清之際已形成整個民族特有的神話，而探討中國文學作品情戀性愛主題的夢幻式表現傳統，最具有原型價值的作品當是宋玉〈高唐賦〉和〈神女賦〉[72]。有關宋玉作〈高唐賦〉和〈神女賦〉的原因，歷來眾說紛紜[73]。經研究者歸納主要有：一、諷諭說，或稱諫淫亂說；二、影射說，或稱寄託說；三、男女情悅說等等[74]。此外，自聞一多〈高唐神女傳說之分析〉一文發表以來，歷來對於〈高唐賦〉和〈神女賦〉的神女原型之探討，也有諸多研究進行相關探討，因而形成研究熱點。不過，姑且不論宋玉創作〈高唐賦〉和〈神女賦〉的動機、寓意和原型為何？從南朝梁蕭統《昭明文選》將此二賦特別並置於「情」之主題類別之中，我們可以清楚地看見二賦的內容實質及其形式，基本上被視為是一種有關男女情欲的夢幻式書寫。影響所及，以曹植〈洛神賦〉和陶潛〈閑情賦〉為代表的一系列有關神女論述的作品不斷出現，進而形成中國文學史上的一種特殊的書寫傳統。因此，其後文人行文創作運

[72] 有關中國文學中的「美人幻夢」論述，參葉舒憲：《高唐神女與維納斯──中西文化中的愛與美主題》（北京：中國社會科學出版社，1997年），頁403-445。

[73] 相關論述，可參魯瑞菁：《高唐賦民俗底蘊研究》（臺北：國立臺灣大學中國文學系博士論文，1996年）。

[74] 關於宋玉〈高唐賦〉、〈神女賦〉二賦主旨之探討，可參林維民：〈〈高唐〉、〈神女〉賦發微〉，《溫州師院學報》哲社版，1991年第2期，頁74-78。褚斌杰：〈宋玉〈高唐〉、〈神女〉二賦的主旨及藝術探微〉，《北京大學學報》，1995年第1期，頁93-99。魯瑞菁：〈前人對〈高唐賦〉創作時代與創作目的所提意見檢討〉，《中國文學研究》，1996年6月，頁23-56。不過，三位學者的研究意見終究有所不同。本文則從典故運用角度，參採蕭統《昭明文選》編輯觀點，將此二賦置於言情語境之中進行解讀，至於二賦有關「夢會神女」所可能隱含的主題寓意，則留待後文再行討論。

用此二賦爲典故時，多將「夢會神女」置於「言情」語境之中進行原
型移用。如《吳江雪》第十二回敘述者引〈玉樓春〉詞曰：

> 情苗自古鍾才子，況是風流美如此。多情今反似無
> 情，卻使多情腸斷耳。　春心難繫相思字，蜀帝春魂
> 今未死。巫山神女總銷魂，楚襄心繫深宮裡[75]。

從實際情形來看，才子佳人小說敘事建構的故事主體是建築在
才子的「高唐夢」之上，並借助於「夢會神女」的原型母題之置換變
形，在不同文本的敘事進程中展開一場場「美」與「情欲」的夢幻追
求。《生花夢》第九回康夢庚見佳人馮玉如小姐時暗暗噴舌：

> 春山淺淡，秋水鮮澄。素粉輕施，豈是尋常光豔；紅
> 脂雅抹，不同時態纖穠。粧試壽揚眉，步揚西子屧，
> 難擬娉婷。眉橫青岫遠，鴉鬟綠雲堆，盡呈窈窕。似
> 洛神出浦，依稀小步凌波；類織女臨河，彷彿天香引
> 袖。茜裙雜絳縷爭飛，粉面與明璫相映。輕衫冉冉，
> 鬭春英而霧縠飛香；羅襪纖纖，印花塵而金蓮滿路。
> 人間定有相思種，引出多情展轉心[76]。

對於大多數才子佳人小說來說，當敘述者講述才子初見佳人時的

---

[75] 佩蘅子：《吳江雪》，收於古本小說集成編委會編：《古本小說集成》（上海：上海古籍出
版社，1990年），頁187。

[76] 娥川主人：《生花夢》，頁380-381。

情景或心理表現，如夢似幻的詩化語言表現無疑構成浪漫愛情發生的起點。事實上，明末清初才子佳人小說作家乃是藉由才子追尋行動及其詩化語言表現來釋放／消解現實欲望，其中有關「美人幻夢」的創作原型思維及其話語實踐，便是與宋玉〈高唐賦〉以來的神女論述傳統一脈相承。

　　進一步來說，明末清初才子佳人小說話語的意指實踐，實與中國文學傳統中的「悲士不遇」情結息息相關。不論是從作家的蝴蝶夢或敘述者的黃粱夢觀點來解讀明末清初才子佳人小說的敘事，當我們回歸文本之中進行檢視時，不難發現一個書寫現象：即跟隨著才子冒險追尋佳人的行動而進入小說世界的眞實情況之中，有關諸種考驗的經歷及其最終的解決之體驗，事實上有助於消解作家／讀者在現實中的生存性焦慮。就此而言，明末清初才子佳人小說敘事建構的形式安排及其言情的寓意表現，便顯得饒富意味。以今觀之，事實上作家／敘述者／才子便是在言情的話語實踐中，以男女之情的實現作爲一種理想的表徵，從中傳達出個人對於集「才、情、色、德」於一身的佳人的認同和追尋，並引導讀者對遇合問題進行根本性的思考。如《情夢柝》第四回胡楚卿題詩道：

> 朱門夜讀謾焚膏，嬌客何人識韋皐？
> 槐蔭未攀螭鷺足，藕絲先縛鳳凰毛。
> 藍橋路近人難到，巫峽雲深夢尚高。
> 微服不知堪解珮，且憑名史伴閒勞[⑰]。

[⑰] 安陽酒民著：《情夢柝》，收於古本小說集成編委會編：《古本小說集成》（上海：上海古籍出版社，1990年），頁43-44。

這樣的感嘆，在明末清初才子佳人小說集體敘事現象中普遍可見。尤其當作家試圖從「人神之戀」的夢幻敘事之中寄寓「未遇」之感慨時，其話語實踐往往成爲大眾文化中集體欲望表達的基本形式。基本上，「與女神相會」的追尋行動作爲明末清初才子佳人小說敘事建構的原型模式，在敘事進程中所出現的各種難題考驗內容，在某種程度上便凸顯了相關敘事可能隱含了「追尋」和「遇合之難」的主題寓意。

二、傳奇：作爲隱喻現實的藝術形式表現

從前文分析中可知，在中國古代「人情－寫實」小說流派中，明末清初才子佳人小說話語表現與《金瓶梅》和豔情小說、家庭婚姻小說等其他話語類型有所不同的原因，如第二章論及小說本體精神的原型時，便已指出小說敘事建構主要是以「浪漫故事」形式爲根基，而這種浪漫故事「在所有文學形式中最接近於如願以償的夢幻」[78]。在某種意義上，這樣一種極具主觀願望的理想性虛構世界是超越歷史現實的，由此顯示出作家強烈的心理意圖和思想意義。天花才子在《快心編》凡例中便提到：「從來傳奇小說，往往托興才子佳人」[79]。以今觀之，諸多作家由於時命不倫，懷才不遇，只能通過「言情」書寫以寄寓牢騷抑鬱之心志，更從中表明才子與佳人定情不移的「貞情」表現。素政堂主人在《定情人》序言即說：

> 試思情之爲情，雖非心而彷彿似心，近乎性而又流動

---

[78] 〔加〕諾思羅普・弗萊（Northrop Frye）著，陳慧、袁憲軍、吳偉仁譯：《批評的剖析》（*Anatomy of Criticism Four Essays*）（天津：百花文藝出版社，1998年），頁225。

[79] 黃霖、韓同文選注：《中國歷代小說論著選》，頁327。

非性。觸物而起，一往而深，繫之不住，推之不移，
柔如水，痴如蠅，熱如火，冷如冰。當其有，不知何
生；及其無，又不知何滅，夫豈易定者耶？……不移
不馳，則情在一人，而死生無二定矣。……因知情不
難於定，而難於得定情之人耳。此雙星、江蕊珠所以
稱奇足貴也。惟其稱奇足貴，而情定則由此而收心正
性，以合于聖賢之大道不難矣。此書立言雖淺，而寓
意殊深，故代爲敘出[80]。

　　據此而言，在明末清初才子佳人小說的言情書寫中，眞正蘊含的
新奇而充滿感染力量的風格表現，無疑是通過主人公如何完成「定情
不移」的冒險旅程所進行的具體描述來完成的。如此一來，對主人公
每一項追尋行動所做的詳盡描寫，甚至能爲人們最熟悉的事情賦以新
的形式[81]。因此，作爲一種「理想小說」[82]，才子佳人小說作家「立
言雖淺」，但「寓意殊深」，因而得以在中國古代才子佳人文學傳統
中藉言情以寫實，進而凝鑄新的藝術形式。是以，才子佳人小說話語
實踐所隱含的主題寓意，無疑更待進一步予以解讀。

　　基本上，浪漫故事作爲明末清初才子佳人小說敘事建構的主體
部分，作家／敘述者／才子在充滿想像性和傳奇性的追尋過程中完成

---

[80] 天花藏主人編：《定情人‧序》，收於古本小說集成編委會編：《古本小說集成》（上海：
　　上海古籍出版社，1990年），頁5-19。

[81] 〔美〕蘇珊‧郎格著，劉大基等譯：《情感與形式》，頁328-330。

[82] 「理想小說」觀點，係由林辰所提出。見林辰、段句章：《天花藏主人及其小說》（瀋陽：
　　遼寧教育出版社，2000年），頁3。

與邪惡力量的生死搏鬥，並且在善惡對立結構的敘事進程中證成自我
的英雄形象。其理想化的虛構世界，正如弗萊論析浪漫故事時將之視
為一種「天眞的類比」（analogy of innocence）一般[83]。而在此一
「天眞的類比」的虛構世界中，投身於追尋佳人旅程的主人公與邪
惡、怯懦的小人，在形象上和道德上形成強烈的二元對立關係[84]，由
此形成一種充滿衝突性的故事情境。弗萊指出：

> 一個涉及衝突的追尋，需要兩個主要人物：一位主人
> 公（protagonist）或者英雄（hero），另一位是敵對
> 人物（autagonist）或敵人（enemy）。……浪漫故事
> 的基本形式是辯證的：一切都圍繞著英雄與其敵人的
> 衝突進行，而且讀者的所有評價都與英雄聯繫在一
> 起[85]。

　　由於明末清初才子佳人作家普遍借助於充滿驚險考驗的傳奇性
書寫以營造自我生命情境的烏托邦（utopia），無疑使得男女主人公

---

[83] 〔加〕諾思羅普・弗萊指出：「浪漫故事的模式表現了一個理想化了的世界：男主人公勇敢
　　豪俠，女主人公美麗動人，反派人物陰險惡毒，而平凡生活中的挫折、窘迫以及模稜兩可，
　　則很少得以表現。因此這種意象再現的是神啓世界在人類世界的對應物，我們可以稱之為
　　『天眞的類比』（analogy of innocence）。」見氏著，陳慧、袁憲軍、吳偉仁譯：《批評的
　　剖析》，頁174。
[84] 〔加〕諾思羅普・弗萊指出：「從社會的角度來看，它具有奇特的悖謬的作用。每個時期的
　　社會或知識界統治階級都喜歡用某種浪漫故事的形式表現其理想，因為浪漫故事中德才兼備
　　的男主人公和美麗漂亮的女主人公代表他們的理想人物，而反面人物代表對他們的支配地位
　　的威脅因素。」見氏著，陳慧、袁憲軍、吳偉仁譯：《批評的剖析》，頁225。
[85] 〔加〕諾思羅普・弗萊著，陳慧、袁憲軍、吳偉仁譯：《批評的剖析》，頁227。

在歷經險阻之後所獲得的圓滿愛情婚姻結局，因而饒富意義。大體而言，在明末清初才子佳人小說中，冒險旅程作爲男、女主人公通過考驗過程並完成理想的象徵性過程，其追尋式浪漫故事所充滿的驚險考驗都會反映在敘事建構的進程之上，最終並賦予主人公以勝利的結局。如早期作品《玉嬌梨》第二十回敘述者引詩曰：

> 百魔魔盡見成功，到得山通水亦通。
>
> 蓮子蓮花甘苦共，桃根桃葉死生同。
>
> 志如火氣終炎上，情似流波必向東。
>
> 留得一番佳話在，始知兒女意無窮[86]。

又如中後期作品《駐春園小史》第二十四回敘述者引〈灼灼花〉詞曰：

> 今夜團圓月，幾度經殘缺。苦盡甘來，嚴寒難受霜和雪。上苑重逢，對玉人兒，把前盟申說。　舊恨都拋卻，最怕祇傷別。贈詩投帕，信傳金贐，中間波折，愛憐兼激烈。駐春園演出，許多情節[87]。

就此而論，不論是早期作品或中後期作品，圓滿幸福的結局在明末清初才子佳人小說敘事建構中已可說在類型化創造中造就了一種

---

[86] 荑秋散人編次：《玉嬌梨》，頁697。

[87] 吳航野客編次：《駐春園小史》，收於古本小說集成編委會編：《古本小說集成》（上海：上海古籍出版社，1990年），頁421-422。

「典型」的敘事表現。正由於諸多小說文本是由浪漫與寫實並融的言情書寫所構成，讀者在閱讀過程中時亦置身於作家／敘述者／主人公的書寫／敘述／行動的冒險旅程的情境中，同樣經歷了一場「追尋式」的生命儀式，由此體驗「情深兒女」的夢幻之思，並理解愛情理想實現的啓示意義。

更進一步來說，明末清初才子佳人小說烏托邦結局的構建的確充滿了想像的理想性質[88]，而這種理想性質不僅僅建築在愛情故事的創造之上，同時也建築在政治寓言的創造之上。如《蝴蝶媒》第一回敘述者引〈醉春風〉詞曰：

> 世事傷心甚，天公難借問。奇才不值半文錢，困、困、困！閒檢遺聞，忽驚佳遇，試編新聽。　富貴今非命，成敗何須論。一春長莫向花前，恨、恨、恨！當日隋皇，後來唐主，異時同盡[89]。

在特定歷史文化語境中，這種對於理想社會的虛構和想像所引發的牢騷之語，已然成爲明清之際作家群體的集體欲望和烏托邦情結的另一種展示。在善惡二元對立的意指實踐中，其話語構成基本傳達了文本之外的歷史文化語境是不完美的意味。因此，基於對現實政治秩序的不滿或否定，作家／敘述者／主人公在話語實踐中便以建構全新的理想政治秩序爲要求，可以說在集體敘事現象的構成中深刻地展示

---

[88] 有關才子佳人小說創造愛情烏托邦的觀點，可參張菁強：〈人性和禮教的烏托邦——才子佳人小說述論〉，《明清小說研究》，1998年第3期，頁4-14。

[89] 南岳道人編：《蝴蝶媒》，收於古本小說集成編委會編：《古本小說集成》（上海：上海古籍出版社，1990年），頁1。

了作家群體共同的政治期望。事實上，從有關「科舉中第」、「皇帝賜婚」以及「小人受懲」的理想大團圓結局的設置來看，期待一個具有「進賢用才」、「聖王政治」和「道德理想」等經世致用的實學思想世界，無疑是當時作家群體的衷心願望。或許如此話語實踐的意指作用，可能被視為是對現世政治的歌功誦德，並具有其特定的政治性功能。但相對地，卻也體現了作家群體的試圖重構既存政治秩序的強烈願望，而這種願望又與中國古代文人的「桃源情結」密切相關[90]。

一般而言，烏托邦指的是一種想像性的存在國度，其時空或指向未來、或指向過去。以保羅·蒂里希的觀點來說：

> 每一種烏托邦都在過去之中為自己創造了一個基礎，既有向前看的烏托邦，同樣也有向後看的烏托邦。換言之，被想像為未來理想的事物同時也被投射為過去的「往昔時光」──或者被當成人們從中而來並企圖復歸到其中去的事物[91]。

對於明末清初才子佳人小說創作而言，作家群體如此構建烏托邦的意圖究竟意味著什麼？以保羅·蒂里希（Paul Tillich）的觀點來說：「要成為人，就意味著要有烏托邦，因為烏托邦植根於人的存在

---

[90] 趙山林指出：中國古代文人心目中的桃源其實有兩個，一個是陶淵明〈桃花源記〉中的桃源，一個是劉義慶《幽明錄》「劉晨阮肇」條中的桃源。而在明末清初才子佳人小說中的典故運用，亦多與桃源之思密切相關。有關上述兩種桃源與文學創作之關係的討論，參趙山林：〈古代文人的桃源情結〉，《文藝理論研究》，2000年第5期，頁18-23。

[91] 〔美〕保羅·蒂里希（Paul Tillich）著，徐鈞堯譯：《政治期望》（*Political Expectation*）（成都：四川人民出版社，1989年），頁171-172。

本身。」⑫然而，不論如何烏托邦世界是否實現？顯而易見的是，在明末清初才子佳人小說充滿浪漫想像的詩性描述之中，一場場愛情寓言或政治神話不斷地在歷史文化語境中「重複」展開，已然成為作家群體展示心中理想政治秩序的特殊文化修辭。林辰、段句章歸納明末清初才子佳人小說的敘事基調時便指出：

> 以才子佳人小說為代表的言情小說，帶著作家的積極
> 的自我表現欲望，在明末清初的一百多年間，迅速地
> 產生了一大批理想小說。這些小說並不是對現實社會
> 生活的直接反映，而是作家依據他們的理想去創作，
> 去編造寄託理想的故事——這當然是就這類作品的基
> 調而言，並不是說這類作品裡一點現實社會的影子也
> 沒有⑬。

這樣的概括說明，大體上符合小說創作的實際情形。進一步論之，為彰顯明清之際歷史文化語境中的現實秩序之不完美，明末清初才子佳人小說作家在構建烏托邦政治神話之時，其話語實踐乃通過中國傳統性別政治的操演及其言情書寫，試圖凸顯出才子和佳人在愛情實現的冒險歷程中所必經歷的種種難題考驗，以「傳奇」藝術表現手法來強調個人對愛情理想實現之期待及其必要性。正是在傳奇筆法中，作家既言情也寫實，兩相融合以傳達現實人生中的夢幻之思。雲水道人在《巧聯珠》序言中提及：

---

⑫　〔美〕保羅・蒂里希著，徐鈞堯譯：《政治期望》，頁198。
⑬　林辰、段句章：《天花藏主人及其小說》，頁4-5。

烟霞散人博涉史傳，假於披覽之餘，擷逸搜奇，敷以
菁藻，命曰《巧聯珠》。其事不出乎閨房兒女，而世
路險巇、人事艱楚，大畧備此[94]。

因此，為凸顯「世路險巇、人事艱楚」的現實，不論是前文所述
的現實之夢、書寫之夢或夢中之夢，整體敘事建構著重的是如何在言
情的夢幻歷程的幻化設計中強調「男女遇合」之「難」的具體事實和
現象，並且將主人公的冒險旅程不斷地展示在讀者面前，吸引讀者共
同參與敘事中的現實。煙水散人在《賽花鈴》題辭中便指出：

予謂稗家小史，非奇不傳。然所謂奇者，不奇於憑虛
駕幻，談天說鬼，而奇於筆端變化，跌宕波深。故投
桃報李，士女之恆情；折柳班荊，交友之常事。乃一
經點勘，則一聚一散，波濤迭興；或喜或悲，性情互
見。至夫點睛扼要，片言隻字不為簡；組詞織景，長
篇累牘不為繁。使誦其說者，眉掀頤解，恍如身歷其
境，斯為奇耳[95]。

由此可見，對於如何使讀者在閱讀過程中產生「移情」心理，
才子佳人小說作家的書寫重點或不在營造超現實的時空環境；然而，
對於如何在「傳奇」的情節形式安排和筆法運用上營造出身歷其境的

---

[94] 煙霞逸士編次：《巧聯珠·序》，頁6-7。

[95] 白雲道人編輯：《賽花鈴·序》，收於古本小說集成編委會編：《古本小說集成》（上海：
上海古籍出版社，1990年），頁1-5。

「真實感」的敘事幻覺，則可以說是才子佳人小說作家創作觀的基本認知。

在中國古代小說的源流史上，「傳奇」審美意識從先秦神話、傳說以降，始終是歷來中國敘事傳統的重要美學內涵。這種以「傳奇」為美的書寫傳統，更自唐代小說以「傳奇」文體[96]為名之後，不僅僅是一種藝術表現手法，同時也是一種藝術創作觀念，進而影響及於其後小說和戲曲之藝術思維觀念和具體表現。洪邁說：

> 唐人小說，不可不熟，小小情事，淒惋欲絕，洵有神
>
> 遇而不自知者，與詩律可稱一代之奇[97]。

唐代傳奇小說「摛詞布景，有翻空造微之趣」，「別成奇致，良有以也」[98]。歷來論析明末清初才子佳人者，亦多認為其言情書寫受唐代傳奇小說影響頗深。《駐春園小史》第一回敘述者言及編述之時，論及前此才子佳人小說創作表現時說：

> 歷覽諸種傳奇，除醒世、覺世，總不外才子佳人，獨
>
> 讓《平山冷燕》、《玉嬌梨》出一頭地。由其用筆不

---

[96] 趙彥衛在《雲麓漫鈔》記載一條唐代科舉考試中「溫卷」的故實時提到：「唐之舉人，先藉當世顯人，以姓名達之主司，然後以所業投獻，逾數日又投，謂之『溫卷』，如《幽怪錄》、《傳奇》等皆是也。蓋此等文備眾體，可見史才、詩筆、議論⋯⋯」。見黃霖、韓同文選注：《中國歷代小說論著選》（上），頁68。

[97] 洪邁：《容齋隨筆》，見黃霖、韓同文選注：《中國歷代小說論著選》（上），頁67。

[98] 桃源居士：〈唐人小說‧序〉，見黃霖、韓同文選注：《中國歷代小說論著選》（上），頁257。

俗，尚見大雅典型。《好求傳》別具機杼，擺脫俗
韻，如秦系偏師，亦能自樹赤幟[99]。

　　所謂「傳奇關目總言情，離合悲歡閱變更」，便顯示出明末清初
才子佳人小說在「傳奇」審美意識影響下的具體藝術表現。不過，如
前所言，由於受到以《金瓶梅》為代表的在「人情—寫實」小說流派
的影響，才子佳人小說作家仍然頗為重視「言情」和「寫實」並融的
話語風格表現。拼飲潛夫在《春柳鶯》序言說：

　　　　天地間一大戲場，生旦丑淨畢集於中。……今君子操
　　　觚號微，莫不咸悉其道，故稗官野史，救污辟穢，於
　　　此為盛。一時市兒讀之，不知憐才為勸，好色為戒，
　　　反取色而惡才，直欲丑淨而作生旦，又烏得乎？南北
　　　鶡冠，風流名人也。……使天下之人，知男女相訪，
　　　不因淫行，實有一段不可少移之情，情生於色，色因
　　　其才，才色兼之，人無世出。所以男慕女色，非才不
　　　韻；女慕男才，非色不名。二者具焉，方稱佳話。自
　　　非然者，即糞堆連理，污泥比目。桑間濮上之輩，何
　　　得妄以衣冠為尊，蓬蒿見鄙，浪向天地間說風流者
　　　哉[100]？

---

[99] 吳航野客編次：《駐春園小史》，頁2。

[100] 鶡冠史者編：《春柳鶯・序》，收於古本小說集成編委會編：《古本小說集成》（上海：上
　　海古籍出版社，1990年），頁1-10。

　　基本上，作家取材來源於「天地間一大戲場」，因而敷演男女情事以說風流。因此，「傳奇」作為隱喻現實的藝術形式表現，強調的是如何借助於悲歡離合的變幻來描摹世態人情，卻不因好「奇」而失其「真」。根據此一創作前提，對於明末清初才子佳人小說作家而言，「傳奇」已然成為一種獨特的創作模式，其具體藝術形式表現，無疑滿足了作家／讀者在創作／接受之際的一種自我情感的釋放和淨化[⑩]。

　　當然，在情感與形式的辯證關係中，明末清初才子佳人小說以傳奇隱喻現實的藝術表現手法，並不意味等同於將生活中的真人實事一一對應傳寫。顯而易見，上述「傳奇」創作思維雖以摹寫現實為出發點，在某種程度上是頗符合於「人情—寫實」小說流派的創作精神的。然而，將之置具體歷史文化語境當中，卻可見其敘事建構並非以歷史傳記式的書寫為定則。煙水散人在《合浦珠》序言便申明此一創作觀念：

　　　　蓋世不患無傾城傾國而患無有才有情，惟深於情，故
　　　　奇於遇。若謂今世必無奇人俠士，如古押衙虯髯公
　　　　者，乃拘攣之見也。是故煙花隊裡不無冰雪之姿，錦
　　　　繡園中必生龍鳳之質，甚而當壚一咲，訂偶百年，天
　　　　涯之遠，必逢悵魂，可起者始謂之情中之至耳。世之

[⑩] 〔加〕諾思羅普·弗萊便指出：「追尋式浪漫故事既與儀式相同又與夢幻相似，……當追尋式浪漫故事被趨譯為夢幻的術語時，它就成為對力比多或者滿懷願望的自我之滿足的追求，因為願望的滿足將會把力比多從對現實的憂慮中解救出來，但它仍然會包含現實本身。」見氏著，陳慧、袁憲軍、吳偉仁譯：《批評的剖析》，頁235。

　　君子，須信風流之種不絕，芳韻之事足傳，又何必考
　　其異同、究其始末耶[⑫]？

　　大體而言，才子佳人小說敘事建構所及之現實，皆「任觀者之自
會」，其話語實踐之意指作用，最終也只是在於傳達一種歷史現象或
文化現象的基本事實而已，並非等同於歷史現實。具體而言，從「發
憤著述」到「傳情寫意」，明末清初才子佳人小說的敘事基調所強調
的是「以真為正，以幻為奇」的創作觀。今引何昌森在《水石緣》序
言中所說：

　　夫著書立說，所以發舒學問也；作賦吟詩，所以陶養
　　性情也。今以陶情養性之詩詞，托諸才子佳人之吟
　　詠，憑空結撰，興會淋漓，既足以賞雅，復可以勸
　　俗，其人奇，其事奇，其遇奇，其筆更奇，願速付之
　　梓人以公之同好，豈僅破幽窗之岑寂而消小年之長日
　　也哉[⑬]？

　　從此一後期作品序言的概括中可見，明末清初才子佳人小說的敘
事觀念建立在以「傳奇」的「言情」書寫隱喻「現實」的基礎之上，
已普遍成為作家創作時的審美意識和美學要求。因此，所謂「其人
奇，其事奇，其遇奇，其筆更奇」的具體認知表現在藝術構思、性格
刻畫、情節安排、美感力量等各個方面時，可以說充分體現了中國古

[⑫] 橋李煙水散人編：《合浦珠・序》，頁9-11。
[⑬] 丁錫根編著：《中國歷代小說序跋集》（下），頁1296。

代小說重奇的審美意識表現，同時也成爲構成明末清初才子佳人小說形式和本質的重要審美規範之一。

貳、遊戲式的時空體形式

　　明末清初才子佳人小說在藝術地反映現實並爲之進行加工時，雖然明顯受到作家的夢幻之思所影響，因而呈現出想像性敍事的特質[14]，但小說敍事話語並沒有因此而改變了再現現實的歷史文化語境的時空形式。這不僅使得小說話語在隱喻現實時的時空形式安排上，有別於傳統夢喻之作的幻化時空設計的書寫；同時也使得小說文本的言語體裁本身在創造夢想的過程中，有了相應的藝術形式表現。基本上，時空關係是感性理解事物的一種方式。當我們試圖釐清明末清初才子佳人小說話語運作的主導性審美規範時，自然不能忽略冒險旅程中的時空體形式及其相關話語表現。因此，對於才子佳人小說作家如何在藝術形式創造中掌握時間關係和空間關係相互間的重要聯繫，將成爲本文繼續討論的重點[15]。基於上述認知，本文將進一步從「遊戲」、「冒險旅程」和「天命與緣」三個研究視角進行具體的論述。

一、遊戲：話語作爲文化表徵的內在精神

　　在中國古代小說發展史上，有關小說創作觀念及其功能的具體

---

[14] 彭建隆：〈才子佳人小說的敍事學意義——論才子佳人小說對傳統敍事觀的改變和想像性敍事缺陷的彌補〉，《婁底師專學報》，2003年1月，頁100-103。

[15] 〔德〕恩斯特・卡西爾（Ernst Cassirer）指出：「描述和分析空間和時間在人類經驗中所呈現的特殊品性，對於一個人類學哲學來說乃是最有吸引力和最重要的任務。」見氏著，結構群審譯：《人論》（*An Essay on Man*）（臺北：結構群出版社，1989年），頁67。

論述表現，經研究者歸納主要有三：一是補史；二是鑑戒；三是娛
樂。從明代中葉以來，由於受到通俗文化思潮和商業市場經濟運作的
影響，小說批評家對於上述小說功能的認識，則多立足於小說爲「遊
戲」之作的觀念之上。如胡應麟說：

> 小說者流，或騷人墨客，遊戲筆端，或奇士洽人，搜
> 羅宇外[16]。

謝肇淛說：

> 凡爲小說及戲劇雜文，須是虛實相半，方爲遊戲三昧
> 之筆[17]。

湯顯祖說：

> 然則稗官小說，奚害於經傳子史？遊戲墨花，又奚害
> 於涵養性情耶[18]！

　　一般而言，正統文人多視小說爲遊戲之作，其主要原因在於小說
是通過非正統文學話語形式而產生的。不過，從上引言論觀點來看，

---

[16] 胡應麟：《少室山房筆叢·九流緒論》，轉引自黃霖、韓同文選注：《中國歷代小說論著選》，頁149。

[17] 謝肇淛：《五雜俎》卷十五，轉引自黃霖、韓同文選注：《中國歷代小說論著選》，頁167。

[18] 湯顯祖：《點校虞初志·序》，轉引自黃霖、韓同文選注：《中國歷代小說論著選》，頁187。

有關遊戲觀的提出並不是僅僅在於強調小說的娛樂功能而已，相對於中國傳統文學結構秩序的角度而言，這樣的批評觀點在在反映了正統文人視小說話語系統爲邊緣話語的基本認知。大體而言，明末清初才子佳人小說以傳奇的書寫形式進行創作，其話語實踐實際上便與傳統小說創作的遊戲觀內涵具有密切的聯繫關係。天花藏主人在《飛花詠》序言中提到：

> 故花不飛，安能有飛花之詠？不能有前題之飛花詠，又安能有後之和飛花詠耶？不有前後之題和飛花詠，又安能有相見聯吟之飛花詠耶？惟有此前後聯吟之飛花詠，而後才慕色如膠，色慕才似漆，雖至百折千磨，而其才更勝，其情轉深，方成飛花詠之爲千秋佳話也[10]。

大體來說，明末清初才子佳人小說作家建構千秋佳話，乃須通過百折千磨的歷程變化而來，其整體敘事表現在驚奇與懸念並行和交融的情節布局中，可謂充滿了遊戲意味。後人冰玉主人偶然購得《平山冷燕》，在戲題之序言中對於小說遊戲之筆提出看法：

> 然以耳目近習之事，寓勸善懲惡之心，安見小說傳奇之不猶愈於艷曲纖詞乎？夫文人遊戲之筆，最宜雅俗共賞。陽春白雪，雖稱高調，要之舉國無隨而和之

---

[10] 天花藏主人編：《飛花詠・序》，收於古本小說集成編委會編：《古本小說集成》（上海：上海古籍出版社，1990年），頁8-10。

者，求其拭目而觀與傾耳而聽，又烏可得哉？……與
唐宋之小說，元人之傳奇，借耳目近習之事，爲勸善
懲惡之具，其意同也。雖遊戲筆墨，要何可廢[10]。

　　由此可見，小說以「傳奇」彼此爭勝，除了在於強調「才高情重之難」之外，此外行文敘事在充滿遊戲意味的書寫中對人生幻境之離合悲歡進行描寫，最終還是在義正詞嚴的話語實踐中寄寓其鑑戒勸懲之深意。

　　以今觀之，明末清初才子佳人小說集體敘事現象的產生，意謂著話語運作作爲一種特定文化表徵的審美存在，其話語體系背後隱含了豐富而多元的遊戲內涵。事實上，這種遊戲內涵置身於中國傳統文學結構的文學場內，具有某種程度的政治性，而其話語實踐與權力關係、書寫形式和主體精神的表現密切相關。那麼，從遊戲（spiel, play）觀點出發，我們應當如何重新看待明末清初才子佳人小說的敘事建構及其美學表現呢？一般而言，明末清初才子佳人小說作家通過遊戲式的書寫儀式而獲得自由與解放，並在審美遊戲活動中，以一種角色意識扮演的幻覺遊戲來形塑自我形象[11]。據弗里德里希·席勒（Friedrich Schiller）觀點來說：

只有當人是完全意義上的人，他才遊戲；只有當人遊
戲時，他才完全是人[12]。

---

[10] 丁錫根編著：《中國歷代小說序跋集》（下），頁1246。

[11] 〔德〕康拉德·朗格（Konrad Lange）：《藝術的本質》第二十一章〈藝術與遊戲〉，見張德興主編：《二十世紀西方美學經典文本：第一卷〈世紀初的新聲〉》（上海：復旦大學出版社，2000年），頁442-455。

[12] 〔德〕弗里德里希·席勒（Friedrich Schiller）著，馮至、范大燦譯：《審美教育書簡》（臺北：淑馨出版社，1989年），頁77。

在某種意義上，「人作爲遊戲者」的觀點深切地表明了美的理想之尋求起於藝術家的遊戲衝動，其中既包含感性衝動，也包含形式衝動。因此，當才子佳人小說作家把現實變爲烏托邦幻象時，其敘事形式之創造便隱含了話語顛覆性的眞理，並體現了一種具眞實感的文化因素。誠如約翰‧胡伊青加（Johan Huizinga）論述遊戲的文化性表現時所指出的：

> 假如我們發現，遊戲是建立在對某些意象、對現實的某種「想像」操作之上的（亦即把現實轉化爲意象），那麼，我們的主要關切是要抓住這些意象和對於它們的「想像」的價值和意義。我們將在遊戲本身之中觀察這些意象的活動，並由此力圖去理解作爲生活中的一種文化因素的遊戲[13]。

因此，當我們將明末清初才子佳人小說視爲遊戲之作，這不僅僅是對於現實進行幻想式的虛擬而已，而是作家通過遊戲的形式以發現新的可能的世界，進而形成一種「審美幻相」（aesthetic semblance）[14]。如此一來，對於明末清初才子佳人小說話語本身作爲一種文化現象的遊戲之本質與意義的闡釋，無疑將有助於我們更了

---

[13] 〔荷〕約翰‧胡伊青加（Johan Huizinga）著，成窮譯：《人：遊戲者——對文化中遊戲因素的研究》（貴陽：貴州人民出版社，1998年），頁5。

[14] 〔德〕恩斯特‧卡西爾指出：「我們所說的『審美幻相』（aesthetic semblance）與我們在自欺的遊戲中所經歷到的現象並不是一回事，遊戲所給予我們的是虛幻的形象；藝術給予我們的則是一種新類型的真實——這種真實不是經驗事物的真實，而是純形式的真實。」見氏著，結構群審譯：《人論》，頁256。

解小說敘事建構的本質和形式。

從實際情形來看，明末清初才子佳人小說以「順時敘述」方式完成小說敘事時空的建構，整體敘事結構發展的基礎便是建立在才子／英雄追尋佳人／女神的「冒險旅程」之上，構成一個具有重要意義的追尋歷程（quest proceeding）。在書寫儀式中，「夢」的本質與「傳奇」的形式之相互融合，構成了小說敘事建構的基本思想邏輯和情感基調。明末清初才子佳人小說作家以其特殊的言語活動創造出了心中的烏托邦，具有濃厚的心理意義和文化意義[15]。以今觀之，明末清初才子佳人小說敘事本身就是一場充滿夢幻的遊戲。遊戲作為明末清初才子佳人小說的存在方式，其小說文本所建構的「語言的烏托邦」[16]，大體體現出三項主要特徵：即一切遊戲都是一種自願的活動，遊戲不是「日常的」或「真實的」生活，遊戲是在某一時空限制內「演完」（play out）的，它包含著自己的過程與意義，顯示其封

---

[15] 王一川闡述文本所架構的烏托邦表現時指出：「把對理想社會模式的烏托邦熱情同個人尋歡作樂的夢想統一為一體，擠壓進本文之網中。這無疑可看做政治與個人心理烏托邦的語言解決方式，即，政治與個人心理的夢想在現實中無法實現，於是轉而在本文的能指遊戲中尋求替代性的滿足。」見氏著：《語言烏托邦──20世紀西方語言論美學探究》（昆明：雲南人民出版社，1994年），頁239。

[16] 〔法〕羅蘭・巴特（Roland Barthes）論及寫作的擴增現象時提出了「語言的烏托邦」的概念，他指出：「文學的寫作仍然是對語言至福境界的一種熱切的想像，它緊忙地探索一種夢想的語言，這種語言的清新性借助理想性的預期，象徵一個新亞當世界的完美，在這個世界中語言不再是疏離錯亂了的，只要文學創立新語言的目標是讓文學成為語言的烏托邦，那麼寫作形式的擴增將為我們建立起全新的文學。」據此觀點而論，明末清初才子佳人小說雖置身於「人情─寫實」小說流派之中，然而文本通過詩語言以清新的能指秩序所建構的烏托邦，無疑是借助敘事將現實與夢想統一為一體。引文觀點見〔法〕羅蘭・巴特（Roland Barthes）著，李幼蒸譯：《寫作的零度：結構主義文學理論文選》（*Writing Degree Zero*）（臺北：久大文化股份有限公司，1991年），頁125-127。

閉性和限定性[⑩]。在遊戲活動中，才子佳人小說話語實踐活動乃試圖以其理性話語傳達特定文化價值的理想性，展示書寫過程中的自由精神。毫無疑問的，在理想化的虛構世界的書寫中，作家／敘述者／主人公共同經歷了出發、追尋歷程、回歸的時空循環旅程，無疑是在一特殊的封閉性時空類型的建構中傳遞現實經驗。茲圖示如下：

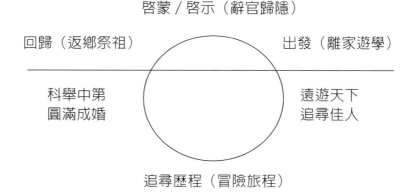

啟蒙／啟示（辭官歸隱）

回歸（返鄉祭祖）　　　　　　　　　出發（離家遊學）

科舉中第　　　　　　　　　　　遠遊天下
圓滿成婚　　　　　　　　　　　追尋佳人

追尋歷程（冒險旅程）

今就此觀點而論，如果說，明末清初才子佳人小說借助詩化語言的鑲嵌以建構理想文學國度；那麼，烏托邦想像作為一種文化現象的真實性反映，直可視為作家群體通過話語實踐所進行的一場場能指遊戲，由此將個人的審美意識轉化為集體性的藝術經驗。因此，才子佳人小說以遊戲的姿態不斷出現在遊戲活動之中，其中在反覆運用相同的套式敘事結構的情形下，烏托邦的理想政治秩序作為才子佳人小說文本所指，已然成為作家／讀者在消費性文化中所熟悉的遊戲概念，而才子／英雄的冒險旅程的傳奇書寫化作一場場能指遊戲，也成為作家與讀者在遊戲情境之中，共同感受現實之另一時空的一種審美存

---

⑩　〔荷〕約翰‧胡伊青加著，成窮譯：《人：遊戲者——對文化中遊戲因素的研究》，頁8-13。

在⑱。

從通俗文學創作和商品經濟消費的觀點來說,明末清初才子佳人小說作爲一種通俗文化消費的產物,基本上與市民階層所在的大衆文化的關係是極爲密切的。小說藝術形式的界限、框架和地位,總是在文化消費的世界中被賦予特定的審美價值,這種價值則往往顯現在形式的重複性操演之上⑲。爲因應廣大讀者階層的通俗化閱讀之需求,明末清初才子佳人小說作家乃在近似「白日夢」的情節構想中,以特定的套式敘事結構進行創作。如前所言,其敘事結構似乎顯得一成不變,已然成爲一種程式化的敘事模式。明末清初才子佳人小說作爲一種文化表象,作家群體試圖在重複性的書寫遊戲之中完成自我形象和人生理想的建構。小說文本的定型化或類型化表現,乃是通過一系列商業消費性質符碼的製造與讀者的消費行爲達成基本的默契。不過,就話語運作的本質和形式來說,不論小說敘事本身究竟是反映了市民文化或士林文化⑳,倘若我們僅僅只是從創作心理動機的角度將才子

---

⑱ 依〔德〕依漢斯—格奧爾格‧伽達瑪(Hans-Georg Gadamer)的遊戲概念言之:「……遊戲就不是指行爲,甚而不是指創造活動或享受活動的情緒狀況,更不是指在遊戲活動中的主體性的自由,而是指藝術作品本身的存在方式。」見氏著,吳文勇譯:《真理與方法——哲學詮釋學的基本特徵》(*Wahrheit und Methode: Erganzungen Register*)(臺北:南方叢書出版社,1988年),頁159。

⑲ 如同〔美〕阿諾德‧豪澤爾所指出的:「通俗藝術最顯著的特點是,它反覆運用傳統的容易處理的格式。……通俗藝術的另一個重要特點是,它總是機械地套用某些創作規則,即堅持那些暢銷書,紅極一時的東西的標準。」見氏著,居延安譯:《藝術社會學》,頁213。

⑳ 趙伯陶論及才子佳人小說時,將小說視爲市民文化走向士林文化的一個過渡。見氏著:《市井文化與市民心態》(武漢:湖北教育出版社,1996年),頁156。高小康也認爲在近古敘事藝術的發展中,才子佳人小說體現文人意趣的敘事風格,形成了一種有別於一般市民敘事藝術風格的傳統。見氏著:《市民、士人與故事:中國近古社會文化中的敘事》(北京:人民出版社,2001年),頁76。

佳人視爲「下層文人自我封閉且隔絕於社會的幻想」，則無疑將忽略
了敘事形式本身如何成爲反映歷史文化現實的一種社會實踐及其意指
作用。不可否認，在不同小說文本的重複、轉化和變形中，明末清初
才子佳人小說話語運作通過複製性的具體藝術形式表現乃試圖傳達現
實的眞實性存在，並藉此展示其足以表現自我的內在精神[⑫]。毋庸置
疑，明末清初才子佳人小說的烏托邦理想政治秩序的建構，主要是通
過傳奇式書寫而有所確立。在才子／英雄追尋佳人／夢會女神的冒險
旅程中，不僅使得諸多關於小說文本的語言、感知與理解能夠獲得重
塑，而且在才子／英雄最終獲得勝利的故事結局中，更將個人的愛情
寓言化作集體的政治神話，進而轉向對作家群體存在本身的普遍欲求
的一種展示。事實上，由於明末清初才子佳人小說作家反覆運用熟悉
的敘事模式，因此更能凸顯作品眞正情感力量和思想意義的存在。雖
然，這樣的話語表現可能深深受到明代中葉以來商業經濟文化市場運
作的影響所致而顯得庸俗化；但是，在文人精神生產的認知中，小說
敘事建構通過冒險旅程的審美形式的創造，無疑是以另類的否定力量
將現實呈現在小說文本世界之中。也或許正因爲如此，明末清初才子
佳人小說話語本身才得藉由其獨立自主的美感形式，以轉化作用的方
式揭露了現實的或歷史的事實眞相，最終由此揭示了普遍的意義與眞
理，並廣爲讀者群體接受與閱讀[⑫]。

[⑫] 如同〔德〕赫伯特・馬爾庫塞（Herbert Marcuse）所指出的：「形式的王國是一種歷史的
現實，是風格、主題、技法、規則不可逆反的序列——每個都獨立地相關它的社會，只有作
爲模仿的東西才可能被重複。即便在它們中存在著無限的多樣性，然它們終不過是一種形式
的諸種序列。這種形式使藝術區別於人類活動的其他成果。」見氏著，李小兵譯：《審美之
維》（The Aesthetic Dimension）（北京：生活・讀書・新知三聯書店，1992年），頁195。

[⑫] 劉千美：《差異與實踐：當代藝術哲學研究》（臺北：立緒文化事業有限公司，2001年），
頁159-162。

　　總的來說，明末清初才子佳人小說作爲一種特定的價值闡釋形式，在文化衝突與緊張的對立關係中建構烏托邦的理想政治秩序的前景，基本上是通過特定的話語策略來實現某種特定的意識形態，其敘事本身可說是在歷史文化語境裡成就了對於廣大讀者群體及其生活的一種承諾。正如馬爾庫塞所指出的：

　　　　藝術創造出一個並不存在的世界，一個「顯現」、幻
　　　　象、現象的世界。然而，正是在這種把現實變爲幻象
　　　　的轉化中，也只有在這個轉化中，表現出藝術傾覆性
　　　　之眞理[24]。

　　因此，在通俗文化消費市場的語境中，明末清初才子佳人小說的審美存在方式，是以其充滿娛樂性質的書寫遊戲形態而出現的。而其烏托邦世界的建構，則在某種程度上顯示了作家對理想政治／美善道德的現實秩序進行重塑的需求及其必要性，無疑也滿足了大眾群體從中進行一場場文化想像和精神淨化的閱讀期待。大體來說，在一種崇高美學精神的支持下，有關夢幻式主人公形象的創造，可謂對現實所進行的一場場藝術性的顛覆。不過，歸根究柢，當作家群體的主體精神及其自我生命形象的理想性，最終只能通過才子／英雄勝利成功的神話才能有所形塑時；那麼，作家群體在實現其作爲眞正「文人」的存在價值之過程中，其夢幻式敘事及其歡慶結局卻往往隱藏某種悲劇性的現實，顯得極爲耐人尋味。

---

[24]〔德〕赫伯特・馬爾庫塞著，李小兵譯：《審美之維》，頁170。

二、冒險旅程：虛幻與眞實交融的時空體形式

　　明末清初才子佳人小說敘事本身是一場充滿「夢幻」的遊戲。喬瑟夫‧坎伯（Joseph Campbell）認爲：「夢來自於幻想」，做夢時更爲深刻的意義是，「那是一段沒有時間存在的時間，那是一種延續的存在狀態」[124]。這樣的狀態與時間作爲一個過程的感受和表現頗不相同。恩斯特‧卡西爾（Ernst Cassirer）論及人類中的空間和時間世界時曾經指出：

> 　　有機生命只是就其在時間中逐漸形成而言才存在著。它不是一個物而是一個過程——一個永不停歇的持續的事件之流。在這個事件之流中，從沒有任何東西能以完全同一的形態重新發生[125]。

　　倘依卡西爾的觀點審視明末清初才子佳人小說中的時間形式，無疑將會發現小說話語以遊戲形式被加以建構時，遊戲形式本身體現出對於現實的日常生活的一種懸置。基本上，「遊戲」作爲明末清初才子佳人小說的存在方式，其傳奇式書寫形式可謂消解了歷史時間的記憶，而時間形式在傳奇式書寫中，便呈現出某種程度的虛幻性質。具體來說，在明末清初才子佳人小說集體敘事現象的構成中，不同小說文本在藝術時空的操演方面具有重複性和秩序化的特質，而其敘事的圖式結構，則共同表現爲「相遇—考驗—完婚」的封閉性敘事循環歷

---

[124] 〔美〕喬瑟夫‧坎伯（Joseph Campbell）、莫比爾（Bill Moyers）著，朱侃如譯：《神話》（*The Power of Myth*）（臺北：立緒文化事業有限公司，2000年），頁74。

[125] 〔德〕恩斯特‧卡西爾著，結構群審譯：《人論》，頁78。

程。在此一封閉性敘事循環歷程中，以才子追尋佳人的冒險旅程為主體的敘事建構，在能指遊戲中化作一種感官化的審美形象，意在激起一種情感，其中在各種驚險考驗的設置下，時間的消逝在某種意義上意謂著歷史現實的消解，轉而強調心理感受和知覺體驗的重要，這使得明末清初才子佳人小說雖置身「人情─寫實」小說流派之中，但整體敘事的形式和本質又與歷史現實之間存在一段審美距離，顯得別具意味。

　　基本上，在文學中的藝術時空裡，空間和時間標誌融合在一個被認識了的具體的整體中。對於明末清初才子佳人小說而言，其時空形式帶有強烈地脫離日常生活軌跡的遊戲因素。從遊戲的理論觀點來說，如果說遊戲是明末清初才子佳人小說存在的基本方式；那麼，其話語實踐的本質則無疑顯示出「所有遊戲活動都是一個被遊戲的過程」[16]。這樣的藝術表現，或可借巴赫金在論及小說的時間形式和時空體形式如何決定體裁和體裁類型的表現時所提出的「時空體」概念說明之。他指出：

　　　　時空體在文學中有著重大的體裁意義。可以直截了當地說，體裁和體裁類別恰是由時空體決定的；而且在文學中，時空體裡的主導因素是時間。作為形式兼內容的範疇，時空體還決定著（在頗大程度上）文學中人的形象。這個人的形象在很大程度上時空化了的[17]。

---

[16]　〔德〕漢斯─格奧爾格‧伽達瑪著，吳文勇譯：《真理與方法──哲學詮釋學的基本特徵》，頁165。

[17]　〔俄〕米哈依爾‧巴赫金：〈小說的時間形式和時空體形式〉，見錢中文主編：《巴赫金全集》第三卷（石家莊：河北教育出版社，1998年），頁275。

依巴赫金的觀點來說，時空體概念被看做是形式兼內容的一個文學範疇，在文學作品藝術地反映現實時空的表現中，「時間在這裡濃縮、凝聚，變成藝術上可見的東西；空間則趨向緊張，被捲入時間、情節、歷史的運動之中。時間的標誌要展現在空間裡，而空間則要通過時間來理解和衡量。這種不同系列的交叉和不同標誌的融合，正是藝術時空體的特徵所在」[128]。就此而論，在明末清初才子佳人小說集體敘事現象的構成中，主人公的冒險旅程化作一場場能指遊戲，召喚作者／敘述者／讀者不斷地進入文本進行書寫／講述／閱讀。在遊戲的時間限制中，敘事本身不僅體現爲一種文化現象的固定形式，同時也在遊戲的空間限制中創造充滿節律和和諧的秩序，由此顯示出才子佳人小說敘事創造作爲遊戲時所具有的一個自身特有的精神[129]。

今觀明末清初才子佳人小說，整體話語實踐主要就是通過主人公冒險旅程的書寫而賦予敘事以連續性的時間表現，同時在不同文本的重複性和秩序化的敘事操演中，以不同形態的能指遊戲形式建立其共同一致的意指作用。表面上看來，在才子佳人遇合的圓滿結局的程式化思維中，一場場有關主人公冒險旅程的趨同性書寫，無形中使得小說文本的時空形式安排產生定型化現象，在某種意義上可以說強調了書寫遊戲本身所具有的儀式性質，而其敘事意義是固成不變的。然而，從另外一個角度來看，正是在這樣一種意指實踐的定型化過程中，時空形式化作一種權力形式，在封閉、排他和缺乏變化的現象中建立起表徵、差異和權力間的聯繫，因而成爲才子佳人小說話語構成

---

[128]〔俄〕米哈依爾‧巴赫金：〈小說的時間形式和時空體形式〉，見錢中文主編：《巴赫金全集》第三卷，頁274。

[129]〔荷〕約翰‧胡伊青加（Johan Huizinga）著，成窮譯：《人：遊戲者──對文化中遊戲因素的研究》，頁10-11。

方式的基本美學要求，對小說本身作為「人情—寫實」小說流派中的一種新文體生成的主導性審美規範的確立，無疑具有重要的影響作用[30]。

那麼，我們應當如何看待明末清初才子佳人小說敘事建構中有關主人公冒險旅程的時空形式安排呢？不可否認，冒險旅程既是敘述者進入遊戲活動的時空體，同時也是讀者享受遊戲活動的歷程。作為故事的主體部分，既包含形式層面的美學表現，也具有內容層面的意指作用。今圖示如下：

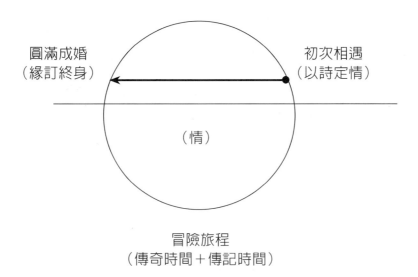

在明末清初才子佳人小說的藝術時空之中，不同小說文本借助於主人公的冒險旅程反覆地在進行一場場具有假裝意識的書寫儀式，其中真實與虛構、想像與隱喻、相信與假裝、嚴肅與娛樂等等二元對立因素，伴隨著文化因素在傳奇式書寫中融合為一體，因而得以在藝術

[30] 有關表徵體系「作為一種意指實踐的定型化」的觀點，參斯圖爾特‧霍爾編，周憲、許鈞譯：《表徵：文化表象與意指實踐》，頁260-262。

差異之中建立起具有個別特殊意指實踐的時空關係形式，一方面，在文化表象之藝術創造中，不同小說文本具有其獨一無二的特質，另一方面，在文化表象的集體欲望表現中，又呈現出有別現實世界的美感經驗[31]。

整體來看，在明末清初才子佳人小說中，冒險旅程的時空體表現具有「虛幻」與「真實」交融的形式特質。

首先，就虛幻時間表現而言，明末清初才子佳人小說是以一種運用得巧妙精細的「傳奇時間」來進行敘事建構的。所謂「傳奇時間」，係巴赫金論及希臘小說的時空體表現時所提出的，今援引以說明之：

> ……這種傳奇時間，本質何在？情節展開的出發點，是男女主人公的初遇和互相愛戀之情的突然爆發。情節的終結點，是圓滿的結婚。在這兩點之間，展開了小說的全部情節。這兩點（這是情節術語），是主人公生活中最重要的事件。它們本身具有傳記的意義。但是小說不是建立在這兩點之上，而是建立在這兩點之間（發生）的事情上。從實質上說，這兩點之間完全不應該有什麼事，因為男女主人公之戀從開始就無可懷疑，在小說的整個過程中絕對地毫無變化；兩人都保持了童貞；結尾的成婚同小說開頭的一見鍾情直

---

[31] 有關藝術與美感經驗中的「差異」問題的探討，參劉千美：《差異與實踐：當代藝術哲學研究》，頁1-30。

接呼應，似乎在這兩者之間什麼都沒發生，似乎婚禮
是在相識的第二天大功告成。傳記生活中的兩個相臨
之點，傳記時間的兩個相臨之點，直接結合到一起。
在這兩個直接相鄰的傳記時間點之間所出現的間隔、
停頓、空白（整個小說恰恰就是建立在這些之上），
不能進入傳記時間的序列中去，而是置身於傳記時間
之外。它們不改變主人公生活裡的任何東西，不給主
人公生活增添任何東西。這也正是位於傳記時間兩點
之間的超時間空白[132]。

　　以今觀之，上述情節發展歷程的描述，頗與明末清初才子佳人小
說的敘事建構相近似。由圖式可見，明末清初才子佳人小說作為千秋
風流佳話，其情節發展大多建立在初次相遇（以詩定情）和圓滿成婚
（緣訂終身）兩個時間點之上。其中初次相遇強調的是才子／佳人以
「色、才、情」遇合為主的理想印象，一如《鳳凰池》第三回水湄所
言：

大凡佳人必配才子，才子既是難逢，佳人豈復易得？
才子不可無佳人之貌，佳人不可無才子之才，有才子
佳人之才與貌矣，又不可無佳人才子之情，合攏來方
可謂之真正才子、真正佳人。……然後足為一世良

---

[132] 〔俄〕米哈依爾・巴赫金：〈小說的時間形式和時空體形式〉，見錢中文主編：《巴赫金全
集》第三卷，頁279-280。

緣、千秋佳話，此乃天地之瑞氣、人物之鍾靈[13]。

因此，才子／佳人的愛情之能發生和發展，必須建立在上述條件之上，由此強調才子／佳人之配在天命姻緣觀的影響下而有所表現。而其圓滿成婚的結局，則一如《飛花艷想》第十八回敘述者引〈滿庭芳〉詞所言：

> 瀟洒佳人，風流才子，天然分付成雙。蘭堂綺席，燭影耀輝煌。看紅羅繡帳，寶妝簽、金鴨焚香。分明是，芙蓉浪裡，對對浴鴛鴦。　歡娛當此際，山盟海誓，地久天長。願五男二女、七子成行。男作公卿宰相，女須嫁君宰侯王。從茲去，榮華富貴，福祿壽無疆[14]。

如此歡慶式的故事結尾，在在顯示了才子佳人小說在浪漫故事的話語實踐中，期許才子／佳人能夠實現幸福的理想色彩。大體而言，明末清初才子佳人小說在商品經濟文化消費市場機制的影響下創作問世，這樣的敘事格局已然成爲一種定型化或類型化的美學表現，其敘事成規廣爲讀者的閱讀期待所熟悉，並據以形成一種闡釋程式。值得進一步討論的是，明末清初才子佳人小說的敘事建構，是在「以詩訂情」到「緣訂終身」的「直線式」的框架中完成其愛情理想的實現，

---

[13] 煙霞散人編：《鳳凰池》，收於古本小說集成編委會編：《古本小說集成》（上海：上海古籍出版社，1990年），頁86。

[14] 樵雲山人編次：《飛花艷想》，頁347-348。

而「冒險旅程」中的驚險考驗，則成了敘事遊戲活動的主體，藉此凸顯才子佳人遇合都在天意和命運的力量支配下才得以實現的事實。如《玉嬌梨》第七回敘述者引詩曰：

> 一段姻緣一段魔，豈能容易便諧和？
> 好花究竟開時少，明月終須缺處多。
> 色膽才情偏眷戀，妒心讒口最風波。
> 緬思不獨人生忌，天意如斯且奈何[16]。

在冒險旅程的時空體裡，人物經驗生活和情感的主動權和決定權是屬於「機遇」的。傳奇時間內的敘事充滿了自由性和隨意性，情節發展的變形，則顯示了主人公由「常」進入「非常」的世界之中，必須經受一番考驗。因此，當我們審視明末清初才子佳人小說的時空體表現時，即可發現傳奇時間在一連串突發性事件的偶然性接續發展過程中不斷地被虛化的事實。冒險旅程的發展，實質上是在一種抽象的時間與空間的機械式轉換中移易前進的，最終成為一種「超時間空白」。在言情與寫實的交融之中，傳奇式書寫終成為話語實踐的風格之所在，而傳奇時間更成為時空體藝術形式的具體化美學表現，無疑是影響作家／讀者進一步書寫／解讀才子／佳人遇合的意指實踐及其主題寓意的重要關鍵。

其次，就真實時間而言，明末清初才子佳人小說是以才子／英雄的成長歷程為主的「傳記時間」來帶動故事發展的。小說話語構成的意指實踐，乃建立在考驗主人公及其才情的主題之上，這可以說是根

---

[16]　荑秋散人編次：《玉嬌梨》，頁237。

本上有別於其他明清通俗小說類型或文體流派的重要審美規範。巴赫金論及晚於希臘小說的歐洲小說的時空體表現時指出：

> 經過許多奇遇和考驗之後，主人公一開始突發之情得到了鞏固，事實上真地受到考驗並取得了新的品格，變成了牢固的經得起風險的愛情，或者主人公們自己變得成熟了，互相有了更好的了解……這已完全不是傳奇小說，……這是因為儘管情節的術語依然是一樣的（開頭的初戀，結尾的成婚），但延緩婚事的那些事件本身確具有了一定的傳記意義，或者起碼是心理的意義；它們要被捲進主人公生活的真實時間裡；而真實的時間會改變主人公本人以及他們生活中（重要）的事件[36]。

在某種意義上，考驗的主題的確使得小說能夠圍繞著主人公的冒險旅程組織起各種不同的小說材料。對於明末清初才子佳人小說而言，有關考驗類型的思想表現，主要表現為對主人公才、情、德的考驗，具有其特定的歷史文化意義。不過，考驗的思想所包含的內容本身，相對來說卻顯得廣度和深刻性不足。這樣的一種現象或結果，便反映在人物形象塑造的「類型化」表現之上。援引巴赫金的觀點來說：

---

[36] 〔俄〕米哈依爾・巴赫金：〈小說的時間形式和時空體形式〉，見錢中文主編：《巴赫金全集》第三卷，頁280。

考驗的思想主題，沒有可能去考察人的成長過程。考
驗思想在自己的某些形式中，允許有危機、有蛻化，
卻不知有發展，有成長，有人的逐漸成熟。這一思想
主題是以定型的人作爲出發點，並從同樣定型的理想
角度來考驗這個人[130]。

從上述引論觀點審視明末清初才子佳人小說，基本上有關才子／
佳人作爲類型化人物的定型化表現，正是受到組織小說的考驗主題的
思想深度與歷史文化語境的制約。大體而言，類型化人物的時空化，
使得明末清初才子佳人小說似乎並不存在「傳記時間」的時空體形
式。不過，倘再仔細加以考察，則仍然可以發現考驗歷程作爲才子／
英雄的「個體化過程」，其「成長」的傳記意義和表現，主要是以
「通過科舉考試」並完成人生志業爲導向，而最終結果卻多逸遊於
冒險旅程之外，體現在「與佳人圓滿成婚」之後的人生抉擇之上，展
現出屬於個人的智慧成長和人格成熟的思想表現。一如《蝴蝶媒》第
十六回敘述者引〈金人捧玉盤〉詞曰：

> 記當年，桃李下，遇娉婷，立畫橋。流水瀁瀁，多情
> 蝴蝶。此時無計報深恩。玉堂金馬，盡都配，絕世傾
> 城。　喜知音，同攜手，山中約，薄虛名。羨丹砂服
> 食長生，金魚紫綬，由來孤負了初心。何如邱壑，少

---

[130] 〔俄〕米哈伊爾・巴赫金：〈長篇小說的話語〉，見錢中文主編：《巴赫金全集》第三卷，
頁182。

塵事，理亂無聞[18]。

所謂「喜知音，同攜手，山中約，薄虛名」，顯示了主人公在經歷冒險旅程的考驗之後，對於現實和人生有了不同於前的理解和闡釋，因而最終選擇歸隱山林。又如《情夢柝》第二十回敘述者則在小說結尾處言明，其敘事乃借胡楚卿佳話進行傳記式書寫，最終試圖以其辭官歸隱的幸福生活的決定，喚醒芸芸眾生之塵夢：

> 何須書座與銘盤，試閱斯編寓意端。
> 借得咲啼翻筆墨，引將塵跡指心肝。
> 終朝勞想皆情劫，舉世貪嗔盡夢團。
> 滿紙柝聲醒也未？勸君且向靜中看[19]。

不可否認，在言情與寫實之間，明末清初才子佳人小說以「考驗」的主題思想為基礎，對才子／英雄的英勇精神和忠貞品德進行考驗，可以說是小說文本能夠有機地將紛繁的素材組合起來的根本因素。不過，傳記時間作為隱性敘事成分，其具體意指作用多是在小說文本的結尾時才出現，因而使得敘事的思想力量和深度相對薄弱許多，因而往往被讀者們所忽略。但不論如何，以才子追尋佳人的冒險旅程為主體，其傳記時間仍是小說時空體建構的基本形式，仍不可輕忽其意指實踐和作用。

整體而論，上述時空體的敘事操作，在某種意義上乃是通過孕育

---

[18] 南岳道人編：《蝴蝶媒》，頁292-293。
[19] 安陽酒民著：《情夢柝》，頁278。

一個個能產生特有樂趣的總體敘述策略而完成，並通過讀者的推論、期待和情感回應等手法來凸顯小說烏托邦世界的理想性特質。究其實質表現，其主要目的無非在於通過驚險考驗的能指遊戲的布局，製造出讀者體驗的心理空間，以及延長讀者閱讀的物理時間。以維克托‧什克洛夫斯基（Viktor Shklovsky）的「反常化」觀點來說：

> 那種被稱為藝術的東西的存在，正是為了喚回人對生活的感受，使人感受到事物，使石頭更成其為石頭。藝術的目的是使你對事物的感覺如同你所見的視象那樣，而不是如同你所認知的那樣；藝術的手法是事物的「反常化」手法，是複雜化形式的手法，它增加了感受的難度和時延，既然藝術中的領悟過程是以自身為目的的，它就理應延長；藝術是一種體驗事物之創造的方式，而被創造物在藝術中已無足輕重[140]。

　　總的來說，明末清初才子佳人小說話語實踐伴隨著主人公冒險旅程而展開，總是在主人公行動的考驗主題中建構起特殊的時空體。其中，傳奇時間的虛幻性和傳記時間的真實性在空間的不斷轉換過程中交融並進，具有其相對一致的穩定性和統一性。這種時空體有著貫穿始終的敘事邏輯，無疑奠定了明末清初才子佳人小說文體的主導性審美規範，同時也影響了讀者閱讀過程的文體期待和闡釋程式。

---

[140]〔俄〕維克托‧什克洛夫斯基：〈作為手法的藝術〉，見方珊等譯：《俄國形式主義文論選》（北京：生活‧讀書‧新知三聯書店，1992年），頁6。

三、天命與緣：時空體形式安排的後設性命題

在中國哲學有關人生問題的討論中，「命」是一個重要的問題[140]。命的觀念起源頗早，而命之於人生既有積極作爲的影響，也有消極對待的影響。從儒家觀點來說，講求「盡人事，聽天命」；從道家觀點來說，則講求「道法自然，安之若命」。不論儒家之「天」或道家之「道」的思想影響如何？其中有關「命」與「遇」兩者關係的探討，或合爲一、或分爲二，立論觀點雖有不同，然實爲古代哲人們所重視。如前所言，明清才子佳人小說敘事建構呈現出夢的本質與傳奇的形式的主導性審美規範，整體敘事格局的設計具有強烈的封閉性循環結構性質，並具體反映在遊戲式時空體形式的情節安排之上。在此一封閉性敘事結構的循環歷程中，才子／佳人的因緣遇合及其遭受小人阻礙的磨難消解等問題，常常寓於「天命」與「緣」的後設性命題之上進行書寫，並以之作爲話語運作及其意指實踐上的審美思想規範。如《玉嬌梨》第十四回敘述者引詩曰：

> 人才只恨不芳妍，那有多才人不憐？
> 窺客文君能越禮，識人紅拂善行權。
> 百磨不悔方成節，一見相親始是緣。
> 謾道婚姻天所定，人情至處可回天[142]。

又如《平山冷燕》第二十回敘述者引〈清平樂〉詞曰：

---

[140] 有關中國哲學中「命」的人生問題之討論，參張岱年：《中國哲學大綱》（臺北：藍燈文化事業股份有限公司，1992年），頁451-464。

[142] 荑秋散人編次：《玉嬌梨》，頁475。

　　金鑾報捷，天子龍顏悅。不是一番磨與滅，安見雄才
　　大節。　明珠應產龍胎，蛾眉自解憐才，費盡人情婉
　　轉，成全天意安排[13]。

　　基本上，以《玉嬌梨》和《平山冷燕》爲定型範式的才子佳人
小說，整體敘事表現具有其重要的典型結構和意指實踐的表現。所謂
「婚姻天定」、「天意安排」的思想表現始終彌漫在小說文本之中。
此後，大量才子佳人小說相繼刊刻發行，廣爲流傳並蔚爲流派，其中
在天命與緣的命題思想影響下，直接以「緣」字題名者的作品所在多
有[14]，如《夢中緣》、《畫圖緣小傳》（又名《花天荷傳》、《畫圖
緣平夷全傳》、《花田金玉緣》）、《駐春園小史》（又名《綠雲
緣》、《第十才子書》、《第十才子雙美緣》、《一笑緣》）、《金
石緣》、《水石緣》。此外，雖非以「緣」字命名，但亦多在天命與
緣的命意架構之下展開敘事的也不少，如《定情人》、《賽紅絲》、
《錯錯認錦疑團小傳》（又名《錦疑團》）、《才美巧相逢宛如
約》、《合浦珠》、《鴛鴦媒》（又名《鴛鴦配》、《玉鴛鴦》）、
《巧聯珠》、《蝴蝶媒》等作品。以今觀之，這種歸諸天命與緣的敘
事結構安排的程式化思維，事實上當與作家群體抒憤寄慨的情志理想
密不可分，其具體表現正如煙水散人在《女才子書‧敘》所言：

---

[13]　荻岸散人撰：《平山冷燕》，頁617。

[14]　從表意策略來說，「文學中的『題—文』關係較爲複雜，但大致與作者創作意圖的指向有
　　　關。文本題目較爲確切地指明了背景信息，並以一種參考的方式提供了一定的敘事要素，整
　　　部作品便是圍繞這一題目的各敘事要素的展開。」參汪正龍：《文學意義研究》（南京：南
　　　京大學出版社，2002年），頁80-82。

> 回念當時，激昂青雲，一種邁往之志，恍在春風一夢
> 中耳。……嗟呼！筆墨無靈，孰買長門之賦；鬢絲難
> 染，徒生明鏡之憐。若仍晤對聖賢，朝呻夕諷，則已
> 壯心灰冷，謀食方艱。于是唾壺擊碎，收粉黛於香
> 閨；彤管飛輝，拾珠璣於繡闥，貞姿艷魄，彼美宜
> 彰。贈藥采蘭，我懷匪屬[15]。

因此，當才子佳人小說作家化身「風月主人」、「煙花總管」操筆敘述而譜寫佳話，其意在天命與緣的歸因中，通過敘事以寄寓理想，並藉以補償現實人世之不遇的深層遺憾，無疑是顯而易見的。一如《人間樂》第十八回敘述者引〈太常引〉詞曰：

> 本然是娶舊盟堅，良友變嬋娟。孰意有相牽，鴛鴦交
> 頸並頭蓮。　滿門齊慶，享樂人間，希有說天緣。盡
> 道是天緣，細譜出人間樂傳[16]。

無可諱言的，在明末清初才子佳人小說中，大都貫穿著這種千篇一律的天命與緣的觀念，這個觀念具有相當一致而統一的特性，但實際上又是個抽象的思想。進一步來說，這種觀念是對醜惡現實的鄙棄下所體現出來的某種始終一貫的虛幻姿態。但這種虛幻姿態，因抒憤寄慨的目的往往變得抽象含混，並且隨著歷史文化語境和敘事動機的

---

[15] 煙水散人編次：《女才子書‧敘》，頁1-4。

[16] 天花藏主人著：《人間樂》，收於古本小說集成編委會編：《古本小說集成》（上海：上海古籍出版社，1990年），頁401。

轉變而定型,以致流傳日久便因循消極,顯得僵硬而無活力。不過,對於才子佳人小說而言,小說文本中所存在的貫徹始終的天緣觀念及其封閉性敘事結構表現,乃勢所必然。其主要原因乃在於作家群體歷經時世變革和政治轉型,其人生理想在現實政治秩序中無所依託,面對無能改變的出處困境,作家群體的入世激情在意識形態觀念表現上也沒有任何根基。因此,小說話語實踐雖立足於言情和寫實的交融形態之上,但在傳奇式書寫過程中卻充滿了來自夢喻之作的形象典故,整體敘事建構可以說同現實世界處於某種程度的爭辯對立之中。

以今觀之,天命與緣作為小說創作的後設性命題,明末清初才子佳人小說敘事建構所顯示的框架式(schematic)形態表現,在某種意義上暗含著明清之際作家群體出處困境的悲劇性事實。作為一種陳述文本[14],在敘事建構之上體現出一種封閉性循環結構形式的性質,則隱喻廣大作家群體無從超越歷史文化語境制約的文化事實。今依明末清初才子佳人小說敘事建構情形,分別就敘事格局和情節安排兩方面說明之:

第一,就敘事格局的創造而言。

對於明末清初才子佳人小說作家而言,處於時世變革的歷史文化轉型階段,現實政治秩序混亂,使得個人的出處遇合難期。職此之故,當作家將情志寄寓於敘事之時,對於才子/佳人遇合過程及其結局的認知,往往便歸因於天意所在的時命之感的制約。天花藏主人於《畫圖緣小傳》序言曰:

---

[14] 所謂「陳述文本」,其最重要的特徵是存在著一種能容納和確證其他話語的權威性話語,一種能使意義和諧統一的固定位置。換句話說,在陳述文本中有著不同話語等級,而其中有一種特許話語,它處於居高臨下的位置,對其他話語施以影響和作出解釋與評價。參胡亞敏:《敘事學》(武昌:華中師範大學出版社,1994年),頁196-197。

緣者，天漠然而付，人茫然而受者也。雖若無因，而
忽生枝生葉，生花生果，湊合成樹。又若一絲一縷，
有因而不亂者，此其所以爲奇，所以爲妙，不得不謂
之緣，而歸之天也。因思裴航之玉杵瓊漿；崔護之桃
花人面；江臯之贈，實出無心，溪水之逢，何嘗有
意；紅拂女之憐才而奔，樂昌主之破鏡復合；甚至明
妃之奇艷驚人，而青塚埋愁；蔡女之慧才絕世，而胡
笳寫恨。憐之而不能生，怨之而不能死，萃之而不能
合，析之而不能離。使非緣出於天，安能一日終身，
眼前千里，若呼應之毫髮不爽耶[18]！

如引文所述，在中國言情文學傳統中，男女遇合之「奇」、
「妙」往往無從究其原因。此時，「天命」以一種後設性思維制約
敘事的生成，在預言與應驗所形成的敘事之圓的合力中，順應天意似
乎已成爲主人公生命歷程中無從超越的宿命[19]。天花藏主人於《賽紅
絲》序言曰：

……而細究其紅絲本體，則別自有妙。鼓鐘白屋，不
諦漚蔴；琴瑟朱門，何殊濯錦。非炎涼也，大都世事
無端，人情莫測，不得不因其所至而盡其所至之妍
媸，豈多事哉！蓋婚姻自婚姻，而性情自性情，有不

[18] 天花藏主人撰：《畫圖緣小傳・序》，收於古本小說集成編委會編：《古本小說集成》（上海：上海古籍出版社，1990年），頁1-5。
[19] 董小英：《敘事藝術邏輯引論》（北京：社會科學文獻出版社，1997年），頁78。

　　　得不恩而怨，怨而恩，生而死，死而生，以難繪世事

　　　人情之態者。如不然，請觀之《賽紅絲》可也⑤。

　　事實上，傳奇之筆之「難繪世事人情之態者」，往往凸顯在變化
無端的人事書寫中，而最終遇合的結果仍取決於天道之安排。若以小
說思維內質的歸屬性論之，明末清初才子佳人小說的敘事結構實具有
一種超穩定性表現，並且以一種潛形態的審美思維定勢制約著敘事主
體的審美意識，規範著小說文本的價值取向和美學追求，進而影響整
體敘事格局的建構與發展。以今觀之，這種超穩定的敘事思維模式，
直可以說受到中國傳統文化的深層結構的影響，在某種程度上即呈現
出一種封閉性循環結構的敘事圖式，使得明末清初才子佳人小說在創
造理想化的虛構世界的集體欲望中，習慣於從一個思維向度去認知審
美對象、組合形象因素，思維邏輯呈現為不可逆的線性因果律，體現
出一種求同性審美認知⑤，充分表現在對才子／佳人的理想人格心態
和圓滿愛情婚姻遇合的擬塑和安排之上。

　　從現實的角度來看，或許明末清初才子佳人小說在天命與緣的
後設性命題的規範下，並不具備創造宏觀敘事格局的條件。不過，在
商品經濟文化市場的消費需求下，這樣的敘事操演卻可以滿足讀者群
體替代性幻想的實現，小說之得以廣為流行，便充分反映出大眾文化
階層的接受意識和閱讀期待。一如《兩交婚小傳》第十八回敘述者引
〈南柯子〉詞曰：

---

⑤　佚名：《賽紅絲‧序》，收於古本小說集成編委會編：《古本小說集成》（上海：上海古籍
　　出版社，1990年），頁8-11。

⑤　吳士余：《中國文化與小說思維》（上海：三聯書店，2000年），頁8。

美已欣逢美，才仍快遇才。一時作合暢人懷，始識天
心暗裡巧安排。　歸娶先承寵，還朝復進階，新詩頌
聖聖顏開，留得一番佳話道奇哉[132]。

在發生學的前提上，才子佳人小說作品中的題材、主題與情感思
想等所歸屬於一定的生活背景和客觀世界，這些背景因素作為敘事客
體，對於作家的審美敘事活動是有所規範的，除了在敘事操演及其實
際創作效果上有所影響之外，對於作品藝術價值的提取和開採，亦具
有其宏觀的制約性，進而在言語活動中建立起言語體裁的主導性審美
規範[133]。因此，天緣觀作為才子佳人小說的後設思維和敘事基調，深
刻地影響了傳奇佳話的敘事形態表現，無疑顯得耐人尋味。

第二，就情節形式的安排而言。

明末清初才子佳人小說情節形式之安排，與原型母題、創作衝
動、創作目的和話語媒介可謂密切相關。在夢與傳奇的審美意識影響
下，明末清初才子佳人小說作家如何向讀者群體展現事件的才子／佳
人遇合及考驗的歷程，無疑將牽涉到敘述時所採取的各種方法和策
略。不過，不論小說文本內在的敘述活動作為能指遊戲具有如何千變
萬化的表達形式，作家在通過敘述者以組織敘事的過程中，大體上即
在天緣觀的影響之下將情節序列納入一完整有序的統一體中，最終
成為一個具獨特性的審美文本。其中天緣觀作為小說敘事文本建構的
基本原則，在理念原則上以實現連接的方式完成整體敘事序列的創

---

[132] 天花藏主人撰：《兩交婚小傳》，頁595。

[133] 徐岱：《小說敘事學》（北京：中國社會科學出版社，1992年），頁76-84。

造⑭，其「結構」的關係對於「意義」的體現而言，實具有重要的影響作用。如《醒名花》第一回敘述者言及編書之因由：

> ……自古佳人才子，得以萍踪會合，訂好百年，莫非天緣所定。然天緣最足奇幻：在庸夫俗女，分中看其會合，極是容易，極是平常；獨在佳人才子，分中看其會合，偏多磨折，偏多苦惱，又必生出許多驚嚇艱難，再不得個順利上手⑮。

因此，在天緣觀的思維圖式主導下，小說情節序列乃在各種「暗示」、「類比」、「轉義」和「組合」的推理邏輯中開展⑯，藉以完成才子追尋佳人的冒險旅程的敘述，並從中呈顯對才子／佳人遇合的自身規律的基本認識。如《醒風流奇傳》第十二回敘述者引〈踏莎行〉詞曰：

> 月被雲欺，花遭風妒，教誰特地來相護？層層奸計不容情，剛剛留下相逢路。　一腔好夢，黃鶯驚破，從前謀算徒辜負。雖然人事巧安排，大都天意親分付⑰。

---

⑭　胡亞敏：《敘事學》，頁128。

⑮　墨憨齋新編：《醒名花》，收於古本小說集成編委會編：《古本小說集成》（上海：上海古籍出版社，1990年），頁2。

⑯　有關敘事邏輯的「推理」問題，參董小英：《敘事藝術邏輯引論》，頁136-259。

⑰　鶴市道人編次：《醒風流奇傳》，收於古本小說集成編委會編：《古本小說集成》（上海：上海古籍出版社，1990年），頁267。

　　在某種意義上，現實或小人對於才子／佳人遇合所製造的阻礙，是具體深化「姻緣非偶總由天」思想的重要表現。對於才子佳人小說敘事建構而言，這種因天命與緣的主導所造成的偶然事件的發生，或許可能只是小說材料之一；然而，當此一事件影響整體敘事結構的形成時，則與其有關的敘述已然成爲作品的形式，影響及於小說文本意義的生成[138]。

　　具體來說，在明末清初才子佳人小說中，其內容形式與表達形式是互爲參照的。如果說，天命爲「常」，具有超穩定性的結構特性；那麼，人事則爲「非常」，顯現出變化萬端的意義內涵。因此，在小說文本中，「天命」與「緣」的後設性命題，便構成了「結構」的形式原則和「事件」的意義取向的具體參照關係，藉由特殊的時空體形式的創造，體現爲一種「有意味的形式」（significant form）[139]。今據以審視明末清初才子佳人小說情節形式之安排，天緣觀作爲超現實的命題框架以造成有機整體的敘事結構，可以說是傳統中國小說的重要美學特徵，不僅具有其預述性的神祕因素，而且具有其深層喻意和敘事功能，更有助於敘事主題意涵的深化。《終須夢》第一回敘述者引解籤詩「指腹爲婚」曰：

---

[138] 〔俄〕列・謝・維戈茨基（Lev S. Vygotsky）指出：「如果我們單說作爲某一小說的基礎的事件本身——這就是這一小說的材料。如果我們如何敘述這一事件——這就是這一作品的形式。」見氏著，周新譯：《藝術心理學》（*The Psychology of art*）（上海：上海文藝出版社，1985年），頁194。

[139] 〔英〕克萊夫・貝爾（Clive Bell）提出了藝術是「有意味的形式」的論點，強調有意味的形式充滿了力量，它能激起任何有能力體驗的人的審美情感。見氏著：《藝術》，見張德興主編：《二十世紀西方美學經典文本：第一卷〈世紀初的新聲〉》（上海：復旦大學出版社，2000年），頁460-478。

連理枝頭並蒂滋，天才國色係生成。

人間祥瑞無難遇，世上絲羅有可期。

大扺芙蓉原解語，崑山美玉自輝奇。

也知緣分從前定，造化安排本不移[160]。

基本上，才子佳人小說作家更常常利用情節形式安排之策略——如偶然、巧合、誤會、錯身等等——強化天命與緣對於才子／佳人遇合的主導作用，其情形如同《孤山再夢》第二回敘述者引〈一翦梅〉詞曰：

佳人才子兩相當，一思難忘，一見難忘。竊玉頻頻又偷香，說不牽腸，怎不牽腸。　妒花風雨來何狂，驚起鴛鴦，驚散鴛鴦。情郎情女各杳茫，說不思量，怎不思量[161]。

又如《宛如約》第二回敘述者引〈踏莎行〉詞曰：

陡遇奇才，醉心已注，紅絲欲縛相稱譽。苦辭寒素劣書生，齒牙聲逗清新句。　試問誰傳，謙言有孺，寸

---

[160] 彌堅堂主人編次：《終須夢》，收於古本小說集成編委會編：《古本小說集成》（上海：上海古籍出版社，1990年），頁1。

[161] 渭濱笠夫編次：《孤山再夢》，收於林辰主編：《才子佳人小說集成》（3）（瀋陽：遼寧古籍出版社，1997年），頁11。

心已肯陳蕃寓。憐才默吐動才人，影兒留下從容去[⑫]。

在「偶然相遇—意外分離—錯認誤會—圓滿成婚」的敘事進程中，上述情節形式之安排可謂小說文本構成的基本程式，早已爲讀者所熟悉。對於明末清初才子佳人小說的敘事感染力生成而言，這是作家借助於傳奇式書寫形式而建立其特殊的情感結構，對於大衆文化中的讀者群體具有特殊的感染作用[⑬]。

此外，令人更感好奇的是，明末清初才子佳人小說作家亦多利用夢和神道釋預示兩種重要方式具體表現抽象天意的支配作用。今即就上述兩種形態表現做簡要說明：

首先，就夢中徵兆的形態表現而言。

「夢」在中國文化中有其特殊的發展歷程和氣韻魅力。如前所言，夢作爲一種精神文化對於明末清初才子佳人小說創作形態表現的影響極爲深刻。實際上，在小說文本中，敘述者講述人物之夢以爲預述性框架，其敘事思維最終在於證成天命與緣對於人物命運的支配作用。如《金雲翹傳》第二回敘述王翠翹與妹王翠雲、弟王觀於清明節合家掃墓，借此出遊踏青，忽行到一個流水溪邊，看見北京名妓劉淡仙之墓。是夜，王翠翹因輾轉無聊，漫題詩篇，題罷後情思不快，隱几而臥。矇矇矓矓，忽夢劉淡仙降鸞，夢中劉淡仙告知王翠翹爲斷腸會中人，並取十個題目遞與題寫：

[⑫] 惜花主人批評：《宛如約》，頁16。

[⑬] 有關感染力結構之討論，參胡平：《敘事文學感染力研究》（天津：百花文藝出版社，1995年），頁64-84。

翠翹題畢，遞與那女子。那女子接了一看，道：「好
詞，好詞。字字含心恨，聲聲損玉神。入在斷腸冊
中，應為第一。妾今要去了。」翠翹道：「既承垂
盼，定有情緣。忽爾言旋，情緣又安在？況今此一
別，未識何時再會。」那女子道：「姐姐情深，妾懷
不薄，錢塘江上定來相晤。」言畢，往外就走。翠翹
要赴去留他，忽被風敲鐵馬，錚的一聲驚醒，卻是一
夢[164]。

因此一夢，預伏了王翠翹「薄命似桃花」、「從來國色遭人
妒」的坎坷人生，最終雖得與才子金重團圓，卻已飽經人情之磨難，
符應夢中所預示之斷腸中人的信息。又《夢中緣》第一回敘述山東清
州府益都縣拔貢吳玨一日做夢，夢見一位老者賜詩一首：

仙子生南國，梅花女是親。
三明共兩暗，俱屬五人行[165]。

老者於夢中告訴吳玨，其子婚事全寓於詩中。吳玨夢醒即勸遣其
子周遊南國以尋覓理想佳人。由此可見，夢作為禍福吉凶的徵兆，除
了是小說的材料的一部分之外，更是敘事結構生成及發展的基礎，尤
其在天緣觀的支配中，具有其重要的修辭作用。

---

[164] 青心才人編次：《金雲翹傳》，頁13-14。
[165] 李子乾：《夢中緣》，收於古本小說集成編委會編：《古本小說集成》（上海：上海古籍出
版社，1990年），頁5。

其次，就神道釋預示的形態表現而言。

中國古代小說中充滿了神祕主義的思維特徵，如《隋唐演義》、《說岳全傳》、《西遊記》、《水滸傳》、《紅樓夢》、《鏡花緣》等等多在敘事開端設置具有超現實表現的「楔子」，藉以寄寓主題思想及其敘事格局生成的基本意念，而這種目的論式的神祕情節框架在明末清初才子佳人小說中也普遍可見。今觀明末清初才子佳人小說敘事表現，則可發現「神道釋預示」是小說文本結構生成的基礎，在充滿奇幻的冒險旅程中，充分展示天緣觀對於小說敘事建構的影響作用，如《玉嬌梨》中的賽神仙告知蘇友白，《合浦珠》中的梅山老人，《巧聯珠》中的方古庵，《醒名花》中的范本瑞，《賽花玲》中的牡丹花神，《麟兒報》中的葛仙翁，《畫圖緣小傳》中的異人，《蝴蝶媒》中的自觀和尚，《幻中眞》中的靜玄禪師，《鴛鴦媒》中的火龍眞人等等。今以《玉嬌梨》爲例說明之，小說敘述蘇友白爲避免楊巡撫刁難，辭官出遊紹興，第五回時敘述者借楊科尋妻事引出賽神仙預知蘇友白爲尋訪佳人出外「求婚姻」，直到第十七回蘇友白途中適逢賽神仙，賽神仙才正式出場，並告知蘇友白婚姻當於山陰得之，可娶兩位佳人，並云其將除授翰林。又以《蝴蝶媒》爲例，敘述者於第一回講述杭州有三秀士曰蔣青岩、張澄江、顧躍仙者，皆懷不世之才，具潘安之貌，而蔣氏尤甚。且均未婚，一日遊靈隱有自觀和尚遺詩一首，云三人前半事皆括詩中，詩云：

> 三鳳東飛，皆得其凰。
> 惡風吹水，散我鴛行。
> 奮身而前，頭角廟廊。

　　破鏡重圓，明月輝光[16]。

　　受到神道釋預示的支配作用，讀者在閱讀過程中可自行參與文本的情節建構，更加深入體驗人物所可能經歷的悲歡離合。從某種意義上來說，這樣的敘事安排有助於小說主題思想的凝鑄，並在既定情節框架之中對事件進行奇幻式書寫，以傳奇筆法提供讀者閱讀和體驗的樂趣。

　　在天命與緣的後設性命題的規範下，明末清初才子佳人小說的話語實踐及其敘事框架決定了文體的審美能量。在「預述—展開—驗證」的敘事模式中，小說文本可謂藉此預述性敘事框架以建構作家群體的不同生命歷程，並與讀者的閱讀參照達成約定俗成的審美規範，甚至在文化發展中形成既定的思維圖式慣例持續不斷地傳遞給不同時代或地域的作家和讀者。基本上，從才子／佳人遇合的書寫中，奇幻的冒險旅程不僅使得作家與讀者共同體認到「才情之難」的現實，同時也體認到人事之變化惟有在天緣觀的命定安排之下才得以圓滿收場。如古吳青門逸史石倉氏在《生花夢》序言說明其敘事表現時所說：

　　　康夢庚，才士也。丰采如霞，肝腸若雪，問春風於蘭橈曲渚，夢鶯花於紫陌紅樓。方青眼幸投，紅絲鳳綰，而又載沉載浮，天涯輾轉。於姻緣，固既遇而不即遇；於功名，則不遇而終遇者，豈天下事大率無意而得，著意而失耶！貢、馮二女，才而賢，情而友朋，褉裳而兄妹，雌雄郎舅，巾幗夫妻，方驚懼之靡

────────────

[16] 南岳道人編：《蝴蝶媒》，頁11-12。

定，而好合之未綜，至玉面歸誠，鐵衣變相，始雲和

雙抱，兩絃並調，又豈非不遇而終遇哉！天靳於前，

緣成於後[167]。

由此可見，「終之海誓山盟，天教如願」的天緣觀之爲讀者群體
所接受，無疑是大衆文化階層賦予才子佳人遇合的終極期待和解釋。
作爲一種書寫儀式，天命與緣對於小說敍事模式構成的影響作用可謂
深刻。

第三節　修辭：才子佳人小說話語構成的美學實踐

明末清初才子佳人小說話語系統置身中國古代言情文學傳統的
創作場域之中，其整體話語構成及其藝術形式表現，實具有特定的美
學目的，並在流行之際的集體敍事現象構成中建立起一種有別其他類
型通俗小說的美學實踐體系。今觀明末清初才子佳人小說，其話語構
成作爲一種有意味的形式，不僅在話語實踐的建構、解構或轉換中反
映明清之際的現實，同時也在話語行爲中表達特定的知識和眞理，展
現出一種特定的「寫作籲求」[168]。因此，當我們將明末清初才子佳人
小說之話語構成視爲文化釋義系統中的一種修辭（rhetoric）活動表

---

[167] 娥川主人編次：《生花夢・序》，頁5-7。

[168] 〔法〕讓—保羅・薩特爾（Jean-Paul Satre）在《爲何寫作》一書中認爲：「一切文學作品
都是一種籲求。寫作就是向讀者提出籲求，要他把我通過語言所作的啓示化爲客觀存在。」
因此，作家在創作自己的作品時，總是向讀者的自由提出籲求，並要求進行合作。事實上，
這種籲求無不充溢於不同藝術形式的創作之中。見伍蠡甫主編：《現代西方文論選》（上
海：上海譯文出版社，1983年），頁198-199。

現時⑲，其中小說文本通過修辭行為所創造生成的審美藝術形式，或可視為一種意識形態的生產，隱含著特定的價值觀與政治性⑳。事實上，在中國言情小說發展史上，明末清初才子佳人小說話語系統以其

---

⑲　亞里斯多德為「修辭術」下定義時指出，修辭是「一種能在任何一個問題上找出可能的說服方式的功能。」〔古希臘〕亞里斯多德（Aristotle）著，羅念生譯：《修辭學》（北京：生活・讀書・新知三聯書店，1991年），頁24。亞里斯多德對於修辭作為勸說工具的定義和看法，深刻地影響了後人對於修辭哲學和修辭實踐的看法。相關討論可參〔美〕肯尼斯・博克（Kenneth Burke）等著，常昌富、顧寶桐譯：《當代西方修辭學：演講與話語批評》（北京：中國社會科學出版社，1998年）。〔美〕大衛・寧（David Ling）等著，常昌富、顧寶桐譯：《當代西方修辭學：批評模式與方法》（北京：中國社會科學出版社，1998年）。而從實用主義理論觀點來說，修辭具有勸說性的實用思想，因此在文藝批評上，研究者把「藝術品主要視為達到某種目的的手段，從事某件事情的工具，並常常根據能否達到既定目的來判斷其價值」。參〔美〕M.H.艾布拉姆斯（M.H.Abrams）著，酈稚牛、張照進、童慶生譯：《鏡與燈──浪漫主義文論及批評傳統》（*The Mirror and Lamp─romantic theory and the critical tradition*）（北京：北京大學出版社，2004年），頁13。〔美〕韋恩・布斯（Wayne C. Booth）更將此一修辭學理論傳統應用在小說美學研究之上，參氏著，華明、胡蘇曉、周憲譯：《小說修辭學》（*The Rhetoric of Fiction*）（北京：北京大學出版社，1989年）。〔美〕詹姆斯・費倫（James Phelan）在前人研究基礎上進一步說明「敘事作為修辭」的意義，他指出：「『作為修辭的敘事』這個說法不僅僅意味著敘事使用修辭，或具有一個修辭維度。相反，它意味著敘事不僅僅是故事，而且也是行動，某人在某個場合出於某種目的對某人講一個故事。」參氏著，陳永國譯：《作為修辭的敘事：技巧、讀者、倫理、意識形態》（*Narrative as Rhetoric: Technique, Audiences, Ethics, Ideology*）（北京：北京大學出版社，2002年），頁14。基本上，將敘事視為修辭來進行理解，其意義在於視作家所進行的敘事創造活動具有特定修辭意義，語言表述本身當涉及到各種言談策略，並且出於一個特定的目的及在特定的場合講述特定的故事，試圖以其敘事說服讀者。因此，本文除了將明末清初才子佳人小說視為一種話語現象之外，也將之視為說服讀者的一種行動。

⑳　〔加〕高辛勇指出在後結構主義時期，西方對修辭的關注有了根本性的變化。當今一般認為語言的衍義作用有其自主性，語言的「修辭性」並非說話人所能完全控制掌握的。同時，「修辭」的形式可能帶有意識形態的內涵。這並不僅只是說修辭可以傳達意識形態，而是說修辭的形式本身也會涵蓋價值觀念。這種新的理解使我們必須重新觀察評估，「修辭」在文學作品裡的作用，對「修辭形式」或「修辭性」必須重新閱讀、了解。見氏著：《修辭學與文學閱讀》（北京：北京大學出版社，1997年），頁1-2。

獨特的修辭形式來傳情寫意，基本上話語構成本身仍體現出一種權力
運作下的意識形態（ideology）[17]。有鑑於此，本文擬參採小說修辭
學理論觀點[172]，進一步對明末清初才子佳人小說話語構成的美學實踐
及其意識形態表現進行分析，藉以說明其敘事精神。

壹、言情：在重寫與重複之間的審美思維表現

明末清初才子佳人小說之創作發生，基本上在中國古代言情文學
傳統的歷史基礎上展開敘事，並襲用唐代傳奇以來的才子佳人愛情書

---

[17] 有關「意識形態」之概念，本文採用〔美〕詹姆斯.H.卡瓦納的觀點：「即『意識形態』指
的是必不可少的實踐──『表述體系』是它的產品和支撐物──通過這種實踐，不同的階
級、種族和性別的個人，同社會歷史的綱領保持著具體的『體驗關係』。……所以，各種文
學文本和文化文本構成了一個社會的意識形態實踐；文學批評和文化批評構成了這樣一種活
動：以它自己粗陋的方式，既服從於，也有意識地去改變那種必不可少的社會實踐的政治影
響。」見〔美〕Frank Lentricchia & Thomas Mclaughlin 編，張京媛等譯：《文學批評術
語》，頁441。

[172] 〔俄〕米哈依爾・巴赫金指出：直到二十世紀以前，人們一直沒有能從承認小說（藝術散
文）語言的修辭特點出發來明確提出小說修辭的問題。前引觀點見氏著：〈長篇小說的話
語〉，見錢中文主編：《巴赫金全集》第三卷，頁38。自 W.C.布斯提出小說修辭學的理論
以來，有關小說修辭的討論便相繼出現。李建軍在整合已有定義的基礎上對「小說修辭」進
行界定時指出：「小說修辭是小說家為了控制讀者的反應，『說服』讀者接受小說中的人物
和主要價值觀念，並最終形成作者與讀者間的心照神交的契合性交流關係而選擇和運用相應
的方法、技巧和策略的活動。它既指作為手段和方式的技巧，也指運用這些技巧的活動。作
為實踐，它往往顯示著作者的某種意圖和效果動機，是作者希望自己所傳遞的信息能為讀者
理解並接受的自覺活動；作為技巧，它服務於實現作者讓讀者接受作品，並與讀者構成同一
性交流這一目的。」見氏著：《小說修辭研究》（北京：中國人民大學出版社，2003年），
頁11-12。本文借助小說修辭學的理論觀點來論析明末清初才子佳人小說，期能在文化釋義
系統生成及其表現的角度上，進一步分析其話語構成的政治性和意識形態。

寫的俗套（stereotype）⑱。在中國傳統文化結構和文學秩序之中，
其整體話語秩序面對唐代傳奇、宋元話本、元雜劇和明清戲曲、小說
等敘事文學中的言情傳統，在話語構成和陳述行為的具體表現上，實
際上包含了「因襲」和「創新」兩種因素。如同 J.G.考維爾蒂所指
出的：

> 所有的文化產品都混合著兩種因素：因襲與創新。因
> 襲是這樣一些因素，它們是創造者及其觀眾都預先知
> 道的——由諸如大眾鍾愛的情節、老套的人物、公認
> 的觀念、眾所周知的譬喻、以及其他語言手段等等組
> 成。另一方面，創新因素則是創造者匠心獨運的產
> 物，諸如新型的觀念或語言形式⑲。

事實上，明末清初才子佳人小說以才子／佳人的愛情交往為表
達中心，其中所具有的共享符碼（code）——「情」，不僅在中國
傳統社會文化慣例中被不斷使用著，並在不同時代作家的個別書寫過
程中賦予其特定意涵。一般來說，「才子佳人」一語在以往人們談論
理想青年男女的情愛姻緣時，其相關用語和表達形式已成為一種大眾

---

⑱ 在中國言情文學傳統中，所謂「郎才女貌」、「才子佳人」之用語及其表達方式，與「情」
的主題緊密結合，體現為一種關於理想愛情的審美想像。有關「俗套」（stereotype）之概
念，基本上是建立在共識、集體描述和自動化的語言運用和表達形式之上，在集體意象的重
複使用中具有一種社會想像和自我認識的辯證關係。參〔法〕呂特・阿莫西、安娜・埃爾舍
博格・皮埃羅著，丁小會譯：《俗套與套語——語言、語用及社會的理論研究》一書的討論
（天津：天津人民出版社，2003年）。

⑲ 〔美〕J.G.考維爾蒂：〈通俗文學研究中的「程式」概念〉，見周憲、羅務桓、戴耘編：
《當代西方藝術文化學》（北京：北京大學出版社，1988年），頁248。

話題和固定意象。其中才子／佳人的愛情追尋及其遇合作爲一種預想性的原型意象，可以說主導著小說敘事建構的發展，不僅賦予話語構成以特定思想價值，同時也隱含著作家主體精神的建構。從小說修辭學的觀點來說，明末清初才子佳人小說作爲一種文化表徵系統，諸多文本表達或傳遞了某種思想、概念、觀念或感情，基本上涉及到「重寫」（rewriting）和「重複」（repeat）的創作根本認知和美學態度。其中對於作者、話語和讀者三者之間的相互關係的表述，無疑將影響小說話語構成的思想表達和美學意義[15]。

一、重寫：理想精神的價值表現

以今日文學研究角度觀之，明末清初才子佳人小說之流行，或許只是明代中葉以來言情思潮、商業經濟和生產出版的文化機制影響下的一種商品產物，小說創作本身主要以滿足讀者群體閱讀消費的需求爲重要考量。不過，從理想精神的價值表現來說，作家的精神生產藉著言情論述的展開，卻可以通過作品的商品化而廣爲流傳。在刊刻出版的過程中，文化消費契約的形成實有助於提醒讀者注意作品的理想精神普遍存在的事實；同時在程式書寫表現上，也提供了讀者在閱讀上可資遵循的敘事思維圖式。當然，明末清初才子佳人小說集體敘事現象的構成，往往可能因爲作品商品化而消解／消弱其文本的象徵作用，相對地卻也爲廣大讀者群體提供了一種評估敘事的「邏輯」，即一種決定讀者是否應該堅持贊同或將之作爲決定與行動的基礎來接受

---

[15] 李晶指出：「小說敘述方式的變異意味著現象世界的某種觀察方式、思維方式及其結果。小說通過其本體形式表現作者的個體性自我面對現象世界時的情感、意識、感覺、經驗，同時也表現出以潛入的方式影響著這種個體性自我的集體性的社會文化觀念。對於讀者來說，敘述方式同樣在努力使讀者於個體性的接受過程中完成自我的重塑，並且與作者溝通、相交流，產生共鳴。」參氏著：《歷史與文本的超越——小說價值學導論》，頁184。

故事的認知。而「重寫」作為建構理想精神的基本策略，實際上對於明末清初才子佳人小說話語的意指實踐及其流行因素有其重要影響作用。

　　首先，就話語作為修辭的敘事策略表現而言。

　　明末清初才子佳人小說對於中國古代言情文學傳統的重寫，其主要原因在於明清時期許多言情之作雖然標舉「情」之主題，卻在書寫中失去了其應有的認識和價值，進而對才子佳人情事流於浮華淫逸的空想，所謂的「色情化」才子佳人小說或豔情小說流派的出現便是明證。因此，如何回歸「情」之本質的書寫，便成為重寫的重要考量因素之一。如天花藏主人偶題《金雲翹傳》序言所言：

　　　至於死而復生，生而復合，此又天之憐念其孝其忠，
　　　其顛沛流離之苦，而曲遂其室家之願也。乃天曲遂
　　　之，而人轉遂而不盡遂，以作貞淫之別。使天但可命
　　　性，而不可命情，此又當於尋常之喜怒哀樂外求之
　　　矣。因知名教雖嚴，為一女子游移之，顛倒之，萬感
　　　萬應而後成全之，不失一線，真千古之遺香也。余感
　　　其情而欣慕焉，聊書此以代執鞭云。倘世俗庸情，第
　　　見其遭逢，不察其本末，曰此辱人賤行也，則予為之
　　　痛哭千古矣[16]。

---

[16] 青心才人編次：《金雲翹傳》，此序文見於丁夏校點之版本，收於殷國光、葉君遠主編：《明清言情小說大觀》（中）（北京：華夏出版社，1999年），頁3-4。

又如安陽酒民在《情夢柝》第一回中藉敘述者言談論「情」：

> 心如種穀生出芽，是性，愛和風甘雨，怕烈日嚴霜，
> 是情。今人爭名奪利，戀酒貪花，那一件不是情？但
> 情之出於心，正者自享悠然之福；不正者就有揠苗之
> 結局。若迷而不悟，任情做去，一如長夜漫漫，沉酣
> 睡境，那個肯與你做冤家，當頭一喝，擊柝數聲，喚
> 醒塵夢耶？此刻樂而不淫，怨而不怒，貞而不諒，哀
> 而不傷，多情才子，俱一副剛腸俠骨，持正無私，幾
> 個佳人，做一處守經行權，冰霜節操。其間又美惡相
> 形，妍媸各別，以見心術之不可不端，所以名爲《情
> 夢柝》。絕古板的主意，絕風騷的文章，令觀者會心
> 自遠，聽我說來[⑰]。

又如《定情人》第一回藉才子雙星與龐襄論定情之思，強調
「情」之本質：

> 吾之情，自有吾情之生滅淺深，吾情若見桃花之紅而
> 動，得桃花之紅而即定，則吾以桃紅爲海，而終身願
> 與偕老矣。……實與兄說罷！小弟若不遇定情之人，
> 情願一世孤單，決不肯自棄，我雙不夜之少年才美，
> 擁脂粉而在衾綢中做聾瞶人，虛度此生也[⑱]。

---

⑰ 安陽酒民著：《情夢柝》，頁3。
⑱ 天花藏主人編：《定情人》，頁16-18。

　　大體而言，明末清初才子佳人小說之創作，其話語實踐可以說
在作家／敘述者／主人公三位一體的道德、思想、情感和價值的表達
上呈現出一致性的話語內涵。當明末清初才子佳人小說以作為文化釋
義系統中的一種修辭活動問世時，作家群體對既有故事題材的重寫，
便在一種封閉性的敘事結構之中，通過不同的能指遊戲形式的創造來
追求最大的精神自由。因此，在《玉嬌梨》和《平山冷燕》的典型結
構影響下，作家群體不斷地重寫才子佳人故事，其敘事最終並不在於
追求藝術形式的多元美學表現，而是在文化釋義層次上傾向於傳達作
家群體的集體意識和理想精神⑩。因此，從美學層面上來看，其敘事
策略相對於《金瓶梅》和《紅樓夢》所代表的奇書體和人情─寫實小
說流派風格，可說是簡單而易於掌握的。在表面上，不同作品之間的
差別，又頂多只是表現為針對不同故事情境進行現實時空的置換，在
歷史敘事框架中適時融入符應現實語境的現實事件。不過，從文化層
面來說，在才子追尋佳人的冒險旅程的敘事主軸中，藉由主人公「遠
遊」的行動歷程的講述，多數小說文本顯現出相對一致的時空參照系
統。尤為重要的是，有關主人公遠遊行動最終得以結束的關鍵在於通
過科舉考試，而終點──「皇帝所在的京城」──作為文人夢想得以
具體實現的特定心理時空，無疑是具有重要的精神意義或象徵作用。
因此，明末清初才子佳人小說作家群體所建構的夢想詩學，實際上具
有其時空邏輯轉換的導向性，在以「言情」為話語對象的封閉性敘事
結構中滿足了大眾文化讀者群體的閱讀想像。在文化釋義過程中，其
話語實踐通過夢幻體和遊戲式的敘事建構，無疑造就了一場新的修辭
美學現象。

---

⑩　林辰在研究中指出在《玉嬌梨》的影響之下，《飛花艷想》、《醒風流》、《定情人》等作
　　品都有模仿甚或抄襲之跡。見氏著：《明末清初小說述錄》（瀋陽：春風文藝出版社，1988
　　年）。

以今觀之，當明末清初才子佳人小說藉由通俗話語實踐在言情書寫中表述性別政治觀點時，無疑在一定程度上顯示了它們對於言情傳統中已有作品的依賴，而這種依賴可以上溯到以〈高唐〉、〈神女〉二賦所建立的原型神話，並在《詩經》和屈原《楚辭》的言志／抒情的置換變形中確立其基本的敘事模式。明末清初才子佳人小說在重寫的能指遊戲中所產生的賦意過程，不僅以具有「差異」（difference）的能指遊戲形式傳達出作家群體對現實的個別觀照和理解，而且每一部作品的出現，更意謂著在言情文學傳統的影響下既有所參照、也有所轉變，並在因襲與創新之間形成新的文本。在中國文學傳統中的性別政治的隱喻作用影響下，重複書寫本身可以說是對特定經典文本的重寫，並成為解讀經典文本的另一層面的例證。才子佳人小說話語體式在雅正與通俗的對比上形成的文本張力，無形中產生了一個新的意義空間，等待讀者的進一步解讀。而在重寫過程中，言情書寫不僅在各個形式的意義上、乃至結構和符號的意義上對敘事行為進行「模仿」。更為重要的是，話語實踐本身體現了明清時期作家群體對於通俗小說話語系統的認識和選擇，在某種意義上，可謂消解了正統話語的神聖性、崇高性。從文學研究角度來說，明末清初才子佳人小說的美學成就或許並不高，但不可否認，作家群體對於言情文學傳統的重寫，仍然在思想觀念上建立了一種和過去不同的方法、觀念和系統，為通俗小說話語系統注入新的思想意涵和美學因素，具有其文化修辭的象徵作用。

其次，就作家作為創作主體介入話語的表現而言。

明末清初才子佳人小說對於言情文學傳統的重寫，體現了作家群體思想和情感的多重轉換。當作家群體有意識地發展了小說文本的幻想和遊戲品質時，借助於才子追尋佳人的冒險旅程的書寫，可以說是對才子佳人式的言情傳統進行體式和風格上的改造，藉以展示作家群

體的主體意識和理想精神。從表面上看來，明末清初才子佳人小說作家只是利用言情文學傳統中既有的素材進行不同能指遊戲的創造，對於故事中有限的成分和功能進行反覆性的轉換變化而已。而這種轉換變化，一方面可以說是作家群體借用才子／佳人理想人物形象和預述性敘事框架，在敘述中來完成自我指涉，另一方面可以說是作家群體在夢想詩學的敘述之上，以想像和隱喻的語言言說愛情，在冒險旅程之中幻想著理想的未來。不可否認，在中國言情文學傳統的複雜序列中，明末清初才子佳人小說作家的重複敘事行為，使得個別文本得以構成集體表象，並在互文性（intertextuality）的影響、繼承和傳承過程中，依循文學文本或文化文本的慣例展示特定歷史文化語境中個人和集體的欲望，宛然傳達了一種現實的真實感⑱。尤其當作家群體

---

⑱〔法〕朱力亞・克里斯蒂娃（Julia Kristeva）接受巴赫金的對話理論，首先提出「互文性」的概念之後，隨著學者理論視野的不同，其概念內涵並不穩定。基本上，其廣義概念指的是某一文本中出現的多種話語，所有文本皆由此構成；其狹義概念指的是一個文本中的內容確實出現在另一個文本中。詳細討論可參〔法〕蒂費納・薩莫瓦約著，邵煒譯：《互文性研究》（天津：天津人民出版社，2003年）。在文本研究中，一般著重在文本（text）與書寫（writing）之間的討論，參考〔美〕M. H. 艾布拉姆斯（M. H. Abrams）所歸納的觀點，他指出：依據結構主義文學批評家的理論，構成一部書面文本的文學慣例體系，在閱讀過程中被歸化（naturalized），因為當某種非意指性文學語言的手法與讀者較熟悉的其他文學慣例、非文學交流裡的符號和意義的功能作用，或盛行的固有文化觀念相一致時，這些手法似乎就變得自然或具有可信性（vraisemblable）了，即它們似乎具有了真實感。……然而，對於一位十足的結構主義文學批評家來說，文本與真實世界的相吻合不僅是一種錯覺，而且「真實世界」本身也是一種文本，即它僅僅是符號的一種結構，而這些符號的意義卻是由某個文化團體的成員碰巧共同持有的慣例、代碼和觀念構成的。朱力亞・克里斯蒂娃提出的互為指涉（intertextuality）這一術語，表示任何一部文學文本「應和」（echo）其他的文本，或不可避免地與其他文本相互關聯的種種方法。這些方法可以是公開的或隱蔽的引證和引喻；較晚的文本對較早的文本特徵的同化；對文學代碼和慣例的一種共同累積的參與等。見氏著：《歐美文學術語詞典》（*A Glossary of Literary Terms*）（北京：北京大學出版社，1990年），頁372-373。原文文字可參 M.H. Abrams：A Glossary of Literary Terms（《文學術語匯編》）（北京：外語教學與研究出版社，2004年），頁316-317。

試圖藉由敘事以建造理想的欲望形式，並隱喻一種精神革命和社會革命時，其話語構成所具有的眞實性特徵和主體精神，乃以通過程式化書寫的強化而出現於不同文本之中。

當然，在明末清初才子佳人小說的集體敘事現象的共相之中，「才子追尋佳人的冒險旅程」可以被視爲一種潛文本（subtext）。其作爲原型模式，影響了才子佳人小說敘事結構形式的表現。然而，不同小說文本的出現又意謂著個別文本在書寫形式上具有其差異表現，可以視爲是對潛文本的一種重寫或重構。在某種意義上，這樣的敘事表現顯示出作家主體意識在「常式」作品之外，亦有作家依據個人精神生產或讀者閱讀需要而創作出不同的「變式」作品。如鶴市道人題《醒風流奇傳》序言時提到同志之言：「是編也，當作正心論讀。世之逞風流者，觀此必惕然警醒，歸於老成，其功不小。」並於第一回藉敘述者說明敘事動機：

> ……從來才子佳人配合，是千古風流美事。正不知這句話，自古到今，壞了多少士人女子。……如今待在下說一個忠烈的才子，奇俠的佳人，使人猛醒風流中大有關係于倫理的故事[81]。

佩蘅子在《吳江雪》第一回藉敘述者講述「清閨約法，訓子奇方」後，言明敘事動機時指出：

> 因後面有一個絕色女子，爲了出去燒香，惹出事來，

---

[81] 鶴市道人編次：《醒風流奇傳・序》，頁2-4。

> 虧了後來立志剛決，失之東隅，收之桑榆；也虧所訂
> 男子，金石不渝，直至流離顛沛，不變初心。日後泥
> 金報捷，奉旨賜婚，卻將一床錦被遮過了，不致爲人
> 評論笑罵，反起人之羨慕贊嘆。容在下鋪敘始末，以
> 成全傳[⑫]。

　　大體而言，因應文化消費市場的需求，明末清初才子佳人小說作家們的敘事動機表現或「借情言志」，或「借情論理」，或「借情諷世」，各有不同。不過，從小說修辭觀點來說，明末清初才子佳人小說本身在重寫過程中始終堅持應有的倫理立場，實際上充滿了創作主體介入的痕跡，體現出一種積極而有意識的主體精神和敘述職責。因此，敘述者以第三人稱全知觀點的語態（mood）和「講述」（telling）方式作爲基本敘事形式所構成的話語[⑬]，無疑成爲作家與讀者進行信息交流的重要媒介，其中在說服讀者的過程中隱含著潛在的權力效應，小說文本體現出作家追求「美」、「善」相濟的審美理想的傾向性[⑭]。但不論如何，當才子／佳人作爲一種特定的藝術形象範式出現於大眾文化之中，其有關話語構成的流行與定型的陳述行爲表

---

⑫　佩蘅子：《吳江雪》，頁5-6。

⑬　周建渝：《才子佳人小說研究》，頁142-148。

⑭　〔美〕韋恩・布斯（Wayne C. Booth）曾經提出「隱含作者」（implied author）的術語概
　　念，主要在於將處於現實的作家身分與文本中所體現的作家的「第二自我」進行區分，而隱
　　含作者所代表的是文本中的思想規範、情感表現和道德判斷的形象。他指出：「我們對隱含
　　作者的感覺，不僅包括所有人物的每一點行動和受難中可以推斷出的意義，而且還包括它們
　　的道德和情感內容。簡言之，它包括對一部完成的藝術整體的直覺理解；這個隱含作者信奉
　　的主要價值，不論他的創造者在真實生活中屬於何種黨派，都是由全部形式表達的一切。」
　　見氏著：《小說修辭學》，頁83。

現，在作家／敘述者／主人公三位一體的話語實踐中，無疑具有其相對一致的意向性，並在「重寫」的審美過程中，賦予小說藝術形式以特定的意識形態和情感意涵。

二、重複：自我定位的認同表現

基本上，明末清初才子佳人小說作為一種獨特的敘事範式（narrative paradigm）[18]，通過重複書寫的修辭活動表現，其話語構成與話語實踐乃是提供讀者接受信息和理解意義的一種信仰的途徑，主要目的無非在於借助文本的虛構以重構歷史。對於明末清初才子佳人小說而言，才子／佳人作為敘述性想像和社會歷史性想像的再現，大體表現為作家個人文化觀念的演變及其對於所處時代的社會想像，從而在理想化的虛構世界中揭示了特定歷史文化語境的價值觀的真相[19]。對於明末清初才子佳人小說而言，在作家創作與讀者接受之間，對於

---

[18] 在此將明末清初才子佳人小說視為一種敘事範式，主要理論觀點來自於〔美〕華爾特‧菲爾希（Walter Fisher）在〈敘事範式詳論〉一文中所提及的概念：一、敘事範式與社會與人類學科中的傳統理論之間的關係為何？二、怎樣用敘事範式來解讀和評估那些聲稱給人們提供了知識、真理或現實的文本？敘事範式強調任何一種話語不僅僅是構成這種話語的一個具體形式的簡單總和。見〔美〕大衛‧寧等著，常昌富、顧寶桐譯：《當代西方修辭學：批評模式與方法》，頁48-49。

[19] 如前文所言，明末清初才子佳人小說在傳奇式書寫中通過言情論述以隱喻現實，在理想化的敘事建構中希求「真實」，而這種真實無疑是來自於作家所處現實世界中的自然。喬治‧坎貝爾在《修辭哲學》一書中論及文學作品反映理想化的自然，認為真實主要來自於感覺經驗的世界，他指出：「不，儘管在某些活動中，比如在某些詩或羅曼司中，由於某些相關的個別事實的緣故，人們既不追求也不期待真實，真實仍然是思想追獵的目標，是有關性格、風俗和事件的一般真實。當這些都被保存在作品中時，如果被當作是生活的寫照，這部作品就可以公正地說是真的，儘管它被當作對某個特殊事件的敘述時並非真實。就連這些非真實的事件也必然是真實的仿造物，並帶著真實的烙印……」轉引自〔美〕M.H.艾布拉姆斯著，酈稚牛、張照進、童慶生譯：《鏡與燈——浪漫主義文論及批評傳統》，頁329。

才子／佳人形象的理想性展示和認識，無疑體現了當時人們的共同認知和信仰。其中，有關才子佳人的俗套用語的使用，指代的是一種固定的集體意象和消費契約，因而得以通過商業經濟文化市場的運作機制而構成一種集體敘事現象，從而使得衆多文本傳達出基本一致的意向性。不過，自《紅樓夢》對才子佳人小說的流行現象提出了「公式化」敘事模式的負面評價以來，歷來研究者多從嚴肅文學場域判斷其美學價值，卻無助於探究和解釋才子佳人小說流派面對流行文化、群體思考和社會交流的需求時所展現的文化釋義問題。

從實際情形來看，當明末清初才子佳人小說作爲一種理想性別政治的集體性描述時，自《玉嬌梨》和《平山冷燕》出現定型以來，才子／佳人的理想形象即在不同作品中不斷被重複書寫，不論在形貌上或行動上，其人物形象的塑造在既定的敘事成規之中，必然是被「類型化」的，這也是歷來人們所著重討論和批評的。今援例說明之。首先，就有關佳人部分而言。如《平山冷燕》第二回敘述者借天子視角描述山黛形象：

> 眉如初月，臉似含花。眉如初月，淡安鬢角正思描；臉似含花，艷斂蕊中猶未吐。髮綰烏雲，梳影垂肩覆額；肌飛白雪，粉光映頰凝腮。盈盈一九，問年隨道韞之肩；了了十行，品才有婉兒之目。肢體輕盈，三尺將垂弱柳，身材嬌小，一枝半放名花。入殿來，玉體鞠躬踧踖，極嫵媚，卻無兒女子之態；升堦時，金蓮趨進，翼如絕，娉婷而有士大夫之風[187]。

[187] 荻岸散人撰：《平山冷燕》，頁39-40。

又《定情人》第二回敘述者借雙星視角描述江蕊珠形象為例：

> 花不肥，柳不瘦，別樣身材。珠生輝，玉生潤，異人
> 顏色。眉梢橫淡墨，厭春山之太媚；眼角湛文星，笑
> 秋水之無神。體輕盈，而金蓮蹇蹇展花箋，指纖長，
> 而玉筍尖尖籠綵筆。髮綰莊老漆園之烏雲，膚疑學士
> 玉堂之白雪。脂粉全消，獨存閨閣之儒風，詩書久
> 見，時吐才人之文氣。錦心藏美，分明是綠鬢佳人，
> 彤管生花，孰敢認紅顏女子[18]。

其次，就有關才子部分而言。如《玉嬌梨》第四回敘述者借吳翰林視角描述蘇友白形象：

> 美如冠玉，潤比明珠。山川秀氣直萃其躬，錦繡文心
> 有如其面。宛衛玠之清癯，儼潘安之妙麗。并無紈褲
> 行藏，自是風流人物[19]。

又《畫圖緣小傳》第一回敘述者直接描述花棟形象：

> 生得美如冠玉，秀比朝霞。行到人前，皎皎疑一團白
> 雪。對人談吐，靄靄見滿面春風。凡人之品，不過造

---

[18] 天花藏主人編：《定情人》，頁57-58。
[19] 羨秋散人編次：《玉嬌梨》，頁135。

成一種，獨這花天荷，細察其爲人卻有四樣：若論風
流，可以稱爲美男兒；若論學問，可以謂之大才子。
此二種少年之常，獨於美人、才子中，別具一種昂藏
英勇之力。徒手三五十人不敢近，又可謂之豪傑士；
及其處事慮始愼終，必周必至，斷不輕發，又可謂之
老成人。惟其具此四種才學，故世上之渥跙庸人、孟
浪鄙夫，皆不足邀其一盼[⑩]。

　　從上述關於人物形象書寫的套語及其表達方式中清楚可見，才
子／佳人的類型化書寫程式是相當一致的。倘與中國古代人情—寫實
小說流派中的經典小說——《金瓶梅》或《紅樓夢》——的典型人物
相比較，或許其人物形象所具有的意味深度並不足以承載巨大的精神
意蘊，亦無從深入地反映特定歷史文化語境下的生活現實。但是從大
眾文化的接受角度來說，人物類型的程式化表現，不僅可視爲小說文
本的言語體裁之能形成的基本標誌，同時也是文化群體中普遍存在的
情感價值和社會認知的一種展示，仍然具有其不可忽視的審美效應。
此外，當作家通過敘述者對「才子追尋佳人的冒險旅程」進行重複性
的講述時，才子／佳人的理想形象在假名士、權臣貪官、鄉里無賴等
「小人」或現實環境的對比映襯上，顯示其藝術形象塑造，在虛構的
敘事進程中擁有相當重要的隱喻作用。更重要的是，藉由不同時期和
地域的文化消費過程，有關才子／佳人愛情書寫的重複出版和刊刻的
文化行爲，無疑在流行過程中建立起一種理想的象徵內涵，並在一定
程度上影響了特定歷史文化語境中個人和群體的關係。依上述分析角

[⑩] 天花藏主人撰：《畫圖緣小傳》，頁12-13。

度來說，在明末清初才子佳人小說流行之際，小說敘事建構在重複的程式化書寫中，可以說顯示了某部分大眾文化的集體欲望得以藉由創作／接受而實現／消解的文化事實。當才子／佳人的愛情遇合，成為標誌特定作家群體或讀者群體的意象和信仰的重要特徵時，無疑也提供了作家／讀者在文本中進行自我定位的機會，借助於對理想人物形象進行社會想像和自我認識，作家／讀者得以由此消解生存焦慮和政治焦慮，並確認個人的「社會身分」[19]。

今觀明末清初才子佳人小說，在看似單調重複的講述活動與熟以為常的人物類型塑造的模式中，重複的講述機制本身所體現的創作意涵，並不只是屬於小說美學意義上的，而且也是屬於心理學、社會學意義上的，從而實際上屬於更大的文化機制。表面上看來，明末清初才子佳人小說集體敘事現象的形成，或單純屬於通俗文化商業生產機制影響下的創作行為。不過，當我們在重複的敘事表現中考察其美學現象時，則可發現重複本身實際上是由作家和讀者在話語層面上互動時所隱含的「文化身分」（cultural identification）所支配的。如天花藏主人在《兩交婚小傳》序言敘及此書與《平山冷燕》之關係時說：

　　若二書儒雅風流，後先占勝，詩詞情性，分別出奇，
　　實有謂之佳，謂之美，逗才色於大冶之外，而前不容

---

[19] 社會心理學認為，個人身分的含義不僅包括其獨特的性格方面的內容，還包括其群體從屬方面的內容。如果說性格身分是「一種自我描述的心理過程，表現為一種情感，一種作為獨特個體，以及被個體自身，以某種形式認可的個體而存在的持續的情感，那麼社會身分就是一種自我再現和構建的社會心理過程，它源自於和社會歸屬相關的個人認可和互相作用。」參〔法〕呂特・阿莫西、安娜・埃爾舍博格・皮埃羅著，丁小會譯：《俗套與套語——語言、語用及社會的理論研究》，頁48。

湮，後不可沒，又安得不顧盼而嘖嘖稱其為相續也
哉？若婚何以交，交何以兩，則佳美之色相互柯斧
也⑫。

顯而易見，《兩交婚小傳》的創作係受到《平山冷燕》的影響而
續寫才子之書，其中作家志在凸顯佳美之色，實際上便可視為是對特
定身分進行「認同」（identify）的具體表現。又雲水道人在《巧聯
珠》序言說：

煙霞散人博涉史傳，偶於披覽之餘，擷逸搜奇，敷以
菁藻，命曰《巧聯珠》。……予取而讀之，躍然曰：
「此非所謂發乎情，止乎禮義者與？」亟授之梓。不
知者以塗謳巷歌，知者以為躋之風雅勿愧也。嗟乎！
吾安得進近今詞家而與之深講於情之一字也哉⑬！

大體來說，明末清初才子佳人小說作家立足於「情」之演義
上，每每在各自作品當中重複地強調才子／佳人的「才色佳美」及
「情禮合一」的形象特質。因此，在「擷逸搜奇，敷以菁藻」之際，
有關才子／佳人人物意象的創造和擬塑，不僅是明末清初才子佳人小
說話語構成的敘事基礎，同時代表了作家和讀者對於自我的文化身分
的理解和認知。所以，重複作為一種強大的結構力量，不論在文化層
面或美學層面上，一方面既影響了文本的敘事成規的形成，另一方面
又預先決定了敘事的性質和容量，最終在既定審美規範之中以傳奇的

⑫ 天花藏主人撰：《兩交婚小傳‧序》，頁15-17。
⑬ 煙霞逸士編次：《巧聯珠‧序》，頁6-8。

形式與精神進行書寫。而重複作爲明末清初才子佳人小說集體敘事現象構成的修辭形式，基本上可說是作家和讀者對於「文人身分」有所認同下所規定的。因此，才子佳人小說作家對於「才」、「情」的重複強調，不只是將之作爲一種自我身分的表徵，更是作家群體賴以進行交往、結盟或區隔的重要標誌。

　　總的來說，無論從商業消費或精神生產的角度來看，明末清初才子佳人小說作爲文化釋義系統中的一種修辭活動，其敘事行爲的重複出現，無形中使得話語構成本身已在某種意義上超越了言情論述本身的浪漫性和情感性表現。此外，作家在話語實踐過程中，通過反覆性講述以建立起一種敘事的典型結構，藉以凝聚具集體欲望及其形式的思想內涵或情感氛圍，進而由此準確地傳遞出失落文人的根本願望和理想。就此而言，重複性敘事行爲本身作爲作家群體進行自我定位的認同表現，實具有其特殊的政治性和意識形態，相當值得予以關注。

貳、趣味：在戲擬與逼真之間的審美效應表現

　　基本上，明末清初才子佳人小說置身於明清通俗文化場域之中，其流行顯示出小說文本作爲一種商品或文化信息，具有其特定的審美「趣味」（taste）[⑩]。對於明末清初才子佳人小說創作而言，當作家將敘事視爲一種修辭活動乃至精神寓言進行創作時，則言情書寫

[⑩] 對於審美領域和藝術領域來說，趣味範疇是一個邊緣範疇。一方面，趣味是完美的標誌，是個人高度的審美修養必不可少的品質，不管這人是否從事藝術事業。另一方面，歷來都認爲趣味是藝術才華的標誌。參〔俄〕舍斯塔科夫：《美學範疇論——系統研究與歷史研究的嘗試》（長沙：湖南文藝出版社，1990年），頁337。

本身隱含的理想精神將通過敘事範式的建立而有所深化，並爲讀者群體所感同深受。在美學意義上，小說藝術形式的內在審美趣味受到讀者群體的普遍接受，意謂著既傳達了作家某種獨特情感的個人體驗，同時也激起了讀者在閱讀過程中的一種獨特的情感[185]。從小說修辭理論的觀點來說，作家有意識地利用敘事活動來傳遞信息時，其所運用的美學技巧和敘事策略，除了必須引導讀者理解文本所發出的意義信息之外，同時也會在敘事進程中爲激發讀者的閱讀期待，對讀者產生情感效果。如同韋恩・布斯（Wayne C. Booth）所說的：

> 每一部具有某種力量的文學作品──不管它的作者是
> 否頭腦裡想著讀者來創作它──事實上，都是一種沿
> 著各種趣味方向來控制讀者的涉及與超然的精心創作
> 的體系。作者只受人類趣味範圍的限制[186]。

事實上，審美趣味作爲藝術作品或藝術形式對讀者進行「籲請」的重要關鍵，一方面大量融入了作家的價值觀念、信仰體系和是非知識，另一方面又成爲支配整個作品的主題以及釋讀作品的讀者之力量。對於明末清初才子佳人小說而言，其審美趣味主要是建構在「自我表達」和「自我發現」的言情夢幻的敘事活動之中進行建構，有關理想才子／佳人愛情遇合的書寫，除了是作家思想和心靈表達的中心，也是讀者情感介入的重要媒介。以今觀之，明末清初才子佳人小說作家群體運用傳奇式書寫的修辭策略，在強烈的認知、性質和實

---

[185] 〔英〕克萊夫・貝爾：《藝術》，見張德興主編：《二十世紀西方美學經典文本：第一卷〈世紀初的新聲〉》，頁462。

[186] 〔美〕韋恩・布斯著，華明、胡蘇曉、周憲譯：《小說修辭學》，頁137。

踐的趣味的創造上力求吸引讀者的目光。從商品生產角度來說，其美
學效果是顯而易見的。然而，相對地，也容易讓讀者在閱讀過程中，
因趣味而忽略了小說文本可能隱含的主題寓意。為進一步說明明末清
初才子佳人小說作為修辭活動的基本策略及其意識形態表現，以下即
從「戲擬」（parody）與「逼真」（verisimilitude）兩種修辭策略
分析之。

一、戲擬：作為審視自我生命歷程的一種方式

　　在明末清初才子佳人小說中，才子／英雄的冒險旅程作為敘事建
構的原型模式，作家群體無疑在重複書寫中強調了才子追尋佳人終得
實現愛情理想，其間必經一番磨難的事實。從原型移用的角度來說，
其敘事進程化作一場場能指遊戲形式，雖然在某種程度上已失去了古
代英雄神話所具有的「神聖性」和「啟蒙作用」。不過，卻也因趨近
於現實世態人情的「世俗化」觀照，在某種程度上又說明了作家群體
置身現實以建構理想生活的深層願望。然而，耐人尋味的是，小說文
本所呈顯的夢幻式烏托邦國度，卻與作家的現實處境形成一種強烈的
對比張力，形成一種充滿戲擬（parody）趣味的敘事張力，顯示作
家心中無以言喻的矛盾情結。如天花藏主人在《平山冷燕》序言中言
其創作心理時說：

> 有時色香援引，兒女相憐；有時針芥關投，友朋愛
> 敬；有時影動龍蛇，而大臣變色；有時氣衝牛斗，而
> 天子改容。凡紙上之可喜可驚，皆胸中之欲歌欲哭[130]。

---

[130] 荻岸散人撰：《平山冷燕‧序》，頁13-15。

又如顧石城在《吳江雪》序言論及作者佩蘅子創作動因時說：

> 佩蘅子者，幼抱凤志，長習聖功，徹九流之宗，知三
> 教之旨，詩文詞賦，縱筆萬言，倒清峽之源，吐大塊
> 之異，直可與唐晉並驅，而非時流所知也。雖然，天
> 實棄之，人亦不得而知之，佩蘅子亦不得而求知於人
> 也。知詩文詞賦之未能生世也，乃佯狂落魄，戲作小
> 說一部，名曰《吳江雪》[18]。

顯而易見，序言與小說正文之間存在著某種程度的緊張關係。而
事實上，這種緊張關係的形成，從作家對於「自古佳人才子，得以萍
踪會合，訂好百年，莫非天緣所定」的強調中便可一目了然，小說創
作本身在言情書寫中，借遇合之難暴露出文人群體無從超越生命形式
侷限的事實，最終只能歸諸天命所繫，才能完成大團圓生活理想。究
其實質表現，明末清初才子佳人小說敘事的形式和本質，當如《醒名
花》第一回敘述者引〈滿江紅〉詞所說：

> 有意多緣，豈盡必，朱繩牽接。祇看那，賈氏才高，
> 椽公情熱。司馬臨邛琴媚也，少君何用傷離別。止堪
> 憐，劉阮識天臺，情怡悅。　有一種，思淒切，有一
> 等，腸如結。恨鴻魚不見，癡魂不絕。君瑞常亭驚
> 夢，十朋江上啼紅血。這期間苦盡或甜來，宜分說[19]。

---

[18] 佩蘅子：《吳江雪·序》，頁1-3。

[19] 墨憨齋新編：《醒名花》，頁1-2。

因此，當作家群體通過傳奇式書寫以建構夢幻的烏托邦世界，或許滿足了作家個人的中心願望。但相對來說，其整體敘事建構卻也隱含了作家群體對於自我生命歷程的一種戲擬。不論是悲憤或是感慨，話語實踐在某種程度上傳達出一種隱而不宣的悲劇意識。

縱使明末清初才子佳人小說創作作為作家群體審視自我生命歷程的一種方式，基本上充滿了戲擬的意味。但在有關才子追尋佳人的冒險旅程的戲擬過程中，小說文本在反映現實的想像性建構中，仍然試圖在敘事建構過程中建立起真實信念，並試圖影響讀者的接受和閱讀。如《春柳鶯》第四回敘述者引詩曰：

> 魚龍厮混道凌夷，玉石難分強笑嗤。
> 富客爭誇乘勢日，英雄卻守敝貂時。
> 贈金自古稱奇士，舉目如何盡市兒。
> 我向暗中頻點額，喚君回首莫差疑[20]。

顯而易見，明末清初才子佳人小說作家選擇以特定的敘事結構來傳達理想精神，言情書寫在以提供滿足讀者閱讀的期待和興趣為前提下，隱含了最可能被接受的表達技巧。值得注意的是，明末清初才子佳人小說作家可以說是在一種修辭式的創作行動中與現實進行對話[20]。

---

[20] 鶡冠史者編：《春柳鶯》，頁127。

[20] 這樣一種集體敘事現象的創作表現，或如〔加〕高辛勇所提觀點：「文化與文學史的發展有一種現象，在經過長時期的發展後會出現一種局面：作家創作精力不放在對已有的形式與題材的深化與提升，也不在於新形式題材的追求試驗。他們的創作方法是綜合既有的形式與題材，對它們做遊戲性的或揶揄性的諷擬（parody），與之進行反思性的「對話」。這種創作流露出作品的高度自我意識（self-consciousness），與對文學形式的自我反顧（self-reflexivity）。反顧的同時，也正是對當時文化的一種回應與批評。」見氏著：《修辭學與文學閱讀》，頁83。

因此，當讀者依循上述觀點審視明末清初才子佳人小說的敘事建構時，不難在閱讀過程中發現一個事實：即文本內的虛幻世界與文本外的現實世界形成了一種強烈的思想和情感上的對比。正是在這種對比的書寫中，作家在充滿遊戲意味的程式化故事中，提供了一整套閱讀的基本認知和程序，用以建立讀者值得信賴的真實信念。如《玉嬌梨》第一回敘述者引詩曰：

> 六經原本在人心，笑罵皆文好細尋。
> 天地戲場觀莫矮，古今聚訟眼須深。
> 詩存鄭衛非無意，亂著春秋豈是淫。
> 更有子雲千載後，生生死死謝知音[202]。

又《飛花艷想》第一回敘述者引詩曰：

> 雲山到處可舒襟，風月閒情試共尋。
> 世界戲場觀莫淺，古今傀儡看須深。
> 春秋滿腹非無意，笑罵皆文各有心。
> 不是千年明眼士，當時芳臭孰知音[203]。

從開場引詩內容來看，前後兩部作品在影響、繼承、模仿之間具有明顯的互文性表現。以今觀之，當「言情」與「諷世」交融並存於小說文本之中，明末清初才子佳人小說的話語構成在流行過程中所創

---

[202] 荑秋散人編次：《玉嬌梨》，頁1。
[203] 樵雲山人編次：《飛花艷想》，頁1。

造的審美趣味，無疑是耐人尋味的。

從某種角度來說，上述有關才子追尋佳人的冒險旅程的書寫固然在前後才子佳人小說作品中成為俗套；然而，當作家對消費讀者群體進行俗套性的再現時，卻在無形中把才子／佳人的理想形象特徵與一種不變的本質──「文人身分」──聯繫了起來。事實上，在商品化消費機制的影響及其流行過程中，明末清初才子佳人小說中這些理想形象特徵之能形諸文本，無疑與讀者群體所認同的社會地位和社會角色密切相關。不論是上層社會階級或中下階層的讀者，一旦進入小說文本的閱讀過程中，即在慣例化接受的閱讀期待中習於接受傳統文化深層結構中的恆久不變的價值觀，並與作家達成相對一致性看法。如《玉支璣小傳》第一回敘述者引〈踏莎行〉詞曰：

> 白面書生，紅顏女子，的的翩翩非不美。若無彩筆附
> 高名，一朝草木隨流水。　江夢生花，謝庭絮起，
> 千秋始得垂青史。間將人品細評論，果然獨有才難
> 耳[20]。

對於明末清初才子佳人小說而言，才子／佳人的「才」、「情」結合經由深化敘述，已然在共同的敘事規律中形成一定的社會身分的象徵。才子／佳人的理想形象作為集體意象，其「才」、「情」表現在文化消費市場中，實具有確立身分和相關行為的決定作用。當然，這樣的社會身分乃因無緣在現實生活中加以實現，最終只能在小說敘事建構的戲擬修辭活動之中進行創造。不過，毋庸置疑

---

[20] 天花藏主人編次：《玉支璣小傳》，頁1。

的，明末清初才子佳人小說以「才」、「情」爲標誌的社會身分的表徵，直可視爲一種自我的再現和建構的社會心理過程，並與來源於和社會歸屬相關的個人認可和互相作用的具體表現密切相關。

總的來說，明末清初才子佳人小說敘事在言情書寫的基礎上被建構，有關才子追尋佳人的冒險旅程的形象化再現／表現，無形拉近了作家和讀者的審美距離，滿足兩者在敘事進程中進行自我認識的需要。從文化釋義的角度來說，小說文本著重提供了一個作家—讀者雙重面向得以超越現實進行心理淨化的過程，而非只是一種著重提供具創新性的審美話語的藝術形式[⑯]。在某種意義上，明末清初才子佳人小說的話語構成，無疑提供了作家與讀者進行集體意識凝聚的管道，並體現爲進行自我描述的心理過程。小說話語表現爲一種情感，一種作爲獨特個體以及被個體自身以某種形式認可的情感，直可以說是對當時歷史文化的一種回應和批評。

二、逼眞：作爲一種歷史見證的寫實態度

以往人們多將明末清初才子佳人小說視爲傳奇式夢幻敘事，著重探討愛情婚姻的浪漫特質並藉以說明其理想精神之表現。由於小說文本中充滿了各種機遇、命運和天命的浪漫主義因素，而非一種現實主義的「寫實」態度——其中包括普通的或典型題材的選擇，以客觀爲特點，自然因果觀，以及對待世界的特定態度[㉖]——以及對歷史的客

[⑯] 關於這樣的敘事話語表現，或可借〔美〕韋恩‧布斯的觀點予以說明：「作者創造了一個他自己的形象和另一個他的讀者的形象；正如他創造了他的第二自我，他也創造了他的讀者，最成功的閱讀是這樣的：在閱讀時被創造出來的兩個自我、作者和讀者，能夠找到完全的和諧一致。」見氏著，華明、胡蘇曉、周憲譯：《小說修辭學》，頁152。

[㉖] 〔美〕華萊士‧馬丁（Wallace Martin）著，伍曉明譯：《當代敘事學》（*Recent Theories of Narrative*）（北京：北京大學出版社，1991年），頁61-64。

觀書寫。依此觀點來看，「逼眞」是否得以視爲明末清初才子佳人小說敘事建構的基本成規？恐怕不無值得疑議之處。尤其明末清初才子佳人小說通過戲擬修辭活動進行程式化書寫，在某種程度上對於現實的簡化，因其夢幻特質的表現，有時是顯得過於極端的。而其敘事的封閉性結構表現，或如同弗雷德里克・詹姆遜（Fredric Jameson）所言：

> 在敘述開始之前，事件就已成過去並得到了處理。這種封閉本身以運氣、命運或命定等概念投射某種類似意識形態的幻象，而這些敘事似乎就是「說明」那些概念[20]。

在此一封閉性敘事結構中，明末清初才子佳人小說的時間指涉的確多是屬於過去式的，而在建構典型欲望的客體的敘事進程中，不論是人物或事件的塑造與安排方面又常常是概念化的，並不符合客觀模仿現實的美學條件。不過，必須了解的是，明末清初才子佳人小說是具有商品化性格的文學產品，因此在反映眞實的願望上，其創作的主觀情感並不眞正足以提升其藝術水平。在言情與寫實之間，明末清初才子佳人小說作家對於逼眞的美學要求，主要是建立在對現實有所體驗所創造的藝術眞實（authenticity）之上，而不是對生活

---

[20] 〔美〕弗雷德里克・詹姆遜（Fredric Jameson）著，王逢振、陳永國譯：《政治無意識——作為社會象徵行為的敘事》（*The Political Unconscious: Narrative as a Socially Symbolic Act*）（北京：中國社會科學出版社，1999年），頁140。

眞實與歷史眞實的具體描述[208]。因此，在「煉筆還眞」的認知和技巧
表現上，小說文本所展示的是一種純形式的力量（the power of pure
forms），基本上與中國古典小說美學「以趣爲第一」的美學要求和
認知是一脈相承的[209]。有鑑於此，爲進一步說明明末清初才子佳人小
說如何在逼眞修辭策略的運用上提供讀者以一種審美趣味，以下即參
考韋恩・布斯的小說修辭學理論，分就認知、性質和實踐三個方面再
行分析之：

首先，從認知趣味的提供來說。

在一般的定義上，小說作爲敘事美學的重要藝術形式，「就是
作者通過講故事的方式把人生經驗的本質和意義傳示他人。」[210]基本
上，明末清初才子佳人小說作家試圖依照現實本身及其材料進行創
造，便在言情論述的審美觀照中融入對現實生活的一種解釋，由此表
達個人對現實的理解和看法。如風月盟主在《賽花鈴》後序中言及白

---

[208] 此處所指「眞實」乃「藝術眞實」。明末清初才子佳人小說以才子追尋佳人的冒險旅程爲敘
事的客體，其情感與形式在戲擬之中構成一種同構關係，與作家群體的生命體驗（不論是現
實的或想像的）具有相對一致的生命力量。在集體敘事現象的形成和擴散中，體現出一種藝
術創作上的「眞實」。胡經之指出：「生命的眞實是藝術眞實性的關鍵所在。不管情感眞實
也好，想像眞實也好，摹仿的逼眞也好或認識生活反映生活眞實的『生活透視論』也好，都
是不過把握住了藝術本體眞實的一個側面，一個片段，一個維度。而只有生命的眞實──人
的本質的總體投注，人的知、情、意全面介入，人的意識和無意識的完全融合，才能使藝術
創作主體的體驗之眞貫穿於作品之眞而使欣賞者達到再度體驗之眞。」見氏著：《文藝美
學》（北京：北京大學出版社，1992年），頁163。

[209] 葉晝在《水滸傳》第五十三回總評說：「天下文章當以趣爲第一。既是趣了，何必實有其
事，並實有其人。若一一推究如何如何？豈不令人笑殺？」在其後馮夢龍、金聖歎、張竹
坡、脂硯齋等人的小說評點中，皆可見以「合情合理」爲審美趣味的觀點，已然成爲小說美
學的重要品評標準。見葉朗：《中國小說美學》（臺北：里仁書局，1987年），頁39。

[210] 〔美〕浦安迪（Andrew H. Plaks）：《中國敘事學》（*Chinese Narrative*）（北京：北京大
學出版社，1998年），頁5-6。

雲道人的創作意圖時所說：

> 先正謂：「班固死，天下無信史。」近眉公陳老謂：
> 「六朝唐宋，皆稗家叢說。」嘻！果如所言，亦惡在
> 其公史小說也。而余謂稗家小說，猶得與於公史。勸
> 善懲淫，隱陽秋於皮底；駕空設幻，揣世故於筆端。
> 層層若海市蜃樓，緋緋似鮫人貝錦。一詠一吟，提攜
> 風月；載色載笑，傀儡塵寰。四座解頤，滿堂絕倒。
> 而謂此數行字，遂無補於斯世哉！雖然，局面褊小，
> 理意不能兼該，猶之乎一器而適一用，故曰小說家
> 也。究其所施，非說干戈則說鬼物，非說訟獄則說婚
> 姻。求其干戈、鬼物、訟獄、婚姻兼備者，則莫如白
> 雲道人之為《賽花鈴》。蓋富貴貧賤，夷狄患難，一
> 以貫之者也[21]。

　　以今觀之，明末清初才子佳人小說是作家群體在與經、史平行並
置的寫作信念上展開的，並融合「言情」與「寫實」於傳奇式書寫的
審美形式之中，因而得以建立有別於其他明清人情—寫實小說流派作
品的文體慣例和美學特徵。就此而言，才子佳人小說創作本身仍不失
其抒情言志的寫作認知表現。

　　不過，從流行的觀點來說，在明清時期商業經濟文化市場的運作
機制影響下，明末清初才子佳人小說之盛行於世，無疑提供了讀者以

---

[21] 白雲道人編輯：《賽花鈴》，頁360-362。

一種認知上的趣味。如《吳江雪》第七回敘述者引詩曰：

> 何物最鍾情？佳人與才子。
> 千古有情人，盡解相思苦[21]。

　　基本上，明末清初才子佳人小說就是在言情論述上建構了關於才子／佳人的愛情故事。這種認知趣味，便涉及到作家群體如何在敘事中傳達特定歷史文化語境中的眞實情況。在此一題材層面上，作家群體試圖通過敘事交流與讀者在感情、信念和價值上達成一致性立場，因而大多數文本在眞實性的美學要求及其修辭話語表現上，多藉由敘述者聲音的介入來強化其故事中人物交往、事件發展與現實的聯繫關係，建立基本的敘事信息。如《金雲翹傳》第一回敘述者引〈月兒高〉詞曰：

> 薄命似桃花，悲來泥與沙，縱美不堪惜，雖香何足誇。東零西落，知是阿誰家。想到傷情，傷情眉懶畫。只落數翻惆悵，幾度咨嗟。呀呀，不索怨他。從來國色招人妒，一聽天公斷送咱[22]。

　　不論這段文字是否具有隱喻的修辭意涵或作用，敘述者旨在說明「佳人命薄，紅粉時乖，生了絕代的才色，不能遇金屋之榮，反遭那摧殘之苦。」並在歷史敘述之間，引出昭君、貴妃、飛燕、合德、

---

[21] 佩蘅子：《吳江雪》，頁97。
[22] 青心才人編次：《金雲翹傳》，頁2。

西子、貂蟬、李易安、蔡文姬等歷史人物及其事件，終至具「現時性」的馮小青情事，在話語的陳述行為中傳達出「凡天下美女，負才色而生不遇時」的感慨。在許多才子佳人小說中——如《吳江雪》、《生花夢》、《孤山再夢》、《情夢柝》、《合浦珠》、《醒名花》等等，亦有類似的故事開頭。而這樣的敘事開端為故事的發展奠定基礎，一方面「既需要作為敘事的一部分身處故事之內」，另一方面「又需要作為先於故事存在的生成基礎而身處故事之外」[24]。當敘述者對於故事發生的年代背景或提供敘事發展的真實情況進行強調時，無疑會在傳達故事內容時發揮其反映現實的思想導引作用，具有其特定的美學效果。此外，敘述者聲音的介入更有助於引導讀者循此進入小說文本的情境，伴隨人物的實際行動及其經歷去體驗文本內／外的現實。

當然，明末清初才子佳人小說以另一種敘事形態再現／表現了現實，其敘事內容所蘊含的特定的感染力量和審美趣味，仍然在某種程度上基於客觀歷史現實的描述需要而書寫。作家群體有意識地將故事發生背景寄寓於過去的歷史，其最終目的乃試圖以傳奇式書寫實現其理想的樂園生活形態，借以召喚讀者進入小說文本情境之中進行解讀。以《平山冷燕》第一回敘述者講述為例：

> 話說先朝隆盛之時，天子有道，四海昇平，文武忠良，萬民樂業，是時建都幽燕，雄據九邊，控臨天下，時和年豐，百物咸有。長安城中，九門百達，六街三市，有三十六條花柳巷，七十二座管絃樓，衣冠

---

[24]〔美〕J. 希利斯，米勒（J. Hillis Miller）著，申丹譯：《解讀敘事》（*Reading Narrative*）（北京：北京大學出版社，2002年），頁55。

輻輳，車馬喧闐，人人擊壤而歌，處處笙簫而樂。眞
個有雍熙之化，於變之風[25]！

事實上，這種敘事開端在明末清初才子佳人小說中是一種特
例。對於絕大多數小說來說，在所謂「話說先朝」、「話說前朝」、
「話說明朝」等等開場套語的運用背後，往往是作家群體將桃源願
望投射於歷史之中，其話語實踐一開始所顯示的往往是不完美的現
實情境。但無論如何，當作家群體有意將才子／佳人的愛情書寫化
作一場場政治性寓言時，小說敘事建構對於現實的可信性或逼眞性
（vraisemblance）的傳達，顯然已成爲小說作爲流派或類型的基本
幻象（elementary illusion）的重要參照[26]。

其次，從性質的完成來說。

明末清初才子佳人小說在天命與緣的後設性命題的敘事框架
中，作家不盡然只是爲張揚才子／佳人的「才」、「情」而進行寫
作，但爲了能夠進一步認識世界、做出預見，並安排人物的行動，因
而在敘事進程中採取了第三人稱全知敘述者的敘事語態，往往於敘事
開端便將所看到的事物歸入預先存在的敘事模式裡去。如《春柳鶯》
第一回敘述者引詩曰：

四海春風一曲琴，天涯類聚自相深。

---

[25] 荻岸散人撰：《平山冷燕》，頁2。

[26] 〔美〕韋勒克、華倫（René Wellek & Austin Warren）指出：「小說的眞實性——亦即作
品中眞實的幻相，它的效果，在讀者方面就像讀到眞實的人生——雖則不一定是或本來是那
環境那細節那日常生活的眞實性。」見氏著，王夢鷗譯：《文學論——文學研究方法論》
（*Theory of Literature*）（臺北：志文出版社，1983年），頁353。

青尊原爲酬遊志，白眼何須學苦吟。

俗客應難諧益友，癡情還許付知音。

不謀顛倒姻緣簿，翻教才人錯用心[⑰]。

又如《夢中緣》第一回敘述者引〈蝶戀花〉詞曰：

莫道姻緣無定數，夢裡姻緣也是天成就。任教南北如飄絮，風流到底他消受。 才子名聲盈宇宙，一吐驚人誰不生欽慕？懷奇到處皆能售，投機豈在親合故[⑱]。

從上引文字可見，明末清初才子佳人小說於敘事開場時所引之詩詞文字，在在顯示作家對於「才」、「情」的重視。接下來，爲進一步讓讀者掌握關於小說的根本性質，明末清初才子佳人小說作家在迎合讀者審美趣味的作爲上乃採取一種固定的表達形式，因而在程式化書寫中，才子追尋佳人的冒險旅程化作不同文本中「願望結構」（structure of the wishes），其語言、幻想和欲望在集體敘事現象的構成中與特定歷史文化語境下的不完美現實形成強烈的對比張力，話語實踐隱含了作家傳達作家群體在現實中——不論是愛情或政治上的——「遇合無時」的政治無意識（political unconscious）。如《定情人》第十二回敘述者引〈醉落魄〉詞曰：

[⑰] 鶡冠野史編：《春柳鶯》，頁1。

[⑱] 李子乾：《夢中緣》，頁1。

黃金不變，要經烈火方纔見。兩情既已沾成片，顛沛
流離，自受而無怨。　一朝選入昭陽殿，承恩豈更思
貧賤。誰知白白佳人面，寧化成塵，必不留瑕玷[21]。

又如《蝴蝶媒》第十三回敘述者引〈蝶戀花〉詞曰：

誰有奇才天忍負，試看三君把臂青雲路。宴罷瓊林嘶
馬去，六宮粉黛爭相顧。　日暮歸來香滿袖，夢裡佳
人也在花開處。急整歸裝休更住，相思莫把佳期誤[22]。

在某種意義上，明末清初才子佳人小說在互文性關係上進行文本
的重複書寫，使得讀者可以輕易地隨著敘事進程的開展，得以其認同
與投射的方式與小說文本產生各種聯繫，並有助於讀者掌握文本中有
關事件發展的「原因─效果」關係，在「慣例的期待」中理解敘事風
格。

此外，讀者也將發現，「似乎在每種慣例的後面，都有它為之服
務的願望和滿足的某些更普遍的型式」[23]。以今觀之，有關明末清初
才子佳人小說敘事模式的形成，總是在通過才子／佳人愛情實現終至
圓滿的敘事進程中逐步解決／消解作家群體的集體欲望的壓抑性，完

---

[21] 天花藏主人編：《定情人》，頁347。

[22] 南岳道人編：《蝴蝶媒》，頁233。

[23] 這種普遍的型式表現，正如同〔美〕韋恩·布斯所說：「平衡、勻稱、高潮、反覆、對照、
比較──來自我們經驗的某種型式可能被每一種成功的慣例所模仿。那些不再時興但仍提
供快感的慣例是基於潛藏很深的反應型式。」見氏著，華明、胡蘇曉、周憲譯：《小說修辭
學》，頁142。

成文本在敘事之初所做的許諾，成爲一種「幻想中的滿足」（satis-
faction in delusion），如《終須夢》卷終贊曰：

> 偉哉夢鶴，冰霜松柏。懿哉王眞，堅操鐵石。曰才曰
> 佳，今古無雙。曰情曰節，萬古不易。幾回離合，幾
> 回悲歡，可感可嘆。豐城龍劍，合浦驪珠，可羨可
> 嘉。霜竹雪梅，平娘之節以之，大江巨海，其祥之情
> 以之。非節何以見其佳？非情何以見其才？且無平娘
> 之節，不能見夢鶴之情；無夢鶴之情，亦不得顯玉眞
> 之節。因爲之歌曰：日月可轉分，節難轉；雲霧可消
> 分，情難消。情也者，先天地而始，後天地而終。節
> 也者，參造化之德，成造化之均。嗟嗟，微斯情分，
> 吾誰與傳？微此節分，吾何以終？且微此數奸人分，
> 吾之情節才佳何以彰[22]？

　　因此，在「求愛—分離—團圓」／「遠遊—歷險—回歸」的生
命歷程中，主人公的追尋行動實際上便體現出理想昇華的一種深層結
構的原型模式。當不同讀者對象一旦進入小說文本情境之中，便各自
在經驗慣例和期待視野——或愛情、或政治、或自我等等——中建構
其理想化虛構世界中的眞實，並將之與自我人生所在現實進行連結思
考[23]。或許明末清初才子佳人小說在藝術眞實的表現上，並完全不符

---

[22] 彌堅堂主人編次：《終須夢》，頁257-258。

[23] 丁寧：《接受之維》（天津：百花文藝出版社，1990年），頁143-160。馬以鑫：《接受美
學新論》（上海：學林出版社，1995年），頁46-73。

合現實主義的逼真性敘事成規，其藝術水平也不高明；然而，在集體敘事現象的構成中，作家對於科舉與吏治的弊端、無行文人的醜態、權勢階層的霸道等等的揭露，在某種程度上仍反映出當時歷史文化語境的社會現實。

第三，就實踐的趣味來說。

從文學與現實的互文性關係來看，明末清初才子佳人小說置身於「人情—寫實」小說流派之中，其以日常生活為基礎的浪漫故事的傳奇式書寫背後，基本上仍蘊含著一種作為歷史見證的寫實態度，並在反映現實的表達過程中反映創作主體的基本欲望及其價值判斷。從上述兩種審美趣味的表現來看，明末清初才子佳人小說對於「真實」的表達，主要是利用「事出有因」（motivation）的寫實美學原則來安排情節序列[24]，並且在懸念與驚奇的敘事技巧中召喚讀者關注主人公的生命歷程，試圖從各種不同層面、不同情況的難題考驗的設置中，積極激發讀者的認同情感[25]。事實上，明末清初才子佳人小說以文人生活題材為範疇，對現實進行理解和概括。在通俗文化消費契約的商業基礎上，為滿足讀者的閱讀需求，作家群體乃在諸多不同作品中創造出具普遍性和共同性的藝術形象，並且在連貫、統一而易於掌握的敘事進程中，以「擬客觀」的修辭策略來揭露現實社會的諸種弊端，

---

[24] 〔美〕華萊士・馬丁論及「事出有因」作為任何一部現實主義敘事作品的基本特徵時指出：「我們從作家的筆記或序言中得知，作家們經常開始於某件打動了他們的軼聞或場景，然後就創造了一張複雜的人物或環境之網，這張網將使場面『事出有因』，即推動它走向揭示一切的結局。」見氏著：《當代敘事學》，頁68。

[25] 其實際情形，當如〔美〕韋恩・布斯所言：「某些能打動人的文學，是基於一種對許多讀者都『自然地』認為是一種正常反應的東西的成功的顛倒。這樣的顛倒，只有在作者能夠提請我們注意到客體的表象所遮蔽的關係和意義時，才能成功。」見氏著，華明、胡蘇曉、周憲譯：《小說修辭學》，頁126。

藉以夢幻敘事中營造美學的逼眞性或眞實的幻覺[26]。

　　大體來說，明末清初才子佳人小說的出現及其流行，意謂著作家在敘事進程提供了讀者一種在情感上、思想上、價值上乃至道德上得以進行認知判斷的實踐趣味。其中對於才子／佳人的命運及其願望的表現，深深地牽動讀者對小說文本的意義解讀和思想接受。因此，在傳達眞實生活因素的過程中，作家群體往往在憤懣之中藉敘述者聲音介入強調主人公面對邪惡勢力迫害而無能爲力，或勇於抗爭以追求幸福的表現，藉此喚醒讀者的道德良知。如《蝴蝶媒》第七回敘述者引〈鷓鴣天〉詞曰：

> 說到人情劍欲鳴，偶因卻聘惱權臣。重來底事非非想，怨粉愁香靜掩門。　無別計，急登程，明珠金釧語諄諄。長安有路須同往，看取奇謀爲脫身[27]。

又如《宛如約》第十一回敘述者引〈菩薩蠻〉詞曰：

> 奸人只欲圖弄巧，如簧弄舌求婚好。一旦達天聰，音書下有功。　憐才心更悄，暗暗使人曉。極力爲周全，周全種玉田[28]。

---

[26] 周建渝指出：「通過小說的虛構方式描述理想中的文人生活經歷，並不等於作者就忽略了它與真實生活的聯繫；相反，在很多小說裡，我們看到作者有意識地把現實社會的種種特徵植入小說中的世界，由此造成虛構因素與真實因素之間的界線模糊化，使讀者增強對故事的信賴程度。」見氏著：《才子佳人小說研究》，頁122-123。

[27] 南岳道人編：《蝴蝶媒》，頁114。

[28] 惜花主人批評：《宛如約》，頁156。

對於明末清初才子佳人小說而言，當主人公面對重大道德選擇的場面時，敘述者往往在自覺的議論過程中超越了人稱的限制，毫不保留地將意識形態融入話語實踐過程當中明確地控制讀者的期望。如《飛花詠》第十五回敘述者引〈菩薩蠻〉詞曰：

> 忠臣只望朝廷正，鋤奸誰惜身和命。謾道遠疏離，生還原有時。　相逢換頭面，何處尋針線？說出舊根苗，方知是久要[28]。

整體來說，讀者在閱讀接受過程中，透過敘述者聲音的引導進行價值認同和道德判斷，其對主人公命運的同情一旦建立，「就深切地感動於而不僅是注視著每一個接著發生的情節。」[29]而這種敘述者議論的修辭策略的操作，不僅有助對讀者的信念發揮作用，並且能夠提供讀者評價人物或事件的道德標準[30]。

如前文所不斷強調的，明末清初才子佳人小說作為一種政治性寓言，並不僅僅延續中國言情文學傳統中「主情」、「寫情」和「論情」的書寫表現，而是在言情論述的過程中，不斷地在明確事實的基礎上昇華事件的意義，從中建立起一個思想規範的體系。尤其在敘事結尾處，敘述者對於整部作品的意義概括，更有助於讀者重新確定人物之間的關係，並最終決定人物的命運，為全文帶來一種回顧性的整體感[31]。《兩交婚小傳》第十六回敘述者引〈浪淘沙〉詞曰：

---

[28] 佚名：《飛花詠》，頁421。
[29] 〔美〕韋恩‧布斯著，華明、胡蘇曉、周憲譯：《小說修辭學》，頁147。
[30] 〔美〕韋恩‧布斯著，華明、胡蘇曉、周憲譯：《小說修辭學》，頁198-204。
[31] 〔美〕J. 希利斯，米勒著，申丹譯：《解讀敘事》，頁51。

聖政自公平，無奈奸生，朋凶黨惡逞私情，縱使忠良
肝膽碎，心跡難明。　誰料不平鳴，感動天廷，忽然
震怒發雷霆。方得地天開泰也，遭際恩榮[23]。

又如《好逑傳》第十八回敘述者引〈桃源憶故人〉詞曰：

工虞水火盈廷躋，非不陳詩說禮。若要敦倫明理，畢
竟歸天子。　聖聰一察讒言止，節義始知有此。謾道
稗官野史，隱括春秋旨[24]。

　　然而，從上引文字清楚可見，明末清初才子佳人小說具有政治性
寓言的意識形態表現。在「祈願式」的敘事進程中，話語實踐最終所
要傳達的主題寓意，恐怕並不只是祈願「天下有情人終成眷屬」，也
不只是「科舉及第終得顯親揚名」，而是針對特定歷史文化語境的不
完美現實提出其政治理想。然而，耐人尋味的是，有關主人公命運中
諸多難題考驗的解決，最終不是歸諸天意，就是訴諸聖天子，無疑暴
露出現實中的社會制度及禮法規範並不足以決斷是非的事實。在某種
意義上，這樣的敘事表現意謂著作家群體既無由超越自我生命的現實
侷限，亦無從實現經世致用的人生理想，最終只能在才子佳人小說的
傳奇式愛情書寫中寄寓個人遇合無時的感嘆。如《春柳鶯》第十回敘
述者引詩曰：

[23] 天花藏主人撰：《兩交婚小傳》，頁527。
[24] 名教中人編次：《好逑傳》，收於古本小說集成編委會編：《古本小說集成》（上海：上海古籍出版社，1990年），頁287。

幾番醉後甚無聊，不惜嘔心作解嘲。

豈是浮文同粉黛，亦為世事盡蓬蒿。

百年佳會原難得，萬載功名總易拋。

寄語乾坤同調士，莫將魔累鎖眉梢[25]。

　　相對於小說大團圓結局而言，這樣的敘事表現所隱含的「反諷」（irony）效應，不能不說是作家對自我人生的一大嘲諷。從逼真的角度來說，明末清初才子佳人小說仍然體現出一種作為歷史見證的寫實態度。

參、中和：在喜劇思維與悲劇意識之間的審美精神表現

　　以往對於明末清初才子佳人小說內在精神的關注，多著重在「儒雅」與「通俗」的融合關係上分析其美學表現及價值。事實上，在明清通俗小說話語系統的雅化進程中，明末清初才子佳人小說在語言、形式和題材的美學表現上，的確扮演了相當重要的承傳者角色，尤其對於《紅樓夢》的影響已為研究者所注意[26]。不過，更值得注意的是，明末清初才子佳人小說作為一種小說流派或類型，其敘事創造本身對於讀者的移情作用，恐怕並不僅僅受雅化書寫的「淨化」表現

---

[25] 鷗冠野史編：《春柳鶯》，頁389。

[26] 蕭馳：〈從「才子佳人」到《紅樓夢》：文人小說與抒情詩傳統的一段情結〉，《漢學研究》第14卷第1期，1996年6月，頁249-277。劉坎龍：〈借鑑與創新──才子佳人小說對《紅樓夢》的影響舉隅〉，《新疆師範大學學報》（哲學社會科學版），2000年4月，頁72-75。更為詳盡的討論，參周建渝：《才子佳人小說研究》，頁229-253。

的影響所吸引[20]，而是在理想化的虛構世界和遊戲式的時空體形式的創造中，小說以其獨特的藝術形式和傳奇式書寫程式，將現實生活轉移到審美昇華後的理想性虛構世界裡，因而激起了當時讀者群體感同身受的審美情感。然不可否認，明末清初才子佳人小說的敘事格局，在商業文化消費機制的影響下，並不具備宏大敘事（grand narrative）的思想基礎和背景條件，在某種程度上甚至影響了集體敘事現象下的主題寓意表現。不過，從文體的表現來說，明末清初才子佳人小說創作以形象爲中介，在描寫人物、情節和場景的生活細節上，仍然揭示出特定歷史文化語境下的普遍生活規律，具有寫實型文體的意蘊模式表現[28]。究其實質表現，明末清初才子佳人通過天命與緣的預述性敘事框架的安排，既表現了人事變化的偶然性，又暗示了天道循環的必然性，整體敘事創造體現爲一種強烈而穩定的封閉性敘事思維圖式，頗與中國傳統文化密切相關。因此，當我們考察這樣一種封閉性敘事思維圖式的實際表現時，自不能不將它與中國傳統文化的同化同構關係進行分析。正如吳士余所言：

　　對中國小說思維圖式構成及其歷史形態的考察就應該

---

[20] 孟昭連認爲才子佳人小說寫情是明代人文主義思潮，以人欲反天理主張的自然延續，繼《三言》、《二拍》許多優秀篇章拋開《金瓶梅》的情色書寫，不論從倫理道德進化的角度，或小說藝術發展的角度進行考察，才子佳人小說寫情具有重大的進步。而淨化原理便表現在以理抑情合一的基礎上創造出有別於《金瓶梅》的藝術美感，不過情理之間的矛盾並未得到適宜的解決，到了《紅樓夢》才獲得一次重大的進步。參寧宗一主編：《小說學通論》（合肥：安徽教育出版社，1995年），頁237-240。

[28] 童慶炳論及文體表現功能的多樣性時，依作家審美追求的不同將其概括爲三種基本模式：一是寫實型文體的意蘊模式；二是抒情型文體的意境模式；三是象徵型文體的象徵模式。見氏著：《文體與文體創造》（昆明：雲南人民出版社，1994年），頁263-267。

確立這樣一個原則：中國小說思維圖式的建構和定型
始終是處置於中國文化構成的歷史積澱過程之中的，
因此，不能脫離民族文化心態、價值觀念、民族群體
思維方式，來分析中國小說思維的範疇和結構形態[23]。

從實際情形來看，明末清初才子佳人小說敘事思維圖式之表
現，具有一個重要特質：即在小說的敘事進程中，「喜劇思維」與
「悲劇意識」互為表裡，貫穿文本始末。在通俗章回小說的體裁規範
與雅俗兼融的語體創造的基礎上，其話語的意指實踐更貫注了「中
和」的審美精神，因而構成一種獨特的敘事美學風格。為進一步考察
明末清初才子佳人小說文體創造的審美精神表現，今再從文體的功能
表現及小說修辭學理論的角度分析之。

一、客觀事件與主觀情志的對話

對於明末清初才子佳人小說而言，其敘事精神與中國傳統文化中
的經、史敘事傳統之影響有關，既包含對客觀事件的展示，亦包含主
觀情志的抒發。在寫實與言情之間形成一種內在對話。這種對話關係
主要表現在敘述者聲音的介入與故事序列的展示之矛盾辯證關係上。
從接受修辭學的角度來看，讀者在閱讀的期待視野中具有其「慣例的
預期」。當才子追尋佳人的冒險旅程作為一種原型模式展示在讀者
面前，讀者便能在文體期待中將不同文本依其文體特質進行歸類與串
連，形成一種互文性關係。在互文（intertext）的理解上，讀者對於
明末清初才子佳人小說中的客觀事件，可以輕易地將之與中國文化傳

---

[23] 吳士余：《中國文化與小說思維》，頁4。

統或言情文學傳統中的一系列文本聯繫起來，並形成闡釋程式對之進行釋義和解讀[240]。進一步來說，正是在程式化書寫儀式的操演下，明末清初才子佳人小說的敘事形態在流行過程中早已爲讀者所熟悉。當讀者傾向於以相似方式解釋作品，則讀者群體「共同分享的理解習慣爲這些關係提供了某種穩定性。」[241]因此，明末清初才子佳人小說之能成爲一種流派或類型，集體敘事現象對於讀者的影響作用，無疑是建立在故事賴以存在的文學和文化的慣例之熟悉程度之上。

　　毋庸諱言，正是在明末清初才子佳人小說展示客觀事件的慣例期待上，讀者進入文本展開閱讀之旅，並伴隨才子追尋佳人的冒險旅程的展開而逐步體驗主人公悲喜交替的生命歷程。不過，在眞實性敘事幻覺的創造中，作家卻是普遍運用敘述者聲音介入的修辭形式[242]，在話語實踐上不斷激發讀者的內在情感和道德判斷，試圖引發讀者連結小說文本外的現實，進而對主人公境遇產生認同與同情。如《生花夢》第二回敘述者引〈臨江仙〉詞曰：

　　　白髮青衫何所遇，文章賴有知音。何期天意尚浮沉。功名虛往世，慧業異來今。　未擬成均淹驥足，偏於潤下投簪。聞言不覺義何深。饒他羅刹面，奮我聖賢心[243]。

---

[240] 陶東風：《文體演變及其文化意味》（昆明：雲南人民出版社，1994年），頁111-114。

[241] 〔美〕華萊士・馬丁著，伍曉明譯：《當代敘事學》，頁20。

[242] 〔美〕韋恩・布斯指出小說中所出現的議論是「作者的聲音」，在控制情緒方面，「作者可以進行介入來直接影響我們的情感，假如他能使我們相信他的『介入』至少也像他表現場面一樣精製和恰當。」見氏著，華明、胡蘇曉、周憲譯：《小說修辭學》，頁228。

[243] 娥川主人編次：《生花夢》，頁47。

又如《吳江雪》第二十四回敘述者引〈水龍吟〉詞曰：

閒愁偏上眉頭，傷今悼古今消瘦。春心難繫，雄心空
壯，憂心時有。卻使詞人，臥穿幽谷，消停白晝。嘆
人生世上，功名大事，姻緣夙世，且飲幾杯濁酒。
淚盡蜀禽還叫，青霜點血皆成繡。冰花千里，冰山萬
仞，冰城空守。隱隱悲思，蕭蕭寒影，黃昏時候。羨
江潮連捷朝天，歸去功成名就[24]。

　　在大多數明末清初才子佳人小說中皆可看到類此敘述者聲音介入
故事的情形。如果說，在不同小說文本的夢幻敘事中，主人公們都必
須通過諸多難題考驗才能終得圓滿幸福，其結局代表的是一種願望結
構的完成與實現，體現出「喜劇思維」的敘事意向；那麼，上引文字
所揭示的卻是文人遇合無時的生命困境和悲劇之思。綜觀明末清初才
子佳人小說可見，在題材籲求形式及形式征服題材的敘事建構中，小
說文本在寫實的書寫認知和美學實踐上對於相關客觀事件的展示，當
然具有作為歷史見證的重要作用。然而，更值得注意的是，小說文本
通過言情書寫以吸引讀者，其審美情感的生成及其意蘊的深化，卻是
由每回開場時的敘述者聲音介入，乃至敘事進程中的詩詞引語而有所

---

[24] 佩蘅子：《吳江雪》，頁385-386。

強化的，更顯其重要性㉕。其具體美學表現，或如浦安迪（Andrew H. Plaks）論及敘事文的美學特徵時所指出的：

> 我們翻開某一篇敘事文學時，常常會感覺到至少兩種
> 不同的聲音存在，一種是事件本身的聲音，另一種是
> 講述者的聲音，也叫「敘述人的口吻」。敘述人的
> 「口吻」有時要比事件本身更為重要㉖。

　　事實上，在大多數明末清初才子佳人小說中，敘述者聲音的介入作為一種普遍的修辭形式，的確顯示出其美學功能的特殊作用㉗，尤其在「比興寄託」的寓意表達上，其話語實踐指涉小說文本外的現實處境，可以說普遍表現出潛藏於小說文本中的作家群體的生存性焦慮。

㉕ 依現今接受美學觀點來說，讀者參與了小說文本意義的產生，相對地文本可以塑造讀者。不過，小說文本因語言規定了符號的線性表現，因而降低了其提供信息的主動性。但其實在提供讀者閱讀動力的形式創造方面，敘事文本卻也可以化被動為主動。〔以〕施洛米絲・雷蒙-凱南（Shlomith Rimmon-Kenan）指出：「敘事本文（推而廣之，整個文學）可以化被動為主動，它因媒介的線性而取得各種修辭上的效果。本文可以先敘述某些方面來引導、控制讀者的理解和態度，……這就是說，呈現於本文開頭的信息和態度為讀者提供了解釋每一件事的觀點。而這些見解和觀點會在讀者心裡長久地保留下來。」見氏著，賴干堅譯：《敘事虛構作品：當代詩學》（*Narrative Fiction: Contemporary Poerics*）（廈門：廈門大學出版社，1991年），頁139-140。

㉖ 〔美〕浦安迪：《中國敘事學》，頁14。

㉗ 〔美〕韋恩・布斯指出：「一位作者試圖用新的標準重新評價所有價值，或超出那種思想規範到達全新的領域，或暫時把所有價值擱置不用，而不僅是把一種公認的思想規範抬高到另一種之上時，人們便可以預料到，會有更加精心製作的修辭。但是，用於這些目的的介入是不易發現的。」見氏著，華明、胡蘇曉、周憲譯：《小說修辭學》，頁203。

　　總的來說，在明末清初才子佳人小說中，敘述者聲音背後所潛藏的「悲劇意識」，對於文本意義的創造和形成是具有不可忽視的影響作用。不過，從實際情形來看，這種悲劇意識卻往往在理想人物形象的才情表現和大團圓的幸福結局中被普遍淡化了。如《終須夢》第十六回敘述者引詩曰：

> 貧士求官眞可憐，一時登第如登天。
> 瓊花捷報閻生色，御酒啣杯容吐妍。
> 鳳閣龍門稱俊品，玉堂金馬羨姿鮮。
> 休誇蓬島神仙境，鰲禁徹蓮勝萬千[28]。

　　在這樣一個充滿喜劇思維的敘事結局中，意謂著作家藉黃粱事業之虛構以掩飾現實生命之悲情。歡慶的氣氛中潛藏著作家的無奈，顯得別具嘲諷意味。但不論如何，明末清初才子佳人小說作爲文人獨創的新興文體類型，在喜劇思維與悲劇意識之間，客觀事件的展示與主觀情志的抒發所形成的內在對話關係和敘事張力，無疑成爲召喚讀者進入小說文本情境並參與解讀的重要參照。一旦讀者進入小說文本情境之中，讀者將從各個事件的聯繫中判斷其普遍規律表現，並將它們與有關世界進行對比，進而在悲與喜的內在對話中解讀小說文本的意義[29]。

二、美善相濟與隱逸逍遙的對話

　　基本上，明末清初才子佳人小說作家寫作小說的目的或有不

---

[28] 彌堅堂主人編次：《終須夢》，頁217。

[29] 〔美〕華萊士‧馬丁著，伍曉明譯：《當代敘事學》，頁239。

同，抒情、言志、諷世等等不一而足。然而，作家通過種種修辭手段來增強作品的感染力和說服力，最終對讀者的內心生活發生積極的影響，從而實現道德感化目的和美學感染效果[20]，其效果在程式化書寫的影響下則是相對一致的。從小說修辭學理論觀點來說，明末清初在話語實踐上究竟製造出什麼類型的效果及如何製造的問題，無疑是值得重視的問題。

從實際情形來看，在明末清初才子佳人小說中普遍存在著一個敘事現象：即在敘事進程中，主人公內心在「美善相濟」的期望與「隱逸消遙」的選擇之間形成一種主體精神的自我對話，頗與中國傳統文化中的儒道精神之影響有關。如前所言，明末清初才子佳人小說的言情書寫作為一種政治性寓言，可以說是對當時歷史文化語境的一種對話與反思。因此，當其話語實踐不再只是被視為一種審美觀照或不斷解構的文本對象，而是被視為一種活動（activity）的形態時，實際上與作家、讀者之間的廣闊社會關係密不可分[21]。不論小說文本在實質效果或象徵效果的表現如何，其藝術實踐與審美精神的創造，便始終與中國傳統文化意識和當時歷史文化語境的制約息息相關。具體來說，明末清初才子佳人小說作為一種修辭活動形態，其敘事目的普遍落實在強化「主題意識」，摹寫「社會與人生」，營構「理想人格」的思維級次中，其敘事建構最終乃是建立在中國傳統文化以倫理為本位的文化意識的基礎之上[22]。因此，作家如何在現實的模擬與真實的反映上觀照人生與社會，便顯得極為重要。

---

[20] 李建軍：《小說修辭研究》，頁262-263。

[21] 〔英〕泰瑞・伊果頓（Terry Eagleton）著，吳新發譯：《文學理論導讀》（*Literary Theory: An Introduction*）（臺北：書林出版有限公司，1993年），頁256。

[22] 吳士余：《中國文化與小說思維》，頁5。

　　基本上，明末清初才子佳人小說在主題先行和程式化書寫的影響下，其整體敘事格局創造及「意」的審美化表現，在生活真實的探究、道德情感的裁決、社會趨勢的審察、人生價值的發現、奉獻精神的感奮和哲理境界的探索等方面似乎並不十分深入[33]。不過，在客觀生活與主觀情志的遇合之間，明末清初才子佳人小說追求整體人生與現實的和諧統一，卻是顯而易見的。其中「婚姻」與「功名」兩者作為作家進行價值思想辯證的對象，在敘事進程中所形成的內在對話關係是顯而易見的，如《生花夢》第七回敘述者講述康夢庚遠遊金陵尋訪佳人，感嘆「才美之難，一至於此。」其後於八月初旬參加科考的情形：

　　　　到八月初旬，眾秀才紛紛打點入場，康夢庚雖無意功名，也免不得隨眾走走。三場之後，等待榜發，卻高高的中了第五名經魁。報到下處，眾人無不喜躍，惟康夢庚坦然不以為得，只分付朱相打發報人去訖。明日准備幾色禮物，謁見座師房考，並拜拜同年，粗完世事。乃想道：「大凡科名得中，天下盡知。倘貢鳴岐著人趕到此地，蹤跡著了，叫我如何抵答？不若悄然往別處一遊。今尚在幼年，功名之事，再遲幾年也不為晚，只婚姻一節，非旦夕可圖。如今只先求佳

---

[33] 明末清初才子佳人小說的文學品格介於商品消費與精神生產兩極之間，因此在「意」和敘事格局的審美表現上受到一定程度的限制。對於明末清初才子佳人小說來說，或許其作品之意缺乏深度，然而其流行卻顯示意所具有的生命動力，足以吸引讀者閱讀思考。有關「意」的審美品級表現，主要取決於它在時代精神和社會內容領域中所處的地位，參王克儉：《小說創作中的隱性邏輯》（北京：北京大學出版社，1994年），頁89-121。

配，後及功名，徑往姑蘇一路，或者蛾眉不少，其中
定有名姝，若得遂心，豈不美于金紫萬倍！」志念既
決，便不想上京會試，……[54]

在明末清初才子佳人小說中，大多數才子表現出輕於「功名富
貴」而重於「佳人婚姻」的思想態度和行動，體現出一種張揚「自
我」的理想願望，頗與晚明以來的自我觀論述息息相關，尤其主情、
言情、寫情的文化思潮上追求具有永恆意義理想與信仰，表現出對普
遍本質的回歸與渴望[55]。然而，隨著敘事進程的開展，在客觀事件的
展示與敘述者聲音的對話中卻又透露出作家群體進行自我反顧的過程
中潛藏著一種無以言喻的無意識的矛盾心理，正如《玉嬌梨》第十四
回敘述者介入議論所說：

天意從來欣富貴，人情到底愛功名。
謾誇一字千金重，不帶烏紗只覺輕[56]。

又如《好逑傳》第九回鮑知縣對鐵中玉道：

功名二行，雖於真人品無加，然當今之世，紹續書
香，亦不可少。與其無益浪遊，何如拾青紫之芥，以
就榮名之為愈乎[57]？

---

[54] 娥川主人編次：《生花夢》，頁311-312。

[55] 參傅小凡：《晚明自我觀研究》（成都：巴蜀書社，2001年），頁113-162。

[56] 荑秋散人編次：《玉嬌梨》，頁511。

[57] 名教中人編次：《好逑傳》，頁142。

　　凡類此言語行爲在明末清初才子佳人小說之中亦多可見，只是多隱於人物話語之中。可以想見，在當時的明清歷史文化語境中，文人階層無疑必須通過科舉考試以取得功名，才有機會進行自我定位並實現其政治理想。因此，在大團圓結局的烏托邦建構中，作家爲主人公實現了「美善相濟」的政治期望，並在才、情、色、德的圓滿結合中建造人生理想。不過，在許多作品中，最終眞正調合小說敘事進程的思想困境及其矛盾者，仍取決於科舉功名和愛情婚姻雙重實現之後的人生選擇之上。如《合浦珠》第十六回敘述者引詩曰：

> 木蘭之枻沙裳舟，玉簫金管坐兩頭。
> 美酒尊中置千斛，載妓隨波任去留。
> 仙人有待乘黃鶴，海客無心隨白鷗。
> 屈平詞賦懸日月，楚王臺榭空山丘。
> 興酣落筆搖五嶽，詩成笑傲凌滄洲。
> 功名富貴若長在，漢水亦應西北流[28]。

　　以今觀之，在諸多才子佳人小說的結尾之處的處理上，敘述者講述文人才子在功成名就、婚姻圓滿之際，往往選擇辭官並隱逸山林。才子行動和價值選擇所引發的寓意思考，無疑顯得耐人尋味[29]。

---

[28] 檇李煙水散人編：《合浦珠》，頁501。

[29] 〔俄〕鮑里斯・托馬舍夫斯基（B.Tomachevski）指出：「長篇小說是由若干故事綜合而成，那它就不能隨便配上一個普通的短篇小說結局或結尾了事。長篇小說比之於短篇小說，需要有一個更富於深意的閉合。」見氏著：〈主題〉，見維克多・什克洛夫斯基（Victor Shklovsky）等著，方珊等譯：《俄國形式主義文論選》（北京：三聯書店，1992年），頁198。

大體來說，明末清初才子佳人小說作家無不極力在小說文本中創造出才、情、色、德合一的理想人格，在文道合一的文化思維中傳達「美善相濟」的根本願望。不過，其話語實踐背後卻又在不斷與現實進行對抗，並表達對社會體制的質疑，終而在「隱逸逍遙」的行動選擇中展示自由超越的內在精神追求。無論如何，在喜劇思維與悲劇意識之間，這種儒道精神同構互補的敘事表現在大多數小說文本中是普遍可見的，如《合浦珠》、《宛如約》、《醒名花》、《賽花鈴》、《情夢柝》、《鴛鴦媒》、《醒風流奇傳》、《麟兒報》、《人間樂》、《孤山再夢》、《春柳鶯》等等皆有上述行動和價值選擇的敘述表現。在實質功能上，這樣一種敘事結局的安排，無疑為作家群體在現實中所產生的矛盾情感提供了一個可行的解決方式。

總的來說，明末清初才子佳人小說的話語構成，既是一種文學現象的反映，也是一種文化現象的反映。話語的意指實踐，可謂隱含了大眾文化中的集體欲望的政治無意識。才子佳人小說作家在符號創造和表述過程中所採取的各種敘事策略，從語言、事件、人物到結構等等安排方面，都體現出知識與權力的支配關係，不僅使得小說文本帶有特定的意識形態內涵，同時也顯示出小說文本中普遍存在的政治性。毋庸置疑的，在「事實」與「理想」的差距之間，明末清初才子佳人小說所建造的烏托邦政治理想，對特定歷史文化語境下的真實性情況做了一番對話和反思，並展現了作家積極建立一種新的思想規範體系的努力。如同恩斯特‧卡西爾所指出的：

> 烏托邦的偉大使命就在於，它為可能性開拓了地盤以
> 反對對當前現實事態的消極默認。正是符號思維克服
> 了人的自然惰性，並賦予以一種新的能力，一種善於

不斷更新人類世界的能力㉚。

　　從符號思維的角度來說，明末清初才子佳人小說作爲文化釋義體系下的一種修辭活動，不論在重複或重寫方面，又不論在戲擬或逼眞方面，有關才子／佳人愛情遇合的書寫程式，不僅僅是構成小說文本的基本形式和方法，同時也是形成小說文本意識形態的重要組成部分。而其話語的意指實踐介於現實與可能、實際事物與理想事物之間，實際上表現了喜劇思維與悲劇意識互滲的中和精神。《禮記‧中庸》說：

　　　中也者，天下之大本也；和也者，天下之達道也。致
　　　中和，天地位焉，萬物寓焉㉛。

　　在儒道精神同構互補的文化意識影響下，明末清初才子佳人小說作家正是在「允執厥中」的敘事筆調中，融合「言情」與「寫實」於傳奇式書寫之上，除了純粹寫情之外，大多數作品追求的正是「定位」的問題，其中包括了自我理想人格的完善和現實社會體制的完備兩個層面。最終，在「情」、「理」相節的平衡、和諧關係的敘事建構中，小說文本所展示的「哀而不傷」、「怨而不怒」、「溫柔敦厚」的敘事風格，隱含了「以和爲美」的精神，無疑提供了讀者在認知、性質的完成和實踐等不同層面上有別於其他小說的審美趣味。

㉚　〔德〕恩斯特‧卡西爾著，結構群審譯：《人論》，頁96。
㉛　鄭玄注、孔穎達疏：《禮記正義》（臺北：藍燈文化事業公司，不著出版年），頁879。

第四章

寓言：才子佳人小説敘事建
構的主題寓意

才子佳人

　　明清之際，才子佳人小說延續明代中晚期以來的主情論述，以言
情爲敘事基礎進行新的藝術形式的創造，在不同於英雄傳奇、神魔幻
怪、歷史演義等小說流派的文學行動上，創造出諸多才子佳人遇合婚
戀的愛情故事，其流行情形頗與當時盛行的傳奇戲曲相互輝映[1]。明
代中晚期以來，有關「情」之論述的意涵多元而豐富，歷來研究者對
於明末清初才子佳人小說的「身分」（identification）的理解和解讀
因之有所不同，致使在文本的主題闡釋方面便往往各據一端，或強調
藉言情之人性關懷以反理學之天理壓抑，或強調提倡婚姻自主以反封
建婚姻制度，或強調重視才情理想以反科舉取士制度等等，可謂衆說
紛紜，莫衷一是。從文學解釋學觀點來說，理解或解讀作爲建構文本
意義（meaning）的過程，由於不同讀者在閱讀接受過程中的期待視
野和視界彼此有所不同，因此，對於小說文本的闡釋便不免帶有個人

[1] 郭英德：〈論晚明清初才子佳人戲曲小說的審美趣味〉，《文學遺產》，1987年第5期，頁
71-80。姚旭峰：〈試論明清傳奇中的「才子佳人」模式〉，《上海大學學報》（社會科學
版），1996年第2期，頁39-44。王璦玲：〈明末清初才子佳人劇之言情內涵及其所引生的審
美構思〉，《中國文哲研究集刊》第十八期，2001年3月，頁139-188。

的主觀性認知和移情感受，因而形成多元闡釋現象[2]。以今日文學或文化研究的眼光來說，面對前人諸多的闡釋結果，如何在前人研究的基礎上再進一步深入解讀明末清初才子佳人小說作家群體的寫作意圖（intention），並在普適性上有效理解、解讀和闡釋明末清初才子佳人小說的主題寓意？這無疑是一個具有挑戰性而重要的工作[3]。

　　基本上，主題（theme）作為敘事的內容要素，是每一部作品中統攝一切的中心理念和永恆價值之所在[4]。就小說文本的創造而言，其敘事學意義乃在於創造性地促使作家實現對題材的征服與超越，又在藝術修辭功能表現制約作家對修辭手法的運用，最終更體現在敘事個性與風格的表現上[5]。從流行的角度來說，明末清初才子佳人小

---

[2] 金元浦：《文學解釋學──文學的審美闡釋與意義生成》（長春：東北師範大學出版社，1998年），頁307-329。

[3] 有關文學意義的解讀往往影響了對於一個時代文學歷史或現象的了解，因此，對於文學研究而言，意義的掌握基本上是相當重要的。〔德〕恩斯特・卡西爾（Ernst Cassirer）在論及以人類文化為依據的人的定義時指出：「在我們研究語言、藝術、神話時，意義的問題比歷史發展的問題更重要。」見氏著，結構群審譯：《人論》（*An Essay on Man*）（臺北：結構群出版社，1989年），頁108。

[4] 〔俄〕鮑里斯・托馬舍夫斯基（Boris Tomashevsky）在〈主題〉一文中指出：「在藝術表達中，具體的句子按意義進行組合，形成由思想共性或主題共性聯合起來的結構。主題（所談論的東西）是作品要素的意義統一。」而且「要使文字結構形成統一的作品，必須有一個貫穿全部作品的中心主題。」見方珊等譯：《俄國形式主義文論選》（北京：生活・讀書・新知三聯書店，1992年），頁107。不過，〔俄〕米哈依爾・巴赫金在〈文藝學中的形式主義方法〉一文中對此加以反駁指出：「我們認為托馬舍夫斯基的定義是根本不對的。不能把作品的主題的統一當做作品中的詞和單個句子的意義的結合。……主題對語言來說永遠是超驗的。而且用來掌握主題的，不是單個詞，不是句子，不是圓周句，而是作為所發表的言論的整個表述。掌握主題的，正是這個整體及其不能歸結為任何語言形式的形式。作品的主題是作為一定社會歷史行為的整個表述的主題。所以，它既與表述的整個環境不可分割，也在同樣程度上與語言成分不可分割。」見錢中文主編：《巴赫金全集》第二卷，頁287。

[5] 徐岱：《小說敘事學》（北京：中國社會科學出版社，1992年），頁133-134。

說作為「社會的象徵性行為」的表現⑥，可以說是在集體敘事現象的形成過程中累積其意向性力量，從而在符合大眾文化接受的共同價值觀（shared value）的表現中建立起一種具有符號學概念的敘事模式。倘從歷史語境和社會文化情況的互動關係上進行考察，則其話語構成、敘事形態和體裁形式的類型化，無疑使得小說文本具有「寓言」（allegory）的性質⑦。從實際情形來說，明末清初才子佳小說作家在不同小說文本中所呈現出來的共相書寫現象下，其理想主人公形象和善、惡二元對立原型的普遍性象徵的敘事建構，除了具體反映了大眾文化對於歷史文化語境中的現實所進行的集體思考和集體幻想之外，同時更通過語言的表徵系統，普遍地傳達了中國傳統文學和文化中持續不變的思想和情感的價值範疇。尤其置身於中國古代性別

---

⑥ 有關文學作為社會的象徵行為的理論觀點，參〔美〕弗雷德里克・詹姆遜（Fredric Jameson）著，王逢振、陳永國譯：《政治無意識——作為社會象徵行為的敘事》（*The Political Unconscious: Narrative as a Socially Symbolic Act*）（北京：中國社會科學出版社，1999年），頁8-89。

⑦ 一般而言，「寓言」是一種記敘文體，通過人物、情節，有時還包括場景的描寫，構成完整的「字面」，也就是第一層意義，同時借此喻彼表現另一層相關的人物、意念和事件。參〔美〕M.H.艾布拉姆斯（M.H. Abrams）著，朱金鵬、朱荔譯：《歐美文學術語詞典》（*A Glossary of Literary Terms*）（北京：北京大學出版社，1990年），頁7。其原文如下：An allegory is a narrative, whether in prose or verse, in which the agents and actions, and sometimes the setting as well, are contrived by the author to make coherent sense on the "literal", or primary, level of signification, and at the same time to signify a second, correlated order of signification. 可參 M. H. Abrams：*A Glossary of Literary Terms*（《文學術語匯編》）（北京：外語教學與研究出版社，2004年），頁5。本文從流行角度辨識明末清初才子佳人小說中的原型、形式、規律和常規，基本上將眾多小說文本視為一種文化形式，並具有共同性和權力運作模式。在集體敘事現象的形成過程中，小說文本之持續出現逐漸轉化為一種「寓言」，蘊含特殊的象徵意義和作用。在本文研究中論及明末清初才子佳人小說以「寓言」姿態出現的觀念，主要源自於〔美〕弗雷德里克・詹姆遜（Fredric Jameson）著，王逢振、陳永國譯：《政治無意識——作為社會象徵行為的敘事》一書之啟發。

政治語境中，當明末清初才子佳人小說的言情內涵一種「愛的寓言」（the allegory of love）的敘事姿態出現時，則其話語實踐在「共享意義」上所體現的價值意涵的共同性和倫理態度的統一性[8]，無疑是值得再予深入探究的[9]。

　　基於上述認知，我們應當如何尋繹明末清初才子佳人小說敘事建構的基本成規及其主導性審美規範，並由此分析主題寓意賴以生成的具體表達形式，便成為本文進一步想要探討的問題[10]。本文在探究明

---

[8]　〔英〕斯圖爾特・霍爾（Stuart Hall）指出：「文化涉及的是『共享的意義』。如今，語言是具有特權的媒介，我們通過語言「理解」事物，生產和交流意義。我們只有通過共同進入語言才能共享意義。所以語言對於意義與文化是極為重要的，它總是被看作種種文化價值和意義的主要載體。」見氏編，周憲、許鈞譯：《表徵——文化表象與意指實踐》（*Representation: Cultural Representations and Signifying Practices*）（北京：商務印書館，2003年），頁1。

[9]　黃清泉論及才子佳人小說創作的理性實質時即有類似看法，他指出：「才子佳人小說，代表了一種小說思潮，一種小說創作流派，延續了相當長的一段歷史時期。但它的實質，基本上是倫理型小說，這不能不影響到它的思想藝術質量。像這種思想藝術比較平庸，而在審美理想、價值取向、倫理判斷方面如此一致認同的現象，在中國小說史上確實是少見的，值得我們進一步研究和探索。」見黃清泉、蔣松源、譚邦和著：《明清小說的藝術世界》（武昌：華中師範大學出版社，1992年），頁173-174。（大體而言，這個評論觀點是符合實際的。）

[10]　關於探討明末清初才子佳人小說的主導性審美規範的理解，這樣的想法主要受到〔俄〕羅曼・雅克布森（Roman Jakobson）的啟發，他為「主導」下定義指出：主導是「一件藝術品的核心成分，它支配、決定和變更其餘成分。正是主導保證了結構的完整性。」此外，他認為「不僅在個別藝術家的詩作中，不僅在詩的法則中，在某派的一套標準中，我們可以找到一種主導，而且在某個時代的藝術（被看做特殊的整體）中，我們也可以找到一種主導成分。」見氏著：〈主導〉，見趙毅衡編選：《符號學文學論文集》（天津：百花文藝出版社，2004年），頁8-9。今觀明末清初才子佳人小說之有別於其他「人情─寫實」小說或言情小說，乃在於其獨特的結構形式和表達方式，而這種特殊的結構形式和表達方式乃建立在「才子追尋佳人」的「求女」行動及其結構形式之上，不僅構成了文本的整體性質，而且具有不可忽視的審美成分。因此，要確立明末清初才子佳人小說之能成為「才子佳人小說」，無疑必須研究其主導性因素，並以之作為解讀的審美規範。

末清初才子佳人小說的主題寓意方面，特別關注其作為一種文類或流派所蘊含的時代文化精神，期能更為深刻地重建小說流行背後所呈現的社會與文化的議題。整體研究乃嘗試立足於過去以社會歷史研究方法為取向的研究結果，進一步採取敘事研究的主導範式及其他文藝美學研究觀點，重新對小說文本進行不同層面的文化闡釋。同時，也期望能通過解釋文學作品的技巧和規則的利用，從不同研究視野的觀照中創造被解釋的對象，藉以深入闡析明末清初才子佳人小說的主題寓意。

第一節　深度遊戲：才子佳人小說話語選擇的現實意義

明末清初才子佳人小說置身於大眾文化的權力關係之中，小說文本具有商品生產與精神生產的雙重文化品格，而其精神生產在通俗藝術形式的基礎上追求雅正的精神風格表現，可以說是受到以「詩」為支配性審美規範的影響而實現的。

從中國古代文化的深層結構及其價值選擇的角度來說，明末清初才子佳人小說作家群體失去／放棄以雅正文學話語系統進行發聲，以致無法藉由中心話語的操演與表達來進行各種表意行動。在某種意義上，作家最終選擇以白話通俗小說話語進行文化釋義，似乎意謂著在個人在現實中處於一種「失語」狀態。表面上看來，明末清初才子佳人小說在表層結構的敘事格局表現上所採取的傳奇式書寫，在因應通俗商品經濟消費文化市場的具體要求方面，不僅滿足了大眾文化讀者閱讀消費的娛樂需求，而且達到了出版營利的商業目的。然而，在深層結構的主題寓意表現上，卻是通過言情與夢幻融合的話語實踐，傳

達出作家面對現實時的內在生存性焦慮及其情感體驗。因此，從現實意義上來說，明末清初才子佳人小說敘事創造的寓意表現，實際上潛藏著一種「深度遊戲」（deep play）的文化象徵行為[11]，共同反映出當時作家群體內在「由俗反雅」、「以雅融俗」的集體意識的基本訴求。

從實際情形來看，在中國古代詩學的抒情傳統影響下，明末清初才子佳人小說作家有意將才子佳人婚戀的世俗題材融入詩性文化的背景之中，無疑使得大多數作品在「適俗」的話語陳述中具有內容純正、格調典雅的敘事表現，滲透了濃厚的文人意識和審美機趣，別具文化意味[12]。此外，在詩性想像的敘事思維主導下，明末清初才子佳人小說作家乃有意在敘事結構中引入大量詩詞，其詩性觀照的美學功能表現，促使小說文本超越了「史傳」和「說教」兩大文化範型的認同模式，進而在抒情寫意中進一步強化創作主體意識，因而確立了小說文本作為「自我表現」範型的敘事特質[13]。基本上，詩性想像作為明末清初才子佳人小說話語構成的審美本質，已然成為一種創作上的觀念圖式（conceptual schemes），影響了小說文本意義生成和創

---

[11] 有關「深度遊戲」觀點的提出，主要是受益於〔美〕克利福德‧格爾茲（Clifford Geertz）的〈深層的遊戲：關於巴厘島鬥雞的記述〉一文的啓發。他在該文中指出，在小型而淺層的鬥雞遊戲中，其賽事或許是以金錢輸贏為主要目的；但從深度遊戲觀點來看，投入金錢的數量很大，而更為重要的並不是物質上的獲取，而是名望、榮譽、尊嚴和敬重，以在巴厘島一個意味深長的詞來說，就是「地位」。參氏著，納日碧力戈、郭于華、李彬、羅紅光、田青等譯：《文化的解釋》（*The Interpretation of Culture*）（上海：上海人民出版社，1999年），頁471-521。

[12] 蕭馳：〈從「才子佳人」到《石頭記》──文人小說與抒情傳統的一段情結〉，收於氏著：《中國抒情傳統》（臺北：允晨文化實業股份有限公司，1999年），頁275-320。

[13] 有關中國小說的文化範型的討論，參趙毅衡：《苦惱的敘述者──中國小說的敘述形式與中國文化》（北京：北京十月文藝出版社，1994年），頁223-260。

造。因此，詩性想像的敘事思維及其話語構成，便成為明末清初才子佳人小說作家消解現實生存性焦慮的重要途徑，「詩」所具有的隱喻作用或象徵意涵，可以說在某種意義上傳達出作家身處於「失語」的文化邊緣位置上的一種理想堅持——即使詩的藝術成就表現，並非盡如作家所想像般足以證明其才華超群，而是充滿幻想性的——仍待讀者深入解讀[14]。今即從以下兩個層面分析明末清初才子佳人小說話語選擇的現實意義，以為後文論述小說文本的主題寓意的基礎。

壹、從邊緣到中心：詩與作者意圖表現的聯繫

「詩」是中國文學的主流文體，在中國文學乃至文化的觀念中，詩一直占據著至高的地位。詩在中國文化中具有其特殊意義以及由此意義決定的特殊地位，有關詩及其本體意義的理性表述更進而構成了中國文化的詩性特質[15]。一般而言，在明清時期歷史文化語境的轉型現象中，明末清初才子佳人小說作家既承續既有言情傳統的書寫格局，又以其新的藝術形式和敘述方式來建構理想化的虛構世界，其話語實踐所展現的理想精神意向和話語風格的轉變，無疑是顯而易見的。表面上看來，這似乎只是與明末清初文化思潮及文學觀念開始注

---

[14] 〔俄〕米哈依爾・巴赫金（Mikhail Mikhailovich Bakhtin）在〈文學作品的內容、材料與形式問題〉一文中指出：「任何一種文化價值、任何一種創作觀點，都不能也不應停留在簡單的實錄純粹的心理事實或歷史事實的水平上。只有在整體的文化內涵中進行系統的界定，才能使文化價值克服單純的存在性。」見錢中文主編：《巴赫金全集》第一卷（石家莊：河北教育出版社，1998年），頁308。

[15] 詩是中國文學的主流文體，從政教意義、宗教意義到文學意義的各種論述中，皆可見詩的影響作用。中國詩性文化的形成與詩觀念的建立，其影響可謂無所不在。相關討論可參王南：《中國詩性文化與詩觀念》（成都：四川民族出版社，2002年）。

重通俗文藝形式及其創作的嬗變情形有關。然而，從文人小說創作的觀點來說，才子佳人小說文本所建立的以詩爲思想情感表現重心的抒情性格，似乎是一個值得注意的現象。在某種意義上，在集體敘事現象的話語構成中，明末清初才子佳人小說作家通過「詩」言語——以抒情、雅正爲本質——的表徵作用所建立的藝術符號，可以說深化了小說文本作爲特定藝術形象的觀念與內涵，同時也傳達了作家作爲創作主體在話語選擇上的意識形態表現[16]。大體來看，歷來研究者多重視普遍存在於明末清初才子佳人小說中的一個敘事現象：即敘述者對於主人公才情的強調，乃通過各種題詩行動、分題聯詠或試才競詩的情節設置，藉以達到彰顯人物抒情言志、逞才競技的能力表現。然而，受到《紅樓夢》對此一書寫現象進行批評——「在作者不過要寫出自己的兩首情詩艷賦來」——的影響，後人在評論明末清初才子佳人小說中有關詩的言語表現時，卻往往在具貶意性的批評話語中輕筆帶過，從而忽略了詩在小說敘事形式的創造及其對文本意義的生成方面所可能具有的影響作用。因此，如何理解詩與作者意圖表現的聯繫，則有待進一步的說明。

毋庸諱言，「詩」、「才」合一作爲明末清初才子佳人小說話語構成的屬性表現，基本上是普遍存在於不同小說文本之中的。作家對於才情的積極強調，如同天花藏主人在《平山冷燕》序言所說：

天賦人以性，雖賢愚不一，而忠孝節義莫不皆備，獨

---

[16] 〔俄〕米哈依爾·巴赫金在〈文學作品的內容、材料與形式問題〉一文中指出：「當藝術家聲稱他們的創作體現著價值，針對世界，針對現實，涉及人，涉及社會關係，涉及倫理的、宗教的或其他價值的時候，這些不過是一種隱喻而已，因為事實上屬於藝術家的只有材料：物理學數學上的空間，質料，聲學中的聲音，語言學裡的詞語；因之藝術家的審美立場只能是對此種確定的材料而發的。」收於錢中文主編：《巴赫金全集》第一卷，頁310。

才情則有得有不得焉。故一品一性，隨人可立；而繡
虎雕龍，千秋無幾[17]。

此外，天花藏主人在《兩交婚小傳》序言中亦說道：

蛾眉螓首，世不乏人，而一朝黃土，寂寂寥寥，所謂
佳美者安在哉？……至若才在詩文，或膾炙而流涎，
或嘔心而欲嘔，其情立見，誰能掩之[18]。

綜觀明末清初才子佳人小說創作的實際表現，作家在話語實踐過
程中無不積極強調詩乃「天賦之性」、「性情所貴」，而此一認知看
法對於小說文本整體敘事格局的創造，有其深刻的影響作用。其尤為
顯要者，便顯現在小說文本的開端往往以神靈祥瑞暗示主人公天賦的
優越性的敘事表現之上[19]，並且在敘事進程中極力凸顯男女主人公之
才情表現，盡情展示其無與倫比的詩賦能力。其書寫情形正如《平山
冷燕》第十五回敘述者即引〈青衫濕〉詞曰：

風流才子凌雲筆，無夢也生花。揮毫當陛，目無天
子，何有雛娃？　豈期閨秀，雕龍繡虎，眞若塗鴉。
始知天鍾靈異，蛾眉駿骨，不甚爭差[20]。

---

[17] 荻岸散人撰：《平山冷燕・序》，收於古本小說集成編委會編：《古本小說集成》（上海：上海古籍出版社，1990年），頁1-2。

[18] 天花藏主人撰：《兩交婚小傳・序》，收於古本小說集成編委會編：《古本小說集成》（上海：上海古籍出版社，1990年），頁5-9。

[19] 周建渝：《才子佳人小說研究》（臺北：文史哲出版社，1998年），頁95-98。

[20] 荻岸散人撰：《平山冷燕》，頁447。

　　事實上，諸如此類理想人物形象的塑造，無不通過敘述者干預的非敘事性話語來進行，在在顯示出作家「藉詩揚才」的集體心理表現和價值判斷，並通過對「身分群體」（status group）所具有的詩文特性進行重複書寫，試圖以此喚起讀者群體的普遍認同情感。

　　一般而言，明末清初才子佳人小說作家對於「詩」、「才」合一的強調，的確有助於塑造個人的理想文人形象及其才情表現[21]，無疑是小說文本中極為重要的敘事表現。《平山冷燕》第八回敘述者講述冷絳雪論才情形：

> ……且就人才言之，聖人有聖人之才，天子有天子之才，賢人有賢人之才，宰相有宰相之才，英雄豪傑有英雄豪傑之才，學士大夫有學士大夫之才。聖人之才恭贊化育，賢人之才敦立綱常，天子之才治平天下，宰相之才黼黻皇猷，英雄豪傑之才斡旋事業，學士大夫之才奮力功名。以類而推，雖萬有不同，皆莫不有一段不磨之才，以自表見於世。然非今日明問之所注也。今日明問之所注，則文人之才，詩人之才也。此種才，謂出之性。性誠有之，而非性之所能盡該；謂出之學，學誠有之，而又非學之所能必至。蓋學以引其端，而性以成其靈。苟學足性生，則有漸引漸長、愈出愈奇、倒峽瀉河而不能自止者矣。……此蓋山川

---

[21] 黃蘊綠：《明末清初才子佳人小說中的佳人形象》（臺北：淡江大學中國文學系碩士論文，1996年），頁43-62。

之秀氣獨鍾，天上之星精下降，故心爲錦心，口爲繡口，構思有神，抒腕有鬼，故揮毫若雨，潑墨如雲，談則風生，吐則珠落。當其得意，一段英英不可磨滅之氣，直吐露於王公大人前，而不爲少屈；足令卿相失其貴，王侯失其富，而老師宿儒自歎其皓首窮經之無所成也。設非有才，安能凌駕一世哉？雖然，孔子有才難之嘆，天后有失才之責；每憑吊千秋，奇才無幾，俯仰一世，未見有人。……[22]

不過，值得注意的是，這種敘事操作除了具有自我表達的功利目的之外，其尤爲重要者，乃在於傳達個人乃至群體對明代以來以八股制藝取士的科舉考試制度的一種質疑[23]。自明代以程朱理學爲官方學術，制定以八股制藝取士的科舉制度，並將學校教育與科舉考試密切結合，科舉制度可謂達於極盛，並一直延續至清代[24]。以今觀之，八股制藝對於明清文化、學術和文學等方面的負面影響極爲深遠。明成化年間吳寬在《匏翁家藏集》卷三九〈送周仲瞻應舉詩序〉一文中即已指出八股文之害：

今之世號爲時文者，拘之以格律，限之以對偶，率腐

---

[22] 荻岸散人撰：《平山冷燕》，頁238-241。

[23] 周建渝論及才子佳人小說作家對於文人形象的自我建構時，從幻想與現實交融的角度論述文人作家遇合無時乃借小說創作以實現理想的具體情況，其中即言及科舉取士制度對於明清文人出處的影響。見氏著：《才子佳人小說研究》，頁57-72。

[24] 王道成：《科舉史話》（臺北：國文天地雜誌社，1990年），頁23-32。

爛淺陋可厭之言，甚者指摘一字一句以立說，謂之主
意。其說穿鑿牽綴，若隱語然，使人殆不可測識。苟
不出此，則群笑以為不工。蓋學者之所習如此，宜為
人所棄也。而司其文者，其目之所屬，意之所注，亦
唯曰主意者而已。故得其意，雖甚可厭之言一不問；
其意失，雖工輒棄不省。……嗚呼，文之敝既極，極
必變，變必自上之人始⑤。

　　正因為明清兩代八股「舉業」盛行⑳，箝制文人出處認知，文人
視之為晉身仕途之徑，從而忽略聖學之講誦。時至明清之際，具有啓
蒙意識的文人知識分子對於科舉制度的反思和批判更為全面而深刻。
黃宗羲在〈傳是樓藏書記〉中指出：

自科舉之學盛，世不復知有書矣。六經子史亦以為東
華之桃李，不適於用。先儒謂傳注之學興，蔓詞衍
說，為經之害。愈降愈下，傳注再變而為時文，數百
年億萬人之心思俱用於揣摩剿襲之中，空華臭腐，人
才闟茸。至於細民，亦皆轉相模鍥以取衣食，遂使此
物汗牛充棟，憚蔽聰明⑳。

---

⑤　吳寬：《匏翁家藏集》，收於王雲五主編：《四部叢刊正編》七四（臺北：臺灣商務印書
　　館，1979年），頁241。

⑳　王道成：《科舉史話》，頁93-102。

⑳　黃宗羲著，陳乃乾編：《黃梨洲文集》（北京：中華書局，1959年），頁403-404。

　　由於八股取士科舉制度造成諸多德才兼備的文人不得實現濟世
才能和自我價值；因此，對於科舉制度的質疑，可謂普遍存在於明
清文人的著述之中，也普遍出現在小說創作之中[28]──其中以《聊齋
誌異》和《儒林外史》的批判最為深刻。不可否認，明清八股制藝取
士的科舉制度的確扼殺了諸多文人的仕途夢幻和政治理想，這使得
大多數明末清初才子佳人小說作家在符合世俗意念（common mean-
ings）的表現上亦公開質疑科舉取士之公正性和客觀性。如《畫圖緣
小傳》第七回敘述者講述柳青雲遭權臣舞弊，由府考第一降為第二的
情形：

> 柳青雲做出來的文字，別是一種，沒一點閩人的習
> 氣，故縣考府考，皆取了第一。到了學院，看他的文
> 字，神清氣俊，瀟洒出塵，板腐之習，淘汰俱盡，也
> 打帳取他第一。不料有一個吏部天官的兒子，有父親
> 的書來囑托，不敢違拗，只得將柳路名字，填做第
> 二[29]。

　　不過，究其實質表現，對於科舉取士不公的質疑，其實際意圖終
不在於推翻科舉取士制度。對於明末清初才子佳人小說作家而言，其
對於科舉取士制度進行反思的解決之道，主要就是以文人的「詩賦之
才」來挑戰「八股制藝」。如《平山冷燕》第九回敘述者講述燕白頷

---

[28] 盛夏：〈明末清初小說反科舉傾向及其諷刺藝術初探〉，《麗水師專學報》（社科版），
　　1991年第2期，頁49-55。

[29] 天花藏主人撰：《畫圖緣小傳》，收於古本小說集成編委會編：《古本小說集成》（上海：
　　上海古籍出版社，1990年），頁245。

考取後感謝太宗師時說道：

> 蒙太宗師作養，過爲獎賞。但此制科小藝，不足見
> 才。若太宗師眞心憐才，賜以筆札，任是詩詞歌賦、
> 鴻篇大章，俱可倚馬立試，斷不辱命[30]。

又如《孤山再夢》第五回敘述者講述錢雨林赴部報呈聽考日
期。至日，錢雨林赴部入考：

> 大宗伯曰：「舉子會試，都考八股，似屬格套。你
> 今日自負有才，吾知非八股中論長短者也。今不考
> 八股，上擬詩題三個，限你立刻作詩三首，方見有
> 才。」雨林曰：「願領教。」[31]

事實上，這是作家對於自我或群體在現實中的出處問題的一種
充滿虛幻性和想像性的解決方式[32]，反映出明末清初才子佳人小說作
家創作上普遍存在的矛盾二重性——既表現出對傳統文化的超越與背
離，又體現出對它的因襲與依附[33]。不過，無論如何，就明末清初才

---

[30] 荻岸散人撰：《平山冷燕》，頁268-269。

[31] 渭濱笠夫編次：《孤山再夢》，收於林辰主編：《才子佳人小說集成》（3）（瀋陽：遼寧
古籍出版社，1997年），頁56。

[32] 謝桃坊指出：「才子佳人故事的表面現象是他們的傳奇式的愛情，而真正的意義則是強調了
其中的現實關係。科舉入仕在故事情節的發展中是本質性的因素，然而這些本質的因素往
往淹沒於浪漫而優美的傳奇性裡，不易為人們所注意罷了。」見氏著：《中國市民文學史》
（成都：四川人民出版社，1997年），頁134。

[33] 吳波：〈論明清小說作家創作的矛盾二重性〉，《松遼學刊》（社科版），1993年第1期，
頁26-30。

子佳人小說敘事創造的深層意涵來說，我們實已不能單純地將敘事結構中大量出現的詩詞視爲作家的逞才行爲或幻想作爲而已，而是必須回歸當時的歷史文化語境中，重新思考並探究詩在小說文本中的價值及其影響作用。

　　總的來說，無論在文化方面或文學方面，詩和中國文化人格審美化可謂密切相關。在中國傳統文化中，抒情詩參與知識分子的人生建構，主要通過兩個方面來進行：一是寫詩、獻詩、用詩作爲知識分子投身社會政治活動的途徑；二是詩作爲詩人在藝術層面上的自我實現方式[34]。因此，當明末清初才子佳人小說作家因現實的失語狀態而置身文化邊緣從事通俗小說創作時，小說文本對於詩的積極籲求，恐怕已不單純只是一種話語選擇和文學傳統的認知問題而已。正如《賽花鈴》第十回紅生參加聖巷上親臨覆試，在〈皇都春雨〉二十韻的後四句中寫道：

　　　　耕夫忘帝力，士子嘆皇仁。
　　　　詔就來丹闕，詩成獻紫宸。
　　　　調元憑碩輔，濟世貴經綸。
　　　　幸有懷才詔，還邀御目親[35]。

　　即使在不同小說文本中，主人公的才情表現或有所不同，但是在詩的隱喻作用及其詩性觀照下，其創作或闡釋本身無疑已影響及於作

---

[34] 朱玲：《文學符號的審美文化闡釋》（合肥：安徽大學出版社，2002年），頁29。

[35] 白雲道人編輯：《賽花鈴》，收於古本小說集成編委會編：《古本小說集成》（上海：上海古籍出版社，1990年），頁214。

家群體對於現實的一種文化建構，而這種文化建構亦十足反映了作家期盼從文化邊緣進入到社會中心的集體心理欲望，更是作家群體對於自我文人身分的忠實想像和理想形塑的一種表現。

貳、從抒情到敘事：詩與敘事範式建立的聯繫

基本上，詩作為明末清初才子佳人小說的特定美學屬性表現，無論在形式或內容上都影響了話語體式的創造及其藝術形象表現，並傳達了作家群體的自我本性的本體特徵及其崇雅精神[36]。如前所言，有關詩語言及其審美效應的融入，可以將之視為明末清初時期作家在現實中面對「失語」現象時，藉以消解個人焦慮情感的寫作表現，以及由此建立起「抒情自我」的基本途徑[37]。此外，詩之進入小說文本並成為建立小說美學風格和表意行為之話語基礎，在某種程度上亦體現了作家群體試圖回歸主流文化並掌握中心話語的根本願求。因此，詩對於明末清初才子佳人小說敘事範式（narrative paradigm）的建立，有其積極的影響作用。

在明清朝代交替之際，明末清初才子佳人小說作家面對充滿不確

---

[36]〔俄〕米哈依爾・巴赫金在〈文學作品的內容、材料與形式問題〉一文中指出：「每一個藝術家在自己的創作中（如果這種創作富有意義而且嚴肅的話），總如同一個首創者，他對認識和行為的非審美現實，至少是對他純個人的倫理和生平經驗，必須直接地確定一種審美立場。」見錢中文主編：《巴赫金全集》第一卷，頁335。

[37]〔美〕高友工論及「抒情」的界定時指出：「這個觀念不只是專指某一個詩體、文體，也不限於某一種主題、題素。廣義的定義涵蓋了整個文化史中某一些人（可能同屬一背景、階層、社會、時代）的『意識型態』，包括他們的『價值』、『理想』，以及他們具體表現這種『意識』的方式。」見氏著：〈文學研究的美學問題（下）：經驗材料的意義與解釋〉，《中外文學》第七卷第十二期，1979年5月，頁44-45。

定性的政治秩序及其生存困境，其所衷心追求的無非是「自我人生的定位」。對於個人政治遇合的期許及理想政治秩序的想像，則充分反映在小說敘事進程中的敘述者言語表現之中。如《兩交婚小傳》第一回甘頤題〈踏莎行〉詞：

> 白日求才，青天取士，無非要顯文明治。如何燦燦斗魁光，化爲赫赫金銀氣。　秃鐵無靈，毛錐失利，殘書嚼碎無滋味。尚餘斗酒百篇詩，不如且向長安醉[38]。

又如《飛花艷想》第二回敘述者引詩曰：

> 世間真僞不相兼，只爲才情賦自天。
> 班馬文章由夙慧，庾鮑詩句寔前緣。
> 牙琴須遇知音解，卞玉還逢識者憐。
> 不是美人親聽得，空令雅韻落前川[39]。

具體而言，在所謂「冷暖酸甜一片心，個中別是有知音」，「意氣相投芥與針，最忌不知音」的言語表現中所引發的內在焦慮，一方面是有關個人生存的思考，一方面則是有關政治制度的思考。因此，在個人神話到集體夢幻之間，明末清初才子佳人小說的話語構

---

[38] 天花藏主人撰：《兩交婚小傳》，頁13。

[39] 樵雲山人編次：《飛花艷想》，收於古本小說集成編委會編：《古本小說集成》（上海：上海古籍出版社，1990年），頁31。

成，最終所傳達的並不僅僅在於愛情和婚姻的理想追求，而是在藉言
情書寫以投射對於當時歷史文化語境中有關文人出處問題的深切思
索，普遍隱喻作家群體失語的現實。實際上，這種思索非關英雄、非
關神怪、非關歷史，而是一種充分世俗化的個人情感──即以「知音
遇合」爲敘事發展導向的焦慮情感──的具體展示。正如《玉嬌梨》
第十八回敘述者引詩曰：

> 物自分兮類自通，難將夏事語冰蟲。
>
> 絕無琴瑟音相左，那有芝蘭氣不同。
>
> 鮑子所知眞不朽，鍾期之聽抑何聰。
>
> 果然伯樂逢良馬，只在尋常一顧中[40]。

又如《春柳鶯》第一回敘述者引詩曰：

> 四海春風一曲琴，天涯類聚自相深。
>
> 青尊原爲酬遊志，白眼何須學苦吟。
>
> 俗客應難諧益友，痴情還許付知音。
>
> 不謀顛倒姻緣簿，翻教才人錯用心[41]。

　　事實上，這種知音遇合的期待及其精神意涵的深化表現，最主要

---

[40] 荑秋散人編次：《玉嬌梨》，收於古本小說集成編委會編：《古本小說集成》（上海：上海
　　古籍出版社，1990年），頁625。

[41] 鶡冠史者編：《春柳鶯》，收於古本小說集成編委會編：《古本小說集成》（上海：上海古
　　籍出版社，1990年），頁1。

的關鍵仍在於「詩」，它標誌著主人公才情表現的最高理念，亦是形成作家群體生命意識的重要參照標準[42]。

倘從言情、寫情的角度論詩在才子／佳人愛情遇合上的隱喻作用，則讀者不難看到明末清初才子佳人小說之敘事建構往往多將之落實在「以詩為媒」的話語實踐之中，如《宛如約》第四回敘述者引〈菩薩蠻〉詞曰：

> 三番四覆明勾引，神交題盡風流蘊。消息倩東風，知
> 音耳早聰。　尋踪重再訪，姓字非無詒，顛倒小蓬
> 萊，春光梅已開[43]。

又如《生花夢》第五回貢鳴岐對康夢庚道：

> 俗禮以幣帛為婚姻之重，村鄙皆然，不但老夫厭賤其
> 拘泥，且非小女所願。吾輩倜儻人，當為瀟灑事。毋
> 論賢侄客次蕭條，縱有，亦所不必。今但以詠雪兩
> 詩，一以為媒，一以為聘，即令小女珍藏，豈不貴於
> 珠玉？其小女拙詠，賢侄留之，以為允聘之一帖。較

---

[42] 蔡英俊認為：「詩在中國古典文學傳統中就表現為對詩人自身的情感或心境的一種抒發或表白，詩即是個人生活的一部份，也是生活經驗的延伸；更重要的，詩的意義或價值及來自於對詩人情感上的真誠與真摯。」見氏著：《中國古典詩論中「語言」與「意義」的論題——「意在言外」的用言方式與「含蓄」的美典》（臺北：臺灣學生書局，2001年），頁7。

[43] 惜花主人批評：《宛如約》，收於古本小說集成編委會編：《古本小說集成》（上海：上海古籍出版社，1990年），頁48。

之論財之道不賢於萬倍耶[44]？

又如《玉支璣小傳》第四回管彤秀對父親道：

> 眼前貴賤，如何論得。若取富貴，則卜成仁尚書公
> 子。今拒絕采茸三詩，孩兒之崔屏也。長孫無忝三
> 詩，雖考西賓而出於無心，而恰中鳳目，孩兒已暗暗
> 卜天心之有屬矣。且其日前賦詩，又無端牽引著孩兒
> 的字，不無夙緣。及細玩其所賦詠詩詞，的係多才，
> 豈有多才如此而長貧賤者乎。躊躕再四，當今一首才
> 人。不意天高地厚，爹爹早爲孩兒注意矣[45]。

　　由此可見，這種「以詩爲媒」的情節布局已然成爲明末清初才子
佳人小說的基本書寫模式，的確傳遞作家／敘述者／主人公對於自主
婚姻理想的一種詩性想像。對於明末清初才子佳人小說而言，眾多小
說文本正是通過如此清楚而明顯的敘事建構來傳達對於現實生活情境
的基本理解，這不僅讓話語構成本身能夠被讀者所理解，也使得作家
意圖或文本意義能夠更加強烈地被表達或更準確地被感知，進而構成
一種具程式化表現的敘事範式。

　　綜觀明末清初才子佳人小說的敘事表現，小說文本大都掌握了

---

[44] 娥川主人編次：《生花夢》，收於古本小說集成編委會編：《古本小說集成》（上海：上海
古籍出版社，1990年），頁210-211。

[45] 天花藏主人編次：《玉支璣小傳》，收於古本小說集成編委會編：《古本小說集成》（上
海：上海古籍出版社，1990年），頁73-74。

愛情、婚姻、科舉、功名、機遇、考驗、理想、追尋等等母題，作家
把這些母題安排在一個「以詩爲媒」的封閉性敘事結構之中，並賦予
這些母題以一個意義結構，從而使它們成爲有意義或想像意義上的現
實，如《宛如約》第六回敘述者引〈卜算子〉詞所言：

> 既已漏春光，寧不甘心守。權宜持正絕無痕，纔是鶯
> 求友。　形管驟風雨，題得花和柳。准擬烏紗百兩
> 迎，牽盡紅絲偶[46]。

　　如此一來，小說文本作爲一個形象，一種虛構，一個模型或隱
喻，無疑是通過直接的敘事形態、隱喻的內涵和歷史文化語境的結
合，最終以詩爲媒介來展現一種被現實所掩蓋的社會激情[47]。在中國
傳統性別政治的語境中，明末清初才子佳人小說藉由「以詩爲媒」來
完成其理想性別政治的建構，其中男女性別關係的流動以及婚姻觀念
的變化情形，無形中已使得小說文本的審美屬性和主題寓意產生了特
殊的象徵意義和作用，並在充滿詩性想像的言語表現中獲得讀者的普
遍接受與認同。

---

[46] 惜花主人批評：《宛如約》，頁76。

[47] 借〔美〕喬納森‧卡勒（Jonathan D. Culler）論文學屬性時觀點予以說明：「文學不僅使屬
性成為一個主題，它還在建構讀者的屬性中起了很大的作用。文學的價值一直與它給予讀者
的經驗相聯繫，它使讀者知道在特定情況下會有什麼感受，由此得到了以特定方式行動並感
受的性格。文學作品通過從角色的角度展現事物而鼓勵與角色的認同。」見氏著，李平譯：
《文學理論》（*Literary Theory：A Very Short Introduction*）（瀋陽：遼寧教育出版社，1998
年），頁117。

第二節 詩性觀照：才子佳人小說話語實踐的政治思維

　　在以往的研究中，明末清初才子佳人小說固然作爲一種流派或類型，但其敘事建構往往被視爲缺乏宏觀敘事的思想格局與意指深度，加以其本身所具有通俗小說話語形式的文學品格表現，向來不爲學者所重視。然而，從文人自覺獨創的藝術形式的角度來說，明末清初才子佳人小說以「詩」爲主導性審美規範的美學形式創造表現，如何／是否使其小說文本在某種意義上超越了以《金瓶梅》爲代表的「人情—寫實」小說流派的世俗化形式，並以風雅之姿盛行於世，深受讀者歡迎，無疑是耐人尋味的。以本文研究觀點來說，明末清初才子佳人小說立足於詩言語的基礎上完成小說文本創造，作家極力張揚詩的現實意義和審美作用，與明末清初時期詩學復興有所聯繫[48]。究其實質表現，其話語實踐對於現實的詩性觀照，又是建立在演義《詩經‧關雎》的審美闡釋之上，頗與明清之際儒家詩學傳統的重整與改善的情形密切相關。基本上，清代詩學、儒家詩學傳統和《詩經》釋義傳統三者共同構成明末清初才子佳人小說的審美精神及政治思維。本文研究爲有效理解和解讀明末清初才子佳人小說的詩性觀照及其主題寓意，將從以下兩個層面分析之。

---

[48] 周建渝：《才子佳人小說研究》，頁212-221。

壹、在主情與求實之間：儒家詩學傳統與才子佳人小說的聯繫

　　中國是一個詩的國度，歷來文人學士論詩又以《詩經》為重要。基本上，《詩經》作為中國詩學話語生產的重要源頭，對於中國詩學理論和詩性文化的形成有著重要的本體意義，並深刻影響及於其後歷代文學思想與文藝創作[49]。

　　從文學史或文化史的角度來看，《詩經》與中國詩學發生聯繫，主要表現在由賦《詩》、引《詩》、教《詩》、注《詩》等系列活動引申出的詩學精神[50]。先秦時期，係以「賦詩言志」、「斷章取義」為主，詩主要作為一種諷諫形式或外交辭令。自孔子訂詩、論

---

[49] 聞一多在《文學的歷史動向》中對《詩經》的影響作用有其深刻分析：「《詩經》的產生便預告了他以後數千年間文學發展的路線。……我們的文化大體上是從這一剛開端的時期就定型了。文化定型了，文學也定型了，從此以後二千多年間，詩——抒情詩，始終是我國文學的正統的類型，甚至除散文外，它是唯一的類型。賦、詞、曲是詩的支流，一部分散文，如贈序、碑志等，是詩的副產品，而小說和戲劇又往往以各自不同的方式夾雜著詩。詩，不但支配了整個文學領域，還影響了造型藝術，它同化了繪畫，又裝飾了建築（如楹聯、春帖等）和許多工藝美術品。」轉引自孫克強、張小平：《教化百科——《詩經》與中國文化》（開封：河南大學出版社，1997年），頁204。

[50] 李凱指出以《詩經》為本的中國詩學精神表現，主要體現為：言志為本的精神、倫理教化精神、含蓄精神、詩史精神。見氏著：《儒家元典與中國詩學》（北京：中國社會科學出版社，2002年），頁279-286。

《詩》[51]，提出「不學詩，無以言」（《論語・季氏》），「詩可以興、可以觀、可以群、可以怨」（《論語・陽貨》），「思無邪」（《論語・爲政》）等倫理功能和功利教化觀念，再經孟子、荀子的發揮，可謂始建儒家詩學理論。兩漢時期，自漢武帝罷絀百家、獨尊儒術起，漢儒闡述《詩經》無不強調其「美、刺」的政教功用，並從「正、變」觀點注析詩、史關係，在古義訓詁中建立「漢學」傳統，尤其以《毛詩・關雎序》爲重要[52]。兩漢以降，儒家詩學的命題與範疇大體上可說都來自於《詩經》。魏晉至唐時期，在宗尚「聖人之意」的觀念影響下，文人對於《詩經》的研究多依舊注解經，缺乏創造性的詮釋。宋元時期，開始質疑詩與史之聯繫關係，轉而著重對於詩的義理的獨立感受，以求達到心性修養的目的，建立「宋學」理論。其中朱熹《詩集傳》棄《毛詩・關雎序》論詩、講求性理的影響最爲深遠。自南宋而及於元明，朱熹《詩集傳》居於獨尊地位，已然成爲一種意識形態。明代前期，承元代「尊朱」餘緒，從洪武到成化之間的《詩經》研究乃以「宋學」、「述朱」爲主，並在演繹「理欲心性」與《詩經》的聯繫中走向理學化。到了明代中晚期以來，由於復古思潮的興起，「尊序抑朱」以申述詩序、闡發詩旨的研究取向的復興，重新開啓了漢學興盛的先河，並一直延續到清代[53]。

---

[51] 曹順慶認為：「孔子是通過對經典文本的解讀，來建構意義，實現文化導向的。因而，這種經典文本解讀模式，是儒家文化的生長點和意義建構的基本方式，對中國數千年文化發展產生了極其重大而深遠的影響。甚至可以說，這種解讀模式對中國文化而言是真正奠基性的、決定性的。」見氏著：《中外比較文學史論》（濟南：山東教育出版社，1998年），頁401。

[52] 林慶彰：〈《毛詩・關睢序》在《詩經》解釋傳統的地位〉，見楊儒賓編：《中國經典詮釋傳統（三）：文學與道家經典篇》（臺北：喜瑪拉雅基金會，2001年），頁15-41。

[53] 以上分析參劉毓慶：《從經學到文學——明代「詩經」學史論》（北京：商務印書館，2001年），頁24-227。

　　觀諸先秦兩漢以至明清的《詩經》研究歷史，《詩經》的「經學」地位及所產生的文化影響是毋庸置疑的。不過，值得注意的是，自明代中晚期以來，由於受到儒學核心價值的轉換、通俗文化思潮的興起和主情論述展開的諸多影響，許多文人學士對於《詩經》的研究從「經學」轉向「文學」，開始關注《詩經》所具有的審美意義，從而確立《詩經》文學研究的傳統。在由「理」向「情」、由「雅」到「俗」的文化轉型過程中，傳統文人受到《詩經》文學研究傾向的影響，在有關《詩經》或其他經籍的解讀上，甚至將之視為「主情」論述的重要文化教材。明代詹詹外史（馮夢龍）在《情史・敘》即指出：

> 《六經》皆以情教也。《易》尊夫婦，《詩》首《關雎》，《書》序嬪虞之文，《禮》謹聘奔之別，《春秋》於姬姜之際詳然言之，豈非以情始於男女？……是編也，始乎貞，令人慕義；繼乎緣，令人知命。……譬諸《詩》云，興觀群怨多識，種種俱足，或亦有情者之朗鑒，而無情者之磁石乎[54]？

　　由此可見，《詩經》的經學意義在「情教」的主情論述中被解構，此一轉變現象從明代中晚期一直延續到清初，普遍反映在當時文人的詩文評點和詩話批評之中，產生極為不同的《詩經》研究風貌。具體來說，正由於明代中晚期以來文化思潮處於轉型時期，相關論述具體反映了意識形態領域中有關「崇理抑情」思想的消退與「崇情抑

---

[54] 詹詹外史（馮夢龍）：《情史》（上）（臺北：廣文書局，1982年），未標頁碼。

理」思想的蓬勃發展,對於《詩經》文學研究的影響可謂深遠。劉毓
慶在研究明代《詩經》學的轉變情況時即指出:

> 明代中晚期無論是民風還是士風,無論是思想領域還
> 是文學創作領域,都發生了由「崇理」向「崇情」、
> 由「高雅」向「世俗」的轉變。這樣,情感化與世俗
> 化的社會環境,便構成了《詩經》學由人倫道德、天
> 理綱常爲重心的經學研究,向以人生情懷爲基調的文
> 學研究轉變的一個歷史背景[55]。

　　因此,當戲曲、小說、彈詞等文藝創作領域大量出現由「治平
理想」置換爲「俗世情懷」的解放觀念時,文人將「《詩》首〈關
雎〉」置於「主情」的審美認知中加以移用論述,無疑使得《詩經》
在「情」的層次上所獲得的闡釋,深切地符應於明代中晚期以來的時
代主題內容,構成當時相當重要的一種文化現象內涵。不過,有關上
述文化轉型現象的影響及其價值,可謂利弊互見。從正面的角度來
說,在主情思潮的影響下,晚明《詩》學流派的興盛與《詩經》文學
研究的繁榮,實有助於通過言情之作的移用更貼近於人性與生活,達
到對「人」或「自我」的深入理解。但其所產生的負面影響,卻也使
得文人學士在陸王心學講求個性解放的俗世情懷影響下,失去其具宏
觀政治教化的倫理精神,最終往往流於個人性情之思,空談性靈與格
調。有鑑於此,晚明詩人陳子龍在《六子詩》序言便發出警語:

---

[55] 劉毓慶:《從經學到文學——明代「詩經」學史論》,頁245。

……而詩之本不在是，蓋憂時托志者之所作也。苟比
興道備而褒刺義合，雖途歌巷語，亦有取焉。……夫
作詩而不足以導揚盛美，刺譏當時，托物連類，而見
其志，則是《風》不必列十五國，而《雅》不必分大
小也，雖工而余不好也[56]。

　　陳子龍在此提出詩之本在於「憂時託志」、「刺時見志」的比興
寄託的儒家詩學觀念，主要起因於面對明代中晚期以陸王心學爲主導
的文化轉型現象時所產生的焦慮心理表現。而事實上，這樣的一種焦
慮心理表現，可以說一直延續至明清之際以錢謙益、黃宗羲、顧炎武
和王夫之爲代表的論述之中，大有儒家詩學傳統復興之趨勢。

　　時至明清之際時勢交替變異，不論歷史文化、政治制度或社會秩
序可謂處於禮崩樂壞的危亂狀態，亟待重建禮法制度。在特定歷史條
件的影響下，具啓蒙意識的文人學士即在反思晚明以來政治歷史變化
的過程中，將實學思潮推向高峰，並紛紛立足於「尊經復古」和「經
世致用」的實學觀念之上，提出諸多理想政治想像的文化論述[57]。以
今觀之，「崇實致用」觀念反映在清代詩學的重整與重建之上，主要
便針對明代詩學的不振情形進行反撥，並試圖在總結唐、宋、元、明
以來以審美爲核心的詩文創作的教訓中尋求新的發展方向。其尤爲重

---

[56] 陳良運主編：《中國歷代詩學論著選》（南昌：百花洲文藝出版社，1995年），頁791。

[57] 有關明末清初經世致用思想的實學思潮發展及其內涵之深入討論，可參陳鼓應、辛冠潔、葛
　　晉榮主編：《明清實學思潮史》（濟南：齊魯書社，1989年）。林聰舜：《明清之際儒家思
　　想的變遷與發展》（臺北：臺灣學生書局，1990年）。林保淳：《經世思想與文學經世：明
　　末清初經世文論研究》（臺北：文津出版社，1991年）。趙吉惠、郭厚安、趙馥潔、潘策主
　　編：《中國儒學史》（鄭州：中州古籍出版社，1991年），頁753-787。

要者，便是尊祖《詩經》並向儒家詩學傳統回歸，主張恢復功利政教的詩學理念。當然，儒家詩學傳統的復興，與清初統治者執行「表章經學，尊重儒先」、「一以孔孟程朱之道訓迪磨厲」的思想文化政策有關[58]。從實際情形來看，在明清之際儒學詩學傳統的重整與改善的發展過程中，錢謙益以「文苑之宗師」而開其先聲。《清史稿‧文苑傳》云：

> 明末文衰甚矣！清運既興，文氣亦隨之而一振。謙益
> 歸命，以詩文雄於時，足負起衰之責；而魏、侯、
> 申、吳，山林遺逸，隱與推移，亦開風氣之先[59]。

錢謙益有感於明代以來詩學不振，對國初詩派、前後七子和鍾、譚所具有的詩病多所批判，乃在「三百篇」變而為〈騷〉，〈騷〉變而為漢魏古詩的歷史演變的認知中，提出「『三百篇』，詩之祖也」的「尊經反祖」的詩學理念，主張「詩有本」、「反經」和「詩主性情」，以恢復儒家詩學傳統。在「通經汲古」的詩學觀念主導下，錢謙益對於明代詩學「學古而贗，師心而妄」的弊病多所批判，並試圖就此建構清代詩學發展的可能方向。其後，黃宗羲提出孔子刪詩「以合乎興、觀、群、怨、思無邪之旨，此萬古之性情也」之詩學觀。顧炎武提出詩文代變觀，乃以「三百篇」為其首之文學史觀。王夫之針對孔子論詩具有「興、觀、群、怨」的功用之說提出「隨所以而皆可」的詩學闡釋觀。葉燮以詩始於「三百篇」的本源

---

[58] 趙吉惠、郭厚安、趙馥潔、潘策主編：《中國儒學史》，頁788-792。

[59] 國史館編：《清史稿校註》第十四冊，卷四百九十一（臺北：國史館，1990年），頁11133。

觀，並論其源、流、正、變的演進歷史。總體來說，明清之際儒家
詩學傳統的重整與改善，主要論述焦點乃集中於對《詩經》及儒家詩
學傳統的重新論述與創造性闡釋[60]。其最終目的，即在於「重新恢復
原始儒家話語體系的神聖權威，通過儒家經典學說的『返本』和『正
名』來重新調整社會秩序和價值觀念，通過對原始儒家思想和古代文
化制度的闡釋來達到『借古鑒今』、『經世致用』的目的」[61]。

　　大體來說，明清之際儒家詩學重整與改善，是在講求「詩言
志」、「文載道」等時代命題和文化思想影響下而展開的。相應於
「求實」文學觀念的提出，儒家詩學對於功利政教觀念的強調，正與
當時經世致用思想的具體表現有關[62]。值得注意的是，明末清初才子
佳人小說創作作為審美客體，如何／是否與明清之際儒家詩學傳統的
重建發生關聯？無疑是耐人尋味的。在明末清初才子佳人小說的集體
敘事現象的構成中，作家除了藉「顯揚詩才」以呼應明清之際實學
思潮的經世致用觀念之外，諸多小說文本對於《詩經‧關雎》進行演
義，可以說傳達了當時作家有意參與儒家詩學傳統重建的集體書寫意
識，因而使得小說敘事建構本身可能因而蘊含著特殊的意指作用。從
實際情形來看，正是在明清之際儒家詩學復興過程的影響下，明末清
初才子佳人小說話語實踐從不同文化側面表達以《詩經》及儒家詩教
傳統為依歸的詩性觀照精神。而這樣一種詩性觀照精神的具體表現，
正如樵雲山人在《飛花艷想》序言中所指出的：

---

[60] 王運熙、顧易生主編：《中國文學批評史》（下冊）（上海：復旦大學出版社，2001年），
　　頁189-218。陳良運：《中國詩學批評史》（南昌：江西人民出版社，2001年），頁498-
　　533。

[61] 周裕鍇：《中國古代闡釋學研究》（上海：上海人民出版社，2003年），頁341。

[62] 郭英德：〈向後倒退的革新──論明末清初的求實文學觀念〉，《湖北大學學報》（哲社
　　版），1996年第6期，頁49-54。

雖然，花飛矣，想艷矣，亦花艷矣，想飛矣，不歸於
忠孝節義之談，而止及飲食男女之事，是何異於日用
山海珍饈，而廢家常茶飯也。是何異於日閱稗官野
史，而廢四書五經也，其可乎？若茲傳者，權必歸
經，邪必歸正，花飛而筆自存，想艷而文自正，令人
讀之，猶見河洲窈窕之遺風。則是書一出，謂之閱稗
官野史也可，即謂之讀四書五經也亦可[63]。

又如雲水道人在《巧聯珠》序言中亦指出：

烟霞散人博涉史傳，偶於披覽之餘，擷逸搜奇，敷以
菁藻，命曰《巧聯珠》。其事不出乎閨房兒女，而世
路險巇；人事艱楚，大暑備此。予取而讀之，躍然
曰：「此非所謂發乎情，止乎禮義者與？」亟授之
梓。不知者以爲塗謳巷歌，知者以爲躋之風雅勿愧
也。嗟乎！吾安得進近今詞家而與之深講於情之一字
也哉[64]！

　　或許在明末清初才子佳人小說序、跋之中，大多數作家並未對此
明言其小說之寄意，但從作家在言情書寫的基礎上深切地表達「與經
史並傳」、「發乎情，止乎禮義」的創作認知中可知，明末清初才子

---

[63] 樵雲山人編次：《飛花艷想・序》，頁16-19。此段文字見書後〈輯補〉。

[64] 煙霞逸士編次：《巧聯珠・序》，收於古本小說集成編委會編：《古本小說集成》（上海：
　　上海古籍出版社，1990年），頁6-8。

佳人小說的審美精神表現實與《詩經》之聯繫密切相關。其敘事旨趣
或如錫山老叟在《人間樂》序言中說：

> 而奈何近作半入淫詞，半淪穢褻，使聽閱而有易淫
> 之淫蕩，不啻銷魂。步武心正而能知其散場結局之
> 作，何等而有賢愚之分矣。若夫風流蘊藉，共觀〈關
> 雎〉、《周》《召》二南，樂偕家室，則是編也而近
> 似之矣。題曰《人間樂》，閱者自知其趣也已[65]。

由此表達與《詩經・關雎》兼及二南的互文關係。整體來說，明
末清初才子佳人小說論「情」之宗旨，乃如天花藏主人在《定情人》
序言中所說：

> 情一動於物則昏而欲，迷蕩而忘返，匪獨情自受虧，
> 並心性亦未免不為其所牽累。故欲收心正性，又不得
> 不先定其情。……情定則由此而收心正性，以合於聖
> 賢之大道[66]。

從「合於聖賢之大道」觀點中可知，才子佳人小說之創作深受
明清之際傳統文化意識的恢復和儒家詩學傳統的政教精神的重建之影

---

[65] 天花藏主人著：《人間樂・序》，收於古本小說集成編委會編：《古本小說集成》（上海：
上海古籍出版社，1990年），頁3-4。

[66] 天花藏主人編：《定情人・序》，收於古本小說集成編委會編：《古本小說集成》（上海：
上海古籍出版社，1990年），頁4-19。

響。因此，我們不應輕易地將《詩經》篇章內容之運用單純視為「文學典故」，從而忽略相關篇章對於小說文本意義建構與生成的影響作用。

對於明末清初才子佳人小說創作而言，置身於明代中晚期以來主情文學觀念和明末清初求實文學觀念交互影響的歷史文化語境中，其以有別於英雄傳奇、神魔幻怪和歷史演義小說流派的敘事形態出現，小說文本的主題寓意無疑是饒富意味的[67]。事實上，明末清初才子佳人小說演義《詩經·關雎》所體現的政治想像、文化精神或美學表現，已在中後期的才子佳人小說創作或翻刻過程中普遍為作家和讀者所掌握。如吳航野客在《駐春園小史》序言說明之：

> 人倫有五，天合之外，則以人合。天合者，情不足言；人合者，性不可見。故者弟忠根於性，而琴瑟之好，膠漆之堅，則必本之情。其真者莫如悅色。試從《大學》序以思，足占一往而深，又在嚶鳴之上。《易書》於男下女，而繫之咸，於二女同居，則命之睽。見情有可通，亦有所隔。漢儒訓《詩·雎鳩》，謂求賢女以自助，其義甚長。情之為用，至斯而暢。必拘拘於唱隨，不亦偏乎？《駐春園》一書傳世已

---

[67] 〔俄〕米哈依爾·巴赫金在〈文學作品的內容、材料與形式問題〉一文中指出：「審美客體是包容了創造者自身的創造物，因為創造者在客體中發現了自身，並鮮明地感覺到自己的創造積極性。或者換個說法，審美客體是經過創造者本人自由而愛憐地共創呈現在他自己眼中的創造物（這當然不是無中生有的創造物，他須以認識和行為的現實為前提，不過是加以變形並使之具形而已）。」見錢中文主編：《巴赫金全集》第一卷，頁372。

久，……間有類《玉嬌梨》、《情夢柝》，似不越尋
常蹊徑，而筆墨瀟灑，皆從唐宋小說《會眞》、《嬌
紅》諸記而來。與近世稗官迴別。……善乎！湯清遠
之言曰：先生講性，弟子言情，情之既摯，乃之死靡
他。經可也，權可也，舍貴而賤，易妬而憐，亦無不
可。等而上之，澧蘭沅芷，致之于君；斷金蘭臭，致
之於友，何莫非此情之四達哉！普天下看官，無作刻
舟求劍觀，作關關雎鳩讀，則得矣[68]。

　　吳航野客以兼具作家與讀者雙重身分說明才子佳人小說的創作本
質，其中提出以《詩經・關雎》爲閱讀參照基準，可謂既反思前期作
品的藝術表現，又確立個人作品的寫作意義，由此見其敘事深意之所
寄。而清代光緒年間程世爵在《雙美奇緣》（按即《玉嬌梨》）序言
亦指出：

嘗謂有奇才必有奇偶，有奇緣必有奇遇。蓋遇不奇，
不足以見其緣之奇；偶不奇，不足以顯其才之奇
也。……余讀此，以爲得〈關雎〉之正，又喜其事之
靈幻，令人不可端倪也。而終之海誓山盟，天教如
願，才子佳人，不無遺憾矣[69]。

---

[68] 吳航野客編次：《駐春園小史・序》，收於古本小說集成編委會編：《古本小說集成》（上
海：上海古籍出版社，1990年），頁1-9。

[69] 丁錫根編著：《中國歷代小說序跋集》（下）（北京：人民文學出版社，1996年），頁
1243。

所謂得「〈關雎〉之正」的看法，正說明了在明末清初才子佳人小說流傳於世的接受美學史上，讀者對於小說文本的解讀乃立足於儒家詩學傳統的觀點來闡釋才子佳人小說的創作本質。

總的來說，在言情與求實之間，明末清初才子佳人小說創作通過《詩經・關雎》的演義行動來表達作家群體的政治想像，從而在男女遇合的愛情書寫中建構理想的「烏托邦」世界，實有其基本的社會準則存在[70]。由於以往研究者較爲著重明代中晚期以來主情文學觀念對於明末清初才子佳人小說創作的影響，從而可能忽略了作家參與儒家詩學重建的可能性。經上述分析後可知，當我們研究明末清初才子佳人小說流行的可能影響因素時，不能不關注當時作家、讀者對於以《詩經》爲主導的儒家詩學傳統的認同思想表現。

貳、在正風與變風之間：《詩經・關雎》與才子佳人小說的聯繫

歷來研究論及明末清初才子佳人小說創作發生之影響因素，大體上都從歷史、文化、政治、社會等方面進行論述，已有具體成果，實毋庸贅述。不過，今值得進一步探究的是，明清之際時局劇變，呈現「天崩地解」的混亂情勢，作家群體不得安身立命，乃投身才子佳人小說創作以寄寓政治理想。那麼，在明清之際儒家詩學傳統回歸的

---

[70] 借〔美〕喬納森・卡勒的觀點來說：「小說是一種使社會準則內在化的有力方式。不過敍述也提供了一種社會批評的方式。它們揭露世俗成就的空洞虛僞，揭露世間的腐敗，說明它不能滿足我們最高尚的願望。它們在那些吸引讀者的故事中，揭露被壓制者的困境，通過認同使讀者明白某些處境是不可容忍的。」見氏著，李平譯：《文學理論》，頁97。

影響下，明末清初才子佳人小說與《詩經》的關聯便顯得極爲饒富深意。

基本上，明清訂定程朱理學爲官方學術，並訂定以八股制藝取士的科舉制度。《明史・選舉志二》云：

> 科目者，沿唐宋之舊，而稍變其試士之法，專取四子
> 書及《易》、《書》、《詩》、《春秋》、《禮記》
> 五經命題試士。蓋太祖與劉基所定。其文略仿宋經
> 義，然代古人語氣爲之，體用排偶，謂之八股。通謂
> 之制義[71]。

有明一代以八股制藝取士的結果，造成了明清之際顧炎武、黃宗羲等所謂「八股盛而六經微」、「舉業盛而聖學亡」的情形。《明史・儒林傳》即總結明代學術云：

> 有明諸儒，衍伊洛之緒言，探性命之微旨，錙銖或
> 爽，遂啓歧趨，襲謬承訛，指歸彌遠。到專門經訓，
> 授受源流，則二百七十餘年間未聞以此名家者。經學
> 非漢唐之精專，性理襲宋元之糟粕，論者謂科舉盛而
> 儒術微，殆其然乎[72]！

---

[71] 楊家駱主編：《明史》3，卷七十（臺北：鼎文書局，不著出版年），頁1693。

[72] 楊家駱主編：《明史》10，卷二百八十二（臺北：鼎文書局，不著出版年），頁7222。

　　由此可知，以八股制藝取代詩賦所造成的負面影響極深。不過，正是在作八股以迎科舉的時代背景中，由於明代文人學士論《詩經》以朱熹《詩集傳》爲尊，文人學士對於《詩經》的釋義研究，便棄毛、鄭之說，義本「朱傳」，轉而採取「以意逆志」的立場，對《詩經》內在意義進行體味並揣摩經義，特別注重《詩經》作爲「性情之作」的審美意義[73]。今觀朱熹在《詩集傳·序》一文中論及《詩經》國風時所云，即可見一斑。序云：

> 風詩之所謂風者，多出於里巷歌謠之作。所謂男女相與詠歌，各言其情者也[74]。

　　顯而易見，此一論述觀點較之《毛詩·關雎序》所謂「風，風也，教也。風以動之，教以化之」的政教之說，其解釋可謂大相逕庭。不過，《詩經》文學研究傳統因之建立，其影響乃一直延續到清代。如前所言，明清之際，文人學士有感時世交替變遷，因而致力對儒家詩學傳統進行重整，其具體行動雖是針對唐、宋以來以審美爲核心的詩學觀念及程朱理學的負面影響而來，但卻也在強調儒家功利政教的詩學觀念時汲取「詩本性情」的文學觀點而加以融合與改善，從而建構了情理兼容的詩學理論。

---

[73] 劉毓慶在《詩經》由經學向文學的轉變研究中指出：明代《詩經》的文學研究主要有兩個方面，一是從《詩經》內在意義入手，體會其中的情味，體會詩人的心靈世界。同時對《詩經》進行藝術分析。二是站在局外，對《詩經》進行藝術批評，包括所謂句法、字法等的評點。而這兩者皆與八股文有深刻的淵源。見氏著：《從經學到文學——明代「詩經」學史論》，頁248。

[74] 陳良運編：《中國歷代詩學論著選》，頁460。

　　大體來說，明末清初才子佳人小說與《詩經》之間的關聯，便是
建立在明代中晚期以來的《詩經》文學研究思潮和明清之際儒家詩學
傳統的重整與改善兩方面的影響之上，其整體敘事表現主要落實在兩
個層面之上：一是借《詩經・關雎》之演義以言志抒情，達到諷世之
目的；二是借《詩經・關雎》之演義以重建禮法，實現治世之理想。
這兩種關聯實與《毛詩・關雎序》所總結而得的「美、刺」傳統有
關。《毛詩・關雎序》云：

　　　　〈關雎〉，后妃之德也，風之始也。所以風天下而正
　　　　夫婦也，故用之鄉人焉，用之邦國焉⑮。

　　如前所言，自漢武帝「罷絀百家，獨尊儒術」以來，經學家受到
春秋時代用類比方法「以意逆志」的說詩，以及戰國時代儒者對於詩
三百篇的聖經化的影響，乃以「美刺」、「正變」的政教觀點來解釋
《詩經》。美刺、諷諭詩教意識的確立，對於中國傳統詩學的發展有
著極為深遠的影響⑯。其中《毛詩・關雎序》承繼先秦解詩之觀念，
有意以諷喻教化作為解詩的核心，賦予《詩經》以政治道德倫常的
內容與價值，可謂建立了中國古典儒家詩學的綱領性文獻⑰。因此，
從「風天下而正夫婦」的政治關懷觀點來說，明末清初才子佳人小說

---

⑮　毛亨傳、鄭玄箋、孔穎達疏：《毛詩正義》（臺北：藍燈文化事業公司，不著出版年），頁
　　12。

⑯　蔡英俊：《比興物色與情景交融》（臺北：大安出版社，1986年），頁111-127。

⑰　李健指出《毛詩・關雎序》的意義主要表現在三個方面：其一，確立了諷諭、教化的解詩核
　　心；其二，確立了比興的創造法則；其三，完善了後世文學創作和批評的思維範式。見氏
　　著：《比興思維研究——對中國古代一種藝術思維方式的美學考察》（合肥：安徽教育出版
　　社，2003年），頁107-108。

作家處身文化邊緣而投身創作「佳話」，小說文本藉演義《詩經‧關雎》以表述政治期望，可謂寓意良深。基於上述認知，今即據以論析之。

首先，就諷世目的而言。明末清初才子佳人小說作家的創作動因，主要在於表達對於當時作家群體的出處困境以及現實政治的理解與看法，如《鴛鴦媒》第四回敘述者引詩曰：

> 鬼誕人妖不足云，爲編佳話待知音。
> 情貞始見風流種，搓折方知忠愛心。
> 俊傑原鐘山秀水，姻緣總屬雪蘭吟。
> 當時奸相成何事，空使千秋嘆恨深[78]。

又如《蝴蝶媒》第十六回敘述者引時人所紀蔣青岩夫婦暨友人盛事時說道：

> 史筆多遺事，千秋竟失傳。
> 孤臣亡國淚，才子異鄉緣。
> 蝴蝶殊難報，鴛鴦豈羨仙。
> 惡風吹未散，明月喜重圓。
> 已驗禪僧偈，真多淑女賢。
> 名花圍玉樹，上苑跨金鞍。

---

[78] 徐震（煙水散人）撰：《鴛鴦媒》卷二，收於國立政治大學古典小說研究中心主編：《明清善本小說叢刊》初編，第十輯：煙粉小說（臺北：天一出版社，1985年）。

至樂人間盡，高名世外傳。

偶然成獨賞，不朽待如椽[79]。

　　如前文所言，明末清初才子佳人小說作家有感於禮法政治制度的不彰，更因權奸小人掌權肆威、處心破壞，導致修齊治平的理想政治秩序不存，因而使得作家群體時時刻刻面臨著政治遇合的生命困境，乃有意識地藉演義《詩經・關雎》以寄諷諭之志。在某種意義上，其借言情以寫實的敘事表現，當與《毛詩・關雎序》所提出的「變風」觀點具有一定的聯繫關係。《毛詩・關雎序》云：

　　至於王道衰，禮義廢，政教失，國異政，家殊俗，而變風、變雅作矣。國史明乎得失之跡，傷人倫之廢，哀刑政之苛，吟詠情性，以風其上，達於事變而懷其舊俗者也。故變風發乎情，止乎禮義。發乎情，民之性也；止乎禮義，先王之澤也[80]。

　　從表面上看來，明末清初才子佳人小說之創作本質是以「正風」、「正雅」之理想大團圓的「佳話」來寄寓情志、傳揚美政與頌讚聖德；但細加考察後卻可發現，實際上在顯詩揚才及顧盼知音遇合的言語表現中，作家仍隱含「變風」敘事操演的意圖，藉以隱喻王道之衰的政治現實，整體話語構成仍體現出「發憤以抒情」的情志寄

---

[79] 南岳道人編：《蝴蝶媒》，收於古本小說集成編委會編：《古本小說集成》（上海：上海古籍出版社，1990年），頁310。

[80] 毛亨傳、鄭玄箋、孔穎達疏：《毛詩正義》，頁16-17。

託。明末清初才子佳人小說在「樂而不淫，哀而不傷」的敘事精神創
造中所隱藏的敘事特性，當如司馬遷《史記‧太史公自序》所言：

> ……《詩》三百篇，大抵賢聖發憤之所爲作也。此人
> 皆意有所鬱結，不得通其道也，故述往事，思來者[81]。

因此，從「發憤以抒情」的觀點來說，明末清初才子佳人小說藉
創作「佳話」對《詩經‧關雎》進行演義，實際上蘊含的是自古以來
始終貫串在文學藝術創作中一種審美意識，亦即「以悲爲美」[82]。整
體來說，其敘事宗旨或如《毛詩‧關雎序》所云：

> 故正得失，動天地，感鬼神，莫近於《詩》。先王以
> 是經夫婦，成孝敬，厚人倫，美教化，移風俗。……
> 上以風化下，下以風刺上，主文而譎諫。言之者無
> 罪，聞之者足以誡，故曰風[83]。

明末清初才子佳人小說話語構成，在文化消費娛樂的潛流中所體
現的是對明清之際的政治文化秩序的一種疑慮。是以，小說集體敘事
現象在言情以寫實的敘事建構中隱含的諷諭之旨，不僅充滿了對現實
的詩性觀照，更有其深層的主題寓意。這樣的認知當可借中後期才子
佳人小說《英雲夢傳》第一回敘述者之言談來說明之：

---

[81] 楊家駱主編：《史記》4，卷一百三十（臺北：鼎文書局，不著出版年），頁3300。

[82] 佀榮本：《悲劇美學》（南京：江蘇文藝出版社，1994年），頁326-336。

[83] 毛亨傳、鄭玄箋、孔穎達疏：《毛詩正義》，頁14-16。

蓋聞天、地、人稱爲三才，輕清上浮者爲天，則爲風雲、雷雨、日月星辰；重濁下凝者爲地，則載山川社稷。惟人生於中央，且種種不一。若得山川之秀，社稷之靈，或生天才，或生神童，此非凡人可比。若非文星下降，豈能有錦心繡口，下筆千言立就，可稱爲才子？又有香閨女子，無師無友，亦能韻古博今，才華竟勝過男子者，此乃得天地之氣，鍾山川之秀而成，此則淑美，可爲佳人。世間既有佳人，必生才子，而佳人始字，若非其配，不免于終身之嘆。如一才子錯配村姑，亦難免無花朝月夕之怨。所以才子務配佳人，不失室家之好，關雎之雅矣[84]。

因此，當明末清初才子佳人作家選擇以通俗小說話語形式進行文化釋義工作，其所展示有關「才子務配佳人」的敘事內容，正反映出大眾文化普遍存在的集體意志和願望。

其次，就治世理想而言。今觀明末清初才子佳人小說的敘事表現，作家在「經夫婦」的前提下無不強調「金屋佳人配才子，玉堂才子配佳人」的「情正」理想。如《孤山再夢》第一回敘述者論夫妻之情時說：

至於夫妻，因是情，尤有情中之情。用情之正，則爲

---

[84] 松雲氏撰：《英雲夢傳》，收於古本小說集成編委會編：《古本小說集成》（上海：上海古籍出版社，1990年），頁2。

　　　淑女君子。用情之篤，則爲貞夫烈婦。用情之邪，則

　　　爲姣童淫女。故情到至極處，雖小小風流一事，可感

　　　天地動鬼神，生者可以死，死者亦可以生[85]。

　　大體來說，正是在「情正」的倫理教化觀念影響下，一般稗官
家爲「爭奇競勝，寫影描空，探香艷於新聲，弄柔情於翰墨」，致使
「詞仙情種，奇文竟是淫書；才子佳人，巧遇永成冤案」的創作情形
大量出現，往往爲有識之明末清初才子佳人小說作家所批判。不過，
所謂「淑女君子」之婚姻理想，卻早已成爲明末清初才子佳人小說作
家進行創作時之重要參照標準。其實際敘事表現或如《情夢柝》第
二十回敘述者引〈天仙子〉詞曰：

　　　守正行權終得意，個中心術如刀刺。老天酬報自分

　　　明，男守義，女守志，春生於夜雙鴛被。　說盡從前

　　　塵夢事，將來可作藍魚記。柝聲欲起又呵呵，做也

　　　易，丟也易，是誰知已供新醉[86]。

　　又如《好逑傳》第十八回敘述者引詩贊鐵中玉和水冰心之圓滿結
局：

　　　三番花燭始于歸，表正人倫是與非。

[85] 渭濱笠夫編次：《孤山再夢》，頁5-6。

[86] 安陽酒民著：《情夢柝》，收於古本小說集成編委會編：《古本小說集成》（上海：上海古
　　籍出版社，1990年），頁265。

坐破眞懷惟自信，閉牢心戶許誰依。

義將足繫紅絲美，禮作車迎金牘肥。

漫道一時風化正，千秋名教有光輝[87]。

顯然地，這種對於「名教」進行倫理道德價值諭求的敘事表現，實與明清之際儒家詩學傳統的恢復及其影響有關，一方面既得與《金瓶梅》以來的豔情小說作品流派進行區隔，以淨化之思書寫理想愛情；另一方面亦得藉理想青年男女之愛情遇合以重建倫理道德秩序，實現政治理想。從實際情形來看，明末清初才子佳人小說通過淑女君子之婚姻締結來隱喻政治理想，其寫作意圖是顯而易見的。西湖雲水道人在《巧聯珠》序言說：

器界之內，萬物並生，其初漫然不相接也。惟人生於情，有情而後有覺知，有情而後有倫紀也。於是舉漫然不相接者而忽爲之君臣、父子、夫婦、朋友，以起其忠愛惻怛之思，發其憂愁痛悱之致。至於令歷萬劫而纏綿歌舞，不可廢也。豈非情之爲用！然今使人皆無情，則艸木塊然，禽獸冥然，人之爲人，相去幾許。但發乎情，止乎禮義，斯千古之大經大倫，相附以起。世風淪下，宋人務爲萬幅之言，而高冠大袖，使人望而欲臥；近令詞說宣穢導淫，得罪名教。鳴

---

[87] 名教中人編次：《好逑傳》，收於古本小說集成編委會編：《古本小說集成》（上海：上海古籍出版社，1990年），頁298。

呼，吾安得有心人而與之深講於情之一字哉[88]！

　　毋庸諱言，明末清初才子佳人小說作家積極強調「婚姻乃人倫綱紀所關」，以爲美政理想實現的現實基礎，可以說是普遍的敘事意向。其具體敘事表現，當如《平山冷燕》第二十回敘述者講述天子賜婚於四才子之情形：

> 天子又諭道：「朕前敕爾搜求奇才者，元以山閣臣道有親女山黛與義女冷絳雪，才美過人。朕以爲女子有此異才，豈可男子中反無，故有前命。今果得燕白頷、平如衡二人，以副朕求。朕因思天地生才甚難，朝廷得才，不可不深加愛惜。眼前四才，適男女各半，又且青年，未曾婚配。朕欲爲之主婚：狀元燕白頷，賜婚山閣臣親女；探花平如衡，賜婚山閣臣義女。如此則才美相宜，可彰聖化。特敕爾爲媒，喞朕之命，聯合兩家之好[89]。

　　又如《賽紅絲》第十六回敘述者講述宋、裴兩家兒女因〈紅絲四詠〉而遭禍，禮部爲之上疏申奏朝廷：

> 自關雎垂教，詠詩締結原不礙於婚姻。矧命出父母，

[88] 煙霞逸士編次：《巧聯珠・序》，頁2-6。
[89] 荻岸散人撰：《平山冷燕》，頁638。

題自良媒。的係公觀才美，明察情踪，並非私相授
受，何以妄加醜詆，以傷雅化。況紅絲回詠，吐詞正
大，寓意堅貞，更於婚好有光。錄呈聖覽，如臣言不
謬，伏乞欽賜聯姻，則周南風化復見於今矣。罪人薄
責，以廣聖恩，不勝待命之至[90]。

是以從聖天子彰顯〈關雎〉、〈桃夭〉之化以顯示朝廷愛才之盛
心的敘事操演中可知，明末清初才子佳人小說的話語實踐本身，實際
上即寄託了深層的政治關懷和政治理想。整體而言，作家在話語實踐
中正認同於《毛詩・關雎序》所云：

《周南》、《召南》，正始之道，王化之基。是以
〈關雎〉樂得淑女以配君子，憂在進賢，不淫其色，
哀窈窕，思賢才，而無傷善之心焉。是〈關雎〉之義
也[91]。

在此一創作前提下，不論在個人神話或集體夢幻的創造方面，
明末清初才子佳人小說以「正風」佳話演《關雎》之「義」、表《關
雎》之「正」，不僅使得明末清初才子佳人小說整體敘事建構充滿了
詩性想像的主體意識表現，而且在詩性觀照的話語實踐上超越了傳統
以婚姻愛情為敘事屬性的固定理解。

[90] 佚名：《賽紅絲・序》，收於古本小說集成編委會編：《古本小說集成》（上海：上海古籍
　　出版社，1990年），頁446。
[91] 毛亨傳、鄭玄箋、孔穎達疏：《毛詩正義》，頁19-20。

　　總的來說，明末清初才子佳人小說作為一種社會交流或交往（communication）的形式，可以說是一種具有特定形態的對話（dialogue）方式。此外，作為一種在歷史中運作的語言活動方式，小說話語建立在主體間交往的關係之上，是意義的交互理解行為，是雙向互動基礎上的共同活動[92]。因此，當明末清初才子佳人小說作家滿足於一種充滿政治理想的敘事操演以創造心中的烏托邦時，小說文本在敘事幻覺的營造中所設置的大團圓圓滿結局，無疑與當時作家群體在認識現實時所產生的集體意志和欲望息息相關，並深深地影響了讀者的閱讀認知和感受[93]。從上述討論中可知，在明末清初儒家詩學傳統影響下，明末清初才子佳人小說作家共同演義《詩經・關雎》，乃在不同小說文本的對話交流中體現出「窈窕淑女，君子好逑」的集體心理意識的共相表現，其整體敘事表現實已不同於明代中晚期以來重情求真的主情論述，而是以具倫理教化實質的話語構成來傳達政治理想的想像。在主題的重複書寫過程中，明末清初才子佳人小說集體敘事現象的構成，無疑在小說文本中建構了一種再現歷史的政治性寓言，當具有其特殊的象徵意義與作用。

第三節　比興寄託：才子佳人小說話語構成的審美意蘊

　　明清之際經歷王朝鼎革，政治、經濟、社會、思想等處於變革

---

[92] 金元浦：《文學解釋學——文學的審美闡釋與意義生成》，頁47。

[93] 借〔美〕喬納森・卡勒的觀點來說：「敘述的快樂、滿足是與欲望相關聯的。情節講述的是欲望和欲望的命運，而敘述本身的發展是受以強烈的『認識欲』的形式出現的欲望驅使的，是想知道的欲望：我們想要發現祕密，想要了解結局，想要掌握真情。」見氏著，李平譯：《文學理論》，頁96。

轉型時期，有識文人學士處於動盪與迷茫的亂世場景之中，無不潛心反思歷史和文化的出路與走向。對於明清之際小說創作而言，由於受到歷史劇變和時代思潮影響，不同流派小說家亦往往在作品之中批判時政弊端、淫靡世風，寄寓自己的社會理想和人生追求，體現出作家群體的集體政治期望。關於此點，早已爲歷來學者所描述[94]，毋庸贅述。不過，值得進一步討論的是，如果說，明末清初才子佳人小說作家是在回歸儒家詩學傳統的影響下，通過對《詩經・關雎》兼及二南進行演義以表述個人政治理想，其話語實踐體現了詩性想像的審美本質。那麼，作家在寫情過程中，通過比喻和象徵手法來揭示歷史現實的眞實情景和意義，藉以抒發、寄託和表現個人面對出處困境時的主觀情感和觀念。這樣的文學行動，實際上與中國古代文學創作中的「比興寄託」傳統息息相關。從表面上看來，以往讀者可能受到通俗、言情、消費、娛樂等印象所影響，僅僅視明末清初才子佳人小說爲通俗小說類型之一，其創作意在滿足讀者群體的閱讀想像的娛樂需求而已，並不具備深刻思想意涵。但究其實質表現，實際上可發現明末清初才子佳人小說創作作爲一種象徵性行爲，其話語構成通過「擬騷」書寫策略來表達「士不遇」的思想寓意，乃是建立在「遊與求女」的理想精神探索之上，不僅影響及於小說藝術形式的建構，同時也影響及於小說文本審美意蘊的深度表現。

壹、擬騷：士不遇書寫傳統影響下的政治倫理隱喻

明清之際的社會變革和政治轉型，對於文人知識分子的生存情境

---

[94] 莎日娜：《明清之際章回小說研究》（北京：北京師範大學出版社，2004年），頁13-34。

產生極大的衝擊。隨著政治體制的轉移，文人知識分子必須在實現自我生命理想的過程中尋求新的出路。不可否認，對於大多數文人知識分子而言，在現實與自我之間總是充滿危機和衝突的。因此，如何化解自身「懷才不遇」及「失語」的生存困境，並堅持「士志於道」、「以道自任」的「士」精神傳統，無疑成為明末清初才子佳人小說作家內心深切的召喚。以今觀之，明末清初才子佳人小說作為特定歷史文化條件下的一種意識形態創作，其話語構成以獨特的藝術形式反映現實，並由此建立起自身的思想價值和美學價值，大體上是毋庸置疑的。但饒富興味的是，明末清初才子佳人小說究竟是採取何種方式／形式進行表述，並因此而獲得廣大讀者的共鳴？本文認為其主要關鍵正在於作家受到士不遇書寫傳統影響下，通過「擬騷」敘事操演以傳達特定的政治倫理隱喻，進而形成一種集體敘事現象或創作場域，牽動讀者的閱讀認知及認同情感。

　　「士不遇」和「君臣遇合」是中國古代政治文化和文學創作的母題。在中國文學發展史上，「士不遇」書寫傳統的建立頗與《詩經》、屈原〈離騷〉代興的諷諫環境密切相關。尤其，兩漢時期文人學士對《詩經》和屈原〈離騷〉進行「經典化」（canon formation）的論述，可謂相當重視兩者所具有的諷諫形式及其精神表現，並對後代文人解讀《詩》、〈騷〉之本義產生極為深遠的影響[95]。

　　首先，就《詩經》而言，先秦時期文人對於《詩》的傳授、讀解和應用，基本上是充滿政治倫理隱喻的，其中在《左傳》、《國語》和《論語》等著述中皆可見「賦詩言志」、「稱詩喻志」等用詩的相

---

[95] 鄭毓瑜：〈獨立的忠誠——直諫論述與知識份子〉，收於氏著：《性別與家國——漢晉辭賦的楚騷論述》（臺北：里仁書局，2000年），頁145-229。

關記載。時至漢代，由於受到先秦解詩行動的影響，經學家特別注重詩之功利教化作用，並且系統性地總結先秦解詩經驗，將《左傳》、《論語》、《尚書》、《詩》、《樂記》和《周易》等列爲經，爲之系統作注、作傳，進而形成一系列文學創作和批評的術語——如比興、美刺、詩教、情志等。其中魯、齊、韓、毛四家詩，以毛詩最得先秦解詩之眞傳，以諷諭教化作爲解詩之核心，並將「六詩」演化爲「六義」，成爲中國古典儒家詩學的綱領性文獻[96]。《毛詩・關雎序》論詩時指出：

> 詩者，志之所之也，在心爲志，發言爲詩。情動於中而形於言，言之不足故嗟嘆之，嗟嘆之不足故永歌之，永歌之不足，不知手之舞之，足之蹈之也。情發於聲，聲成文謂之音。治世之音安以樂，其政和；亂世之音怨以怒，其政乖；亡國之音哀以思，其民困。故正得失，動天地，感鬼神，莫近於詩[97]。

由於漢代經學家以政教觀念解詩，詩在「美刺」、「正變」的比興思維中被賦予政治道德倫常的內容與價值，因而具有反映政治實相、倫理結構的象徵作用，對於中國傳統詩學的發展有著極爲深遠的影響[98]。值得注意的是，在以比興思維爲重要創作基礎的中國詩學傳統中，文人通過生命共感、引譬連類和主文譎諫的政治倫理隱喻的表

---

[96] 李健：《比興思維——對中國古代一種藝術思維方式的美學考察》（合肥：安徽教育出版社，2003年），頁85-112。

[97] 毛亨傳、鄭玄箋、孔穎達疏：《毛詩正義》，頁13-14。

[98] 蔡英俊：《比興物色與情景交融》（臺北：大安出版社，1986年），頁111-127。

述行動，促使審美與政治進一步結合，早已成爲中國傳統詩學的重要美學特徵[99]。

其次，就屈原〈離騷〉而言，屈原以其忠貞愛國之情，遭讒流放，因作〈離騷〉以抒憤寫志，在政治的陳辭、宗教的陳辭和司法、盟誓的陳辭中寄託君臣遇合之思及美政理想[100]。自漢代以降，屈原即被視爲「貞士不遇」之典型代表，有識文人更認爲其〈離騷〉爲知識分子直諫論述之源，與《詩經》的諷諭政教思想一脈相承。司馬遷在《史記‧屈原賈生列傳》中提及《詩經》與〈離騷〉的關係時指出：

> 屈平之作〈離騷〉，蓋自怨生也。《國風》好色而不淫，《小雅》怨誹而不亂。若〈離騷〉者，可謂兼之矣。上稱帝嚳，下道齊桓，中述湯武，以刺世事。明道德之廣崇，治亂之條貫，靡不畢見。其文約，其辭微，其志潔，其行廉，其稱文小而其指極大，舉類邇而見義遠[101]。

班固在《漢書‧藝文志》中又進一步分析之：

---

[99] 胡曉明：《中國詩學之精神》（南昌：江西人民出版社，1993年），頁3-42。

[100] 魯瑞菁在〈由離騷論屈原的陳辭〉一文中認為屈原辭賦具有強烈的諷諫用意，而其陳辭方式可分為政治的陳辭、宗教的陳辭和司法、盟誓的陳辭三個層面上完成詩歌主體性形式的建立。在言志與抒情的情志主義特色表現中，奠立了中國文學詩歌的重主體性特徵，並提升至一種精神的形上突破與倫理的終極關懷。見氏著：《諷諫抒情與神話儀式——楚辭文心論》（臺北：里仁書局，2002年），頁3-62。

[101] 楊家駱主編：《史記》3，卷八十四（臺北：鼎文書局，不著出版年），頁2482。

古者諸侯卿大夫交接鄰國，以微言相感，當揖讓之
時，必稱《詩》以諭其志，蓋以別賢不肖而觀盛衰
焉。故孔子曰：「不學詩，無以言」也。春秋之後，
周道寖壞，聘問歌詠不行於列國，學詩之士逸在布
衣，而賢人失志之賦作矣。大儒孫卿及楚臣屈原，離
讒憂國，皆作賦以風，咸有惻隱古詩之義[12]。

王逸在《楚辭章句·離騷經·敘》中說：

屈原履忠被譖，憂愁悲思，獨依詩人之義而作〈離
騷〉，上以諷諫，下以自慰[13]。

從所謂「依詩人之義」乃至「〈離騷〉之文，依《詩》取興，
引類譬喻」的說明中，可見漢人解讀〈離騷〉之諷諫之義及其與儒家
詩學思想的聯繫關係。由此可知，在儒家詩教意識的建立和影響下，
漢代文人一方面視《詩經》為諷刺時事、標明治亂之始作典範，一方
面則視屈原《楚辭·離騷》承其意緒，在發憤抒情的寫作中表達重建
理想政治秩序之情志。整體而言，兩漢文人對於《詩》、〈騷〉意旨
相承的論述多有描述。不過，更為重要的是，漢代文人對於屈原〈離
騷〉及其《楚辭》相關作品的重視，當與漢代大一統集權政治體制的

---

[12] 楊家駱主編：《漢書》2，卷三十（臺北：鼎文書局，不著出版年），頁1755-1756。
[13] 洪興祖：《楚辭補注》（臺北：長安出版社，1987年），頁48。

建立有關[104]。從先秦以至漢興，「士」的身分隨著政治體制的轉變，由「游士」轉型爲「循吏」，其中士人原有的「士志於道」與「議論政事」的理想精神亦隨之產生變化。漢代文士依違於道統與政統之間，爲求君識，乃逐漸由道統轉向政統靠攏，無不竭忠盡力，「以求親媚於主上」。如此一來，先秦以來士之直諫論述行動和精神，逐漸喪失其在道勢相爭時得以存在的政治氛圍與歷史環境，當漢代文士不爲君王重用而自感不遇時，屈原〈離騷〉及其《楚辭》相關作品所傳達的直諫之思及其所體現的貞臣不遇典型，頓時成爲文士認同的對象，「盛世不遇」之「怨」的情感便也油然心生[105]。如董仲舒〈士不遇賦〉、司馬遷〈悲士不遇賦〉、嚴忌〈哀時命〉、東方朔〈七諫〉、王褒〈九懷〉、劉向〈九嘆〉、王逸〈九思〉等皆在祖式屈原的擬騷書寫中，寄寓濃重的不遇之感[106]。這種期望通過模仿屈原〈離騷〉典範作品的藝術範式，以傳達士人普遍不遇之感的書寫[107]，在情志論述上儼然成爲「一種『互爲主體』而訴諸『通感』的創造性詮釋」[108]，可謂影響深遠。劉勰《文心雕龍·時序》即言：

---

[104] 相關討論可參吳旻旻：《漢代楚辭學研究——知識主體的心靈鏡像》（嘉義：國立中正大學中國文學系碩士論文，1997年）。

[105] 徐復觀：〈兩漢知識分子對專制政治的壓力感〉，見氏著：《兩漢思想史》卷一（臺北：臺灣學生書局，1993年），頁284。

[106] 魯瑞菁在〈論宋玉、賈誼、東方朔、王褒、劉向的騷體作品與不遇情結〉一文即深入分析討論擬騷作家如何借這與屈騷的視界融合強化自己的不遇之感，以此形成集體性書寫領域與心靈模式，又如何由此形成獨特的人生觀及生命抉擇。見氏著：《諷諫抒情與神話儀式——楚辭文心論》，頁491-562。

[107] 顏崑陽在〈論漢代文人「悲士不遇」的心靈模式〉一文中論及漢代文人的不遇之感時，從感情經驗、意志趨向與價值思維等層面進行分析，頗為深入。收於《漢代文學與思想學術研討會論文集》（臺北：文史哲出版社，1991年），頁209-253。

[108] 顏崑陽：〈漢代「楚辭學」在中國文學批評史上的意義〉，收於《中國詩學會議論文集》第二輯（彰化：彰化師範大學國文學系，1994年），頁208。

爰自漢室，迄至成哀，雖世漸百齡，辭人九變，而大
抵所歸，祖述《楚辭》，靈均餘影，於是乎在[⑩]。

　　事實上，從漢魏以至清代，歷代文士有感於屈原自我獨立人格
之崇偉，或歌詠屈原以抒發思古之幽情，或通過楚騷論述和擬作來寄
寓身世遭遇之感慨，皆可見屈原及其《楚辭》之深遠影響。其中又以
「香草美人」意識及其比興寄託傳統的建立，對於後世文學創作與閱
讀模式的影響尤為重要[⑩]。大體而言，不論是抒情或敘事，擬騷書寫
與士不遇主題的結合主要是反映在「男女、夫婦、君臣」的符碼轉喻
之上的轉化移用。因此，當文人試圖表達君臣遇合的政治圖式之時，
往往即通過美人意象書寫來寄寓政治的失落感。以清代來說，錢謙益
在《牧齋有學集》卷十七的〈周元亮賴古堂合刻序〉一文中提出「詩
有本」的詩學觀念時，便指出《詩》、〈騷〉之關係：

　　　　古之為詩者有本焉，《國風》好色，《小雅》怨誹，
　　　　《離騷》之疾痛叫呼，結轖於君臣夫婦朋友之間，而
　　　　發作於身世偪側、時命連蹇之會，夢而囈，病而吟、
　　　　春歌而溺笑，皆是物也，故曰有本[⑪]。

　　方苞在《離騷正義》中說：

[⑨] 劉勰著，范文瀾注：《文心雕龍注》（臺北：臺灣開明書店，1985年），頁113。

[⑩] 參吳旻旻：《香草美人傳統研究——從創作手法到閱讀模式的建立》（臺北：國立臺灣大學
中國文學系博士論文，2003年）。

[⑪] 陳良運編：《中國歷代詩學論著選》，頁767。

> 古人以男女喻君臣，蓋地道也，妻道也，臣道也，以
> 佐陽而成終一也。有男而無女，則家不成。有君而無
> 臣，則國不立，故（屈）原以眾女喻讒邪，以娥眉自
> 喻，蓋此義也⑫。

沈德潛在《說詩晬語》中說：

> 〈離騷〉興美人之思，平子有定情之詠，然詞則託之
> 男女，義實關乎君父友朋⑬。

　　由此可見，以「君臣夫婦朋友」為喻之書寫傳統，無疑是漢代以
降文人解讀《詩》、〈騷〉的重要參照標準，加以在「美刺」、「正
變」的儒家詩學觀念影響下，文人以男女愛情書寫為主體的言情、寫
情之作往往便可能隱含著深層的政治關懷和憂患意識。

　　今觀明末清初才子佳人小說可見，其意識形態表現正普遍落實在
「君臣遇合」的政治圖式建構之上。在儒家詩學傳統的影響下，其話
語構成乃表現出對「士不遇」主題的書寫傳統及其形式的具體籲求，
而其以言情書寫為敘事主體成分便隱含了特殊的政治倫理隱喻，可謂
與明清之際歷史文化語境中的意識形態環境的價值中心有關。那麼，
明末清初才子佳人小說作家究竟是如何通過小說藝術形式的創造來表

---

⑫ 方苞：《離騷正義》，收於杜松柏主編：《楚辭彙編》第八冊（臺北：新文豐出版社，1986
　年），頁458。

⑬ 沈德潛著，霍松林注：《說詩晬語》卷下，收於郭紹虞主編：《中國古典文學理論批評專著
　選輯：〈原詩〉、〈一瓢詩話〉、〈說詩晬語〉》（北京：人民文學出版社，1998年），頁
　250。

述不遇之感？今可見者，明末清初才子佳人小說作家爲表達理想政治
想像或不遇之感，其敘事建構對於書寫形式及其精神的籲求，除了以
演義《詩經‧關雎》之外，更以屈原爲貞士不遇精神典範，藉「擬
騷」書寫以寄寓情志。關於此點，古吳青門逸史石倉氏題《生花夢》
序言時即明確地指出：

> 古人何以立言也？曰：屈原夫婦喻君臣，宋玉神女諷
> 襄王，皆以寓托也。《生花夢》何爲而作也？曰：予
> 友娥川主人所以慨遇也；所以寄諷也；所以涵泳性
> 情，發抒志氣，牢騷激昂，淋漓痛快，言其所不能
> 言，發其所不易發也。主人名家子，富詞翰，青年磊
> 落，既乏江臯之遇，空懷贈珮之緣，未逢伯樂之知，
> 徒抱鹽車之感，而以其幽悰，播之新聲，紅牙碧管，
> 固已傳爲勝事矣。迨浪跡四方，風塵顚躓，益無所
> 遇。惟無遇也，顧不得不有所托以自諷矣。然則何爲
> 曰吾欲有其遇而不得即遇？姑爲設一不即遇而終遇者
> 用自解焉。予因嘆曰：斯言也，發乎性，入乎情，鍾
> 情在吾輩，主人殆有獨深者乎！蓋遇也，緣也；不遇
> 也，天也。夫既然不遇，安必有其所遇？既不即遇，
> 又安必其終遇哉！要之，均非人之所可必也。何也？
> 皆緣爲之，實天爲之也。此《生花夢》之所由作也[14]。

---

[14] 娥川主人編次：《生花夢‧序》，頁1-5。

　　由於明清之際文網嚴密，言路與議論的言論空間不彰，不得自由建言以行諷諫；因此，士人的生存境遇和存在狀態多所箝制[⑮]。實際上，明末清初才子佳人小說作家因無法通過科舉考試而晉身仕途並實現政治理想，遂以小說為遊戲之作建構虛構而理想的烏托邦。因此，作家藉由新的藝術形式的創造來表達有關現實政治秩序化的訴求，無不通過重構一種想像的實體來深化小說文本的本質或意義——即以「傳奇」形式及其精神來建構話語，實具有其特定的主題寓意。其具體寫作意圖，當如《合浦珠》第一回敘述者引〈疏帘淡月〉詞所言：

> 韶光遲速，休名利關心。塵途碌碌，門外鶯啼，正值春江拖綠，襟懷瀟灑須袪俗。締心交，芝蘭同馥，草堂清晝，彈琴話古，諷梅哦竹。　憑世上雨雲翻覆，唯男兒倜儻，別開看目。莫唉寒酸，自有文章盈腹。翠幃遙想人如玉，待他年貯伊。金屋畫哦，總下廣詩，花底風流方足[⑯]。

又如《蝴蝶媒》第十四回敘述者引〈南柯子〉詞曰：

> 正有蓮花瑞，泥金報已來。蒼天真不負多才。況道榮歸，指日雀屏開。　皓月窺鸞鏡，秋風遠鳳臺，雙攜

---

⑮　趙園：《明清之際士大夫研究》（北京：北京大學出版社，2000年），頁192-256。

⑯　檇李煙水散人編：《合浦珠》，收於古本小說集成編委會編：《古本小說集成》（上海：上海古籍出版社，1990年），頁1-2。

神女夢中猜。分付淒涼，都去別安排⑰。

是以在集體敘事現象構成中，「君臣遇合」的政治圖式表現已然成爲明末清初才子佳人小說在話語形式選擇及其實踐過程中所極力表現的意義和內在價值。因此，從「擬騷」書寫觀點來說，當明末清初才子佳人小說作家有意在小說文本中針對「男」、「女」性別政治關係進行敘事操演以表述理想的愛情圖式或政治寓言，已然使得小說文本的話語實踐及其話語構成充滿了各種文化釋義的可能性⑱。

總的來說，文學藝術創作是以表現時代的意識形態視野中的共同價值中心爲目標的。從實際情形來說，明清之際文人學士主張回歸儒

---

⑰　南岳道人編：《蝴蝶媒》，頁251。

⑱　今以青心才人編次的《金雲翹傳》爲例分析之。歷來對於《金雲翹傳》是否得以歸爲才子佳人小說，學者意見並不一致。依本文觀點認爲，《金雲翹傳》以王翠翹一生爲書寫重點，固然對於世情之點染頗爲深刻，然而，整體敘事表現卻是以才子佳人小說類型之程式化框架爲參照，因此將之置於才子佳人小說之列爲宜。從表面上看來，《金雲翹傳》小說文本係據史實人物事蹟進行「重寫」，其整體話語表現於世情險惡方面著墨實多，頗能反映王翠翹歷經人事滄桑之悲劇人生。倘將之視爲世情小說，殆無疑議。不過，細加考察可見，當《金雲翹傳》以才子佳人小說敘事框架爲參照進行書寫時，則小說文本在性別政治操演上所體現的寓言色彩，便不免顯得耐人尋味。且觀《金雲翹傳》第一回敘述者講述王翠翹性喜音律，嘗爲〈薄命怨〉，譜入胡琴，音韻淒清，聞者淚下，曲終有云：「懷故國兮，嘆那參商：悲淪亡兮，玉容何樣。姐妹固寵兮，一朝俱死；束昏不令兮，奉先滅亡。侯門似海兮，蕭郎陌路；失身非類兮，茂林爭光。爲郎憔悴兮，及爾同死；離魂情重兮，淺唱低觴。死負父屍兮，生代父死；寵哀紈扇兮，爾生不昌。有始無終兮，悲乎失侶；門前冷落兮，老大誰將。今古紅顏兮，莫不薄命；紅顏薄命兮，莫不斷腸。我本怨人兮，乃爲怨曲；誰聞怨曲兮，誰不悲傷！」依〈薄命怨〉曲律內容來看，當故國之思、紅顏之嘆與明末清初王朝鼎革的歷史文化語境產生聯繫關係時，有關王翠翹之佳人形象及其生命歷程之書寫不可不謂蘊含比興寄託之寓意。通過「擬騷」書寫角度以觀王翠翹的「貞情」表現，在君臣遇合寓意的「前理解」（pre-understanding）影響下，頗令人由此想見屈原〈離騷〉中的「貞士」典型的具體形象。

家詩學傳統，無疑提供了明末清初才子佳人小說作家投身創作的基本
思想框架和文化思維。基於對於理想政治的關懷及個人遇合的期盼，
明末清初才子佳人小說敘事建構與現實的意識形態環境的關係是緊密
相關的[19]。因此，當明末清初才子佳人小說作爲作家與讀者群體進行
社會交往的審美客體時，小說文本不再只是個人利用直觀、感受和享
樂主義的享受對象[20]。而是在流行的過程中，其主題的統一性及其在
體裁方面的實現，已然成爲大眾文化共享的意義與價值的載體，具有
反映現實的重要意義。

貳、遊與求女：作為敘事形式建構的意識形態素表現

　　在中國古典詩學原型表現中，有關「遊與求女」的原型思維可以
溯緣至屈原〈離騷〉中的「香草美人」表現方法[21]。不過，歷來對於
〈離騷〉香草美人的寓意有諸多不同解釋，尤以「求女」最爲難讀。
清代王邦采在《離騷彙訂·序》中說：

　　　洋洋焉，灑灑焉，其最難讀者，莫如〈離騷〉一篇。

---

[19] 正如〔俄〕米哈依爾·巴赫金（Mikhail Mikhailovich Bakhtin）在〈文藝學中的形式主義
　　方法〉一文中所指出的：「每個時代都有其意識形態視野的價值中心，意識形態創作的所有
　　道路和意向，似乎在它那裡會合。正是這個價值中心成爲這個時代的文學的基本主題，或者
　　更確切地說，成爲各種主題的基本複合體。而我們知道，這些主要主題是與一定的體裁相聯
　　繫的。」見錢中文主編：《巴赫金全集》第二卷（石家莊：河北教育出版社，1998年），頁
　　319。

[20] 〔俄〕米哈依爾·巴赫金：〈文藝學中的形式主義方法〉，見錢中文主編：《巴赫金全集》
　　第二卷，頁116。

[21] 劉懷榮：《中國古典詩學原型研究》（臺北：文津出版社，1996年），頁259。

而〈離騷〉之尤難讀者，在中間見帝、求女兩段，必
得其解，方不失之背謬侮褻，不流于奇幻，不入于淫
靡[12]。

自漢代以來，由於求女喻義詮釋準則不一而呈現多義現象，因
而並未能使香草美人象徵系統得到理論的說明，至今研究者在理解與
闡釋上仍然顯得分歧不一[13]。儘管求女喻義如此複雜，但在講究「比

---

[12] 王邦采：《離騷彙訂》，收於四庫未收書輯刊編纂委員會編：《四庫未收書輯刊》（伍輯）
　　（北京：北京出版社，2000年），頁99-100。

[13] 〈離騷〉求女喻義歷來詮釋紛繁，此非本文研究重點，今引學者研究歸納觀點以資參考：
　　游國恩於1943年在西南聯大文史講座演講〈楚辭女性中心說〉時曾針對「求女」之喻義提
　　出說明，見氏著：《游國恩學術論文集》（北京：中華書局，1999年），頁157-158。陳子
　　展在〈離騷經解題〉中又已匯整前人諸說，見氏著：《楚辭直解》（上海：復旦大學出版
　　社，1996年），頁427-442。劉懷榮引趙沛霖〈離騷求女的寓意及其觀念基礎〉（見《河北
　　學刊》1991年第1期）的研究成果，將自漢代王逸《楚辭章句》以來有關〈離騷〉求女寓意
　　的解釋大致歸為六類：1.以求女喻求賢臣、賢士、良輔；2.以求女喻求賢君；3.以求女喻求
　　理想的政治；4.以求女喻求賢內助和賢后；5.以求女喻秦楚婚姻相親；6.以求女喻求通君側
　　之人。見氏著：《中國古典詩學原型研究》，頁260。廖棟樑在〈古代〈離騷〉求女喻義詮
　　釋多義現象的解讀──兼及反思古代《楚辭》的研究方法〉一文中謹擇清代以來影響較大說
　　法，臚述八種類型：1.以求女喻求賢臣說；2.以求女喻求賢君說；3.以求女喻求楚臣說；
　　4.以求女喻求理想政治說；5.以求女喻求賢后妃說；6.以求女喻秦楚婚姻相親說；7.以求女
　　喻求通君側之人說；8.不主故常，隨文生訓。見《輔仁學誌：人文藝術之部》，第27期，
　　2000年12月，頁1-26。周建忠在〈〈離騷〉「求女」平議〉一文則歸納為十說：1.求賢臣
　　說；2.求君說；3.求賢妃說；4.求君臣說；5.理想說（或綜合說）；6.尋求愛情說；7.求女為
　　藝術虛構說；8.尋求知音說；9.尋求楚后；10.尋求女中英傑說。見《東南文化》2001年第
　　11期，頁49-51。此外，今人則多有從神話批評或原型理論觀點探求〈離騷〉喻義者頗值參
　　考，如魯瑞菁：〈〈離騷〉「飛天」與「求女」儀式探析〉，見氏著：《諷諫抒情與神話儀
　　式──楚辭文心論》，頁153-199。梅瓊林：〈〈離騷〉：原型追索──兼論求女之本真意
　　涵〉，《學術月刊》，1998年第5期，頁107-113。許又方：〈永恆與失落：從神話分析論
　　〈離騷〉「求女」的深層意涵〉，見氏著：《時間的影跡──〈離騷〉晬論》（臺北：秀威
　　資訊科技股份有限公司，2003年），頁147-168。

興寄託」的中國詩學詮釋傳統中，求女行動本身的解讀，卻始終不離「君臣遇合」的政治圖式的理解。以今觀之，屈原對「人、神之戀」原型進行移用，在充滿離奇幻想的求女書寫上所傳達的「政治失戀」態度，始終隱含著高度的政治期望，既傳達對美政理想的期待，也投射知音遇合的盼望。借康正果的研究看法來說：

> 屈原之所以用「求女」的行動表現他的「政治失
> 戀」，乃是因爲在屈原所處的文化背景中，一個尋求
> 知遇的臣子覺得君臣的疏離與「人神道殊」有著同樣
> 的性質，兩者都令人感到迷惘而無能爲力。君主高高
> 在上，神靈般的尊貴，在臣民心目中，他就是人中的
> 神靈。面對君門九重，屈原自然會產生仰望天闕的感
> 慨。所以，在〈離騷〉中，詩人便把〈九歌〉中很多
> 寫人神乖離的套語借過來，加以改造，用來抒寫他在
> 君臣關係和與同僚的交際中所體驗到的隔膜和誤解。
> 這樣，「君／臣」與「神／人」便在〈離騷〉中構成
> 了對應關係[124]。

對於明末清初才子佳人小說而言，在「才子追尋佳人」的冒險旅程中，「遊與求女」行動作爲明末清初才子佳人小說敘事建構的主導性審美規範，其所具有的傳奇性和夢幻性的敘事特質，不僅使得小說文本在反映現實的過程中呈現出特殊的審美意蘊，同時也在想像性敘

---

[124] 康正果：《風騷與豔情》（臺北：雲龍出版社，1991年），頁82。

事的建構中體現出一種自覺的藝術追求⑮。

今觀明末清初才子佳人小說，其以才子佳人愛情遇合書寫爲敘
事基礎展示世俗願望，在身分群體的認同中不僅符合讀者群體的閱
讀期待，並且提供讀者群體投射自身情感的虛構時空場域⑯。不過，
一旦從「擬騷」書寫所寄寓的士不遇精神來考察明末清初才子佳人小
說的敘事建構，則不難發現作家寄寓「君臣政治遇合」的主題思想表
現，可以說與屈原〈離騷〉的書寫精神是一脈相承的。在此前提下，
小說文本作爲一種象徵性行爲，其意識形態並不是傳達意義或進行象
徵性生產的東西，而是必須借助於藝術形式的創造來加以呈現⑰。對
於明末清初才子佳人小說而言，這種審美行爲正建立在「遊與求女」
的理想精神探索之上，一方面既表現爲一種准思想，又表現爲一種元
敘事（proto-narrative）。而作爲一種結構，它具備了概念描述和敘
事表現的能力⑱，既可視爲明末清初才子佳人小說敘事形式建構的基
礎，也可視爲解讀小說文本意義的重要參照對象。具體來說，明末清
初才子佳人小說作家恰恰是把純粹形式結構解作在形式和審美結構內
部中反映社會現實的象徵性表達，並且在個別文本想像與集體文化幻
想之間，通過集體話語中最小可讀的單位——「意識形態素」（ide-
ologeme）來進行表述，這使得小說藝術形式本身即充滿了特定的意

---

⑮ 彭隆建：〈才子佳人小說的敘事學意義——論才子佳人小說對傳統敘事觀的改變和想像性敘
　事缺陷的彌補〉，《婁底師專學報》，2003年第1期，頁100-103。

⑯ 王晶：《西方通俗小說：類型與價值》（昆明：雲南人民出版社，2002年），頁143-149。

⑰ 如〔美〕弗雷德里克‧詹姆遜（Fredric Jameson）所指出的：「審美行爲本身就是意識形
　態的，而審美或敘事形式的生產將看作是自身獨立的意識形態行爲，其功能就是爲不可解
　決的社會矛盾發明想像的或形式的『解決辦法』。」見氏著，王逢振、陳永國譯：《政治無
　意識：作爲社會象徵行爲的敘事》（The Political Unconscious: Narrative as a Socially Sym-
　bolic Act）（北京：中國社會科學出版社，1999年），頁67-68。

⑱ 〔美〕弗雷德里克‧詹姆遜：《政治無意識：作爲社會象徵行爲的敘事》，頁75。

識形態特質。

　　明末清初才子佳人小說是以才子／佳人遇合的愛情圖式爲書寫重心，其中「遊與求女」母題作爲明末清初才子佳人小說敘事建構的基礎，當具有其重要的敘事功能。今觀明末清初才子佳人小說，以「才子追尋佳人」爲故事主體成分，其中有關「遊」的起始動機及其形式發生並非完全是以「訪求淑女」爲主——或「遊學」以增廣見聞、或「遊心」以紓解憤懑、或「遊藝」以詩文會友、或「遊賞」以寄情風光，或因權奸相害而「遠遊」等等多所不同。不論才子之遊是屬於「身形」之遊或「心神」之遊，「遊」之展開對於才子行動及其生存情境而言，具有一種情境的「轉化」功能或智慧的「啓蒙」功能的意義表現，卻是不言可喻的。倘就此探論其具體意涵，則可見才子之「遊」作爲「求女」行動展開的契機，可以說大都是發生在才子與「佳人」之間或顯或隱的遇合之後。對於明末清初才子佳人小說而言，有關「佳人」的理想形象的擬塑，對小說的敘事形式及其意義建構的表現而言，實具有重要的影響作用。

　　今可見者，在明末清初才子佳人小說中，佳人作爲「理想女性」出現於小說文本之中，總是以符合於中國古代文人對於「女神幻夢」和「淑女理想」的想像而來的。《好逑傳》第五回敘述者講述鐵中玉初見水冰心時的心理想法：

　　　　嬌媚如花，輕盈似燕。眉畫春山，眼橫秋水。腰纖欲
　　　　折，立亭亭不怕風吹；俊影難描，鶴瘦最宜月照。髮
　　　　光可鑒，不假塗膏，秀色堪餐，何須粉膩。蕙性蘭

心，初只疑美人顏色；珠光玉潤，久方知君子風流⑫。

又如《定情人》第四回雙星「以詩擬人」對彩雲形容江蕊珠形象時道：

> 觀之艷麗，是個佳人；讀之芳香，是個美人；細味之
> 而幽閑正靜，又是個淑人。此等人，莫說眼前稀少，
> 就求之千古中，也似乎不可多得。故我雙不夜於其規
> 箴諷刺處，感之爲益友；於其提撕點醒處，敬之爲明
> 師；於其綢繆眷戀處，又直恩愛之若好逑之夫婦。你
> 若問其人爲何如，則其人可想而知也⑬。

顯而易見的，明末清初才子佳人小說作家在擬塑佳人形象時，基本上是對中國《詩》、〈騷〉傳統中的「美人原型」進行轉化移用，因而創造出以「高唐神女」與「關雎淑女」相互一體的雙重形象特質。在「凝視」與「想像」兼存的欲望（desire）表現上，佳人作爲才子追尋的終極對象，既包含了「情欲之思」，也包含了「詩禮之求」，已然成爲一種「願望結構」得以實現的重要基礎。以今觀之，明末清初才子佳人小說之敘事建構，無疑建立在以才子追尋佳人爲基本願望而展開的。《合浦珠》第一回錢蘭嘗讀《嬌紅傳》，廢卷而嘆道：

---

⑫ 名教中人編次：《好逑傳》，頁78-79。

⑬ 天花藏主人編：《定情人》，頁115。

不遇佳人，何名才子？我若不得一個敏慧閨秀，才色
雙全的，誓願終身不娶⑪。

《蝴蝶媒》第一回蔣青巖對眾媒人道：

你們眾人不必常來煩瑣，料這些粉粧紬帛、俗女凡
胎，那里是我蔣青巖的對子，則除非是色如西子，才
似文姬，德比孟光的，方纔可允⑫。

《生花夢》第五回敘述者講述康夢庚遠遊尋訪佳人之意：

原來康夢庚平日自驚第一種才子必配第一等佳人。向
年在家，因議親者苦纏不已，拒之又傷情面，故托遊
成均，一則避其糾纏，二則便於遍訪，必實有第一種
才貌兼全的女子，方肯作配⑬。

　　從上述引文可知，明末清初才子佳人小說作為一種欲望文本，
體現的是充滿想像性的、白日夢的或願望達成的意識形態因素。值得
一提的是，佳人作為才子追尋的終極對象，可以說是明末清初才子佳
人小說作家建構小說文本內在意趣的關鍵之所在，當作家在話語實踐
中極力彰顯佳人才、情、色、德兼具的形象特質時，佳人意象除了作

---

⑪ 檇李煙水散人編：《合浦珠》，頁5。
⑫ 南岳道人編：《蝴蝶媒》，頁3。
⑬ 娥川主人編次：《生花夢》，頁196。

爲一種「理想女性」，成爲才子畢生追尋的終極目標之外，實際上，作爲一個具有轉化功能的媒介角色——即「啓蒙者」，帶有其特定的象徵作用。今不論佳人是以他者／主體、再現／表現、眞實／符號的情形出現在小說文本之中，其所展現的多重生命的可能性，實有別於傳統婉約的女性典型的形象特質，卻是不容忽視的[34]。明末清初才子佳人小說作家有意藉佳人書寫或論述來表達對現實的一種理解與看法時，無不試圖在話語實踐上調整自己的價值觀念和期待視野，以重新體認並適應處於急遽變化的外在環境。

那麼，我們應當如何進一步解讀明末清初才子佳人小說作家筆下的「佳人」形象意涵？基本上，從作家與主人公的關係上來說，由於作家對於小說文本的創造具有積極的組織力量，因此其反應也會積極的表現在主人公的形象建構、節奏、語調結構及諸多含義因素的選擇中，並存在於具有穩定價值的文化產品中[35]。因此，當才子追尋佳人的冒險旅程不斷出現在不同小說文本之中時，「遊與求女」行動本身之書寫即已包含著某種程度的價值判斷和看法[36]。

從擬騷書寫觀點來說，「遊與求女」作爲解釋明末清初才子佳人

---

[34] 陳翠英：〈閱讀才子佳人小說：性別觀點〉，《清華學報》，第三十卷第三期，2000年9月，頁337-354。

[35] 〔俄〕米哈依爾・巴赫金：〈審美活動中的作者與主人公〉，見錢中文主編：《巴赫金全集》第一卷，頁104。

[36] 〔俄〕米哈依爾・巴赫金在〈審美活動中的作者與主人公〉一文中便指出：「作品的每一因素展現給我們時，已經包含了作者對它的反應；而這一反應又既包含著事物，也包含著主人公對這一事物的反應（反應之反應）。在這一意義上可以說，給自己主人公的每一個細節、每一特徵、每一生活事件、每一行為，他的思想、情感都加上了自己的語調，類似於我們在生活中對周圍人們的每一表現也都從其價值上作出反應一樣。」，見錢中文主編：《巴赫金全集》第一卷，頁100。

小說主題寓意的參考框架（frame of reference），佳人形象以邊緣文人的才女情結的化身姿態出現，實具有相當重要的理想性內涵⑰，寄寓著文人深切的政治失落感。有關佳人的思想、態度和行動的書寫所展示的，不僅是一種相對於才子思想、態度和行動的價值辯證內涵，實際上也隱含了作家在「遊與求女」的敘事建構過程中藉此進行自我對話的一種價值判斷。具體來說，作家除了與小說文本中的才子形象在以詩為互文基礎上達成身分認同的一致性之外，佳人形象則如同作家觀鏡時所出現的另一自我映象，以一種自我客觀化的扮裝姿態存在於小說文本之中⑱。因此，才子／佳人形象在現實與象徵之間所體現符碼化的意味，無疑將影響小說文本意義的創造和解讀。據此而論，在明末清初才子佳人小說中，才子追尋佳人的冒險旅程主要是作為傳達主題寓意所選擇的特定敘事策略。當作家有意藉「遊與求女」母題的敘事功能展示具有啟示意義或象徵意義的東西，其最終經由佳人形象的擬塑來進行價值判斷和表述，無疑代表的是一種終極的參照標準。

大體而言，在明末清初才子佳人小說的擬騷書寫的表現上，有關「遊與求女」的敘事操演，主要便落實在才子／佳人遇合的愛情圖式

---

⑰ 有關明清文人的才女情結之討論，可參康正果：〈邊緣文人的才女情結及其所傳達的詩意〉，收於氏著：《交織的邊緣——政治與性別》（臺北：東大圖書股份有限公司，1997年），頁171-202。陳翠英：〈閱讀才子佳人小說：性別觀點〉，《清華學報》，頁354-363。

⑱ 〔俄〕米哈依爾・巴赫金在〈審美活動中的作者與主人公〉一文中指出：「我們在鏡前的地位總帶有一些虛假性：因為我們沒有從外部看自己的方法，所以在這裡，我們就只好移情到某個可能的不確定的他人之中，借助於這個他人我們試著找到對自身的價值立場，試著在這裡從他人身上激活自己形成自己；正因此我們在鏡中的表情就帶有某種不自然，這在我們的生活裡是沒有的。」見錢中文主編：《巴赫金全集》第一卷，頁129-130。

的建構中。在追尋歷程（quest proceeding）中，佳人以詩、騷傳統
中「美人原型」形象出現於小說文本之中，除了可視爲作家進行「自
我對話」的審美追求之外，同時也是喻指「理想政治」最終得以實現
的重要參照對象。基於此一認知，爲有效理解明末清初才子佳人小說
的主題寓意，實有必要再行分析說明之：

第一，就「婚姻與功名」的價值辯證而言。

一般來說，當明末清初才子佳人小說作家藉才子之「遊」以表達
渴望超越生命困境，企求追尋新的生命價值，其通過佳人論述對自我
生命進行審美觀照時，整體話語實踐的特殊之處，便在於超越既有的
宗法倫理道德的規範和認知，體現出一種新的思想因子和強烈的主體
意識。如《玉嬌梨》第十四回蘇友白對盧夢梨說：

> 不瞞盧兄說，小弟若肯苟圖富貴，則室中有娠久矣。
> 只是小弟從來有一痴想：人生五倫，小弟不幸父母雙
> 亡，又鮮兄弟，君臣朋友間遇合尚不可知，若是夫妻
> 之間不得一有才有德的絕色佳人終身相對，則雖玉堂
> 金馬，終不快心。故飄零一身，今猶如故[10]。

又如《飛花艷想》第一回敘述者講述柳友梅與友人論說功名之
遇：

> 柳生至此已飲了數杯，不覺乘著酒興笑說道：「小弟

---

[10] 荑秋散人編次：《玉嬌梨》，頁478-479。

想人有五倫，弟不幸先父先亡，又無兄弟，五倫中已失了二倫，君臣朋友間，遇合有時，若不娶一個絕色佳人爲婦，則是我柳友梅空爲人在世一場！枉讀了許多詩書，埋沒了一腔情思，便死也不甘心。只是美玉藏輝，明珠含媚，天下雖有絕色佳人，柳友梅哪能箇一時便遇？所以小弟說尚有難於功名耳。」楊竹二生齊道：「如兄之才，怕沒有佳偶相諧麼？只要功名到手耳。」柳友梅道：「兄等不要把功名看重，佳人反看輕了！古今凡博金紫者，無不是富貴，而絕色佳人，能有幾個？有才無貌，不可謂之佳人，有貌無才，不可謂之佳人，即或有貌有才，而於吾柳友梅無脈脈相契之情，亦算不得吾柳友梅之佳人。」竹鳳阿道：「聽兄說來，古詩云『傾國與傾城，佳人難再得』，良有以也。」楊連城道：「昔相如見賞於文君，李靖受知於紅拂，佳人才子，一世風流動成千古美談，事固有之。」柳友梅道：「小弟志願，還不止此。文君雖慧，已非處子，紅拂雖賢，終爲婢妾，況琴心挑逗，月夜私奔之事，終屬不經，若小弟決不爲此。」楊、竹二生道：「如此說來，怪不得兄說難於功名矣。」[140]

---

[140] 樵雲山人編次：《飛花艷想》，頁16-18。

　　由上述引文可見，諸多才子以其恃才傲物、不慕功名富貴的非凡形象出場，流露出不與世俗為伍的氣度。才子所體現的英雄形象及其精神，普遍存在於明末清初才子佳人小說之中，無疑是大眾文化讀者群體所認同的典範。不過，值得注意的是，才子秉其挑戰現實政治秩序的思想、態度和行動面對群體和社會生活，其出發點大多與佳人有所關聯。而其中以「才子／佳人之遇合」為人生終極理想追求的論述，無疑顯現出強烈的主觀設想與心理期待。這樣的敘事表現，正可以說是小說文本得以與中國傳統言情文學有所區別的重要表現因素。然而，當我們細加審視小說文本後卻可發現一個饒富意味的敘事現象，亦即伴隨著敘事進程的展開，才子在追尋佳人的過程中為求能與佳人共諧婚姻，最終都由逸遊於世的逍遙狀態回歸現實政治體制的要求，進而參加「科舉」取士以求獲功名。如《宛如約》第六回敘述者引〈卜算子〉詞曰：

　　　　既已漏春光，寧不甘心守。權宜持正絕無痕，纔是鶯
　　　　求友。　　形管驟風雲，題得花和柳。准擬烏紗百兩
　　　　迎，牽盡紅絲偶[10]。

　　尤其耐人尋味的是，在小說文本中要求才子回歸體制參與青紫之試的，往往是由「佳人」的勸說來促成的。如《宛如約》第三回敘述者講述趙如子留書於司空約時，其詩曰：「憐才既許結朱陳，應為堅持淑女身。兩榜若標郎姓字，洞房花燭自生春。」便已有所暗示。而其具體敘事安排，基本上都是通過才子與佳人的相互對話來進行價值

---

[10] 惜花主人批評：《宛如約》，頁76。

辯證的，如《玉嬌梨》第十四回盧夢梨提醒蘇友白道：

> 千秋才美，固不需於富貴，然天下所重者，功名也。
> 仁兄既具此拾芥之才，此去又適當鹿鳴之候，若一舉
> 成名，則凡事又為力矣。大都絕世佳人既識憐才，自
> 能貞守。何必汲汲作兒女情痴之態，以誤丈夫事業[12]。

又如《定情人》第六回江蕊珠對雙星道：

> 君無他，妾無他，父母諒亦無他。欲促成其事，別無
> 機括，惟功名是一捷徑，望賢兄努力。他非小妹所知
> 也[13]。

．

又如《麟兒報》第五回幸昭華對廉清道：

> 小妹自別郎君，深處香閨，謹遵父命，無日不念婚好
> 之盟，無時不念同窗之雅。但因齒髮有待，故尒遲
> 遲。又緣兩大生嫌，不能親近，未免此懷不暢。今喜
> 俱各成長，結褵有在，日望郎君早占龍頭，以諧鳳
> 卜。不意郎君一味恃才，無人入眼，竟不以小妹為
> 念，功名存心，惟任性不羈，縱情狂放。……[14]

---

[12] 荑秋散人編次：《玉嬌梨》，頁495-496。

[13] 天花藏主人編：《定情人》，頁177。

[14] 佚名：《麟兒報》，收於古本小說集成編委會編：《古本小說集成》（上海：上海古籍出版社，1990年），頁159-160。

　　由此可見，佳人形象塑造本身所顯示的價值辯證作用，對於明末清初才子佳人小說創作而言具有重要的主題意向引導作用。不可否認，明清之際社會文化處於轉型時期，加以入清之後，爲政者爲鞏固大一統集權政治局勢，採取文化懷柔與高壓統治的政策，既攏絡吸收人才，又施以言論限制。在此一歷史文化語境中，基本上由明清之際作家群體對於自身出處進退問題可說是充滿著各種微妙對立而矛盾的思想情感。當明末清初才子佳人小說作家藉由創作進行自我對話時，以佳人作爲價值辯證的終極對象，其話語實踐仍然充滿了儒家美善相濟的入世情懷。因此，當才子回歸現實政治體制參與科舉考試時，與其視爲作家的科舉情結，「爲科舉思想所牢籠」⑮，「無寧說是士的傳統、儒者傳統預先決定的。」⑯

　　第二，就「情與禮」的價值辯證而言。

　　以往人們在言情、寫情和論情的角度上肯定才子佳人小說與《金瓶梅》的情欲之別及其進步的人性觀念，頗爲重視明代中晚期以來通俗文化思潮中有關挑戰禮教規範、重視情性自主等方面的主情論述的影響。毋庸諱言，明末清初才子佳人小說之話語構成的確是建築在「情」之一字的演義書寫之上的。不過，究其實質表現，作家秉持所謂「發乎情，止乎禮義」的儒家詩教精神進行敘事建構，可以說是對當時豔情小說著意於情色書寫的情形，進行一場場價值反撥的文學對話，也可以說是在明清之際實學影響下，對於當時社會文化轉型現象提供一場場價值辯證，藉此重新建造理想的政治秩序與社會價值和

---

⑮ 魯迅：「凡求偶必經考試，成婚待于詔旨，則當時科舉思想之所牢籠，倘作者無不羈之才，固不能沖絕而高蹈矣。」見氏著：《中國小說史論文集——中國小說史略及其他》（臺北：里仁書局，1992年），頁173。

⑯ 趙園：《明清之際士大夫研究》，頁386。

道德規範。而其中「佳人」以其美麗夢幻的女神形象和幽靜賢德的淑女形象並存的理想性姿態出現在小說文本中，實際上就是作家通過一種理想性的創造以進行自我對話的重要參照。借煙水散人在《女才子書》卷二所言：

> 自世道式微，而競以淫風相煽，桑濮訂歡，桃李互答，甚而有以紅葉為美事，西廂為佳話者矣！故世之論者，僅以雲鬢花容當美人之目，而但取其色，不較其行。殊不知美人云者，以其有幽閑貞靜之德，而不獨在乎蟬首蛾眉[40]。

由於以往古代女性往往是以男性情欲想像的對象出現於文藝創作之中，因此，女性大多只能在被凝視的狀態下出場，並以其美色陪襯男性之才情。然而，值得注意的是，在中國傳統文化中，女性卻又往往是整體社會倫理道德水準的重要參照指標。今可見者，明清才女現象蔚榮發展，才女／佳人每每以其「才色」和「情韻」並存、「膽識」和「賢智」並收的理想女性形象出現於不同文學著作之中，甚而在現實生活中以其文學造詣創作，並與男性／才子相互交往，在自覺與自信中足以體現真正的自我。因此，當明末清初才子佳人小說有意藉才女書寫反映一種女性文化現象的存在及其思考時，佳人以才、情、色、德兼備的形象內涵出現，無疑可以為處於明清之際社會文化轉型的人們提供自我價值辯證的基準。

---

[40] 煙水散人：《女才子書》，收於古本小說集成編委會編：《古本小說集成》（上海：上海古籍出版社，1990年），頁37-38。

今觀明末清初才子佳人小說，小說文本在集體敘事現象構成中所體現的愛情婚姻觀，實際上充滿了以儒家倫理教化精神爲導向的內涵，其言情書寫具有撥亂反正的精神性格。如《春柳鶯‧凡例》云：

> 小說，今日濫觴極矣，多以男女鑽穴之輩，妄稱風流。更可笑者，非女子移情，即男兒更配。在稗官以爲作篇中波瀾，終是生旦收場；在識者觀之，病其情有可移。此烏得謂眞才子、眞佳人、眞風流者哉[18]？

又如鶴市道人在《醒風流奇傳》序言云：

> 夫書所以記事，而美惡悉載者，使後人知所從違。故十五國風，孔子不刪鄭衛，蓋有以也。……嗟乎！善讀書者，蓋文字乎哉！天下之人品，本乎心術；心術不能自正，借書以正之。天下之人不能盡有暇於書也，仁人君子憂之；憂之而思，所以旁喻曲說，俾得隨意便覽，庶幾有益焉。於是乎有小說之作。然則作者之初心，亦良苦矣，善矣。而其弊在於憑空捏造，變幻淫艷，賈利爭奇，而不知反爲引導入邪之餌。世之翻閱者眾，而捻管者之罪孽日深，何不思之甚也[19]。

---

[18] 鵑冠史者編：《春柳鶯‧凡例》，頁1。

[19] 鶴市道人編次：《醒風流奇傳‧序》，收於古本小說集成編委會編：《古本小說集成》（上海：上海古籍出版社，1990年），頁1。

　　據上引文字來看，明末清初時期流傳於世的風流之作甚多，但「多變幻淫艷」以「賈利爭奇」，並非全然是主張「定情不移」的「眞情」之作。從實際情形來說，大多數明末清初才子佳人小說在創作實踐上都講求「情」、「禮」合一的敘事表現，其中既包含才、色相配的眞情觀，亦包含情理相融的禮教觀，正如《好逑傳》第十五回敘述者引〈少年遊〉詞曰：

> 關雎君子，桃夭淑女，夫豈不風流？花自生憐，柳應
> 溺愛，定抱好衾裯。　誰知妾俠郎心烈，不夢到溫
> 柔。寢名食教，吞風吐化，別自造河洲[150]。

　　在某種意義上，作家有意在主人公對話的價值辯證中主張「發乎情，止乎禮義」的儒家倫理道德規範。因此，當佳人以相對於才子的道德標準形象出現時，其形象本身所體現的精神寓意，可以說具有回歸秩序化的基本思考──不論是在政治、社會、文化、情性等方面，強調的是一種深層道德倫理教化理想的審美化追求。以今觀之，在明末清初才子佳人小說中，才子與佳人對於「婚姻」的解讀與看法往往有所不同。其中的「差異」情形，在某種程度上便體現出作家在愛情書寫中進行自我對話過程時的一種價值辯證思維表現，如《玉嬌梨》第五回蘇友白論婚姻時道：

> 婚姻爲人生第一件大事，若才貌不相配，便是終身一
> 累，豈可輕意許人？……相如與文君，始以琴心相

---

[150] 名教中人編次：《好逑傳》，頁237-238。

挑，終以白頭吟相守，遂成千古佳話，豈盡是娼妓人
家[51]！

而《生花夢》第八回馮玉如論及擇配之理時說：

……況婚媾人之大倫，原無自家擇配之理，必明明正
正，力合經營。若私相訂約，苟且聯歡，則是涉及於
私，便非婚禮之正。……[52]

因此，明末清初才子佳人小說作家在情、禮關係的辯證上，事實
上頗為重視佳人的言情論述。如《金雲翹傳》第三回王翠翹拒金重之
輕狂時說道：

……妾思男女悅慕，室家之大願也，未必便傷名教。
只恨始因情重，誤順良人，及至聯姻，已非處子。想
將來無限深情，反出一場大醜，往往有之。此固女子
不能自愛，以開男兒疑薄之門，雖悔何及！崔、張佳
偶也，使其始鶯娘有投梭之拒，則其後張生斷無棄擲
之悲。正其始，自能正其終。惜鶯娘輕身以媚張生，
張生身雖暱之，心實薄之矣。人見生之棄鶯，在遊京
之日，而不知實起於抱衾之時。再來相訪，欲免羞郎

---

[51] 荑秋散人編次：《玉嬌梨》，頁167-169。
[52] 娥川主人編次：《生花夢》，頁366-367。

之悲,烏可得乎?卓氏私奔,難免白頭之嘆。西子歸
越,且遭沉溺之悲。此實兩女子有以自取之,與良人
無與也。願郎以終身爲圖,妾以正戒自守,兩兩吹簫
度曲,翫月聯詩,極才子佳人情致,而不墮於淫婦奸
夫惡派。則我二人可作萬古名教風流榜樣,豈非可傳
可法之盛事乎[53]!

又如《夢中緣》第四回吳瑞生與金翠娟論「好花到底爲君開」之
意:

吳瑞生道:「小姐慮及深遠,小生固不能及,但一刻
千金,亦不可失。如崔娘待月,卓氏琴心,昔日風流
至今猶傳,又何嘗有礙才子佳人乎?」翠娟道:「今
日妾與郎君相期,要效梁鴻孟光。如崔娘待月,卓氏
琴心,又何足效法?蓋妾之鍾情於君者,只子爲才子
佳人,曠代難逢,故冒羞忍恥,約君一訂。即今之
事,亦是從權,但願權而不失其正。且家父甚重郎
君,君若借冰一提,此事萬無一失。倘舍此不圖,而
必欲效野合鴛鴦,妾寧刎頸君前以謝郎君。必不忍使
妾爲淫奔之女,陷君子於狂且之徒也。」[54]

---

[53] 青心才人編次:《金雲翹傳》,收於古本小說集成編委會編:《古本小說集成》(上海:上
海古籍出版社,1990年),頁25-26。

[54] 李子乾:《夢中緣》,收於古本小說集成編委會編:《古本小說集成》(上海:上海古籍出
版社,1990年),頁97-98。

　　顯而易見的，當才子以其情欲之思挑逗佳人之時，佳人大都能以詩禮之求勸誡才子。明末清初才子佳人小說論「情」，其寫作材料雖然以男女之情爲本，但是其寫作精神實已超越男女之情。在敘事進程的安排中，作家極力強調才子／佳人遇合之「難」，主人公不因愛慕之私而流於桑間、濮上之行，而是在室家攸宜的文化認知中追求好逑之願的實現。

　　基本上，從男女愛情遇合角度論佳人形象的理想特質，歷來已有不少論述，原已無須再行深論。但耐人尋味的是，在明末清初才子佳人小說中，佳人卻在「男女雙性」的性別流動現象中，以有別於在中國傳統性別政治的女性角色形象出現，體現出一種原型性的象徵意涵。在某種意義上，佳人形象的擬塑對於中國傳統文化以父權爲中心的政治體制而言，實具有其「顛覆」與「重整」的美學功能。如《鳳凰池》第十三回文若霞對章湘蘭談及設局意使雲鍔穎、水伊人明其「眞佳人」之內涵時說道：

> 故不經一番磨練，如歲寒松柏，經久不渝，而才子始
> 信天下眞佳人之作爲遠勝尋常萬萬也，而後心折矣，
> 意屈矣，擊即賞嘆矣。此愚姊之所以反覆布謀，非敢
> 簸弄兩人也，正欲其後之屈折嘆賞耳[155]。

　　因此，回歸小說敘事邏輯來看，佳人不僅僅是以作爲才子追尋愛情遇合對象的知音身分而出現在小說文本之中的，佳人形象所體現的

---

[155] 煙霞散人編：《鳳凰池》，收於古本小說集成編委會編：《古本小說集成》（上海：上海古籍出版社，1990年），頁361。

倫理道德價值體系，更無疑具有一種追求現實秩序化的隱喻作用或象徵意義，可說是作家進行自我對話時的價值辯證表現。

第三，就「知音遇合」的比興寄託而言。

所謂「自古才高人罕知，憐情誰復似娥眉」，今觀明末清初才子佳人小說後，可以發現一個頗富興味的敘事現象：亦即「共效英、皇」的「一夫多妻」的婚姻結局普遍存在於大多數小說文本之中。其實際敘事表現，當如《宛如約》第十四回敘述者引〈憶秦娥〉詞所言：

> 相逢喜，雍雍揖讓皆稱姊。皆稱姊，天心有在，非人
> 所使。　　憐才豈可分我爾，花貌何殊桃與李。桃與
> 李，等得春來，齊眉共旨[56]。

今可見者，如《玉嬌梨》、《春柳鶯》、《定情人》、《兩交婚》、《合浦珠》、《宛如約》、《情夢柝》、《人間樂》、《玉支璣》、《孤山再夢》、《蝴蝶媒》、《醒名花》、《賽花鈴》、《生花夢》、《巧聯珠》、《飛花艷想》、《夢中緣》等等皆是。毋庸諱言的，這樣一種敘事現象的安排，直可以說是作家的「風流幻想」和「婚姻大夢」所致，言談敘述之間無疑充滿了以父權的象徵體系為中心的想法[57]。因此，以往人們論及於此，貶抑評價時見。不過，這樣的理解似乎並不能完全揭示說明明末清初才子佳人小說的審美理想追

---

[56] 惜花主人批評：《宛如約》，頁206。

[57] 從明末清初才子佳人小說中有關「一夫多妻」的敘事表現之深入討論分析，可參黃蘊綠：《明末清初才子佳人小說中的佳人形象》，頁149-184。

求及其主題寓意。倘從擬騷書寫觀點論之，在遊與求女的追尋歷程中，佳人的選擇與認同實際上既影響著才子的生活行動，也牽動著小說敘事進程之發展。就此而言，有關佳人形象的理想性創造，或可能以其作爲才子期盼知音遇合的對象，因而具有某種程度的政治倫理隱喻的意涵。

在明末清初才子佳人小說中，佳人們往往因「重才、憐才、愛才」而彼此之間相互達成默契——願意共諧才子一夫。這樣的敘事安排或表現，除了在極大程度上滿足了作家以才子爲敘事中心的自我想像和愛情婚姻夢想，以補償現實生活遇合無時的失落感。而更重要的原因，當在於作家渴望識才的「知音」能夠出現的深切期待，最終投射於不同理想女性形象塑造之上的創作籲求。如《生花夢》第七回敘述者引〈滿江紅〉詞曰：

> 痴煞多情，舍才美，另求傾國。心魔處，樓臺幻現，酒樽俄列。粉面明璫花影裡，歌裙舞袖陽臺側。聽筵前，一曲按梁州，情堪惜。　珠玉隊，溫柔迫。冰雪腕，風流別，問蘭香何處，腥聞驚徹。錦帳笙歌迷夜雨，樓臺燈火虛明月。笑繁華，已燼劫灰寒，都消息[38]。

又如《春柳鶯》第十回石延川同時迎娶梅凌春和畢臨鶯兩位佳人，席間有感而發對梅凌春道：

---

[38] 娥川主人編次：《生花夢》，頁283-284。

學生風塵勞頓，年來枕席不暇。棄蘇州之名而托跡江
湖，舍府上之利而錯訪淮陰，皆爲著小姐之才，小姐
之貌。當日羈旅淹塞，識面無緣，以爲求一小姐而不
可得，即得一小姐足矣，豈天地造化之數，且以畢小
姐得而兼之。今日之會，如夢如幻，心中尚有疑議不
決。正是，前此之悲離，今此之會合，不非等閒也[60]。

　　在「遊與求女」的追尋歷程中，所謂「才美之難，一至於此」的
感嘆，可見一斑。因此，相對於才子的文人形象而言，佳人作爲才子
追尋的終極理想女性，在「遊與求女」的價值辯證過程中，其理想女
性形象之塑造，可謂顯現出一種具有比興寄託之思的審美意蘊。

　　今觀明末清初才子佳人小說中一夫多妻的圓滿婚姻結局表現，是
否是小說作家有意對以《金瓶梅》爲代表的「人情—寫實」小說中有
關妻妾爭寵、家庭失和以致倫理綱常毀壞的敘事現象，進行一場場回
歸儒家道德教化傳統的精神價值反撥。因缺乏相關可資論證之文獻資
料，無從得知。不過，細究其實質敘事表現卻可發現，在明末清初才
子佳人小說中，不論是才子或佳人對於此一婚姻議題進行表述時，其
情感認知或價值判斷無不是將之置於「無嫉妒之心」的思想觀點上，
深切期望在才美相兼的眞情基礎上，譜寫和諧圓滿的婚姻生活樂章。
而有關這樣一種「無嫉妒之心」之敘事表現，或許在世俗情感認知
上只不過是一場以父權的象徵體系爲中心的思想背景所造就的春秋大
夢，並不具任何政治性意涵。然而，在明末清初才子佳人小說的集體
敘事現象構成中，卻可見諸多小說文本普遍存在此一敘事操演行爲，

----

[60] 鶡冠史者編：《春柳鶯》，頁416。

不禁讓人對於這樣一種「多妻現象」的敘事表現是否具有其特殊的政治意指實踐而有所聯想？實有待進一步的探究和解讀。

　　首先，就才子而言，才子對於一夫多妻之事的看法主要立足於「鍾情」觀，並強調關雎淑女既許同心定情，當「無嫉妒之心」。如《玉嬌梨》第十四回敘述者講述蘇友白與盧夢梨對談「負心」的情形：

> 盧夢梨道：「兄情人也，不患情少，正患情多。顧今日之事，計將安出？」蘇友白微笑道：「既不獨棄，除非兩存。但恐非深閨兒女之所樂聞也。」盧夢梨道：「舍妹年雖幼小，性頗幽慧，豈可以兒女視之？戀君真誠，昨已與弟言之矣。娶則妻，奔則妾。自媒近奔，即以小星而侍君亦無不可，但恐兄所求之淑女未必能容耳。」蘇友白大喜道：「若非淑女，小弟可以無求；若果淑女，那有淑女而生妒心者？三人既許同心，豈可強分妻妾？倘異日書生僥倖得嬪二女，若不一情，有如皎日。」盧夢梨亦大喜道：「兄能如此，不辜弟妹之苦心矣。雖倉卒一言，天地鬼神寔與聞之，就使海枯石爛，此言不朽矣。」[160]

　　類此談論在《飛花艷想》第十一回敘述者講述柳友梅對春花女對談「鍾情」和「負心」的情形亦有所承繼：

---

[160] 荑秋散人編次：《玉嬌梨》，頁492-493。

（柳友梅）便將梅、雪小姐的親事一一說了，道：
「小生原係鍾情，非負心人可比。」春花女道：「原
來如此，諺云：『娶則妻，奔則妾。』自媒近奔，妾
願以小星而侍君子。但恐他日梅、雪二夫人未必肯相
容耳。」柳友梅道：「小生非係鍾情，可無求於淑
女，既求淑女，安有淑女而生妒心者？倘後日書生僥
倖，若背前盟，有如此月。」春花女道：「若得相公
如此用心，雖倉促一言，天地鬼神寔與聞之，縱使海
枯石爛，此言亦不朽矣！……」[16]

其次，就佳人而言，佳人通常是以「認同」才子之「才美」而共
同表願許諾，願共譜英皇之事。如《飛花艷想》第八回敘述者講述雪
瑞雲、梅如玉談及共效英皇之願的情形：

……梅小姐道：「昔日娥皇、女英同事一舜，姐深慕
之，不識妹有意乎？」雪小姐道：「小妹若無此意，
也不問及姐姐了。」梅小姐道：「你我才貌雖不敢上
媲皇、英，然古所稱閨中秀、林下風應亦不愧。但必
配得一個真正才子，方諧鳳願。不知何日相逢。」雪
小姐道：「湖上之吟，言猶在耳，舟中之句，何日忘
之。姐姐難道倒忘了麼？」梅小姐道：「非敢忘也，
只恐良緣不偶，好事多磨耳。」雪小姐道：「松柏歲

---

[16] 樵雲山人編次：《飛花艷想》，頁223-224。

寒，不改其操；梅花雪壓，不減其香。自古貞姝靜
女，此心始終不渝，此十年待字大易所以著有貞也。
況天下事，遠在千里，近在目前。……」⑫

又如《人間樂》第十八回居掌珠小姐扮裝居宜男迎娶來小姐，但
私下欲謀共嫁許繡虎，對來小姐道：

……試看他如今是個風流學士，天子門生。只可惜我
是男子，若能使我變換形骸，甘心願嫁此人爲快。我
今細細想來，我既不能嫁他，小姐卻有情於彼。我今
意欲與小姐相商，願爲撮合，使小姐與我舍妹同嫁了
探花，共享富貴，豈不是情種爲緣，不知小姐肯允從
否⑬？

根據上述引文可見，明末清初才子佳人小說作家是以才子爲敘事
中心的，有關才子與佳人對一夫多妻之事的思考、看法和態度明顯有
所不同。以才子爲中心所提出有關「淑女無嫉妒之心」的看法，自然
是與中國傳統父權體制的象徵秩序的影響息息相關，足見傳統父權中
心思想仍然穩固地制約男、女主人公之文化思維和價值意識。

倘據此論之，上述有關「共享齊人」的敘事現象，實成一種了
無新意的「俗套」，原無須再行深論。不過，當我們進一步從「遊與
求女」的擬騷書寫表現來看時，「無妒」作爲淑女理想實現的重要表

---

⑫ 樵雲山人編次：《飛花艷想》，頁132-133。
⑬ 天花藏主人著：《人間樂》，頁423。

徵，卻可能與《詩》、〈騷〉傳統中的「美人形象」論述息息相關。

第一，就《詩經》的影響而言，《玉嬌梨》第十六回敘述者引詩曰：

> 謾言二女不同居，只是千秋慧不如。
> 記得英皇共生死，未聞蠻素異親踈。
> 予躬不閱情原薄，我見猶憐意豈虛。
> 何事醋酸鷗肉妬，大都愚不識關雎[164]。

今觀明末清初才子佳人小說可見，在諸多小說文本中，有關「雙美奇緣」的書寫現象所在多有。佳人們大體上皆弘揚〈關雎〉、〈樛木〉之量，以期成全〈桃夭〉宜家之思。《詩經》二南之〈毛詩序〉觀點，已然成為作家書寫「共享齊人」之圓滿婚姻結局的重要思想基礎。今觀《毛詩‧樛木序》所言：

> 后妃逮下也。言能逮下而無嫉妬之心[165]。

又《毛詩‧桃夭序》所言：

> 后妃之所致也。不妒忌，則男女以正，婚姻以時，國
> 無鰥民也[166]。

---

[164] 荑秋散人編次：《玉嬌梨》，頁551。
[165] 毛亨傳、鄭玄箋、孔穎達疏：《毛詩正義》，頁35。
[166] 毛亨傳、鄭玄箋、孔穎達疏：《毛詩正義》，頁36。

　　從《毛詩‧關雎序》所建構之儒家詩教傳統的精神表現來看，《毛詩》對於「周南」、「召南」詩篇之解讀，無不強調后妃、夫人皆能內修其德以輔君子，並能求賢審官以化行天下。所謂「夫婦之義，人倫綱常之始」的強調，便具有其寄託之意。因此，當明末清初才子佳人小說作家以「關雎淑女」爲美人原型進行書寫時，其寄意於理想政治實現的心理，或許可以將之與明清之際文人主張恢復儒家詩學傳統的論述進行聯繫思考。

　　第二，就〈離騷〉的影響而言，《蝴蝶媒》第十三回敘述者引〈蝶戀花〉詞曰：

　　誰有奇才天忍負，試看三君把臂青雲路。宴罷瓊林嘶馬去，六宮粉黛爭相顧。　日暮歸來香滿袖，夢裡佳人也在花開處。急整歸裝休更住，相思莫把佳期誤[167]。

　　今觀明末清初才子佳人小說可見，當作家有意將「奇才不遇」與「夢裡佳人」緊密連結時，其書寫與以屈原〈離騷〉爲代表的士不遇傳統所隱含的互文關係，便顯得極爲耐人尋味。依〈離騷〉原文內容來看，屈原處處表明身處在「眾皆競進以貪婪兮，憑不厭乎求索。羌內恕己以量人兮，各興心而嫉妒」的政治環境裡，無奈「忠而被謗，信而見疑」，最終只能以詩篇來申言「眾女嫉余之蛾眉兮，謠諑謂余之善淫」、「世溷濁而不分兮，好蔽美而嫉妒」的悲苦情懷。因此，屈原〈離騷〉有關「求女」書寫即具有強烈的政治倫理隱喻的意涵：

---

[167] 南岳道人編：《蝴蝶媒》，頁233。

朝吾將濟於白水兮，登閬風而紲馬。忽反顧以流涕
兮，哀高丘之無女。溘吾游此春宮兮，折瓊枝以繼
佩。及榮華之未落兮，相下女之可詒。吾令豐隆乘雲
兮，求宓妃之所在。解佩纕以結言兮，吾令蹇修以為
理。紛總總其離合兮，忽緯繣其難遷。夕歸次於窮石
兮，朝濯吾髮乎洧盤。保厥美以驕傲兮，日康娛以淫
遊。雖信美而無禮兮，來違棄而改求。覽相觀於四
極兮，周流乎天余乃下。望瑤臺之偃蹇兮，見有娀之
女。吾令鴆為媒兮，鴆告余以不好。雄鳩之鳴逝兮，
余猶惡其佻巧。心猶豫而狐疑兮，欲自適而不可。鳳
皇既受詒兮，恐高辛之先我。欲遠集而無所止兮，聊
浮遊以逍遙。及少康之未家兮，留有虞之二姚。理弱
而媒拙兮，恐導言之不固。世溷濁而嫉賢兮，好蔽美
而稱惡。閨中既以邃遠兮，哲王又不寤。懷朕情而不
發兮，余焉能忍與此終古[18]。

　　從〈離騷〉原文可見，屈原在「求女」以前已有飛升神遊以
「求天帝」而不成的情形。因此，才又展開另一次飛天行動以「求
女」。在上下時空以「求女」的追尋歷程中，「宓妃」、「有娀之二
女」、「有虞之二姚」不論是作為高媒之神或理想女性，其以原始神
話中「愛與美」的女神、大母神原型出現於詩篇之中，當具有其神聖
而崇高之精神意涵。值得注意的是，當屈原於〈離騷〉書寫中表明
「求女」行動之未能成功時，除了表達對於欲借女神之助而不得的

無奈之外，同時也傳達出「理想知音」遇合之難的比興寄託意涵。今將明末清初才子佳人小說中有關一夫多妻的敘事結局與作家的現實生活處境進行對比後進行推論，作家通過追尋佳人行動表達與理想女性遇合的理想性期待，在某種意義上，正揭露了佳人作為知音之人在作家所在現實生活中「缺席」的事實。從實際情形來看，有關「美人幻夢」的書寫，可以說始終充滿了一種難以言喻的矛盾情感和嘲諷意味。只不過，這樣的情感意味，總是在圓滿的婚姻結局中被高度消解，並不能為讀者所重視或理解。但無論如何，明末清初才子佳人小說作家在原型移用的置換變形中通過擬騷書寫賦予佳人以理想意義，其完美人物形象當與《詩經》二南中的后妃形象具有一脈相承的「理想女性」內涵——即「無嫉妒之心」，又能「進思賢才」。此外，從作家思想意識表現的角度論之，「遊與求女」母題背後所隱含的知音遇合之難的悲劇性意涵，最終得以在佳人彼此「共享齊人」的圓滿婚姻結局中被轉化為喜劇性形態，在某種意義上，亦具體反映出明末清初才子佳人小說作家在「愛情寓言」中對知音遇合展開寫作籲求的一種深切的期待。因此，一夫多妻現象作為一種願望，無疑是敘事得以完成的重要心理意象和思想意象。

　　當然，在此必須說明的是，以今觀之，明末清初才子佳人小說作為一種通俗小說類型，小說文本以言情文學傳統為基礎被創造出來，只不過是一場場關於才子／佳人愛情婚姻想像的文化消費商品，從中滿足大眾讀者群體的閱讀消費需求。因此，當「一夫多妻」現象出現於個別文本時，直可以單純從愛情婚姻理想實現的角度將之視為才子生命歷程中所追尋的終極願望。不過，耐人尋味的是，當有關佳人之「識才」與「無妒」的敘事安排普遍出現於諸多小說文本時，則其集體敘事現象所匯聚的意識力量，卻可能隱含著作家群體寫作過程中的

政治無意識表現，因而在交流之際轉化爲一種具象徵性意義的話語事
件。或許對於明末清初才子佳人小說而言，個別文本在敘事操演上所
體現的思想深度，並不足以展示出具體深刻的政教思維。但從流行的
角度來說，明末清初才子佳人小說集體敘事現象的構成，卻也可能賦
予一夫多妻現象以某種程度上的政治性。基本上，本文立足於集體敘
事現象的認知觀點之上，將一夫多妻敘事現象置於中國古代傳統政教
思想體系中進行詮釋，主要目的在於說明佳人之作爲才子期盼知音遇
合的理想對象，其形象既可視爲一種「眞實性存在」，亦可視爲一種
「象徵性符號」。因此，當明末清初才子佳人小說以「遊與求女」的
意識形態素進行敘事創造時，則佳人形象之塑造由愛情圖式以隱喻姿
態進入政治圖式，促使一夫多妻現象所可能隱含的知音遇合的比興寄
託之思，在特定意義上，或可視爲作家群體對理想政治進行釋義的結
果之所在，具有其政治倫理隱喻的意涵。

第四節　愛的寓言：才子佳人小說的婚姻理想及其寓意

歷來研究視明末清初才子佳人小說爲一種願望文本，其願望結構
本身充滿了幻想性、想像性和娛樂性的虛構特質，致使小說文本的意
指實踐缺乏深刻的思想意涵和價值辯證，最終只不過是明代中晚期以
來通俗文化思潮影響下的一場場提供閱讀消費的能指遊戲而已[10]。因

---

[10] 事實上，這樣的見解普遍存在於以往的研究論述中。石昌渝論及才子佳人小說與明代四大奇
書之藝術表現和思想深度時便明白指出：「四大奇書是明代第一流小說，它們孕含的思想是
豐富而深厚的，……才子佳人小說是純粹的通俗小說，它沒有多少深刻的思想，而且這些思
想直露於故事表層，它們只是一些故事書而已。它們的不足在這裡，然而它們的價值也在這
裡，它們供給讀者的是娛樂和消遣。」見氏著：《中國小說源流論》（北京：生活・讀書・
新知三聯書店，1994年），頁377。

此，在普遍的閱讀認知上，人們多認爲明末清初才子佳人小說並不具
備反思與批判的文化品格，其主題寓意不足以揭示當時歷史文化語境
在轉型時期所存在的時代議題[⑩]。然而，從文化研究觀點論之，明末
清初才子佳人小說作爲一種意識形態的生產，作家以其「邊緣文人」
身分，乃通過「言情」與「寫實」交融的傳奇式書寫以建構心中理想
的烏托邦[⑪]，無不試圖由此建立起一種信仰、價值和觀念的體系[⑫]。
因此，「情」作爲敘事的基本命題，對於明末清初才子佳人小說集體
敘事現象的構成而言，既是一種審美現象，也是一種文化現象，而其
主題寓意最終體現在創作主體、欲望和文本形式三者相互融合的「寓
言」創造之上，實際上具有反映歷史現實的美學意義和文化價值。基
本上，當我們將明末清初才子佳人小說視爲文化釋義體系的一部分，
小說文本在賴以參照的春秋筆法和史傳形式的證史傳統中被創造出

[⑩] 〔美〕韋勒克、華倫（René Wellek & Austin Warren）指出：「文學可當作觀念和哲學的歷
史文獻來處理，當然是沒有問題的，因爲文學的歷史和知識的歷史，並行發展，而且前者可
以反映後者。一些詳盡的聲明或者隱約的暗示常顯示出一個詩人對於某一特別哲學的傾好，
或確定他對一時風行的哲學很熟悉，或至少是懂得它說的是什麼。」見氏著，王夢鷗譯：
《文學論——文學研究方法論》（Theory of Literature）（臺北：志文出版社，1983年），
頁387-388。

[⑪] 以〔美〕弗雷德里克・詹姆遜的觀點來說：「所有階級意識，不管是那種類型，都是烏托邦
的，因爲它表達了集體性的統一；然而，還必須附加說明的是，這個命題是個寓言。已經
獲得的集體性或有機群體，不管屬於那種──壓迫者或被壓迫者完全沒有區別──並非本身是
烏托邦的，而僅僅是由於所有這些集體性本身象徵著已經達到的烏托邦或無階級社會的終極
具體的集體生活。」見氏著，王逢振、陳永國譯：《政治無意識：作爲社會象徵行爲的敘
事》，頁277。

[⑫] 〔英〕泰瑞・伊果頓（Terry Eagleton）指出：意識形態「大致是指我們所言所思的一切，
與我們處身其中的社會的權力結構和權力關係，兩者相聯繫的一些狀態。……特別指那些感
覺、評價、認識和信仰的模式，它們和社會權力的維持與再生有某種關聯。」見氏著，吳新
發譯：《文學理論導讀》（Literary Theory: An Introduction）（臺北：書林出版有限公司，
1993年），頁28-29。

來。具體創作意圖或如《玉嬌梨》第五回敘述者引詩所言：

> 閒探青史吊千秋，誰假誰眞莫細求。
>
> 達者鬼談皆可喜，痴人夢說亦生愁。
>
> 事關賢聖偏多關，話到齊東轉不休。
>
> 但得自留雙耳在，是非朗朗在心頭[13]。

　　這樣的說法，在《醒風流奇傳》第一回亦可見之——但作家是用以強調於忠烈的才子與奇俠的佳人之間的倫理故事。表面上看來，明末清初才子佳人小說話語實踐的內在精神似乎充滿了遊戲意味，但實質上卻仍具有其社會文化實踐的嚴肅性和意指作用，體現出作家思想上和哲學上的基本價值觀念表現[14]。今由上引詩作內容可知，作家是秉持「閒探青史吊春秋」的創作認知來書寫有關才子／佳人的愛情遇合故事，體現出「以稗官證史」爲基調的史傳精神態度，藉以傳達特定主題思想和價值觀念。基於上述認知，爲更進一步了解明末清初才子佳人小說的主題寓意，今即從以下兩個方面論析之：

---

[13] 荑秋散人編次：《玉嬌梨》，頁165。

[14] 〔俄〕鮑里斯・托馬舍夫斯基（B.Tomachevski）在〈主題〉一文中指出：「一般說來，長篇小說從頭至尾都是以一般文化意義上的文學外主題材料爲『支柱』的。應當指出的是，主題（情節外的）和情節分布的構成，在提高作品的趣味性上是互相配合的。」見〔俄〕維克多・什克洛夫斯基（Victor Shklovsky）等著，方珊等譯：《俄國形式主義文論選》（北京：三聯書店，1992年），頁200。

壹、寄意聖主：從士不遇到皇帝親試的政治期望

　　時當改朝換代之際，文人群體對於自我命運的探索和選擇，總是充滿矛盾和困惑的。明清之際以錢謙益、吳梅村和顧炎武、黃宗羲、王夫之為代表，文人群體在面向出處問題時的決定，已然形成兩種對立的身分表徵：一是歸順當朝，一是避處在野。對於明末清初才子佳人小說作家而言，身處在時勢變遷的混沌情勢裡，作家秉其文人身分意識對於哲人所生之嚮往，每每體現在期望清明之世再現的言談敘述之間，語氣充滿了無奈與感慨。《情夢柝》第八回敘述者引詩曰：

> 哲人日已遠，斯文漸沒地。
>
> 學究如嵩林，紛紛起角利。
>
> 不識四書字，安解一經義。
>
> 騙得愚父兄，悮卻佳子弟。
>
> 鶴糧借養鶩，鹽車負駃騠。
>
> 感慨灌花翁，擊碎玉如意[16]。

　　因此，當大多數明末清初才子佳人小說之敘事創造從「揚才」走向「經世」、從「主情」走向「勸世」，作家在個人與家國關係的思考選擇上，無不展現出將個人榮耀寄意於聖主重才的理想政治思維，充滿了高度的政治關懷和期望。從現實的政治關懷來說，明末清初才

---

[16] 安陽酒民著：《情夢柝》，頁103-104。

子佳人小說作家的寫實態度主要體現在以下三個方面：

首先，就科舉而言。在明清科舉取士制度影響下，大多數文人的仕進之路並不順利，遇合無時之感頗為激切。如天花藏主人在《平山冷燕》序言說：

> 若夫兩眼浮六合之間，一心在千秋之上；落筆時驚風雨，開口秀奪山川，每當春花秋月之時，不禁淋漓感慨，此其才為何如？徒以貧而在下，無一人知己之憐。不幸憔悴以死，抱九原埋沒之痛，豈不悲哉[16]？

又如顧石城在《吳江雪》序言說：

> 佩蘅子者，幼抱凤志，長習聖功，徹九流之宗，知三教之旨，詩文辭賦，縱筆萬言，倒清峽之源，吐大塊之異，直可與唐晉並驅，而非時流所知也。雖然，天實棄之，人亦不得而知之，佩蘅子亦不得而求知乎人也。知詩文辭賦之未能生世也，乃佯狂落魄，戲作小說一部，名曰《吳江雪》[17]。

由此看來，明末清初才子佳人小說作家投身通俗小說創作，可謂既是一種尋求知音的個人精神行為，同時也是寄意世俗的政治意識

---

[16] 荻岸散人撰：《平山冷燕・序》，頁9-11。

[17] 佩蘅子：《吳江雪・序》，收於古本小說集成編委會編：《古本小說集成》（上海：上海古籍出版社，1990年），頁1-3。

行為，兩相結合而形成了悲喜情感交融的敘事風格表現。從其悲者言之，如《兩交婚小傳》第三回敘述者講述宗師施文宗拔擢甘頤，由此看破府裡弊端的情形，施宗師道：

> 本道奉朝廷簡書，來此考較一番也，指望拔取幾個青
> 年奇雋之士，聯捷而去。上以彰朝廷得士之榮，下以
> 成文字相知之雅。不期被府縣遮蔽，才者不取，所取
> 者又盡非才，以致本道不能拔一英俊。若非前日廟
> 中偶遇，則本道何以得親於子。及昨閱試卷，盡皆襪
> 線，無一長材，故不得不借子冠軍。而荒謬不堪者，
> 不可勝舉，本道因撿幾卷最不堪者，發到府中使之知
> 愧。且命他解送眾童生的原卷上來，如便不堪，須痛
> 懲他一番，以儆戒將來，也可泄前日遺失賢契之氣[18]。

由此顯示政治現實之綱常不彰，人才不得順利入仕一展長才。從喜者言之，如《麟兒報》第十二回敘述者講述天子殿試，見廉清策中條對合宜，御筆點中第一甲第一名的情形：

> 天子龍目看去，見廉清髮綰弱冠，只好十五六歲，天
> 顏大喜。因問道：「朕觀汝策中簡鍊詳明，知道是個
> 老成之士，不意尚在髫年，學力如此充足，真可喜可
> 愛。」便又賜問道：「汝年幾何？」廉清俯伏奏道：

---

[18] 天花藏主人撰：《兩交婚小傳》，頁71-73。

「微臣今年纔交十六。」天子又問道:「汝幼讀何書
而學問至此。」廉清奏道:「臣所讀之書,仍是人世
所讀之書,但學問之理則各有所取。臣非學問異人,
實應陛下之泰運而生,故遭逢陛下之天鑒,而特賜臣
狀元。天恩隆重,臣草茅寒賤,何敢仰承。誓當鞠躬
盡瘁,以報萬一。」天子聽了,點頭大喜[70]。

　　言語敘述極力表彰聖主識才之舉,從中寄寓無限期盼。無可諱言
的,在明末清初才子佳人小說中,當「發憤抒情」與「歌功頌德」的
言語表現交融於敘事進程之中,最終雖能夠在圓滿歡慶的結尾處實現
了作家群體的人生願望,但實際上在敘事背後所隱藏的卻是作家群體
內在的生存性焦慮及其矛盾心理,顯得別具嘲諷意味。

　　其次,就權臣擅政而言。在「賢」、「奸」對立的世情描寫
中,作家寄意知音遇合的期盼無不藉敘述者言談抒憤以隱括諷諫之
意。《鴛鴦媒》第一回敘述者崔信有感賈似道專政擅權侔人、勢壓王
侯,欲上書彈劾:

一日崔學士與賈平章議論不合,互相爭執。崔學士遂
出朝房,一直回到家裡,與李夫人商議,要出一疏劾
奏賈似道。李夫人再三勸道:「賈似道做人奸險異
常,兼以皇上十分信用。若是相公出本彈論不准,觸
怒聖表。只怕賈似道陰謀陷害,取禍不少。崔公憤然

---

[70] 佚名:《麟兒報》,頁361-362。

道：「我豈不知，似道奸險異常，只爲我世受國恩，豈忍做那寒蟬給事，緘口不言。況今金虜未除，又值元兵侵犯，邊疆危急，正國家多事之秋，我亦何怕一死，坐視奸臣誤國，決不學那些貪祿苟榮的一般尸位。」[180]

其他如《醒名花》、《玉樓春》等作品中亦可見類此的言談表現。一般而言，這樣激烈的言辭表現，在大多數明末清初才子佳人小說中並不多見，作家大體上多秉持儒家「溫柔敦厚」詩教精神以「微言大義」式春秋筆法進行書寫，縱有揭露權奸逼婚爲害之事，也多在情節安排中含蓄表述心志，以免招致文字之禍。不過，作爲人情—寫實小說流派之支流，作家對於世情之描寫仍然隱隱表示出對時勢環境變化下權臣誤國有所批判的一種政治關懷，不全然只是關心兒女情長。如《終須夢》第七回敘述者引詩曰：

風從虎兮雲從龍，魚趨深水鳥趨峰。
絕無琴瑟聲相左，那有芝蘭氣不濃。
處處奸人休遇合，遠方知己喜相逢。
聞音默契絲桐操，豈在區區對酒鍾[181]。

事實上，這種期盼知音遇合的慷慨激昂之詞，便在在顯示在明末

---

[180] 徐震（煙水散人）撰：《鴛鴦媒》卷一·（二～三）。

[181] 彌堅堂主人編次：《終須夢》，收於古本小說集成編委會編：《古本小說集成》（上海：上海古籍出版社，1990年），頁85。

清初才子佳人小說作家對於世情炎涼、權奸作惡的含蓄批判之上，其所具有的諷諫之意，當如《夢中緣》第十四回敘述者引〈慶春宮〉詞曰：

> 百世流芳，萬年遺臭，賢奸誰低誰強？法網非疏，天心可據，禍福到底難量。惡盈業滿，熱騰騰忽加嚴霜。此日繁華，當年勢焰，頃刻消亡。　忠臣事事堪獎，義勇包天，蓋世無雙。詞藏利刃，字振風雷，無媿鐵膽銅腸。冰山推倒，一時間日霽風光。但願他年，奸臣讀此，仔細商量⑫。

　　由此可知，明末清初才子佳人小說不僅僅是言情之作而已，作家的寫實態度表現只是隱含在情節事件的發展之上，不易爲讀者所感受罷了。不可否認，由於明清之際政治體制的變革與混亂局勢的影響，作家群體想要晉身政治仕途可謂困難重重，幾經難題考驗，只爲實現美政理想。《生花夢》第一回敘述者引詩曰：

> 好事多磨最可憐，春風飄泊幾經年。
> 戎間且有生香地，世上偏留薄命天。
> 假到盡頭還自露，疑從險處更多緣。
> 毫端尚有餘思在，他日新聲待續傳⑬。

---

⑫ 李子乾：《夢中緣》，頁347。
⑬ 娥川主人編次：《生花夢》，頁1-2。

　　因此，明末清初才子佳人小說作家表述個人乃至作家群體對於現實政治回復秩序化的訴求，無疑是在集體性書寫領域中普遍傳達出作家群體深層心理願望，言語敘述之間充滿政治關懷之意。

　　其三，寄意君王聖明，重視人才拔擢。以今觀之，明清之際朝代鼎革大變，政治體制和社會環境顯得複雜無序，亟待進行重建與重整。如前文所論，當時文人不論入仕爲官與否，有識之士多在著述當中發表經世致用言論，提倡實學思想。在儒家經世致用思想背景影響下，明末清初才子佳人小說對於理想政治的期望，乃寄意於皇帝能重視人才之拔擢，廣爲搜求人才以實現美政理想。如《平山冷燕》第一回即通過敘述者講述先朝隆盛之景來揭示「求才」行動的重要性：

　　　　一日，天子駕臨早朝，文武百官濟濟鏘鏘盡來朝賀。
　　　　眞個金闕曉鐘，玉階仙杖，十分隆盛。百官山呼拜舞
　　　　已畢，各各就班鵠立。早有殿頭官喝道：「有事者奏
　　　　聞！」喝殼未絕，只見班部中閃出一官，烏紗象簡，
　　　　趨跪丹墀，口稱：「欽天監正堂官湯勤有事奏聞。」
　　　　天子傳問：「何事？」湯勤奏道：「臣夜觀乾象，見
　　　　祥雲瑞靄，拱護紫微，喜曜吉星，照臨黃道，主天子
　　　　聖明，朝廷有道，天下享太平之福。臣不勝慶幸，謹
　　　　奏聞陛下，乞敕禮部，詔天下慶賀，以揚皇朝一代雍
　　　　熙雅化。臣又見文昌六星，光彩倍常，主有翰苑鴻
　　　　儒，丕顯文明之治。此在朝在外，濟濟者皆足以應
　　　　之，不足爲奇也。最可奇者，奎壁流光，散滿天下，
　　　　主海內當生不世奇才，爲麟爲鳳，隱伏山林幽祕之

地，恐非正途網羅所能盡得。乞敕禮部會議，遣使分
行天下搜求，以爲黼黻皇猷之助。」天子聞奏，龍顏
大悅，因宣御旨道：「天象吉祥，乃天下萬民之福，
朕菲躬涼德，獲安民上，實云倖致，安能當太平有道
之慶？不准詔賀。海內既遍生奇才，已上徵於天象，
諒不虛應；且才爲國寶，豈可隱伏幽祕之地？著禮部
官議行搜求。」[84]

由於明清之際處於歷史文化轉型階段，儒學核心價值在主情思潮
的影響下產生極大的轉變，尤其在情、理之辨的思想層面上，不僅顯
得複雜，而且充滿矛盾。以今觀之，明末清初才子佳人小說作家在某
種程度上已體察到政治、社會的倫理綱常不彰的現象和事實，並深刻
地了解到現實文化秩序處於失序狀態，作家群體不得安身立命以及入
仕爲官以立功來實現個人政治抱負的苦悶。因此，在小說文本中，作
家寄意聖明君王之心顯得極爲熱烈卻又充滿感慨。如《孤山再夢》第
五回敘述者引〈憶多嬌〉詞曰：

求賢良，莫商量，惟將奇才獻君王。不負男兒志氣
昂，默告穹蒼、默告穹蒼，指日教眉舒氣揚。　衣錦
光，姓字香，高車駟馬返故鄉。笙簧鼓吹鬧門墻，喜
見爹娘，喜見爹娘，方顯得有用文章[85]。

大體而言，明末清初才子佳人小說作家借創作以表述經世之

[84] 荻岸散人撰：《平山冷燕》，頁3-5。
[85] 渭濱笠夫編次：《孤山再夢》，頁50。

見，主要便落實在有關求才行動的書寫之上，通過不同主角人物重
才、憐才、愛才等等情節事件的敘事操演，積極營造一個作家群體心
目中的美政理想：即搜求「翰苑鴻儒」，終得「丕顯文明之治」，進
一步創造「雍熙雅化的皇朝」。所謂「齊賢曾遇聰明主，今日書生佩
聖恩」的情景，正如《鳳凰池》第十三回敘述者講述天子親試雲鍔
穎、文若霞、水伊人、章湘蘭的情形：

> 天子看四詩已畢，逐一嘉賞道：「四作各有關情之
> 處，而又不失應制之體，真朕世之祥麟瑞鳳也，朕豈
> 可不和一首以誌喜起之盛乎？」各將四人贊一句云：
>
> 五色魚鱗繞帝城，一天霞彩遠相迎。
> 水光遙與雲華映，氣結芝蘭教道成。
>
> 是日，才子佳人唱和風流，天子亦為之動情，遂道：
> 「結褵之後，朕當召卿夫婦登殿，賜晏唱和，以見
> 佳人才子相得益彰之盛事也。」太僕並二狀元俱各
> 謝恩。太僕欲命二女謝恩，天子言：「夫婦，人道
> 之始，今既兩相締結，俟于歸之後，同二卿謝恩可
> 也。」說罷，即便擺駕還宮正是[86]。

　　毫無疑問的，明末清初才子佳人小說作家設計皇帝親試才子／佳
人以展示君臣遇合之美政理想，無疑是小說文本中的重要敘事安排。
但是，倘將此一敘事安排與作家的現實人生相對照，可以說別具嘲諷

---

[86] 煙霞散人編：《鳳凰池》，頁383-384。

意味。正因爲如此，以往人們即多將此一敘事行爲視爲作家因現實遇合無時所虛擬的春秋大夢。不過，可以再進一步討論的是，明末清初才子佳人小說寄意「聖主親試」以凸顯重才之思，可能只是傳達出作家群體期待君臣遇合方面的意志和願望而已。然而，就其集體敘事現象的話語構成而言，卻可能在重複書寫過程中，凸顯小說文本作爲政治寓言的一種意識形態表現，展現對於現實政治體制重建與重整的政治關懷和政治期望。

貳、齊家：從自我想像到家國論述的政治寓言

一般而言，明末清初才子佳人小說以通俗白話章回小說體裁爲形式載體，並不能與明清六大奇書《三國演義》、《西遊記》、《水滸傳》、《金瓶梅》、《紅樓夢》、《儒林外史》的思想表現和藝術成就相提並論。但從前文的分析中可見，明末清初才子佳人小說之敘事建構，在通俗消費娛樂的商品形貌下，仍然可能隱含著特定的思想體系的傾向性[87]，形成一種隱含敘述現象[88]。以今觀之，明末清初才子

---

[87] 如〔俄〕米哈依爾・巴赫金在〈陀思妥也夫斯基詩學問題〉一文中所言：「即使沒有顯出這種直露的意圖，在任何描寫中總也還有思想結論的成份存在，不管這一結論在外在形式上的作用是多麼微弱和多麼隱蔽。」見錢中文主編：《巴赫金全集》第五卷（石家莊：河北教育出版社，1998年），頁108。

[88] 一般而言，文本之中可能存在明顯敘述與隱含敘述兩種聲音並存的表現。對於明末清初才子佳人小說而言，由於言情書寫所展現的明顯敘述聲音壓過寫實書寫所欲傳達的隱含敘述聲音。因此，以往人們對於小說文本的主題寓意始終集中於「才、情合一」的愛情婚姻觀的討論之上，從而可能忽略了集體敘事現象之下，作家想要表述的政治關懷和政治理想。有關隱含敘述之討論，參傅延修：〈試論隱含敘述〉，《文藝理論研究》，1992年第9期，頁135-140。傅延修：《講故事的奧祕——文學敘述論》（南昌：百花洲文藝出版社，1993年），頁243-254。

佳人小說作家在賦予小說敘事形式以特定意識形態的過程中，其主要敘事策略即通過「遊與求女」行動的比興寄託意涵進行審美形式轉化的書寫[80]，藉以表達特定思想體系。那麼，我們如何在原意追尋過程當中，進一步解讀明末清初才子佳人小說文本意義的存在方式及其表現，以期了解其流行的美學價值和文化意義，這對於本文研究而言，無疑是重要的。以今觀之，在「淑女理想」的客觀投影和「君臣遇合」的政治圖式互為一體兩面的敘事建構中，明末清初才子佳人小說作家立足才子／佳人愛情遇合的想像性書寫，整體敘事表現可以說傳達出對於現實的政治秩序和倫理綱常進行重整和重建的政治期望。大體而言，作家從講求個人才、情「修身」的自我本性表現轉而強調夫婦「齊家」的倫理精神表現，除了滿足了作家及大眾文化讀者群體的閱讀想像，更在集體敘事現象的意向性表現上，提供了人們建構理想政治秩序的參照指標，顯得別具意味。基於上述認知，為進一步理解明末清初才子佳人小說的主題寓意，以下即從「齊家」理想建構的角度說明小說敘事形式創造賴以存在的主體精神和倫理範式。

從藝術形態的角度來說，明末初才子佳人小說是屬於「獨白型」的文本，其中「才、情合一」的婚姻理想及「齊家」主題寓意作為一種正確的、有價值的思想，不僅滿足著作者意識的需要，更力圖

---

[80] 從用典的角度來說，明末清初才子佳人小說與《詩》、〈騷〉在演義和仿擬方面關係，主要是建立在「遊與求女」的行動表現之上。基本上，用典作為一種表意策略，旨在造就文本意義的層次性，即「從指意到蘊意的躍升，典故與敘事要素恰如其分的契合只是形成了文本表層共時性意義空間。作者的意圖經由典故早已融入一定的編碼程序而成為深層寓意，導致內涵的衍生和意味解讀的無限性。」參汪正龍：《文學意義研究》（南京：南京大學出版社，2002年），頁87。

形成一個內容統一的世界觀[19]。當我們論及明末清初才子佳人小說的「齊家」理想，自不能不與作家所強調的「情」與「婚姻理想」作一聯繫。首先，在情的論述方面，如西湖雲水道人在《巧聯珠》序言中指出：

> 器界之內，萬物並生，其初漫然不相接也。惟人生於情，有情而後有覺知，有情而後有倫紀。於是舉漫然不相接者而忽爲之君臣、父子、夫婦、朋友，以起其忠愛惻怛之思，發其憂愁痛悱之致。至於令歷萬劫而纏綿歌舞，不可廢也。豈非情之爲用！然今使人皆無情，則艸木塊然，禽獸冥然，人之爲人，相去幾許。但發乎情，止乎禮義，斯千古之大經大倫，相附以起。世風淪下，宋人務爲万幅之言，而高冠大袖，使人望而欲臥；近令詞說宣穢導淫，得罪名教。嗚呼！吾安得有心人而與之深講於情之一字哉[19]？

　　毋庸諱言，明末清初才子佳人小說論「情」，雖以男女愛情遇合爲寫作材料，但實際上，以齊家理想爲參照，情之書寫已擴及至「君

---

[19] 〔俄〕米哈依爾·巴赫金在〈陀思妥也夫斯基詩學問題〉一文中指出：「被肯定的、具有充分價值的作者思想，在獨白型作品中能肩負三方面的功能。第一，思想是觀察和描繪世界的原則，選擇和組織材料的原則，是使作品的一切因素保持思想觀點上的一致性的原則。第二，思想可能是從描寫當中引出的或多或少比較明確，或比較自覺的結論。第三，作者的思想可能直接表現在主要人物的思想體系的立場上。」見錢中文主編：《巴赫金全集》第五卷，頁107。

[19] 煙霞逸士編次：《巧聯珠·序》，頁2-6。

臣、父子、夫婦、朋友」等人倫層面，因此特別重視男女「發乎情，
止乎禮義」的貞情表現。其次，在「婚姻理想」的建置方面，如《定
情人》第一回雙星與龐襄論良姻時所言：

> ……所謂良姻者，其女出周南之遺，住河洲之上，關
> 雎賦性，窈窕爲容，百兩迎來，三星會合，無論宜室
> 宜家，有鼓鐘琴瑟之樂。即不幸而貧賤，糟糠亦畫春
> 山之眉而樂饑，賦同心之句而偕老，必不以夫子偃
> 蹇，而失舉案之禮，必不以時事坎坷，而乖唱隨之
> 情。此方無愧於倫常，而謂之佳偶也[192]。

所謂「關雎好逑」的理想婚姻形態，化作一種願望結構的敘事形
式，可以說普遍存在於明末清初才子佳人小說的話語實踐之上，其審
美理想表現，自然與《詩經》中充滿倫理教化精神的「齊家」觀緊密
相關[193]。大體而言，明末清初才子佳人小說對於齊家理想的建構，主
要便是在演義《詩經·關雎》的敘事行爲中完成的，而其最終結局當
如《玉嬌梨》第二十回敘述者的介入評價蘇友白與白紅玉、盧夢梨兩
位佳人的圓滿婚姻時所言：

> 鐘鼓喧闐琴瑟調，關雎賦罷賦桃夭。
> 館甥在昔聞雙嫁，銅雀如今鎖二喬。

---

[192] 天花藏主人編：《定情人》，頁8。

[193] 廖美玉：〈詩經中「齊家」觀的省思〉，《成大中文學報》第五期，1997年5月，頁113-163。

　　樓上紅絲留日繫，門前金犢倩花邀。

　　仙郎得意翻新樂，不擬周韶擬舜韶[⑭]。

　　對於大多數明末清初才子佳人小說而言，這樣的婚姻理想表面上看來或許只不過是一種大團圓式的想像性補償心理表現而已，大體上滿足了作家的意識需求和讀者群體的閱讀想像。不過，究其實質表現，當作家借才子／佳人愛情遇合提出「情」與「良姻」的價值辯證時，其話語實踐對於「才德合一」、「性情合一」、「情禮合一」的強調，基本上已超越個人情感欲望的認識需求，轉而以實現政治倫理教化精神為目的，將整體敘事發展方向引向對於現實政治秩序之禮法綱常進行重建的思考。尤其值得注意的是，當作家秉持「發乎情，止乎禮」的儒家詩教精神進行創作時，小說敘事進程隨著才子追尋佳人的冒險旅程的展開，事實上關注焦點已從「主情」論述轉向借「言情」以進行政治層面的價值辯證。因此，情節事件之發展可以說隱含從「自我想像」到「家國論述」的意識形態傾向的轉變情形，顯得極為耐人尋味。如《兩交婚小傳》第十八回敘述者引〈南柯子〉所言：

　　美已欣逢美，才仍快遇才。一時作合暢人懷，始識天
　　心暗裡巧安排。　歸娶先承寵，還朝復進階，新詩頌
　　聖聖顏開，留得一番佳話道奇哉[⑮]。

　　又如《宛如約》第十六回敘述者引〈柳梢青〉詞曰：

[⑭] 荑秋散人編次：《玉嬌梨》，頁724。
[⑮] 天花藏主人撰：《兩交婚小傳》，頁595。

察出眞情，君恩廣布陽春。不賢醜婦，酒鬼兒郎，從
今各悔前事。　才子佳人，美滿聲，成就鶯求友盟。
始信雙栖，于飛二女，樂自天生[86]。

基本上，這樣一種才美遇合、共譜佳話的理想結局，可以說是作
家「齊家」理想得到完滿實現的終極歸宿，並不足爲奇。然而，細加
考察卻可發現，上述言語表現除了展示出作家個人婚姻理想實現的基
本願望之外，最重要的還在於將齊家理想之能實現的關鍵因素置於聖
主廣布君恩的政治層次上，寄寓了文人階層對於政治理想實現的深切
關懷，可謂充滿了政治倫理隱喻的思想表現。

基於上述認知，我們究竟應當如何解讀明末清初才子佳人小說中
的「齊家」理想的具體表現及其所可能隱含的政治期望，無疑顯得極
爲重要。今可見者，在明末清初才子佳人小說中，才子要能眞正解決
科舉取士弊端和權臣小人阻害的眞實困境，消解「遊與求女」歷程所
隱含的士不遇的悲劇意識，最終得以完成好逑之配的婚姻理想，實際
上無不寄意於父母之命乃至於皇帝親試、賜婚的聖裁來促成才子／佳
人才、情相配的圓滿婚姻結局。如《兩交婚小傳》第十八回敘述者講
述親試甘頤、辛發和辛古釵、甘夢之詩才，四人題詩頌聖，閣臣宣讀
完，天子聽了，龍顏大悅道：

二夫二婦，果才美絕倫，施沛、王蔭爲媒配合，實於
人倫增榮，風化有補，俱當重用。甘頤、辛發，面君

---

[86]　惜花主人批評：《宛如約》，頁238-239。

稱旨，俱進一階，甘頤著進修撰[⑲]。

又如《醒風流奇傳》第二十回敘述者借天子次敕旨欽賜梅幹、馮閨英完婚，大表夫婦人倫與國家本務關係之論，聖旨云：

> 朕聞綱常爲國家本務，夫婦乃人生大倫。馮英一閨中弱質，抱博通之學，負經緯之才，克敦孝行，能守貞操，閨中奇女子也。梅幹才兼文武，功著社稷，無心仗義于陌路，避嫌全德于坐懷，天下奇男也。二姓締合，朕甚嘉焉。昔日既得義舉，今日正合好逑。各賜黃金百兩，綵緞百端，仍著孟奇贊禮結婚，以爲名教光榮。欽此[⑳]。

就此而論，這樣的敘事結局表現並不僅僅只是作爲實現作家個人理想時所做的一種虛構性安排而已，而實際上是借夫婦人倫綱常之彰顯以隱喻美政理想實現之期待。因此，在齊家理想的實踐過程中，作家藉敘事以寄意聖主的作爲，在某種意義上，便體現了作家對於明清之際現實文化秩序失序的一種理解和看法。

大體而言，儒家認爲「夫婦之際，人道之大倫」，視婚姻爲政教綱常建立之重要基礎，因此將「婚禮」視爲「禮之本」。《禮記‧婚義》云：

[⑲] 天花藏主人撰：《兩交婚小傳》，頁628。
[⑳] 鶴市道人編次：《醒風流奇傳》，頁514-515。

敬慎重正而后親之，禮之大體。而所以成男女之別，
而立夫婦之義也。男女有別，而后夫婦有義；夫婦有
義，而后父子有親；父子有親，而后君臣有正。故曰
昏禮者，禮之本也[19]。

今從愛情理想追求及其圓滿婚姻實現的角度來說，《詩經・關
雎》被編置於「詩三百」之首，其寓意實深。自漢代以來，儒者論
《詩》首重〈關雎〉，今觀《毛詩・關雎序》論及〈關雎〉之義時即
將「正夫婦」視爲「風天下」的基礎：

關雎，后妃之德也。風之始也，所以風天下而正夫婦
也。故用之鄉人焉，用之邦國焉[20]。

此外，毛詩在「周南」、「召南」其他詩篇之小序中，則進一步
從不同層面上進行釋讀，其中特別強調后妃、夫人能修善己身，能進
賢於君，能和諧眾妾，能教以國人禮義，終而能化德於天下，致使政
教太平。究其實質意涵，上述政治理想之表現沿修身、齊家、治國、
平天下之理路逐步實現，實際上可謂與《禮記・大學》所主張的政治
理念相互一致：

大學之道，在明明德，……古之欲明明德於天下者，
先治其國；欲治其國者，先齊其家；欲齊其家者，先

---

[19] 鄭玄注、孔穎達疏：《禮記正義》（臺北：藍燈文化事業公司，不著出版年），頁1000。
[20] 毛亨傳、鄭玄箋、孔穎達疏：《毛詩正義》，頁12。

修其身。……身脩而后家齊，家齊而后國治，國治而
后天下平。自天子以至於庶人，壹是皆以脩身爲本[⑳]。

因此，從修身、齊家、治國、平天下的發展層次觀點來說，其政
治理想之能實現的主要關鍵當如《禮記・中庸》所言：

君子之道，造端乎夫婦。及其至也，察乎天地[㉑]。

而事實上，這樣的政治理想的承繼關係，在朱熹《詩集傳・周
南》中即有所說明：

所以著明先王風俗之盛，而使天下後世之修身、齊
家、治國、平天下者，皆得以取法焉[㉒]。

如前文所言，明末清初才子佳人小說作家意在演寫《詩經・關
雎》之義，其中有關彰顯「夫婦人倫」爲重的思想意識表現，可謂普
遍存在於小說文本之中。在表面上，明末清初才子佳人小說作家對於
自主婚姻之追求，在於「宣揚一種新的才、色價值觀，尋求並證明
禮教和人性相和諧的道德規範。」[㉓]不過，當我們進一步從「自我想
像」到「家國論述」的敘事發展中進行考察時，則可以發現到，在

[⑳] 鄭玄注、孔穎達疏：《禮記正義》，頁983。

[㉑] 鄭玄注、孔穎達疏：《禮記正義》，頁882。

[㉒] 朱熹：《詩集傳》卷一（上海：上海古籍出版社，1980年），頁1。

[㉓] 張菁強：〈人性和禮教的烏托邦──才子佳人小說述論〉，《明清小說研究》，1998年第3
期，頁4。

《詩》、〈騷〉傳統影響下，明末清初才子佳人小說作家無不試圖通過「遊與求女」的敘事操演，建構以夫婦大倫為基礎的齊家美政理想。尤其當「夫婦君臣」之喻建築在齊家理想實現的過程之中時，相對於才子而言，佳人以「淑女」理想形象出現於小說文本之中，無疑與《詩經》中的后妃、〈離騷〉中的女神在書寫傳統上具有一脈相承的互文關係，隱含了特定的政治倫理隱喻。今借鄭毓瑜論及漢晉辭賦中的楚騷論述時的觀點論之：

> 女性化意象在辭賦中，也許就成為同是男性的君臣雙方，彼此交涉對應的身份籌碼；賦家如何出場，君王又是如何觀看，性別的模擬與轉換，生動地刻劃了政治場中的角力網絡[26]。

以今觀之，明末清初才子佳人小說作家採取擬騷書寫形式來建構「關雎好逑」的愛情婚姻理想，其話語實踐無不強調「人倫以持正為貴」的教化之思，藉以彰顯〈關雎〉、〈桃夭〉之化儒家詩教精神，正顯示出一種書寫的政治性。當作家群體將齊家理想之實現與否最終置於皇帝賜婚的大團圓結局來加以表現時，則作家藉創作以傳達「國家本務之綱常」建立的終極訴求，無疑可視為明末清初才子佳人小說主題寓意之所在。

基本上，明末清初才子佳人小說作家以才子／佳人之愛情遇合書寫來傳達君臣遇合之美政理想，是毋庸置疑的。進一步來說，作為

---

[26] 鄭毓瑜：〈美麗的周旋——神女論述與性別演義〉，收於氏著：《性別與家國——漢晉辭賦的楚騷論述》，頁14。

「愛的寓言」，明末清初才子佳人小說的婚姻理想建立在「齊家」的政治想像之上，並以此爲中介進行敘事建構，則體現出作家試圖在小說文本中建立國家本務之倫理綱常的根本訴求，實際上有其明確的目的論結構[26]。對於明末清初才子佳人小說而言，在集體敘事現象的構成中，諸多小說文本通過集體的觀念形態的創造，在敘事表現上共同傳達一致的精神意向，進而爲故事形態及其類型之建立，提供了一套理想的規範系統[27]。其中，齊家理想作爲美好愛情和清明政治得以實現的基礎，直可以說爲作家及大眾文化讀者群體提供了一套解決現實出處困境的重要參照標準和途徑。

最後，必須有所說明的是，雖然明末清初才子佳人小說作家在故事結局實現了以齊家理想爲基礎的美滿婚姻家庭生活；但令人遺憾的是，才子在此同時卻又有感於現實政治場域的權力爭鬥和人事紛爭過於激烈，終而選擇隱逸山林。就主題寓意表現而言，不論這樣的敘事安排是一種啓蒙、啓示或者是一種嘲諷，我們似乎了解到某些明末清初時期文人知識分子的生命悲劇的眞相。雖然文人知識分子們滿懷經世致用之心，但始終苦無出路以發揮個人才能的機會，因此最終只能寄意在小說創作之中實現虛幻的黃粱事業。表面上看來，明末清初才

---

[26] 〔德〕恩斯特・卡西爾指出：「對於語言的表達和藝術的表現來說，有目的性這個要素是必不可少的。在每一種言語行爲和每一種藝術創造中我們都能發現一個明確的目的論結構。」見氏著，結構群審譯：《人論》，頁223。

[27] 〔美〕韋勒克・華倫指出：「藝術作品顯是『自成一類』的知識對象，而自有其一套特別的本體論上的層次。它既非實質的（有如一尊雕像），也不是心靈的（有如『光』或『痛』的經驗），更不是概念的（有如三角形）。它只是存在於主觀相互之間的一種理想的規範系統。其存在且可假定爲：在集體的『觀念形態』中，隨著觀念形態之演變而演變；只有基於章句上的聲音構造，透過個人內心的經驗始能接觸。」見氏著，王夢鷗譯：《文學論——文學研究方法論》，頁248。

子佳人小說作家群體在傳達士不遇的悲情時，似乎對於當朝統治者仍
然充滿君臣的政治期望，但實際上卻又在透過才子隱逸山林的書寫表
明現實生活中與君王統治者處於離異的狀態。當作家群體的經世使命
意識消失，並反映在小說結局的價值選擇之上時⑧，則明末清初才子
佳人小說在話語實踐中所積極建置的「齊家」理想，最終也只能是一
場空想罷了。

---

⑧ 陳建生：〈從親和走向離異──封建社會知識階層的心態與明清小說〉，《徐州師範學院學
報》（哲社版），1991年第4期，頁54-55。

第五章

類型：才子佳人小說敘事建
構的美學機制

才子佳人

　　自《玉嬌梨》、《平山冷燕》出現以來，明末清初才子佳人小
說作為一種敘事範式的定型（formation）表現，不僅體現了作家創
作時基本共同遵循的美學規則和本質特徵，而且也使得作品在藝術形
式的變形表現上具有其共相性質的審美慣例。一般從通俗文學的簡要
定義來說，明末清初才子佳人小說作為通俗文學話語系統下的一種類
型，不論在創作動機、創作方法、價值取向和審美趣味等方面的表
現，可以說「是用淺近易懂的語言和一定程式創作的，以較大密度
情節藝術地表現世俗的審美和倫理觀念，並以此為特徵服務於社會的
一種文學樣式。」[1]在經驗論或印象式的看法上，明末清初才子佳人
小說與其他類型小說之區別，只不過是在於題材上有所不同而已。然
而，從類型生成與建立的觀點來看，不論在「明末清初才子佳人小說
作為一種形式」方面或在「明末清初才子佳人小說的構成形式」方
面，明末清初才子佳人小說以其獨特的藝術形式的邏輯來構建一個具
有明確目的的烏托邦世界，可以說在藝術形式的構成方式上建立起面
對現實時的一種新的理性，因而得以在既定文體的承襲和創新中創造

① 謝晰、羊列容、周啓志著：《中國通俗小說理論綱要》（臺北：文津出版社，1992年），頁
　　4-5。另可參鄭明娳：《通俗文學》（臺北：揚智文化事業股份有限公司，1993年），頁13-
　　39。

出才子佳人小說特有的基本幻象（elementary illusion）②。以今觀之，在集體敘事現象的話語構成中，明末清初才子佳人小說以愛情寓言的敘事姿態出現，不僅賦予小說敘事形態以特定美學形式，並且提供了大眾文化讀者群體普遍認同的意義結構，因而得以反映明清之際特定的歷史情境和文化現實。

綜觀明末清初才子佳人小說研究歷史，人們對於才子佳人小說作為一種小說類型或流派的認知，基本上是沒有疑義的。不過，自才子佳人小說創作發生及流行以來，人們多受到有清一代文人及《紅樓夢》評論的影響，以致往往視其書寫流於「程式化」，甚至是基於商業因素考量而創作，缺乏文人從事文學創作時應有的創新的審美形式、宏觀的思想格局與深層的精神意蘊，因而整體美學成就和藝術評價並不高。倘從嚴肅文學角度論之，如此負面評價意見的提出原是無可厚非的，但實際上卻無助於解釋才子佳人小說之能普遍流行的根本因素③。基本上，明末清初才子佳人小說之所以能因流行而成為大

---

② 〔俄〕米哈依爾・巴赫汀（Mikhail Mikhailovich Bakhtin）在《陀思妥耶夫斯基詩學問題》中指出：「文學體裁就其本質來說，反映著較為穩定的、『經久不衰』的文學發展傾向。一種體裁中，總是保留有已在消亡的陳舊的因素。自然，這種陳舊的東西所以能保存下來，就是靠不斷更新它，或者叫現代化。一種體裁總是既如此又非如此，總是同時既老又新。一種體裁在每個文學發展階段上，在這一體裁的每部具體作品中，都得到重生和更新。體裁的生命就在這裡。因此，體裁中保留的陳舊成分，並非是僵死的而是永遠鮮活的；換言之，陳舊成分善於更新。體裁過著現今的生活，但總在記著自己的過去，自己的開端。在文學發展過程中，體裁是創造性記憶的代表。正因為如此，體裁才可能保證文學發展的統一性和連續性。」見錢中文主編：《巴赫金全集》第五卷（石家莊：河北教育出版社，1998年），頁140。

③ 正如〔英〕理查德・霍加特所指出的：「把大眾藝術當作『高雅藝術』（個人的，有活力的，非功利的，有趣的）提出來或作為『高雅』藝術來接受，這也就是大眾藝術的死亡。」見氏著：〈當代文化研究：文學與社會研究的一種途徑〉，周憲、羅務桓、戴耘編：《當代西方藝術文化學》（北京：北京大學出版社，1988年），頁38。

衆文本並進而構成一種文化現象，或許與通俗文化消費市場運作機制
的操作密切相關。但事實上，小說敘事建構並非只是建立在愛情書寫
的程式化基礎上而已，而是作家一方面借助於通俗文學的易理解性、
慣例性和娛樂性的寫作特質，一方面又秉其文人身分試圖在小說文本
之創造上傳達個人乃至群體的政治理想——儘管這種政治理想的實質
內涵充滿了世俗化和功利化的想像，並沒有真正顯現作家寄寓的後設
性審美效應④。在前文有關作家的原型體驗、話語的意指實踐到文本
的主題寓意的文本化（textualize）歷程等不同層面的解讀中，我們
可以清楚看到一個創作現象：即明末清初才子佳人小說以其獨特的藝
術形式突破了中國古代言情文學傳統及「人情—寫實」小說的舊有寫
作格局，作家群體在某種程度上意圖從中建立一種既承繼於又有別於
《詩》、〈騷〉抒憤諷諫傳統的通俗小說話語美學體系。因此，如何
正視明末清初才子佳人小說作為一種類型或流派的美學意義和文化價
值，這無疑是掌握才子佳人小說的歷史定位的重要研究課題。基於上
述認知，本文將立足於類型研究理論觀點，從形式分析和文化分析觀
點探究明末清初才子佳人小說創作的美學機制，進一步說明明末清初
才子佳人小說敘事建構的主導性體系及其審美規範。

---

④ 在此援引〔英〕斯圖爾特‧霍爾與帕迪‧沃內爾在《通俗藝術》一書中對「通俗藝術」所下
  的定義說明之：「通俗藝術跟民間藝術有許多相通之處，它是商業文化中的一種個人藝術。
  某些『民間』的成分得以保存下來，即使藝術家取代了不知名的民間藝術家，但表演者的
  『風格』要比公共風格更勝一籌。這裡的相互關係更加複雜——藝術不再僅僅是生活在底層
  的人民創造的——還有通過表達和感受的習慣，相互影響重新建立起來的和諧關係。雖然這
  種藝術不再是『有機社會』的『生活方式』的直接產物，也不是『人民創造的』，但從不適
  用於高雅藝術的方式來看，它仍然是一種通俗藝術，是為人民服務的。」轉引自〔英〕約
  翰‧斯道雷（John Storey）著，楊竹山、郭發男、周輝譯：《文化理論與通俗文化導論》
  （*An Introductory Guide to Culture Theory and Popular Culture*）（南京：南京大學出版社，
  2001年），頁86-87。

第一節　主題先行：才子佳人小說敘事創造的形態特徵

　　基本上，文學藝術創作的展開，意謂著作家進入一個審美選擇的過程。經由對文體形式的設計，故事題材的決定和人物對象的塑造方式進行種種選擇，因而賦予文本以理想秩序形態。對於明末清初才子佳人小說而言，其集體敘事現象的構成，顯示出小說文本所具有的一致性的意向性和藝術形式的表現。大體而言，明末清初才子佳人小說藝術形式在創作發生和流行之際之所以能建立起一種幻象（illusion），除了與商業生產和閱讀消費的通俗文化市場機制的操作，以及來自於讀者群體的不滿足於歷史文化現實的一種社會認同有關之外⑤，最重要的還在於作家從現實的實際生活情景和因果秩序中抽取特定情感經驗所建立的獨特創造原則。對於明末清初才子佳人小說創作而言，作家們在「士不遇」自主情結支配下進行敘事建構，其採取微觀方式來反映特定歷史文化語境中的文人生活樣貌，整體敘事操演的範圍主要集中在才子／佳人愛情遇合的書寫之上，在「情」之演義過程中以比喻方式傳達個人的理想政治圖式。基本上，這樣的一種創

---

⑤　〔法〕羅伯特・埃斯卡皮（Robert Escarpit）論及文學的消費與閱讀的動機觀點時指出：
「文學的閱讀既有利於和社會融為一體，又無法適應社會生活。它臨時割斷了讀者個人與周圍世界的聯繫，但又使讀者與作品中的宇宙建立起新的關係。所以，閱讀的動機不外乎是讀者對社會環境的不滿足，或是兩者之間的不平衡；不管這種不平衡是人的本性固有的（人生短暫、人生如夢），是個人的感情創傷（愛情、憎恨、憐憫）和社會結構（壓迫、貧窮、對前途的恐懼、煩惱）造成的。總之一句話，閱讀文學作品是擺脫荒謬的人類生存的一種辦法。」見氏著，顏美婷編譯：《文藝社會學》（*Sociologie de la littérature*）（臺北：南方叢書出版社，1988年），頁96-97。

作上的主體選擇，除了以大眾文化的普遍價值觀爲依歸，從中滿足讀者群體的心理願望之外，實際上又與作家秉其文人身分意識，意圖透過才子／佳人理想形象的塑造以凸顯特定價值和信仰有關。以今觀之，明末清初才子佳人小說作家的主體選擇，具有其明確的主題傾向和意識形態維度，並且對於敘事格局的創造有其積極影響作用⑥。事實上，明末清初才子佳人小說在「齊家」主題先行的影響和制約下，以其明確的藝術形式創造來反映現實，即傳達了作家對於歷史文化語境和自我生命定位的一種理解和看法。尤其，當作家試圖通過對情的闡釋和表述來建立小說文本的意識形態張本時，有關才子／佳人的愛情遇合的書寫，一方面既滿足了一般讀者群體的愛情想像，另一方面也撫慰了失落文人群體的政治想像。從文化研究觀點來看，我們似乎並不能單純以一般通俗小說的非探索意義的主題傾向表現來討論其創作的美學機制⑦。因此，爲有效理解明末清初才子佳人小說作爲一種小說類型的審美實踐及其形態特徵，進一步掌握明末清初才子佳人小說的言語體裁特點，以下即從主題先行的觀點分析明末清初才子佳人小說敘事格局創造的藝術程序及其美學表現。

壹、歷史經驗：虛幻的記憶

今觀明末清初才子佳人小說之敘事格局的創造中可見，其具體寫

---

⑥ 徐岱指出：「在敘事活動中，主題的意義在於對創作格局的總體設計，和對創作軌跡的定向性把握，而不在於事無巨細地涉足插手，君臨一切地包辦代替整個創作過程；換言之，也就是幫助小說家進入一種創作境地，建構起審美的自律機制。」見氏著：《小說敘事學》（北京：中國社會科學出版社，1992年），頁136。

⑦ 有關通俗小說的非探索意義的主題傾向之討論，參王晶：《西方通俗小說：類型與價值》（昆明：雲南人民出版社，2002年），頁172-175。

作目的或不在於窮形盡相地摹繪世故人情，藉以呈現總體性的歷史文化現象，而是在相對微觀的現實生活觀照中，針對文人群體的「士不遇及其追尋」的思想情感進行敘事操演，從中建構文人群體的自我本性和政治理想。從實際情形來看，明末清初才子佳人小說作家普遍探取過去完成時態書寫，意圖創造出的一種「虛構的歷史經驗」⑧，已然成為另類的歷史書寫，既與中國史傳傳統淵源深遠，又與秉筆執中的史傳書寫有所區別。以今觀之，明末清初才子佳人小說作家通過才子／佳人愛情遇合的集體書寫，在特定的藝術形式創造中，賦予了小說文本中的生活真實以一種可見而不可即的「虛幻性」⑨。基本上，明末清初才子佳人小說之成為一種類型，其基本幻象之建立首先便立足於虛構的歷史經驗的創造之上，作家／敘述者／才子三位一體在「追憶」和「幻想」的話語實踐中建構以「齊家」為終極理想的烏托

---

⑧ 基本上，「虛構」和「非虛構」這樣的術語指明了對語言運用的兩種截然不同的期待：非虛構語言是以一種複製去再現現實，而虛構的語言是以一種複寫去表現現實。〔美〕史蒂文‧科恩（Steven Cohan）、琳達‧夏爾斯（Linda M. Shires）著，張方譯：《講故事：對敘事虛構作品的理論分析》（*Telling Stories: A Theoretical Analysis of Narrative Fiction*）（臺北：駱駝出版社，1997年），頁2。對於明末清初才子佳人小說而言，在表意過程中，其虛構特質並非指的是某種特殊的或例外的語言運用，而是對特定歷史經驗的一種表現或複寫。

⑨ 〔美〕J. 希利斯‧米勒（J. Hillis Miller）指出：「一部小說傳統上並不被看作是小說，而是被當作語言的另一種形式。它差不多已經成為了某種『再現的』形式，深深植根於歷史與『真實的』人類經驗的直接報告之中。小說似乎恥於把自己描述為『自己是什麼』，而總愛把自己描述為『自己不是什麼』，描述為是語言的某種非虛構的形式。小說偏偏要假托自己是某種語言，而且標榜自己同心理的或是歷史的現實有著一對一的對應關係，以此來體現自身的合法性。」見氏著，郭英劍等譯：《重申解構主義》（北京：中國社會科學出版社，1998年），頁37。一般而言，明末清初才子佳人小說以有別於經史的話語系統進行文化釋義和社會實踐，作家秉其傳史態度在虛構的歷史經驗的重構過程中傳達文人群體共同的歷史記憶與身分認同，這種記憶與認同看來與現實息息相關，但整體敘事表現在「詩」的映襯下，實際上又不免帶有一種虛幻性表現特質。

邦世界。最終，小說文本所體現出的一種充滿「虛幻的記憶」（visionary memory）的審美效應，不僅決定了明末清初才子佳人小說的敘事形態特徵，同時也在不斷地出版和流行過程中，喚起了大眾文化讀者群體心中的「集體記憶」（collective memory）[10]。

一、追憶：歷史經驗的重構

基本上，明末清初才子佳人小說基本幻象之創造立足於虛構的歷史經驗之上，其具體敘述方式是以一種「追憶」的方式來進行敘事建構，並從中寄寓歷史的真實感與設想的真理[11]。因此，論及明末清初才子佳人小說敘事建構之形態特徵，首先必須關注的便是作家如何利用話語穿透「時間」，將一系列往事變成一個可以理解的整體。

大體來說，大多數明末清初才子佳人小說作家都將敘事時間背景設定為前朝的過去時態，其所牽涉到的現實因素或在於避免「文字之

---

[10] 〔法〕莫里斯・哈布瓦赫（Maurice Halbwachs）指出生活的群體為個人提供重建記憶的方式，在此意義上存在著一個所謂集體記憶和記憶的社會框架，從而我們的個體思想將自身置於這些框架內，並匯入到能夠進行回憶的記憶中去。基本上，記憶的集體框架不是依循個體記憶的簡單加總原則而建構起來的；它們不是一個空洞的形式，由來自別的記憶填充進去。相反，集體框架恰恰就是一些工具，集體記憶可用以重建關於過去的意象，在每一個時代，這個意象都是與社會的主導思想相一致的。人們可以說，個體通過把自己置於群體的位置來進行回憶，但也可以確信，群體的記憶是通過個體記憶來實現的，並且在個體記憶之中體現自身。見氏著，畢然、郭金華譯：《論集體記憶》（*On Collective Memory*）（上海：上海人民出版社，2002年），頁67-72

[11] 在一般小說研究上，敘事總是被視為因果相接的一連串事件，經由敘述而呈現出來。對於小說文本的創造而言，「敘述」這一概念暗含判斷、闡釋、複雜的時間性和重複等因素，沿著一條既成的路徑從頭到尾重新追溯事件，從而講出一個故事。在開端到結尾的敘事進程中，任何講述都是重述，即使最為直截了當的敘事也是重複，是對業已完成的旅程之重複。參〔美〕J. 希利斯・米樂（J. Hillis Miller）著，申丹譯：《解讀敘事》（*Reading Narrative*）（北京：北京大學出版社，2002年），頁43-45。

禍」，或在於寄寓「桃源之思」，或表達「以史爲鑑」，今已無從得知。不過，值得注意的是，當歷史和現實以一種「記憶」的姿態出現在小說文本之中時，作家對於歷史和現實所做的陳述，總是在特定話語秩序的安排中，通過敘述者的追憶而賦予才子／佳人愛情遇合事件以特定的闡釋形式和審美意義。今可見者，明末清初才子佳人小說之敘事建構，實則充滿了特定的虛幻的記憶。

首先，是對以「詩」爲重的時代的追憶，如《平山冷燕》第一回敘述者引詩曰：

> 道德雖然立大名，風流行樂要才情。
> 花看潘岳花方豔，酒醉青蓮酒始靈。
> 綵筆不妨爲世忌，香奩最喜使人驚。
> 不肤春月秋花夜，草木禽魚負此生[12]。

明末清初才佳人小說作家對「詩」的重視，已如第三章、第四章所論述。在現實中，不論才子或佳人，如空負「草木禽魚」之詩才，卻無法在以八股科舉考試爲重的時代受到青睞，不免有遇合無時之歎，直成爲作家心中理想揮之不去的情結。因此，小說文本大量引入詩詞言語之際，標舉六朝曹植、潘岳和唐代李白、杜甫等文人爲其理想詩人形象，其意在喚醒人們對於以詩爲重的時代的記憶，用意殊堪尋味。

其次，是對「桃源仙鄉」的追憶，如《生花夢》第八回敘述者引

---

[12] 荻岸散人撰：《平山冷燕》，收於古本小說集成編委會編：《古本小說集成》（上海：上海古籍出版社，1990年），頁2。

〈天仙子〉詞曰：

> 望斷神州情一線，十年勞夢千山遍。已知春色在江
> 南，詩可羨，人可羨，東園一似天臺便。　少客情鍾
> 淑女怨，春心倩託詩相見。誰知好事定多磨，天也
> 眩，人也眩，斗奎光掩文章變[13]。

　　明末清初才子佳人小說作家通過桃源、天臺之思以展開夢幻中的
人神之戀，無不企盼夢中神女引接以超越現實生命困境。從情欲之思
到詩禮之求，才子追尋佳人的冒險旅程之完成，主要便寄於佳人知音
之遇合。因此，在典故運用中對於古代桃源仙鄉的懷想，便成為一種
另類的歷史追憶。

　　再次，是對於「理想政治」的追憶，如《夢中緣》第九回敘述者
引〈生查子〉詞曰：

> 不為離亂人，寧做太平犬。離亂最傷心，骨肉相拋
> 閃。何處是家鄉？望斷山河遠。萍梗在天涯，幸遇知
> 音攬[14]。

　　在明末清初才子佳人小說中，作家究竟是否從中寄寓遺民之

---

[13] 娥川主人編次：《生花夢》，收於古本小說集成編委會編：《古本小說集成》（上海：上海
　　古籍出版社，1990年），頁329。
[14] 李子乾：《夢中緣》，收於古本小說集成編委會編：《古本小說集成》（上海：上海古籍出
　　版社，1990年），頁211。

思，或順應當朝之意，因缺乏相關文獻資料，無從考證得知。不過，從小說文本中有關敘述者的言語敘述中，大體可見作家面對時勢變異所引發的生存困境，事實上是充滿著政治焦慮的。這種政治焦慮或許只是屬於個人情感的具體再現，但在集體敘事現象的構成中，卻也成爲作家群體期待理想太平政治重現一種虛幻的歷史追憶。

由此看來，在「詩」、「桃源仙鄉」或「理想政治」的追憶內容上，整體敘事表現大都體現出作家身處於易世之變的政治社會環境中，試圖對心目中過去「理想生活形態」進行重建的書寫意識，而這樣情感表現可以說普遍存在於明末清初才子佳人小說的敘事進程之中。尤其，當這些樂園式的追憶或烏托邦式的追尋在不同小說文本中出現時，其記憶就像是通過一種連續的關係，促使作家與讀者群體在對話過程中所產生的認同感得以獲得確認和長存，並在重複書寫行動中不斷地通過創作和閱讀想像喚醒昔日意象，重建大眾文化心中潛隱的歷史經驗[15]。更值得注意的是，當明末清初才子佳人小說作家通過特定話語秩序之建構，試圖重建文人身分所具有傳統文化價值，其利用對過去時態的歷史經驗的重構以深化才子／佳人的理想形象及其愛情遇合的歷史必然性，無疑必須在重複書寫中建立特定的寫作信念。而事實上，這樣的敘事創造表現大量反映在有關才子／佳人遇合時多採取「以詩爲媒」的圓滿婚姻結局的描寫中，即可見其用意。

不過，耐人尋味的是，從歷史經驗重構的角度來說，在明末清

---

[15] 這樣一種類同書寫儀式的操作表現，或如〔法〕莫里斯‧哈布瓦赫（Maurice Halbwachs）所指出的：「倘若我們希望保護產生它們的信念，我們就要始終重視各種程式、象徵、習俗，以及必須被不斷重演和再現的儀式，這正是其原因所在。憑借著這種對傳統價值的執著，昨日的社會以及社會進化過程相繼出現的各個時期才得以存續至今。」見氏著，畢然、郭金華譯：《論集體記憶》，頁207。

初才子佳人小說中，「故事」（story）的歷史時間與「話語」（discourse）的現實時間必然形成一種有意味的對應關係。在今昔對比的情感思維支配下，追憶式言語本身所隱含的「時間消逝」的悲劇思維，可以說在客觀歷史事件與主觀情志敘述之間已然形成一種對照，並普遍存在於不同小說文本之中，進而構成藝術形式的基本審美效應表現。就實際情形來看，敘述者在言談敘述之間偶而會傳達出一種「今昔對比」的悲劇意識。如《吳江雪》第四回敘述者引詩曰：

> 誰說當年詠絮才，於今弱婉洵名魁。
> 春蠶葉盡抽絲巧，晚燕泥輕刷羽回。
> 南國美人今孰是，西川才子肯重來。
> 蜀禽血染江楓冷，縱繫春心忍作灰[16]。

又如《終須夢》第四回敘述者引詩曰：

> 高歌一曲向花前，遙憶當年酒席邊。
> 碧沼鴛鴦交頸固，妝臺鸞鳳同心堅。
> 百磨不悔方成節，一見相親始是緣。
> 謾道婚姻月老定，人情膠漆可回天[17]。

---

[16] 佩蘅子：《吳江雪》，收於古本小說集成編委會編：《古本小說集成》（上海：上海古籍出版社，1990年），頁23。

[17] 彌堅堂主人編次：《終須夢》，收於古本小說集成編委會編：《古本小說集成》（上海：上海古籍出版社，1990年），頁37。

　　但對於大多數小說文本而言，這種「誰說當年」、「遙憶當年」的今昔對比之感，大都只是以一種壓抑的姿態潛隱於字裡行間，等待讀者閱讀、發現和闡釋。其原因或在於：在集體敘事現象的構成中，明末清初才子佳人小說作家從事創作之目的或不在於鉅細靡遺地記錄歷史和重現歷史，而是希冀通過客觀事件的追憶以表現出個人理解現實時所體會而得到的一種「歷史感」，藉以在特定藝術形式中重建歷史真實。如同蘇珊・郎格（Susanne K. Langer）所指出的：

> 記憶是意識的偉大組織者，它簡化並組織我們的知覺，使之成為個人的知識單位；它是歷史的真正製造者，不是記錄歷史，而是歷史感本身，是對做為一個完整確立的事件結構（儘管還不完全知道）的過去的認識，這個事件在空間與時間中繼續，並自始至終以因果鏈條聯繫在一起[18]。

　　因此，綜觀明末清初才子佳人小說之話語構成，敘述者更多的是在屬於「過去時間」的客觀事件與屬於「當下時間」的主觀情志的內在對話中，將虛構的歷史經驗所體現的帶有悲劇意味的歷史感，與現實做了敘述上的聯繫。這樣的敘事表現，對於當時的讀者群體而言或具有其特殊的感染力，因而得以吸引讀者群體參與歷史經驗的重構，在虛幻的記憶中共同感受時世變遷下文人生活情境中所隱含的遇合願望。

---

[18]　〔美〕蘇珊・郎格（Susanne K. Langer）著，劉大基等譯：《情感與形式》（*Feeling and Form*）（臺北：商鼎文化出版社，1991年），頁299。

二、幻想：政治焦慮的置換

　　一般而言，通俗小說之話語是「以淺顯的語言，用符合廣大讀者群體欣賞習慣與審美趣味的形式，描述人們喜聞樂見的故事的小說。」[19]在此認知前提下，通俗小說之創作為能充分滿足大眾讀者群體的閱讀想像和情感體驗，大多採取相對固定的程式結構和類型人物來完成敘事建構，這是毋庸置疑的。以今觀之，明末清初才子佳人小說是在作家／敘述者／才子三位一體的敘事思維中被建構出來的。今可見者，明末清初才子佳人小說的幻想性表現，主要便是落實在由才子／主人公行動所主導的情節結構之發展及其最終結局的安排之上。究其實質表現，小說敘事建構通過才子行動的描寫所引發的歷史經驗的相關書寫，實際上在幻想之中體現出一種對政治焦慮進行置換的思想意向。

　　首先，就才子形象及其行動的描寫而言。

　　不可否認，才子形象在明末清初才子佳人小說中一直是一個值得特別關注的人物形象，而與人物形象塑造相關的程式化書寫，對小說文本意義生成而言更具有其特定價值與魅力[20]。大體來說，明末清初才子佳人小說作家為充分展示才子的理想人格及其形象特質，在敘事語態（mood）選擇方面主要採取「非聚焦」式、第三人稱全知觀點進行講述，並賦予敘述者特定敘述權威，積極在敘事進程中賦予才子

---

[19]　陳大康：《通俗小說的歷史軌跡》（長沙：湖南出版社，1993年），頁11。

[20]　依〔美〕阿瑟‧阿薩‧伯杰（Arthur Asa Berger）的觀點來說：「作家想要在『娛樂』一詞的最佳意義上『娛樂』讀者──他們想要創作有趣的值得關注的人物，想要讓這些人物以讓我們感到有趣、教會我們有關生活的某些東西、並且給我們帶來思考的方式相互聯繫。」見氏著，姚媛譯：《通俗文化、媒介和日常生活中的敘事》（*Narratives in Popular Culture, Media, and Everyday Life*）（南京：南京大學出版社，2000年），頁146-147。

形象本身以超越世俗文人的特殊力量，從而使得才子本身在敘事幻化過程中呈現出其神聖性、象徵性、中心性的形象特性。如《夢中緣》第一回敘述者講述吳麟美出身時的情形：

> 話說明朝正德年間，山東青州府益都縣有一人姓吳名玨，字雙玉，別號瑰菴，原是個拔貢出身，做了兩任教職就不愛做官，告了老退家閒居。夫人劉氏生二子，長子叫做潘美，也是個在學諸生，娶妻宋氏，因上年趙風子作亂，潘美被賊傷害，宋氏亦擄去無踪。次子叫做麟美，取字瑞生，這瑞生生的美如冠玉，才氣凌雲，真個胸羅二酉，學富五車，不論時文、古文、長篇、短篇、詩詞歌賦，題到手，皆可倚馬立就。他父親因他有這等才情，十分鍾愛，要擇位才貌兼全的女子配他，所以瑞生年近二九，雖遊泮生香，未曾與他納室，這也不在話下[21]。

實際上，如前文章節所言，這樣的敘述方式可以說普遍存在於明末清初才子佳人小說文本之中。尤其敘述者以明顯帶有與中國白話小說中之專業說書人相同的敘述口吻及特徵積極參與敘事建構，並融入主觀評論性話語，其採取「干預性」行為主導敘事進程之發展，對於人物或事件的道德內涵的提示往往擁有其無所不知的洞察力和敘事權

---

[21] 李子乾：《夢中緣》，頁1-2。

威[22]。尤其在集體敘事現象的話語構成中，作家們有意強化敘述者的敘述標記，以干預性姿態表達掌握敘事進程之發展及對歷史和現實的看法時，則其所選擇的陳述方式在滿足作家本身或讀者群體的願望方面，無疑在陳述作用方面發揮了鮮明的幻想特性。不過，有時為強調不同人物身分對才子之才、情表現的讚賞之意，藉以強化才子形象的感染性，敘述者通常也會採取「人物視角」觀察方式來加以描述，提供不同的感知途徑。如《飛花艷想》第九回敘述者講述雪太守借錄科以擇婿的情形：

> 誰知雪太守心上，名雖錄科也，寔為著擇婿。這一日坐在堂上出題後便將這些秀才遠遠的一個個賞鑒過，然酸的酸，腐的腐，俱只平平。內中惟有一生，生得：

> 面如滿月，唇若塗朱。眼凝秋水之神，眉萃春山之秀。胸藏錦繡、風簷下頃刻成文；筆落天花，瀟洒間立時作賦。得言太白識荊州，允信歐陽遇蘇軾。

---

[22] 周建渝：《才子佳人小說研究》（臺北：文史哲出版社，1998年），頁142-148。基本上，全知敘述模式是一種傳統敘述模式，其特點是固定的觀察位置，上帝般的全知全能的敘述者可以從任何角度、任何時空來敘事：既可高高在上地鳥瞰概貌，也可看到在其他地方同時發生的一切；對人物的過去、現在和未來均瞭如指掌，也可任意透視人物的內心。有關全知敘述模式的性質與功能的進一步討論，參申丹：《敘述學與小說文體學研究》（北京：北京大學出版社，2001年），頁203-222。

雪太守看在眼裡，心上暗喜道：「若得此生，內外俱
美，誠佳婿也！但不知可就是前日題詩的，我且試他
一試。」便提朱筆在題目牌上判下兩個紅字，道：
「如有少年名士，倚馬奇才，不妨親遞詩文，本府當
面請教，寔係眞儒，定行首擢」[23]。

又如《宛如約》第二回敘述者講述趙如子扮裝男子，化名趙
白，夜宿司空學士公子司空約的書房的情形：

趙白到了書房中，見其詩書滿架，琴劍方懸，案頭的
玩器與四壁圖書，甚是富麗，眞令人觀之不盡，賞之
有餘。……不忍就寢，因而據案，又將案頭的篇章細
細檢閱。忽在書中撿出一副錦箋，那錦箋上有七言律
詩一首。細細看去，題目卻是〈訪美〉：

　　嫌他花柳不溫存，蹩出風流是黛痕。
　　醒眼看昏眞入夢，驚情若定假銷魂。
　　容非閉月焉生愛，盼不垂青誰感恩。
　　橫塞朱門與金屋，不知何處苧蘿村。

趙白細細看了兩遍，又驚又喜，因而暗想道：「細觀
此詩，訪婚親切，殊不減我擇婿。但可恨秣馬秣駒，

---

[23] 樵雲山人編次：《飛花艷想》，收於古本小說集成編委會編：《古本小說集成》（上海：上
海古籍出版社，1990年），頁145-147。

徒思窈窕，偏不識河洲之路；而櫝中有美，空韞深山
又苦無炫售之價，卻將奈何？」[24]

　　基本上，明末清初才子佳人小說利用類此人物視角觀察的方式
來建構才子形象，主要目的在於賦予其形象以特殊的感召力。此時，
敘事語態的短暫變化，對於人物塑造而言有其強化的修辭作用[25]。然
而，必須注意的是，雖然視角是屬於人物的，但實際上敘述聲音仍然
屬於敘述者所有，這無疑顯示出敘述者有意以其主導意識完全掌握人
物形象塑造和情節結構發展的具體表現情形[26]。因此，當敘述者普遍

---

[24] 惜花主人批評：《宛如約》，收於古本小說集成編委會編：《古本小說集成》（上海：上海
　　古籍出版社，1990年），頁26-27。

[25] 〔英〕帕西‧盧伯克（Percy Lubbock）在《小說技巧》（*The Craft of Fiction*）一書中指
　　出：「小說技巧中整個錯綜複雜的方法問題，我認為都要受到角度問題——敘述者所站位置
　　與故事的關係問題——調節。」收於方土人、羅婉華譯：《小說美學經典三種》（上海：上
　　海文藝出版社，1990年），頁180。

[26] 關於視角與聲音的區別，〔法〕熱拉爾‧熱奈特（Gerard Genétte）最早提出聲明。熱奈特
　　指出：大部分論著對於視角運用問題的論述，「令人遺憾地混淆了我所說的語式和語態，即
　　混淆了視點決定投影方向的人物是誰和敘述者是誰這兩個問題，簡捷些說就是混淆了誰看和
　　誰說的問題。」《敘事話語‧新敘事話語》（*Narrative Discourse：An Essay in Method*）（北
　　京：中國社會科學出版社，1990年），頁126。視角與聲音的差異的表現形式是多方面的，
　　如時間差異、智力差異、文化差異、道德差異等等，兩者之間既有區別又有聯繫，彼此構成
　　種種錯綜複雜之關係，從中可以窺視敘事藝術的某些精妙之處，獲得某種形式上的發現。參
　　胡亞敏：《敘事學》，頁19-23。基本上，視角作為一種敘述加工的方式，係因敘述者限制
　　其特權，只講述他所選擇的人物所能經驗的範圍。因此，這是敘述者與人物的聯合行動，
　　「角心」人物提供經驗，敘述者提供聲音。不過，具體來看，明末清初才子佳人小說敘述者
　　在特定場景中有時雖有意借人物視角進行敘述，但實際上並未完全超越傳統白話小說以絕對
　　固定的敘述者聲音與任意變動角心人物的人物感受經驗所組成的敘述方位的表現。參趙毅
　　衡：《苦惱的敘述者——中國小說的敘述形式與中國文化》（北京：北京十月文藝出版社，
　　1994年），頁84-86。

以帶有自我想像的幻想言語對才子形象及其行動進行敘述時，事實上不能不與其採取主題先行的敘事認知的影響有所關聯。

基本上，明末清初才子佳人小說作家們爲重新賦予現實以秩序的力量，從而建立特殊時期歷史文化應有的中心價值體系，言語敘述可以說充滿了對於正面、中心人物典型形象的積極性籲求㉗。因此，明末清初才子佳人小說以才子追尋佳人的冒險旅程爲敘事建構的主體內容。在書寫過程中，作家藉由對才子形象的理想性內涵進行擬塑，無不積極召喚讀者群體跟隨才子行動參與特定的歷史經驗之重建，從而使得作家與讀者在交流對話過程當中得以取得文化身分的普遍性認同／認證。對於明末清初才子佳人小說而言，才子以正面、中心人物的形象出現於小說文本之中，無疑具有一種理想典型人物的特質。

其次，就才子追尋佳人的大團圓結局表現而言。

大體來說，歷來研究論及明末清初才子佳人小說所具有的幻想表現，著重探討人物類型化及大團圓式結局的敘事現象，實際上已有不少的研究成果，毋庸贅述。不過，值得一提的是，明末清初才子佳人小說作爲通俗小說類型之一，其中有關才子形象的理想性塑造，除了在娛樂的前提上寄寓著大衆文化讀者群體的眞、善、美理想之外，在才子行動及其帶有一致性結局的書寫中，整體敘事表現仍然提供了某種層面的思考面向。如前所言，伴隨才子追尋佳人的冒險旅程的展

㉗ 借〔美〕愛德華・希爾斯（Edward Shils）的觀點來說：「在有些時候和情境中，人們尋求與中心接觸。他們想為其社會確立一個中心，不管他們如何經常反叛這種中心。他們需要在集體中超越作為個人的自我，這種集體則圍繞著一個關於重大事物的中心文化庫藏。他們渴望以這個中心建立一種秩序，並在中心之中尋找一個位置。中心並不是一項轉瞬即逝的事件，中心具有一種時間上的深度，就像中心周圍的社會一樣。」（Edward Shils）著，傅鏗、呂樂譯：《論傳統》（Tradition）（上海：上海人民出版社，1991年），頁283。

開，這種價值與魅力最終完完全全反映在大團圓結局的表現之上，可以說既充滿了娛樂性，也充滿了思想性。茲表列如下：

作品	才子	仕途功名	奉旨成親	家庭婚姻	辭官歸隱
《吳江雪》	江潮	探花	是	一妻	否
《玉嬌梨》	蘇友白	進士	否	二妻	否
《平山冷燕》	平如衡 燕白頷	探花 狀元	是	一妻 一妻	否
《飛花詠》	昌谷	平寇封官	否	一妻	否
《兩交婚》	甘頤 辛發	探花 進士	是	一妻 一妻	否
《金雲翹傳》	金重	進士	否	二妻	否
《麟兒報》	廉清	進士	是	二妻	是
《玉支璣》	長孫肖	榜眼	是	二妻	否
《畫圖緣》	花棟	平寇封官	否	一妻	否
《定情人》	雙星	狀元	否	二妻	否
《賽紅絲》	裴松 宋采	進士 進士	是	一妻 一妻	否
《幻中真》	吉夢龍	狀元	否	一妻	否
《人間樂》	許繡虎	探花	否	二妻	是
《情夢柝》	胡瑋	進士	否	二妻	是
《玉樓春》	邵十洲	探花	否	三妻	是
《春柳鶯》	石液	探花	否	二妻	否
《夢中緣》	吳麟美	進士	否	五妻	否
《合浦珠》	錢蘭	進士	否	三妻	是

作品	才子	仕途功名	奉旨成親	家庭婚姻	辭官歸隱
《賽花鈴》	紅文畹	進士	是	三妻	是
《鴛鴦媒》	申雲 苟文	狀元 探花	否	一妻 一妻	是
《飛花艷想》	柳友梅	探花	否	三妻	否
《好逑傳》	鐵中玉	進士	是	一妻	否
《醒名花》	湛國瑛	平寇封爵	否	七妻	是
《生花夢》	康夢庚	榜眼	否	二妻	否
《宛如約》	司空約	進士	是	三妻	否
《孤山再夢》	錢雨林	進士	否	二妻	是
《醒風流》	梅傲雪	欽封丞相	是	一妻	是
《鳳凰池》	雲劍 水湄	欽賜狀元 狀元	是	一妻 一妻	否
《蝴蝶媒》	蔣青岩 張澄江 顧躍仙	狀元 榜眼 探花	否	四妻 一妻 一妻	是
《終須夢》	康夢鶴	探花	否	一妻	否
《巧聯珠》	聞友	欽賜進士	否	二妻	否

　　由上表內容可見，明末清初才子佳人小說主要是以「才子」為小說文本中心人物的，「佳人」固然是以其有別於傳統女性角色出現於小說世界之中，並且在男女性別政治的顛覆與重建上具有其重要象徵意義和影響作用。但實際上，在小說文本中，佳人終究是被才子所追尋的理想對象，以一種替代性身分滿足了作家的政治無意識想像。因此，明末清初才子佳人小說作家以才子形象及其行動為中心進行敘事建構，實際上是在以父權體制思想為基礎的思維中創造出的一個具有

浪漫理想的圓心結構。在此圓心結構中，歷史和現實中的紛紜複雜的
世界早已被作家的理想化爲中心與邊緣明確區分的有序世界，而這種
圓心結構的主觀理想色彩十分明顯。在某種意義上，有關才子形象的
類型化描寫本身在象徵建置上原不足以給讀者留下特殊深刻印象。然
而，當才子形象在不同小說文本的重複書寫中不斷被置於人物關係之
網的中心時，其形象特性已然成爲集體敘事現象中作品魅力之所在，
因而體現出一種特殊的感召力。

　　不過，從上列圖表中可以看到一個十分值得注意的敘事現象，即
明末清初才子佳人小說作家通過才子行動所交織構成的審美世界，實
際上並不是一個純粹的審美領域，而是對特定歷史文化語境中的「政
治焦慮」進行變形置換的結果。如《孤山再夢》第四回錢雨林請教王
非仙「題詩何者爲佳」，王非仙道：

> 三百篇之後，莫盛於唐，雖有初盛中晚之別，然大要
> 以清眞切當爲上。如李青蓮之豪邁，少陵之眞切，自
> 足千古。當時以詩取士，二人竟不入選，可千古而不
> 可一時。迄今言詩，只推李、杜，那些應制的，反出
> 其下。又賈浪仙以僧而能詩，高適五十學詩，皆名重
> 千古，何嘗在科目乎？但詩亦有遇不遇耳。如古人有
> 得意於貓兒狗子者，有失意於南華第二篇者，如孟浩
> 然以「地下惟有蟄龍知」的一句，幾遭奇禍。若非遇
> 明主，亦與「上方珍饌來珠域」之句，同付法場了。
> 吾兄適間「文章亦自隨涼熱」之句，足盡此意了[28]。

---

[28] 渭濱笠夫編次：《孤山再夢》，收於林辰主編：《才子佳人小說集成》（3）（瀋陽：遼寧古籍出版社，1997年），頁41-42。

　　基本上，在明末清初才子佳人小說中，有關「明主遇合」的政治
焦慮主要反映在才子／主人公的「追尋」（quest）歷程及其所必須
經歷的種種考驗形式之上，最終是以才子通過科舉考試、完成難題考
驗並獲得美滿結局而告終。進一步來說，在政治焦慮／考驗形式的審
美置換中，明末清初才子佳人小說的敘事建構在才子追尋佳人的定型
表現中呈現出複調的敘事特質。就故事的主體內容來說，作家普遍以
重複的修辭策略不斷在「功名」和「婚姻」的完美實現上強化才子形
象的理想性，一方面強化自我定位的認同，另一方面達成集體欲望的
實現，這是讀者習以爲常的閱讀理解。然而，在故事結尾的價值選擇
上，當作家們有意凸顯「辭官歸隱」的政治選擇的思想意義時，其敘
事本身對於現實的解釋卻充滿了不確定性。在某種意義上，可以說反
映了作家政治無意識中難以掌握的心理衝突和矛盾情結。如《醒風流
奇傳》第二回敘述者引〈行香子〉詞曰：

　　　　清夜無塵，月色如銀。酒斟時，須滿十分。浮名浮
　　　　利，休苦勞神。似隙中駒，石中火，夢中身。　雖抱
　　　　文章，開口誰親？且陶陶，樂取天眞。幾時歸去，作
　　　　個閒人。背一張琴，一壺酒，一溪雲[29]。

又如《孤山再夢》第六回敘述者引〈木蘭花〉詞曰：

　　　　記前時舊事，此地會神仙。向月砌雲階，又尋翠袖

---

[29] 鶴市道人編次：《醒風流奇傳》，收於古本小說集成編委會編：《古本小說集成》（上海：
　　上海古籍出版社，1990年），頁23。

來，拾花鈿還魂了卻前債，羨一場春夢再團圓。淨瓶
頻灑甘露，楊柳一滴生天。　蘇杭兩處景依然，孤山
草芊芊。願急流勇退，東皋舒嘯，西湖放船。雙雙美
人金屋貯，更喜椿萱齊大年。終朝登山臨水，鎮日花
邊柳邊[30]。

　　上述充滿矛盾、虛幻的心理意識一旦與擬騷書寫的政治意識產生
聯繫並貫穿於敘事進程時，則從敘事開端有關「士不遇」政治現象的
提出，一直到敘事結尾有關「辭官歸隱」的政治選擇的安排，此一敘
事進程無疑顯示出文人群體內在無以言喻的悲憤與無奈。從表面上看
來，以大團圓歡慶結局為導向的敘事創造，最終卻是在「入仕為宦」
和「辭官歸隱」的政治選擇中呈現出別具意味的對照，可以說在集體
敘事現象的話語構成中普遍反映出文人群體關於君臣遇合的政治制度
的深層生存性焦慮。從實際情形來說，在明末清初才子佳人小說中，
有關辭官歸隱的結局處理的確破壞了讀者在各種天真的期待之間的那
種常見的平衡感，正是作家在結尾的反諷修辭操作上為讀者呈現了某
種真正屬於現實的東西[31]。整體敘事結局最終直將小說時空引向作者

---

[30] 渭濱笠夫編次：《孤山再夢》，頁62。

[31] 依〔英〕弗蘭克·克默德（Frank Kermode）的觀點來說：「一個平鋪直敘、結尾明顯的故
事似乎更像是神話，而不是小說或戲劇。突變這種在敘事中類似於修辭中的反語的情況，存
在於每一個結構極為簡單的故事裡。如今，突變取決於我們對於結尾的把握。它成了一種能
引出和諧的否定。它之所以要否定我們的期待，顯然與我們想通過一條出乎意料而又富有啟
發性的途徑做出發現或獲得知識的願望有關，完全不是因為我們根本不想達到那些目的。因
此，我們在吸收突變的同時，也在調整對結尾這一單純啟示的鮮明特徵的期待。」見氏著，
劉建華譯：《結尾的意義——虛構理論研究》（*The Sense of an Ending—Studies in the Theory
of Fiction*）（瀋陽：遼寧教育出版社，2000年），頁17。

與讀者共處的現實之中，隱然產生一種延續於小說文本之外的嘲諷意味。事實上，這種複調文本的敘事表現，正可以說是在浪漫故事背後寄寓著當時文人群體的無以言喻的政治焦慮和生存焦慮，同時使得明末清初才子佳人小說作爲一種文化形式，在文化釋義過程中顯現出一種重要的修辭意義。

　　總的來說，爲了創造特定的生活幻象，明末清初才子佳人小說作家們運用了特定的藝術形式，創造出形貌不同但實質同一的小說文本。從寫實觀點來說，不論其敘事是否具有逼眞的審美效應，但至少在流行過程中，其集體敘事現象本身所呈現的似眞的生活幻象，可以說深深牽動了讀者群體的集體記憶，因而得以在既定的社會框架中被認同和接受[32]。在某種意義上，在齊家主題先行的主導下，明末清初才子佳人小說作家在小說文本中積極擬塑一種「虛幻的記憶」，並以獨特的藝術程序創造出普遍爲大眾文化所能接受和認同的藝術形式和藝術幻象，其主題寓意之定向性表現對於明末清初才佳人小說的整體敘事建構無疑具有其積極影響作用。

貳、意識形態：在故事與話語之間

　　基本上，文學藝術創作是人類認識和自我認識的基本形式之一，同時也是理解現實的手段之一。在歷史文化現實中，各種生活故

---

[32] 這樣一種似眞的生活幻象的創造，當如〔美〕蘇珊・郎格所指出的：「散文小說像任何詩人一樣，構造了一種完全的活生生和可感覺到的生活幻象，並用『文學』手法來表現它，這種手法我曾稱之為『記憶的方式』——與記憶相似，只是沒有個性，並且客觀化了。他的首要任務就是這個幻象令人信服，即無論它與現實相距多遠，也要讓它看上去像真的一樣。」見氏著，劉大基等譯：《情感與形式》，頁337。

事可以說是文學藝術創作所賴以生成的「本事」，當作家按照事實的
普通邏輯，借各種形式以製造眞實的意味，並提供歷史眞實的全部幻
象時，隨著不同作家的藝術程序操作的不同，各種文本的產生，則可
視爲本事的「變形」[33]。從藝術變形觀點論之，明末清初才子佳人小
說對於現實的反映，主要落實在才子／佳人愛情遇合的書寫之上，其
藝術形式表現自然不同於歷史演義小說、英雄傳奇小說及神魔幻怪小
說等類型或流派。在話語構成上，如果說，明末清初才子佳人小說所
陳述的是一種既存於歷史生活中的定型化「故事」；那麼，運用特定
陳述方式傳達特定陳述內容，則將構成一種審美性「話語」。就此而
言，明末清初才子佳人小說以具有意義的敘事形式傳達出對歷史的基
本理解，在故事與話語之間無疑構成了一種有意味的對話關係，並且
對話中體現出話語創造者——作家——的意識形態維度[34]。從前文章
節的分析中可見，明末清初才子佳人小說作爲一種話語，作家在話語
系統的選擇、話語體式的表現和話語實踐的意指等方面無不賦予藝術
形式以特定的意識形態，強烈地體現出具有「主體」特徵的情感思想
及價值信仰[35]。因此，不論從話語作爲陳述物或陳述行爲本身來說，
明末清初才子佳人小說的話語構成及其美學實踐必然是由特定的主體

---

[33] 李潔非：〈小說創作動力學〉，《文藝理論》，1992年第4期，頁93-95。

[34] 〔俄〕米哈依爾・巴赫汀在《陀思妥耶夫斯基詩學問題》中指出：「邏輯關係和指物述事的
語義關係，要想成爲對話關係，如我們前面說過的，必須獲得具體的體現，亦即應該改換另
一種存在方式——化作言語，即化作話語；還要獲得作者，即這個話語的創造者；話語所表
現的正是他的立場。」見錢中文主編：《巴赫金全集》第五卷，頁243。

[35] 依〔美〕海登・懷特在〈講故事：歷史與意識形態〉一文的觀點來說：「敘事不僅是意識形
態生產的手段，而且也是一種意識模式，一種觀察世界的方法，它們對一種意識形態的建構
都裨益匪淺。所以，敘事話語不僅僅爲意識形態服務。反之亦然，意識形態是產物，同時，
事實上，它似乎也是我們對現實進行敘事性理解的工具。」見氏著，陳永國、張萬娟譯：
《後現代歷史敘事學》，頁350。

所實現的[36]，而主體則是在多重文化話語中被激活和定位[37]。基於上述認知，爲有效理解明末清初才子佳人小說類型表現的美學意義時，無疑必須說明作家作爲主體是如何在主題先行的制約中，通過藝術形式之創造而賦予小說文本以意識形態，並在集體書寫過程當中寄寓對歷史的闡釋看法。今從以下兩個方面分析之：

一、範式：主體選擇與故事類型的建構

　　一般而言，人們論及明末清初才子佳人小說敘事建構的形態特徵時，往往著重於對小說題材內容進行復原。究其原因在於，以往人們大都認爲明末清初才子佳人小說僅僅是現實生活中的一種「故事」，因而多重視對寫作材料中的生活經驗和思想觀念進行探討，卻不甚注重其作爲「話語」的美學實踐——無論是作爲整體的話語或話語內在的變形手法問題——及其意識形態表現。以今觀之，要掌握才子佳人小說作爲一種類型的美學表現，無疑必須重新了解明末清初才子佳人小說作家在重構歷史經驗的過程中如何賦予事件以意義，以及如何在小說文本中建立起一種純形式的力量以召喚讀者重複接受與閱讀，以便說明小說類型建構的美學意義和文化價值。

　　明末清初才子佳人小說作爲文化釋義體系中的一種話語表現，其

---

[36] 〔法〕茲維坦・托多羅夫（Tzvetan Todorov）在〈敘事作爲話語〉一文中便指出：「任何話語，既是陳述的產物，又是陳述的行爲。它作爲陳述物時，與陳述物的主體有關，因此是客觀的。它作爲陳述的行爲時，同這一行爲的主體有關，因此保持著主觀的體態，因爲它在每種情況下都表示一個由這個主體完成的行爲。」見張寅德編選：《敘述學研究》（北京：中國社會科學出版社，1989年），頁304。

[37] 關於敘述中主體性的劃分，參〔美〕史蒂文・科恩（Steven Cohan）和琳達・夏爾斯（Linda M. Shires）著，張方譯：《講故事：對敘事虛構作品的理論分析》（*Telling Stories: A Theoretical Analysis of Narrative Fiction*）（臺北：駱駝出版社，1997年），頁113-123。

以才子追尋佳人的冒險旅程爲故事基礎進行敘事建構，意謂著男女愛情遇合的書寫本身具有可言說的意義。因此，明末清初才子佳人小說之能建立起一種敘事範式（narrative paradigm），作家在故事類型的建構過程中無不展現出其主體選擇的意識形態作用。在集體敘事現象的構成中，敘事話語對於故事的藝術變形處理，可以說表現爲藝術類型範式的建構與突破的矛盾運動過程。在繼承與創新之間，故事類型表現對於敘事範式之建立具有重要的影響作用[38]。以今觀之，有關明末清初才子佳人小說作爲一種關於才子／佳人愛情婚姻的故事類型表現，前人已多有描述。一般來說，在主題先行的影響和制約下，明末清初才子佳人小說以定型化的敘事範式出現，整體敘事格局之創造因而體現出固定的敘事要素。今表列如下：

因素	內容	備註
時間	過去的時間	虛構的歷史經驗，順時性時序結構
空間	城市	以「京城」為理想實現的終極地點
精神	詩	言志與抒情的傳統，文人身分的提喻
男主人公	佳人式才子	仕宦、富貴之家，獨子、孤兒
女主人公	才子式佳人	仕宦之家，高唐神女與關雎淑女的形象合一

[38] 李心峰指出：「任何一種藝術類型都可以說是一種範式。藝術類型範式在形式上規範著某種藝術類型的整體結構方式，同時也積澱了特定的藝術體驗和感知方式。藝術類型是由各個規範要素組成的整體，它包括某種藝術類型形成所需要的物質材料要素、創作工具和手段、特定的主題和表現對象等等，也包括特定的藝術體驗和感知方式。」見氏主編：《藝術類型學》（北京：文化藝術出版社，1998年），頁45。

因素	內容	備註
阻礙者	權勢官宦、無文之徒、佳人父母	阻婚、逼婚、搶婚
幫助者	婢女、媒人、佳人、父母、皇帝	以「天命」和「緣」為終極助手
情節	追尋	冒險旅程的展開
結局	大團圓	婚姻與功名的理想雙重實現
主題	齊家	愛情遇合與政治遇合的理想合一

　　由上表可見，「故事」作為讀者辨認明末清初才子佳人小說的基本形式，顯示出一種從開端到終止的序列事件的發展過程，其相關事件置身於歷史時間之中，可以說普遍存在於歷史文化現實之中。從表面上看來，這似乎純粹只是生活故事的原始成分，一般並不具備特殊意義。不過，當作家對歷史文化現實中的各種事件進行主體選擇和深度藝術加工，從而將其變成一種特定類型的故事時，其「話語」不論是通過意釋或轉述的方式揭示出掩藏於現實中的故事並為之建立藝術形式。在某種意義上，這樣的行為可以說是對歷史的「發現」[39]。明末清初才子佳人小說作家以才子／佳人愛情遇合的題材為中介環節，正是在一種特定的言語體裁創造之中形成小說類型的審美規範，並通過浪漫故事的創造，在傳奇書寫形式中解釋了歷史中事件的意義、連貫性和歷史本身。

　　從故事類型建構的角度來說，明末清初才子佳人小說作家在敘

---

[39] 〔美〕海登・懷特（Hayden White）：〈歷史中的闡釋〉，見氏著，陳永國、張萬娟譯：《後現代歷史敘事學》（北京：中國社會科學出版社，2003年），頁63-100。

事範式建立過程當中主要是以一種預期敘述的立場進行序列事件的安排，在主題先行的主導下，將情節結構置入愛情寓言的預述性敘事框架之中，整體敘事格局的創造顯得微觀而集中。此一敘事框架正如《玉嬌梨》第八回敘述者引詩曰：

> 謾言真假最難防，不是名花不異香。
>
> 良璧始能誇絕色，明珠方自發奇光。
>
> 衣冠莫掩村愚面，鄙陋難充錦繡腸。
>
> 到底佳人配才子，笑人何事苦奔忙[40]。

又如《合浦珠》第一回敘述者講述敘事動機時曰：

> 話說人生七尺軀，雖不可兒女情長、英雄志短，然晉人有云：「情之所鍾，政在我輩。」故才子必須與佳人為匹。假使有了雕龍繡虎之才，乃琴瑟乖和，不能覓一如花似玉、知音詠絮之婦，則才子之情不見，而才子之名亦虛。是以相如三弄求凰之曲，元稹待月西廂之下，千古以來，但聞其風流蘊藉，嘖嘖人口，未嘗以其情深兒女，置而不談[41]。

---

[40] 荑秋散人編次：《玉嬌梨》，收於古本小說集成編委會編：《古本小說集成》（上海：上海古籍出版社，1990年），頁269。

[41] 樵李煙水散人編次：《合浦珠》，收於古本小說集成編委會編：《古本小說集成》（上海：上海古籍出版社，1990年），頁2-3。

　　所謂「到底佳人配才子」、「才子必須與佳人為匹」的敘事內容作為故事類型的定型化表現，原不具備深刻意義，無庸深論。不過，自《玉嬌梨》、《平山冷燕》出現以來，以才子／佳人愛情遇合書寫為主的言情小說創作大量出現，顯示了大眾文化中普遍存在的消費需求與閱讀期待。今可見者，明末清初才子佳人小說作家從歷史和現實中得到一個幻象，最終在士不遇情感和傳統文人的使命意識的交融影響下，有意以其所能掌握的藝術手法忠實地再現這個幻象，因而能夠創造出一種獨特的藝術形式和小說世界[42]。

　　從敘事範式建立的角度來說，明末清初才子佳人小說在歷史經驗的重構方面的表現，目的並不在於再現真正的歷史現實，而是在故事——具有內容與形式相互辯證的內涵——的基礎上，以形象描寫的方式來重構逝去時代的性質，並在話語陳述中引入「意義」，藉以傳達特定的歷史感[43]。就此而論，當明末清初才子佳人小說作家在上述故事類型基礎上進行話語創造時，其集體敘事現象所體現出的相對一致的形態特徵，在在顯示出不同小說文本之間可能包含了一種理想的敘事結構，直可說是作家在歷史想像的創造過程中賦予了小說藝術形式

---

[42] 誠如蘇珊・郎格所指出的：「藝術家的使命就是：提供並維持這種基本的幻象，使其明顯地脫離周圍的現實世界，並且明晰地表達出它的形式，直至使它準確無誤地與情和生命的形式相一致。為此，藝術家可以使用任何能夠作技巧處理的材料——如樂音、色彩、而塑物質、詞語、姿式或其他實際手段。」見氏著，劉大基等譯：《情感與形式》，頁80-81。

[43] 〔法〕羅蘭・巴特（Roland Barthes）論歷史話語的書寫表現時指出：「歷史的話語，不按內容只按結構來看，本質上是意識形態的產物，或更準確地說，是想象的產物，如果我們接受這樣的觀點的話，即對言語所負之責，正是經由想像性的語言，才從純語言的實體轉移到心理的或意識形態的實體上。正因為如此，歷史『事實』這一概念在各個時代中似乎都是可疑的了。尼采說：『事實本身不存在』，『事實要想存在，我們必須先引入意義。』」見氏著，李幼蒸譯：《寫作的零度——結構主義文學理論文選》（*Le Degre Zero de Iecriture Elements de Semiologie*）（臺北：久大文化股份有限公司，1991年），頁67-68。

以特定的意識形態因素。具體來說，明末清初才子佳人小說作家在虛構的歷史經驗的重構過程中，乃通過「情」之闡釋來表達個人的自我想像和時代的集體欲望，其話語秩序建構主要是通過才子的「冒險旅程」行動——或有形、或無形——的描寫以強調「男女愛情遇合」的艱難，並藉此說明「憐才好色之正，用情取士之眞」的重要價值和意義。在上述意義上，明末清初才子佳人小說以其才子行遊行動為中心所展開的歷史經驗之重構的過程，可被視爲一種關於文人生活歷史的書寫。今依小說文本中有關才子行遊目的或原因，以及與佳人遇合方式進行整理，茲表列如下：

作品	才子	行遊的目的／原因	才子／佳人遇合方式		才子／佳人訂情後分離原因
			相遇	定情	
《吳江雪》	江潮	奉母命還願	因緣偶遇	考詩訂情	小人詐害
《玉嬌梨》	蘇友白	因宗師黜退功名，訪求佳人	考詩擇婿	考詩訂盟	訪托白翰林求親
《平山冷燕》	平如衡燕白頷	宗師舞弊不公聞平如衡之名	題詩和詠題詩和詠	賽詩結緣賽詩結緣	訪求佳人
《飛花詠》	昌谷	父母遠戍，托唐希堯為義子	題詩和詠	和詩定情	小人加害
《兩交婚》	甘頤	訪求佳人	扮裝和詩	藉詩定情	返歸四川求媒
《金雲翹傳》	金重	清明春遊	因緣偶遇	賦詩結盟	叔父命喪遼陽

作品	才子	行遊的目的／原因	才子／佳人遇合方式		才子／佳人訂情後分離原因
			相遇	定情	
《麟兒報》	廉清	幼時與諸兒嬉戲	幼年共讀	贈環訂情	赴省鄉試
《玉支璣》	長孫肖	管春吹延為西席	考詩擇婿	因詩定情	小人脅害
《畫圖緣》	花棟	與柳路春遊	友人撮合	傳詩唱和	接報父病重回鄉
《定情人》	雙星	訪求佳人	才色相慕	傳詩定情	奉母命回鄉應試
《賽紅絲》	裴松宋采	裴楫病故宋石為師	長輩作媒	詠詩聯姻	小人挑撥
《幻中真》	吉夢龍	與素娥成親	父母聘定	父母之命	小人誣害
《人間樂》	許繡虎	遭來公子誘騙	題詩和詠	賦詩訂情	得來夫人解救出遊
《情夢柝》	胡瑋	行遊討債	因緣偶遇	才色相慕	私訂終身為沈夫人察知
《玉樓春》	邵卞嘉	春遊	因緣相遇	才色相慕	應霍春暉之邀賞梅
《春柳鶯》	石液	訪求佳人	因詩相慕	詩琴相通	小人詐害
《夢中緣》	吳麟美	訪求佳人	因緣相遇	詩稿傳情	小人撥亂
《合浦珠》	錢蘭	奉母命前往范家攻書	才色相慕	因才訂情	尋找明月珠為聘

作品	才子	行遊的目的 / 原因	才子 / 佳人 遇合方式		才子 / 佳人 訂情後 分離原因
			相遇	定情	
《賽花鈴》	紅文畹	避亂於方家攻書	長輩指婚	詩笛相通	紅家勢敗，被方夫人所逐
《鴛鴦媒》	申雲 荀文	累世通家，館於崔家	題詩和詠 題詩和詠	傳詩訂盟 傳詩訂盟	小人詐害修書辭歸
《飛花艷想》	柳友梅	遊學杭州	考詩擇婿	因詩結緣	小人脅害
《好逑傳》	鐵中玉	避禍遊學	仗義相救	救美結緣	小人詐害
《醒名花》	湛國瑛	偕友春遊	傳詩誤會	長輩撮合	小人詐害
《生花夢》	康夢庚	訪求佳人	因詩相慕	賦詩相聘	小人詐騙
《宛如約》	司空約	出遊武林西子湖	題詩和詠	因詩訂盟	求取功名，入京赴考
《孤山再夢》	錢雨林	春遊	因緣偶遇	傳詩通情	霄娘之父不允婚事
《醒風流》	梅傲雪	避禍投於馮樂天處為奴	主僕關係	長輩作媒	小人詐害
《鳳凰池》	雲劍	避禍出遊	題詩和詠	和詩訂盟	攻讀詩書以求功名

作品	才子	行遊的目的／原因	才子／佳人遇合方式		才子／佳人訂情後分離原因
			相遇	定情	
《蝴蝶媒》	蔣青岩 張澄江 顧躍之	出遊靈隱	因緣相遇	華刺史許親	回府備禮迎娶，華刺史為越國公所陷
《終須夢》	康夢鶴	春遊	因緣偶遇	因詩訂盟	妻子因病俱亡
《巧聯珠》	聞友	進京納監	因詩相慕	因詩結緣	小人挑撥

*備註：上表所列才子與「佳人」之遇合和訂情的說明，係以第一佳人為主。

　　毫無疑問，明末清初才子佳人小說作為一種敘事範式，其故事類型的建構主要落實在才子「行遊行動」之展開上，這不僅僅是「敘事內容之所寄」，同時也是「敘事形式之所立」的重要表現，從而使得才子佳人小說敘事形態具有不同於當時其他小說類型或流派的「故事」表現，亦有別於人情—寫實小說流派本身的「話語」表現。在表層敘事結構上，諸多才子佳人小說對於才子／佳人愛情遇合書寫之序列事件安排多所不同，才子行遊的初始動機亦有個別差異，才子行遊作為與佳人遇合的前奏，只是才子追尋佳人的冒險旅程之能夠展開的楔子，而真正在行遊之初即表明目的在於「訪求佳人」者，似乎僅見於《玉嬌梨》、《兩交婚》、《定情人》、《春柳鶯》、《夢中緣》、《生花夢》幾部作品而已。不過，再深究其敘事表現時則可見，才子／佳人在「以詩為媒」的情形下許親訂盟，其「遇合」事件作為敘事進程發展的「決定性事件」，無疑是小說敘事範式建立和文

本意義生成之重要關鍵，其後因「小人撥亂」所展開的冒險旅程則具體展示了作家反映歷史和現實真相時的意識形態維度。

　　進一步來說，明末清初才子佳人小說作家在選擇事件並賦予事件以意義的過程中，其話語秩序建構作爲檢驗自我現實人生的形式，主要是採取以「情」作爲敘事中介的「比喻」修辭方式來完成的，並在闡釋過程中積極賦予小說藝術形式以意識形態，從中表達出個人對於歷史現實的理解和看法。今可見者，明末清初才子佳人小說以一種「虛構的歷史經驗」的話語構成記錄歷史現實時，作家通過比喻的修辭方式進行敘事建構，其情節結構所著重描述的事件無非集中於「遇合」的生命課題之上。實際上，從男女愛情遇合之表層敘事引向君臣政治遇合之深層意指的過程中，雖然最終結局在「齊家」與「科舉」的交融並置中完成「婚姻」與「功名」的雙重實現；然而，耐人尋味的是，當這樣的結局只能在以「天命」與「緣」爲命運支配的預述性敘事框架之中完成時，則有關才子／佳人愛情遇合書寫本身之意指實踐，最終在「因緣偶遇」中體現了人事無常的無奈與嘲諷意味，同時也反映出文人群體生命意識中的生存焦慮和政治焦慮。

　　總的來說，明末清初才子佳人小說的基本幻象的生成來自於現實，但小說文本中有關歷史再現的形式及其內容實際上與現實的存在之間必然構成了一種「差異」。在某種意義上，這種「差異」的存在，通過藝術手法的變形處理，因而得以召喚讀者進入不同小說文本之中重構歷史經驗並掌握小說文本的意義[44]。今不論明末清初才子佳人小說是以何種文本姿態出現在讀者面前，當作家通過重複行爲不斷

---

[44] 有關變形和差異感的討論，可參方珊：《形式主義文論》（濟南：山東教育出版社，1999年），頁64-71。

書寫才子／佳人愛情遇合的佳話，小說創作發生及其廣爲流行的情形對於大眾文化的影響可以說是具有決定性的。借引弗雷德里克・詹姆遜（Fredric Jameson）的觀點來說：

> 人們對於這個或那個單一流行類型可能形成的熱烈依戀，作爲這種依戀特徵個人所大量投入的各種內心的聯想存在的象徵，與作品本身一樣完全是一種我們自己的熟悉所形成的功能：通過重複，流行的類型會不知不覺地成爲我們自己生活存在結構的組成部分⋯⋯⑮。

　　毋庸諱言，明末清初才子佳人小說類型之流行，其敘事範式之定型化已然成爲當時文人群體生活結構中重要組成部分，「情」之主題內容作爲小說文本意識形態之所寄，更顯示了作家主體選擇的價值思想之終極信仰。明末清初才子佳人小說有關才子／佳人愛情遇合過程之變形書寫，最終目的可能在於借歷史經驗之重構以記錄一種歷史感，並且從遇合過程變化無端的重複強調中，強化讀者對自我生命歷程之體驗與領悟。因此，一旦讀者進入小說文本情境之中，在「齊家」主題寓意的基本價值體系和審美慣例的既定規範中，有關才子追尋佳人行動本身之幻想性書寫，無疑提供了讀者群體賴以消解歷史文化語境所造成的現實生活壓力和政治壓力的重要管道，並且成爲讀者群體尋求安身立命的重要心靈寄託之所在。

---

⑮　〔美〕弗雷德里克・詹姆遜（Fredric Jameson）著，王逢振等譯：《快感：文化與政治》（北京：中國社會科學出版社，1998年），頁247。

二、轉義：話語與歷史現實再現的闡釋關係

　　基本上，明末清初才子佳人小說以愛情寓言的姿態問世，其敘事通過政治無意識將歷史和現實文本化的過程中，反映了人們關於歷史和現實的集體思考和集體幻想的基本範疇[46]。在主題先行的影響和制約之下，作家們重構歷史經驗時將齊家主題建構成可能的敘事再現的對象，其中作家們對於一系列事件的不同的藝術變形處理，基本上隱含著作家在賦予特定事件以意義時的所面對的一種難題[47]，即通過對特定系列事件進行不同的情節建構，如何找到一種可行的敘事形式進行話語的陳述，以便將事件的原型以「轉義」（trope）的方式進行闡釋[48]。事實上，在才子追尋佳人的故事類型的基礎上，明末清初才子佳人小說作家面對既定的系列事件，按時間順序進行不同的情節建構，在描寫過程中通過一種「預設」（prefigurative）賦予事件以各種可能的意義。如前所言，在整個系列事件的建構過程中，作家在小

---

[46]　〔美〕弗雷德里克·詹姆遜（Fredric Jameson）指出：「歷史不是文本，不是敘事，無論是宏大敘事與否，而作為缺場的原因，它只能以文本的形式接近我們，我們對歷史和現實本身的接觸必然要通過它的事先文本化（textualization），即它在政治無意識中的敘事化（narrativization）。」見氏著，王逢振等譯：《政治無意識——作為社會象徵行為的敘事》（*The Political Unconscious：Narrative as A Socially Symbolic Act*）（北京：中國社會科學出版社，1999年），頁26。

[47]　借〔美〕海登·懷特在〈作為文學仿製品的歷史文本〉一文的觀點來說：「歷史學家的難題是理解假定的系列事件，將它們同時既按時間順序又按句法規則排列成一個系列，就像從句子到小說的全部話語結構一樣。我們立即可以看到把系列事件按時間順序排列的規則與按句法策略排列的規則，二者處於既矛盾又互相作用的狀態，不管後者被視為邏輯策略（三段論）還是敘事策略（情節結構）。」見氏著，陳永國、張萬娟譯：《後現代歷史敘事學》，頁183。

[48]　有關話語的轉義表現，參〔美〕海登·懷特：〈轉義、話語和人的意識模式——《話語的轉義》前言〉，見氏著，陳永國、張萬娟譯：《後現代歷史敘事學》，頁1-32。

說文本中賦予才子／佳人「以詩爲媒」的遇合事件以決定因素地位的
任何歷史，可以說都是決定性的。無可諱言，明末清初才子佳人小說
作爲一種獨特的話語構成，話語陳述本身可以說是語言比喻過程的產
物。一旦當作家所講述的故事與現實生活的故事大致相符時，才子／
佳人的遇合事件作爲小說文本中的主要符碼或寓言方法，實已影響到
廣大讀者群體的消費選擇和閱讀期待。進一步來看，明末清初才子佳
人小說主要是以一種祈願式的欲望結構爲主體內容進行形式建構，伴
隨著才子／主人公欲望的展開，以才子／佳人之「遇合」爲敘事建構
的決定性事件，整體序列事件之建構主要是在一連串類乎考驗儀式的
情節布局中完成的。其中佳人作爲被追尋的「永恆女性」原型，既包
含客觀現實的理解，也包含主觀理想的期望，別具象徵意義和作用。
茲圖示如下：

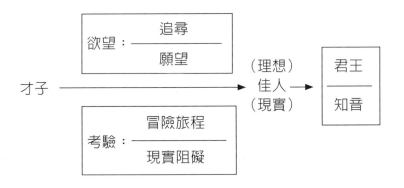

　　今從明末清初才子佳人小說所描述的文人生活事實中可見，作家
們在話語陳述過程中主要採取比喻修辭方式進行描述，並在對才子／
佳人遇合事件進行「轉義」的過程中表達對文人群體所處歷史和現實
的基本理解，最終通過「欲望結構」與「考驗儀式」雙重並置的藝術
變形處理來重構特定的歷史經驗。從敘事作爲文化釋義的一種表意形
式的觀點來說，小說文本作爲社會象徵行爲的一種闡釋，實具有其重

要的象徵作用和意義。

首先，就話語作爲一種欲望結構的表現而言。

對於明末清初才子佳人小說而言，其話語在主體構成及其幻象的表現上無疑體現出一種特定的意識形態維度，即「佳人」作爲一個典型的欲望客體，其形象本身兼具理想與現實雙重性質，有其重要的敘事地位和表意價值。今可見者，明末清初才子佳人小說作爲一種充滿想像性話語構成，作家在言情與寫實交融的話語實踐中創造出夢幻式的愛情烏托邦，其中對於才子追尋佳人行動的書寫本身無疑是充滿了欲望之思的。毋庸諱言的，受到明清才女文化盛行的影響，佳人之成爲欲望客體正說明了明清之際大眾文化證實或認同其形象本身具有重要的象徵作用和美學價值。從實際情形來看，佳人作爲一種理想女性形象，在才、情、色、德充滿了以才子爲主體的心理投射。更爲重要的是，當佳人以理想女性形象進入小說文本之中，其形象所體現的召喚性質，可以說深切地反映了作家／敘述者／才子三位一體對於「知音」——以「君王」爲終極追求對象——的渴慕心態，無疑成爲了作家紓解自我與現實的矛盾和遇合焦慮的重要中介。因此，當作家／敘述者／才子三位一體在話語實踐中表明對於佳人形象的慕求時，則必然是將佳人作爲特定的理念和欲望而加以重新創造。

整體而言，明末清初才子佳人小說敘事建構中頗引人矚目者，當屬佳人「扮裝行遊以求才子」的行動表現之上。在性別政治流動的思維表現下，才子／佳人在才、情、色、德的具體表現上體現出共同的形象特徵。因此，當佳人突破傳統女性的閨閣生活文化，主動選擇進入社會以追求愛情婚姻理想，其意義自屬非凡。大體而言，明末清初才子佳人小說作家對此一現象之書寫，不論是否通過父權價值體系進行凝視，都具有其反映現實的意義。如《宛如約》第一回敘述者即引

〈踏莎行〉詞說明佳人趙如子意求才子的情志曰：

> 璧美荊山，蘭香空谷，教人何處垂青目？蛾眉扮做俏
> 書生，誰人不道風流足。　鴛侶難求，鸞期莫卜，
> 玉堂怎得金蓮屋。借他柳隱與花迎，方纔有箇人如
> 玉[49]。

又如《人間樂》第一回敘述者引詩說明佳人居掌珠的宜男裝扮
云：

> 從來積德可回天，燕燕于飛樂有年。
> 風道蘊藉成佳話，娥媚生成體似仙。
> 步趨學禮宜男子，幽閣傳香羨女焉。
> 寂寞眼前惆悵事，暫粧聊解一翩翩[50]。

事實上，對於這樣的一種佳人意象塑造上的轉變，可以說為小說
文本創造了一個烏托邦願望滿足的形象。值得注意的是，當明末清初
才子佳人小說作家有意通過佳人對於才子之才、情、色的普遍關注進
行形象化書寫時，在敘述者言談敘述之間無不寄寓著知音遇合的終極
理想。《玉嬌梨》第十三回敘述者講述蘇友白遊園與扮裝之盧夢梨相
會時的對話情形即有所表現：

---

[49] 惜花主人批評：《宛如約》，頁1。
[50] 天花藏主人著：《人間樂》，收於古本小說集成編委會編：《古本小說集成》（上海：上海
古籍出版社，1990年），頁1。

……那少年道：「小弟聞才之慕才，不啻色之慕色。
觀仁兄之貌，自是玉人。小弟願附兼葭，永言相倚，
不識仁兄有同心否？」蘇友白道：「千古風流，尚然
神往；芝蘭咫尺，誰不願親？只恐弟非同調，有辱下
交。」那少年道：「既蒙不棄，於此石上少坐，以談
心曲。」⑤

　　從表面上看來，當佳人作為被追尋的對象時，是以才子的主體欲
望表現為主導進行形象塑造的。讀者一旦進入小說文本中，在閱讀過
程中普遍以認同和投射的方式與佳人發生聯繫，並採取一種道德化、
政治化的態度解讀佳人作為欲望客體的意義。進一步來說，佳人作為
一種欲望客體，在比喻修辭方式中以一種轉義的姿態將整體敘事欲望
導向文人群體所在的歷史文化語境⑤。其中，有關才子／佳人愛情遇
合的理想化書寫最終構成了一種寓言的結構，作家最終必然要通過愛
情婚姻實現的過程檢驗自我存在的意義，並在賦予意義的序列事件安
排中解決了作家政治無意識中普遍存在的社會與歷史之間的矛盾。顯

---

⑤ 荑秋散人編次：《玉嬌梨》，頁469-470。

⑤ 援引〔美〕海登‧懷特在〈「形象描寫逝去時代的性質」：文學理論和歷史書寫〉一文中的
觀點來說：「比喻對分析敘事性歷史尤其有用，因為敘事性歷史是一種話語模式，在這種模
式中，一種特定文化視為直義真實的東西與其典型虛構中表達的比喻真實之間的關係，它講
述的關於自身和關於別人的故事，都能得到檢驗。在歷史敘事中，一種文化用來『想像』一
種獨特的人類生活形式可能具有的各種意義（悲劇的，喜劇的，史詩的，笑劇的，等等）的
主導情節─形式，也依據特定的人類生活形式在過去所有的人類生活形式被賦予了意義，即
在特定文化所產生的虛構形式中見到的那種意義，而且，這些虛構形式之於歷史現實、之於
我們認識歷史現實的事實的『真實』和『現實』程度，也可以得到驗證。」見氏著，陳永
國、張萬娟譯：《後現代歷史敘事學》，頁313-314。

而易見的，明末清初才子佳人小說之話語構成及其實踐，正是在再現歷史現實的過程中以一種欲望結構的虛構形式來驗證歷史，並以此進行文化釋義。明末清初才子佳人小說作爲一種意識形態敘事表現，其集體敘事現象的構成，直可以說是以才子與佳人遇合的期待爲敘事中心，從中傳達出以齊家主題爲中心的願望滿足與白日夢的意向性表現。不過，必須說明的是，在歡慶的結局現象中，卻也可能隱含著文人群體無以言喻的失落感與焦慮心理。

其次，就話語作爲一種考驗儀式的表現而言。

對於明末清初才子佳人小說而言，其話語在浪漫故事的基礎上進行情節建構，在驚奇與懸念的布局中，整體敘事建構可以說充滿了以考驗爲前提的序列事件處理。尤其，在才子追尋佳人的冒險旅程中，考驗作爲主體欲望實現的一種通過儀式，十足反映出才子所必須面對的各種現實阻礙。如《醒風流奇傳》第三回敘述者講述梅傲雪爲避韓侂胄之害，抱得殘書數卷，倉惶而逃的情景時引〈清平調〉詞曰：

> 時乖運蹇，困英雄這般。摠有滿腹文章翰，難醫目下
> 飢寒。指望災星退遠，誰知火德來烜。造物生才非
> 易，故遭如此淹蹇[53]。

一般而言，才子一旦進入情節結構之中，便在天賦異秉的預敘性人物模式的框架中決定了一種具體不變的形貌，隨後在序列事件的關係之中，才子的理想人格逐步得到重要的揭示。基本上，明末清初才子佳人小說中的歷史時空環境具有相對穩定的社會限定性，才子追尋

---

[53] 鶴市道人編次：《醒風流奇傳》，頁48。

佳人的行動之能實現，必須置身於冒險旅程之中才有其實質意義，不論其相關敘事是傳奇性的或傳記性的，才子惟有經歷考驗方能在體驗現實的過程中成為一個具有生命力量的英雄。如《玉嬌梨》第十回敘述者引詩曰：

> 從來人世美前程，不是尋常旦夕成。
> 黼黻千端方是袞，鹽梅百備始為羹。
> 大都樂自愁中出，畢竟甘從苦裡生。
> 若盡一時僥倖得，人生何處見真情[54]。

因此，考驗儀式作為話語實踐的形式建構，可以說是作家生命形式通過比喻修辭方式所進行一種轉義表現。毋庸置疑，明末清初才子佳人小說作為一種通俗小說類型，作家主要是以大眾文化認可的道德標準和審美趣味進行歷史重構和事實陳述，其整體敘事建構是立足於現實的基礎上，著重對特定文人生活事件的再現，並在書寫過程中賦予特定事件以價值判斷。

如前所言，在集體敘事現象中，明末清初才子佳人小說作家們並不特別關注廣大歷史面貌的大幅度再現，而是聚焦於歷史連續體的某一特定領域，主要是將才子置於一個個充滿戲劇性衝突——善、惡／忠、奸的二元對立現象——的情境之中，對此進行特定意識形態的價值辯證。如《玉支璣小傳》第五回敘述者引〈鵲橋仙〉詞曰：

> 花容何美，花香何細，偏遇猛風暴雨。摧殘狼籍不時

---

[54] 荑秋散人編次：《玉嬌梨》，頁337。

來，便青帝也難作主。　不是相讒，也應相妒，久矣
分開門戶。再三推測亦何心，是君子小人之故⑤。

又如《鳳凰池》第十六回敘述者引詩贊曰：

忠佞由來報不差，瘠人肥己眼前花。
功名自是前生定，富貴何須目下誇。
才子難逢今絕少，佳人罕遇我應嗟。
請君試看編書意，方信文章是物華⑤。

事實上，這種正面人物與反面人物之性格對比可謂涇渭分明，
而這樣的敘事現象更是普遍存在明末清初才子佳人小說之中⑤。對於
明末清初才子佳人小說而言，因考驗所引發的有關才子生命形式的思
考，實際上便意謂著才子追尋佳人的冒險旅程本身具有闡釋歷史和
現實的一種可能性。因此，回歸才子佳人小說敘事本身來看，在善與

---

⑤ 天花藏主人編次：《玉支璣小傳》，收於古本小說集成編委會編：《古本小說集成》（上
　海：上海古籍出版社，1990年），頁75。

⑤ 煙霞散人編：《鳳凰池》，收於古本小說集成編委會編：《古本小說集成》（上海：上海古
　籍出版社，1990年），頁475-476。

⑤ 其敘事結構有如〔加〕諾思羅普・弗萊（Northrop Frye）分析浪漫故事時所指出的：「浪
　漫故事中的性格刻畫，是其一般的辯證結構的必然結果，這就是說，人物性格的細膩和複雜
　並不怎麼受歡迎。人物不是站在追尋的一邊就是站在敵對的一邊。如果人物支持追尋，他們
　則被理想化為簡單的勇敢和純潔。倘若他們阻礙追尋，他們則被漫畫化為簡單的邪惡和怯懦
　的小人。因此，浪漫故事中每個典型人物都有其道德上的反對者與其對立，就像象棋中的黑
　白兩方。」見氏著，陳慧、袁憲軍、吳偉仁譯：《批評的剖析》（*Anatomy of Criticism Four*
　Essays）（天津：百花文藝出版社，1998年），頁237。

惡、忠與奸的二元對立衝突情境的設置中，其傳奇式夢幻敘事除了具有道德價值辯證的積極作用，整體表現更隱含了文人群體政治無意識中的集體生存性焦慮。因此，當明末清初才子佳人小說作家有意藉二元對立衝突情境來強化才子／佳人的自我本性和主體精神時，最終總是在「相遇—分離—團圓」的敘事進程中體現出「齊家」精神理想的追求和盼望，這在在顯示了作家對於理想政治形態的深層期待和意識形態維度。尤其，值得注意的是，作家秉持「以和為美」的大團圓結局思維為導向的敘事慣例和審美成規，對才子／佳人的愛情遇合進行理想化的情節建構，才子／佳人總是得以在歡慶氣氛之中完成婚姻大事。因此，考驗儀式／現實阻礙的設置過程對於小說文本的審美理想和主題模式的意識形態實踐表現而言，實具有其重要的象徵作用和意義。

　　總的來說，從主題先行角度論明末清初才子佳人小說之敘事格局創造，自不能不關注與作家有關的主體選擇及其意識形態問題。作家以其可選擇的方式去展示個別作品，在某種意義上已充分體現了從時代集體無意識中所產生的意識目標，同時也反映了時代消費的精神需求。在兼具見證者與生產者的角色中，作家們所選擇的陳述方式或藝術常規無疑會影響事實存在的樣貌，並從中傳達特定的生命力或情感⑱。大體而言，當明末清初才子佳人小說作家有意在特定藝術形式中重複對齊家主題進行敘事操演時，小說敘事所顯示的主體特徵問

---

⑱　借〔美〕蘇珊‧郎格的觀點來說：「所有的藝術常規都是創造表達某種生命力或情感概念的形式之手段。一部藝術品中的任何一種因素，都可能有助於這種形式在其中得以呈現的幻覺範圍，有助於它們的出現，它們的和諧，它們的有機統一和清晰。它可以同時為這樣多的目的提供幫助。所以，一個作品的各種因素都是有表現力的，所有的技巧都發生作用。」見氏著，劉大基等譯：《情感與形式》，頁324。

題並不僅僅是屬於作家的，同時也是屬於讀者的。作家與讀者在小說創作發生及流行之際進行幻想的交流，在在顯示出彼此之間存在著不可分離的欲望關係——以文人身分的認同爲基礎的願望表現。具體而言，作家以讀者認同的審美規範進行敘事建構，無疑使得小說文本的結構形式最終化作一種具有公眾性的儀式，提供了讀者一個參與感受小說敘事的生命力和情感內涵的基本幻象。毋庸置疑，明末清初才子佳人小說作家在故事的基礎上進行欲望結構與考驗儀式的話語陳述，明確地將文體和主題共置於一種故事性思維程式之中，不僅成爲作家和讀者進行交流對話的重要途徑，同時也是小說文本意義得以被分享的重要基礎。

參、圓形思維：敘事語法的內在邏輯

從類型研究觀點來說，體裁作爲藝術世界的結構的最小功能單位，是人類藝術地把握世界的方式的基本組成因素，是藝術形態學的總範疇[59]。明末清初才子佳人小說藝術形式的產生，基本上離不開對於具體文體的創造性拓展，而文體作爲一種審美格局，更具有對藝術的內容要素進行梳理、整合，使之轉換爲眞正的藝術內容的功能。對於明末清初才子佳人小說的文體創造而言，在故事類型的建構過程中，有關「才子追尋佳人的冒險旅程」的書寫，大體上具有內容與形式並存的雙重特性：一方面作爲內容，是作家對題材進行藝術加工的結果，具有其特定的意義指向，一方面作爲形式，則是作家在話語體式的選擇中對題材進行藝術加工的獨特方式，具有其特殊的審美效

---

[59] 徐岱：《小說形態學》，頁4-5。

應。在具體的敘事表現上，其題材與形式之間是以一種辯證矛盾的關係而彼此相互依存於小說文本之中的，因而得以在既有文體的基礎上形成新的藝術形式[60]。大體來說，關於明末清初才子佳人小說的文體創造的特徵表現，前人已多有描述，似乎已毋庸贅言。然而，值得注意的是，明末清初才子佳人小說作為一種小說類型，其敘事建構之有別於其他小說類型，與其敘事的主導性審美規範有關。以今觀之，在集體敘事現象的話語構成中，明末清初才子佳人小說在文體創造中清楚地反映著其作為小說類型的藝術符號特性，並且在其特有的基本敘事語法的規範中形成獨特的故事形態特徵。明末清初才子佳人小說典型結構之生成，一方面是在順時時序結構的橫向組合（syntagmatic）的情節建構中，以轉喻方式展示才子追尋佳人的生命歷程，從中建立敘事模式的典範形式；另一方面則是在「出發—歷程—回歸」的敘事循環的基本邏輯中，整體敘事建構通過縱向聚合（paradigmatic）的隱喻方式完成小說文本的創造，並且在轉義中展示出一種具生命的精神張力的情感結構。整體來說，明末清初才子佳人小說在「線性」與「循環」兼存的敘事建構中，體現出一種「圓形思維」的內在邏輯和敘事語法。基於上述認知，為進一步了解明末清初才子佳人小說文體創造的意義指向和審美效應，以下即從共時角度針對小說文本基本敘事語法的結構圖式進行分析，從中說明其敘事範式的主導性審美規範及其意義結構模式。

---

[60] 童慶炳認為：「文學創作最終達到的內容與形式的和諧統一，即文體的最後形成不是形式消極適應題材的結果，而是在內容與形式辯證矛盾中達到的。題材作為『準內容』籲求並制約形式，而以語言體式為中心形式則塑造題材，並賦予題材以藝術生命。在內容與形式互相征服的運動中，達到內容與形式的和諧統一。」見氏著：《文體與文體創造》（昆明：雲南人民出版社，1994年），頁287。

一、典型結構：敘事範式的生成及其基本模式

基本上，爲掌握明末清初才子佳人小說作爲一種小說類型的美學形態表現，則必須在共時性研究中進行系統性的結構分析，以便理解故事的深層結構。以費爾迪南・德・索緒爾（Ferdinand de Saussure）的語言學研究觀點來說，語言現象可區別爲三個層次：言語行爲（langage）、言語（parole）和語言（langue）[61]，語言學研究的中心對象必須是語言，並且在具體言語的基礎上建構該語言及其模式[62]，最終從整體上來考慮符號。索緒爾指出：

> 如果我們從符號的整體去考察，就會看到在它的秩序裡有某種積極的東西。語言系統是一系列聲音差別和一系列觀念差別的結合，但是把一定數目的音響符號和同樣多的思想片段相配合就會產生一個價值系統，在每個符號裡構成聲音要素和心理要素間的有效聯繫的正是這個系統[63]。

語言在此作爲形式而不是實質，其基本成分──符號，是聯繫音響意象和概念的一個複雜整體。因此，爲了解語言作爲表達觀念的符號系統的規律，必須從共時（synchronic）的角度進行整體性的考察。今從以下兩個方面說明明末清初才子佳人小說敘事範式的生成及

---

[61] 〔瑞士〕費爾迪南・德・索緒爾（Ferdinand de Saussure）著，沙・巴利、阿・薛施藹編：《普通語言學教程》（*Course in General Linguistics*）（臺北：弘文館出版社，1985年），頁14-26。

[62] 〔瑞士〕費爾迪南・德・索緒爾著，沙・巴利、阿・薛施藹編：《普通語言學教程》，頁136。

[63] 〔瑞士〕費爾迪南・德・索緒爾著，沙・巴利、阿・薛施藹編：《普通語言學教程》，頁160-161。

其基本模式表現。

　　首先，就情節母題的設置而言。從前文章節的討論中可見，明末清初才子佳人小說在集體敘事現象的話語構成中，具有其相對一致的陳述方式和意向性表現，而這種陳述方式和意向性表現主要是由故事中一系列與行動者行為所引發的事件、狀態及其意義表現密切相關[64]。因此，今從敘事結構的邏輯化角度考察明末清初才子佳人小說的敘事範式生成及其基本模式，便不能不說明其情節母題（motif）的設置情形。

　　一般而言，在敘事學理論的相關研究中，對於故事中的情節進行探究，自不能不從形態學的角度分析故事中最小的敘事單位——「功能」（function）。基本上，功能一詞係由俄國學者弗拉基米爾·普羅普（Vladimir Propp）在研究俄國民間故事時所提出的[65]，他認為

---

[64]〔荷〕米克·巴爾（Mieke Bal）為敘事進行定義時指出：「敘述本文（narrative text）是敘述代言人用一種特定的媒介，諸如語言、形象、聲音、建築藝術，或其混合的媒介敘述（『講』）故事的本文。故事（story）是以特定方式表現出來的素材。素材（fabula）是按邏輯和時間先後順序串聯起來的一系列由行為者所引起或經歷的事件。事件（event）是從一種狀況到另一種狀況的轉變。行動者（actors）是履行行為動作的行為者。他們並不一定是人。行動（to act）在這裡被界定為引起或經歷一個事件。」見氏著，譚君強譯：《敘述學：敘事理論導論》（*Narratology: Introduction to the Theory of Narrative*）（北京：中國社會科學出版社，2003年），頁3-4。

[65]〔俄〕弗拉基米爾·普羅普（Vladimir Propp）在《民間故事形態學》（*Morphology of the Folktale*）一書中比較四個俄國民間故事常見的情節：1.皇帝給了主人公一只鷹，鷹載著主人公到另一王國；2.一位老人送給蘇成一匹馬，馬馱著蘇成到另一王國；3.巫師送給伊恩一只小船，船載著伊恩到另一王國；4.公主送給伊恩一個戒指，戒指裡走出一個年青人，他帶著伊恩到另一王國。從以上的例子來看，普羅普認為：「變化的是登場人物的名字（以及每個人的特徵），但行動和功能卻都沒有變。」〔俄〕Vladimir Propp, *Morphology of the Folktale*, First Edition Translated by Laurence Scott, Sencond Edition Revised and Edited by Louis A. Wagner, Austin and London: University of Texas Press, 1977, pp.19-21.中文譯文參胡亞敏：《敘事學》，頁120。

「功能被視為人物的行動,由其在情節發展過程中的意義來確定。」
因此,逐步為故事的情節功能研究制定了四項基本原則:

> 1.人物的功能在童話中是穩定的,不變的因素,它如
>   何實現,由誰來實現,與它毫無關係,功能構成童
>   話的基本要素。
> 2.童話已知的功能數量是有限的。
> 3.功能的次序總是一致的。
> 4.就結構而言,所有的童話都屬於一種類型[66]。

此外,普羅普在考察俄國民間故事時對情節功能進行比較時發
現,其功能總數從未超過三十一種[67],並為之標出對頭、施與者(捐
獻者)、助手、被尋找者和她的父親、送信者、主人公和假主人公七
個「行動範圍」(spheres of action)[68]。大體而言,功能作為敘事
作品結構分析的核心概念,實已深刻地影響了結構主義敘事學之形
成、發展以及小說研究觀念的轉變[69]。不過,在敘事作品研究上,有

---

[66] 〔俄〕Vladimir Propp, *Morphology of the Folktale*, pp.21-24。中文譯文參羅鋼:《敘事學導
論》(昆明:雲南人民出版社,1994年),頁27。

[67] 〔俄〕Vladimir Propp, *Morphology of the Folktale*, pp.26-65。中文譯文參羅鋼:《敘事學導
論》,頁28-48。

[68] 〔俄〕Vladimir Propp, *Morphology of the Folktale*, pp.79-80。中文譯文參羅鋼:《敘事學導
論》,頁48-49。

[69] 〔美〕羅伯特·休斯(Robert Scholes)在評價弗拉基米爾·普羅普的研究時指出:「最早
試圖描述基本的敘事結構的努力,應追溯到亞里斯多德。人們經常說,自他之後,很少有任
何進步。但普羅普在這個領域中作了一個重要的突破。儘管他的系統擁有各種不足之處(在
有些情況下則因為它們),它還是為後來的理論家提供了一個重要的出發點。」見氏著,劉
豫譯:《文學結構主義》(臺北:桂冠圖書股份有限公司1992年),頁105。

關情節母題之設置及其表現，除了必須關注以能促使情境發生變化的功能爲主的動態母題之外，亦必須注意不使情境發生變化的靜態母題——如自然、地域、環境、人物及其性格等的描寫[70]。因此，以下即參酌上述普羅普的研究方法及其理論觀點，並注意明末清初才子佳人小說中具有積極意義的靜態母題，以此說明小說文本中之情節母題設置的具體表現情形[71]。依本文研究觀點認爲，明末清初才子佳人小說在「才子追尋佳人」的故事類型建構中，其話語在情節母題設置方面一般具有如下之敘事模式表現：

　　1.才子出身仕宦之家，但家道中落

　　2.才子才色超凡，是爲群倫之傑

　　3.才子立志訪求佳人

　　4.才子才華出眾，獲得他人賞識

　　5.佳人出身仕宦名門，家道興盛

---

[70] 〔俄〕鮑里斯‧托馬舍夫斯基（B.Tomachevski）：〈主題〉，見〔俄〕維克多‧什克洛夫斯基（Victor Shklovsky）等著，方珊等譯：《俄國形式主義文論選》（北京：三聯書店，1992年），頁117。

[71] 劉坎龍在才子佳人小說類型研究上分析二十部小說之結構模式，認為具有十八個主要的敘事情節：1.才子佳人才色驚人；2.才子外出尋求佳人為妻；3.才子或佳人見對方詩作而開始戀愛追求；4.家長以詩為女擇婿；5.才子佳人以詩通情；6.假才子騙婚，考詩出醜，懷恨在心；7.才子佳人一見鍾情，贈詩而別；8.男扮女裝或女扮男裝，托友、托妹自嫁；9.假才子挑唆權貴惡少逼婚、強婚；10.佳人父親被排擠、陷害；11.族人圖財撥亂婚姻，才子仗義相救；12.權貴惡少的逼婚、戰亂、皇宮選妃或誤會，使佳人奔走流離；13.佳人忠貞不渝，以才智膽識保護自己；14.才子科舉高中，權貴逼婚結親，或皇帝欲招駙馬；15.才子不渝舊盟，遭受刁難陷害；16.才子立功，因禍得福，小人巴結奉迎；17.誤會解除；18.皇帝賜婚，一美雙豔，夫妻團圓。見氏著：〈才子佳人小說類型研究——才子佳人小說文化透視之二〉，《新疆師範大學學報》（哲學社會科學版），1994年第3期，頁31-32。

6.佳人才美出眾，是爲天姿國色

7.才子外出遊學，離家遠遊

8.才子因緣偶遇佳人，才色相慕

9.才子與佳人因他人幫助而得相見訂情

10.才子與佳人因小人撥亂不得相見

11.才子參加佳人考詩擇婿之試

12.才子與佳人因詩相慕，和詩訂盟

13.才子接受佳人建議，參加科舉考試以獲取功名

14.才子因無預期事件，與佳人分離

15.佳人因無預期事件，與才子分離

16.才子遭遇小人詐害，遠遊避禍，與佳人分離

17.佳人遭遇小人逼害，離家避難，與才子分離

18.才子因權貴逼婚，不得與佳人成親

19.佳人因權貴搶婚，不得與才子成親

20.才子參加科舉考試，金榜題名，重新爲身分命名

21.才子金榜題名，權貴逼婚結親

22.才子金榜題名，小人巴結奉迎

23.皇帝親試才子與佳人以詩文，顯揚才情

24.權貴小人惡行被揭露，受到懲罰

25.皇帝親賜才子與佳人以婚姻，圓滿團圓

26.才子以省親祭祖名義告假回歸鄉里，迎娶佳人

27.才子與佳人齊家團圓，子孫科第雲仍，累世簪纓
　　不絕

28.才子有感宦海險惡無常，選擇辭官歸隱

　　基本上，從上述敘事範式的生成及其基本模式來看，明末清初才子佳人小說中的故事的基本原素，在特定的敘事邏輯的支配下具有其定型化表現，在固定的歷史時序和因果邏輯中體現爲一種「事序結構」（fabula）。其具體情形如J. 希利斯・米勒（J. Hillis Miller）所指出的：

　　　　一個初始情景，導致這個情景反轉的情節發展，和可
　　　　能是由這個情景反轉所造成的意外發現[72]。

　　倘據此劃分明末清初才子佳人小說敘事之序列事件發展的基本歷程，則可分爲四個階段：一、初始情景：母題1-6。二、情節發展：母題7-19。三、意外發現：母題20-24。四、結尾：母題25-28。嚴格來說，以上二十八種情節母題對於小說文本的意義生成而言，可以說是重要的形態因素。但實際上，並不是所有情節母題都會完全出現在不同小說文本之中，而是個別作家依其敘事建構之需要，以不同藝術技巧程序進行「敘述結構」（sjuzet）的變形處理而安排設置的。大體而言，從上述典型結構的敘事語法表現中可見，明末清初才子佳人小說之序列事件安排，一方面強調「離家遠遊—歷險考驗—功成回歸」的主體探索行動，另一方面也強調「因詩訂盟—排除阻礙—婚姻齊家」的客體追尋行動。因此，在敘事範式的建立方面，兩種追尋歷

---

[72] 〔美〕J. 希利斯・米勒（J. Hillis Miller）：〈敘事〉，見 Frank Lentricchia & Thomas Mclaughlin 編，張京媛等譯：《文學批評術語》（*Critical Terms for Literary Study*）（香港：牛津大學出版社，1994年），頁101。

程的具體行動表現在敘事線索上合而爲一，無疑構成小說文本中的恆定不變的事件，在雙重敘事體性中體現出其作爲「核心」功能（kernel）的重要意義[73]。今借西蒙・查特曼（Seymour Chatman）所繪製之核心功能與附屬功能之示意圖說明之[74]：

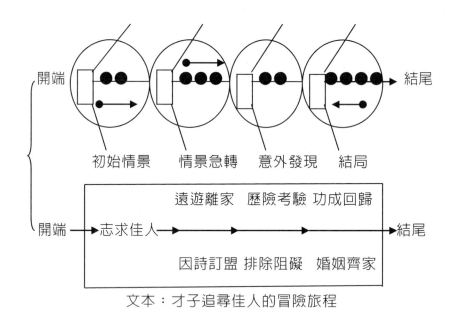

文本：才子追尋佳人的冒險旅程

　　在傳統研究上，人們習於從「理想青年男女的愛情婚姻」的角

---

[73]〔法〕羅蘭・巴特將敘事作品中有關事件之「功能」類別區分為「分布類」和「結合類」，其中分布類又分為「核心」功能和「催化」功能，結合類又分為「標誌」功能和「信息」功能。氏著：〈敘事作品結構分析導論〉，見張寅德編選：《敘述學研究》，頁13-17。中文譯文參胡亞敏：《敘事學》，頁121。

[74]〔美〕Seymour Chatman, *Story and Discourse: Narrative Structure in Fiction and Film*. Itha-ca: Cornell University. Press, 1978, p.54。在此說明其圖形意義：圓形為敘事序列，頂端方格為核心功能，豎線表示核心功能的邏輯發展方向，斜線表示可能的但未選中的道路，圓點代表附屬功能，直線上的圓點遵循著正常的故事序列發展，直線外的圓點通過箭頭對核心功能起著回顧和預示的作用。中文譯文參胡亞品敏：《敘事學》，頁122。

度論述其明末清初才子佳人小說的結構形式，並以「一見鍾情—小人撥亂—夫婦團圓」的簡單模式概括說明其美學特色，但卻往往無法與中國傳統言情文學中的才子佳人愛情題材進行美學實踐表現上的區隔[⑮]。以今觀之，明末清初才子佳人小說作為一種小說類型，其敘事範式的建立，無疑是在才子志求佳人的追尋行動書寫中，體現出一種原型置換變形的象徵形式，並且在文化認同上展現出典型超時空文化價值的定型化表現[⑯]。對於才子追尋行動進行模仿所產生的文化認同，為讀者接受和閱讀提供極大的樂趣。借保爾・利科（Paul Ricoeur）的觀點來說：

> 敘事通過孕育一個個能產生「特有樂趣」的總體的敘述策略，通過讀者的推論、期待和情感回應等手法「描繪」其對象的能力有多大，被行動模仿概念限定的範圍就有多大[⑰]。

事實上，在齊家主題先行的願望文本創造中，明末清初才子佳人小說的美學形式得以通過才子追尋佳人的冒險旅程的書寫而成立。其追尋歷程本身，一方面強調以天命與緣為主導的預述性敘事框架的影響作用，另一方面又強調才子與佳人恪遵訂情盟誓，終因貞情不渝

---

⑮ 劉坎龍在才子佳人小說類型研究中即指出這種概括描述「是一種並不十分確切的朦朧的直觀感覺」。相關討論見氏著：〈才子佳人小說類型研究──才子佳人小說文化透視之二〉，《新疆師範大學學報》（哲學社會科學版），頁33-35。

⑯ 陸學明：《典型結構的文化闡釋》（長春：吉林教育出版社，1993年），頁215-226。

⑰ 〔法〕保爾・利科（Paul Ricoeur）著，王文融譯：《虛構敘事中時間的塑形──時間與敘事卷二》（*La Configuration Du Temps Dans Le Recit de Fiction：Temps et Recit Tome II*）（北京：生活・讀書・新知三聯書店，2003年），頁7。

而得以齊家團圓。正是在此一總體的敘述策略的操作上，作家得以在才子追尋佳人的行動模仿過程中建立起小說文本的潛在結構和深層意蘊，並廣爲大衆文化讀者群體接受和歡迎，進而在普遍流行的過程中，逐漸成爲一種有別於其他小說類型的大衆文本。

其次，就基本序列的安排而言。從情節母題設置的角度考察明末清初才子佳人小說的功能表現及其敘事語法，實際上具有其限定性和強制性，但相對地也體現出其敘事作爲一種故事類型背後所隱含的主體選擇和文化認同的基本思考。

基本上，明末清初才子佳人小說依時間順序進行敘事功能的排列組合，無疑在才子追尋佳人的冒險旅程的情節建構中，賦予了小說文本的宏觀序列以故事的基本序列。從敘事建構的邏輯來說，以才子爲中心的追尋歷程在序列事件安排中，顯現出主人公行動願望實現的可能性發展面向，從而在烏托邦的敘事建構中完成理想的小說文本的創造。茲維坦‧托多羅夫（Tzvetan Todorov）指出：

> 一篇理想的敘述文總是以穩定的狀態爲開端，而後這個狀態受到某種力量的破壞，由此而產生一個平衡失調的局面，最後另一種來自相反方向的力量再重新恢復平衡。第二個平衡與第一個似乎差不多，但它們從來不是一模一樣的。因此在敘述文中有兩種插敘：一種描寫狀態（穩定的或者平衡失調的），另一種則描寫一種狀態向另一種狀態的過渡⑱。

---

⑱　〔法〕茲維坦‧托多羅夫（Tzvetan Todorov）：〈文學作品分析〉，見張寅德編選：《敘述學研究》（北京：中國社會科學出版社，1989年），頁85-86。

對於明末清初才子佳人小說而言，這樣的敘事表現正普遍存在於不同的小說文本之中。進一步依克洛德‧布雷蒙（Claude Bremond）的理論觀點來說，關於對小說情節發展起支配作用的基本規律，主要是建立在作爲敘述單位的基本序列的選擇之上。在此基本序列中，一個行爲三個功能組合而成：一個功能以將要採取的行動或將要發生的事件爲形式表示可能發生變化；一個功能以進行中的行動或事件爲形式使這種情節潛在的變化可能變爲現實；一個功能以取得結果爲形式結束變化過程。茲圖示如下[79]：

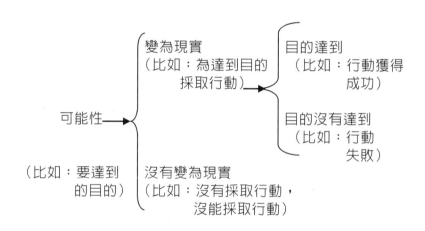

今從基本序列觀點考察明末清初才子佳人小說在才子追尋佳人的宏觀序列的功能表現，其典型情節無疑是建立「才子志求佳人」的可能性實現之上，其具體行爲歷程如下：

---

[79] 〔法〕克洛德‧布雷蒙（Claude Bremond）：〈敘述可能之邏輯〉，見張寅德編選：《敘述學研究》（北京：中國社會科學出版社，1989年），頁154。

在明末清初才子佳人小說的集體敘事現象的話語構成中，主人公
行動本身的功能表現具有其相對一致性，可以說是辨識小說作為一種
類型時的不可分割的整體。事實上，這樣的敘事表現到了後期才子佳
人小說更為清楚可見。借掃花頭陀剩齋氏在《英雲夢傳》序所言說明
之：

> 晉人云：「文生情，情生文。」蓋惟能文者善言情，
> 不惟多情者善為文。何則？太上忘情，愚者不及情，
> 情之所鍾，正在我輩。惟未有魯莽滅裂之子而能言
> 之。即有鍾情特甚，倉猝邂逅，念切好逑，矢生死而
> 不移，歷患難而不變，貴不易以情堅，一約必遂其期
> 而後已者，亦往往置而弗道。非不道也，彼實不知個
> 中意味，且不能筆之，記之，以傳諸後世。天地間不
> 知埋沒幾許，可慨矣[80]。

顯而易見，才子／佳人愛情遇合之能否實現，無疑取決才子行動
及其事件的發展之選擇，進而構成明末清初才子佳人小說敘事建構的

---

[80] 松雲氏撰：《英雲夢傳・序》，收於古本小說集成編委會編：《古本小說集成》（上海：上
海古籍出版社，1990年），頁1-2。

基本序列。在「惡化」與「改善」的敘事循環中，其敘事序列逐步朝向喜劇性的大團圓結局發展，最終完成主題寓意的實現。整體敘事表現，當如掃花頭陀剩齋氏在《英雲夢傳》序言之評論：

> 使當日一種情痴，三生佳偶，離而合，合而離，怪怪
> 奇奇，生生死死，活現紙上。即艱難百出，事變千
> 端，而情堅意篤，終始一轍。其中之曲折變化，直如
> 行山陰道上，千岩競秀，萬壑爭流，幾令人應接不
> 暇[81]。

在某種意義上，從可能性到實現和成功的基本序列創造中，明末清初才子佳人小說在才子志求佳人的情節建構方面所體現是一連串的選擇，這種選擇系列的決定乃是作家們通過敘事投射到自我生命形式的邏輯之上，帶有為自我生命定位的意味。誠如楊義所指出的：

> 一篇敘事作品的結構，由於它以複雜的形態組合著多
> 種敘事部分或敘事單元，因而它往往是這篇作品的最
> 大的隱義之所在。他超越了具體的文字，而在文字所
> 表述的敘事單元之間、或敘事單元之外，蘊藏著作者
> 對於世界、人生以及藝術的理解。在這個意義上說，
> 結構是極有哲學意味的構成，甚至可以說，極有創造
> 性的結構是隱含著深刻的哲學的[82]。

---

[81] 松雲氏撰：《英雲夢傳‧序》，頁3。
[82] 楊義：《中國敘事學》（嘉義：南華管理學院，1998年），頁42。

以今觀之，在上述創作認知的前提影響下，明末清初才子佳人作家有意通過才子追尋佳人行動的模仿而賦予故事結構以意義和特定的歷史文化價值[83]。因此，當作家將自我生命形式的邏輯變成敘事的邏輯，並且在典型結構的創造上統攝著敘事的程序，其中便蘊含了作家的哲學性思考，值得玩味。

二、圓形思維：敘事操作中的邏輯程式

一般而言，明末清初才子佳人小說的敘事結構是屬於「單體式結構」[84]。在才子追尋佳人的冒險旅程的歷史時序中，才子作為處於文化邊緣的追尋者所展開的生命歷程，實際上潛隱著許多對立因素。在看似簡單但實質深刻的敘事操演中，作家通過特定敘事邏輯及結構安排，乃試圖將一種精神理想和理性秩序傳遞給大眾文化讀者群體。今圖示如下：

---

[83] 〔美〕史蒂文·科恩、琳達·夏爾斯指出：文類具有審美統一和自足的系統，這系統並促使著主題的一致。從文類觀點分析故事，對於一個故事的一般結構必須既當作指意活動也當作指意系統去加以分析，因為歷史和文化的實際情況決定了一個給定文本用來強調某些價值較另一些價值重要的實際結構。見氏著，張方譯：《講故事：對敘事虛構作品的理論分析》，頁83-89。

[84] 石昌渝指出：「一部小說，不論它是短篇、中篇和長篇，只要是由一個故事所構成，那就是單體式結構。」見氏著：《中國小說源流論》（北京：生活·讀書·新知三聯書店，1994年），頁31。

才子追尋佳人的生命歷程中所隱含的對立因素

文化邊緣 （自我）	文化中心 （現實）
詩 主張夫婦齊家	八股文 重視科舉入仕
家道中落 鄙視功名 好逑關雎佳人	家道昌盛 金榜題名 完成理想婚姻

　　在敘事生成的形態表現上，明末清初才子佳人小說敘事的本質是矛盾和衝突，已成為敘事生成力量來源之所在。當然，上述圖式中所存在的諸多對立因素，彼此之間並非一種自然的二元對立關係，而是人為敘事操演下的一種形態表現。不過，從「追尋」的角度來說，當才子從文化邊緣一極逐漸走向文化中心一極，其間才子所必須面對的自我心態、思想和生命形式的轉化，如前文所言，可以說是由佳人形象所蘊含的具價值辯證指標的象徵作用來引導完成的。因此，從對立和轉化的觀點探究深層敘事意涵，則可發現小說文本所呈現的意義結構[85]，具有如下表現：

---

[85] 〔法〕阿爾吉爾達斯・朱利安・格雷馬斯（A. J. Greimas）在《論意義：符號學論文集》論及〈敘事語法的組成部份〉一文中提出基礎語義學的設想，他指出：「基礎語義學不同於研究語言表達的語義學，它只能建立在某種意義理論的基礎之上。同它直接相關的是闡明理解意義的條件和由此推斷出來的作為公理體系的意義基本結構。這種事先加以分析和描寫的基本結構應該看成是黑白對立這類二元意素範疇的邏輯發展。這範疇的兩項之間是反對關係，每一項又能投射出一個新項——它的矛盾項，兩個矛盾項又能和對應的反對項產生前提關係。」見張寅德編選：《敘述學研究》，頁97-98。

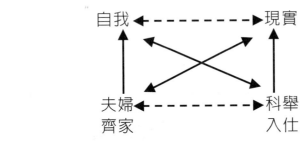

（　◄－－►　對立關係，◄────►　矛盾關係，————►　補充關係）

　　顯而易見，才子追尋佳人的冒險旅程置身於「自我」與「現實」的對立之間和「夫婦齊家」與「科舉入仕」的對立之間，在在顯示出個體生命實質所存在的內在矛盾與衝突。從鄙棄功名及立意追尋佳人轉爲參與科舉考試並完成理想婚姻，其間的矛盾和衝突置身於言情書寫之中，已然獲得某種程度的消解。以今觀之，在集體敘事現象中，明末清初才子佳人小說作家通過小說敘事創造對世界進行解釋說明，從中尋求解決各種問題和矛盾[86]，基本上體現出相似的意義結構，並具有其相似的社會文化功能。毋庸置疑，明末清初才子佳人小說作爲一種通俗文化形式，可以說是在具支配性的不變法則下進行敘事操演的。正是在人爲操作的二元對立面和預先計劃的行動之結構形式中，作家通過以欲望／考驗爲基礎的敘事結構安排所體現的善與惡永恆衝突的普遍母題及其解決方式，可以說既保證了小說在通俗性上

[86] 借〔法〕克洛德・列維・斯特勞斯（Claude Levi-Strauss）在《結構主義人類學》一書中論及神話時的觀點來說：「神話的思維總是由意識到各種對立面的存在到尋找解決這些對立面的方法而層層遞進、逐步開展的……神話的目的就是要提供一個能夠解決矛盾的邏輯模式。」（倫敦：Allen Lane 出版社，1968年），頁18。轉引自〔英〕約翰・斯道雷（John Storey）著，楊竹山、郭發男、周輝譯：《文化理論與通俗文化導論》，頁106。

的成功，又保證了小說對較有限的和有文化修養的受眾的吸引力[80]。

從以上說明看來，明末清初才子佳人小說在單體式結構中，大體體現出從家道中落到家道興盛、從好逑關雎佳人到完成理想婚姻、從鄙視功名到金榜題名的二元對立因素共構思維的敘事形式法則。但值得進一步討論的是，明末清初才子佳人小說作家究竟是通過怎樣的一種敘事機制來解決才子生命歷程中的二元對立現象的？則有待進一步說明。

從主題先行的角度來說，明末清初才子佳人小說主要立足於「情」之書寫，並以「齊家」主題爲敘事建構之先導，作家往往在敘事開端即針對題材及其敘事形式進行某種程度的預先製作。如《生花夢》第一回敘述者論婚姻時說：

> 大率婚姻一節，遲速險易，莫不有類。若月牘果裁，紅絲曾繫，便流離險阻，顛倒錯亂，遲之歲月，隔之天涯，甚而身陷龍潭虎穴，勢分敵國寇讐，也畢竟宛宛轉轉，自然歸到個聚頭的去處。苟非天作之合，縱使男歡女愛，意密情堅，才貌門楣，各投所好，或千方百計，揮金購求，甚有父母之命既專，媒妁之言更合，歡歡喜喜，道是百年姻眷，誰知百輛迎門，恰好

---

[80] 〔意〕恩貝托‧艾柯（Umberto Eco）論述針對詹姆斯‧龐德系列小說進行批判性考察認為，該系列小說作為通俗文化的一種形式，以各種法則的一種基礎結構為基礎，確保了小說的通俗性。在善、惡二元對立的普遍主題表現中，其通俗性背後具有結構的普遍特徵，解釋了該系列小說的通俗性。相關評介參〔英〕多米尼克‧斯特里納蒂（（Dominic Strinati）著，閻嘉譯：《通俗文化理論導論》（*An Introduction to Theories of Popular Culture*）（北京：商務印書館，2001年），頁114-121。

是三星退舍，究竟事終伏變，對面天涯。所以人謀愈
巧而愈拙，樂境愈遭而愈非，足見造物所施，往往出
人意表。……[88]

　　具體而言，明末清初才子佳人小說正是通過「情」之演義作爲意
指實踐之所寄，由此完成小說敘事創造。

　　此外，從究其實質表現，明末清初才子佳人小說作家在「道與技
的雙構性思維」影響下，可以說通過主題先行的引導，以一種貫通的
整體性思維模式進行敘事建構。其具體敘事操演當如劉勰在《文心雕
龍卷一・原道第一》中所指出的：

文之爲德也大矣，與天地並生者何哉！夫玄黃色雜，
方圓體分，日月疊璧，以垂麗天之象；山川煥綺，以
鋪理地之形；此蓋道之文也。仰觀吐曜，俯察含章，
高卑定位，故兩儀既生矣。惟人參之，性靈所鍾，是
謂三才。爲五行之秀，實天地之心，心生而言立，言
立而文明，自然之道也。傍及萬品，動植皆文：龍鳳
以藻繪呈端，虎豹以炳蔚凝姿；雲霞雕色，有踰畫工
之妙；草木賁華，無待錦匠之奇，夫豈外飾，蓋自然
耳。至於林籟結響，調如竽瑟；泉石激韻，和若球
鍠，故形立則章成矣，聲發則文生矣。夫以無識之

---

[88] 娥川主人編次：《生花夢》，頁3-4。

物，鬱然有彩；有心之器，其無文歟[89]！

對於明末清初才子佳人小說而言，正是在齊家主題先行的制約影響下，有關「男女愛情遇合」與「君臣政治遇合」的書寫所構成敘事的雙構性思維模式，無疑隱含了作家對於現實的基本理解與思考。如楊義所言：

> 中國人的思維方式的雙構性，也深刻地影響了敘事作品結構的雙重性。它們以結構之技呼應著結構之道，以結構之形暗示著結構之神，或者說它們的結構本身也是帶有雙構性的，以顯層的技巧性結構蘊含著深層的哲理性結構，反過來又以深層的哲理性結構貫通著顯層的技巧性結構[90]。

不過，值得注意的是，在主題先行的敘事格局創造中，齊家主題寓意之能實現，乃憑藉才子通過「科舉」考試金榜題名而來，最終在「功名」與婚姻的雙重實現中，構成一種大團圓的敘事模式，從而體現出一種「意在筆先」、「以心運文」的圓形思維[91]。茲圖示如下：

---

[89] 劉勰著，范文瀾注：《文心雕龍注》（臺北：臺灣開明書店，1985年），頁1。

[90] 楊義：《中國敘事學》，頁51。

[91] 有關「意」作為小說創作的隱性邏輯的討論，參王克儉：《小說創作的隱性邏輯》（北京：北京大學出版社，1994年），頁75-89。有關圓形思維作為小說敘事建構的邏輯程式，參楊義：〈中國敘事學：邏輯起點和操作程式〉，《中國社會科學》，1994年第1期，頁169-182。

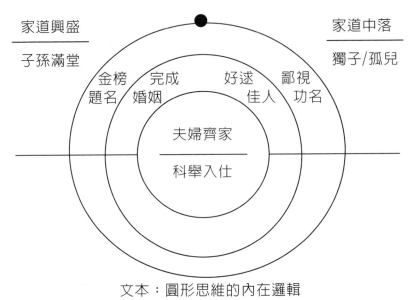

入仕為宦 / 辭官歸隱

家道興盛　　　　　　　　　　　　家道中落

子孫滿堂　　　　　　　　　　　　獨子/孤兒

金榜　完成　　　好述　鄙視
題名　婚姻　　　　　　佳人　功名

夫婦齊家

科舉入仕

文本：圓形思維的內在邏輯

　　事實上，這種圓形思維的圖式表現[92]，頗與《老子·二十五章》論「道」之運行的情形類同：

> 有物混成，先天地生。寂兮寥兮，獨立而不改，周行
> 而不殆，可以為天下母。吾不知其名，字之曰道，強
> 為之名曰大、大曰逝、逝曰遠、遠曰反[93]。

---

[92] 龔鵬程指出：「小說的圖式，既表現在依時間順序敘述事件的故事上，也表現在有關人物因果關係的情節上，而形成小說的美感。在小說裡，情節訴諸我們的智慧，因為它是小說的邏輯面；圖式則訴諸我們的美感，構成敘事動脈的線條，起伏有致。」見氏著：《文學與美學》（臺北：業強出版社，1987年），頁147。所謂「圖式」，基本上是一種呈現小說思維意向的感性結構。因此，圖式的建立，實際上與作家的審美情感模式息息相關，具有其特殊意涵。

[93] 樓宇烈校釋：《老子周易王弼注校釋》（臺北：華正書局，1983年），頁63-64。

此外，也與《周易・繫辭下》在「隨時變易，以從道也」的意念
表現上亦有相通之處：

> ……爲道也屢遷，變動不居，周流六虛，上下無常，
>
> 剛柔相易，不可典要，唯變所適[94]。

倘就此觀點而論，則明末清初才子佳人小說的大團圓模式表
現，直可以說是作家在圓形思維原型的文化心理結構的積澱中所進行
的投射，體現出一種「天人合一」的審美理想。

毋庸諱言，明末清初才子佳人小說在才子追尋佳人的冒險旅程的
書寫中，即在男／女、善／惡、忠／奸的兩極對立關係中進行表裡複
合的敘事建構。因此，在結構與操作上所採取的周行不殆的「圓」和
兩極對立互構互動的方式，無疑決定了小說敘事進程的動態特質。因
此，在追尋／考驗相生相成的敘事進程中，圓形思維作爲明末清初才
子佳人小說敘事建構的邏輯起點和操作程式，對於小說文本的影響不
僅是小說圖式生成之所寄，也是審美理想實現之所在[95]。

第二節　才子佳人小說作爲一種小說類型的文化闡釋

明末清初才子佳人小說作爲「人情—寫實」小說流派之異流，基

---

[94] 樓宇烈校釋：《老子周易王弼注校釋》，頁569。

[95] 以上論點之形成主要承自楊義：〈中國敘事學：邏輯起點和操作程式——對二千年小說敘事
的綜合考察〉一文之啓發，見氏著：《中國古典小說史論》（北京：中國社會科學出版社，
2004年），頁684-715。

本上採取寫實態度表達對歷史和現實的基本理解和看法。從表面上看來，小說文本的外在形式是單一化的，但實際上，其內在形式的表現卻可以無限制地複雜或簡化，正因爲它的結構應變能力數不勝數，因而顯得非常豐富。但由於以往人們論及才子佳人小說時多採用傳統美學觀念和嚴肅文學標準進行研究評價，多將討論焦點置於其作爲通俗小說的娛樂性和模式性的美學價值表現之上，反而對於小說文本如何集中、準確地反映大眾文化價值的過程問題的探討較不深入，以致相關研究成果不能持續深入，無法進一步說明明末清初才子佳人小說作爲文化釋義系統的特定話語表現的實質作用和意義。如同華萊士・馬丁（Wallace Martin）所指出的：

> 文學批評家很少屈尊去研究的流行的、公式化的敘事類型，如偵探小說，現代羅曼司，西部小說（the western），連續廣播劇（the soap opera）等，如果它們的無意識內容能夠被發現的話，它們也許會提供一些有關我們社會的有趣信息[96]。

　　正因爲如此，人們在既有的成見中往往忽略了才子佳人小說作爲一種類型所展示的審美意識形態表現。大體來說，明末清初才子佳人小說作家通過敘述以整理經驗和反映現實的過程中，其文體創造和主題陳述無疑都受到特定思想文化觀念或意識形態的制約和影響，最終體現爲一種有意義、有功能的形式。因此，當明末清初才子佳人小說

---

[96]　〔美〕華萊士・馬丁（Wallace Martin）著，伍曉明譯：《當代敘事學》（*Recent Theories of Narrative*）（北京：北京大學出版社，1990年），頁13。

作家選擇以才子追尋佳人的冒險旅程作為敘事建構的基本形式時，毫無疑問，歷史和現實的真相便在主體欲望的實現與歷險考驗的排除之中呈現在讀者面前，實具有其重要的文化釋義作用。今有鑑於此，以下即針對明末清初才子佳人小說作為一種小說類型的具體表現再做一番闡釋。

壹、語言歷險：作為現實之符號的意義闡釋

明末清初才子佳人小說敘事創造的美學機制的展開，基本採取的是一種「印證預告」的敘事模式[97]。從主題先行的角度來看，我們可以清楚地看到作家們依特定主題思想表達的需要而針對題材及形式進行預先製作，在「才子終配佳人」的故事類型基礎上進行別出心裁的話語陳述。毋庸諱言，明末清初才子佳人小說作家借助於特定的藝術形式來顯示和表達現實，無疑是經過一番價值選擇的。因此，小說文本作為文化釋義行動的一種符號載體，在其敘述結構的象徵性建置上可以說充分體現其特定的主題意向和現實意義[98]。而事實上，從明末清初才子佳人小說流行的情形來看，正是在故事類型的基礎上進行各種藝術變形處理，其間所引發的感情、希望、期待、威脅和勝利等等

---

[97] 印證預告的敘事模式主要是屬於一種逐步揭示或證實事件的真相的情節類型，在情境轉換過程中透過「發現」，顯示語義的發展變化。情節發展主要體現為不斷追求、尋找的模式，作品事先預告結局，並在敘事過程中逐步印證這一項預告，這是一種證實性認知。胡亞敏：《敘事學》（武昌：華中師範大學出版社，1994年），頁136-138。

[98] 〔法〕羅蘭・巴特指出：「敘述結構是在虛構文學（經由神話和最初的史詩）的嚴酷考驗中演進的，但它同時既變成了現實的符號，也變成了現實的證據。」見氏著，李幼蒸譯：《寫作的零度——結構主義文學理論文選》，頁70。

閱讀感受，最終無不通過「語言」描寫一系列事件，為讀者接受小說文本意義代碼提供了重要的參照歷程。正如羅蘭・巴特論及敘事作為「語言的歷險」時所指出的：

> 序列的「現實性」不在於構成序列的行為系列的「自然」，而在於序列中展開、冒險和自圓其說的邏輯性。我們也許可以換一種方式說，序列不是起源於對現實的觀察，而是起源於改變和超過人類遇見的最初形式，即重複的需要。因此，序列主要是一個內部沒有任何重複的整體。邏輯在這裡具有一種解放的價值──隨之整個敘事作品也具有解放價值[99]。

毫無疑問，明末清初才子佳人小說作家講述有關才子／佳人愛情遇合的事實時，雖然不同於傳統現實主義成規下所產生之作品表現；但是在重構歷史經驗的過程中，作家仍然試圖通過欲望結構和考驗儀式的序列事件安排賦予才子／佳人愛情遇合以特定的意義，以便與讀者進行敘述交際。

從某種意義來說，明末清初才子佳人小說作家是在《詩》、〈騷〉傳統的影響之下進行創作的。「情」作為明末清初才子佳人小說作家面對現實的一種終極體驗，其具體意涵實際上已經超越了傳統男女愛情的自我想像的視域疆界，進入到具有家國論述的政治倫理隱喻的審美情感表述。因此，「情」作為一種「構成力量」（forma-

---

[99]　〔法〕羅蘭・巴特：〈敘事作品結構分析導論〉，見張寅德編選：《敘述學研究》（北京：中國社會科學出版社，1989年），頁40。

第五章・類型：才子佳人小說敘事建構的美學機制　537

tive power），無疑賦予了明末清初才子佳人小說以足以激發美感的審美形式[⑩]。如前所言，明末清初才子佳人小說具有雙重文本的性質：從表層敘事來看，小說文本是以才子追尋佳人的冒險旅程為主要情節序列，以此建構愛情遇合理想；從隱含敘事來看，小說文本則是通過遊與求女的行動書寫，從中寄寓君臣遇合之情志。究其實質表現可見，明末清初才子佳人小說作家以才子追尋佳人的冒險旅程作為敘事展開的基本模式，在以天命與緣為思想文化基礎的預述性敘事框架中，整體情節結構安排為維持事件的幻象，乃不斷地通過敘述者干預提示來建立特定的審美指向和敘事風格。在傳奇式的夢幻書寫中，這種審美風格的具體展示，主要便落實在對才子追尋佳人的行動歷程最終是以何種方式通過考驗所進行的描述之上。如同天花藏主人在《平山冷燕》序言中言其創作心理時說：

> 有時色香援引，兒女相憐；有時針芥關投，友朋愛敬；有時影動龍蛇，而大臣變色；有時氣衝牛斗，而天子改容。凡紙上之可喜可驚，皆胸中之欲歌欲哭[⑪]。

又如煙水散人《飛花詠》序言所指出的：

[⑩] 〔德〕恩斯特・卡西爾（Ernst Cassirer）指出：「我們在藝術中所感受到的不是哪種單純的或單一的情感性質，而是生命本身的動態過程，是在相反的兩極——歡樂與悲傷、希望與恐懼、狂喜與絕望——之間的持續擺動過程。使我們的情感賦有審美形式，也就是把它們變為自由而積極的狀態。在藝術家的作品中，情感本身的力量已經成為一種構成力量（formative power）。」見氏著，結構群審譯：《人論》（An Essay on Man）（臺北：結構群出版社，1989年），頁233。

[⑪] 荻岸散人撰：《平山冷燕・序》，頁13-15。

　　金不煉，不知其堅，檀不焚，不知其香；才子佳人，

　　不經一番磨折，何以知其才之愈出愈奇，而情之至死

　　不變耶[12]。

　　因此，明末清初才子佳人小說作家通過敘述者對才子追尋行動所做的各種描寫，可以說爲讀者閱讀言情文學時所熟悉的情節發展過程——「求愛、分離、團圓／遠遊、冒險、回歸」——賦以獨特的藝術形式和主題寓意。事實上，在才子追尋佳人的冒險旅程中，行遊、追求、理想、對抗、解決、履約等等典型母題之建置，實有助於爲小說敘事進程帶來各種戲劇性形式。具體來說，今不論從表層敘事或隱含敘事的層次來說，明末清初才子佳人小說作爲一種愛情寓言，其整體敘事精神和主題寓意無疑是以齊家精神理想的實現爲終極依歸的。

　　總的來說，對於明末清初才子佳人小說而言，不論從語義或結構方面論其類型創造的美學機制，小說文本以獨特的藝術形式呈現在大眾文化讀者群體面前，並不單純只是陳述理想青年男女的愛情婚姻，而是在「才子追尋佳人—遊與求女」能指創造中，賦予小說藝術形式以特定的意識形態，進而在主題先行的制約影響下建構小說文本的意義。作爲一種文學現象，作爲一種文化現象，其集體敘事現象構成以具有象徵作用和意義的符號形式出現，無疑提供了讀者賴以重建歷史和現實的途徑。米‧杜夫海納（Mikel Dufrenne）指出：

　　小說敘述的東西，我們可以事後通過沉思默想將它概

---

[12] 佚名：《飛花詠‧序》，收於古本小說集成編委會編：《古本小說集成》（上海：上海古籍出版社，1990年），頁7-8。

念化，……小說之所以向我們提示這些思考，主要不
是通過它所再現的東西，而是通過它再現這些東西的
方式：正是由於小說含有的藝術因素我們讀後才有所
獲益[18]。

從前文章節的討論中可知，明末清初才子佳人小說以一種陳述
類型流行於世，在重複與始終如一的故事中，讀者從話語中所感受到
的已不單純只是意義的本身，而是意義生成的方式。因此，「知音遇
合」作爲作家闡釋歷史和現實時的一個重要的意識形態素，始終存在
於小說敘事進程之中，不僅是小說敘事模型建構的程式之所在，同時
也是小說文本意義生成的基礎之所在。

貳、程式化：才子佳人小說作爲生產式文本的現象闡釋

對於明末清初才子佳人小說創作而言，一方面小說創作之發生
承擔著滿足大眾文化藝術需求的任務，作家以大眾文化讀者群體喜聞
樂見的藝術形式進行創作，另一方面作家以文人之姿從事通俗小說創
作，又試圖從中尋找文化身分認同的印記，因而在話語陳述上體現出
一種社會實踐的權力運作關係。如前所言，明末清初才子佳人小說作
家固然在適應文化市場的需要下進行通俗小說創作，然而，其話語體
式之選擇及意指實踐方面，都在在顯示出文人群體對於文化身分認

---

[18] 〔法〕米・杜夫海納（Mikel Dufrenne）著，韓樹站譯：《審美經驗現象學》（北京：文化
藝術出版社，1992年），頁248。

同／認證的追憶和幻想[04]。此外，在主題寓意之建構方面，更體現出傳統儒家「修身、齊家」以「治國、平天下」政治理想的積極追尋。因此，在商品製造與精神生產之間，明末清初才子佳人小說在有關才子追尋佳人的冒險旅程的傳奇式書寫中所呈現的程式化書寫現象，實兼有「文化生產」與「意義控制」的雙重美學效果。從明末清初才子佳人小說的生產機制及其流行的角度來看，其話語構成在大眾文化讀者的消費選擇和閱讀實踐中成為一種大眾文本，其流行本身實際上卻具有一種「生產者式的」（producerly）特質，既具有讀者式文本的可理解性，亦具有作者式文本的開放性[05]。今即從以下兩個方面說明之：

一、就文化生產的形式表現而言

明代中葉以來，隨著商業經濟文化的發展和市民階層的興起，市民階層對通俗娛樂有著強大的需求，隱然形成有別於以政治中心為主導的消費文化市場。明末清初才子佳人小說流行的原因，即與當時商業經濟的繁榮和城市文化的興起有關。以今觀之，明末清初才子佳

---

[04] 基本上，一般對於明末清初才子佳人小說創作的印象，正來自於作家以「詩」作為文人身分的提喻所進行的敘事格局創造。當作家面對現實時將所見所思轉化為以詩為本性的審美經驗，進而通過詩語言的操作以再現／表現生活中的各種事物，其中可以說隱含著特定的價值判斷和情感意識。毋庸諱言的，在明末清初才子佳人小說中，詩既是愛情發生的媒介，也是功名實現的媒介。在言情與寫實之間，作家們反覆通過傳奇式筆法創造出諸多形貌不同的小說文本，其中通過詩的言語體裁的鑲嵌以強化其作為文人的「文化身分」的認同，實寄寓了從文化邊緣回歸文化中心的深層願望。

[05] 〔美〕約翰・費斯克（John Fiske）借羅蘭・巴特區分讀者式（readly）文本和作者式（writely）文本的討論觀點，進一步從大眾文本生成的角度提出「生產式文本」的觀點。所謂「生產者式文本」，是用來描述「大眾的作者式文本」。基本上，既具有讀者式文本的可理解性，又具有作者式文本的開放性。參氏著，王曉珏、宋偉杰譯：《理解大眾文化》（*Understanding Popular Culture*）（北京：中央編譯出版社，2001年），頁127-130。

人小說的創作、出版與流行的地域，主要集中在於福建建陽、江浙及北京等城市。伴隨著商業經濟的發展，城市的興起與繁榮可以說在某種程度上改變了傳統文化的消費形態，並創造了新的文化消費形式。以今觀之，明末清初才子佳人小說是以消遣娛樂的情感釋放需求為前提的商品創造，在公共化（public-action）的文化生產過程中，小說文本成為市民階層進行文化消費的重要對象，作家在滿足大眾文化讀者群體的閱讀需求過程中，實際上賦予小說藝術形式表現極高的可讀性[16]。

　　從表面上看來，明末清初才子佳人小說以情感釋放為導向的話語創造表現，似乎只是一種娛樂而已[17]，而這樣的創作現象可以說普遍反映在當時書坊大量印刷出版小說時的商業行為和目的之上──即出版商設想一批可能存在的讀者而挑選具出版價值的作品。羅伯特・埃斯卡皮（Robert Escarpit）指出：

　　　這種想像帶有雙重的、也是矛盾的特徵：它一方面包

---

[16] 參採陳平原論及武俠小說之「可讀」時的意見，他認為：「武俠小說之所以『可讀』，根源於如下兩點：(1)使用程式化的手法、規範化的語言，創造一個表面紛紜複雜而實則熟悉明朗清晰單純的文學世界（而不是像純文學那樣充滿陌生變形和空白曖昧，召喚讀者參與創造）。(2)有明確的價值判斷，接受善惡是非二元對立的簡化思路，體現現存的社會準則和為大眾所接受的文化觀念（而不是像純文學那樣充滿懷疑精神及批判理性）。」見氏著：《千古文人俠客夢──武俠小說類型研究》（北京：人民文學出版社，2003年），頁205。基本上，明末清初才子佳人小說作為通俗小說類型之一，在可讀的美學效應上與武俠小說相去不遠，可備一參。

[17] 如同〔英〕羅賓・喬治・科林伍德（Robin George Collingwood）如同所指出的：「如果一件製造品的設計意在激起一種情感，並不想使這種情感釋放在日常生活的事務中，而要作為本身有價值的某種東西加以享受，那麼，這種製造品的功能就在於娛樂或消遣。」見氏著，王至元、陳華中譯：《藝術原理》（北京：中國社會科學出版社，1985年），頁80。

　　　　括對可能存在的讀者大眾想看的書和將要購買的書做
　　　　出事實性判斷，另一方面也包括對可能成為讀者大眾
　　　　欣賞趣味的東西作出價值判斷，這種趣味的形成是人
　　　　類群體的美學／道德體系所決定的[⑱]。

　　事實上，這從明末清初才子佳人小說作為通俗小說話語廣為流播
的情形中，其話語實踐在美學／道德體系上提供了讀者群體享受閱讀
文本時的各種愉悅和快感經驗，即可獲得證明。而在此特定的商品規
律制約和文化消費要求下，明末清初才子佳人小說作家之創作行為從
個人精神生產的文學活動轉化為社會性文化消費的群體行為，整體敘
事創造在慣例與規約之中，更是體現出一種程式化書寫的藝術形式表
現。此時，大眾文化讀者群體立足小說文本的程式化書寫之上，在一
種符合文化成規和審美慣例的情況下獲得閱讀上的愉悅，並得以參與
小說文本意義的建構。其文類生成的原因，與讀者關係頗為密切[⑲]。
由此說來，明末清初才子佳人小說之能成為一種小說類型，可視為大
眾文化讀者群體在閱讀期待的成見中對作品的一種歸化（naturaliza-
tion）的結果。在某種意義上，明末清初才子佳人小說作為一種具有

---

⑱　〔法〕羅伯特・埃斯卡皮（Robert Escarpit）著，顏美婷譯：《文藝社會學》，頁51。

⑲　如同〔美〕M. H. 艾布拉姆斯（M. H. Abrams）所指出的：「每一種文類都是一套基本的
　　慣例與規約，它們隨著時代而變化，但又通過作家與讀者之間的默契而被雙方接受。無論作
　　者是違背或採用這些慣例，它們總是在這類文學作品的創作中起著舉足輕重的作用。對於讀
　　者來說，這些慣例都是他們所預期的，儘管有時不能如願以償，但都有助於他們促使作品的
　　『歸化』（naturalization）——讀者通過把作品和現行文化限定的世界加以聯繫從而使作
　　品『歸化』。」見氏著，朱金鵬、朱荔譯：《歐美文學術語詞典》（A Glossary of Literary
　　Terms）（北京：北京大學出版社，1990年）。其原文可參 M.H. Abrams：A Glossary of Lit-
　　erary Terms（《文學術語匯編》）（北京：外語教學與研究出版社，2004年），頁5。

流行價值的商品，在重複與重寫之間，固然失去了傳統文學創造所強調的獨特性，取而代之的是類型化的人物、情節和結局，終致在作家、書坊主、大眾文化讀者群體、評論者和當局統治者的價值交換行為過程中成為一種文化消費的展示品。不過，值得注意的是，明末清初才子佳人小說作為一種文化生產形式，其文體創造本身所體現的公共行為實具有不可忽視的意識形態力量，而程式化書寫策略更在某種意義上強化了其作為社會範疇和主體形式所具有的文化實踐意義和價值，使得小說文本具有審美話語與社會話語的轉化特性。

　　毋庸置疑，明清通俗文藝思潮及其話語系統是一種具有重要影響力的文化形式，而市民階層的思想情感和審美情趣對於通俗文藝思潮的形成與發展有其深刻的影響作用。基本上，明末清初才子佳人小說在通俗文藝思潮影響下出現，不論作為一種文學現象或作為一種文化現象，小說文本作為文化生產的形式自不能不在生產與閱讀之間，與市民階層生活的文化和社會關係產生聯繫。理查德・約翰生探討文化研究的定義時曾經提出一項研究模式[⑩]，頗值參考：

⑩　〔英〕理查德・約翰生：〈究竟什麼是文化研究〉，見羅鋼、劉象愚主編：《文化研究讀本》（北京：中國社會科學出版社，2000年），頁16。

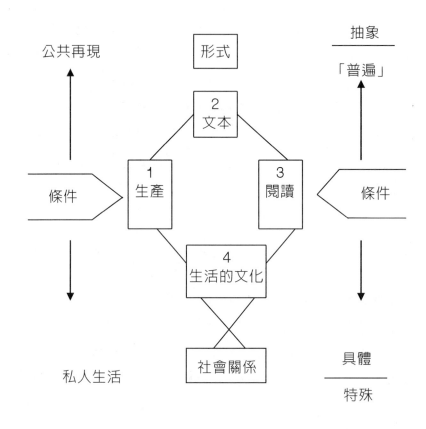

從文化產品的流通與消費的角度來說，明末清初才子佳人小說作為文化生產的形式之一，其集體敘事現象之形成，在整體方面與方框中的每一方面或時刻有所關聯，顯示形式具有其共相性表現，在個別方面又與方框中的每一方面或時刻個別相關，顯示形式具有其特殊性表現。但不論如何，明末清初才子佳人小說在特定歷史文化語境中「被生產」出來，小說文本所體現的主體性無疑是在才子追尋佳人的冒險旅程的程式化書寫中，充分展示出對「文人」符碼進行文化身分認同的意識形態內涵，藉以在虛構的歷史經驗的重構中喚醒大眾文化讀者群體的集體記憶。在某種意義上，明末清初才子佳人小說的商品化現象，即說明其藝術形式在文化生產過程中具有公共和私人、普遍

和特殊的雙重特性。從私人、特殊的角度論之，如天花藏主人在《平山冷燕》序言曰：

> 吾思人縱好忌，或不與淡墨爲仇；世多慕名，往往於空言樂道。矧此書白而不玄，上能佐鄒衍之談天，下可補東坡之說鬼，中亦不妨與玄皇之棃園襍奏。豈必俟諸後世？將見一出而天下皆子雲矣。天下皆子雲，則著書不愧於子雲可知已。若然，則天地生才之意與古今愛才之心，不少慰乎？嗟！嗟！雖不如忠孝節義之赫烈人心，而所受於天之性情，亦云有所致矣[11]。

又如風月盟主在《賽花鈴》後序中說：

> 先正謂：「班固死，天下無信史！」近眉公陳老謂：「六朝唐宋，皆稗家叢說。」嘻！果如所言，亦惡在其公史小說也。而余謂稗家小說，猶得與於公史。勸善懲淫，隱陽秋於皮底；駕空設幻，揣世故於筆端。層層若海市蜃樓，緋緋似鮫人貝錦。一詠一吟，提攜風月；載色載笑，傀儡塵寰。四座解頤，滿堂絕倒。而謂此數行字，遂無補於斯世哉！雖然，局面褊小，理意不能兼該，猶之乎一器而適一用，故曰小說家也。究其所施，非說干戈則說鬼物，非說訟獄則說婚

---

[11] 荻岸散人撰：《平山冷燕‧序》，頁15-18。

姻。求其干戈、鬼物、訟獄、婚姻兼備者，則莫如白
雲道人之爲《賽花鈴》。蓋富貴貧賤，夷狄患難，一
以貫之者也[12]。

顯而易見，明末清初才子佳人小說的形式概念在作家的創作動機中是屬於私人生活的，在創作設計上有其具體可見的精神理念。然而，當小說作爲商品生產流通於文化市場時，則在成爲公共形式的過程中，無疑必須藉由特定的藝術形式創造和意義建構來獲取讀者的普遍關注。如古吳青門逸史石倉氏在《生花夢》序言說明娥川主人編書之意時說：

古人何以立言也？曰：屈原夫婦喻君臣，宋玉神女諷襄王，皆以寓托也。《生花夢》何爲而作也？曰：予友娥川主人所以慨遇也；所以寄諷也；所以涵詠性情，發抒志氣，牢騷激昂，淋漓痛快，言其所不能言，發其所不易發也。……宜乎！天之初妬，緣之始嗇。艱難險阻，顛倒漂搖，遲之久而終乃合也。是編也，或爲主人之慨遇耶？或以是寄諷耶？抑言其所不能言，發其所不易發耶？俱不可知。而弟以挽回人心，維持世化，寓幻於俠，化淫爲貞，獨創新裁，別開生面，又豈與稗官家言所可同日語哉！故牢騷激

<hr>

[12] 白雲道人編輯：《賽花鈴》，收於古本小說集成編委會編：《古本小說集成》（上海：上海古籍出版社，1990年），頁360-362。

昂，淋漓痛快，俾讀是編者，無不可以涵泳性情，發
抒志氣。雖莫能禁人人不慕其遇，而獨不遽許人人之
遽有其遇也。……予評點之餘，嘆其筆墨之妙。曲折
變幻，如行文家，有虛實，有頓挫，有開闔，有照
應，峰斷雲連，波平波起，空靈敏妙，幾於夢筆生花
矣。何花非夢？何夢非花？請顏之曰：《生花夢》[13]。

以今觀之，明末清初才子佳人小說的文體選擇和創造，與明清之
際通俗文化思潮及社會演變趨勢的關係可謂極為密切[14]。在浪漫故事
的建構中，作家借男女之情的闡釋以傳達知音遇合的深層願望時，則
傳奇形式作為無所不在的社會範疇或主體形式，無疑是在程式化的敘
事建構中通過虛幻的記憶以進行歷史經驗的重構，進而存在於大眾文
化讀者群體的想像的未來與日常生活的投射之中，存在於個人和集體
的身分之中[15]。因此，值得注意的是，一旦小說作為商品進入文化市
場，有關小說的意義解讀和藝術價值的判斷，事實上已非作家所能掌
握，而是與當時通俗文化市場的商品法則規律的制約及讀者群體的閱
讀消費選擇息息相關。

總的來說，自明代中葉以來，文化市場的形成和通俗文藝形式的

---

[13] 娥川主人編次：《生花夢・序》，頁1-14。

[14] 〔法〕羅伯特・埃斯卡皮（Robert Escarpit）指出：「除語言外，作家選用的文學體裁及形式也由他所隸屬的那個集團決定。文學體裁不能憑空創造：人們對一種文學體裁加以改造，使之適應社會集團的新的要求；這可以說明體裁的演變與社會的演變休戚相關的觀點是正確的。」見氏著，顏美婷譯：《文藝社會學》，頁88。

[15] 理查德・約翰生：〈究竟什麼是文化研究〉，收於羅鋼、劉象愚主編：《文化研究讀本》，頁31。

興起，構成了一種重要的文化現象。在傳統的認知上，通俗文藝形式的創作與接受，在同質、共性的通俗話語表現下，或許並不具備深刻的文化知識和精神意蘊。然而，就明末清初才子佳人小說創作而言，當大眾文化讀者群體在閱讀制約中普遍接受此一藝術形式時，無疑顯示出其話語構成的特殊性，使得小說文本在群體和社會形式的共有層面上爲讀者所關注和認同。如皮埃爾・布迪厄（Pierre Bourdieu）所指出的：

> 藝術品價值的生產者不是藝術家，而是作爲信仰的空間的生產場，信仰的空間通過生產對藝術家創造能力的信仰，來生產作爲偶像的藝術品的價值。因爲藝術品要作爲有價值的象徵物存在，只有被人熟悉或得到承認，也就是在社會意義上被有審美素養和能力的公眾作爲藝術品加以制度化，審美素養和能力對於了解和認可藝術品是必不可少的，作品科學不僅以作品的物質生產而且以作品價值也就是對作品價值信仰的生產爲目標⑯。

因此，我們與其通過嚴肅文學、純文學、雅正文學觀點批判其創作的不切實際幻想和功利化、庸俗化的敘事表現，倒不如從文化生產角度說明其藝術形式作爲明末清初才子佳人作家如何從文化邊緣進入文化中心的基本策略。

---

⑯ 〔法〕皮埃爾・布迪厄（Pierre Bourdieu）著，劉暉譯：《藝術的法則——文學場的生成和結構》（北京：中央編譯出版社，2001年），頁276。

二、就小說文本的意義控制而言

　　基本上，從商業文化消費市場運作機制的觀點論文藝活動的流行因素，足可解釋明末清初才子佳人小說作為一種社會實踐和社會性生產的事實，體現出在作家、書坊主、讀者和文化市場相互制約的商品法則支配下的一種共相表現。在動盪多變的歷史現實中，明末清初才子佳人小說作家書寫著自己的追憶和幻想，在充滿矛盾的政治焦慮中實現烏托邦夢想，小說敘事建構的程式化書寫現象，反映了從所指到能指的表達過程普遍具有其相對一致的意向性表現[⑰]。事實上，如前所言，明末清初才子佳人小說在「齊家」主題的制約影響下，小說文本的形態特徵具有其相對一致性的表現，在意義控制方面亦具有其特定的所指內容[⑱]。因此，在主題先行的導引下，有關才子追尋佳人的冒險旅程的書寫，便在充滿遊戲意味的能指形式創造中，通過不同時空背景、不同人物關係和不同考驗形式的情節建構被講述出來。如前所言，明末清初才子佳人小說作家普遍以才子為敘述主體，同時在敘事建構過程中即依其追尋行動歷程創造了基本的敘事模式，亦即「反抗—追尋—考驗—命名」。基於此一創作前提下進行創作，大量文本的出現，一方面反映出讀者群體閱讀的審美慣例和情感期待的要求，另一方面則提供了讀者群體通過閱讀進行社會認同和自我定位，

---

⑰ 李忠明認為才子佳人小說敘事模式之形成，主要由四點決定的：第一，封建社會文人生活目標的一致性；第二，當時社會提供的解決問題的方法的唯一性；第三，才子佳人小說作家創作心理的同一性；第四，專寫才子佳人的愛情，其題材本身的局限性。見氏著：《17世紀中國通俗小說編年史》（合肥：安徽大學出版社，2003年），頁244-245。

⑱ 其具體表現如同〔法〕羅蘭・巴特所指的：「古典敘事總是給人這般印象：作者首先構想出所指（或普遍性），然後依其想像的機緣，替所指尋找『好』的能指、可作證據的例子；古典作家像工匠一樣，伏在意義的工作臺上，為他已經形成的觀念選擇最好的表達。」見氏著，屠友祥譯：《S/Z》（上海：人民出版社，2001年），頁281-282。

最終得以在流行過程中成爲一種滿足讀者願望的大眾文本。值得注意
的是，明末清初才子佳人小說之創作，雖然是以滿足市民階層爲主體
的讀者的文化消費需求爲前提，但作家在審美理想與主體精神的追求
上，仍體現出傳統文人對於自我本性的定位與思考。因此，在程式與
創新之間，小說文本隱含了文化市場規律與作者主體選擇之間的一種
耐人尋味的矛盾關係。

　　以今觀之，在流通和消費的過程中，明末清初才子佳人小說作爲
一種小說類型，其整體敘事創造所傳達的是市民階層共同接受的審美
情趣和文化趣味，藉以吸引固定的讀者群體。以詹妮斯・拉德維觀點
來說：

　　　　類型或公式化文學作品經常是這樣被定義的：通常依
　　　　賴於一種要求有某些成分在內的寫作方法，這些成分
　　　　在此種類型的每本新版圖書中都可以找到。因而它允
　　　　許編輯者用一種非常特殊的方式引導和控制圖書的創
　　　　作。而且，值得強調的是，類型文學作品還以它持續
　　　　不斷地吸引某一類固定讀者爲特徵[19]。

　　以今觀之，在一體化的集體敘事現象中，明末清初才子佳人小說
作家在話語實踐上爲與讀者達成「才子與佳人爲配」的一致性理解，
因此必須藉由特定故事類型及藝術形式的類同性創造來達到意義控制
的目的。今可見者，如雲水道人在《巧聯珠》序言所云：

---

[19] 詹妮斯・拉德維：〈浪漫小說的機構形成〉，收於羅鋼、劉象愚主編：《文化研究讀本》，
　　頁277。

文章原本六經，三百篇爲風雅之祖。迺二雅三頌，登
之郊廟明堂，而國風不刪鄭、衛。二南以降，貞淫相
參其間。巷詠途謳，妖姬佻士，未嘗不與忠孝節烈並
傳不朽，木鐸聖人豈不欲盡取而刪之，蓋有刪之而不
可得者。……烟霞散人博涉史傳，偶於披覽之餘，擷
逸蒐奇，敷以菁藻，命曰《巧聯珠》。其事不出乎閨
房兒女，而世路險巇；人事艱楚，大畧備此。予取
而讀之，躍然曰：「此非所謂發乎情，止乎禮義者
與？」亟授之梓。不知者以爲途謳巷歌，知者以爲躋
之風雅勿愧也。嗟乎！吾安得進近今詞家而與之深講
於情之一字哉[120]！

在效法《詩經》三百篇諷諫傳統的創作認知下，才子佳人小說之
能建立起特定的藝術形式，便與其寫作材料的性質和主題寓意的建構
密切相關。從實際情形來看，在建構千秋佳話的過程中，作家通過才
子追尋佳人故事類型之建構以強化「遇合」事件的意向性表現，其對
於才子追尋佳人的序列事件安排，無不在情節建構中凸顯才子生命歷
程所必須面臨的挑戰與考驗，藉以吸引讀者之情感認同。如天花藏主
人在《飛花詠》序言曰：

設父母有命，媒妁有言，百兩而去，百兩而來，不過

---

[120] 煙霞逸士編次：《巧聯珠‧序》，古本小說集成編委會編：《古本小說集成》（上海：上海
古籍出版社，1990年），頁1-8。

僅完其紅絲之公案，而錦香里之佳聯不幾埋沒乎？鳳
園芍藥之深盟將誰與結乎？總戎與司李之求婚，死不
變心於何而見乎？則是幽香同於野艸，良璧不異頑
磚，將見佳人才子，竟與愚夫婦等矣，豈不大可痛心
也哉！噫！知此痛心，則知顚沛流離之成就昌男端女
者不淺矣，讀之勿悲而喜可也[12]。

　　毋庸諱言，明末清初才子佳人小說作家在能指遊戲的創造中，
的確在娛樂消遣的前提下提供了讀者閱讀消費以多元的想像時空。但
實際上，在詩與歷史的重構中，作家們在重複與重寫之間卻也完成了
對自我存在現實的思考和觀照。尤其，當才子／佳人愛情遇合的生命
歷程被置於傳統性別政治場域進行解讀時，則有關君臣遇合政治圖式
的意義指涉又將成為小說文本的深層思想意蘊之所在。誠如 J. 希利
斯・米勒（J. Hillis Miller）所指出的：

　　　　為甚麼我們一再需要「相同」的故事？問題的答案更
　　　　多地同敘事的肯定功能和文化創造功能相聯繫，……
　　　　如果我們需要故事來賦予世界以意義，故事的意義形
　　　　式就是這種意義的基本的載體。……如果我們需要故
　　　　事來理解我們的經歷的含義，我們就一再地需要同樣
　　　　的故事來鞏固那種理解。這種重複可能重新遇到故事

---

[12] 佚名：《飛花詠》，收於古本小說集成編委會編：《古本小說集成》（上海：上海古籍出版
　　社，1990年），頁12-15。

　　所賦予的生命的形式而得到證實。也許節奏的重複方
　　式具有內在的娛樂性，不論那種方式究竟是甚麼。同
　　一類型中的重複本身就令人愉快[12]。

　　究其實質表現，明末清初才子佳人小說最終是在「夫婦大倫」得
以實現的敘事結尾中完成了「齊家」主題寓意的建構，其整體敘事建
構在在顯示出小說文本之程式化書寫，並不單純只是一種公式化的情
節類型表現而已，而是在某種意義上蘊含著人們尋求自我生命定位與
安身立命的終極願望。與其他小說類型相較，便顯得別具獨特意味。

---

[12] 〔美〕J. 希利斯‧米勒（J. Hillis Miller）：〈敘事〉，見 Frank Lentricchia 和 Thomas Mclaughlin 編，張京媛等譯：《文學批評術語》（*Critical Terms for Literary Study*）（香港：牛津大學出版社，1994年），頁93。

第六章

結　論

　　明末清初時期，才子佳人小說的出現，是中國小說史上的一個重要的文學現象，同時也是歷史文化轉型階段下的一個特殊的文化現象。在明代中晚期以來的通俗文化思潮影響下，作家在創作過程中始終必須面對精神生產與商品消費的矛盾對話、傳統文化價值的持守與新興流行思潮的張揚的衝突對話。當作家秉其文人身分意識放棄傳統文學的正典（canon）傳統而選擇通俗小說話語進行邊緣敘事創造，無不試圖通過審美實踐與社會實踐交融的藝術形式來建構特定的歷史經驗，藉以傳達寄託情志——雖然這種情志表現，大抵充滿了儒家入世精神的世俗功利性質。不過，作為明清之際歷史文化轉型的一種話語構成和文化表徵，明末清初才子佳人小說集體敘事現象的形成，其話語所體現的不僅僅是一種美學意義，同時也是一種文化價值。基於上述認知，本文研究以「明末清初才子佳人小說敘事研究」為題，在探究過程中旨在通過形式美學研究與文化分析研究並行的辯證論述，在共時性的基礎上詮解明末清初才子佳人小說集體敘事現象的美學意

義和文化特性①。從類型批評觀點出發，整體研究取向乃立足於小說敘事系統表現的基礎之上，期能揭示才子佳人小說敘事建構的基本形式及其慣例，說明文學傳統下的才子佳人小說創作風貌，進而解讀才子佳人小說作爲文化釋義體系的一種表意形式的符號特性。今即依據研究成果做一重點式的歸納整理，略陳數端以總覽明末清初才子佳人小說敘事的本質特徵，最後針對個人在本文研究進程中所獲得的啓示進行反思，以爲後續研究參考。

第一節　追尋歷程：才子佳人小說敘事的審美生命形式

今觀明末清初才子佳人小說可見，作家在微觀而集中的書寫形式中建構心目中的烏托邦政治理想，敘事本身所展示的虛構的歷史經驗，大體上是由「才子追尋佳人的冒險旅程」所構成的，而在以「遊與求女」爲意識形態素所建立的敘事範式中，從開端到結尾的時空歷程本身直可視爲一種審美性的生命形式（living form）②的展示。對於明末清初才子佳人小說而言，作爲一種藝術符號或表現性形式，小說文本的結構形式與文人作家的生命實質之間呈現爲一種「同構」（homology）關係的表現，既是個別小說文本的話語創造的欲望之

---

① 〔瑞士〕費爾迪南・德・索緒爾（Ferdinand de Saussure）指出：「共時語言學研究的是，同一個集體意識感覺到的各項同時存在並構成系統的要素間的邏輯關係和心理關係。歷時語言學，相反地，研究各項不是同一個集體意識所感覺到的相連續要素間的關係，這些要素是一個代替一個，彼此間不構成系統。」見氏著，沙・巴利、阿・薛施藹編：《普通語言學教程》（*Course in General Linguistics*）（臺北：弘文館出版社，1985年），頁135。

② 〔美〕蘇珊・朗格（Susanne K. Langer），滕守堯、朱疆源譯：《藝術問題》（*Problems of art：ten philosophical lectures*）（北京：中國社會科學出版社，1983年），頁43。

所在，同時也是集體敘事現象的話語構成的願望之所在。其中，有關「追尋歷程」（quest proceeding）的書寫及其意識形態的具體表徵，一方面體現在小說敘事建構的基本形式表現之上，另一方面也反映在文人作家在現實生活中的政治理想表現之上。不論其作為集體的夢幻或個人的神話，小說敘事本身所表達的一切無疑是對於歷史文化現實的一種基本理解和解釋。

壹、原型：內在生命之探索

明清之際鼎革世變，政治、社會、思想和文化處於急遽轉變的階段。明末清初才子佳人小說作為歷史文化轉型下的一種表意形式，可以說在相對微觀而集中的話語構成及其文化釋義行動中，蘊含著文人作家相對複雜而矛盾的精神意識。不可否認，特定的歷史文化語境決定了作家心態的生成與發展，也決定了才子佳人小說的敘事格局和精神向度。在傳統研究上，人們普遍認為，自《玉嬌梨》、《平山冷燕》開其先聲後，明末清初才子佳人小說作家們無不以「弘揚才女」為重要的書寫對象，反映明清才女文化現象興起的歷史文化事實，並在言情論述的基礎上，視才子與佳人的愛情婚姻為小說創作的主要內容。但事實上，從本文研究的相關考察中可見，才子佳人小說敘事本身所關注的並不單純只是在於言情題材的反常化上反映當時創作觀念變化的美學問題而已，而是在言情傳統的故事框架中，才子佳人小說作家如何藉由性別政治的敘事操演，從中寄寓個人對於明清之際歷史文化轉型變遷的基本看法。

以今觀之，明末清初才子佳人小說集體敘事現象的話語構成，大體上具有其共相性的精神價值表現。在具體的話語實踐中，作家從

「功名」和「婚姻」的辯證敘述關係中，通過普遍類同的書寫儀式展示了才子追尋自我人生理想實現的生命歷程，敘事本身除了具有強烈的幻想特質之外，同時也深刻地體現了當時文人群體的深層心理願望。究其實質表現，才子追尋佳人的冒險旅程的展開，除了可視爲作家在幻夢式敘事創造中實現個人生命理想的一種現實性追尋之外，更重要的是，在「與女神相會」（The Meeting with the Goddess）的考驗形式的原型移用中，才子最終得以通過科舉考試、戰勝競爭對手和邪惡力量，並與佳人完成理想愛情婚姻，無疑可以說在特定的歷險行動中確立了自我的定位和存在價值。就此而言，在才子佳人小說敘事進程中，佳人以理想女性形象範式之姿引領才子積極探索自我生命的力量和奧祕，其追尋歷程最終乃體現爲一種內在探索的個體化過程。

　　毫無疑問，明末清初才子佳人小說作家以才子追尋佳人的冒險旅程作爲敘事建構的原型模式，可以說是基於文化和心理的需求，而體現爲一種實現內在英雄的生命歷程。因此，小說敘事創造的深層意義結構，基本上可視爲是在人格原型意象的引導下所建立的一種內在探索模式，整體敘事表現在於證成才子生命力量之所在，充滿了理想性特質。

貳、話語：自我身分之認同

　　明代中晚期以來，由於通俗文化思潮的興起，不同的文藝形式及其審美意識的話語的出現，無疑形成了「眾聲喧嘩」（heteroglossia）的語言現象。不同話語類型共同體現了特殊時期處於文化轉型期的具

體面貌，各種文化層次的社會力量彼此爭鳴，打破傳統思想文化中的統一權威意識，因而形成文化轉型時期的多元話語形態。基本上，明清時期作家群體選擇通俗話語系統進行創作，無疑必須在正統文學觀念的影響下進行一場思想文化的價值轉換。其中，不論在物質／精神、市場／文化或文人身分／政治權力的關係表現上，大體隱含有二元對立的現象。因此，對於明末清初才子佳人小說集體敘事現象的構成而言，其所顯示的文化意義，已不單單存在於作家個人身上而已，而是對於歷史現實和文化形態的一種眞實反映，傳達作家群體創作中的一種具普遍性意義的主流價值觀。以今觀之，在明清通俗文化思潮的發展過程中，伴隨而來的是世俗化與市場化的商業經濟形態。當明末清初才子佳人小說作家有意在商業經濟與文化理想的矛盾和衝突中，尋求與大眾文化意志進行對話，其中有關作家群體對於自我文化身分及價值定位的認同問題的展示，已然成爲小說敘事建構的基本意識形態維度。

　　基本上，明末清初才子佳人小說作爲大眾文化集體欲望的文化表徵（cultural representation），可以說隱含了特殊的意指實踐。在言情與寫實交融的傳奇式書寫中，作家無不試圖通過作品題材的簡化、人物形象的類化、審美意向的定型化等方面的敘事創造，在明確創作目的中建構心目中的烏托邦世界。當然，這種虛構的理想世界，基本上缺乏了創造新世界時所必須擁有的犧牲超越的精神，而只能說是一種文人的春秋大夢罷了。不過，值得注意的是，不論在理想化的虛構世界或遊戲式時空體形式的創造方面，明末清初才子佳人小說之創作，雖然是以滿足大眾文化讀者群體的世俗性娛樂消費爲前提的；但是在敘事進程中，作家卻又極力通過「詩」的語言體裁鑲嵌方式，來消解社會文化轉型下的自我認同危機，並賦予小說文本以抒情性

格。然而，不免遺憾的是，即使作家對於詩言語所具有的抒情精神懷有深遠的憧憬，終究是無從解決作家處於文化邊緣和失語的事實。因此，迷惘、失落與焦慮的敘述言語介入小說文本之中，無疑在客觀事件的展示過程中反映了作家置身於政治想像與現實結果的錯位情境的潛在悲劇性，最終只能在「遊戲體時空形式」中進行隱喻現實的能指形式創造，並以大團圓結尾的安排來補償現實生活的失落與無奈。

對於明末清初才子佳人小說創作而言，當文人作家選擇以通俗小說藝術形式進行創作時，便顯示出作家群體認同通俗文化思潮及其話語，並做出相應的價值選擇。而在這樣的價值選擇過程中，明末清初才子佳人小說作家通過才子追尋佳人的言情書寫以進行敘事建構，並從中表現出作家的「自我本性」（selfhood）。整體而言，作家無不期許能藉由邊緣話語的操演和書寫，從不同側面進入文化結構和文學秩序的中心，與主流話語進行實質性的對話或交流。因此，明末清初才子佳人小說集體敘事現象構成所具有的文化修辭意義，無疑充分展示在文人對自我身分和價值定位的認同的行動表現之上。究其實質表現，在重複與重寫之間，作家群體除了以符合讀者閱讀趣味為前提進行程式化書寫之外，更賦予敘事以一種具集體意向性的審美精神表現。在某種意義上，當作家有意利用通俗小說話語系統的敘事成規（convention）參與現實時，主要便藉由才子追尋佳人的冒險旅程的書寫，向廣大讀者群體傳達個人對於現實的一種理解和闡釋。而其話語實踐，在自我身分認同表現上所體現的「中和」審美精神，直可說是作家在喜劇思維與悲劇意識之間進行思想情感調和的一種折衷表現。

參、寓言：政治理想之寄託

　　明末清初才子佳人小說作家身處文化邊緣，固然在政治失語狀態下選擇通俗小說話語系統進行創作，但由於受到中國詩學傳統以「詩」為支配性審美規範的創作傳統影響，作家在書寫過程中，乃積極通過詩語言的融入以追求雅正的抒情精神風格表現，由此反映出作家講求「由俗反雅」、「以雅融俗」方面的審美精神表現。大體而言，明末清初才子佳人小說在詩性觀照和比興寄託中進行敘事創造，敘事建構過程本身實際上潛藏著一種「深度遊戲」（deep play）的文化象徵行為。今可見者，詩性想像作為明末清初才子佳人小說話語構成的審美本質，已然成為一種創作上的觀念圖式（conceptual schemes），影響了小說文本意義生成和創造。

　　明清之際時局劇變，呈現「天崩地解」的混亂情勢，面對充滿不確定性的政治秩序及其生存困境，文人群體所思考和追求的無非是自我人生的定位。今觀明末清初才子佳人小說可見，作家對於個人政治遇合的期許及理想政治秩序的想像，無疑化作集體的政治焦慮和生存性焦慮，普遍反映在諸多小說敘事進程之中。在個人神話與集體夢幻之間，明末清初才子佳人小說所傳達的，並不僅僅在愛情和婚姻的理想追求之上，而是藉言情書寫以表達對文人出處問題的深切思索。毋庸諱言，明清之際的社會變革和政治轉型對於文人群體的生存情境產生極大的衝擊。隨著政治體制的轉移，文人們必須在實現自我生命理想的過程中尋求新的出路。因此，對於大多數才子佳人小說作家而言，如何在現實中化解自身「懷才不遇」及「失語」的生存困境，無疑成為作家群體內心的深切召喚。因此，「以詩為媒」的敘事範式

之建立，可以說普遍隱喻作家群體失語的現實。對於明末清初才子佳人小說而言，作家群體利用中國古代政治文化和文學上常見的「士不遇」和「君臣遇合」母題進行創作，普遍與《詩經》、屈原〈離騷〉代興的諷喻譎諫環境和書寫傳統的認知有所關聯。從政治倫理隱喻的角度論之，明末清初才子佳人小說在「求女」行動書寫上所隱含的政治理想的期待，最終通過「齊家」主題寓意的建構以指涉歷史和現實，實具有其不可忽視的象徵意義和作用。

大體而言，明末清初才子佳人小說中有關齊家理想的實現，與中國傳統儒家思想可謂息息相關。在儒家思想影響下，有關「士志於道」、「以道自任」的使命意識，可以說嚴格地規約了文人作家的人生道路和心態模型。所謂「修身、齊家、治國、平天下」的政治理想，實已成為作家群體實現自我價值的內在精神指標。以今觀之，明末清初才子佳人小說以「愛的寓言」的敘事姿態問世，其中才子追尋佳人的冒險旅程作為愛情／政治遇合的一種象徵過程，不論在自我想像方面或家國論述方面，不僅可視為作家與大眾文化讀者群體進行理性對話的實踐結果，更可見作家強調自身超越世俗認知的價值規範和理想訴求的具體表現。

肆、類型：歷史現實之解釋

明末清初才子佳人小說作為「人情—寫實」小說流派之異流，在某種意義上，仍然採取寫實態度表達對歷史和現實的基本理解和看法。從表面上看來，小說文本的外在形式在單體式故事結構表現下顯得單一化、淺平化。但實際上，其內在形式的表現，卻可以在能指遊

戲的創造中無限制地複雜或簡化，因而顯得非常豐富。不可否認，自
《玉嬌梨》、《平山冷燕》出現以來，明末清初才子佳人小說作為一
種敘事範式的定型（formation）表現，在某種程度上的確規約了後
繼作家在創作時所賴以遵循的美學規則和本質特徵。但相對地，卻也
使得作品在藝術形式的變形表現上呈現出具有共相性質的審美慣例。
今可見者，明末清初才子佳人小說集體敘事現象的構成，在在顯示出
小說文本所具有的一致性之意向性和藝術形式表現，實有助於作家在
重構歷史現實的過程中傳達個人乃至群體的政治理想。

　　基本上，明末清初才子佳人小說在「齊家」主題先行的影響和
制約下，以其明確的藝術形式創造來反映現實，可以說集中地表達了
作家對於歷史文化語境和自我生命定位的基本理解和看法。不可諱言
的，作家依定主題思想表達的需要而針對題材及形式進行預先製作，
主要是立足於「才子終配佳人」的故事類型的基礎上進行別出心裁的
話語陳述，其敘事形式既是一種欲望結構的載體，也是一種考驗儀式
的化身。因此，明末清初才子佳人小說作家借助於特定的藝術形式來
顯示和傳達現實，無疑是經過一番價值選擇的。以今觀之，不論在歷
史經驗的重構方面、意識形態表現方面和敘事邏輯操作方面，整體敘
事創造在在顯示出作家對於齊家理想的深切期望。尤其，當作家試圖
通過對情的闡釋和表述來建立小說文本的意識形態張本時，有關才
子追尋佳人的冒險旅程的書寫，可以說在「知音遇合」的隱喻和轉義
上，既滿足了一般讀者群體的愛情想像，也撫慰了失落作家群體的政
治想像。

　　明末清初才子佳人小說之作為一種小說類型而流行，是作家在故
事類型的基礎上進行各種藝術變形處理的結果。作家利用通俗小說的
易理解性、慣例性和娛樂性的寫作特質，與大眾文化讀者群體進行敘

述交際，無不借助於語言描寫一系列事件展示一場場語言歷險情境，為讀者接受小說文本意義代碼提供了重要的參照歷程。不可否認，明末清初才子佳人小說中有關才子追尋佳人的冒險旅程的程式化書寫，對於「文化生產」與「意義控制」的雙重實踐表現而言，實具有其重要的影響作用。因此，從大眾文本生成的角度論之，明末清初才子佳人小說之所以能因流行而構成一種文學／文化現象，並非只是建立在愛情書寫的程式化基礎之上而已，而是在整理經驗和反映現實的過程中，最終體現為一種有意義、有功能的形式，直可以說具有生產者式文本的性質。具體言之，程式化書寫除了使小說文本具有其可讀性之外，更重要的是在求女行動的書寫上，提供了讀者群體進行深層創造性解讀的可能性。

第二節　餘論：才子佳人小說研究的反思與啓示

　　本文研究發生的原始構想是以「文化詩學」研究為前提的一種嘗試，即立足於通俗文化[③]的理論觀點之上對明末清初才子佳人小說集體敘事現象進行總體現象的考察，乃試圖在形式美學與文化分析並行的研究過程中，重新解釋和評價才子佳人小說流行的美學意義和文化價值。今雖獲得初步研究成果，然仍深感有未盡之處——既是觀念上

③ 基本上，通俗文化在定義上往往因使用場合的不同，學者們便提出各種各樣的探討領域、理論定義和分析焦點。本文依據明末清初才子佳人小說的敘事本質、創作出版和流行消費的情況，將之視為大眾文化生產的文化形式，其話語實踐被視為公眾幻想的形式，被理解為集體的夢想世界，在某種意義上，它們是以隱蔽的形式融入集體的（然而是受壓制的和壓抑的）願望與希望。參〔英〕約翰‧斯道雷（John Storey）著，楊竹山、郭發男、周輝譯：《文化理論與通俗文化導論》（*An Introductory Guide to Culture Theory and Popular Culture*）（南京：南京大學出版社，2001年），頁12-14。

的，也是方法論上的。最後，即針對研究進程所獲得的啓示提出總結反思，以爲將來研究之參考。

　　基本上，本文寫作立足於大眾文化的闡釋場域之上進行敘事研究，主要目的在於期能打破大眾文化與菁英文化二元對立的思維，避免以嚴肅文學觀點評價明末清初才子佳人小說的通俗話語性質，並力求從文化形式本身探討明末清初才子佳人小說集體敘事現象的積極意義。其具體研究思考和研究取向，或如勞倫斯・格羅斯伯格所指出的：

　　　　只有進入大眾性——大眾的語言、文化、邏輯、感
　　　　情、經驗、道德、欲望和意識——我們才能更好地理
　　　　解力場的意義，才能看到鬥爭在何處是實際化了的和
　　　　可能的，才能幫助闡發、培育和支持這些鬥爭。只有
　　　　通過大眾性，我們才能發現從屬關係是如何被體驗和
　　　　抵抗的，才能明白從屬和抵抗的可能性是在支配關係
　　　　的結構之內被打開指向這些結構之外。正是這種作爲
　　　　文化領域和日常生活的大眾性使我們得以切入人們生
　　　　活體驗的那個複雜的權力場[④]。

　　在實際研究過程中，本文以明末清初才子佳人小說敘事爲研究對象，並不十分注重其細部技巧形式的表現，而是在「敘事作爲一種文化理解方式」的認知上進行形式美學與文化分析並行的探討，期能藉

[④]　〔美〕勞倫斯・格羅斯伯格：〈文化研究的流通〉，見羅鋼、劉象愚主編：《文化研究讀本》（北京：中國社會科學出版社，2000年），頁75-76。

此了解明末清初才子佳人小說流行的美學意義和文化價值。這樣的研究思考和研究取向，如同米克‧巴爾（Mieke Bal）論及敘述學的文化分析運用時所提出的觀點：

> 在文化研究的時代，我所提出的是這樣一種敘述學的構想，即它應該在理解這一行動中顯示出本文與閱讀，主體與對象，作品與分析之間的相互關係。換句話說，我主張一種敘事理論，它能夠在任何文化表達中，在沒有任何特惠的媒介、模式或運用的情況下，區分出不同的敘事所在地；區分出其相對的重要性，與敘事（部分與片段）對於對象的留存以及對於讀者、聽眾與觀眾的不同效果。一種界定與描述敘述性的理論並不是敘事，不是類型或對象，而是一種文化表達模式⑤。

　　事實上，正是在大眾文化場域的基礎上尋找明末清初才子佳人小說的身分，我們得以將小說正視為一種文化表達模式，並在閱讀情境中清楚地體驗到一種秩序的存在──即明末清初才子佳人小說以才子追尋佳人的冒險旅程為敘事主軸所體現的秩序，乃是以「齊家」主題為導向進行烏托邦政治理想的建構，由此進一步探求敘事的美學表現和文化精神。

---

⑤ 〔荷〕米克‧巴爾（Mieke Bal）著，譚君強譯：《敘述學：敘事理論導論》（*Narratology: Introduction to the Theory of Narrative*）（北京：中國社會科學出版社，2003年），頁266。

　　從實際情形來看，明末清初才子佳人小說作家以才子追尋佳人的
冒險旅程爲敘事建構的基本形式，試圖通過主人公探險的書寫來喚起
大衆文化讀者群體的審美感受能力，以此作爲讀者體驗歷史和現實的
眞實性的重要參照⑥。在此一閱讀認知的前提上，明末清初才子佳人
小說作爲文化釋義體系中的一種表意形式，自有其不可忽略的美學意
義和文化價值。對於明末清初才子佳人小說而言，作家在「士不遇」
到「情」之圓滿實現的情節發展過程，普遍賦予才子追尋佳人的冒險
旅程以「詩」／「白話章回小說」、「雅正」／「世俗」、「君臣政
治遇合」／「男女愛情遇合」、「科舉入仕」／「夫婦齊家」等等二
元對立的基本元素。茲圖示如下：

文本		
詩	士不遇	白話章回小說
雅正	《詩經・關雎》	世俗
君臣政治遇合	《楚辭・離騷》	男女愛情遇合
科舉入仕	情	夫婦齊家

　　在二元對立的意義結構關係中進行敘事建構，明末清初才子佳人
小說固然是以才子／佳人愛情婚姻爲書寫對象，但實際上卻是在有關

---

⑥　「反常化」的概念是由〔俄〕維・什克洛夫斯基在〈作為藝術的手法〉一文中批判藝術即形
　　象思維的觀點時所提出的，其原意是相對於自動化而言的。但由於維・什克洛夫斯基誤寫，
　　後經英文轉譯為陌生化，事實上與其原意——新奇、出人意外、異乎尋常、不平常——有所
　　不同。維・什克洛夫斯基認為，人具有一種感知覺定勢，經常面臨自動化、產生機械性，因
　　此，必須通過反常化來喚醒人們重新關注世界。對於藝術而言，為喚起人們的審美感受能
　　力，則必須通過藝術程序來實現。以上說明參方珊：《形式主義文論》（濟南：山東教育出
　　版社，1999年），頁56-64。

主人公歷險過程的各種衝突和矛盾中表達對現實政治的關注。其中，作家以《詩經・關雎》和《楚辭・離騷》的「求女」行動作爲敘事生成的原型和中介，實際可能隱含了個人／群體試圖在小說文本意義創造上展示一種文化理想的用意。這樣一種敘事表現的重要性，或可借胡曉真在〈女性小說傳統的建立——閱讀與創作的交織〉一文中分析彈詞小說時的見解來加以說明：

> 像彈詞小說這樣的敘事文學，如果要受到歡迎，一定是讀者從中能獲得愉悦才行。女性彈詞小說雖然不免以才子佳人爲男女主角，並且總是安排「才子佳人信有之」的鴛鴦配，但是浪漫愛情的追求卻從來不是鋪敍的重點。常常女主角的一連串「探險」，才是作者津津樂道的主題。我們可以說「探險」正是彈詞小說構成最基本的要素。在這些作品中，女性不論是出於自願或迫於外力，都必須離家遠行；她努力控制自己生命的走向；她主動地與任何壓迫她的勢力對抗，絕不被動，絕不默默地逆來順受。而當外在空間的「探險」因身分的暴露而被迫結束之受，女英雄還要在閨閣、家庭的範圍中繼續另一番「家庭化」的探險，以自己的身體與心靈來體驗女性居家生活的各種細節，解決或妥協其中的衝擊與矛盾。如果讀者有心跟書中的女主角認同的話，就等於在閱讀的過程中、在虛構的小說世界裡，經歷令人目眩神迷的各種探險活動。的確，這不過是場大夢，也正暗示了女性相對的在現

實中的無聲與被動。然而，這卻並不能將閱讀的重要
力量解消掉[7]。

　　毋庸置疑，不論是才子佳人小說或者是彈詞小說，「探險」作爲
故事構成的基本要素，其所引發的二元對立現象，在在都顯示出作家
們試圖通過理想主人公追尋歷程的書寫以突破現實生命情境限制時所
必須面對的價值選擇課題。在此意義上，明末清初才子佳人小說作爲
一種類型或流派的意義，並不純粹只是在商業文化市場機制運作下所
造成的一種流行現象而已，而是在閱讀與創作之間，小說敘事建構所
形成的一種審美認同模式[8]，普遍地影響了大眾文化讀者群體的接受
與闡釋，因而得以在讀者的閱讀認同中建立起不同於其他小說類型或
流派的美學表現。

　　從上述討論中可以獲得一點啓示，即在形式美學與文化分析並行
的研究過程中，應當首重建立小說敘事系統演變與小說本身以外文化
現象的關聯，以及小說形式研究與文化背景研究的結合，從中勾勒出
共同的文學規律（common poetics）或共同的美學據點（common
aesthetic grounds）。誠如葉維廉從宏觀文化視野的角度所指出的：

　　經驗告訴我們，一篇作品產生的前後，有五個必須的
　　據點：（一）作者。（二）作者觀、感的世界（物

---

[7] 胡曉真：《才女徹夜未眠：近代中國女性敘事文學的興起》（臺北：麥田出版社，2003
年），頁71。

[8] 有關「審美認同」模式的深入討論，可參〔德〕漢斯・羅伯特・耀斯（Hans Robert Jauss）
著，顧建光、顧靜宇、張樂天譯：《審美經驗與文學解釋學》（*Aesthetic Experience and Lit-
erary Hermeneutics*）（上海：上海譯文出版社，1997年），頁232-287。

象、人、事件）。（三）作品。（四）承受作品的讀者。（五）作者所需要用以運思表達、作品需要以之成形體現、讀者所依賴來了解作品的語言領域（包括文化歷史因素）[9]。

　　對於任何文學創作而言，作家與他身處的文學傳統與文化背景之間，永遠都有一種張力存在，作家總要在遵從基準與違反基準之間作選擇，所以在創作過程中，總會受到隨歷史而轉變的基準所影響，而作家亦不斷地因破格的方法向基準的權威挑戰。這種價值選擇反應到文學作品之上，即成為作家選擇自己的寫作形式的介入方式，因而使得文體創造足以形成一種有意味的形式。基本上，文學藝術形式作為溝通媒介的根本問題與文學創作的時代性和歷史性息息相關。形式之為中介，在乎它容許作家將個人的經驗通過特定的、社會性的時空而傳達給讀者。在文學歷史生成與轉變發展的過程中，作品本身所展現的演化價值和美感價值，並不單純是文學傳統嬗變的明證，而且是文化現象與社會變遷在文學領域的曲折表現。畢竟，對於文類建立及其演化而言，某種文學藝術形式的生成與接受，必然有其相適應的心理背景與文化背景，反映文化中某些變化著的意識形態要素。沃爾夫岡・伊塞爾（Wolfgang Iser）即指出：

　　文學作為一種獨特的文化的產物，它產生於一種文化
　　背景，它的活力來自與這一背景的緊張關係以及對這

---

[9] 葉維廉：〈《比較文學叢書》總序〉，見張漢良：《比較文學理論與實踐》（臺北：東大圖書公司，民75年2月），頁10。

一背景所施加的影響。它尤其強調與決定自身環境有
關的不同物，以此介入自己真正的環境並確定自己的
獨特性。文學以這種方式顯示自己位於業已制訂的文
化地圖上新的區域[10]。

　　因此，立足於文化詩學研究觀點之上，藉由形式美學與文化分析
的具體聯繫進一步探討文學作品系統的藝術表現及其文化意義，無疑
有助於我們解讀文學作爲一種特殊文化形態的基本特性，從中深入闡
釋作品的詩學價值和文化價值。

---

[10]　〔德〕沃爾夫岡・伊塞爾（Wolfgang Iser）〈走向文學人類學〉，見〔美〕拉爾夫・科恩
（Ralph Cohen）主編，程錫麟等譯：《文學理論的未來》（*The future of Literary Theory*）
（北京：中國社會科學出版社，1993年），頁297-298。

參考文獻

壹、專書

一

佩蘅子：《吳江雪》

―――――古本小說集成編委會編：《古本小說集成》（上海：上海古
籍出版社，1990年）。

―――――國立政治大學古典小說研究中心主編：《明清善本小說
叢刊》初編：天花藏主人小說專輯（臺北：天一出版社，
1985年）。

―――――司馬師校點：《明末清初小說選刊》（瀋陽：春風文藝出版
社，1986年）。

―――――丁琴海校點，收於殷國光、葉君遠主編：《明清言情小說大
觀》（上）（北京：華夏出版社，1999年）。

荑秋散人編次：《玉嬌梨》

―――――古本小說集成編委會編：《古本小說集成》（上海：上海古
籍出版社，1990年）。

―――――國立政治大學古典小說研究中心主編：《明清善本小說

叢刊》初編：天花藏主人小說專輯（臺北：天一出版社，1985年）。

————韓錫鐸校點，收於《明末清初小說選刊》（瀋陽：春風文藝出版社，1981年）。

————劉廣和校點，收於殷國光、葉君遠主編：《明清言情小說大觀》（中）（北京：華夏出版社，1999年）。

————林辰主編：《才子佳人小說集成》（1）（瀋陽：遼寧古籍出版社，1997年）。

荻岸散人撰：《平山冷燕》

————古本小說集成編委會編：《古本小說集成》（上海：上海古籍出版社，1990年）。

————李致中校點，收於《明末清初小說選刊》（瀋陽：春風文藝出版社，1982年）。

————丁琴海校點，收於殷國光、葉君遠主編：《明清言情小說大觀》（上）（北京：華夏出版社，1999年）。

————林辰主編：《才子佳人小說集成》（1）（瀋陽：遼寧古籍出版社，1997年）。

佚名：《飛花詠》

————古本小說集成編委會編：《古本小說集成》（上海：上海古籍出版社，1990年）。

————國立政治大學古典小說研究中心主編：《明清善本小說叢刊》初編：天花藏主人小說專輯（臺北：天一出版社，1985年）。

————宋嘉哲校點，收於《明末清初小說選刊》（瀋陽：春風文藝出版社，1983年）。

————林辰主編：《才子佳人小說集成》（3）（瀋陽：遼寧古籍

出版社，1997年）。

天花藏主人撰：《兩交婚小傳》

————古本小說集成編委會編：《古本小說集成》（上海：上海古
籍出版社，1990年）。

————國立政治大學古典小說研究中心主編：《明清善本小說
叢刊》初編：天花藏主人小說專輯（臺北：天一出版社，
1985年）。

————王多聞校點，收於《明末清初小說選刊》（瀋陽：春風文藝
出版社，1985年）。

————林辰主編：《才子佳人小說集成》（2）（瀋陽：遼寧古籍
出版社，1997年）。

青心才人編次：《金雲翹傳》

————古本小說集成編委會編：《古本小說集成》（上海：上海古
籍出版社，1990年）。

————國立政治大學古典小說研究中心主編：《明清善本小說
叢刊》初編：天花藏主人小說專輯（臺北：天一出版社，
1985年）。

————李致忠校點，收於《明末清初小說選刊》（瀋陽：春風文藝
出版社，1983年）。

————丁夏校點，收於殷國光、葉君遠主編：《明清言情小說大
觀》（中）（北京：華夏出版社，1999年）。

————林辰主編：《才子佳人小說集成》（4）（瀋陽：遼寧古籍
出版社，1997年）。

佚名：《麟兒報》

————古本小說集成編委會編：《古本小說集成》（上海：上海古
籍出版社，1990年）。

————國立政治大學古典小說研究中心主編：《明清善本小說叢刊》初編：天花藏主人小說專輯（臺北：天一出版社，1985年）。

————林辰主編：《才子佳人小說集成》（3）（瀋陽：遼寧古籍出版社，1997年）。

天花藏主人編次：《玉支璣小傳》

————古本小說集成編委會編：《古本小說集成》（上海：上海古籍出版社，1990年）。

————國立政治大學古典小說研究中心主編：《明清善本小說叢刊》初編：天花藏主人小說專輯（臺北：天一出版社，1985年）。

————周有德校點，收於《明末清初小說選刊》（瀋陽：春風文藝出版社，1983年）。

————林辰主編：《才子佳人小說集成》（2）（瀋陽：遼寧古籍出版社，1997年）。

天花藏主人撰：《畫圖緣小傳》

————古本小說集成編委會編：《古本小說集成》（上海：上海古籍出版社，1990年）。

————國立政治大學古典小說研究中心主編：《明清善本小說叢刊》初編：天花藏主人小說專輯（臺北：天一出版社，1985年）。

————楊力生、周有德校點，收於《明末清初小說選刊》（瀋陽：春風文藝出版社，1985年）。

天花藏主人編：《定情人》

————古本小說集成編委會編：《古本小說集成》（上海：上海古籍出版社，1990年）。

————國立政治大學古典小說研究中心主編：《明清善本小說叢刊》初編：天花藏主人小說專輯（臺北：天一出版社，1985年）。

————李落、苗壯校點，收於《明末清初小說選刊》（瀋陽：春風文藝出版社，1983年）。

————林辰主編：《才子佳人小說集成》（3）（瀋陽：遼寧古籍出版社，1997年）。

佚名：《賽紅絲》

————古本小說集成編委會編：《古本小說集成》（上海：上海古籍出版社，1990年）。

————國立政治大學古典小說研究中心主編：《明清善本小說叢刊》初編：天花藏主人小說專輯（臺北：天一出版社，1985年）。

————吳慶先校點，收於《明末清初小說選刊》（瀋陽：春風文藝出版社，1981年）。

煙霞散人編次：《幻中眞》

————古本小說集成編委會編：《古本小說集成》（上海：上海古籍出版社，1990年）。

————國立政治大學古典小說研究中心主編：《明清善本小說叢刊》初編：天花藏主人小說專輯（臺北：天一出版社，1985年）。

————泉石主人評定，收於《明末清初小說選刊》（瀋陽：春風文藝出版社，1982年）。

天花藏主人著：《人間樂》

————古本小說集成編委會編：《古本小說集成》（上海：上海古

籍出版社，1990年）。

————國立政治大學古典小說研究中心主編：《明清善本小說
　　　叢刊》初編：天花藏主人小說專輯（臺北：天一出版社，
　　　1985年）。

安陽酒民著：《情夢柝》

————古本小說集成編委會編：《古本小說集成》（上海：上海古
　　　籍出版社，1990年）。

————趙景雲校點，收於殷國光、葉君遠主編：《明清言情小說大
　　　觀》（中）（北京：華夏出版社，1999年）。

白雲道人編輯：《玉樓春》

————古本小說集成編委會編：《古本小說集成》（上海：上海古
　　　籍出版社，1990年）。

鶡冠史者編：《春柳鶯》

————古本小說集成編委會編：《古本小說集成》（上海：上海古
　　　籍出版社，1990年）。

李子乾：《夢中緣》

————古本小說集成編委會編：《古本小說集成》（上海：上海古
　　　籍出版社，1990年）。

————武繼山校點，收於殷國光、葉君遠主編：《明清言情小說大
　　　觀》（中）（北京：華夏出版社，1999年）。

檇李煙水散人編：《合浦珠》

————古本小說集成編委會編：《古本小說集成》（上海：上海古
　　　籍出版社，1990年）。

————張毅校點，收於殷國光、葉君遠主編：《明清言情小說大
　　　觀》（中）（北京：華夏出版社，1999年）。

白雲道人編輯：《賽花鈴》

————古本小說集成編委會編：《古本小說集成》（上海：上海古籍出版社，1990年）。

徐震（煙水散人）撰：《鴛鴦媒》

————國立政治大學古典小說研究中心主編：《明清善本小說叢刊》初編，第十輯：煙粉小說（臺北：天一出版社，1985年）。

樵雲山人編次：《飛花艷想》

————古本小說集成編委會編：《古本小說集成》（上海：上海古籍出版社，1990年）。

————沈可英校點，收於殷國光、葉君遠主編：《明清言情小說大觀》（下）（北京：華夏出版社，1999年）。

名教中人編次：《好逑傳》

————古本小說集成編委會編：《古本小說集成》（上海：上海古籍出版社，1990年）。

————國立政治大學古典小說研究中心主編：《明清善本小說叢刊》初編，第十輯：煙粉小說（臺北：天一出版社，1985年）。

————林辰主編：《才子佳人小說集成》（2）（瀋陽：遼寧古籍出版社，1997年）。

————鄧安生校點，收於殷國光、葉君遠主編：《明清言情小說大觀》（上）（北京：華夏出版社，1999年）。

墨憨齋新編：《醒名花》

————古本小說集成編委會編：《古本小說集成》（上海：上海古籍出版社，1990年）。

————張聯榮校點，收於殷國光、葉君遠主編：《明清言情小說大觀》（中）（北京：華夏出版社，1999年）。

娥川主人編次：《生花夢》

————古本小說集成編委會編：《古本小說集成》（上海：上海古

籍出版社，1990年）。

————殷國光校點，收於殷國光、葉君遠主編：《明清言情小說大
　　　觀》（上）（北京：華夏出版社，1999年）。

惜花主人批評：《宛如約》

————古本小說集成編委會編：《古本小說集成》（上海：上海古
　　　籍出版社，1990年）。

————蕭相愷校點，收於《明末清初小說選刊》（瀋陽：春風文藝
　　　出版社，1987年）。

————林辰主編：《才子佳人小說集成》（2）（瀋陽：遼寧古籍
　　　出版社，1997年）。

渭濱笠夫編次：《孤山再夢》

————收於《明末清初小說選刊》（瀋陽：春風文藝出版社，
　　　1987年）。

————林辰主編：《才子佳人小說集成》（3）（瀋陽：遼寧古籍
　　　出版社，1997年）。

鶴市道人編次：《醒風流奇傳》

————古本小說集成編委會編：《古本小說集成》（上海：上海古
　　　籍出版社，1990年）。

————于文藻校點，收於《明末清初小說選刊》（瀋陽：春風文藝
　　　出版社，1987年）。

————林辰主編：《才子佳人小說集成》（1）（瀋陽：遼寧古籍
　　　出版社，1997年）。

南岳道人編：《蝴蝶媒》

————古本小說集成編委會編：《古本小說集成》（上海：上海古
　　　籍出版社，1990年）。

————羅炳良校點，收於殷國光、葉君遠主編：《明清言情小說大

觀》（中）（北京：華夏出版社，1999年）。

煙霞散人編：《鳳凰池》

————古本小說集成編委會編：《古本小說集成》（上海：上海古
　　　籍出版社，1990年）。

————韋海英校點，收於殷國光、葉君遠主編：《明清言情小說大
　　　觀》（下）（北京：華夏出版社，1999年）。

彌堅堂主人編次：《終須夢》

————古本小說集成編委會編：《古本小說集成》（上海：上海古
　　　籍出版社，1990年）。

————小凡校點，收於殷國光、葉君遠主編：《明清言情小說大
　　　觀》（中）（北京：華夏出版社，1999年）。

煙霞逸士編次：《巧聯珠》

————古本小說集成編委會編：《古本小說集成》（上海：上海古
　　　籍出版社，1990年）。

————馬曉光校點，收於殷國光、葉君遠主編：《明清言情小說大
　　　觀》（中）（北京：華夏出版社，1999年）。

岐山左臣編次：《女開科傳》

————古本小說集成編委會編：《古本小說集成》（上海：上海古
　　　籍出版社，1990年）。

鴛湖煙水散人著：《女才子書》

————古本小說集成編委會編：《古本小說集成》（上海：上海古
　　　籍出版社，1990年）。

天花才子編：《快心編》

————古本小說集成編委會編：《古本小說集成》（上海：上海古
　　　籍出版社，1990年）。

————國立政治大學古典小說研究中心主編：《明清善本小說叢

刊》初編，第十輯：煙粉小說（臺北：天一出版社，1985年）。

————朱眉叔校點，收於《明末清初小說選刊》（瀋陽：春風文藝
　　　出版社，1985年）。

吳航野客編次：《駐春園小史》

————古本小說集成編委會編：《古本小說集成》（上海：上海古
　　　籍出版社，1990年）。

————國立政治大學古典小說研究中心主編：《明清善本小說叢
　　　刊》初編，第十輯：煙粉小說（臺北：天一出版社，1985年）。

————李致忠校點，收於《明末清初小說選刊》（瀋陽：春風文藝
　　　出版社，1985年）。

————趙霞校點，收於殷國光、葉君遠主編：《明清言情小說大
　　　觀》（中）（北京：華夏出版社，1999年）。

松雲氏撰：《英雲夢傳》

————古本小說集成編委會編：《古本小說集成》（上海：上海古
　　　籍出版社，1990年）。

————鄧安生校點，收於殷國光、葉君遠主編：《明清言情小說大
　　　觀》（上）（北京：華夏出版社，1999年）。

二

〔日〕大塚秀高：《中國通俗小說書目改訂稿》（東京：汲古書院，
　　　1984年）。

〔澳〕柳存仁：《倫敦所見中國通俗小說提要》（臺北：鳳凰出版
　　　社，1974年）。

丁錫根編著：《中國歷代小說序跋集》（下）（北京：人民文學出版
　　　社，1996年）。

于曼玲編：《中國古典戲曲小說研究索引》（上）（廣州：廣東高等教育出版社，1992年）。

王一川：《中國現代卡里斯馬典型——二十世紀小說人物的修辭論闡釋》（昆明：雲南人民出版社，1994年）。

王利器編：《元明清三代禁毀小說戲曲史料》（上海：上海古籍出版社，1981年）。

王邦采：《離騷彙訂》，收於四庫未收書輯刊編纂委員會編：《四庫未收書輯刊》（北京：北京出版社，2000年）。

王恆展：《中國小說發展史概論》（濟南：山東教育出版社，1999年）。

石麟：《章回小說通論》（鄭州：中州古籍出版社，2000年）。

石昌渝：《中國小說源流論》（北京：生活·讀書·新知三聯書店，1994年）。

向楷：《世情小說史》（杭州：浙江古籍出版社，1998年）。

江蘇省社會科學院明清小說研究中心、文學研究所編：《中國通俗小說總目提要》（南京：江蘇社會科學院，1996年）。

何滿子：《中國愛情小說中的兩性關係》（上海：上海書店出版社，1999年）。

吳士余：《中國文化與小說思維》（上海：三聯書店，2000年）。

吳秀華：《明末清初小說戲曲中的女性形象研究》（南京：江蘇古籍出版社，2002年）。

吳禮權：《中國言情小說史》（臺北：臺灣商務印書館，1995年）。

李忠明：《17世紀中國通俗小說編年史》（合肥：安徽大學出版社，2003年）。

李修生、趙義山：《中國分體文學史·小說卷》（上海：上海古籍出版社，2001年）。

周建渝：《才子佳人小說研究》（臺北：文史哲出版社，1998年）。

林辰、段句章：《天花藏主人及其小說》（瀋陽：遼寧教育出版社，
　　2000年）。

林辰：《古代小說與詩詞》（瀋陽：遼寧教育出版社，1992年）。

林辰：《明末清初小說述錄》（瀋陽：春風文藝出版社，1988年）。

阿英：《小說閑談四種》（上海：上海古籍出版社，1985年）。

胡萬川：《話本與才子佳人小說》（臺北：大安出版社，1994年）。

胡曉眞：《才女徹夜未眠：近代中國女性敘事文學的興起》（臺北：
　　麥田出版社，2003年）。

苗壯：《才子佳人小說史話》（瀋陽：遼寧教育出版社，2000年）。

孫楷第：《日本東京所見中國小說書目》（臺北：鳳凰出版社，
　　1974年）。

孫楷第著：《中國通俗小說書目》（北京：人民出版社，1991年）。

殷國光、葉君遠主編：《明清言情小說》（北京：華夏出版社，
　　1993年）。

高玉海：《明清小說續書研究》（北京：中國社會科學出版社，
　　2004年）。

張俊：《清代小說史》（杭州：浙江古籍出版社，1997年）。

曹雪芹著，馮其庸纂校訂定：《八家評批〈紅樓夢〉》（北京：文化
　　藝術出版社，1991年）。

莎日娜：《明清之際章回小說研究》（北京：北京師範大學出版社，
　　2004年）。

陳大康：《明代小說史》（上海：上海文藝出版社，2000年）。

陳大康：《通俗小說發展的歷史軌跡》（長沙：湖南出版社，1993年）。

陳平原：《千古文人俠客夢——武俠小說類型研究》（北京：人民文
　　學出版社，2003年）。

陳平原：《中國小說敘事模式的轉變》（臺北：久大文化股份有限公

司，1990年）。

程毅中編：《神怪情俠的藝術世界——中國古代小說流派漫話》（北京：中共中央黨校出版社，1994年）。

黃霖、韓同文選注：《中國歷代小說論著選》（上）（南昌：江西人民出版社，2000年）。

葉朗：《中國小說美學》（臺北：里仁書局，1987年）。

寧宗一：《中國小說學通論》（合肥：安徽教育出版社，1995年）。

趙毅衡：《苦惱的敘述者——中國小說的敘述形式與中國文化》（北京：北京十月文藝出版社，1994年）。

齊裕焜：《中國古代小說演變史》（蘭州：敦煌文藝出版社，1990年）。

蔣瑞藻：《彙印小說考證》（臺北：臺灣商務印書館，1979年）。

魯迅：《中國小說史論文集》（臺北：里仁書局，1992年）。

魯德才：《古代白話小說形態發展史論》（天津：南開大學出版社，2003年）。

黎活仁等主編：《方法論與中國小說研究》（香港：香港大學亞洲研究中心，2000年）。

戴不凡：《小說見聞錄》（杭州：浙江人民出版社，1980年）。

謝晰、羊列容、周啓志著：《中國通俗小說理論綱要》（臺北：文津出版社，1992年）。

三

不著撰者：《中國歷代文論選》（中）（臺北：木鐸出版社，1987年）。

方苞：《離騷正義》，收於杜松柏主編：《楚辭彙編》第八冊（臺北：新文豐出版社，1986年）。

毛亨傳、鄭玄箋、孔穎達疏：《毛詩正義》（臺北：藍燈文化事業公

司，不著出版年）。

王立：《中國古代文學十大主題——原型與流變》（臺北：文史哲出
　　版社，1994年）。

王岡：《浪漫情感與宗教精神：晚明文化與文學思潮》（香港：天地
　　圖書有限公司，1999年）。

王南：《中國詩性文化與詩觀念》（成都：四川民族出版社，2002年）。

王國良：《明清時期儒學核心價值的轉換》（合肥：安徽大學出版
　　社，2002年）。

王弼、韓康伯注、孔穎達疏：《周易正義》（臺北：藍燈文化事業公
　　司，不著出版年）。

王運熙、顧易生主編：《中國文學批評史》（下冊）（上海：復旦大
　　學出版社，2001年）。

王道成：《科舉史話》（臺北：國文天地雜誌社，1990年）。

左東嶺：《王學與中晚明士人心態》（北京：人民文學出版社，
　　2000年）。

朱熹：《詩集傳》（上海：上海古籍出版社，1980年）。

吳康：《中國古代夢幻》（北京：海南出版社，2002年）。

吳寬：《匏翁家藏集》，收於王雲五主編：《四部叢刊正編》（臺
　　北：臺灣商務印書館，1979年）。

吳建國：《雅俗之間的徘徊——16世紀至18世紀文化思潮與通俗文
　　學創作》（長沙：岳麓書社，1999年）。

李健：《比興思維研究——對中國古代一種藝術思維方式的美學考
　　察》（合肥：安徽教育出版社，2003年）。

李昉編：《太平廣記》（臺北：文史哲出版社，1981年）。

李劍國輯釋：《唐前志怪小說輯釋》（臺北：文史哲出版社，1987年）。

李豐楙、劉苑如主編：《空間、地域與文化——中國文化空間的書寫

與闡釋》（下）（臺北：中央研究院中國文哲研究所，2002年）。

林保淳：《經世思想與文學經世：明末清初經世文論研究》（臺北：文津出版社，1991年）。

林聰舜：《明清之際儒家思想的變遷與發展》（臺北：臺灣學生書局，1990年）。

洪興祖：《楚辭補注》（臺北：長安出版社，1987年）。

紀德君：《視角與方法》（哈爾濱：黑龍江人民出版社，2002年）。

胡適：《胡適作品集3‧文學改良芻議》（臺北：遠流出版公司，1986年）。

胡文楷：《歷代婦女著作考》（上海：上海古籍出版社，1985年）。

胡曉明：《中國詩學之精神》（南昌：江西人民出版社，1993年）。

夏志清：《人的文學》（臺北：純文學出版社有限公司，1984年）。

夏咸淳：《晚明士風與文學》（北京：中國社會科學出版社，1994年）。

孫克強、張小平：《教化百科──《詩經》與中國文化》（開封：河南大學出版社，1997年）。

孫康宜：《文學經典的挑戰》（天津：百花洲文藝出版社，2002年）。

徐復觀：《兩漢思想史》卷一（臺北：臺灣學生書局，1993年）。

馬昌儀編：《中國神話學文論選粹》（北京：中國廣播電視出版社，1995年）。

高小康：《市民、士人與故事：中國近古社會文化中的敘事》（北京：人民出版社，2001年）。

國史館編：《清史稿校註》第十四冊，卷四百九十一（臺北：國史館，1990年）。

康正果：《交織的邊緣──政治與性別》（臺北：東大圖書股份有限公司，1997年）。

康正果：《風騷與豔情》（臺北：雲龍出版社，1991年）。

張少康：《中國文學理論批評發展史》（下）（北京：北京大學出版社，1995年）。

張宏生編：《明清文學與性別研究》（南京：江蘇古籍出版社，2002年）。

張秀民：《中國印刷史》（上海：上海人民出版社，1989年）。

張岱年：《中國哲學大綱》（臺北：藍燈文化事業股份有限公司，1992年）。

張靈聰：《從衝突走向融通──晚明至清中葉審美意識嬗變論》上編（上海：復旦大學出版社，2000年）。

梁一儒、盧曉輝、宮承波：《中國人審美心理研究》（濟南：山東人民出版社，2002年）。

梁乙眞：《清代婦女文學史》（臺北：臺灣中華書局，1979年）。

許又方：《時間的影跡──〈離騷〉晬論》（臺北：秀威資訊科技股份有限公司，2003年）。

郭慶藩輯：《莊子集釋》（臺北：華正書局，1994年）。

陳子展：《楚辭直解》（上海：復旦大學出版社，1996年）。

陳良運：《中國詩學批評史》（南昌：江西人民出版社，2001年）。

陳良運主編：《中國歷代詩學論著選》（南昌：百花洲文藝出版社，1995年）。

陳益源：《王翠翹故事研究》（臺北：里仁書局，2001年）。

陳萬益：《晚明小品與明季文人生活》（臺北：大安出版社，1988年）。

陳鼓應、辛冠潔、葛晉榮主編：《明清實學思潮史》（濟南：齊魯書社，1989年）。

傅小凡：《晚明自我觀研究》（成都：巴蜀書社，2001年）。

傅正谷：《中國夢文化》（北京：中國社會科學出版社，1993年）。

游國恩：《游國恩學術論文集》（北京：中華書局，1999年）。

湯顯祖著，王思任、王文治評點：《牡丹亭》（石家莊：花山文藝出版社，1996年）。

馮夢龍：《明清民歌時調集·敍山歌》（上海：上海古籍出版社，1986年）。

馮夢龍：《情史》（臺北：廣文書局，1982年）。

黃宗羲著，陳乃乾編：《黃梨洲文集》（北京：中華書局，1959 年）。

楊家駱主編：《史記》（臺北：鼎文書局，不著出版年）。

楊家駱主編：《明史》（臺北：鼎文書局，不著出版年）。

楊家駱主編：《漢書》（臺北：鼎文書局，不著出版年）。

楊儒賓編：《中國經典詮釋傳統（三）：文學與道家經典篇》（臺北：喜瑪拉雅基金會，2001年）。

葉舒憲：《莊子的文化解析——前古典與後現代的視界融合》（武漢：湖北人民出版社，1997年）。

詹詹外史：《情史》（上）（臺北：廣文書局，1982年）。

臺灣大學中國文學系主編：《語文、情性、義理——中國文學的多層面探討國際學術會議論文集》，1996年4月。

趙園：《明清之際士大夫研究》（北京：北京大學出版社，2000 年）。

趙吉惠、郭厚安、趙馥潔、潘策主編：《中國儒學史》（鄭州：中州古籍出版社，1991年）。

趙伯陶：《市井文化與市民心態》（武漢：湖北教育出版社，1996年）。

劉文英、曹田玉：《夢與中國文化》（北京：人民出版社，2003 年）。

劉廷璣：《在園雜志》卷二（臺北：文海出版社，1969年）。

劉詠聰：《德·才·色·權——論中國古代女性》（臺北：麥田出版股份有限公司，1998年）。

劉毓慶：《從經學到文學——明代「詩經」學史論》（北京：商務印書館，2001年）。

劉勰著，范文瀾注：《文心雕龍注》（臺北：臺灣開明書店，1985年）。

劉懷榮：《中國古典詩學原型研究》（臺北：文津出版社，1996年）。

樓宇列校釋：《老子周易王弼注校釋》（臺北：華正書局，1983年）。

潘運告：《衝決名教的羈絡──陽明心學與明清文藝思潮》（湖南：
　　湖南教育出版社，1999年）。

蔡英俊：《中國古典詩論中「語言」與「意義」的論題──「意在
　　言外」的用言方式與「含蓄」的美典》（臺北：臺灣學生書
　　局，2001年）。

蔡英俊：《比興物色與情景交融》（臺北：大安出版社，1986年）。

蔡英俊主編：《中國文化新論──文學篇：抒情的境界》（臺北：聯
　　經出版事業公司，1987年）。

鄭玄注、孔穎達疏：《禮記正義》（臺北：藍燈文化事業公司，不著
　　出版年）。

鄭毓瑜：《性別與家國──漢晉辭賦的楚騷論述》（臺北：里仁書
　　局，2000年）。

魯迅：《魯迅作品集·漢文學史綱》（臺北：風雲時代出版有限股份
　　公司，1990年）。

魯瑞菁：《諷諫抒情與神話儀式──楚辭文心論》（臺北：里仁書
　　局，2002年）。

蕭兵、葉舒憲：《老子的文化解讀──性與神話學研究》（武漢：湖
　　北人民出版社，1993年）。

蕭兵：《太陽英雄神話的奇蹟》三·〈除害英雄篇〉（臺北：桂冠圖
　　書股份有限公司，1991年）。

蕭馳：《中國抒情傳統》（臺北：允晨文化實業股份有限公司，
　　1999年）。

謝桃坊：《中國市民文學史》（成都：四川人民出版社，1997年）。

謝無量：《中國婦女文學史》（臺北：臺灣中華書局，1979年）。

鍾惺著：《隱秀軒集》（上海：上海古籍出版社，1992年）。

鍾慧玲主編：《女性主義與中國文學》（臺北：里仁書局，1997年）。

譚正璧：《中國女性的文學生活》（揚州：江蘇廣陵古籍出版社，
　　　1998年）。

四

丁寧：《接收之維》（天津：百花文藝出版社，1990年）。

方土人、羅婉華譯：《小說美學經典三種》（上海：上海文藝出版
　　　社，1990年）。

方克強：《文學人類學批評》（上海：上海社會科學院出版社，
　　　1992年）。

方珊：《形式主義文論》（濟南：山東教育出版社，1999年）。

王晶：《西方通俗小說：類型與價值》（昆明：雲南人民出版社，
　　　2002年）。

王一川：《語言烏托邦——20世紀西方語言論美學探究》（昆明：
　　　雲南人民出版社，1994年）。

王克儉：《小說創作中的隱性邏輯》（北京：北京大學出版社，
　　　1994年）。

王志弘：《性別化流動的政治與詩學》（臺北：田園城市文化事業有
　　　限公司，2000年）。

申丹：《敘述學與小說文體學研究》（北京：北京大學出版社，
　　　2001年）。

伍蠡甫主編：《現代西方文論選》（上海：上海譯文出版社，1983年）。

朱玲：《文學符號的審美文化闡釋》（合肥：安徽大學出版社，2002年）。

朱義祿：《逝去的啓蒙——明清之際啓蒙學者的文化心態》（鄭州：河南人民出版社，1995年）。

李晶：《歷史與文本的超越——小說價值學導論》（上海：上海社會科學院出版社，1992年）。

李心峰主編：《藝術類型學》（北京：文化藝術出版社，1998年）。

李建軍：《小說修辭研究》（北京：中國人民大學出版社，2003年）。

李達三、羅鋼主編：《中外比較文學的里程碑》（北京：人民出版社，1996年）。

李澤厚：《美學四講》（天津：社會科學出版社，2001年）。

汪正龍：《文學意義研究》（南京：南京大學出版社，2002年）。

周發祥：《西方文論與中國文學》（南京：江蘇教育出版社，2000年）。

周裕鍇：《中國古代闡釋學研究》（上海：上海人民出版社，2003年）。

周憲、羅務桓、戴耘編：《當代西方藝術文化學》（北京：北京大學出版社，1988年）。

孟悅、戴錦華：《浮出歷史地表》（臺北：時報文化出版事業股份有限公司，1993年）。

孟華主編：《比較文學形象學》（北京：北京大學出版社，2001年）。

易中天：《藝術人類學》（上海：上海文藝出版社，1992年）。

金元浦：《文學解釋學——文學的審美闡釋與意義生成》（長春：東北師範大學出版社，1998年）。

佴榮本：《悲劇美學》（南京：江蘇文藝出版社，1994年）。

施春華：《心靈本體的探索——神祕的原型》（哈爾濱：黑龍江人民出版社，2002年）。

胡平：《敘事文學感染力研究》（天津：百花文藝出版社，1995年）。

胡亞敏：《敘事學》（武昌：華中師範大學出版社，1994年）。

胡經之、王岳川主編：《文藝學美學方法論》（北京：北京大學出版社，1994年）。

胡經之：《文藝美學》（北京：北京大學出版社，1992年）。

徐岱：《小說形態學》（杭州：杭州大學出版社，1992年）。

徐岱：《小說敘事學》（北京：中國社會科學出版社，1992年）。

馬以鑫：《接受美學新論》（上海：學林出版社，1995年）。

張寅德編選：《敘述學研究》（北京：中國社會科學出版社，1989年）。

張漢良：《比較文學理論與實踐》（臺北：東大圖書股份有限公司，1986年）。

張德興主編：《二十世紀西方美學經典文本：第一卷〈世紀初的新聲〉》（上海：復旦大學出版社，2000年）。

曹順慶：《中外比較文學史論》（濟南：山東教育出版社，1998年）。

曹順慶等：《比較文學論》（臺北：揚智文化事業股份有限公司，2003年）。

陳平原：《小說史：理論與實踐》（北京：北京大學出版社，1993年）。

陳厚誠、王寧主編：《西方當代文學批評在中國》（天津：百花文藝出版社，2000年）。

陳炳良等合譯：《神話即文學》（臺北：東大圖書公司，1990年）。

陸梅林、李心峰主編：《藝術類型學資料選編》（武漢：華中師範大學出版社，1998年）。

陸揚主編：《二十世紀西方美學經典文本：第二卷〈回歸存在之源〉》（上海：復旦大學出版社，2000年）。

陸學明：《典型結構的文化闡釋》（長春：吉林教育出版社，1993年）。

陶東風：《文體演變及其文化意味》（昆明：雲南人民出版社，1994年）。

傅延修：《講故事的奧祕──文學敘述論》（南昌：百花洲文藝出版
　　社，1993年）。

程金城：《原型批判與重釋》（北京：東方出版社，1998年）。

童慶炳：《文體與文體的創造》（昆明：雲南人民出版社，1994 年）。

黃卓越：《藝術心理範式》（天津：百花文藝出版社，1992年）。

楊義：《中國敘事學》（嘉義：南華管理學院，1998年）。

葉舒憲：《高唐神女與維納斯──中西文化中的愛與美主題》（北
　　京：中國社會科學出版社，1997年）。

葉舒憲：《探索非理性的世界──原型批評的理論與方法》（成都：
　　四川人民出版社，1988年）。

葉舒憲選編：《神話─原型批評》（西安：陝西師範大學出版社，
　　1987年）。

董小英：《敘事藝術邏輯引論》（北京：社會科學文獻出版社，
　　1997年）。

趙國華：《生殖文化崇拜論》（北京：中國社會科學出版社，1990 年）。

趙毅衡編選：《符號學文學論文集》（天津：百花文藝出版社，
　　2004年）。

劉千美：《差異與實踐：當代藝術哲學研究》（臺北：立緒文化事業
　　有限公司，2001年）。

劉文英：《夢的迷信與夢的探索》（北京：中國社會科學出版社，
　　2000年）。

樂黛雲、張輝主編：《文化傳遞與文學形象》（北京：北京大學出版
　　社，1999年）。

歐陽友權：《文學創造本體論》（北京：中國文學出版社，1993 年）。

鄭明娳：《通俗文學》（臺北：揚智文化事業股份有限公司，1993年）。

羅鋼：《敘事學導論》（昆明：雲南人民出版社，1994年）。

羅鋼、劉象愚主編：《文化研究讀本》（北京：中國社會科學出版
　　社，2000年）。

龔鵬程：《文學與美學》（臺北：業強出版社，1987年）。

五

〔日〕竹內敏雄：《美學百科辭典》（哈爾濱：黑龍江人民出版社，
　　　1987年）。

〔日〕君島久子著，劉曄原譯：《羽衣故事的背景》，《民間文藝集
　　　刊》，第8集，1986年。

〔以〕施洛米絲・雷蒙——凱南（Shlomith Rimmon-Kenan）著，
　　　賴干堅譯：《敘事虛構作品：當代詩學》（*Narrative Fic-*
　　　tion：Contemporary Poetics）（廈門：廈門大學出版社，
　　　1991年）。

〔加〕高辛勇：《形名學與敘事理論》（臺北：聯經出版事業公司，
　　　1987年）。

〔加〕高辛勇：《修辭學與文學閱讀》（北京：北京大學出版社，
　　　1997年）。

〔加〕諾思洛普・弗萊（Northrop Frye）著，吳持哲編：《諾思洛
　　　普・弗萊文論選集》（北京：中國社會科學出版社，1997年）。

〔加〕諾思羅普・弗萊（Northrop Frye）著，陳慧、袁憲軍、吳偉
　　　仁譯：《批評的剖析》（*Anatomy of Criticism Four Essays*）
　　　（天津：百花文藝出版社，1998年）。

〔古希臘〕亞里斯多德（Aristotle）著，羅念生譯：《修辭學》（北
　　　京：生活・讀書・新知三聯書店，1991年）。

〔法〕皮埃爾・布迪厄（Pierre Bourdieu）著，劉暉譯：《藝術的
　　法則——文學場的生成和結構》（*Les Regles de Lart*）（北
　　京：中央編譯出版社，2001年）。

〔法〕托里・莫以（Toril Moi）著、陳潔詩譯：《性別／文本政
　　治：女性主義文學理論》（*Sexual/Textual Politics—Feminist
　　Literary Theory*）（臺北：駱駝出版社，1995年）。

〔法〕米・杜夫海納（Mikel Dufrenne）著，韓樹站譯：《審美經
　　驗現象學》（北京：文化藝術出版社，1992年）。

〔法〕呂西安・戈德曼（Lucien Goldmann）著，段毅、牛宏寶譯：
　　《文學社會學方法論》（*Method in Sociology of Literature*）
　　（北京：工人出版社，1989年）。

〔法〕呂特・阿莫西、安娜・埃爾舍博格・皮埃羅著，丁小會譯：
　　《俗套與套語——語言、語用及社會的理論研究》（天津：
　　天津人民出版社，2003年）。

〔法〕保爾・利科（Paul Ricoeur）著，王文融譯：《虛構敘事中時
　　間的塑形——時間與敘事卷二》（*La Configuration Du Temps
　　Dans Le Recit de Fiction：Temps et Recit Tome II*）（北京：
　　生活・讀書・新知三聯書店，2003年）。

〔法〕莫里斯・哈布瓦赫（Maurice Halbwachs）著，畢然、郭金華
　　譯：《論集體記憶》（*On Collective Memory*）（上海：上海
　　人民出版社，2002年）。

〔法〕蒂費納・薩莫瓦約著，邵煒譯：《互文性研究》（天津：天津
　　人民出版社，2003年）。

〔法〕熱拉爾・熱奈特（Gerard Genette）著，王文融譯：《敘事話
　　語・新敘事話語》（*Narrative Discourse：An Essay in Meth-
　　od*）（北京：中國社會科學出版社，1990年）。

〔法〕羅伯特・埃斯卡皮（Robert Escarpit）著，顏美婷譯：《文藝社會學》（*Sociologie de La Litterature*）（臺北：南方叢書出版社，1988年）。

〔法〕羅蘭・巴特（Roland Barthes）著，李幼蒸譯：《寫作的零度──結構主義文學理論文選》（*Le Degre Zero de Iecriture Elements de Semiologie*）（臺北：久大文化股份有限公司，1991年）。

〔法〕羅蘭・巴特（Roland Barthes）著，屠友祥譯：《S/Z》（上海：人民出版社，2001年）。

〔俄〕Vladimir Propp（弗拉基米爾・普羅普）, *Morphology of the Folktale*（《民間故事形態學》）, First Edition Translated by Laurence Scott, Sencond Edition Revised and Edited by Louis A. Wagner, Austin and London: University of Texas Press, 1977。

〔俄〕列・謝・維戈茨基（Lev S. Vygotsky）著，周新譯：《藝術心理學》（*The Psychology of Art*）（上海：上海文藝出版社，1985年）。

〔俄〕米哈依爾・巴赫汀（Mikhail Mikhailovich Bakhtin）著，錢中文主編：《巴赫金全集》第一卷（石家莊：河北教育出版社，1998年）。

〔俄〕米哈依爾・巴赫金（Mikhail Mikhailovich Bakhtin）著，錢中文主編：《巴赫金全集》第二卷（石家莊，河北教育出版社，1998年）。

〔俄〕米哈依爾・巴赫金（Mikhail Mikhailovich Bakhtin）著，錢中文主編：《巴赫金全集》第三卷（石家莊：河北教育出版社，1998年）。

〔俄〕米哈依爾・巴赫金著：〈文藝學中的形式主義方法〉，錢中文主編：《巴赫金全集》第四卷（石家莊：河北教育出版社，1998年）。

〔俄〕米哈依爾・巴赫金著：〈文藝學中的形式主義方法〉，錢中文主編：《巴赫金全集》第五卷（石家莊：河北教育出版社，1998年）。

〔俄〕維克多・什克洛夫斯基（Victor Shklovsky）等著，方珊等譯：《俄國形式主義文論選》（北京：三聯書店，1992 年）。

〔俄〕維克多・什克洛夫斯基（Victor Shklovsky）著、劉宗次譯：《散文理論》（*Theory of Prose*）（南昌：百花洲文藝出版社，1994年）。

〔美〕M. H. Abrams：*A Glossary of Literary Terms*（《文學術語匯編》）（北京：外語教學與研究出版社，2004年）。

〔美〕Stith Thompson（史蒂斯・湯普森）：Test and Hero Tales（〈試驗與英雄故事〉），*The Folk Tale*（《民間故事》），the University of California Press，1977。

〔美〕C. S. 霍爾（C. S. Hall）、V. J. 諾德貝（V. J. Nordby）著，史德海、蔡春輝譯：《榮格心理學入門》（*A Primer of Jungian Psychology*）（北京：生活・讀書・新知三聯書店，1987年）。

〔美〕Frank Lentricchia 和 Thomas Mclaughlin 編，張京媛等譯：《文學批評術語》（*Critical Terms for Literary Study*）（香港：牛津大學出版社，1994年）。

〔美〕J. 希利斯・米勒（J. Hillis Miller）著，申丹譯：《解讀敘事》（*Reading Narrative*）（北京：北京大學出版社，2002 年）。

〔美〕J. 希利斯・米勒（J. Hillis Miller）著，郭英劍等譯：《重申解構主義》（北京：中國社會科學出版社，1998年）。

〔美〕M. H. 艾布拉姆斯（M. H. Abrams）著，朱金鵬、朱荔譯：《歐美文學術語詞典》（*A Glossary of Literary Terms*）（北京：北京大學出版社，1990年）。

〔美〕M. H. 艾布拉姆斯（M. H. Abrams）著，酈稚牛、張照進、童慶生譯：《鏡與燈——浪漫主義文論及批評傳統》（*The Mirror and Lamp—Romantic Theory and the Critical Tradition*）（北京：北京大學出版社，2004年）。

〔美〕Seymour Chatman（西蒙・查特曼）, *Story and Discourse: Narrative Structure in Fiction and Film*（《故事與話語：在虛構作品與影片中的敘事結構》）, Ithaca: Cornell University. Press, 1978。

〔美〕大衛・寧（David Ling）等著，常昌富、顧寶桐譯：《當代西方修辭學：批評模式與方法》（北京：中國社會科學出版社，1998年）。

〔美〕卡蘿・皮爾森（Carol S. Pearson）著，張愼恕、朱侃如、龔卓軍譯：《內在英雄：六種生活的原型》（*The Hero Within：Six Archetypes We Live by*）（臺北：立緒文化事業有限公司，2000年）。

〔美〕卡蘿・皮爾森（Carol S. Pearson）著，張蘭馨譯：《影響你生命的十二原型——認識自己與重建生活的新法則》（*Awakening the Heroes Within：Twelve Archetypes to Help Us Find Ourselves and Transform Our World*）（高雄：生命潛能文化事業有限公司，1994年）。

〔美〕史蒂文・科恩（Steven Cohan）、琳達・夏爾斯（Linda M. Shires）著，張方譯：《講故事：對敘事虛構作品的理論分析》（*Telling Stories：A Theoretical Analysis of Narrative Fic-*

tion）（臺北：駱駝出版社，1997年）。

〔美〕弗雷德里克・詹姆遜（Fredric Jameson）著，王逢振、陳永國譯：《政治無意識——作爲社會象徵行爲的敘事》（*The Political Unconscious : Narrative as a Socially Symbolic Act*）（北京：中國社會科學出版社，1999年）。

〔美〕克利福德・格爾茲（Clifford Geertz）著，納日碧力戈、郭于華、李彬、羅紅光、田青等譯：《文化的解釋》（*The Interpretation of Culture*）（上海：上海人民出版社，1999年）。

〔美〕李達三（John J. Deeney）：《比較文學研究之新方向》，（*New Orientation for Comparative Literature*）（臺北：聯經出版公司，1978年）

〔美〕拉爾夫・科恩（Ralph Cohen）主編，程錫麟等譯：《文學理論的未來》（*The Future of Literary Theory*）（北京：中國社會科學出版社，1993年）。

〔美〕亞伯納・柯恩（Abner Cohen）著，宋光宇譯：《權力結構與符號象徵》（臺北：金楓出版有限公司，1987年）。

〔美〕肯尼斯・博克（Kenneth Burke）等著，常昌富、顧寶桐譯：《當代西方修辭學：演講與話語批評》（北京：中國社會科學出版社，1998年）。

〔美〕阿瑟・阿薩・伯杰（Arthur Asa Berger）著，姚媛譯：《通俗文化、媒介和日常生活中的敘事》（*Narratives in Popular Culture, Media, and Everyday Life*）（南京：南京大學出版社，2000年）。

〔美〕阿諾德・豪澤爾（Arnold Hauser）著，居延安譯：《藝術社會學》（*The Sociology of Art*）（臺北：雅典出版社，1988年）。

〔美〕保羅・蒂里希（Paul Tillich）著，徐鈞堯譯：《政治期望》

（*Political Expectation*）（成都：四川人民出版社，1989年）。

〔美〕約翰・費斯克（John Fiske）著，王曉珏、宋偉杰譯：《理解大眾文化》（*Understanding Popular Culture*）（北京：中央編譯出版社，2001年）。

〔美〕約翰・維克雷編，潘國慶等譯：《神話與文學》（上海：上海文藝出版社，1995年）。

〔美〕韋恩・布斯（Wayne C. Booth）著，華明、胡蘇曉、周憲譯：《小說修辭學》（*The Rhetoric of Fiction*）（北京：北京大學出版社，1989年）。

〔美〕韋勒克、華倫（René Wellek、Austin Warren）著，王夢鷗譯：《文學論——文學研究方法論》（*Theory of Literature*）（臺北：志文出版社，1983年）。

〔美〕浦安迪（Andrew H. Plaks）：《中國敘事學》（*Chinese Narrative*）（北京：北京大學出版社，1998年）。

〔美〕海登・懷特（Hayden White）著，陳永國、張萬娟譯：《後現代歷史敘事學》（北京：中國社會科學出版社，2003年）。

〔美〕特倫斯・霍克斯（Terence Hawkcs）著，陳永寬譯：《結構主義與符號學》（*Structuralism and Semiotics*）（臺北：南方叢書出版社，1988年）。

〔美〕馬克夢（Keith McMahon）著，王維東、楊彩霞譯：《吝嗇鬼・潑婦・一夫多妻者：十八世紀中國小說中的性與男女關係》（*Misers, Shrews, and Polygamist—Female Relations in Eighteenth Century Chinese Fiction*）（北京：人民文學出版社，2001年）。

〔美〕理安・艾斯勒（Riane Eisler）著，程志民譯：《聖杯與劍——「男女之間的戰爭」》（*The Chalice and The Blade—Our*

History, Our Future）（北京：社會科學文獻出版社，1997年）。

〔美〕莫瑞・史坦（Murray Stein）著，朱侃如譯：《榮格心靈地圖》（*Jung's Map of the Soul：An Introduction*）（臺北：立緒文化事業有限公司，1999年）。

〔美〕凱特・米利特（Kate Millett）著，鍾良明譯：《性的政治》（*Sexual Political*）（北京：社會科學文獻出版社，1999年）。

〔美〕喬納森・卡勒（Jonathan D. Culler）著，李平譯：《文學理論》（*Literary Theory：A Very Short Introduction*）（瀋陽：遼寧教育出版社，1998年）。

〔美〕喬瑟夫・坎伯（Joseph Campbell）、莫比爾（Bill Moyers）著，朱侃如譯：《神話》（*The Power of Myth*）（臺北：立緒文化事業有限公司，2000年）。

〔美〕喬瑟夫・坎伯（Joseph Campbell）著，朱侃如譯：《千面英雄》（*The Hero with a Thousand Faces*）（臺北：立緒文化事業有限公司，2000年）。

〔美〕華萊士・馬丁（Wallace Martin）著，伍曉明譯：《當代敘事學》（*Recent Theories of Narrative*）（北京：北京大學出版社，1991年）。

〔美〕愛德華・希爾斯（Edward Shils）著，傅鏗、呂樂譯：《論傳統》（*Tradition*）（上海：上海人民出版社，1991年）。

〔美〕詹姆斯・費倫（James Phelan）著，陳永國譯：《作為修辭的敘事：技巧、讀者、倫理、意識形態》（*Narrative as Rhetoric: Technique, Audiences, Ethics, Ideology*）（北京：北京大學出版社，2002年）。

〔美〕羅伯特・休斯（Robert Scholes）著，劉豫譯：《文學結構主義》（*Structuralism in Literature—An Introduction*）（臺北：

桂冠圖書股份有限公司，1992年）。

〔美〕蘇珊・郎格（Susanne k. Langer）著，劉大基等譯：《情感與形式》（*Feeling and Form*）（臺北：商鼎文化出版社，1991年）。

〔美〕蘇珊・朗格（Susanne K. Langer）著，滕守堯、朱疆源譯：《藝術問題》（*Problems of Art：Ten Philosophical Lectures*）（北京：中國社會科學出版社，1983年）。

〔英〕弗蘭克・克默德（Frank Kermode）著，劉建華譯：《結尾的意義——虛構理論研究》（*The Sense of an Ending—Studies in the Theory of Fiction*）（瀋陽：遼寧教育出版社，2000年）。

〔英〕多米尼克・斯特里納蒂（Dominic Strinati）著，閻嘉譯：《通俗文化理論導論》（*An Introduction to Theories of Popular Culture*）（北京：商務印書館，2001年）。

〔英〕安東尼・史蒂芬斯（Anthony Stevens）著：《夢：私我的神話》（*Private Myths：Dreams and Dreaming*）（臺北：立緒文化事業有限公司，2000年）。

〔英〕帕西・盧伯克（Percy Lubbock）：《小說技巧》（*The Craft of Fiction*），見方土人、羅婉華譯：《小說美學經典三種》（上海：上海文藝出版社，1990年）。

〔英〕約翰・斯道雷（John Storey）著，楊竹山、郭發男、周輝譯：《文化理論與通俗文化導論》（*An Introductory Guide to Culture Theory and Popular Culture*）（南京：南京大學出版社，2001年）。

〔英〕泰瑞・伊果頓（Terry Eagleton）著，吳新發譯：《文學理論導讀》（*Literary Theory：An Introduction*）（臺北：書林出版有限公司，1993年）。

〔英〕斯圖爾特・霍爾（Stuart Hall）編，周憲、許鈞譯：《表徵——文化表象與意指實踐》（*Representation：Cultural Representations and Signifying Practices*）（北京：商務印書館，2003年）。

〔英〕湯姆斯・卡萊爾（Thomas Carlyle）著，何欣譯：《英雄與英雄崇拜》（臺北：國立編譯館，1977年）。

〔英〕詹姆斯・弗雷澤（James G. Frazer）著，劉魁立主編：《金枝精要——巫術與宗教之研究》（*The Golden Bough*）（上海：上海古籍出版社，2001年）。

〔英〕羅賓・喬治・科林伍德（Robin George Collingwood）著，王至元、陳華中譯：《藝術原理》（北京：中國社會科學出版社，1985年）。

〔荷〕米克・巴爾（Mieke Bal）著，譚君強譯：《敘述學：敘事理論導論》（*Narratology：Introduction to the Theory of Narrative*）（北京：中國社會科學出版社，2003年）。

〔荷〕約翰・胡伊青加（Johan Huizinga）著，成窮譯：《人：遊戲者——對文化中遊戲因素的研究》（貴陽：貴州人民出版社，1998年）。

〔瑞士〕卡爾・古斯塔夫・榮格（Carl Gustav Jung）著，馮川、蘇克譯：《心理學與文學》（臺北：久大文化股份有限公司，1990年）。

〔瑞士〕卡爾・古斯塔夫・榮格（Carl Gustav Jung）主編，龔卓軍譯：《人及其象徵》（*Man and his Symbol*）（臺北：立緒文化事業有限公司，1999年）。

〔瑞士〕費爾迪南・德・索緒爾（Ferdinand de Saussure）著，沙・巴利、阿・薛施藹編：《普通語言學教程》（*Course in Gen-*

eral Linguistics）（臺北：弘文館出版社，1985年）。

〔德〕E. D. 赫施（E. D. Hirsch）著，王才勇譯：《解釋的有效性》
（*Validity in Interpretation*）（北京：三聯書店，1991 年）。

〔德〕弗里德里希‧席勒（Friedrich Schiller）著，馮至、范大燦
譯：《審美教育書簡》（臺北：淑馨出版社，1989年）。

〔德〕埃利希‧諾依曼（Erich Neumann）著，李以洪譯：《大母神
——原型分析》（*The Great Mother—An Analysis of the Arche-
type*）（北京：東方出版社，1998年）。

〔德〕恩斯特‧卡西爾（Ernst Cassirer）著，結構群審譯：《人論》
（*An Essay on Man*）（臺北：結構群出版社，1989 年）。

〔德〕漢斯——格奧爾格‧伽達瑪（Hans-Georg Gadamer）著，吳
文勇譯：《真理與方法——哲學詮釋學的基本特徵》（*Wah-
rheit und Methode：Erganzungen Register*）（臺北：南方叢書
出版社，1988年）。

〔德〕漢斯‧羅伯特‧耀斯（Hans Robert Jauss）著，顧建光、顧
靜宇、張樂天譯：《審美經驗與文學解釋學》（*Aesthetic Ex-
perience and Literary Hermeneutics*）（上海：上海譯文出版
社，1997年）。

〔德〕赫伯特‧馬爾庫塞（Herbert Marcuse）著，李小兵譯：《審
美之維》（*The Aesthetic Dimension*）（北京：生活‧讀
書‧新知三聯書店，1992年）。

〔蘇〕舍斯塔科夫著，理然譯：《美學範疇論——系統研究與歷史研
究的嘗試》（長沙：湖南文藝出版社，1990年）。

貳、論文

一

〔美〕Richard C. Hessney（理查‧赫斯尼），*Beautiful, Talented, and Brave: Seventeenth-century Chinese Scholar-beauty Romance*（《美、才、勇：十七世紀中國才子佳人浪漫史》），Ph. D. dissertation, Columbia University, 1979。

〔美〕William Bruce Crawford（威廉‧克勞夫），*Beyond the Garden Wall*（《院牆那邊》），PH. D. dissertation, Indiana University, 1972。

Wang, Qingping（王青平），*The Commercial Production of the Early Qing Scholar-beauty Romances*（《清初才子佳人傳奇小說的商業生產》），Ph. D. dissertation, Stanford university, 1998。

尹泳植：《玉嬌梨研究》（臺北：政治大學中國文學研究所碩士論文，1999年）。

吳旻旻：《香草美人傳統研究——從創作手法到閱讀模式的建立》（臺北：國立臺灣大學中國文學系博士論文，2003年）。

吳旻旻：《漢代楚辭學研究——知識主體的心靈鏡像》（嘉義：國立中正大學中國文學系碩士論文，1997年）。

李進益：《天花藏及其才子佳人小說研究》（臺北：中國文化大學中國文學系碩士論文，1988年）。

周芳仰：《「神女論述」與「欲望文本」——從宋玉賦到江淹賦》（新竹：清華大學中國文學系碩士論文，2001年）。

林玉玲：《天花藏主人才子佳人小說的愛情婚姻觀》（高雄：中山大學中國文學系碩士論文，1997年）。

姜鳳求：《明清才子佳人小說「好逑傳」研究》（臺北：政治大學中國文學系碩士論文，1990年）。

胡衍南：《食、色交歡的文本——《金瓶梅》飲食文化和性愛文化研究》（新竹：清華大學中國文學系博士論文，2001年）。

許玉薇：《明清文人的才女觀——以《西青散記》與賀雙卿為例的研究》（南投：暨南國際大學中國文學研究所碩士論文，2000年）。

郭淑芬：《馮夢龍〈情史類略〉之「才女形象」研究》（新竹：清華大學中國文學系碩士論文，1998年）。

黃蘊綠：《明末清初才子佳人小說中的佳人形象》（臺北：淡江大學中國文學系碩士論文，1996年）。

魯瑞菁：《高唐賦民俗底蘊研究》（臺北：國立臺灣大學中國文學系博士論文，1996年）。

顏采容：《明清時期出版與文化——以「才子佳人」小說為中心》（南投：暨南國際大學歷史學研究所碩士論文，2002年）。

二

方溢華：〈論才子佳人小說的成因〉，《廣州師院學報》（社科版），1991年第4期。

毛德富：〈明中後期市民文學中的價值變異與消費觀念〉，《文藝研究》，1998年第2期。

王永健：〈論才子佳人小說〉，《明清小說研究》第四輯，1986年。

王青平：〈劉璋及其才子佳人小說〉，《明清小說論叢》第一輯（潘

陽：春風文藝出版社，1984年）。

王青平：〈墨浪主人即天花藏主人〉，《才子佳人小說述林》（即《明清小說論叢》第二輯）（瀋陽：春風文藝出版社，1985年）。

王恆柱：〈才子佳人小說是構築心靈理想的文學〉，《山東師大學報》（社會科學版），1994年第1期。

王璦玲：〈明末清初才子佳人劇之言情內涵及其所引生的審美構思〉，《中國文哲研究集刊》第十八期，2001年3月。

司馬師：〈新領域在開拓中──才子佳人小說研究情況概述〉，《才子佳人小說述林》（即《明清小說論叢》第二輯）（瀋陽：春風文藝出版社，1985年）。

田同旭：〈女性在明清小說中地位的變化〉，《山西大學學報》（哲學社會科學版），1992年第1期。

任明華：〈明清才子佳人小說的地域特徵和興盛原因〉，《曲靖師專學報》，1997年第2期。

江蘇省社會科學院文學研究所編：《明清小說研究》第四輯，1986年。

吳波：〈論明清小說作家創作的矛盾二重性〉，《松遼學刊》（社科版），1993年第1期。

李中耀：〈論明傳奇中的才子佳人婚姻觀〉，《新疆師範大學學報》（哲社版），1990年第4期。

李亦園：〈傳統民間信仰與現代生活〉，《民俗曲藝》，第十九期，1982年。

李勁松：〈才子佳人小說的產生及其結構特點〉，《廣西大學學報》，1994年第5期。

李勁松：〈論吳炳與才子佳人小說〉，《明清小說研究》，1992年第3、4期。

李潔非：〈小說創作動力學〉，《文藝理論》，1992年第4期。

李鴻淵：〈情禮調合皆大歡喜──從社會文化思潮看清初才子佳人小說的團圓結局〉，《船山學刊》，2003年第3期。

李騫：〈再論明末清初才子佳人小說〉，《才子佳人小說述林》（即《明清小說論叢》第二輯）（瀋陽：春風文藝出版社，1985年）。

李騫：〈試論才子佳人派小說〉，《明清小說論叢》第一輯（瀋陽：春風文藝出版社，1984年）。

周建忠：〈〈離騷〉「求女」平議〉，《東南文化》，2001年第11期。

周建忠：〈試論才子佳人小說婚姻觀念的演變〉，《南通師專學報》（社科版），1988年第4期。

盧興基：〈清初的才子佳人小說──清代人情小說試論之一〉，《陰山學刊》（社科版），1988年第2期。

林辰：〈煙粉新詁〉，《明清小說論叢》第一輯（瀋陽：春風文藝出版社，1984年）。

林葉連：〈《詩經》的愛情教育──以〈關雎〉篇爲中心〉，《文理通識學術論壇》，第四期，2000年8月。

林維民：〈〈高唐〉、〈神女〉賦發微〉，《溫州師院學報》（哲社版），1991年第2期。

姚旭峰：〈試論明清傳奇中的「才子佳人」模式〉，《上海大學學報》（社會科學版），1996年第2期。

胡正偉、楊敏：〈略論明清才子佳人小說的創作模式〉，《宿州師專學報》，2002年3月。

胡曉眞：〈「皇清盛世」與名媛閨道──評介Susan Mann：Precious Records: Women in China's Long Eighteenth Century〉，《近代婦女史研究論文集》第6期，1998年6月。

胡曉眞：〈才女徹夜未眠──清代婦女彈詞小說中的自我呈現〉，《近代中國婦女史研究》第3期，1995年8月。

苗壯：〈談才子佳人小說的團圓結局〉，《才子佳人小說述林》（即《明清小說論叢》第二輯）（瀋陽：春風文藝出版社，1985年）。

唐富齡：〈在新舊之間徬徨──才子佳人小說孔見〉，《才子佳人小說述林》（即《明清小說論叢》第二輯）（瀋陽：春風文藝出版社，1985年）。

唐富齡：〈明清之際愛情小說的裂變與斷層趨向〉，《武漢大學學報》（社科版），1988年第4期。

馬曉光：〈天花藏主人的「才情婚姻觀」及其文化特徵〉，《中國人民大學學報》，1989年第2期。

高友工：〈文學研究的美學問題（下）：經驗材料的意義與解釋〉，《中外文學》，第七卷第十二期，1979年5月。

常雪鷹：〈才子佳人小說興起的文化心理闡釋〉，《內蒙古師大學報》（哲學社會科學版），1998年8月。

康正果：〈重新認識明清才女〉，《中外文學》，第22卷第6期，1993年11月。

康正果：〈邊緣文人的才女情結及其所傳達的情意──《西青散記》初探〉，《九州學刊》，第6卷第2期，1994年7月。

張淑香：〈邂逅神女──解《老殘遊記二編》逸雲說法〉，臺灣大學中國文學系主編：《語文、情性、義理──中國文學的多層面探討國際學術會議論文集》，1996年4月。

張淑麗：〈逆讀明末清初才子佳人小說──從玉嬌梨談起〉，鍾慧玲主編：《女性主義與中國文學》（臺北：里仁書局，1997年）。

張菁強：〈人性和禮教的烏托邦──才子佳人小說述論〉，《明清小說研究》，1998年第3期。

曹碧松：〈才子佳人小說的進步意義和消極意義〉，《明清小說論叢》第一輯（瀋陽：春風文藝出版社，1984年）。

梅瓊林：〈〈離騷〉：原型追索——兼論求女之本眞意涵〉，《學術月刊》，1998年第5期。

盛夏：〈明末清初小說反科舉傾向及其諷刺藝術初探〉，《麗水師專學報》（社科版），1991年第2期。

許東海：〈求女・神女・神仙——論宋玉情賦承先啓後的另一面向〉，《中華學苑》第54期，2000年2月。

許建中：〈論明清之際通俗文學中社會價值取向的嬗變〉，《明清小說研究》，1990年第3、4期。

郭昌鶴：《佳人才子研究》（上）、（下），《文學季刊》創刊號、第2期（北京：立達書局，1934年）。

郭英德：〈向後倒退的革新——論明末清初的求實文學觀念〉，《湖北大學學報》（哲社版），1996年第6期。

郭英德：〈論晚明清初才子佳人戲曲小說的審美趣味〉，《文學遺產》，1987年第5期。

郭浩帆：〈「煙水散人」析議〉，《明清小說研究》，1997年第2期。

陳瑜：〈從才子佳人小說興盛社會文化原因看其文化品位〉，《殷都學刊》，2002年第1期。

陳大康：〈熊大木現象：古代通俗小說傳播模式及其意義〉，《文學遺產》，2000年第2期。

陳大康：〈論通俗小說的雙重品格〉，《上海文論》，1991年第4期。

陳建生：〈從親和走向離異——封建社會知識階層的心態與明清小說〉，《徐州師範學院學報》（哲社版），1991年第4期。

陳惠琴：〈理性・詩筆・啓示——論才子佳人小說的創作方法〉，《明清小說研究》，1996年第3期。

陳翠英：〈閱讀才子佳人小說：性別觀點〉，《清華學報》，第三十卷第三期，2000年9月。

陳鐵鑌：〈才子佳人小說理論初探〉，《才子佳人小說述林》（即《明
　　　清小說論叢》第二輯）（瀋陽：春風文藝出版社，1985年）。

章文泓、紀德君：〈才子形象模式的文化心理闡釋〉，《中山大學學
　　　報》（社科版），1996年第5期。

傅延修：〈試論隱含敘述〉，《文藝理論研究》，1992年第9期。

彭定安：〈關於開展明清小說研究的設想〉，《明清小說論叢》第一
　　　輯（瀋陽：春風文藝出版社，1984年）。

彭建隆：〈才子佳人小說的敘事學意義——論才子佳人小說對傳統
　　　敘事觀的改變和想像性敘事缺陷的彌補〉，《婁底師專學
　　　報》，2003年1月。

程毅中：〈略談才子佳人小說的歷史發展〉，《明清小說論叢》第一
　　　輯（瀋陽：春風文藝出版社，1984年）。

楊義：〈中國敘事學：邏輯起點和操作程式〉，《中國社會科學》，
　　　1994年第1期。

楊力生：〈關於煙水散人、天花藏主人及其他〉，《明清小說論叢》
　　　第一輯（瀋陽：春風文藝出版社，1984年）。

董國炎：〈論才子佳人小說的創作特點〉，《明清小說論叢》第五輯
　　　（瀋陽：春風文藝出版社，1987年）。

雷勇：〈明末清初文藝思潮的演變與才子佳人小說的「情」〉，《甘
　　　肅社會科學》，1994年第2期。

雷勇：〈明末清初的才女崇拜與才子佳人小說的創作〉，《明清小說
　　　研究》，1994年第2期。

廖美玉：〈詩經中「齊家」觀的省思〉，《成大中文學報》第五期，
　　　1997年5月。

廖棟樑：〈古代〈離騷〉求女喻義詮釋多義現象的解讀——兼及反
　　　思古代《楚辭》的研究方法〉，《輔仁學誌：人文藝術之

部》，第27期，2000年12月。

褚斌杰：〈宋玉〈高唐〉、〈神女〉二賦的主旨及藝術探微〉，《北
　　京大學學報》，1995年第1期。

魯瑞菁：〈前人對〈高唐賦〉創作時代與創作目的所提意見檢討〉，
　　《中國文學研究》，1996年6月。

趙山林：〈古代文人的桃源情結〉，《文藝理論研究》，2000年第5期。

趙興勤：〈才與美——明末清初小說初探〉，《明清小說論叢》第四
　　輯（瀋陽：春風文藝出版社，1986年）。

趙興勤：〈經與權——明末清初言情小說探討之一〉，《明清小說研
　　究》第四輯，1986年。

劉坎龍：〈「才子」的理想人格——才子佳人小說的文化透視之一〉，
　　《新疆師範大學學報》（哲學社會科學版），1993年第3期。

劉坎龍：〈才子佳人小說類型研究——才子佳人小說文化透視之
　　二〉，《新疆師範大學學報》（哲學社會科學版），1994年
　　第3期。

劉坎龍：〈借鑑與創新——才子佳人小說對《紅樓夢》的影響舉隅〉，
　　《新疆師範大學學報》（哲學社會科學版），2000年4月。

劉坎龍：〈論「撥亂小人」——才子佳人小說研究之二〉，《明清小
　　說研究》，1996年第3期。

潘知常：〈明末清初才子佳人小說的美學風貌〉，《社會科學輯
　　刊》，1986年第6期。

鄭毓瑜：〈神女論述與性別演義——以屈原、宋玉賦爲主的討論〉：
　　《婦女與兩性學刊》，第八期，1997年4月。

盧興基：〈小說發展分支的一個重要環節——再評才子佳人小說〉，
　　《才子佳人小說述林》（即《明清小說論叢》第二輯）（瀋
　　陽：春風文藝出版社，1985年）。

盧興基：〈在《金瓶梅》與《紅樓夢》之間填補歷史的空白〉，《明清小說論叢》第一輯（瀋陽：春風文藝出版社，1984年）。

盧興基：〈清初的才子佳人小說──清代人情小說試論之一〉，《陰山學刊》（社科版），1988年第2期。

蕭馳：〈從「才子佳人」到《紅樓夢》：文人小說與抒情詩傳統的一段情結〉，《漢學研究》，第14卷第1期，1996年6月。

聶春艷：〈一次不成功的「顛覆」──評《玉嬌梨》、《平山冷燕》的「佳人模式」〉，《明清小說研究》，1998年第4期。

顏崑陽：〈漢代「楚辭學」在中國文學批評史上的意義〉，《中國詩學會議論文集》第二輯（彰化：彰化師範大學國文學系，1994年）。

顏崑陽：〈論漢代文人「悲士不遇」的心靈模式〉，《漢代文學與思想學術研討會論文集》（臺北：文史哲出版社，1991年）。

魏崇新：〈近年來高唐神女研究述評〉，《文史知識》，1993年第2期。

魏愛蓮（Ellen Widmer）著，劉裘第譯：〈十七世紀中國才女的書信世界〉，《中外文學》，第22卷第6期，1993年11月。

譚學純：〈一個同源假說及其驗證──「難題求婚」故事和「郎才女貌」俗語的深層結構〉，《民間文學論壇》，1994年第2期。

蘇興：〈天花藏主人及其才子佳人小說〉（一），《才子佳人小說述林》（即《明清小說論叢》第二輯）（瀋陽：春風文藝出版社，1985年）。

後　記

　　本書《明末清初才子佳人小說敘事研究》是我就讀於國立清華大學中國文學系博士班，師事胡萬川先生，於2005年1月畢業時所撰博士論文。基於個人關於文學研究取徑的思考和想法的影響，我之所以選擇「明末清初才子佳人小說」作爲研究對象，除了延續學術研究興趣之外，乃希冀能夠立足於文化詩學建構的研究理念之上，深入探究一種文學現象或文化現象發生和發展的相關課題，並期望能夠接續前賢今能的研究成果，進一步融通現當代西方文藝理論與批評的觀點，爲中國古代小說研究建立合理而可行的詮釋途徑。整體而言，今已完成初步的研究成果，尙待博雅賢哲賜正。

　　博士論文撰成之後，在中國大陸方面，隨後分別於2005年6月由上海三聯書店出版邱江寧所撰《清初才子佳人小說敘事模式研究》，以及2006年4月由北京社會科學文獻出版社出版蘇建新所撰《中國才子佳人小說演變史》，至今亦有諸多論文持續發表於刊物之上，一時間有關才子佳人小說的研究蔚爲景觀，頗值得注意。以此，亦似乎頗有形成兩岸之間的一種學術對話場域的可能性。因此，自畢業以來，承蒙國立中央大學中國文學系康來新教授的關照和督促，時有將博士論文出版的想法，然而一直未能付諸實踐。直到嘗試申請國科會96年度學術性專書寫作專題計畫補助，結果獲得審查通過，才讓這樣的想法得以有落實的機會。申請該項寫作計畫時，原擬再針對出版傳播

與讀者接受部分增補章節文字，然因受限於相關文獻資料未盡充足，討論難有進境，因而不得不暫時捨置不論。爲保留兩岸學術對話空間，本書大體仍以博士論文原貌出版，未再增補後續研究文獻內容，以便與對岸相關專著和論文形成參照，各顯研究成果。

基本上，論文之撰作猶如文學創作一般，字裡行間亦隱隱體現出個人從中認識自我的基本思路和情感。從選題、蒐材、研析、撰寫到修訂，始終不斷在釐清的問題是研究的重點、成果和價值，以及個人冀盼從中所要建構的研究方法和思維體系。關於上述研究論點的說明，正代表了個人現階段在學術研究取向上的一種探索和驗證的結果。本書之能夠順利撰作完成，首先要感謝指導教授胡萬川先生在學術研究視野的啓迪和指導。不論在課堂上或生活上，先生皆能從關懷人類生命的宏觀思維中開示津筏，春風化雨，教益良多。又於論文審查和口試之時，承蒙康來新教授、胡曉眞教授，以及王璦玲教授、李玉珍教授的悉心指正，並惠予寶貴意見和建議，使得本書能夠順利修訂成稿，進而促成今日的出版，謹此致謝。

回首踏上學術研究之路的種種，終是機緣所致。從大學受教到研究所進修期間，一路渥蒙諸多師長、同仁、學友和學生的學術洗禮、啓蒙和交流，至表謝忱。此外，親愛家人一體的體貼關懷和精神支持，始終是研究得以持續進行的重要動力來源。愛妻宜玫同樣身處於教學與研究交錯的忙碌生活裡，然而由於她的悉心照應，讓我和兩個寶貝女兒——雅蓁和宛樺——都能在溫馨而愉悅的生活中度過每一天。一路走來，深深感謝始終陪伴著我的親愛家人。

末了，謹以本書遙祈先考在天之靈暨報答父母親的養育栽培之恩。

是爲後記。

李志宏

2008年10月

國家圖書館出版品預行編目資料

明末清初才子佳人小說敘事研究／李志宏著.
-- 初版. -- 臺北市：五南，2019.05
　　面；　公分
　ISBN 978-957-763-392-7（平裝）

1.明清小說　2.敘事文學　3.文學評論

820.9706　　　　　　　　　108005427

1XCL

明末清初才子佳人小說敘事研究

作　　　者 ― 李志宏（82.9）

發 行 人 ― 楊榮川

總 經 理 ― 楊士清

副總編輯 ― 黃文瓊

責任編輯 ― 吳雨潔

封面設計 ― 王麗娟

美術設計 ― 吳佳臻

出 版 者 ― 五南圖書出版股份有限公司

地　　　址：106台北市大安區和平東路二段339號4樓

電　　　話：(02)2705-5066　　傳　　真：(02)2706-6100

網　　　址：http://www.wunan.com.tw

電子郵件：wunan@wunan.com.tw

劃撥帳號：01068953

戶　　　名：五南圖書出版股份有限公司

法律顧問　林勝安律師事務所　林勝安律師

出版日期　2019年5月初版一刷

定　　　價　新臺幣830元